삐걱거리여, 아주 많은 사랑들이 움직입니다.

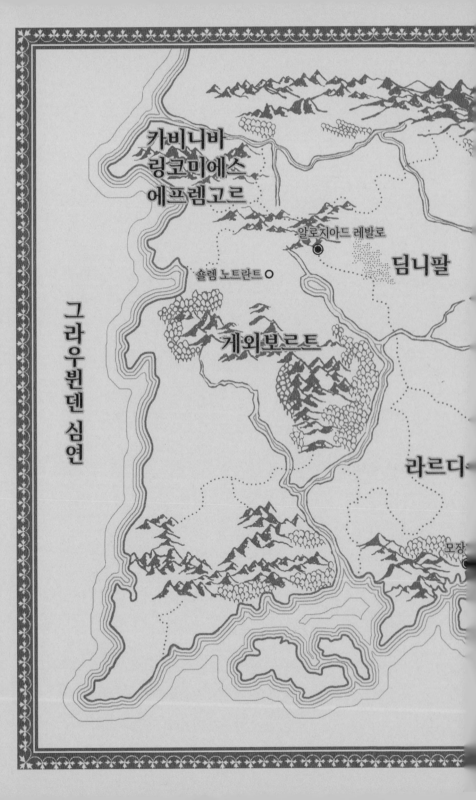

나무를
담벼락에 끌고
들어가지 말라

나무를 담벼락에 끌고 들어가지 말라

제3부

-중-

윤진아 장편소설

파피루스

CONTENTS

3부

-중-

3부
-중-

"**어**, 들어와."

앙히에는 겉옷에 얼굴을 쑤셔 넣으며 말했다. 발소리는 꼭 누프리 같았는데.

"공자께 각 가문에서 보낸 선물이 많이 들어왔습니다. 애야, 이쪽에 순서대로 놓으렴."

"쓸데없이⋯⋯."

그는 낑낑거리며 옷을 차렸다. 고개를 쭉 빼자 하인 몇이 어마어마한 짐을 들어 차곡차곡 쌓아 두는 모습이 보였다. 앙히에는 단순히 대답했다가, 그 양을 보곤 질린 표정이 되었다.

"대체⋯⋯ 누가 이렇게 주는 거야?"

"수십, 수백 곳에서 공자님께 선물을 드리고 싶어 안달이지요. 사실 이건 열네 살 때 마쳤어야 하는 의례인데, 늦어져서 조금 모양이 우습습니다."

"거, 곱게 이야기를 못 하지."

앙히에는 불평하며 수많은 선물 앞에 털썩 주저앉았다. 당장 하나하나 들출 기색이었다.

"그래도 대부분 십이공회에서 왔겠지?"

"출처는 문장으로 잘 알아보실 수 있습니다. 가장 귀한 물건들은 당연히 십이공회에서 왔을 겁니다. 심부름꾼의 말을 들어 보면 특히 안니발레가家에서 말도 안 되게 귀한 물품들을 보냈다더군요. 아마 지난 후계자 건에 대한 보답으로 보입니다만, 죄송합니다. 이 부분은 제가 드릴 말씀은 아닌 듯 보입니다. 아무튼 필수품은 손에 꼽고, 전부 가져가실 수도 없으니, 굳이 시간을 들이진 마십시오."

"누프리는 기사로 출전해 본 적도 없으면서 말이 많군."

"아, 그렇지요. 저는 병사로 출전했습니다. 스무 해 동안요. 그 와중에 기사가 되었던 기억이 있는데 어째 착각인가 보군요."

앙히에는 꿀 먹은 벙어리가 되었다. 물론 누프리는 기사였다. 비록 작위는 없지만, 아버지께 기사로 임명받았다. 그는 경험자를 알아보지 못하고 주름 잡은 것에 대해 침묵으로 사과했다.

"……그래서 뭐가 필요한데? 조언 부탁해."

"개인 지참품이라면 우선 신발. 가장 중요합니다. 공자님의 여행길을 보좌합니다. 또 종기사는 완전 무장을 갖추지 않으니 전쟁터에서도 쓸모가 있을 겁니다. 아무리 공자님께서 따로 유용하는 자금이 많으시더라도, 전쟁에서 쓰는 특상품은 일반인이 입수하기 어렵습니다. 십이공회에서 적어도 한두 곳은 신발을 선물했을 테니 잘 골라 보십시오."

"그다음은?"

앙히에는 이제 본격적으로 선물을 풀고 있었다. 죄다 가문을 상징하는 천으로 굳세게 묶여 있어 귀찮았다.

"저 개인적으로는 칼을 보관하는 허리띠였습니다. 기본적으로 패검佩劍하는 자리와, 임시변통의 중검, 단검 여러 개, 단순하고 움직이기

편한 혁대가 좋겠지요. 그러나 이건 특별히 전쟁 용도가 아니고 용병들도 자주 쓰기에, 이미 익숙한 물품이 있으실 것 같으니 제하겠습니다."

"있긴 한데, 벌써 오 년이나 되었어. 굳이 물건을 고집하는 편은 아니라……. 알겠어. 이해했어. 그다음은?"

"제가 여기서 하나하나 공자님께 조언드려야 합니까?"

"아, 왜 이렇게 불만이 많아, 누프리."

"저도 업무가 있으니까요. 제가 공자님이 떠나신 직후에 미라이예 영지로 향한단 사실을 잊으셨습니까?"

"날 좀 도와 달란 말이야."

누프리는 한숨을 푹 쉬더니 그의 반대편에 주저앉았다.

"딱 삼십 분입니다."

"고마워."

"이미 앉았으니 말씀드리자면, 이 중에서 기사직에 필요 없는 물건을 선물한 가문은 아마 없을 겁니다. 다 열어 보고, 품질은 제가 판단하지요."

앙히에는 어깨를 으쓱이곤 맹렬한 속도로 천을 열어젖혔다. 올리브와 금화. 그나시오의 문장부터 움켜쥐었다. 갓 결혼한 후계자가 있다면 지금껏 받은 보답을 생각하여 각박하지 않을 것이다. 그런 우스꽝스러운 믿음을 가지고 개봉했다.

"그냥 기름인데…… 아, 발라하산産 동백나무 기름이군."

그는 투덜대다가 뚝 멈췄다. 고작해야 한 병 선물받은 기름을 품에 숨기는 것은 물론이었다.

"그나시오의 후계자께서 기름 수집가라는 이야기를 들었습니다. 혹 선물도 그분께서 직접 고르셨을지 모르겠습니다."

"엄청 비싼 거야."

"들어 압니다."

앙히에는 첫 선물에 감동하여 드디어 조금 더 신나게 다음 가문으로 향했다.

"아, 네가 헛소리를 한 건 아니었군. 바로 신이 나오네."

"안니발레가 실속을 잘 챙기는군요. 가장 필요한 물건입니다. 이리 주십시오."

그는 영문을 모른 채 한 짝 붙든 부츠를 누프리에게 넘겼다. 그는 꼼꼼하게 안팎을 살피더니 만족스러운 얼굴로 고개를 끄덕였다.

"아주 멋지군요. 사용하시면 좋겠습니다. 궂은 날씨에도 힘이 되어 줄 겁니다. 희귀한 벨반트 흑마 가죽을 써서, 값을 따지자면 작은 영지 한 채 값은 됩니다."

"이게 벨반트 가죽이야? 내가 계외보르트 있을 때에도 못 봤는데 이걸 여기서 보네."

"공자님께서 계외보르트에 계셨더라도 뭐 얼마나 높으신 분들과 계셨겠습니까. 이건 입수하기 정말 어렵습니다."

"아니, 뭐……. 그 사람들이 사치하지 않는 성격이었나 보군. 아무튼 감정해 줘서 고마워. 나도 영, 귀금속 외에는 까막눈이라."

그는 또 고이 받아서 챙겼다. 관심 없는 척했지만, 고가의 물품을 다루는 놀금의 장상고로서 점차 입맛이 돌고 있었다. 십이공회에서 쩨쩨하게 하나씩 보낼 리도 없고, 하루 종일 고가품을 감별해도 만족스러울 것만 같았다.

그는 폐자로의 천을 뜯으며 누프리에게 물었다.

"종기사는 보통 뭘 하나?"

"그걸 제게 물어보십니까?"

"와, 검 고정쇠로군. 그런데 너무 화려해서 쓰고 싶진 않은데……. 보석만 떼어서 팔아야 하나."

"……목격한 바를 고하자면, 종기사는 보통 모시는 기사분의 수발을 듭니다. 갑옷을 닦고, 출전 일시를 챙기고, 그에 대비해 무장을 갈고 닦아 두지요. 직접 적과 마주할 일은 전령으로 나갈 때를 제하면 거의 없을 겁니다."

"편하면 고마운 거지. 난 다 귀찮아. 다만 난 자멘테 후를 수행하는데, 어떻게 수행해야 할지 영 감이 안 잡히는군."

"풍문으로, 존하께선 보통 기사들보다 더 기사 같으실 겁니다. 그러니 존하의 특성으로 굳이 다른 기사들과 구분하지는 마십시오. 그것이 오히려 불화를 빚을까 두렵습니다."

그는 생각보다 상세한 묘사에 약간 당황했다. 아무리 누프리가 전쟁터에서 뼈가 굵었다고는 하나, 십이공회급 귀족들과는 거리가 있었을 것이다. 어쩌면 저렇게 단호한 태도로 전쟁터의 후작에 대해 이야기할 수 있는지 의아했다.

"생각보다 상세한데. 그 사람과 같은 전장에서 싸워 봤어?"

"예."

앙히에는 반쯤 예상했던 답이 돌아오자 고개를 들었다.

"북부 요를림이 몇십 년에 걸쳐 법석을 피웠단 사실을 공자님께서도 아시지 않습니까. 제가 북부에 있을 때 함께 싸울 기회가 있었습니다."

"어땠지?"

"물론 같은 군단은 아니었습니다. 소문으로 듣기에, 그분이 무예에 뛰어나신 분은 아니라고들 합니다. 다만 존하께서 이끄신 부대는 언제나 가장 많이 살아 돌아왔습니다. 성과는 아닙니다. 살아남을 확률이 압도적이었습니다. 다만 그러다 보니 어느 순간부터는 좋은 성과까지 거두더군요."

"얼마나 전이야?"

"이십 년 전입니다."

"후작이 갓 서른이나 되었을 때로군."

"그렇게 무례하게 말씀하지 마십시오. 존하께선 열다섯에 처음 전장에 나가셨으니 그때 이미 인생의 절반을 전장에서 보내신 노련한 수장이셨습니다. 공자님과는 비할 바가 못 되지요."

"나도 전쟁터에는 가 봤는데, 무조건 업신여기다니 너무한 거 아냐?"

누프리는 의심스럽다는 눈빛으로 미라이예의 핏줄을 바라보았다. 어디서 또 심심하여 용병으로 구르셨느냐는 눈길이기에, 앙히에는 하마터면 진실과 함께 툴툴거릴 뻔했다.

"그러셨을 수도 있지만, 정규군은 아니셨을 테니까요. 차이는 분명합니다."

앙히에는 안니발레의 또 다른 선물, 날카로운 단검을 꺼내 들며 투덜댔다. 물론 자신이 전술적으로 뛰어나다고 생각한 역사는 없었다. 그러나 계외보르트를 겪고서 야전 경험이 적다고 지껄이기엔 조금 민망했다. 아무에게도 말할 수 없지만, 스스로까지 그 기억들을 부정하는 것은 기만에 가까웠다.

"실례가 아니라면, 어떻게 실전 경험을 쌓으셨는지 여쭤봐도 되겠습니까?"

"아는 사람을 통해 용병단에 들어갔고, 당신도 익숙한 내 솜씨 덕분에 큰 공을 세웠어. 덕분에 나를 믿지 못하던 대장의 신뢰를 샀지. 그리고 그 대장의 주구처럼 움직였어. 이뿐이야."

누프리는 눈을 가늘게 뜨고, 상대를 가늠하듯 바라보았다.

"뭘 그렇게 못 믿는 눈이야?"

"누군가를 지휘해 보셨습니까?"

"그 시정잡배들을 병사로 인정해 준다면, 누군가를 지휘해 보긴 했지."

"그런데 왜 여태껏 책임을 지지 않으셨는지 궁금하군요. 누군가의 목숨을 온전히 맡으셨다면……."

"에스드로."

누프리는 입을 다물었다. 자신이 넘어서는 안 될 선을 넘었다는 사실을 이해한 모양이었다. 물론 앙히에는 화가 나기는커녕, 그저 피곤하여 상대를 저지한 것에 가까웠다. 아버지의 의지 때문인지 그는 자신과 형님 사이를 항상 중재하고자 했으며, 그 조바심 넘치는 시선은 언제나 부담스러운 종류였다. 또, 자신을 아끼는 마음이 있어도 결국 미라이예의 주인은 형님이므로 무조건 신뢰하기도 어려웠다.

"죄송합니다."

"괜찮아. 사실 화나지도 않았어."

"혹시 제 뜻을 오해하셨을까 두렵습니다."

"뭘?"

"저는 공자님의 출전이 안타깝습니다. 때문에 왜 지금껏 책임을 지지 않으셨는지 여쭌 것은 단순한 의문이었습니다. 전투 경험이 없어 부담감을 느끼셨다고 생각했거든요. 그런데 용병대에 있었고 사람을 이끌기도 했다면 굳이 딤니팔에서 하지 못할 이유는 무엇인지 여쭙고 싶었습니다."

앙히에는 의외로, 그가 형님이 아닌 자신을 지지하자 놀랐다. 고개를 들고 추궁하듯 눈썹을 치켜세웠다.

"지금 말하는 모든 게 불충인 거 아니야? 형님 뜻을 어기네."

"합하께서는 이런 변변치 못한 감상에 의미를 두지 않으십니다."

"그래, 뭐. 뒤에서는 폐하 욕도 하는데."

"아니…… 그런 말씀은…… 주의해 주십시오."

"좌우간 전쟁터에 나가는 건, 중요한 것이 '전쟁'이라면 개의치 않아. 죽을 거란 공포는 없어. 물론 눈먼 살에 목숨을 잃을 순 있겠지만 그거야 알지도 못하는 새 벌어지는 일이고, 궁지에 몰려서 천천히, 목 졸리듯 죽겠다는 느낌은 딱히 못 받았어."

"음……."

"그렇지만 지리한 전쟁에 몇 년이나 붙박여 있는 건 힘들었지. 내가 그때 가 봤자 눈의 방패 아니면 동부원정이었을 텐데, 둘 모두 우리 내부 단속용으로, 의미도 없고 재미도 없단 사실을 알거든. 또, 기사직을 가지고 오면 자기 구실은 하는 놈으로 가문에 수록되어 여기저기 불려 다닐 테니까. 그래서 도망 다닌 거야."

"……."

"어쩌겠냐. 다시 돌아오기로 결정했으면 이제 미라이예에 봉사해야지. 불만 없어. 괜찮아."

이미 버린 신념이기에 부담 없이 설명할 수 있었다. 딤니팔에 얽매이기 싫었던 자신이 아주 오랜 과거인 듯 느껴졌다. 이제 전부 귀찮았다. 어느 정도 관조하는 태도로 자신의 삶을 살펴보게 되었다. 자신의 출전을 축하하는 손길에 열의 없이 답하고, 마치 빚을 지지 않은 듯한 태도로 길을 떠날 것이다.

생각보다 침묵이 오래 머물렀다. 앙히에는 고개를 들어 누프리를 마주했다.

"……왜?"

"그렇게 하나하나 의미를 두지 마십시오."

그는 대뜸 말했다. 앙히에는 이해하지 못한 채 눈살을 찌푸렸다.

"산이 있으면 골이 있고 또 골이 있으면 다시 산이 기다리잖습니까. 지금껏 쌓은 삶이나 이번 전쟁 하나에 매몰되지 마세요. 공자님 말씀을 들으면 너무 생의 결정 각각에 큰 의미를 두시는 것으로 보입니다. 삶은 깁니다. 그럴 필요가 없습니다."

"누프리."

"제가 모네티 지방 산지기의 아들로 태어나 미라이예의 솔정이 될 것이라고 누가 예상이나 했겠습니까? 치열하게 기사직을 받고도 구태여 셈 없이 미라이예에 주저앉는, 이런 평온한 인생을 내다볼 수 있었을까요? 또한 사람을 그토록 죽이고도 이렇게 저로서 남아 있고, 가족을 가지고, 딸이 달마다 편지를 보내오는 삶을 살 수 있다고 믿었겠습니까?"

최초로 듣는 이야기는 아니었다. 그러나 누프리의 입을 통해 그의 사사를 듣는 것은 처음이었다. 그는 살짝 웃으며 말을 마무리 지었다.

"시간이 가면 그저 평화롭게 늙는 것이지요."

누프리는 스스로의 충고에 개의치 않는 듯, 담백하게 다음 선물을 향해 턱짓했다. '저걸 열어 보십시오.' 들리지 않게 요청한다.

앙히에는 톨레도의 선물을 주워 들었다. 누프리는 그만의 말로 상대를 배웅하고 있었다. 자신을 기사직으로 끌어들이는 형님을 말리지 못해 못내 마음이 불편하다고, 그러나 짧은 전쟁에 크게 신경 쓰지 마시라고, 어차피 이후 원하는 대로 나아가시면 된다고, 그것을 애써 돌려 이야기하는 모습이었다.

그는 여전히 선물을 움켜쥔 채 대답했다.

"행운을 빌어 줘. 이제 그게 필요할 테니."

외르타는 살면서 오늘 오전만큼 어색한 시간이 있었을지 생각해 보았다. 정말이지 끔찍하게 겸연쩍은 여행길이었다. 자신은 발렌시아의 등을 껴안고, 그는 여전히 자신의 왼손을 붙잡은 상태였다. 그런데 마치 북부 산맥을 사이에 두고 있는 줄로만 알았다. 그리고 그 낯짝들을 무감동하게 지켜보는 무명까지. 무명은 아무 말도, 판단도 하지 않는 듯 보였지만 그것을 곧이곧대로 믿을 수야 없는 일이다. 어제 방 안의 대화도 잘 들렸을 테고.

그들은 으레 챙기는 말들, 그러니까 단단히 잡았느냐는 둥, 자리가 불편하다는 둥의 실속 없는 내용을 제하곤 단 한 마디도 하지 않았다. 외르타는 그에게 화낼 기력도 없이 실망해 있었다. 말을 얹기 귀찮았다.

목적지에 도착한 뒤, 서로 다른 쪽으로 하마하는 것이 또 아주 절경 이었으리라. 외르타는 자조적으로 생각했다. 둘이 동시에 땅을 밟는 데, 완전히 다른 방향이었다. 그녀는 자신을 빤히 바라보는 무명과 눈이 마주치곤 그저 그 자리에서 사라지고 싶었다.

"아…….'"

하마터면 뭘 쳐다보냐고, 구경거리 났냐고 할 뻔했다.

"합하, 저쪽이 맞습니까?"

그녀는 무명이 손짓하는 방향을 바라보았다. 요새 옆으로 마차가 한 대, 깃발을 든 무장병들이 서 있었다. 적게 잡아도 병사 수십은 될 것 같았다. 외르타는 무명이 질문한 것이, 어느 정도는 예의에서 비롯되었다는 사실을 깨달았다. 그들의 옷차림에는 미라이예 문양이 눈에 잘 띄도록 새겨져 있었다.

외르타는 문득 자신이 그에게 선물했던 손수건을 기억해 냈다. 저 자리에서 뻗어 나간 나무와 같은 문양을 가지고 있었다. 지금 가지고 있을까? 그것을 가지고 있으면서 내게 감히 이 지경으로 굴 수 있나? 내가 몇 날을 고생해서 익숙지도 않은 자수를 놓았는데, 그 긴 시간 동안 온전히 당신을 배웅하고 있었으리라고, 전혀 짐작하지 못했나? 그것이 제 도타운 신뢰의 표현이라고는 생각할 수 없는 걸까? 무섭다는 한마디에 아무것도 없던 일이 되어야 했는지, 무섭다는 한마디에 곧장 스스로를 죄악으로 규정 짓고 도망치는 것이 가당키나 한지―.

"외르타, 이동하셔야 합니다."

그녀는 화를 숨기지 못한 눈으로 그를 노려보았다. 발렌시아는 무표정하게 외르타를 안내했다. 손을 건네지 않은 채, 손짓만으로.

와! 마치 방금 전 말도 함께 타지 않은 것 같구나! 내 손을 움켜쥐지 않았던 것 같아! 나는 용기를 내서 단둘이라고 생각했을 때조차 말에 함께 타자고 제안했고, 계속 대화하자며 권유했는데, 이런 대접을 받는단 말이지.

외르타는 차라리 그가 자신을 안아 들었어도 이만큼 화가 나진 않았을 것 같았다.

"두 분, 안 오십니까?"

무명이 재촉했다.

그녀는 코웃음 치며 걸음을 옮겼다. 거의 달려가선, 마차 문을 번쩍 열었다. 쾅, 쾅 단을 밟고 올라서 안쪽에 들어서자마자 문을 닫아 걸려 했다.

그러나 누군가의 억센 손이 그녀를 저지했다.

"마차 내부에도 감시할 사람이 필요합니다."

"……대체 나한텐 사생활도 없니?"

무명은 무시한 채 다시 바깥쪽을 바라보았다.

"합하, 마차 안을 지켜 주시면 좋겠습니다."

대답은 들리지 않았다. 외르타는 포기하곤 가장 구석진 자리까지 들어갔다. 돌아보지도 않을 것이다. 이를 갈았다.

아주 조용히, 마차에 무게가 얹히는 것이 느껴졌다. 마냥 벽을 보고 있을 순 없어 창문을 열었다. 그러나 곧이어—.

"안전하게 닫고 가셨으면 합니다."

그녀는 무명에게 하마터면 소리를 지를 뻔했다. 그러나 가까스로 품위를 지켜선, 부서져라 창을 닫았다. 아. 그럼에도 안쓰럽게 귀를 열고 무슨 대답을 기대했던 것 같다. 그러나 마차 문이 닫히는 소리, 거슬리는 니소르를 움직이는 소리, 첫 번째 바퀴가 돌아가는 소리를 제하면 아무것도 없었다. 외르타는 머리에서 김이 나는 것 같다고 생각했다. 그만 분통을 터뜨리자고 생각해도, 좀처럼 마음먹은 대로 되지 않았다.

"……."

그녀는 마차 벽의 덩굴 문양을 노려보았다. 뚫어져라, 열심히 집중했다.

19

그러다가 작은 충격에 쾅 하고 벽에 이마를 받혔다.

"아으……."

누군가 앞좌석과 연결된 창을 열었다.

"불편을 드려 죄송합니다. 말 편자가 잘 관리되지 못한 것 같습니다. 바로 교체한 뒤 지나가겠습니다."

무명이었고, 곧 턱 하고 창문이 닫히는 소리가 났다. 외르타는 머리를 감싸며 투덜거렸다. 물론 첫째로 주먹 쥔 채 벽만 노려보던 자신이 잘못했지만 이런 꼴을 누군가에게 보여 언짢았다.

"괜찮으십니까?"

외르타는 침묵했다. 대답할 가치를 못 느꼈다. 이렇게 머리를 감싸 쥐고 있으려니 그의 목소리가 잘 들리지 않아 차라리 좋았다.

그러다, 팔뚝 위로 열기를 느꼈다. 외투가 없어서, 얇은 천 위로 누군가의 기척을 느꼈다. 아니, 아니—. 그렇게 변명하지 말자. 자신이 너무 곤두서 있어서 살이 닿지도 못했건만, 스스로 민감하여 터럭 끝에서 바람을 느꼈다.

발렌시아는 그 순간에도 주저했다. 닿질 못하고 어정거리다, 물러나려다— 외르타는 휙 몸을 돌려 아무것이나 잡아 들었다. 그렇게 되는 대로 움켜쥐어, 첫 순간에는 불안정하게 미끄러졌다. 그래서 더 악착같이 잡아챘다. 결국 그의 옷자락 한 뼘을 뜯어낼 수 있었다.

고개를 들었다. 발렌시아는 반대편에서 몸을 숙이던 와중 어설프게 팔을 붙들린 모양이었다.

"외르타, 괜찮으십니까?"

"……응."

"소리가 커서, 혹시 다치셨을까 걱정했습니다."

"나한테 손댔지?"

외르타는 대뜸, 마치 자신이 이겼다는 투로 이야기했다. 그는 당신이 먼저 잡았다고 항의하지 않았다. 그보단 잠시 그녀의 손을 바라보다가, 사과했다.

"죄송합니다."

그녀는 그를 내팽개쳤다.

"좋아! 알겠어! 됐어!"

그녀의 노성을 뒤집어쓴 손이 천천히 멀어졌다. 외르타는 등을 돌렸다. 다만 이번에는 완전히 외면할 수 없었다. 그가 바로 앞에 앉아 있어 눈 둘 곳을 몰랐다. 더 몸을 틀었다간 광대처럼 보일 것만 같았다.

고민했지만, 그보단 누군가가 먼저였다. 제 꼴을 보기가 민망했을까?

"……외르타, 제가 잘못을 저질렀다면 말씀해 주십시오."

"벌써 수십 번 이야기했단다. 이제 안 할 거야. 지겹다."

"정확히 이해하지 못했습니다. 제가 당신을 안아서 부축하길 원하십니까?"

"그러기만 해 봐!"

"……."

"아니, 그러니까, 내가 싫어하는 것 같으면 손대지 말렴."

외르타는 곧장 주워 담았다. 겨우 발통에 들어온 물고기를 놓칠 수 없었다.

"요는 그렇게 닿으면 타 죽을 것처럼 대하지 말란 거야. 그럼 불씨 취급당한 사람은 어떤 기분이겠어?"

"저는 그로써 당신을 존중할 수 있다고 생각했습니다. 제가 오랫동안 당신에게 무례했다는 사실을 생각하면 더욱 그렇습니다."

"내가 지난번에 준 손수건 있니?"

발렌시아는 그제야 외르타를 향해 고개를 들었다. 그녀는 똑바로 앉아서, 요구하듯 손을 크게 펼쳤다.

"……."

'이제 그만 돌려 달라.' 최대한 엄중하게 굴었다. 발렌시아가 그녀를 꿰뚫듯 바라보고 있었다. 외르타는 소리 내지 않고 입 모양으로만 말했다. '줘.' 그의 시선이 떨어졌다. 내키지 않는 행동을 해야 하는 사람들이 으레 그렇듯 심하게 긴장해 있었다. 외르타가 너무 화가 나서, 더이상 증표로 준 선물조차 용납하지 않으리라고. 그것을 이해하고 둔한 가시를 하나하나 돋우는 것이다.

"뭐 하는 거야? 어서."

그는 그제야 품에서 손수건을 꺼냈다. 외르타는 속으로 뻔뻔해지자고 몇 번이나 다짐했다.

"난 안 가져갈 거야. 당신이 나한테 직접 줘."

손수건이 살짝 들렸다가, 외르타의 손에 얹혔다.

그녀는 놓치지 않고 그를 갈고리처럼 움켜쥐었다.

상대의 손아귀에 힘이 들어갔다. 그러나 아주 알량한 악력이었으므로, 그녀가 쫓자 도망가지 못하고 멈췄다. 기이한, 힘의 평형. 줄다리기를 하는 것만 같았다. 손수건 너머로 움직임이 느껴졌다. 채 다듬지 못한 손톱이 상대의 마디를 찔렀다. 뺐다. 일부러 더 강하게 눌렀다. 그러자 발렌시아가 버티지 못했다. 그의 손가락이 활짝 벌어졌다. 마치, 제 손톱이 미끄러지기라도 기대한 듯, 그 사이로 흘러 나갈 모래가 있기라도 한 듯. 그러나 외르타는 떨어져 나가기는커녕 그의 손가락 사이로 자신의 손을 끼워 넣었다. 손수건이 손가락 개수만큼 튀어나왔다.

그의 손이 큰 데다, 손수건까지 엉겨 있어 힘을 주기란 여간 어려운 일이 아니었다. 그러나 애써 자세를 잡았다. 그리고 고개를 들어, 눈을 마주했다.

"이러면 이제 말할 수 있겠니?"

"이해하지…… 못했습니다……."

"내가 이 정도로 가깝게 있어도 멀쩡하다고, 꼭 이렇게 증명해야 하니?"

"……."

"당연히 당신이 무서울 수도 있지. 아니, 확실히 말하마. 여전히 무섭다. 그렇지만 이렇게 눈을 마주치고 하나하나 풀어 나가다 보면 언젠간 나아질 수도 있을 것 아니야."

"……."

"평소에 하던 것처럼 하고, 나처럼 무서운 게 있으면 제발 바로 이야기하란 말이야. 내가 당신을 무서워하는 게 두렵다, 이야기하렴."

"저는…… 여러 번 말씀드렸습니다."

"말하자마자 도망갔잖아. 그럼 무슨 소용이니?"

"제게 다른 방법이 없었습니다. 저는 분명히 실수할 것입니다."

"대체 실수하지 않는 사람이 어디 있다고?"

처음으로, 그의 손아귀에 힘이 들어왔다. 그는 부드러운 땅에 따비를 박듯, 단단하고 느리게 이야기했다.

"저는…… 당신에게 실수하고 싶지 않습니다."

그녀는 입술을 깨물었다.

"그건 자만이야! 하루 만에 걷는 아이들은 없어."

"그러나 위험한 외나무다리 위에서 걷고 있다면, 당신도 저지했을 것입니다. 제가 그렇습니다. 저는 떨어질 것이 분명한 길을 갈 수 없습니다."

"그것도 자만심이라니까! '떨어질 것이 분명하다'고 누가 이야기했어? 당신 예전에, 본인이 남에게 공감하지 못한다고 단언하던 기억은 나니? 그때 내가 뭐랬어? 내게 공감해 두고서 무슨 헛소리냐고 했지? 당신은 매번 뭘 그렇게 알지도 못하면서 따박따박 말해?"

"……."

"겁쟁이들이나 단정 짓는단 말이야!"

"……."

그는 침묵했다. 보통의 경우라면 정적 속에서 전조가 불길하다고 느꼈겠지만, 이번만큼은 달랐다. 꽉 막힌 말보단 차라리 침묵이 나았다. 외르타는 희망을 발견하곤 너무 기뻤다.

"발렌시아?"

"……."

"이번에도 피하면 정말……."

"아닙니다."

"좋아."

"……."

그가 천천히 손을 빼냈다. 손수건은 그녀의 손가락 위 나뭇잎처럼 얹혀 있었다.

정적. 외르타는 배신감이 가득한 얼굴로 그를 바라보았다. 정말 나보고 이 손수건을 가지라고? 그러면 대체 무엇이 '아닙니다'야? 뭘 깨달은 거니?

"노력하겠습니다. 주신 선물은 제 잘못의 증표로서 돌려드리겠습니다."

"너……!"

외르타는 아주 오랜만에 그에게 이를 드러냈다. 생각할 겨를도 없이 손수건을 구겨서 그에게로 던졌다. 선물은 소리 없이 상대의 무릎 위로 떨어졌다.

"당신 물건이야. 돌려줄 생각은 하지도 말렴."

"저는 제 잘못을 압니다. 그래서 돌려드렸던 것입니다."

"정말 당신 잘못을 알면, 손을 놓으면 안 되었지. 내가 얼마나 노력한지 알면서도……!"

그녀는 말을 더 잇지 못했다. 자꾸만 단단한 벽에 막히는 것 같아 답답했다. 이 쇳덩이를 어떻게 뚫어야 할지 감이 잡히지 않았다. 그를 바라보았다. 눈가가 뜨거웠다. 스스로 화를 냈다고 생각했지만, 그보단 억울한 감정이 먼저였다. 그에게 실망하기 전에, 화가 나기 전에, 저 꽉 막힌 요새에 애가 탔다. 어떻게 해야—.

갑작스레 발렌시아가 손을 들었다. 그녀가 억지로 안겨 주었던 손수건을 쥐곤 투박하게 그저 앞으로 내뻗었다. 외르타는 어안이 벙벙한 얼굴로 그를 응시했다. 무슨 바람이 불었기에? 그는 그녀의 손에 집중하고 있었다.

그가 그녀에게로 손을 뻗었다.

이번에는 바른 방향으로 들어왔다. 천을 뒤집어쓴 손이, 어떤 손의 모양이, 느리게 외르타를 찔렀다. 그녀의 손가락 사이를 부드럽게 눌렀다. 지나치게 조심스러워서 마치 상대를 읽는 것만 같았다. 사람이 아니라 연약하고 둥그런 공 하나를 굴리듯 살살 미끄러졌다. 천이 아니었더라도, 그를 느끼기 어려울 정도였다.

발렌시아는 외르타와 깍지를 꼈다.

손수건이 둘 사이에 구깃구깃 버티고 있었다. 뻑뻑했다. 그러나 보드라웠다.

외르타는 눈을 깜박였다. 느리게. 빠르게. 여러 번 오갔다. 발렌시아는 여전히 그녀의 얼굴을 발견하지 못한 것처럼 보였다. 단지 뚫어져라 맞잡은 손을 바라볼 뿐이다. 주변은 느렸다. 빨랐다. 여러 번 오갔다. 그녀가 의심하여 짓밟자 단단한 시간이 허물어졌다. 다잡지 못한 마음이 거꾸러졌다.

한참 뒤, 그가 물러났다. 손수건과 함께.

그들은 좀 더 나아갔다. 그는 마차 속에서 여전히 가까이 오지 않았으므로, 엄청난 발전이라고 일컬을 수는 없었다. 그러나 적어도 자신을 바라보며 죄책감에 시달리던 시선은 사라졌다. 가벼워졌다. 그것만으로도 천금을 얻은 기분이었다.

동시에 묘한 느낌을 받았다. 고백한 남자를 자신이 달래서 데려가는 모양새라니 너무 낯설었다. 그녀는 그의 고백에 크게 미치지 않았고, 인간의 언어로 '당신이 무섭다'고 한마디 던졌고, 그 말에 겁먹은 이가 도망가지 못하도록 자리에 매어 두고 있었다. 이미 굉장히 적극적으로 그를 원하는 것처럼 느껴졌다.

이상했다. 얼마 동안 과하게 그를 싫어하거나, 그에게 분노했던 날들이 있었으므로, 제 행동거지를 한 번도 찬찬히 돌이켜 볼 수 없었다. 그러나 겨우 정신을 차리자 스스로 이만큼이나 노력했다는 사실에 기가 찰 정도였다. 그를 어르고 도닥이며 걸어왔다. 내가, 나 혼자, 누가 시킨 것도 아닌데.

물론, 그를 잃기 싫었다. 완전히 받아 주기는 힘들어도 전부 놓치고 싶지는 않았다. 그 일부라도 가지기 위해 그가 달아나지 못하도록 꽉 붙잡았다. 그러나 아무리 그래도, 이런 것들을 적극적으로, 거부감 없이 했다는 점이 의아했다. 언제부터 남에게 이토록 친절했던가?

대답이 돌아오지 않았다.

"외르타, 곧 도착합니다."

외르타는 반쯤 잠들어 있던 눈을 겨우 떴다. 기지개를 켜자 제 위로 덮인 무언가가 느껴졌다. 더듬거리며 끌어안은 뒤에야 발렌시아의 겉옷임을 알아차렸다.

"응……. 얼마 동안 온 거지?"

"반나절 내리 왔습니다. 곧 자정이 넘어갑니다."

"들어가면 바로 씻을 수 있을까?"

"발폼이 전부 준비해 두었을 것입니다. 방은 물론이고 새 옷과 따뜻한 욕조 물, 여섯 그릇과 잠, 그리고 의원을 채비하였습니다."

"의원?"

"긴 여행길이 혹 고되셨을까 걱정됩니다."

그녀는 누운 채로 이마를 짚었다.

"어렵게 드리는 말씀입니다. 당신의 발을 의원에게 보여도 되겠습니까?"

"싫어. 모리면 충분해."

"……."

"난 애랑 여섯 해를 지냈는데 왜 이래? 당신도 내가 말을 탔을 때 아무 말도 안 했잖니."

"제 마음이 급하여 당신을 적절히 배려하지 못했습니다. 사죄드립니다."

"뭐가 중요한지 진짜 모르는 거야……?"

"그렇다면 제가 당신의 발을 살펴도 되겠습니까?"

외르타는 홱 뒤를 돌아보았다. 그와 눈을 마주할 수가 없었다. 복잡한 마차 등받이 문양만 꿋꿋이 섰다.

"비록 의원은 아니지만, 저 역시 외상外傷에 익숙합니다. 모리 라치올에게 전해 들은 내용과 일전의 당신 상태에 미루어 진단할 수 있습니다. 결코 무례를 범하지 않겠습니다. 약조드립니다."

또 구구절절 말이 많았다. 그녀는 평소의 그를 보는 것 같아 반가우면서도 웃겼다. 저만큼 노력한다면, 조금씩 치하해 줄 수 있을 것 같았다.

그녀는 그를 등진 채 말했다.

"……그래야 당신 마음이 편하다면."

"감사합니다."

마차가 서서히 멈췄다.

외르타는 벌떡 몸을 일으켰다. 부스럭부스럭 노력해선, 그의 외투를 아예 제 것인 양 입었다. 상대가 받쳐 주는 문을 자연스레 지났다.

컴컴한 밤이었다.

두리번거렸다. 드문드문 밝은 등불 아래, 흰 벽이 끝없이 서 있었다. 문양을 어렴풋이 더듬었다. 소리 질러도 가득 차지 않을 만큼 넓다는 것만 느껴졌다. 누군가 일부러 아주 아주 큰 공간을 비워 둔 것만 같았다. 손에 잡히는 벽이 아니라, 그 안에 담긴 공기가 작품인 듯 보였다.

고개를 잔뜩 올렸다. 성벽은 얼추 파악했으나, 본성의 경우 그보다 더 높아 좀처럼 보이지 않았다. 가장자리마저 고요했다. 하얗고, 잔잔했다.

"외르타, 밤이 춥습니다. 이만 들어가시면 좋겠습니다."

멀리 구경 나온 시골뜨기가 된 느낌이었다. 그녀는 급하게 숙여 끄덕였다.

그들은 천천히 본성에 다다랐다. 문 양쪽으로 횃불이 불타고 있었다. 그 짧은 순간에도 불티가 날려 얼굴이 따스해졌다.

활짝 열린 문 안쪽으로 발폼이 걸어 나왔다.

"오랜만에 뵙습니다, 합하, 좌하."

발렌시아가 살짝 인사했다.

"가주의 방을 덥혀 두었습니다."

"손님방은?"

발폼이 희미하게 웃었다.

"따로 명하신 방을 정돈했습니다. 아메레오산産 침구와 옷가지, 버베나로 데운 욕조 물, 여섯 그릇과 잠, 그리고 여성 의원까지 준비해 두었습니다."

외르타는 아주 뻔뻔한 표정을 지었다. 마치 손님으로서 당연한 대접을 받는다는 듯, 발렌시아가 특별히 하나하나 명했으리라곤 아예 상상도 못 하는 사람처럼 결백하게 서 있었다. 그 따위로 생각했다간 무명과 발폼이 있는 이 자리에서 체면이 서지 않을 것 같았다. 모른 척하자. ―물론, 바로 직전에 발렌시아가 이야기한 내용과 별반 다르지 않아 자꾸만 무너졌다.― 아, 민망해하면 안 된다. 모른 척해. 그녀는 필사적으로 노력했다.

외르타는 발끝만 쳐다보다가 겨우 발렌시아와 발퐁을 따라갔다.

처음 내디딘 홀은 지금껏 본 어떤 성보다 컸다. 물론 단지 클 뿐이다. 높지 않았다. 건물의 성정을 공히 짐작할 만했다. 내부는 잉그레와 비슷한 양식을 지녔지만, 그보다는 화려했다. 잉그레는 마치 그 자체가 하나의 틀인 듯 매끈하고 단단한 조형물이었기에 담담한 신처럼 느껴졌다. 그러나 그녀는 이 자리에서, 인간이 성을 쌓아 올렸음을 확신했다. 장식물들이 제각기 다른 방식으로 미라이예를 상징하고 있었다. 그토록 뽐내는 것이 아주, 인간다웠다.

"이름이 뭐야?"

물론 그녀는 새삼스레 그의 이름을 물어본 것이 아니었다.

"미라이예 본성입니다."

"그냥?"

"예."

"영지를 부르는 말은?"

"저희가 정오에 넘은 언덕부터 다티바강ㅛ까지, 미라이예로 불러 주시면 됩니다."

성의 이름도 미라이예, 본 영지의 이름도 미라이예, 이 지방을 부르는 명칭 자체도 미라이예인 모양이었다. 그녀는 또 다른 미라이예를 바라보며 어깨를 으쓱였다. 물어본 제 잘못이라는 듯.

그들은 두 개 층을 올라왔다. 복도와 계단이 너무 넓어 폭포수라도 흐를 것만 같았다. 이 널찍하고 흰 벽들을 보자면 거의 등골이 서늘할 지경이었다. 그나마 시대에 따라 뒤죽박죽으로 쪼여 나간 장식이 인간미를 더해 주었다.

"좌하께서 머무실 곳을 먼저 안내해 드리겠습니다."

발퐁이 친절하게 말을 건넸으나, 먼저 나선 이는 무명이었다. 그는 채신머리없이 문을 벌컥 열어젖혔다. 저택의 주인에게 방을 소개할 기회조차 주지 않아 깜짝 놀랐다. 심지어 무명은 무례하게 방을 뒤지는 것에서 멈추지 않았다. 안쪽에서 왕왕거리는 소리가 들렸다.

"좌하를 모실 수행인은 어디 있습니까!"

발폼이 투덜대며 자리를 떴다.

"……나는 여기 계속 서 있어야 하니?"

발렌시아는 고개를 끄덕였다.

"확인되기 전까진 그러시는 편이 좋겠습니다. 물론 저는 제 성의 안전을 염려하지 않습니다. 다만 무명이 폐하의 명에 복종한다는 점을 염두에 두셨으면 합니다."

"이러다간 화장실도 혼자 못 가겠어."

"그는 상식적인 사람입니다."

그 말에 대답하는 당신이 농담도 못 알아듣는 바보천치처럼 보이네. 외르타는 속으로 불평했다.

그 와중에 수색을 끝낸 무명이 걸어 나왔다. 덜 달린 말처럼 사람들을 재촉했다. 마치 안전에 대한 강박증에라도 걸린 것 같았다.

"방은 문제없습니다. 수행인은요?"

그는 발폼이 헐떡이며 데려온 하녀 일곱과 하인 넷, 그리고 의원 한 명을 한 사람씩 방으로 불러들이려 했다.

그제야 최초로, 발렌시아가 저지했다.

"이 자리에서 해."

"탈의해야 합니다."

"불필요하게 미라이예의 수행원을 겁박하지 마라."

"합하께서도 그것이 최선임을 아십니다."

"아니, 허가하지 않는다."

"합하."

"그만."

그는 생각보다 단호했다. 수행원을 전부 이 자리로 불러 모은 것만으로도 자신의 도리는 마쳤다는 투였다. 왕의 의지를 존중하되, 네 행동거지를 감시하고 있다고, 적당한 곳에서 멈추라고 경고했다. 외르타는 언뜻 이 자리의 주인인 발렌시아와 무명 간의 불균형을 본 것 같다고 생각했다. 둘 모두 지닌 권력이 너무 대단해서 어느 선에서 멈춰야 할지를 모르는 모양이었다.

물론 여전히 발렌시아는 미라이예였고, 이 자리에 있는 사람은 왕이 아닌 무명이었다. 무명은 어쩔 수 없이 고개를 끄덕인 뒤 한 사람씩 암기를 조사했다. 벗겨서 수치를 주지는 않아도 이것까지 포기할 수는 없는 모양이었다.

"확인했습니다. 다만 좌하께서 잠자리에 드신 이후 이 복도에는 아무도 못 들어옵니다. 그 점 명심하십시오."

발렌시아는 의원만 남기고 나머지는 무명의 말에 따르라 명했다. 외르타는 엄중 보관되는 패물이 된 기분으로 불쾌하게 방 안에 들어섰다.

바깥에서부터 이미 눈치챘지만, 방은 어마어마하게 고상했다. 높은 아치형 천장과 흰 침대, 부드럽게 늘어진 최고급 견사絹絲, 생화가 꽂힌 대리석 탁자와 금이 점점이 박힌 소파. 외르타는 푹신한 양탄자를 밟으며 이 자리엔 왕이 머물러도 되겠다는 생각을 곱씹었다.

"성주로서 당신이 편히 머무실 수 있도록 최선을 다하겠습니다."

"음, 뭐, 그래."

"휴식하시기 전, 의원이 당신을 살펴도 되겠습니까? 수련의지만 자격은 부족하지 않을 것입니다."

일부러 여성 의원을 데려오느라 격이 낮아진 모양이었다. 그녀는 그의 후의에 감사하며 내실 가림막 너머로 걸어갔다. 앉았다. 품이 드러날 수 있도록 겉옷을 벗고 앞섶을 풀어 헤쳤다. 여성 의원이 조용히 다가와 이곳저곳을 눌러 보았다.

31

그녀는 근육통에 대해 몇 가지 질문을 한 뒤 따뜻한 마조비 차를 많이 드시라며, 따로 준비하겠다는 말과 함께 물러났다. 신체에 특별한 이상은 없으시고, 단지 여행길의 피로가 조금 누적되신 것 같다고.

발렌시아는 그녀에게 감사한 뒤 내보냈다. 그리고 등으로 방문을 밀어 닫은 뒤, 내키지 않는 듯한 태도로 입을 뗐다.

외르타는 무슨 말이 나올 줄 알고 있었다.

"계속 누를 끼쳐 죄송합니다. 마지막으로 말씀드립니다."

"……."

"당신의 발을 살펴도 되겠습니까?"

"……."

"불쾌하시다면 언제든 말씀 주십시오."

"잠깐만 기다려."

외르타는 허둥지둥 신을 벗고, 자신의 왼발을 감싼 실내화를 풀었다. 마음보다 손이 급해서 자꾸만 미끄러졌다. 이미 한 번 보였던 발인데도 왠지 멋쩍은 것이, 마치 숨겨 둔 장물을 보여 주는 느낌이었다. 그가 저렇게 주의 깊게, 억누르며 보고 있는 것이 마치 제 몸이 아닌 듯싶었다. 일정 정도 불구라도 생활에 어려움은 없는데, 그의 시선만 보면 무엇을 어떻게 해야 할지 모르는 기분에 빠지곤 했다.

"나, 씻어야 해. 하루 종일 동여맨 발을 바로 던질 순 없잖니."

발렌시아는 잠깐 걸음을 멈췄다. 그리고 다시 돌아가, 따로 가지런히 놓여 있던 여섯 그릇과 잠을 들었다.

외르타는 어안이 벙벙한 얼굴로 반문했다.

"뭐?"

"허락해 주십시오."

그가 무엇을 허락해 달라고 하는지 부지불식간에 깨달았다. 외르타는 양 무릎을 확 끌어안았다.

"나도 손이 있어."

"피곤하실 겁니다."

"웃기지 말렴. 그래도 발 정도는 씻을 수 있단다."

그는 대답하지 않았다.

단지 그녀 앞에 천천히 다가와, 무릎 꿇은 채 작은 대야를 밀어 두었다. 외르타에게는 손끝 하나 대지 않았다. 그녀 스스로 물에 발을 담그지 않는다면 영원히 건드리지 않겠다고 주장하는 듯 보였다.

그녀는 짜증스레 물그릇에 왼발을 넣곤 몸을 숙였다.

그렇게 상대와 이마를 찧었다.

외르타는 기겁하곤 허리를 젖혔다. 그가 이미 고개를 숙인 뒤라 눈을 마주할 수 없었다.

"하지 마……!"

단호하게 말했다고 생각했는데, 생각보다 말이 뭉개졌다. 그의 손끝이 살짝 물에 닿았다가 들렸다. 외르타는 단정한 뒤통수를 바라보았다.

"죄송합니다."

그는 이미 물러나 있었다. 마치 부지불식간에 손이 나갔다는 것처럼, 주먹을 꽉 쥐고 있었다.

"……죄송합니다."

발렌시아는 다시 한번 사과했다.

"하지 마."

그녀는 겨우 말을 가다듬었다. 최대한 엄중히 경고하곤 몸을 숙여 왼발을 닦았다.

그가 설마 진심으로 자신의 발을 씻겨 줄 생각이었는지 궁금했다. 아니, 아니지. 이상한 질문이지. 분명 진심이었을 테니, 그가 대체 무슨 생각으로 그 생각을 행동에 옮겼는지 알고 싶었다. 이미 발에 입 맞추었고, 당당하게 발을 살피겠다고 말할 지경이니 이제 씻겨 주는 것 정도는 괜찮으리라고 생각했을까? 어쩌면 그렇게 생각이 짧을까? 겨우 이야기해서 한 발자국 내딛었다고 생각했는데 언뜻 드러난 그의 욕심을 보자 또 마음 한구석이 바짝 긴장했다.

물론 자신이 그를 오해한 것일지도 모른다. 발을 씻겨 주는 것은 친밀한 사이에서만 허락되는 행위지만, 또 몸종이 주인에게 차리는 예의기도 했다. 그처럼 존중하는 마음일 수 있는데, 단순히 욕심이라고 일컬을 수 있을까?

아, 어김없이 헛소리를 하고 있네.

그녀는 굳게 다짐했다. 그를 어여뻐 보고 싶은 마음에 대신 변명해 주지 않기로 했다. 그가 스스로를 이기지 못하고 다가왔다고. 자신은 그것을 인정해야 했다. 그의 행동을 허락해야 한다는 뜻이 아니라, 그가 가진 마음의 결과 깊이를 인정해야 한다는 뜻이었다. 그것을 이해해야 다음으로 나아갈 수 있었다.

외르타는 깨끗이 씻은 왼발로, 다리를 곧게 뻗었다.

이미 한 번 경고했기에 그는 그녀에게 손대지 않았다. 그저 바로 앞에서, 복사뼈에 입김이 느껴지는 거리에서 외르타의 발을 바라보았다.

"오른쪽으로 돌려 주십시오."

그녀는 오른쪽으로 돌렸다.

"종골踵骨 부위를 보여 주십시오."

"종…… 뭐?"

"발꿈치 쪽을 드시면 됩니다."

그녀는 애써 종아리를 돌려 발꿈치를 보여 주었다.

"주상골舟狀骨을——."

"그게 어딘데?"

"이쪽으로 돌려 주십시오."

발렌시아는 제 오른손으로 발을 어느 방향으로, 얼마나 돌려야 힐지에 대해 묘사했다. 외르타는 애써 따라하다가 몇 번 더 조정을 받곤 결국 포기했다.

"당신이 알아서 봐."

그는 천천히, 그러나 기다렸다는 듯 손을 뻗었다. 잘못 건드리면 깨지는 얇은 유리잔이 된 기분이었다. 얼마나 아슬아슬했으면, 잠깐 닿는 감각은 있어도 감싸인다는 느낌은 받을 수 없었다. 언뜻 뜨거운 것이 붙었다가도 선뜻하게 떨어져 나갔다.

기껏해야 숨이나 몰아쉬었을까, 그가 몸을 세웠다.

"따로 상하신 곳은 없습니다. 하지만 제 욕심으로 당신을 고생시켜 죄송스러운 마음을 가눌 수 없습니다. 사죄드립니다."

외르타는 대답하지 않고 느릿느릿 발을 내려 두었다.

"그래."

그녀는 여전히 발을 이야기하는 것이 편치 않았다. 끄트머리에 무엇이 있는지 모를 줄을 잡아당기는 느낌이었다. 그래서 일부러 더 똑똑히 그를 바라보았다. 하나도 거리끼지 않는다는 듯.

발렌시아가 갑자기 숨을 들이켰다.

외르타는 찔끔 놀라 대답했다.

"어, 어. 왜?"

"낮에 말씀 주신 내용에 대해 고민했습니다."

외르타는 그를 여러 번, 다각도로 비난했으므로 그것이 정확히 어떤 '내용'인지 알 수 없었다. 그러나 말을 건네는 그의 태도는 마음에 들었다. 무릎을 꿇거나, 멀리 떨어져 앉는 대신 정직하고 조용하게 서 있었다. 또한 시선을 피하지도 않았다. 외르타는 제법 놀랐다. 발렌시아의 행동, 그리고 변화를 돌이켜 본다면, 지금 그가 어떤 과제를 해냈든 들을 가치가 있었다.

경청했다.

"죄악이라는 단어로 제 감정을 설명하고 싶지 않습니다."

그녀는 눈을 깜박였다.

"제 감정을 단순히 죄악으로 일컫는다면 그중 정확히 어떤 것이, 왜 나쁜지 알 수 없게 됩니다. 그것이야말로 저의 과오를 가립니다. 잘못을 분명히 말씀드리지 않고 단어 뒤로 숨는 일입니다."

"……."

"지금껏 제 옳지 않은 행동을 포착하기가 고통스러웠습니다."

"……."

"항상 정확히 사죄드리겠습니다. 당신에게 더 많이 묻겠습니다."

외르타는 다시 한번 눈을 깜박였다. 두 번째였다. 지나치게 부릅뜨느라, 눈이 시큰해질 때까지 움직이지도 못했다.

"부디 제 노력이 당신에게 의미 있기를 바랍니다."

그는 말에 이어 자연스레 칼자루를 짚었다가 확 뗐다. 마음을 가라앉히기 위한 습관일 텐데. 그마저도 상대가 경계할까 주의하는 것 같았다.

외르타는 주섬주섬 자리에서 일어났다. 여전히 왼발은 헐벗고 오른발의 실내화는 두툼해서 절뚝이며 걸음을 옮길 수밖에 없었다. 왼발에 부드러운 양탄자가 밟혔다. 오른발에 딱딱한 밑창이 느껴졌다. 왼발에 다시 양털이 잡혔다. 오른발에 반듯한 땅이 닿았다.

그렇게 그 앞에 섰다.

천천히 그의 한 손을 감쌌다. 잡아당겼다.

더 나아가지는 못했다. 단순히 손을 잡아 제 쪽으로 살짝 이끈 것에 불과했다.

"발렌시아."

"……."

"당신은 내가 우정으로 대하겠다고 결정해도 받아 줄 거지?"

"예."

그녀는 만족했다. 그가 자신의 우정을 받아들이겠다고 말했기 때문만은 아니었다. 그는 '노력하겠다'거나 '모르겠다'고 대답하지 않았다. 모호한 답, 도망치고 흔들리는 말씨가 아니라 감사했다. 그가 받아들일 수 없다고 단언했어도 그녀는 충분히 이해했으리라.

"고마워."

그의 손은 살짝 차가웠다. 외르타는 무언가 더 나아가고 싶었으나, 아무래도 여의치가 않았다. 어색하게 그의 손을 흔들었다. 마치 방향도 모르는 어린아이들이 악수하는 것 같았다. 시선을 들어 이야기했다.

"그래도 분명히 매겨 두자면, 나도 잘 모르겠어……. 지금은……."

겨우겨우 마지막 말들을 자아낼 때, 고개 숙인 그와 눈이 마주쳤다.

그는 그녀의 남은 손을 찾아 쥐었다. 느리지도 빠르지도 않았다. 그러나 외르타는 그가 제 손에 닿기 전, 일부러 잠시 멈췄다는 사실을 알았다. 침착하기 위해 아주 노력하는 모습이었다. 그녀도 함께 긴장하여, 채신머리없이 흔들던 왼손을 멈췄다.

그들은 그렇게 손을 맞잡고 가만히 기다렸다. 무엇을 기다렸는지는 모르겠다. 침묵했다.

단단하고 메마른 손이 느껴졌다. 그러나 더 이상 차갑지 않았다. 자신, 혹은 그에게서 온기가 타고 온 것이 아니라, 서로 맞닿은 곳에 따듯한 응어리가 있는 것만 같았다. 닿은 곳이 아주 붉었으며, 색은 더디게 번졌다. 흘러가다가, 미끄러지다가, 굴러가다가, 걸어갔다. 팔뚝을 넘지도 못했는데 서서히 느려지고 있었다. 외르타는 이것이 제 마음의 깊이일지 의심했다.

그러나 적어도, 멈추지 않았다.

그녀는 맞잡은 양손을 내려다보았다. 자신이 틀어쥔 그의 오른손과, 그가 감싼 제 오른손. 전혀 가지런한 모양이 아니었다. 서로 사람을 잡은 것이 아니라 관계를 움켜쥔 듯한 느낌이었다. 상대가 중요한 것이 아니라 이 관계를, 켜켜이 포개어 둔 유대와 기억을 지키는 것이다. 더 멀어지지도 가까워지지도 못한 채, 단순히 서로를 유지하려 했다.

그녀는 그와 자신에 대해 곰곰이 생각했다.

그러다 문득, 무언가를 찾아냈다.

외르타는 갑자기 할 일이 생긴 사람처럼 활기가 넘쳤다. 붙잡은 그대로 그를 끌어당겼다. 뒷걸음쳐 침대까지 물러났다. 침상에 걸려 털썩 앉았다. 그녀는 발렌시아를 떨친 뒤, 다시 한번 양손으로 상대의 오른손을 잡아당겼다.

발렌시아는 그녀의 힘에 이끌려 몸을 숙였다가, 기어이 무릎을 꿇었다. 자신이 무슨 생각인지 궁금해할 법도 한데 천천히 그녀가 원하는 대로 따라오고 있었다. 그녀는 그의 손바닥을 겨우 밝은 곳까지 끌고 와선 뚫어져라 바라보았다. 그의 엄지손가락 아래를 짚었다.

"여길 보랬는데."

"설명해 주십시오."

"언니가 남자를 만나면 여길 보라고 했어."

움직임이 살짝 굳었다. 너무도 명확해서, 외르타는 하마터면 자신이 얼어붙은 줄로만 알았다. 그러나 부드럽게 움직이는 제 손매를 보자면 전혀 아니었다. 그녀는 범인을 깨닫곤 어리둥절한 채 시선을 들었다. 상대가 죽었는지 얼굴을 확인해야만 했다. 발렌시아는 온통 인상을 찌푸리고 있었다. 오늘 처음으로 그가 흐트러졌다. 온종일 격벽처럼 굳어선 진중하게 한 마디 한 마디 건네다가, 갑작스레 금이 간 것처럼 보였다.

"아, 그러니까, 봐도 될까?"

"정확히 어디를…… 말씀하시는지 모르겠습니다."

"내가 짚었잖니. 여기, 엄지 아래."

그가 허락하지 않았지만, 그녀는 다시 고개를 숙여 그의 손을 들여다보았다. 함부로 말하다간 침이 튈 정도로 비투 다가갔다. 그러고도 도통 답을 알 수 없어 미간을 좁혔다. 똑같은 자세로 자신의 오른손을 벌려 비교한들 그저 인간의 손일 따름이었다. 다르다면, 옹이처럼 굳은 살. 외르타는 저도 모르게 손을 뻗어 만졌다.

"와."

"……."

"느껴지긴 하니?"

그는 여전히 살짝 일그러진 얼굴을 하고 있었다. 상대가 언짢은 표정으로 대답도 없자, 그녀는 자신이 무언가 잘못했다고 느꼈다.

"아니, 아예 색이 다르잖아……. 왜 이런 거야? 칼잡이들을 여럿 봤지만 이 정도는 아니었단다."

"기사라면 다들 같습니다."

외르타는 그의 손아귀를 쓸었다. 나무껍질 같았다. 비단 엄지뿐만이 아닌, 손가락 사이가 전부 파충류처럼 메말라 있었다. 놀라 읊조렸던 것처럼 색도 달랐다. 더 탁하고 둔한 빛이었다.

그녀는 정확히 그의 엄지 두 번째 마디를 짚었다.

"느껴져?"

"눌리는 감각은 있습니다."

"괜찮은 거니?"

"예."

"대체 얼마나 트고 굳었으면……."

"괜찮습니다."

발렌시아는 주먹을 쥐었다. 힘은 약했다. 외르타가 여전히 그의 손아귀를 쓰다듬고 있어, 그녀의 손을 감싼 것과 다름없었다. 그녀는 그제야 그의 손, 손바닥 자체가 전부 딱딱한 껍질처럼 일어나 있다는 사실을 깨달았다. 외르타는 이유 없이 철렁 내려앉아 그를 바라보았다.

"정말 괜찮니?"

"예. 어렵지 않으시다면 설명해 주십시오. 이 자리가 무슨 의미입니까?"

외르타는 갑자기 닥친 질문에 꿀 먹은 벙어리가 되었다.

"검을 쥔 이라면 모두 단단히 굳어 있는 부분입니다. 이외에 관심 두실 이유를 모르겠습니다."

"음, 나도 몰라. 언니가 보라고 했어."

"……."

"제대로 좀 알려 줄 것이지."

"제가 부족하다면 말씀 주십시오."

그녀는 문득 자신이 지나치게 정직히 고백했다는 사실을 깨달았다. '언니가 남자를 만나면 여길 보라고 했'다고? '남자'라는 단어를 입에 담았다고? 그러니 상대가 초조해하다가 '부족하다면 말씀해 달라'는 것 아닌가.

외르타는 얼굴을 붉히지 않도록 노력했다.

"나도 잘 몰라……."

"……."

"……지분거려서 미안하구나."

"아닙니다. 쉬십시오."

그는 그녀를 놓아주었다. 물러났다. 갑작스레 물러나야겠다고 판단한 것처럼 보였다.

그녀 역시 도저히 그와 같은 자리에 있을 수가 없었다.

두 사람 모두 갑작스레 멀어지고 싶어 하는 모양이었다. 발렌시아는 벌써 성큼성큼 문 앞까지 다가갔다. 거의 도망가는 느낌이었다.

그가 마지막으로 몸을 돌렸다.

"무명이 앞을 지킬 것입니다. 안심하십시오."

"아, 음."

"……."

그들은 머뭇거리며 대화를 닫았다.

외르타는 고개를 숙이고, 그가 떠나는 소리가 들릴 때까지 기다렸다. 문이 닫혔다. 그녀는 투덜대며 얼굴을 감쌌다.

앙히에는 자신의 길동무를 보고 헛기침을 터뜨렸다.

이 꼬맹이들을 내가 데려가야 한다고?

고개를 돌리자, 욜란다가 웃음을 꾹 참고 있는 모습이 보였다. 그는 소리 없이 욕설을 내뱉었다. 전장으로 떠난다는 소식을 듣고 갸륵하게도 이 오스페다까지 마중 온 동료라고 생각했다. 그런데 이제 보니 감투를 뒤집어써 우스꽝스러운 모습을 감상하러 온 모양이었다.

"너네…… 몇 살이냐? 아니, 물어볼 필요도 없겠다. 열네 살?"

해사한 얼굴의 소년 둘이 나란히 서 있었다. 이름을 들었는데 벌써 모두 까먹었다. 그리 중요하지 않은, 오스페다에 거처를 두지도 못한 가문의 자식들인 듯 보였다.

"예. 열넷입니다."

"어디에서 왔어?"

"저는 베발키에서 왔고, 다나비에 경은 발레-라파에서 왔습니다."

"거 멀리서도 왔군."

두 영지 모두 동쪽에 있었다. 소년들은 오스페다에서 약식 배정을 받은 뒤 전장으로 떠나는 모양이었다. 그 부분은 이해한다. 그러나 왜, 하필 자신이 이 아이들을 떠맡아야 하는지 몰랐다. 골치 아팠다.

"누가 보냈어?"

"저는 무사 관에서 들었습니다."

"저는 발수스 관에서 들었습니다."

"그러니까 누가 보냈는지는 모르겠다고?"

"……."

그러나 그들이 가진 서류에는 왕의 도장이 찍혀 있었다. 당연히 자카리의 친필은 아니지만, 왕명이었다. 각기 품에 쥔 종이에 똑똑히 쓰여 있었다. '앙히에 르나치 기지 얀 미라이예', 그리고 다른 한 명과 함께 레발로로 떠나라.

앙히에는 자신에게 석 달이 넘도록 애를 돌보라고 명한 누군가에게 기가 막혔다. 그는 스스로 홀로 오스페다를 떠날 것이라고 상상했다. 배웅도 없이 빠르게 도망치리라고 믿었다. 마음이 신산해지지 않도록 딱 죽기 직전으로 말을 채찍질할 계획이었다. 그렇다면 레발로까지는 적당한 시간에 도착할 수 있었다. 그런데 이젠…….

그는 머리를 짚은 채 누프리에게로 돌아갔다.

"도대체 뭐야?"

"전통입니다. 종기사는 중간 이탈을 방지하기 위해 세 명씩 함께 목적지로 향합니다. 아직 어느 군에 정식으로 소속된 것도 아니지 않습니까."

"나는 자멘테 후, 아니, 자멘테 경을 따라야 한다고 하던데?"

"전혀 상관없습니다. 사람은 소속이 아닙니다."

"……그래서 나보고 열네 살짜리 애들 잠자리를 보살피라고?"

"그러면 열네 살 때 기사직에 복무하셨더라면 될 일 아닙니까?"

군사에 종사했던 경험 때문인지, 누프리는 다시 없이 단호했다. 앙히에는 모두에게 들리도록 투덜거렸다.

"알겠어, 알겠어. 야! 아니, 얘들아, 이것도 아니군. 기운치 경, 다나비에 경."

"……."

"반 시간만 기다려…… 기다리시면 나가겠습니다. 제게 아직 몇 가지 챙길 거리가 남아 있습니다. 대수문에서 뵙지요."

두 소년은 감히 미라이예의 손에게 불평을 제기할 만큼 대담하지 않은 모양이었다. 그토록 무례한 말이 오가는데도 여전히 반듯이 긴장해 있었다. 그들은 느릿느릿 인사한 뒤 솔 미라이예를 등졌다.

앙히에는 동행자들이 떠나자마자 서류를 거칠게 흔들었다.

"누가 그랬는지 알 수 없나? 물리진 못하고?"

"공자님, 제발 그 아래 있는 폐하의 문장을 보십시오. 누가 그랬느냐고요? 폐하의 명이라는 게 타당한 결론이지 않을까요?"

누프리는 더 이야기할 가치도 없다는 듯 고개를 저었다.

"저는 일이 산적해 있어 이만 들어가 보겠습니다. 폐하의 명령을 물리겠다는 생각은 절대 하지 마시고 얌전히 레발로로 가십시오. 내키지 않더라도 잉그레를 기억하시고, 또한 저 어린 소년들이 공자님께 소박 맞으면, 끈 떨어진 뒤웅박처럼 군에 배속받지 못하리라는 사실도 기억하십시오. 셋 중 하나라도 누락되면 레발로에 도착해도 종기사는 못 될 것입니다."

그는 생각보다 진지했다. 지난 며칠간의 충고에서 아직도 배운 것이 없느냐는 듯, 그루터기처럼 엄중한 말씨였다. 앙히에는 입을 다물었다.

"여정이 고되진 않아도, 꽤나 길 것입니다. 그래도 십이공회에서 온 선물이면 긴 여행길을 떠나기에 부족함이 없으시리라 생각합니다."

"그래, 그래. 십이공회에 엎드려 절이라도 해야겠군."

"그러면 후일 다시 뵙겠습니다. 기회가 되면 제가 서부에 방문할 수도 있습니다."

앙히에는 고개를 끄덕였다.

누프리는 깊게 인사하고, 뒤돌아 솔 미라이예의 문 너머로 사라졌다.

그는 다리를 툭툭 털며 새 신발을 내려다보았다. 여행길의 신호였다.

그리고 그제야, 지금까지 침묵하고 있던 누군가가 입을 열었다.

"상고, 빨리 떠나시는 게 좋겠어요."

"방금까지 실실 웃고 있더니 아닌 체하는군."

"아니, 제가 무슨 잘못이라도 했다는 것처럼? 좀 웃을 수도 있죠. 상고보다 열 살도 더 어린 애들인데요. 잘 뫼시고 가세요."

"나랑 가는 길이 같았던 거 아니야? 그래서 함께 떠나려 했던 모양인데. 이젠 저 애들이랑 가야 하는데 뭐가 그렇게 즐거워? 오스페다에 비웃으러 왔나?"

욜란다가 손사래를 쳤다.

"말도 안 되는 소리 마세요, 상고. 제가 상고를 배웅하러 여길 왜 와요? 물론 얼굴은 보자는 생각이었지만 그것만으로 움직이진 않아요."

"놀금 일이면 따로 보고해 봐."

"앞으로 몇 년 동안은 장부에 얼씬도 못 하실 텐데 욕심을 부리시네요."

"왜 못 해? 네가 찾아오면 되지."

그녀는 코웃음을 치며 양손을 들어 보였다.

물론 앙히에는 아무리 발뺌한들 전장으로 떠나기 전, 제 얼굴이라도 한 번 보기 위해 그녀가 행차했다는 사실을 알았다. 주로 투명한 벽으로 표현되는 욜란다의 성격상 절대 입 밖에 내지는 않을 것이다. 그러나 그녀는 게외보르트의 자신을 짐작하는 몇 안 되는 사람 중 하나였으며, 동시에 언제나 섬세하게 의리를 지키는 동료였다.

"꼭 필요하다면 제가 어련히 찾아갈 것이에요."

"그래, 그래."

"그동안 목숨은 보전하시면 좋겠어요."

이렇게 가볍게 진심을 건네는 것이다.

앙히에는 멋쩍게 웃었다.

"이러고 있으니 옛날 생각나네."

구 년 전, 지금처럼 욜란다와 함께 있었다. 서녘의 땅. 횔젠벡. 가끔 연통은 전하겠지만, 내전이 끝날 때까지 얼굴 볼 생각은 하지도 말라고 열여섯답게 경고했다. 그때 곁방에는 게외보르트의 막내 왕녀가, 그러니까 외르타가 잠들어 있었다. 달이 휘영청 떴다. 자신은 약간 열에 들떴던 것 같다.

"상고."

고개를 들자 욜란다의 얼굴에 걱정이 서려 있었다. 내가 언제 고개를 숙였더라?

"괜찮아요?"

"아……."

"옛날 생각을 왜 해요, 하길."

"미안."

"여기서 또 미안하다는 소리를 왜……. 상고, 정신 차려요."

그는 칼자루를 꽉 쥐었다. 마음을 가라앉혔다.

"내 이럴 줄은 또 몰랐네. 결심했다기에 그래도 좀 튼튼해지셨을 줄 알았어요. 도대체 무슨 바람이 불었던 거예요?"

"좀…… 일이 있어서 형님 뜻을 따라야 했어."

"상고가 열네 살 때 솔 미라이예에서 도망칠 수 있도록 도운 사람이 누군진 기억하세요?"

"어떻게 잊겠어. 내 눈앞에 있는데."

한숨처럼 웃었다. 공통된 기억의 냄새를 맡고 안도했다. 열넷의 자신을 도운 사람이 내전에 참여하던 열여섯의 자신을 도왔고, 또 비 맞은 개처럼 쫓겨나던 스물의 자신을 도왔다. 인생의 결절마다 항상 뚫어져라 돋보기를 들이대던 사람이었다. 흥미 본위였다면 이미 오래전 뿌리쳤겠지. 그러나 아니었다. 타산적인 이유가 조금, 한참 어린 친구를 보는 안쓰러움이 절반, 그리고 남은 공간은 그에 대한 존중이 채우고 있었다.

"상고, 그렇다면 지금은요?"

"이제는 형님이 아니라 내 문제가 됐지. 이제 너도 날 돕긴 어려울 거야."

"그러면, 본인이 결정했으면서 왜 아직 죽상이에요?"

"아니 뭐, 다들 볼일을 볼 때는 죽상이잖아. 그런 거지."

"지금 변소에 가는 것이에요?"

앙히에는 생각보다 적절한 비유라는 사실에 놀랐다. 고개를 끄덕였다.

"어, 맞아. 그거 같아. 난 똥을 싸는 거야."

"소화는 잘되었어요?"

"그냥 게워 내는 것에 가까워."

"병 걸리겠어요."

"어쩔 수 없군."

욜란다는 한 걸음 다가와 그의 앞에 섰다. 품에서 무언가를 꺼냈다. 그는 눈을 끔벅이며 그녀가 자신에게 칼이라도 건네는지 살펴보려 했다.

정말 칼이었다.

"단검? 뭐야?"

"숄렘-우펠이에요."

앙히에는 순식간에 몇 걸음이나 도망쳤다.

"지금 이걸 왜……."

"준비가 되었을 때 버려요."

"대체……."

욜란다는 억지로 그에게 칼을 넘겼다. 여인의 팔뚝도 넘지 못하도록 짧은 단검이었다. 그러나 그 귀한 무기를 이루는 것은 숄렘-우펠. 보석으로 빚은 칼을 직접 하사받을 수 있는 이는 게외보르트의 왕족뿐이다. 그리고 그는 욜란다가 알 법한 게외보르트의 왕족을 단둘 떠올릴 수 있었다. 그중 하나는 평생에 칼을 잡아 보지도 못했을 테니, 남은 하나.

그는 목이 멨다.

"리비 거야?"

"아주아주 오래전에 상단에 두고 가셨지요. 상고의 정체를 알려 달라고, 저를 값진 상품으로 회유하려 하셨어요. 이보다 더 큰 선물도 줄 수 있으니 찬찬히 생각하라고 권유하셨는데, 아시다시피 저는 아무것도 말하지 않았죠. 상인은 신용."

앙히에는 칼집을 쥐고는 어쩔 줄 몰라 했다. 실로 적절한 표현이다. 정말, 어쩔 줄을 몰라 했다. 아직 칼을 떨어뜨리지 않았다는 사실이 놀라울 지경이었다.

욜란다는 물끄러미 그를 바라보았다. 누군가 그의 밑동에 괸 돌을 하나씩 빼는 듯한 모습이다. 몸을 곧추세운 것도 허물어진 것도 아니었다. 그저 당장 날아가거나 바스라질 것처럼 뭉쳐 있었다.

"상고."

그러나 그는 아직도 땅으로 돌아오지 못했다.

"저는 십 년 동안, 더 정확히는 지난 삼 년 동안 그 칼에 대해 상고께 말씀드리지 아니하였어요. 상고는 과거에 머물러 있으실 필요가 없어요."

"……."

"이제야 묵은 창고에서 먼지를 털어 칼을 드리는 이유는, 지금, 이 자리, 상고께서 나아갔다고 믿기 때문이에요. 아무리 누군가가 강요해 출전하신다 해도, 그러면 상고의 열네 살은 어떠했단 말이에요? 그렇기에 상고의 뜻이라고 생각해요."

"……."

"상고, 말씀 좀 해보세요."

그는 여전히 침묵했다.

욜란다는 어린 친구를 달래기 위해 무엇을 해야 할지 생각했다. 그녀의 역사는 사람을 허투루 키우지 않는 축에 속했다.

"저는 전하의 바예를 베르가 역시 지니고 있어요."

그가 그제야 그녀를 바라보았다. 덜컥 놀란 표정이었다.

그럴 줄 알았지. 그녀는 정신적으로 고개를 저었다. 그녀의 다음 말은 꽂히길 기다리던 칼이었다.

"그러나 상고께 드릴 마음은 없어요."

침묵.

"저 단검은 전하의 본의로 받은 것이 아니어요. 단순히 상고의 정체를 캐묻기 위해, 저를 달래었던 도구에 불과해요. 때문에 전하께서 분실하신 물건에 가깝죠. 돌아가신 분의 유품을 보존하자는 의미에서 묘지기에게 드릴 수 있어요."

"……."

"하지만 바엘 벨은, 전하께서 상고의 정체를 발설하지 않는 제 충성심에 선사하신 것이어요. 전하께는 수많은 바엘 벨 중의 하나에 불과하겠지만, 제게는 선물로서 의미를 가져요. 때문에 그것은 제 물건이에요. 상고께 드리지는 않을 것이에요."

"달라고 한 적 없어."

"이미 말씀하셨어요."

그는 방어적인 태도로 그녀를 응시했다.

"아니, 그런 말 한 적 없어."

"왜 아직도 그분의 물건에 욕심을 내시나요?"

"안 냈어. 그만하자."

"상고, 우리 이십 년을 알았으면 당신이나 그만해요."

그녀는 처음으로 입에 담는 호칭을 곱씹어 보았다. 앙히에를 '당신'으로 불렀다. 물론 그를 미라이예의 공자로 여긴 적은 없다. 그러나 항상 놀금의 주인으로 생각했다. 그에서 비롯된 존중이었다. 그것을 아주 살짝, 살포시 내려두었다.

"저랑 약속해요."

"……."

"그 칼은, 서부에 버리고 오세요."

"……."

"어차피 돌아오시면 제가 다시 가져가 녹일 것이에요. 용광로에 흘려보낼 것이에요. 그러니 제 손에 죽지 않도록 최선을 다하시면 좋겠어요."

그는 칼을 품에 넣었다.

"부족해요. 말로 맹세하세요."

"네 물건이니, 네 뜻대로 해야겠지."

"아니. 부족해요. 그 칼을 서부에 버리고 온다고 말씀해 주세요."

"……이 칼은 스트레파르에 버리고 올게."

그녀는 입을 다물었다.

앙히에는 한숨을 쉬며 겉옷을 가다듬었다. 더 이상 단검의 흔적은 없었다. 그는 방금 전 놀라 물러났던 거리를 되짚어갔다. 욜란다 앞에 섰다. 그녀에게 말하듯, 또한 본인에게 다짐하듯 반복했다.

"버리고 올게. 반드시 버릴게."

"상고, 아시죠? 게외보르트도 버리셔야 해요."

"……."

"이제 그만 버려야 해요."

"……."

대답이 돌아오지 않았다.

욜란다는 곰곰이 생각하는 얼굴로 땅을 툭툭 쳤다.

"저는 가끔 생각해요. 상고가 모든 것이 끝나고 게외보르트의 왕을 죽였으면 좀 더 상황이 나아지지 않았을까 하고요. 전장에서, 아무 때나요. 어쩌다 칼이 잘못 맞물린 것처럼 심장을 찌르길 바랐는데. 이미 왕녀 전하께서 돌아가신 뒤라도, 그를 죽임으로써 해결되는 것이 많았을 것이에요."

그는 전혀 이해하지 못하는 얼굴이었다.

"……무슨 뜻이야?"

"저는 불쾌한 의심을 가지고 있어요. 상고 홀로 죽은 사람을 애도하는 것은 아니라는 의심이요."

"내가 누구랑 잡담이라도 한단 말이야?"

"혼자가 아니란 확신이 있을 것이에요. 함께 기억에 목숨 거는 이가 있다고, 등 돌리면 나란히 서 있는 지평선에 안심하시겠죠."

"……."

"좋지 않아요. 혼자라면 가끔 내가 잘못하고 있나 되짚어 보기라도 하지, 같은 생각을 하는 한 사람이 더 있으면 아주 쉽게 정당화가 되어요."

"……."

"상고, 듣기 싫어도 우리 이십 년을 생각해서 조금만 떠올려 주세요. 저는 상고를 잘 알아요. 모든 사람들이 상고에게 자리를 주고 나아가라고 하는 이유가 무엇이겠어요. 상고 지위 때문이라고 생각하지 마세요. 그저, 상고가 괜찮은 사람이기 때문이에요. 충분히 가치가 있으니까. 젊고, 아쉬우니까. 삶은 기니까."

"……."

"정말 '모든' 사람이 그렇게 생각할 것이에요."

그녀는 한숨을 쉬었다.

"저는 선을 넘지 않아요. 그러나 제가 드리지 않은 말씀이 무엇인지 상고도 아실 것이에요. 상고도 저를 스무 해 알았으니, 그 정도는 아셔야 염치가 서시겠죠."

그녀는 천천히 앙히에의 어깨에 손을 얹었다. 신의를 담아 꽉 쥐었다.

침묵이 흐르는 가운데 물러섰다. 더 이상 말을 건네지 않을 것이다. 제 권한 밖이었다.

칼을 버리고 오겠다는 앙히에의 맹세를 믿었다. 그는 진실을 이야기
하지 않을지언정, 거짓을 말할 이는 아니었다. 태생적으로 불가능했다.
　그녀는 인사하지 않고 떠났다.

　외르타는 단 하루 만에 무명을 붙이고 다니는 데 진력이 났다. 그가
자신에게서 떨어져 나가는 경우는, 발렌시아가 다가올 때가 유일했다.
마치 호위를 교대하듯 절대 홀로 두지 않았다. 때문에 최대한 발렌시아
와 많이 만나려고 애썼다. 죽은 생선 눈을 한 무명과 함께 먼 곳을 바
라보느니, 망설이는 이를 곁에 두는 편이 나았다.
　그러나 결심과 달리 쉬운 일이 아니었다. 발렌시아는 영지에 도착한
다음 날, 그러니까 바로 오늘부터, 송사에 시달리고 있었다. 서류를 든
솔정의 발걸음이 쾅쾅 요란했다. 먼 길을 온 소귀족들은 그보다 더 큰
소리를 내며 홀을 오갔다. 넓은 정원부터 일 층 홀까지 온갖 옷을 차려
입은 이들이 자리를 틀고 있었다. 그들은 물론, 판결이 내려지는 대형
회관에 들어가서도 서로 언성을 높였다. 그 무례함에 기가 막혔으나,
사실 몇 년 동안 의무를 미뤄 둔 발렌시아의 잘못도 있을 것이다.
　외르타는 아까 전 자신이 썼던 쪽지를 바라보았다.

　이따가 저녁 식사는 하지?

　너무 격에 맞지 않는 문장이라 구겨 버렸다. 그러나 비슷한 의미, 다
른 말씨로 시종에게 얹어 보냈다. 공작에게 전하라고. 물론 네 시간이
나 지난 지금 생각하자면 아무래도 잘못된 질문이었던 듯했다. 그에게
제대로 전달되었을지조차 알 수 없었다.

그녀는 실낱같은 희망을 품고 그를 기다리느라 저녁을 들지 않았다. 이제 창밖은 어두컴컴했다. 해가 진 지도 한참이었다. 그러나 복도의 소란은 가라앉을 기미가 없었다. 사람들은 계속 오갔다. 완전히 실수했구나. 배가 고팠다. 무명은 같은 방에서 책을 읽다가 저녁은 안 드시냐고 한마디 한 것이 전부일 뿐, 그 역시 꿋꿋하게 끼니를 참았다.

"스물, 이만 자겠다."

무명이 그녀를 돌아보았다. 고개를 끄덕이더니, 자리에서 일어서 다시 한번 방을 점검했다. 그 와중에 함께 있던 하인들에게 이런저런 용품을 가져오라고 명하는 것은 덤이었다. 첫날 밤에도 창문에 사소한 가림막이를 덧대었는데, 오늘 또 무슨 짓을 하려는 모양이었다.

외르타는 불평불만을 터뜨리며 침대로 미끄러져 들어갔다.

"여기랑 저기, 불은 켜 놓고 가."

"예."

"그리고 너도 눈 좀 붙이고."

"감사합니다. 그러나 충분히 휴식을 취하고 있으니, 걱정해 주지 않으셔도 됩니다."

"그러다 진짜 중요한 순간에 체력이 부족할 수 있어."

"좌하, 저는 평생을 이렇게 지냈습니다."

그녀는 그러다 일찍 죽는다고 투덜댔다. 그러나 무명은 듣는 체 마는 체, 하인이 들고 온 도구로 온갖 모서리의 틈을 조이며 돌아다녔다. 애초에 반듯하고 단단히 설계된 성의 한복판인데, 그럼에도 전혀 안심이 되지 않는 모양이었다. 외르타는 그가 자신의 살해 방법에 대해 어떻게 상상하고 있는지 궁금했다. 어수대가 공중에서 벌새처럼 날아와 창문을 박살 내리라 생각하는 것일까?

"됐습니다. 쉬십시오. 저는 문 앞을 지키겠습니다."

그녀는 진저리를 쳤다. 손짓으로 내보냈다. 등 돌려 베개에 얼굴을 파묻었다.

"……."

"합하?"

귀가 확 뜨였다.

"방금 취침하셨습니다."

"아니—."

외르타는 허겁지겁 말을 삼켰다. 그러나 이미 내뱉은 뒤였다. 숨길 수도 없어서, 눈만 내밀어 이불 너머의 상대를 바라보았다. 발렌시아보다 무명과 먼저 눈이 마주쳤다. 그에게선 감정이 보이지 않았다.

"아직 주무시지 않으셨군요. 저는 앞에 있겠습니다. 복도 너머에 있어도 됩니다."

"앞에 있어."

"예."

"외르타, 제가 들어가도 되겠습니까?"

그녀는 고개를 끄덕였다. 이미 서로가 서로를 보고 있어서 말로 대답할 필요가 없었다.

발렌시아는 무명을 지나쳐 보내고, 방 안으로 들어왔다. 등 뒤로 문을 밀어 닫았다.

"죄송합니다. 방금에서야 주신 말씀을 전해 들었습니다."

"……지금 거의 자정이란다."

"업무가 많아 서간을 확인하기까지 시간이 오래 걸렸습니다. 지금도……."

그는 시간을 확인했다.

"……반 시간 안에 돌아가야 합니다."

"밤을 새는 거니?"

"송사를 기다리는 귀족들이 지치지 않는 이상 저도 남아 있을 예정입니다. 몇 년간 누적된 업무이기에, 빠르게 처리할수록 빠르게 마무리

지을 수 있습니다.”

“이렇게 몸을 혹사하고 또 전장엔 어떻게 가서 일하겠다고…….”

“이 속도라면 일주일 안에 끝낼 수 있습니다. 떠나기까지 며칠 여유가 납니다.”

외르타는 기껏 따라왔지만 여전히 그를 만날 수 없다는 사실에 집중하여, 그가 여유가 난다고 덧붙인 말을 듣지 못했다. 불평했다.

“내가 그 여행길을 왔는데 이렇게 자기 전에 몇 마디씩 하고 시간을 흘려보내야 한다고?”

바쁜 사람에게 제 본위로 투정을 부리는 셈이었다. 그러나 단순히 투정이라는 단어로 정리하기엔 자신이 치른 고생이 많았다. 며칠 동안 제대로 몰지도, 따르지도 못하는 승마를 했다면 보답받아야 한다는 근거 없는 믿음이 있었다.

“외르타, 며칠 여유가 납니다.”

“응?”

“정확하게 말씀드릴 수는 없지만, 최대한 일정을 안배하여 당신과 나눌 수 있도록 노력하겠습니다.”

그녀는 다시 한번 반문해야 했다.

“응? 나와 나눈다고?”

“예. 물론 원치 않으신다면…….”

“아니, 그것보단, 난 그게 그거 같아서. 정상적인 속도로 업무를 보고 그 와중에 나와 시간을 보내는 편이 더 낫지 않겠니?”

그는 잠시 침묵했다. 그녀는 자신이 핵심을 찔렀다고 생각했다. 아무래도 내 말이 맞지. 이렇게 일주일 동안 얼굴도 못 보고 나중에 며칠간 허겁지겁 말을 삼키는 것보단, 여유롭게 매일매일을 공유하는 편이 비교할 수 없을 정도로 좋았다.

그러나 그에게는 계획이 있는 듯했다.

"원하신다면, 주변을 보여 드리려 했습니다. 그러기 위해 시간이 필요했습니다."

그녀는 눈을 굴렸다.

"주변…… 영지?"

"예."

"아니— 필요하핫! 하하하! 하하, 흑, 하!"

웃음을 참지 못했다. 바보스러울 정도로 정석적이었다. 영지에 함께 와서 '둘러보기까지' 한다는 것이 너무 계면쩍었다. 침대 위에서 펄쩍 뛰고 싶을 정도였다.

"아, 하흑, 배 아파, 아니, 아, 웃긴 건 아니고, 발렌시아, 아니야. 아니— 아니야. 난 안 웃었다."

"……."

"무, 물론 제안한다면 기쁘게 받아들이마."

그녀는 더듬지 않은 척했다. 웃음보가 터져서 어쩔 수 없었다.

"하지만 그걸 위해 무리하지 않았으면 한단다. 사실, 미안한 이야기지만 이 내륙 지방에 뭐가 있을 리는 없잖니."

"알론조 캄비를 보여 드리려 했습니다."

"……."

"……."

"일부러 늦게 얘기했지? 날 비웃으려고?"

"무슨 말씀이신지 모르겠습니다."

"……알겠어. 그거라면야, 나도 알론조 캄비는 미리 보고 싶어. 그러나 당신이 보여 주고 싶어 하는 이유는 모르겠구나."

그는 그녀의 말이 언짢은 것처럼 보였다. 외르타는 그 이유도 정확히 알고 있었다. '나도 알론조 캄비는 미리 보고 싶어.' 아주 오랜만에, 떠난다고 전제했다. 그토록 여러 번 남아 있기를 종용한 사람이라면 이 이야기에 불쾌해하는 것은 당연했다.

하지만 더 이상 대꾸가 돌아오지 않았다. 날 이해했나? 그렇게 이해해 보라고 설득했더니, 기어이 성공한 것인가?

"제가 보여 드릴 곳은 알론조 캄비의 신전이 아닙니다. 그곳은 좀 더 떨어진 곳에 있습니다. 그보다는 호수의 뻗어 나온 지류입니다."

"호수에 지류가 있어? 아니, 그래. 그만큼 크다고 했지."

"예. 떠난다는 소식을 공유 주셨으므로, 그 전에 확인하시는 편이 좋을 것으로 판단했습니다."

외르타는 그를 의심했다. 어조가 이상했다. 마치 자신이 직접 알론조 캄비를 보면 계획을 취소하기라도 할 것처럼 느껴졌다.

"발렌시아, 할 말이 있으면 그냥 하는 게 낫지 않겠니?"

"……."

"캄비에 무슨 문제라도 있어? 내가 두 눈으로 거길 보면, '아, 여긴 올 곳이 못 되는구나' 생각할 것 같아?"

"아닙니다. 당신이 캄비를 미리 보길 원하시리라 생각했습니다."

"경, 이리 와 보렴."

오랜만에 그의 이름을 부르지 않았다. 발렌시아는 물끄러미 침대를 응시하다가, 천천히 걸음을 뗐다. 걸어오는 도중 등받이 없는 의자를 잡아 그녀의 옆에 두었다. 외르타 역시 그와 눈높이를 맞추기 위해 몸을 일으켰다. 그가 자리에 앉았다. 시선이 바르게 맞았다.

"내 눈을 보고 똑바로 말해. 알론조 캄비에 나를 데려가려는 특별한 목적이 있니?"

"……."

"발렌시아."

"당신이 떠나지 않기를 바라는 제 마음에는 변함이 없을 것입니다."

그녀는 한숨을 쉬며 그와 손을 포갰다. 이제는 조금 자연스러웠다.

"그러나 당신의 행동을 강제하려 한 것은 아닙니다. 단지 당신과, 당신이 머물 곳에 함께하고 싶었습니다. 제가 알론조 캄비에 방문하지 못할 것을 생각했습니다."

외르타는 어떤 문장을 경청해야 할지 몰랐다. 신전과 멀다 한들, 자신이 삶을 꾸릴 알론조 캄비에 함께해 보고 싶었다는 민망한 말인지, 아니면 캄비에선 얼굴을 못 보리라는 말인지 알 수 없었다. 그러나 어느 쪽이 더 급한지는 분명했다. 그녀는 그가 지난번과 동일한 방법으로 자신에게 속임수를 부리고 있는지 의심했다.

"혹시, 또 시위하는 거야? 우리가 영영 못 볼 거라고?"

"외르타."

"내가 캄비에 있든 오스페다에 있든 전쟁이 끝나고 당신을 만날 수 있다는 사실엔 차이가 없어. 캄비는 오스페다 코앞이기도 하고."

"있습니다. 원칙적으로 알론조 캄비는 살인자를 거두지 않습니다."

그녀는 무언가를 말하려던 입술을 깨물었다.

"캄비에서 살인자를 엄격히 가리지는 않습니다. 주로 각자의 양심에 맡깁니다. 그러나 저는 세 전쟁의 총사령관으로서 감히 살인자가 아니라고 말할 수 없습니다."

"……."

"물론 당신이 신전을 벗어나신다면 만날 수 있습니다. 절차가 번거롭겠지만 가능합니다."

그는 적확하게, 꾸밈없이 진실을 말한다는 태도로 그녀를 바라보았다.

"다만 앞으로 당신이 머물 곳에 저는 방문할 수 없습니다. 일전에 이 사실까지 말씀드리기 어려웠습니다. 마치 제가 당신이 계신 사적인 공간까지 침범하길 바란다는 인상을 심어 드리고 싶지 않았습니다."

외르타는 기억했다. 무엇을 알리려다가, 자신이 말을 끊자 '당신이 신전을 떠날 수 없다'고 느리게 주장하던 그를 기억했다. 모리는 알론조 캄비를 뛰쳐나온 몇몇 유명 인사들을 떠올리며 고개를 갸우뚱했다. '나올 수 없다니요? 물론 대사제의 허가를 얻어야 하니 엄청 번거롭긴 하겠지만요.' 이제야 깨달았다. 발렌시아는 자신이 갈 수 없다는 이야기를 돌려 말한 것이구나.

일반 귀족들이라면 사람을 죽인들 아닌 체 오갈 수 있을 것이다. 또 기사라도, 본인이 전쟁터에서 피를 묻히긴 했으나, 남의 명줄을 끊은 적은 없다고 뻔뻔스레 주장할 수 있으리라. 그러나 발렌시아에게는 어려웠다. 그가 들어가는 것 자체가 신전에 대한 조롱으로 보일 것이다. 전쟁이 하나도 아니고 둘, 셋. 모든 것을 무시한들 그가 라르디슈의 왕을 죽였단 사실은 너무도 잘 알려져 있었다. 저이만큼 본인의 살인이 유명한 사람도 드물 것이다.

"난…… 몰랐어."

"모르시리라 생각했습니다."

"그리고 당신, 방금 일부러 이야기하지 않았어. 사실 전쟁을 다스렸기 때문이 아니라 로크뤼를 죽였기 때문인 거지? 그 사실이 너무 유명해서. 딤니팔의 공작이 라르디슈의 왕을 죽였다고. 직접 목을 베어 군이 잘 볼 수 있도록 효수하고, 썩어 문드러진 뒤에야 라르디슈로 돌려보냈다고. 이 이야기를 온 딤니팔이 알고 있어서 그런 거지?"

"……."

"그리고 내가 알론조 캄비에서 나오는 건 대사제의 허락을 구해야 하고? 모르긴 몰라도 대사제는 그곳의 왕 같은 존재일 테지."

"……."

"그러면 내가 다시, 완전히 나오겠다고 결정하기 전까진 당신을 못 보겠구나."

"……."

외르타는 이제야 알론조 캄비를 언급하자마자 그의 얼굴빛이 변했던 이유를 깨달았다. 스스로 신전으로 들어가는 행위는, 그와 왕래하지 않겠다는 선언과 진배없었다.

그녀는 그에게 얹힌 자신의 손을 바라보았다.

"난 당신이 보고 싶을 텐데……."

발렌시아는 침묵했다. 단지, 손을 돌려, 지금까지 손등에 얹혀 있던 그녀의 손을 잡았다.

말보다 더 직설적이었다.

"난……."

그녀는 고민했다. 사실 반드시 알론조 캄비여야 할 이유는 없었다. 발터를 배려하여 호수 곁에 묻히겠다고 표명한 것이지, 그 위명에 환상을 품지는 않았다. 적절한 자리. 자신이 평가하는 알론조 캄비는 딱 그 정도였다.

그렇다면 그가 오가지 못하도록 높은 성채라는 사실을 안 뒤에도 여전히 '적절한 자리'일까?

외르타는 망설였다. 그와 맞닿은 손 때문에 더욱 결심이 서지 않았다.

"……."

"……."

"……당신은 내가 어쩌길 바라는 거야? 떠나지 않길 바란다는 건 안 된다. 너무 단순하잖니. 정확하게, 하나하나 상세하게 말해야 해."

"저는 당신이 오스페다에 남아 있기를 바랍니다. 우정에 가깝더라도, 저와 편히 왕래하실 수 있기를 희망합니다."

"발터가 나를 가만두지 않을 거야. 당신도 그 사실을 알잖니."

발렌시아의 손아귀에 힘이 들어갔다.

"제가 승리하겠습니다."

"……."

"공문으로 당신의 생존을 보장받겠습니다."

59

"……그래도 발터는 언제든 어수대를 보낼 수 있어. 내가 아무도 모르는 곳에서 숨죽이고 있지 않으면 화를 낼 기야. 내 모국은 수치를 모른다. 목적을 위해선 수단과 방법을 가리지 않지."

"……."

그의 손에 힘이 더 들어갔다. 잡힌 손가락들이 아팠다. 그녀가 손목을 비틀자, 그가 놀란 듯 손을 물렸다.

"죄송합니다."

"아팠어."

"사죄드립니다……."

외르타는 혀를 차며 다시 베개에 몸을 묻었다. 다시 그에게 손을 댈 용기가 나지 않았다. 정신이 번쩍 든 것 같기도 했다.

낮은 빛이 깔린 천장을 바라보았다. 미라이예의 문양이 그려져 있었다. 나무가 두 그루였다가, 서로 자라며 얽혀 있었다.

그녀는 천천히 입을 열었다.

"생각해 볼게. 당신을 신전에서 아예 못 보리라곤 상상도 못 했어. 더 고민하마."

"……."

"그리고 캄비에 가는 건…… 방금 언급한 이유만으로도 충분할 것 같아. 내가 보고 싶기도 하고. 당신이 바쁘게 되어 안타깝지만 어쩌겠니."

외르타는 이불로 몸을 꽁꽁 감싼 뒤 등을 돌렸다.

"먼저 쉬게. 내일은 꼭 식사를 같이할 수 있으면 좋겠어."

물론 요원한 희망이었다. 외르타는 아침에도 점심에도 발렌시아를 볼 수 없었다. 그가 살아 있다는 증거는 초조한 얼굴로 홀을 가득 채운 사람들뿐이었다. 누군가는 땅을 가지고 싸우고, 누군가는 혼인을 두고 싸웠다. 모두가 서로를 잡아먹지 못해 안달이었으며, 그것은 이미 판결이 내려진 건에 대해서도 마찬가지였다.

외르타는 난간 위에서 구경하던 와중 회관에서 나온 두 남자가 칼을 빼 드는 모습을 보고 깜짝 놀랐다. 누가 말릴 틈도 없이 칼부림이 일어났다. 기다리던 인파는 투덜대며, 그리고 줄에서 제 자리를 악착같이 붙들며 뒤로 물러났다.

안에서 발폼을 부르는 소리가 났다. 발렌시아였다. 곁에 있던 무명이 고개를 빼곤 구경했다. 무명이라면 단검 하나만 던져도 추저분한 싸움을 말릴 수 있을 텐데, 도와줄 생각이라곤 전혀 없는 모양이었다. 발폼은 오지 않았다. 싸우는 두 사람의 얼굴과 팔뚝에는 벌써 생채기가 생겼다.

사람들이 물러섰다. 누군가 회관에서 나오고 있었다. 아, 오늘 처음 보네.

발렌시아는 무표정했다. 그러나 그를 잘 아는 자신이 보기에는, 진력이 난 얼굴이었다. 피곤해 보이지는 않았지만 일견 무명과도 비슷해 보이는 짜증이 서려 있었다.

그는 사납게 오가는 칼바람을 무시한 채 두 사람에게 가까이 다가왔다. 둘은 누가 다가온 것을 눈치채지 못할 정도로 서로에게 집중해 있었다.

칼이 뽑혔다. 칼집이 뒤틀리는 소리, 그리고 철이 분질러지는 소리가 났다.

뎅그렁뎅그렁 도막이 떨어졌다. 대리석이 청량하게 울렸다.

"우디네는 회수된다. 내 너희의 목숨으로 치죄하지 않는 것에 고두하라."

그는 천천히 니소르를 넣었다. 간단히 정리하곤 뒤돌았다. 외르타는 이해했다. 피를 보지 않고 싸움을 말릴 수 있는 사람이라면 기껏해야 솔정, 무명, 그리고 본인 정도일 텐데, 아무도 도울 기미가 없자 직접

나온 것이다. 친절한 성격이라고 생각할 수도 있지만, 그녀는 그가 합리적으로 판단하여 움직였다는 사실을 알아 놀라지 않았다.

그리고 다시 한번 생각했다. 저 모습을 하고 살인자임을 부정하긴 어려울 것이다. 비단 이처럼 불가피한 일이 발생하지 않아도, 가장 편리한 방법이 폭력이라면 주저 없이 사용할 사람이었다.

그녀는 비로소 스스로 그를 경계했던 이유를 떠올릴 수 있었다. 더 이상 피부에 와 닿는 고통은 아니었다. 공포를 객관적으로 바라볼 수 있었다. 자신은 그가 제 부탁 없이 움직이면 반사적으로 몸을 물렸고, 바짝 긴장했더란다. 그 이유를 발견했다.

그는 폭력에 익숙한 사람이었다. 자신에게 무언가를 저지르지 않으리라 믿었으나, 그 본질을 부정할 수는 없었다. 그를 받아들이는 것은 믿음을 쌓는 과정이었다. 발렌시아가 폭력에 익숙한 사람임은 분명하지만, 그럼에도 불필요하게 폭력적이지 않으며, 특히 자신에게 폭력을 쓰지 않으리라는 믿음을 세우고 굳히는 과정이었다. 그 과정이 너무 힘들었다. 항상 보고 있는 사람의 본질을 단순히 제 믿음만으로 방어하기에는 어려운 부분이 있었으므로, 아주 큰 노력이 필요했다.

알론조 캄비는 그처럼 폭력에 익숙한 자들의 출입을 막는다고 했다. 이미 선을 넘은 인간은 받아들이지 않는 모양이었다. 어떤 면에선 정말 근사한 보호였다. 살인자를 막는 것은, 폭력을 들숨 날숨처럼 여기는 이를 막는 것이다. 물론 살인하지 않아도 폭력을 당연시하는 이가 있을 것이고, 살인해도 본인의 폭력을 죄스러워하는 이가 있겠지만, 알론조 캄비는 확률을 선택했으리라.

사실 발렌시아만 보아도, 신전은 이미 이긴 셈이었다.

두 눈 똑바로 뜨고 저 살인자를 보아라. 폭력과 분리되던가? 저 살인자를 받고도 우리가 대륙의 신성을 수호할 수 있겠는가?

그가 잠깐 고개를 들었다. 그녀와 눈이 마주쳤다.

발렌시아는 깊이 고개를 숙였다. 외르타는 가볍게 손을 흔들어 주었다. 그가 아치 너머로 사라졌다.

외르타는 턱을 괴고 있던 손을 내렸다. 생각해 보면, 제 복수도 폭력이었다.

그녀는 혼란스러웠다. 자신이 그에게 가진, 폭력에 대한 공포를 객관적으로 보려고 몸부림을 쳤다. 그러다 보니 몸이 고되었다. 너무 오래 뛰어서 허파가 심장에 달라붙는 것 같았다. 그렇게 가슴팍이 배겨 멈춰서니, 다른 생각이 하나도 들지 않았다. 갑작스레 정말 두렵기는 한 것인지 알 수 없었다. 뒤돌아보곤 어리둥절해했다.

캄비는 살인자를 막는다. 폭력의 단초를 거세한다. 그들의 의지를 존중했다.

발렌시아가 떠난 홀을 바라보았다. 문득, 지루한 얼굴로 앉은 무명을 돌아보았다. 그는 무감동하게 그녀를 바라보고, 다시 고개 숙여 제 할 일에 집중했다.

그 찰나의 순간에 무언가 큰 차이를 발견했다. 저 사람은 캄비에 결코 용납될 수 없다. 발렌시아에게 자신이 가진 뻑적지근한 감정과 달리, 이것은 선언이었다. 무명은 캄비에 용납될 수 없다. 한 발자국이라도 내디디면 신전이 벼락을 때릴 것이다.

누군가 항의했다. 아니, 대체 왜? 똑같은데? 무명이라면 더 영리하게 사람을 죽이는 것이 다를 뿐인데? 답을 내기 힘들었다. 미지의 영역이었다.

외르타는 한숨을 푹 내쉬었다.

앙히에는 한숨과 함께 소년에게 다가갔다.

"이름이 뭐라고?"

그는 아무도 보지 않는 순산부터 동행들에게 공대하길 그만두었다. 공대를 하면 할수록 바보가 되는 기분이었기 때문이다. 소년들은 열심히 눈을 굴렸으나 감히 반항하지 못했다. 아니, 반항할 생각이 있기는 한지 의심이 들었다. 지금도, 뭐 무서운 걸 물어본 것도 아닌데 입 벙긋 않고 있잖아.

그는 투덜대며 아무렇게나 말했다.

"다네베 경이었나?"

"……다나비에입니다."

"다나비에 경."

"예……!"

"각반은 똑바로 매야지."

"……?"

상대는 아래를 내려다보았지만 전혀 이해하지 못하는 모양이었다. 난처한 표정으로 다시 고개를 든다. 보다 못한 앙히에가 몸을 숙였다. 소년의 왼쪽 각반을 풀어선 다시 한번 제대로 조여 주었다.

"그렇게 맸다간 등자에 바지 자락이 걸린다. 말은 제대로 몰아 봤어?"

"좋은 선생님께 배웠습니다."

"아니……. 성안에서 뺑뺑 도는 거 말고."

"……."

"기운치 경, 너는?"

"오스페다까지 말을 몰아 왔습니다."

"알로지아드를 타고 왔지?"

"……예."

그는 승마는커녕 칼이나 제대로 휘둘러 봤을지 모르는 햇병아리들을 보며 이마를 짚었다. 알로지아드 레발로라면 어마어마하게 먼 곳이다.

때문에 그곳까지 직행하는 가도는 없었다. 그렇기에 최적의 경로를 찾는 자신만의 계획이 있었는데, 완전히 취소했다. 이 친구들은 비포장된 길을 달리면 말 발목을 분지를 것 같았다.

"무조건 알로지아드로 가야겠군."

"다른 쪽으로 가실 생각이셨습니까?"

"좀 올라가선 지름길을 이용하려 했지. 레발로라면 서북쪽이고, 서북쪽으로 가는 길은 알로지아드 외에도 많다."

"그래도 알로지아드가……."

"이젠 다른 곳으로 갈 마음도 없어. 너희들이…… 너희뿐만 아니라 말도 걱정된다."

소년들은 우물쭈물하며 말고삐를 고쳐 쥐었다. 앙히에는 가타부타 말을 잇지 않고 대수문 앞의 병사에게 다가갔다. 징집부를 요구해선 거칠게 서명했다. 날짜와 시간을 쓰라고 제안하기에 거의 읽을 수도 없는 글씨로 이었다.

"좋아. 너희 둘은?"

"먼저 와서 기입했습니다."

"그래, 이만 가자."

그는 말에 올라탔다. 습관처럼 기마하는 것도 잠시, 조마조마한 눈으로 일행을 돌아보았다. 말갈기를 쥐어뜯으며 올라가는 거 아니야? 다행히 그 지경까지는 아니었다. 둘 모두 나름 건실한 자세로 말에 올랐다.

앙히에는 소년들이 어디까지 따라올 수 있을지 시험해 보기로 했다. 경고 없이 속도를 올렸다. 물론 무엇보다 말이 편하도록, 지치지 않도록 아주 부드럽게. 제 기준에선 빠른 걸음에 가까웠다. 가볍고 시원하게 말을 달렸다. 고개를 돌려 보니 벌써부터 딱딱한 얼굴로 달려오는 한심한 낯짝들이 보였다. 그래도 아직 벌겋지는 않군. 그는 속도를 더 올렸다.

알로지아드 입구까지 이렇게 간 뒤, 짐짓 배려하는 체 감상을 물어야 겠다.

그들은 반 시간도 되지 않아 가도에 도착했다. 천천히 말을 달랬다. 몸을 틀자 한참 뒤에 따라오는 아이들이 보였다. 앙히에는 단어를 고쳤다. 이제는 '소년들'도 아니었다. '아이들'에 가깝게 보였다. 앞서거니 뒤서거니 마치 자신의 긴 꼬리라도 되는 것처럼 느껴졌다.

"헉, 헉……. 따르는 게 늦어, 죄송, 합니다."

"아니야. 내 기대보단 좋았어. 앞으로 이것보단 느리게 가야겠군."

"죄송, 합니다."

"괜찮다니까. 내가 어느 정도 속도로 길을 인도해야 할지 확인해 본 거야."

"그, 래도, 죄송합니다."

"자꾸 죄송하단 소리 좀 하지 마라. 내가 너희랑 열 살 차이가 나는 데, 그깟 승마 솜씨가 좀 낫다고 자랑할 처지겠냐."

그는 툴툴대며 홀로 여행부를 받아 들었다. 자신이 알로지아드를 뻔질나게 드나든 덕에 얼굴을 아는 경비 기사였다.

"공자님, 어디 애들을 데리고 산보 나오셨습니까?"

"……그러지 말고 정식으로 불러. 종기사들이다. 나도 마찬가지고."

경비 기사는 눈살을 찌푸렸다가 폈다가, 다시 찌푸렸다.

"뭐야? 몰라? 종기사들은 짐 꾸려서 셋씩 다니는데, 본 적도 없어?"

앙히에는 마치 천 년 전부터 알았던 지식인 양 뻐겼다.

"보통은 어린 소년들끼리 다니니까……."

"……내가 껴 있어서 그렇게 안 보인다 이거야?"

그가 낄낄 웃었다. 앙히에는 칼집을 들어 그의 등을 쳤다. 말을 줄이고, 여행부나 받아 가라고 불평했다. 앞으로 요새 하나하나에서 일정을 기록해야 했다. 평시에도 엄중하게 기입했으니 종기사로서 이동하는 경우라면 더할 것이다.

그는 남은 두 소년의 이름까지 멋대로 기입한 뒤 다시 이동했다. 새벽까지 알로지아드 진에 도착하는 것은 어불성설이었고, 그렇다고 중간에 딱 하나 있는 숙소에 멈추기에는 너무 게을러 보였다. 앙히에는 애매한 거리가 짜증스러웠다. 노숙이라도 해야 할지 몰랐다.

다행히 일행들은 편평한 가도에서만큼은 곧잘 달렸다. 그는 약간의 희망과 함께 속도를 높였고, 그들 역시 버거워 보이는 얼굴로 열심히 따라왔다. 그렇게 반나절, 시커먼 밤에 첫 번째 숙소를 발견했다. 문지기가 다가왔으나, 앙히에는 손짓으로 거절했다.

그는 말에서 내리지도 않은 채 두 사람에게 제안했다.

"이 숙소는 지나간다. 여기서 멈췄다간 일 년이 지나도 레발로에는 못 가."

"……."

"다른 의견 있으면 이야기해."

"저녁은 어떻게 할까요?"

"……너희 건량 안 챙겨 왔어?"

"조금은 있습니다만……."

"그거 먹어. 어차피 부족하면 숙소에서 채울 수 있을 거다."

"수업을 받을 때, 가능하면 노숙을 줄이라고 배웠습니다."

"어떤 돌팔이가 그렇게 가르쳐? 아, 미안……. 하지만 말도 안 된다. 몸을 편하게 두면 전쟁터의 그 쓰레기 같은 침상에선 어떻게 자려고?"

그들은 침묵했다. 앙히에는 이러다가 잘 때 뒤에서 칼이라도 맞는 것은 아닐지 의심했다. 그 정도로 내키지 않는 얼굴들이었다. 아무래도 귀하게 키우던 소귀족의 손이겠거니. 그는 한숨을 쉬었다. 소년들을 특별히 고생시키고 싶다거나, 그들을 싫어하는 것은 아니었기에 회유하고자 했다.

"이봐, 우린 봄까지 알로지아드 레발로에 도착해야 해. 늦어졌다간 나도 물론 곤란하겠지만, 너희들 상황은 훨씬 좋지 않을 거다."

"……."

"이유를 물어보니 대답해 줄게. 내 이끌이는 자멘테 후작이다. 그분은 부사령관이시므로, 오스페다에선 좀 늦게 출발하시지. 때문에 내가 엉덩이 무겁게 가도 상관없어. 하지만 너희를 가르칠 기사는? 모르긴 몰라도 십이공회 일원은 아닐 거야. 그리고 십이공회가 아닌 이상, 이미 모든 기사들이 레발로로 향하고 있다. 이미 도착한 인원도 적지 않겠지. 그런데 늦는다고? 좋은 인상을 주긴 힘들걸. 특히 우리의 일거수일투족이 알로지아드 여행부에 기록되고 있다면 어디서 늦장을 부렸는지 새매로 정확히 전달받을 수 있지."

"……."

"이미 전시라고 생각해야 해. 어디 여유롭게 알로지아드를 '여행'하는 게 아니라, 누구보다 빨리 전장에 도착하는 게 우리 임무다. 동시에 감시당하고 있다는 것도 잊지 말고."

"……."

"이해했으면 대답할래?"

"예. 이해했습니다."

"예."

"노숙이 싫어서가 아니라, 제 체력이 얼마나 버틸 수 있을지 몰라 걱정이 되어서 말씀을 드렸습니다. 적절히 분배하지 않는다면 정말 짐이 될 수 있겠다고 생각했습니다……."

"누가 늦어지면 내가 속도를 맞출게. 당연한 이야기를."

그들은 그렇게 숙소를 지났다. 앙히에는 최대한 아이들에게 잘해 주기 위해 노력했지만, 가슴에 손을 얹고 말하자면 그건 꽤 힘든 일이었다. 짜증스러웠다. 화가 나기도 했다. 다독이기엔 설명이 너무 길어 지쳤고, 윽박지르기엔 끝이 좋지 못할 것 같았다. 그는 자신이 열네 살 때 이 여행을 떠났더라면 셋 중 하나와 주먹질을 했을지도 모르겠다고 생각했다. 다만 이제 자신은 스물다섯이고, 수치를 아는 인간이 되었지. 그래서 말을 고이 삼키고 조용히 뒤치다꺼리를 했다.

속도를 줄이자 어리둥절해하기에, 친절하게 말 위에서 식사를 하면 된다고 알려 주었다. 아이들은 말로 설명해 주지 않으면 아무것도 몰랐다. 그제야 가방을 열고, 주섬주섬 꾸러미를 꺼내 입에 넣는 모습이 조금 웃겼다. 이렇게 혼자 길을 헤매 보지도 못한 애들이 어떻게 전장으로 가나. 그 생각과 동시에, 자신의 열넷이 문득 치밀었다.

그는 이 아이들과 똑같은 열네 살 때 홀로 북부로 도망치고 있었다.

그날, 껑충 큰 키로 입고 나온 하녀의 드레스를 몰래 내팽개쳤다. 욜란다가 준비한 말을 잡아탄 뒤 알로지아드와 최대한 멀어졌다. 위로, 위로, 위로. 아콰와 만나기로 한 첫 번째 접선지가 거의 열흘 거리였다. 욜란다와 아콰는 이구동성으로 그곳까지는 혼자 와야 꼬리를 잡히지 않는다고 말했다. 어쨌든 우리는 그 자리에서 한 달까지는 기다릴 테니, 열심히 오시라고. 그래서 정말 열흘만에 갔다. 오스페다를 벗어나겠다는 신념만으로. 아콰가 말에서 내려 비틀거리는 자신을 받았다. 어이쿠 누가 이렇게 파발마처럼 달려오래? 밥은 챙겨 먹었나? 토할 것 같아. 그 와중에 강도 둘과 싸웠고, 때문에 도착했을 땐 팔에 깊은 자상이 있었다. 이다의 배려로 매일같이 갈아탄 말조차 거품을 물었다.

자신이 홀로 떠난 첫 여행길은 그러했다. 그러나 모두가 그럴 필요는 없었다. 특히 이 아이들은 안온한 동부 중소귀족의 이남, 삼남들일 것이다. —가문의 후계자라면 이렇게 단출하게 오진 않았을 테니.— 어설프게 배웠지만 고향을 떠나 봤을 리는 없고, 누구에게 챙김받지 않은 적은 더더욱 없으리라. 그리고 무엇보다 절박함이 자리하지 않았다. 동부는 부유하여 후계자가 아니라도 평화롭게 여생을 영위할 수 있으니까.

그는 결국 다르게 실어온 자신이 아이들을 챙겨야 한다고 다시금 결심했다. 아무리 귀찮고 화나도 참자. 폐하의 명이라서가 아니라. 그냥 저 애들은 처음이니까. 단지 그뿐이었다.

"아! 르나치 경!"

그는 말하라는 듯 턱짓했다.

"말발굽에서 불꽃이 튀는 것 같아요……. 가능한지…… 모르겠지만…… 보세요!"

앙히에는 어안이 벙벙한 얼굴로 아래를 내려다보았다. 아무리 바보 같은 대장장이가 말발굽을 해치웠대도 이 돌길에서 불이 튈 이유가 없었다.

그는 말을 멈춰 세웠다. 이리저리 방향을 바꿔 돌아보았다. 아주 희미하게, 아래에서 불꽃이 튀었다가 가라앉았다. 얼마나 미약하면 말도 느끼지 못하는 듯 반응이 없었다.

"약하긴 하지만……."

"네. 저도 너무 약해서, 드문드문 있는 등불이 반사된 것은 아닐까 생각했습니다."

"말도 안 되는데. 돌길이잖아. 언제부터 이랬어?"

"숙소를 떠난 거의 직후부터요. 확실하진 않습니다. 처음에는 등불이라고 생각했어요. 방금 너무 확실하게 튀어서……."

"……벌써 반 시간이나 지났다. 앞으로는 빨리 이야기해 주면 고맙겠군."

"예!"

앙히에는 탓하는 투가 아니었고, 다나비에도 가까스로 도움이 될 수 있어서 기쁘다는 얼굴이었다.

그는 말에서 내렸다. 길옆에 선 나무에 고삐를 단단히 매었다.

"어둡다. 불."

놀랍게도, 소년들은 그가 요구하기 전부터 열심히 부싯돌을 부딪치고 있던 모양이었다. 곧장 횃불이 만들어졌다. 쭈그려 앉은 앙히에의 머리 위로 환한 빛이 비쳤다.

"좋아. 고마워."

그는 툴툴대는 말을 열심히 달래 말발굽을 들춰 보려 했다. 그러나 말이 예상외로 반항했다. 앙히에는 짜증스레 뒷발에서 앞발로 옮겨갔다. 짐승 성질이 고약하여, 계속 뒷발을 지분대다간 걷어차일 것만 같았다.

"경."

"어?"

"경의 신발에서도…… 불꽃이 튀는 것 같습니다. 발견하면 바로 이야기하라고 하셔서요."

"내가 발굽을 박은 것도 아닌데 신발에서 어떻게 불꽃이 튀어?"

그러나 앙히에는 이번에도 성실하게 일어서서 몇 번 제자리에서 뛰었다.

후드득 열기가 보였다.

앙히에는 턱에 힘을 주었다.

"불꽃이 튀는 말발굽이라니 누가 농담하는 것 같았는데 이젠 내 발도 난리가 났군."

"경……."

그는 몸을 살짝 숙인 채 팔을 늘어뜨렸다. 주변을 돌아보았다. 기괴하게 조용했다. 한새벽의 알로지아드. 알로지아드의 숙소는 아주 편안하고 멋지며, 무료다. 그곳에 구태여 머무르지 않고 노숙을 선택하는 여행객은 지극히 드물었다.

고요.

부엉이 우는 소리가 들렸다.

움직일 수가 없었다. 지신이 움직일 때마다 표적을 만들도록 의도한 이가 있다면, 너무 당연한 반응이었다.

그는 소리가 들리지 않도록 숨을 들이켰다.

지금 내 곁에 있을까?

아주 느리게, 스투레를 쥐었다.

무슨 생각일까? 왜 나를 잡으려 했을까? 이 같잖은 신발을 누가 선물했더라? 안니발레? 왜? 앙히에는 이를 갈았다. 그러나— 안 돼! 조용히 해! 이게 중요한 게 아니야. 침착해. 집중해. 긴장해. 이렇게 잡아드시라며 한참을 외딴 곳으로 걸어왔다면…….

"야!"

그는 자기도 모르는 새 악을 쓰며 다나비에에게 달려들었다.

앙히에는 소년을 때려눕힌 뒤 그 뒤에 선 그림자에게 칼을 박아 넣었다. 막혔다. 힘으로 돌려세웠다.

"칼 들어!"

앙히에는 얼굴을 일그러뜨리며 앞에 선 남자를 바라보았다. 중키의, 침착해 보이는 청년이었다. 그의 얼굴을 제대로 확인하기도 전, 묵직한 검이 닥쳤다. 쩡, 쩡, 쩡. 상대에게는 무언가 불만족스러운 듯한 시선만 언뜻 비쳤다. 앙히에는 엇박자로 들어오는 칼을 띄엄띄엄 방어해냈다. 보통 실력은 아니었으나, 그렇다고 일류 기사의 칼도 아니었다. 그는 마지막으로 완벽하게 칼을 받은 뒤 스투레를 직각으로 꺾었다. 장갑을 낀 손으로 스투레의 칼끝과 칼자루를 쥐었다. 그대로 갈아 올렸다. 철이 귀가 찢어질 듯한 비명을 질렀다.

그렇게 상대와 눈을 마주하곤 으르렁거렸다.

"너, 누구야?"

그는 대답하지 않았다. 괴상할 만큼 조용해 보였다. 앙히에는 대화를 붙여 볼 여지가 없다고 판단했다. 그대로 칼에 힘을 주었다. 방금 전 밀어붙인 것과 비교할 수 없을 만큼, 아주 짧은 순간 아주 강한 힘이었다. 그의 칼을 튕겨 냈다. 단박에 떨어트렸다. 앙히에는 그의 목을 잡아선 바닥에 내리꽂았다.

"악!"

단말마였다.

자신이 내리꽂은 남자에게서 난 소리가 아니었다.

앙히에는 적의 목젖을 짓밟은 채 뒤를 돌아보았다. 얼굴이 일그러졌다. 기운치가 목을 감싸며 무너지고 있었다. 컥컥 소리가 터져 나왔다.

세 사람이 더 있었다.

그중 둘은 아직 움직이지도 않았다. 앙히에는 아무리 싸움 중이라고는 하나, 그들의 기척도 느끼지 못했다는 데 놀라 철렁 내려앉았다. 논리, 논리적으로, 생각을, 생각을 해 보자. 누가 이 정도로 기척 없이 살인을 저지르지?

강한 충격에, 머리가 아팠다. 사례들린 개처럼 숨이 터졌다.

"어수대냐."

목소리는 이미 쉬어 있었다.

그들은 대답하지 않았다. 그중 한 사람은 두건을 깊게 눌러쓰고 있었다. 그러나 그보단 다른 셋이 전혀 얼굴을 가릴 생각을 하지 않았다는 게 더 충격적이었다.

아무도 살려 둘 생각이 없는 것이다.

얼얼했다.

앙히에는 그사이 자신의 발목에 암수를 박으려던 어수대의 손을 피했다. 그대로 배를 짓눌렀다. 짓누른 자리에 칼을 꽂았다. 그리고 그대로 목까지 꿰뚫으려 했으나—.

앙히에는 곧장 다나비에게 뛰어들었다. 소년의 정강이를 쳐서 엎어뜨렸다. 당연히, 칼을 놓치지는 않았다. 그대로 벌떡 일어섰다. 그림자가 보였다. 스투레를 휘두르기엔 너무 가까이 있었다. 그래서 허벅지의 단검을 뽑아선 억척스레 휘둘렀다. 눈대중일 수 있으나 이미 뼈에 새겨진 방향이었다. 상대가 피하려다 중심을 잃었고, 앙히에는 다시 한번 달려들어서 코뼈를 걷어찼다.

"도저히 눈 뜨고 볼 수가 없네. 그냥 쓰지."

그는 아주 느리게 상황을 보고 있어서, 상대의 말도 한 글자 한 글자 씹어 삼켜야 했다. 목소리는 앙감질로 공기를 건너왔다. 하나, 하나, 하나. 도저히, 눈, 뜨고, 볼, 수가, 없네. 그 문장을 다 듣고 나서야 여자라는 사실을 알아차렸다.

쒜애액 공기를 가르는 소리가 났다. 그러나 살인은 앙히에를 자연스레 지나쳐 갔다. 그는 눈을 뒤집고 뒤를 돌아보았다. 피하라고 손을 드는 순간, 엉금엉금 기어가던 다나비에의 이마에 칼이 박혔다. 엎드려 있던 소년의 팔에 힘이 풀리고, 그대로 상체가 떨어졌다. 빛이 꺼졌다. 홉뜬 눈에 흙이 달라붙었다.

앙히에는 입술을 깨물고 다시 뒤를 돌아보았다. 결국 혼자 남았다. 이 짐승 같은 어수대 놈들이 적을 살려 둘 성싶은가?

그는 적극적으로 살아남아야 했다. 남은 두 명의 어수대원을 바라보며 칼을 뿌렸다. 살짝 들었다. 더 다가가지는 않았다. 저들이 칼로 승부하려 했다면 오래전에 그리했을 것이다. 어떤 술수를 쓸지 모르므로 그저 가까이 오지 못하게 하는 것이 최선이었다. 말은 적의 뒤편에 있었다. 도저히 빼앗아 달릴 수 없었다.

그는 거의 초식 동물만큼 벌어진 시야 속에서, 두 소년의 주검에 잠시 머물렀다. 자신이라는 파리 새끼가 왱왱거려도 살인은 아주 빨랐다. 스스로 죽지 않는 과제에만 집중하려 했는데 시체들이 눈에 밟혀 도무지 견딜 수가 없었다. 화가 나지는 않았다. 그보단 집중하는 도중 누군가 종을 한 번씩 치는 느낌으로, 거슬리게 목이 결렸다.

남자가 두건을 쓴 여자에게 턱짓했다. 코뼈가 주저앉은 남자도 이미 내색 없이 일어나 있었다. 일어나 있는 것을 넘어, 장검을 들고 아래에서부터 위로 휘둘러 왔다. 앙히에는 쳐 내고, 겨워하고, 다시 쳐 냈다.

뒤에서 누군가가 요란하게 들어왔다. 앞뒤를 동시에 피했다. 뒷사람의 급소를 걷어차고, 손쉽게 마주한 칼에 힘을 주려는데, 갑자기 끔찍한 고통이 배에 닥쳤다.

"아— 아악!"

이를 부서져라 깨물었다. 아니, 혀를 깨물었다. 끔찍한 고통에서 정신을 잃지 않기 위해 반사적으로 자해했다.

덕분에 힘을 풀지도, 칼을 떨어뜨리지도 않았다. 앞에 얽어매고 있던 어수대를 놓치지도 않았다. 그러나 바로 다음 순간 남자가 닥쳐 앙히에의 배를 걷어찼다. 기침을 하는 순간 피가 터졌다. 너무 아파서 정신을 차릴 수가 없었다. 고개를 숙이질 못했다. 배가 찢어졌을까? 내장이 튀어나왔을까? 언제 당했을까?

그는 그대로 무릎을 꿇었다. 그제야 스투레가 떨어지고, 그대로 무너졌다.

"처음부터 쓰면 편하잖아."

"너희가 알아서 잘할 줄 알았다."

"죽이지 않는 게 얼마나 어려운 일인지 아나?"

"아니까 결국 독을 썼지."

"지혈제."

"사몬에게 지혈제. 퀼티레오는 사몬과 함께 제2의약소에 가라. 여기서 가깝다. 퀼티레오, 갈 수 있겠나?"

"코뼈야 뭐……. 다만 말 한 마리만 다오."

"도착해서 죽여 묻어라."

"당연한 말을."

그들은 일사불란하게 움직였다. 한 사람이 가장 깊게 상처를 입은 남자를 업어선 말 위로 올렸다. 조용하고 신속하게, 길이 아닌 곳으로 떠났다.

앙히에는 멍하니 사람의 발을 바라보았다. 배에는 여전히 끔찍한 고통이 있었다. 몸을 꿈틀거렸다. 겨우 시선을 내려 바라보니, 오른쪽 옆구리에 한 뼘짜리 암수가 꽂혀 있었다. 고작해야 손가락 틈만 한 상처가 났다고 이 정도로 못 견디지는 않을 것이다. 땀이 줄줄 났다. 생살을 벌리는 것처럼 고통스럽자 갑자기 정신이 환해졌다. 더 또렷하고 느리게 들렸다. 독을 썼다고 했다. 그러나 죽이지 않아야 한다고 했다.

손끝이 저려, 천근만근 노력해야 굼적거릴 수라도 있었다. 있는 힘을 다 끌어모아 주먹으로 땅을 짚었다. 허리를 들었다. 쓰러졌다. 다시 양 주먹으로 땅을 때렸다. 쓰러졌다. 땅바닥에서 헤엄치는 것 같았다. 살상용 독도 아니고, 수면이나 마취용도 아닌데 이렇게 즉각적인 반응이라니, 저 살인자들의 정체를 의심할 수조차 없었다.

성대를 움직이려 했다. 그러나 목까지 얼어 버렸다. 입술도 단단히 잠겼다.

누군가 자신의 시야 안으로 들어왔다. 두건을 쓰고 있었다.

크지 않은 손이 두건을 젖혔다.

앙히에는 자신이 이를 드러냈다고 자신했다. 입술을 달싹거릴 수조차 없지만, 증오로 이를 드러냈다. 정말이었다. 잇몸 사이사이로 찬 공기가 느껴졌다.

"앙히에 르나치 기지 얀 미라이예."

그는 다시 한번 일어서려 했다. 쾅 쾅. 주먹에서 피가 나도록 돌바닥을 내리쳤다. 지탱했다. 다시금 쓰러지려는 것을 무릎을 깨뜨려 받아

냈다. 엎드렸다. 헐떡였다. 상대의 얼굴을 볼 수 없었는데, 그편이 차라리 나았다.

"우리와 동행하길 바란다. 신변의 안전은 보장하겠다."

"나······."

"이해한 것으로 알겠다."

"브······ 를······."

여자가 고개를 끄덕였다.

"블랑쉬 젤로. 일전에 만났지."

앙히에는 결국 다시 쓰러졌다. 수백 명이 얇은 줄로 몸을 옥죄는 것 같았다. 도저히 힘을 줄 수가 없었다. 얼굴을 땅에 처박았다. 누군가 다가와서 그를 뒤집었다. 이번에는 얼굴을 모르는 남자였다.

"조치가 필요하다."

"계속 투약하겠다. 모포 없나? 말아."

"아니, 그것 말고."

블랑쉬가 남자를 돌아보았다. 눈썹을 살짝 들더니, 타당하다는 듯 고개를 끄덕였다.

"칼 내 놔. 내겐 독이 묻지 않은 무기가 없다."

남자가 단검을 건넸다. 앙히에는 어수대가 자신의 힘줄이라도 자를 것이라고 생각했다. 이렇게 대자로 누워서, 꿈쩍할 수조차 없이 팔다리를 잃다니.

블랑쉬는 그를 훌쩍 건너와, 그의 배 위에 주저앉았다. 눈이 마주쳤다. 앙히에는 증오로 그녀를 보았다. 그녀가 몇 년 전 생 로욜에서 자신을 내쫓았기에 화를 내는 것은 아니었다. 방금 전 어린아이 둘을 죽여서도 아니었다. 자신이 딤니팔의 신민이어서도 아니었다.

그녀가 어수대였기 때문이다. 누군가의 것이 되어야 했으나 주인을 분실한 검. 그릇된 이에게 충정으로 봉사하는 망종들. 덜떨어지고 멍청한 들개. 벌판이 전부 타서 없어진 뒤에도, 그 휑뎅그렁한 곳을 터전으로 착각하고 있다.

블랑쉬는 위에서 건네주는 단검을 받았다. 경고도 없이 칼을 들었다.

칼이 앙히에의 얼굴을 할퀴었다.

그는 콧등을 일그러뜨렸으나 아프지는 않았다. 반사적인 반응이었다. 오른쪽 이마부터 왼쪽 뺨까지 그대로 찢겼다. 화하게 뜨끈한 피가 흘러내리는 것이 느껴졌다. 마치 다른 사람의 몸 같았다.

그녀는 칼을 닦지도 않은 채 남자에게 넘겨주었다. 그 정도로 무성의한 사람이기에 상처를 지혈해 줄 마음도 없는 듯했다. 앙히에는 이해했다. 저들이 자신을 살려 둘 생각이라면, 행인이 얼굴을 묘사하도록 둘 수 없을 것이다. 눈과 코와 입과 귀가, 인상과 주름이 어떻게 생겼는지 알면 안 되었다. 그렇기에 아예 얼굴을 가로지르는 상처를 만드는 것이다. 생살이 째인, 악당 같은 상처밖에 기억할 수 없도록. 아. 남의 일처럼 계속 이상하게 헛웃음이 터지려 했다. 대체.

그녀는 거칠게 앙히에를 부축해 일어섰다. 설사 설 힘이 있었더라도 제 발로 걸어가지는 않았을 테지. 최대한 버둥거렸으며, 짐이 되도록 노력했다. 왜 이 고생까지 해서 나를 살리지?

벌어진 상처에서 흐른 피가 입으로 흘러 들어왔다.

젖 먹던 힘을 다해 블랑쉬에게 주먹질을 했다. 물론 바람 소리조차 나지 않았다. 종잇장이 바스러지는 힘만도 못했다. 그러나 그녀가 잠깐 중심을 잃었고, 그 틈을 다시 다른 어수대원이 치고 들어왔다.

"귀찮군."

남자는 낮은 목소리로 투덜댔다.

앙히에는 바로 다음에 닥칠 주먹이 어떤 쪽인지도 알 수 있었다.

그는 명치를 얻어맞고 그대로 기절했다.

자카리는 급히 달려들어 온 무명의 낯짝을 보곤 깜짝 놀랐다. 이미 접견객을 물렸지만 주변을 돌아보기까지 했다.

"그런 꼴로 도대체 뭐야? 중요한가?"

"폐하, 앙히에 르나치 기지 얀 미라이예가, 함께 떠난 종기사 둘과 함께 실종되었습니다."

자카리는 잠깐 숨을 멈췄다.

"확신할 수 없으나, 정황상 셋 모두 사망한 것으로 보입니다."

"증거, 는?"

"여행부에 기록을 남기고 숙소를 지나갔는데, 알로지아드 진에 도착하지 못했습니다. 의심을 품은 알로지아드 봄이 순찰한 결과, 미처 치우지 못한 핏자국 한 점과 부서진 잔목을 발견했습니다. 흔적을 숨기려 했지만 실패한 것으로 추정됩니다. 그리고 몇 킬로미터 떨어진 곳에서 그들이 데려간 말 두 마리를 발견했습니다. 한 마리는 아직 찾지 못했습니다."

자카리는 고개를 기울였다. 손이 보였다. 몹시 노려보았다.

"시체가 없으므로 생존해 있을 가능성을 배제하지 못합니다. 다만 알로지아드에서 발생한 지난번 실종 사건이 여전히 미궁 속에 빠져 있다면, 동일한 자의 소행으로 볼 수 있지 않을까요? 지난 실종 사건은 사실상 시체가 없는 살인 사건입니다. 때문에 저는 보다 비관적으로, 그 방향을 의심합니다."

무명을 경청하며 손바닥에 뚫리는 구멍을 응시했다. 빛이 교차하여 생긴 그림자. 서서히 벌어졌다. 깊어졌다. 뒤늦게야 묵직하게, 엄청난 충격이 밀려들었다.

앙히에가 사라졌다고?

앙히에는 미라이예의 일원이다. 미라이예의 일원으로서 전장에 나갔다. 누군가 그와 일행을 급습했다. 주검은 없었으나, 대체 앙히에를 살려 두어 무슨 용도가 있다는 말인가? 그로써 누군가를 협박해? 말도 안 된다. 그따위 협박에 보화를 내밀 가문이 이 딤니팔에 있을 리 없다. 이에는 미라이예, 그리고 이 왕가가 포함되었다.

반면 그의 죽음은 어마어마한, 아주 어마어마한 파란이 될 것이다.

그럴 리 없어. 죽였으면 시체를 두고 가야지. 하지만 시체뿐 아니라 살인의 흔적까지 모두 치웠다면 말이 된다. 살인자는 소란을 피우고 싶지 않았던 것이다. 아니, 아니다. 그들의 죽음을 전시하려 했다면 굳이 시체를 치울 필요가 없으며, 또 한 번, '시체'가 없는데 어찌 살인이라고 확신한다는 말인가? 똑바로 생각해라, 자카리. 이 난리를 피우고 그를 살려 둬야 할 이유를 단 하나라도 떠올려 봐. 똑바로! 생각해라!

이미 자신이 흔들리고 있었다.

어떻게 해야 하지? 너무 갑작스러운 충격에 머릿속이 하얬다.

더듬더듬 입을 열었다.

"······당장····· 이월 스물에게 전해······. 새매로······."

"예. 폐하. 공작에게 공유되는 전갈입니까? 참전 직전의 공작에게 충격적인 소식을 전하는 것이 도움이 될지 폐하의 고견을 여쭙습니다."

"아니, 전해······. 최대한 빨리······. 어떤 일이 있어도, 빠르게 공유되어야 한다."

"예."

"당장 가."

무명은 짧게 예를 표한 뒤, 들어온 것처럼 빠르게 떠났다.

자카리는 문진을 꽉 움켜쥐었다. 머리를 써야 했다. 제발. 얻어맞았든 얻어맞지 않았든, 네놈의 머리를 써야 한다. 알량한 지식으로 잉그레의 우두머리를 자처한다면 최소한 충격에 무너지지는 않아야 한다. 머리를, 써야, 했다. 누가 앙히에를 생포하려, 아니, 죽이려 할까?

답은 벼락처럼 닥쳤다.

십이공회와 게외보르트. 이 둘 외에 누가 있다는 말인가?

십이공회는 발렌시아를 궁지로 몰기 위해 충분히 살인을 저지를 이들이었다. 항상 웃는 체 마주하지만, 원탁에 있는 사람 중 알론조 캄비에 발을 들일 수 있는 이는 왕이 유일했다. 서로를 존중하는 살인자 집단이었다. 자신도 여태껏 사선에 선 그들의 성질에 흡족해했으나, 누군가 죽는다면? 어떤 미친놈이 제 눈앞에서 그런 짓을 저지른다면? 그 목을 분질러 질서를 세워야 했다. 이것은 미라이예에 대한 선전 포고가 아니라 제 뺨에 내던지는 장갑이었다.

또한 게외보르트.

자신은 앙히에가 상단을 통해 게외보르트의 왕녀를 만났으며, 몇몇 협력을 거쳐 그녀의 부하 중 하나로 발돋움했다는 사실을 알고 있었다. 끝끝내 정체를 밝히지 않고 추적을 봉쇄했다고 했다. 그러나 왕녀에게 추적당하지 않았더라도, 게외보르트의 왕에게 추적당하지 않았겠는가? 어수대에게, 숨길 수 있겠는가? 어수대에게 들통났다면, 발터하임 부르겐이 내전에 발을 들인 하룻강아지를 살려 두겠는가? 특히 그 인간이 대게외보르트전에 참전하는 미라이예의 막내라면?

자카리는 차라리 십이공회가 제 욕심을 못 이기고 앙히에를 해쳤길 바랐다. 적어도 자신이 치죄할 수 있으므로.

어수대는…….

그는 문진을 집어 던졌다. 소리가 요란했다. 바닥과 돌덩이가 서로 이를 갈아 붙여, 누구도 상하지 않았다.

외르타는 흠칫 놀랐다. 무명이 갑자기 움직였다.

자신이 있는 창가로 성큼성큼 다가오기에 기겁하여 몸을 피했다. 그러나 그는 그녀를 바라보기는커녕 저가 첫날에 단단히 봉쇄해 둔 창문을 뜯기 시작했다. 나무판자가 떨어져 나오고 잠금쇠가 덜컥하고 풀렸다. 위, 아래, 옆, 가리지 않고 마구 뜯어냈다. 그리고 어느 순간, 창문이 부드럽게 열렸다.

"뭐…… 야?"

무명은 대답하지 않았다. 창밖으로 팔을 내밀었다.

어떤 것이, 창문 위에서 푹신하게 내려앉았다.

새였다.

발목에 무언가를 매고 있었다.

외르타는 그제야 호기심 어린 눈으로 가까이 갔다. 민감한 내용이면 알아서 나를 물리겠지. 무명은 흘끗 그녀를 바라보곤 한심하다는 시선으로 다시 편지를 푸는 데 집중했다. 외르타는 그런 눈빛을 받아 본 것이 아주 오랜만이라 헛기침을 내뱉었다.

"미안. 그냥 궁금해서."

"좌하께 공유되어야 할 내용이라면 말씀드리겠습니다."

무명은 편지를 끌렀다. 이상한 휘파람 소리를 내며 새를 허공으로 날려 보냈다. 그는 등으로 창문을 밀어 닫고는 누구도 엿볼 수 없도록 편지 뒤편을 가린 채 펼쳤다. 그녀는 궁금해 죽을 것만 같은 표정으로 그를 바라보았다. 그의 표정은 변하지 않았다. 평소와 같이 무료하고도 침착해 보이는 시선이었다.

그가 편지를 접었다. 말 한마디 없이 곧장 방을 나섰다.

외르타는 이렇게 호위 없이 하녀들과 견뎌도 되는지 몰라 조금 난처해졌다. 주저하며 몸을 일으켰다. 날 혼자 두지 않겠다고 선고한 사람이, 이렇게 쉽게 내팽개쳐도 되나?

제 마음의 소리가 들리기라도 한 것 같았다. 무명이 다시 방으로 돌아왔다.

"안전을 위해 따라오시면 좋겠습니다."

"……어딜 가기에?"

"회관에 갑니다."

"발렌시아…… 경을 보러?"

"예."

"내가 들어도 되는 이야기야?"

"아니요. 그러나 이 소식이 당신을 해치기 위한 것은 아닐지 의심됩니다. 급박한 사안을 만들어 당신을 잠시라도 혼자 두기 위한 수법은 아닌가, 의심의 소지가 있습니다. 폐하께서 내리신 서찰의 등급과 저의 판단으로 동석을 허락합니다."

"아……. 그렇다면야!"

외르타는 즐거운 기색으로 그를 따라 방을 나섰다. 발렌시아의 업무를 방해하는 것은 처음이었다. 이렇게 초저녁부터 그를 만나는 것도 처음이었다. 오늘 내리 식사 시간조차 코빼기를 못 봤으니, 조금 반가워한들 괘념치 않으리라.

그들은 빠르게 계단을 돌아내려 왔다. 회관 앞에는 살짝 줄어든 인파가 질서를 수호하고 있었다. 누군가 끼어들기라도 하면 당장에 칼부림을 할 것만 같은 기색이었다.

그러나 무명이 무언가를 쳐들었다. 그리고 바닥에 내리꽂았다. 쩌정 소리와 함께 칼이 부드럽게 꽂혔다. 뭐? 이 바닥은 온통 돌인데? 외르타는 당황하여 주변을 둘러보았다. 모두가 마찬가지인 듯 다들 얼떨떨하게 그를 돌아보았다. 하지만 그녀와 그들 간에 단 하나 다른 것이 있었다. 그들의 얼굴에는 공포가 있었다.

"무명이다. 비켜라."

인파가 슬금슬금 물러났다. 무명은 당연하다는 듯 칼을 뽑아 회수하곤 외르타에게 손짓했다. 그녀는 바닥을 곁눈질하며 그를 따랐다. 흔적도 없었다. 애초에 칼이 돌바닥에 박히는 것도 안 될 일이지만, 빠져나온 흔적이 없는 것은 더 기괴한 일이었다.

"대체 뭔데……?"

"설명할 시간이 없습니다."

"아니…….."

무명은 양손으로 회관의 문을 열어젖혔다.

"합하!"

쩌렁쩌렁, 홀 전체를 울리는 외침이었다.

옥신각신 싸우던 두 사람이 동시에 그를 돌아보았다. 높은 의자 앞에 서 있던 발렌시아도 고개를 들었다. 무명은 다시 한번 묘기를 부릴 계제가 아닌 듯 피곤하게 선언했다.

"무명이다. 나가."

"이월 스물, 그 방자한 입을 자제하라."

"합하, 폐하의 서찰입니다."

"…….."

"지금 당장 확인하셔야 합니다."

"……나가."

송사를 고하러 온 두 남자가 얼굴을 일그러뜨리며 떠났다.

문이 닫혔다.

가장 뒤에 있던 외르타는 괜히 문을 더 밀어 닫고 단단히 잠갔다.

무명은 복잡한 절차 없이 걸어가 발렌시아에게 종이를 건넸다. 마지막 손짓으로, 검지로, 서찰을 누르며 이야기했다.

"폐하께서 복안을 찾고 계실 것입니다."

발렌시아는 손을 흔들어 그를 떨쳐 냈다. 곧장 편지를 펼쳤다.

외르타는 호기심 어린 시선으로 그들을 살폈다. 꿔다 놓은 보릿자루처럼 남아 있었지만 그것만으로도 괜찮았다. 무슨 편지일까? 설마 발렌시아에게 원래 계획보다 빨리 떠나라고 하지는 않겠지? 아니면 전술에 몇 가지 변경이 있는 것일까? 궁금했다.

발렌시아가 순식간에 편지를 접었다. 전혀 동요하지 않았다.

"이외에는?"

"없습니다."

"나가."

"예. 무례에 사죄드립니다."

무명이 뒤돌아 문을 열어젖혔다. 외르타는 멍하니 있다가 얼감질로 물러났다. 예고도 없이 거칠구나. 투덜거렸다. 발렌시아를 살짝 돌아보았다. 무언가, 안부라도 한마디 나눴으면 했다. 그러나 그는 자신을 바라보고 있지 않았다. 너무 당연하게 상대와 시선이 마주치리라 생각했던 스스로가 안되었다.

그는 외르타가 회관을 나올 때까지 자카리의 서찰을 내려다보고 있었다.

회관의 문이 닫혔다. 인파는 여전히 그들을 피했다. 무리 없이 계단 앞에 다다르자 무명은 그녀에게 손짓했다. 먼저 올라가시라.

"서찰이 얼마나 위급한 내용인지 알려 줄 순 없겠니? 경이 바로 떠나야 해?"

"합하께서 어디로 떠나신다는 말씀이십니까?"

"어, 알로지아드 레발로로? 폐하의 명령이라면 달리 다른 내용을 상상할 수 없어서……."

"……."

"아니야?"

"그만 하문하셨으면 좋겠습니다. 제가 대답할 수 있는 내용이 아닙니다."

외르타는 입을 다물었다. 무명이 단호하다면 자신이 할 수 있는 일은 거의 없었다. 투덜대며 그를 지나쳐 올라갔다.

발렌시아의 얼굴을 기억했다. 서간을 받고도 변함없던 눈빛. 종이 위에 얹힌 시선이 움직이지 않았다. 그 정도로 간단한 소식이었다. 그러나 그토록 짧은 이야기를 구태여 급신으로 전할 이유가 있었을까? 무슨 내용이었을까? 그가 전혀 동요하지 않을 만한 내용으로 시간을 낭비해야 했을까?

외르타는 찰나, 무언가를 깨달았다.

'그는 자신에게 인사하지 않았다.'

휙 뒤를 돌아보자 무명과 눈이 마주쳤다. 그 뒤로 방금 전 자신이 겨우 뚫고 온 수많은 접견객들이 보였다.

짧은 의심으로 행동할 수 없었다. 그녀는 한숨과 함께 포기했다.

물론, 그것은 그 순간의 이야기였다.

외르타는 살금살금 걸어 나오다 무명에게 붙들렸다. 이런, 졸고 있는 줄 알았는데. 투덜대며 용건을 말했다. 회관에 갈 거야. 왜 가십니까? 발렌시아, 경을 봐야 해. 통상적인 업무 시간으로 미루어 보아 아직 접견 중이실 겁니다. 오늘은 아닐 거야.

무명은 그녀의 단호한 말씨에 신경 쓰지 않는 눈치였다. 사실 고지에 가까웠다. '바빠서 어차피 만나 주지 않을 텐데' 가 보시겠느냐는 친절이었다.

자정을 넘긴 홀에는 이제 몇몇 사람들만이 자리를 펴고 있었다. 조금이라도 움직이면 새치기를 당할까 두려워하는 모습이었다. 그들이 스쳐 지나가자 눈을 흡뜨며 일어서는 치도 보였다. 그러나 전반적으로 조용히 잠에 빠져 있었다. 외르타는 의심했다. 지금 송사가 진행되고 있다면 사람들이 이만큼 나른할 이유는 없었다.

무명이 문을 두드렸다. 오히려 낮보다 예의를 차리는 모습이었다.

아무 소리도 들리지 않았다.

무명은 문에 귀를 가까이 댔다. 시선이 머무른 곳에 있는 접견객 하나에게 턱짓했다.

"무명이다. 똑바로 대답해. 합하께서 접견객을 안 받으신 지 얼마나 됐지?"

"……한 시진쯤 전…… 내일 다시 찾아오라고 분부하셨습니다."

그는 다시 고개를 틀어 외르타를 바라보았다.

"좌하, 저는 이 문을 열 수 없습니다."

"아까는 잘만 열던데……."

"서찰을 전하기 위함이었습니다. 지금은 아닙니다. 이곳은 미라이예의 땅이며 저는 폐하의 의지에 반하지 않는 한 합하께 복종해야 합니다."

그녀는 혀를 찼다.

"그러면 비켜. 내가 열 테니."

무명은 그답지 않게 엉거주춤 옆으로 물러났다.

외르타는 한 번 더 발렌시아의 이름을 불러보았다. 여전히 조용했다. 무명에게 선언한 태도와는 달리 문틈으로 빛을 노려보았다. 거스러미조차 보이지 않았다. 무례를 저지르고 싶지는 않은데.

그러나 물어볼 것이 있었다.

그녀는 조용조용 한쪽 문을 밀었다. 홀보다 한층 밝은 빛이 사각으로 내리쬐었다.

의자는 텅 비어 있었다.

무명이 어느새 다시 사람을 붙들고 합하께서 언제 나가셨는지 묻고 있었다. 이 문은 열린 적이 없단다. 외르타는 멍하니 주변을 둘러보았다. 사람 흔적이라곤 머리카락 한 톨만큼도 보이지 않았다. 접견은 한 시간도 더 전에 물리고, 정문으로는 나오지 않았고……

외르타는 잰걸음으로 뒷문을 찾았다. 세 개나 있었다. 쾅쾅거리며 문을 열어젖혔다.

그러나 마지막 문을 열었을 때, 누군가 뒤에서 문을 꽉 쥐었다.

"올라가시는 것이 좋겠습니다."

"이월 스물."

"합하께서 홀로 계실 시간이 필요하신 것으로 생각됩니다. 배려하셔야 합니다."

"…….."

"올라가시지요."

"……대체 무슨 일이야?"

"왜 그런 질문을 하시는지 모르겠습니다."

"아까 서찰이 보통 내용은 아니었잖니."

"저는 아무것도 보지 못했습니다. 폐하께서 교부하신 서찰은 두 번 접힙니다."

외르타는 입을 다물었다. 무명은 완강했다. 그를 이해했다. 자신이 복도를 수색한다고 발렌시아를 찾을 수 있을지도 의문이었을뿐더러, 이미 밤이 늦었기도 했다.

"내일 아침 가능한 대로 합하께 전갈을 보내겠습니다."

그녀는 포기했다. 회관의 긴 중앙 통로를 걸어 나왔다.

무명이 뒤를 단단히 지키는 가운데 오밤중의 소란을 마무리했다. 여전히 발렌시아를 찾아 이야기를 하고 싶다는 마음은 변치 않았다. 그러나 도무지 방법이 없었고, 찬찬히 생각해 보자 제 이유마저 흐릿해졌다.

그래, 그가 나를 한 번도 바라보지 않았다. 그런데 그게 뭐? 바쁘다면, 그리고 서간의 내용이 중요하다면 혼자 고민할 수도 있는 법이다. 자신이 너무 그의 감정에 익숙해져 있는 것은 아닌지 약간 언짢기도 했다.

그가 나를 바라보는 것은 당연한 일이며, 오히려 그러지 않았을 때 경계해야 한다니. 외르타는 쓰게 웃었다. 지금까지의 경험을 토대로 판단했는데 돌이켜 보니 좀 우스꽝스러웠다.

외르타는 침대에 풀썩 누웠다. 몸을 돌려 불빛을 등졌다. 무명이 성실하게 방을 점검하는 듯 한참이나 부시럭거렸다. 그리고 문이 살짝 들리는 소리, 닫히는 소리.

방 바깥에서 인기척이 들렸다.

"외르타, 들어가도 되겠습니까?"

그녀는 확 상체를 일으켰다. 제 반응이 격렬하여 계면쩍었지만 어쩔 수 없었다. 방금 전 몇십 분 동안이나 그를 찾았을 때는 머리 터럭조차 보이지 않더니, 이렇게 멀쩡한 목소리로 이야기하는 것이다.

"응, 들어와."

"늦게 죄송합니다. 업무로 문안이 늦었습니다."

외르타는 뻔한 거짓말을 물끄러미 바라보았다. 그의 등 뒤로 문이 닫혔다.

"뭘 했기에?"

"어제와 같이 송사를 점검했습니다."

"회관에서 바로 올라온 거니?"

"……."

발렌시아는 그제야 이상한 기색을 눈치챈 듯 보였다. 외르타는 지체하지 않고 고백했다.

"방금 전 무명과 회관에 다녀왔단다. 당신은 거기 없었어. 한참 전에 송사를 끝맺었다고도 했다."

"왜 내려오셨습니까?"

"아까, 편지를 읽던 당신이 이상해 보여서."

"접견 이외의 문제들을 처리하고 왔습니다. 큰일이 아닙니다."

"그러면 무명은 왜 편지를 받아 꽁무니에 불붙은 듯 달려 나갔고? 아, 아니. 알려 달라고 캐묻는 건 아니란다. 그냥…… 걱정이 되어서."

외르타는 주섬주섬 침대에서 내려왔다. 항상 먼저 침대가로 다가오던 그였지만, 왠지 오늘만큼은 저 자리에서 꿈쩍도 하지 않을 것 같았다. 탁자에 던져 둔 숄을 걸치고 그에게 다가갔다.

마음이 급해 다가가면서 물었다.

"괜찮니?"

"……."

"언제나 송사가 끝나자마자 올라왔잖아. 괜찮아?"

"예."

외르타는 겨우 그 앞에 섰다. 얼굴이 잘 보이지 않아, 약간 후회가 되었다. 그러나 이 정도 거리에서 묻고 싶었다. 그가 고개를 숙였다. 눈이 마주쳤다.

"무명이 그렇게 사색이 되어 나갔어도, 정말 아무 일 아니지? 그치는 아예 내 방 창문을 뜯어냈단 말이야."

"일의 경중을 따지기는 어렵습니다. 그러나 저는 괜찮습니다."

그녀는 그의 손을 움켜쥐었다. 이제 몹시도 자연스러웠다.

발렌시아는 그제야 한 걸음 물러났다. 두 사람의 팔이 커튼처럼 사이를 두고 늘어졌다. 그는 한숨인 듯 그녀를 불렀다.

"외르타."

"정말 괜찮은 거지?"

"왜 계속 물어보시는지 모르겠습니다. 제가 그런 의심을 드렸습니까?"

그녀는 진짜 이유를 토설할 수 없었다. 아까 날 한 번도 보지 않았잖

아. 마치 내가 없는 것처럼, 종이에만 집중하고 있었잖아. 평소의 당신
답지 않았어. 이상했어. 그렇게 이야기하느니 차라리 이 창 밖으로 뛰
어내리는 편이 낫겠다.

"……."

"지내시는 데 불편하다면 말씀 주십시오."

외르타는 앵무새가 된 느낌이었다. 수 번이나 괜찮은지 물어보고도
또 그를 말릴 순 없었다. 발렌시아는 낮은 벽처럼 단호했다.

"알겠어……."

그러나 여전히 제 속의 무언가가 설득당하지 않았다. 자신에게 인사
한 번, 시선 한 번 건네지 않고 양손으로 서찰을 쥐던 모습, 경직된 손,
너무도 평소와 같은 표정, 그리고 덧붙이자면 자신의 알량한 직감. 그
가 이상했다. 회관에서도 낯설었고, 지금도 서툴게 칠한 판화처럼 보
였다. 한 음계 낮은 노래를 듣고 있었다. 전체적으로는 여전히 그 음악
그대로지만 자신의 기억과는 달랐다.

분명히 무언가 문제가 있다.

외르타는 그의 손을 놓았다.

그에게 캐물을 정도로 무례해지지는 않았다. 단지, 괜찮을 거라고 이
야기해 주고 싶었다.

외르타는 엉거주춤 한 손을 들어 그의 어깨를 감쌌다. 약하게 당겼
다. 항상 당당하던 용기가 숨죽여 속살거렸다. 흔히들 무서운 것을 만
나면 도망치기보다 마주 달려 자살하듯, 그렇게 그를 끌어당겼다.
아주 안는 것도 아닌데 어마어마한 각오가 필요했다. 눈을 딱 감았다.

그 순간, 그가 버텼다. 그녀에게 끌려오지 않으려 했다.

그리고 무너졌다.

그녀는 최대한 눈높이를 맞추기 위해 까치발을 들었다. 그를 비스듬
히, 마치 어깨동무하듯 살짝 껴안았다. 누군가 본다면 말 못하는 짐승

을 안는 것만도 못하다고 할 법했다. 그 정도로 애매하고 이상한 포옹이었다. 그러나 몸이 닿았다. 농불이라도 부드럽게 눌리는 생의 감각엔 위로받는 법이다.

그녀는 천천히 말했다.

"괜찮을 거야."

"외르타……."

"말하지 않아도 된단다. 가뜩이나 번잡할 텐데."

그가 몸을 숙이는 것이 느껴졌다.

온기가 더 가까워졌다. 까치발을 내려서 땅을 단단히 딛고 섰다. 무서운가? 아직은 아니었다. '아직은'이라는 단서가 붙었다는 사실이 놀라웠다. 아무리 달래기 위한 목적이라 한들, 그를 차분히 안고 있다니.

그의 손이 주저하다가 살짝, 제 죽지뼈에 얹히는 것이 느껴졌다. 안은 것이 아니라 얹힌 것이고, 얹힌 것이 아니라 닿은 것이었다. 외르타는 전혀 상심하지 않았다. 그가 예의 바르게 반응해 왔다는 사실이 고마웠다.

외르타는 다짐하듯 반복했다.

"괜찮을 거야."

"……."

"별 의미는 없겠지만 내가 당신을 지지하마. 겁먹지 마."

그가 그제야 숨을 토해 냈다. 단단한 어깨와 늑골이 한꺼번에 가라앉았다. 그녀도 같이 잠겼다. 늑골이 들렸다. 함께 올라갔다. 내려왔다. 함께 내려왔다. 그가 무슨 말을 하기 위해 준비하는 듯했다.

"외르타."

그래. 자신의 이름이었다. 그녀는 그에게 확신을 심어 주기 위해 열심히 눈을 마주치려 했다. 그렇게 노력하던 중―.

외르타의 이마가 그의 가슴팍에 부딪혔다. 그녀는 기겁했다. 죽지뼈에 느껴지는 힘. 건드리는 것 이상의 힘이었다. 그녀는 차근차근 스며들던 제 안타까움이 무너지는 것을 느꼈다. 아, 느꼈다. 외르타는 갑작스레 눈살을 찌푸렸다. 그래, 느꼈다. 느끼고 있었다. 자신이 겁먹어 무너지는 것이 잘 보였다. 그 감각을 침착하게 읽고 있었다.

화를 내야 하는 순간을 놓쳤다.

볼썽사납게 불뚝 튀어나온 제 죽지뼈 사이를, 그의 팔이 누르고 있었다. 손이 아니었다. 마치 팔뚝으로 누르면 상대에게 움직임이 느껴지지 않으리라 생각하는 것처럼, 어쩌다 나뭇가지가 휘어 의도치 않게 그녀를 감쌌다는 것처럼. 손을 쓰지 않은 것은, 그가 사람으로 느껴지길 싫어한다는 표지 같았다.

그는 더 이상 가까이 다가오지 않았다. 자신은 예기치 않은 힘에 지레 놀라 머리를 박은 것에 가까웠다. 이렇게, 고개를 들어도 그는 가만히 있었다.

외르타는 그를 보며 조용히 물러났다.

"……."

"괜찮아."

"……."

"당신을 믿어."

이제 무엇이 괜찮은 것인지 그녀도 몰랐다. 갈팡질팡 제 속마음을 뒤지고 있었다.

그가 얼굴을 일그러뜨렸다. 외르타는 당황하여 스스로 무엇을 잘못 말했는지 돌이켜 보았다. 그러나 두 번, 세 번 진탕 속에 손을 파묻기 전, 그가 말했다.

"죄송합니다."

"아."

"당신에게 씻을 수 없는 잘못을 저질렀습니다."

"……그렇게 말할 것까지야."

"놀라셨을 것으로 생각됩니다. 죄송합니다."

"괘념치 말거라. 내가 먼저였던 셈이잖니."

"다릅니다."

사실 그녀도 다르다고 믿었다. 그러나 그가 명확하게 답하여, 조금 위로받았다.

외르타는 다시 더디게 다가갔다. 그의 팔뚝을 잡았다.

"기운 차리렴. 무슨 일인지는 몰라도."

"죄송합니다."

"또 뭘?"

"아닙니다."

"이렇게 평생 죄송하다고 할래?"

"저는……."

정적이 흘렀다.

외르타는 자신이 부여잡은 그의 팔을 바라보았다. 미동도 없었다.

어느 순간, 그가 자신을 잡아 내렸다.

"쉬십시오."

"얼굴은 좀 보여 주렴. 내가 자꾸만 찾아가잖아."

"내일은 어렵습니다."

방금 전 자신을 반사적으로 안고도, 내일은 안 된다고 딱딱거리는 낯짝이라니. 외르타는 마음속으로 한숨을 쉬었다. 사실 어느 쪽이 더 나은지 잘 모르겠다. 그러나 그에게 안심이 되는 와중에도, 간혹 답답한 경우가 있었다.

"저는 이만 물러가겠습니다."

오늘 만나 한 이야기라곤 이유도 모르면서 다 괜찮을 거라고 다독여 준 것밖에 없었다. 그의 반응을 해석하기 어려웠다. 정말 무슨 일이 있는 것인지 한 아름 걱정이 되었다. 그의 고민을 엿본 일이 적어서이기도 했다. 기분이 좋고, 나쁘고, 화나고, 떨리는 단순한 감정은 알고 있었다. 그러나 그가 깊이 찔렸을 때의 얼굴을 보지 못했다. 그 얼굴이 어떻게 생겼는지 전혀 몰랐다. 자신은 그런 발렌시아를 몰랐다.

그녀는 그에게 말을 건네고 싶었다. 적어도 어떤 확신 속에서.

그는 문을 닫고 떠났다.

외르타는 그 뒤 이틀 동안 발렌시아와 말을 나누지 못했다.

가끔 무명이 편지를 받고, 또 허겁지겁 달려 나가는 경우는 몇 번 보았다. 무명이 달리면 자신도 인상을 찌푸린 채 끌려가야 했고, 회관의 발렌시아는 여전히 시선을 들지 않았다. 당연히 식사도 함께하지 않았으며 어젯밤에는 밤 인사조차 받지 못했다.

그녀는 그가 지나치다고 생각하지 않았다. 그보다는 정말 이상한 일이 벌어지고 있다고 믿었다. 그가 걱정되었다. 그녀가 생각하는 '정상'은 꽤나 확고했다. 발렌시아가 자신을 놓지 못한 채 빙빙 돌고, 항상 예의 바르게 친애를 표시하고, 기탄없이 대화를 나누는 것. 너무 많은 사건들, 그의 정직한 말들, 맞닿은 살결로 깨달았다.

"무슨 일 있나?"

혼잣말을 지껄여도 고개 돌릴 무명이 있어서 언짢았다. 물론 그는 다시 자신의 일에 집중했다. 무언가를 만드는 모양인데, 알고 싶지도 않았다.

"또 서간이 오면 난 안 갈 거야. 발폼이라도 불러 날 지키게 두렴."

"제가 아니라면, 합하뿐입니다."

"그 사람은 살아 있는지도 모르겠네."

"방금도 저와 함께 뵜었잖습니까."

그는 말을 알아듣지 못한 게 아니었다. 단순히 당신 불평을 받아들이지 않겠다는 대답이었다. 보호를 명목으로 끌고 다니지만 죄송하지 않다. 그리고 당연하게도, 그 급한 서간의 내용도 말해 줄 생각이 없다. 그 무례한 말들을 아주 잘 들었다. 밀봉되어 있어 어떤 소식인지 모른다고? 정말 누구를 바보로 아는지.

발렌시아를 걱정하고 싶었다. 사실, 그를 위로한다면 마음만으로도 충분할 것이다. 그러나 제 속에 욕심이 고여 있었다. 정말 에둘러서라도, 어떤 일인지, 귀띔이라도 해 주면…….

외르타는 긴 한숨을 쉬었다. 정말 욕심이 아닌가. 서로 악착같이 붙어 있던 오스페다 시절은 이제 옛일이 되었다. 그가 공사에 집중하여 제게 삶을 덜어 주지 않은들 받아들여야 했다. 더 나아가, 자신이 이제 주변인이 되었음을 인정할 필요가 있었다. 그에게 주변인이 된 것이 아니라, 딤니팔에서의 주변인. 소기의 목적을 이룬 오스페다는 명예를 지키기 위해 제 목숨을 지키겠지만, 그뿐이었다. 외르타는 이제 사람 무게의 골칫덩이 외에 아무것도 아니었다.

"밤이 늦었습니다. 필요하시다면 잠자리를 채비하라 이르겠습니다."

외르타는 바람 불지 않는 창을 바라보고 있었다. 무명이 단단히 봉해 두어 신선한 공기조차 쐴 수 없었다. 갑작스레 울화가 치밀었다. 무명과 이렇게 갇혀 있기 위해 이 여행에 나선 것이 아니었다.

"따라갈 테니까, 아직도 송사가 진행 중인지 보고 오자."

무명은 군말 없이 일어섰다. 외르타 역시 숄을 감싸며 열린 문으로 다가갔다. 항상 그와의 거리는 방의 반대편 정도로 유지하고 있었기에, 그가 나서고도 한참 뒤에야 난간을 잡을 수 있었다. 무명은 이미 눈을 가늘게 뜬 채 사람들을 가늠하고 있었다. 그가 고개를 돌렸다.

"퇴관하신 것 같습니다."

"아."

"이만 쉬시겠습니까?"

"아니. 공작의 침실로 가자."

"……."

"안내해."

무명은 바로 복종했다. 그에게 있어 편리한 점은 이뿐이었다. 무슨 부탁을 하든, 잉그레와 무관하다면 불필요하게 말을 더하지 않았다. 단지 명령에 따를 뿐이다.

이럴 줄 알고 두꺼운 숄을 챙겼지. 그녀는 종종걸음으로 그를 따라 갔다.

공작의 침실은 더 상층에 있는 모양이었다. 제 방 위로는 한 번도 올라가 본 적이 없었다. 굳이 금제가 있었다기보단 발렌시아의 안내 없이 살필 이유를 느끼지 못했기 때문이다. 무의미했다. 그 곁에 보다 오래 머물기 위해 이곳에 왔으므로. 넓은 공간은 오히려 방해였다. 차라리 방 두 쪽짜리 누추한 가옥이었더라면 매일 담소라도 나눴을 텐데.

무명은 경중경중 계단을 건너뛰며 두 개 층이나 올라갔다. 외르타는 무명의 걸음에 맞추기 위해 애썼다. 꼭대기 층에 다다랐을 때에야 겨우 허벅지를 짚었다. 치마가 엉키고, 자락이 밟히고, 천이 팽팽하게 당겨져 목이 졸리고, 기침이 터지는 것을 꾹 참고 달려왔다. 그에게 지적하려다, 눈앞으로 빛이 쏟아지자 말을 삼켰다.

"급신인가."

"……."

발렌시아는 뒤에 선 그녀에게 놀라지 않았다. 얕게 인사하고, 다시 빙그르르 무명에게로 돌아갔다. 마치 자신이 무명, 그리고 왕의 서찰 뒤에 따라온 거추장스러운 부속지라도 된다는 양. 외르타는 참지 못하고 앞으로 나섰다.

"내가 오겠다고 했어."

"……."

"스물, 당신은 이만 가. 난 경이 데려다줄 테니."

"그러실 겁니까?"

"……."

"알겠습니다."

무명은 뒤도 돌아보지 않고 떠났다.

외르타는 제법 당당하게 그의 앞에 버티고 섰다.

"발렌시아, 꼬박 이틀 동안 이야기 한 번 못 했잖니. 이렇게 찾아올 화상인 걸 모르진 않았겠지."

"……."

"복도에선 자유롭기 어려우니 들어가자."

그녀는 그를 지나쳐 방으로 들어갔다.

방은 구태여 무언가를 설명할 필요도 없이 고상하게 하얬다. 천마다 미라이예의 자수가 놓여 있었다. 그녀는 나무가 새겨진 의자를 꾹 누르고 앉았다. 단단한 태도로 문 앞에 선 사람을 바라보았다.

"발렌시아."

"외르타."

서로 경고하듯 불렀다. 이게 뭐 하는 짓이람. 너털웃음을 터뜨렸다.

"돌아가셨으면 합니다."

"왜? 나도 밤 인사 하러 온 거야."

"상황이 여의치 않습니다. 자정이 넘었습니다. 여태껏 쉬지 않고 계셨다니 제가 무명에게 경고하겠습니다."

"아니. 그럴 필요 없어. 내가 원해서 깨어 있던 거니까."

"……."

그는 겨우 문을 닫았다.

"이리 와 보렴."

"외르타."

"싫으면 거기서 들어도 되고."

"제가 당신을 배려하기 어렵습니다."

외르타는 인상을 찌푸렸다. 무릎 위에 얹힌 주먹을 꽉 쥐었다. 허벅지에 힘이 들어갔다.

그 기색을 눈치챈 듯 그가 성큼 다가왔다. 아, 다가오면 안 되지. 그녀는 의자를 살짝 뒤로 밀었다. 아니, 이렇게 눈에 띄게 굴지는 않으려 했는데. 몸에 힘이 들어가자 절로 밀린 모양이었다.

"외르타, 오해의 소지가 있도록 말씀드렸습니다."

"……."

"제 마음이 신산하여, 즐거운 대화를 나눌 수 없으리라 생각했습니다. 당신과 관련된 일은 아닙니다."

"……."

"외르타……. 실언이었습니다."

"아, 아니야. 괜찮아. 오늘 식사는 잘 챙겼니?"

뻔뻔하게도 말을 돌렸다.

"예. 자리에서 간단히 요기했습니다."

"응. 나도 잘 먹었어. 특별한 송사는 없었고?"

"시급한 사안을 먼저 처리하여 이제는 비교적 쉽게 해결할 수 있습니다. 염려치 마십시오."

"음……."

벌써 질문이 바닥을 드러냈다. 그나 자신이나 취미가 적은 사람이라 빈곤했다. 외르타는 한숨을 쉬곤, 그제야 자신의 원래 용건을 드러냈다.

"발렌시아, 무슨 일이 있든 내가 지지한다고 이야기했지? 돕지는 못하겠지만 내 마음이라도 알아주렴."

"제가 좋지 않은 일을 당한 사람처럼 보이십니까?"

"음, 어……. 그러니까…… 응."

"이유를 말씀해 주십시오."

"그 일에 집중해선 나를 무시하잖니."

"……."

외르타는 진실을 토로한 기분을 만끽했다. 아주 유치하고 돼먹지 못했다. 그러나 속이 시원했다.

그녀는 자리에서 일어섰다. 아무리 낯이 두꺼워도 이런 이야기를 하고 뻔뻔하게 위로할 수는 없었다. '일에 집중하느라 나를 모른 체해서' 이상했다고. 그가 정말 상황이 어렵든 어렵지 않든 당황할 만한 이야기였다. 결국 패배하여 걸음을 옮겼다.

발렌시아의 시선이 따라왔다.

그녀는 잠깐 멈춰 그를 올려다보았다. 시선이 마주쳤다. 계면쩍었으나, 그래도 씨앗처럼 고이 챙겨 둔 말이 있었다.

"우리가 적어도 비는 함께 맞았잖아."

"……."

"끝내 같이 맞고, 그친 뒤 떠날 수 있으면 좋겠구나."

그가 손을 들었다. 꼿꼿하게 서서 받았다.

손이 미끄러져 제 뺨에 닿았다. 아주 아슬아슬하게, 이제 남아 있지도 않은 어린 시절의 솜털을 건드렸다.

"……."

"외르타, 언젠가는 알려질 사건이라고 생각합니다."

"응?"

그는 여전히 제 뺨을 감싸고 있었다. 외르타는 그의 용기에 화들짝 놀랐다. 그러나 동시에, 그를 뿌리치지 않은 자신의 용기에도 깜짝 놀라고 말았다.

"앙히에의 행방이 묘연합니다."

얼굴이 굳었다.

그의 손목을 잡아챘다.

"또 도망갔어?"

거의 으르렁거렸다. 그의 기사직을 바란 것은 결단코 아니었다. 그러나 그 각오가 새털 같았다는 사실에 배반당한 기분이었다. 마지막 만남, 열여섯 때만큼 의연하던 눈빛.

"아니요. 사망했을 확률이 높습니다."

그녀는 눈을 깜박였다. 여전히 그의 손목을 움켜쥐고 있었다. 외르타는 되물었다.

"뭐라고?"

"앙히에와 동행이 알로지아드에서 실종되었습니다. 사라진 것으로 추정되는 자리에 자국이 남아 있었습니다. 어떤 목적이 있어 납치했다면 미라이예가 소식을 들어야 하는데, 저는 아무 전갈을 받지 못했습니다. 현재 솔 미라이예와 오스페다에서 백방으로 수색 중입니다."

"……뭐?"

말이 스며들지 않았다. 분절마다 쪼개어져 무의미하게 흩어졌다. 앙히에가, 뭐? 사라졌다고? 아니, 그런데 저렇게, 발렌시아가 조용할 수 있나? 거짓말이겠지?

"당신에게도 파장이 적지 않을 소식이라 생각합니다. 그래서 계속 죄송스러웠습니다."

"아니……. 당신은 어떻게…… 멀쩡해……?"

"제가 정상이 아니라고 말씀 주신 분은 당신입니다. 저도 저를 모르겠습니다."

"발렌시아, 이건, 말이 안 돼……. 걔가 죽긴 어딜 죽어……."

그녀는 그의 양 손목을 틀어쥐었다. 끌어당겼다. 그가 몸을 숙였다.

"농담이지?"

"외르타, 저는 이런 중대한 사안으로 거짓을 말하지 않습니다."

"……."

"때문에 그간 당신과 함께할 여유를 내지 못했습니다. 저의 마음이 옹졸하여 당신을 배려하지 못하리라 생각했습니다."

"이…… 렇게 똑똑히 말하는데?"

"저는 미라이예의 지주가 되어야 합니다."

"기둥이래도, 결국 인간을 죽여 만든 기둥이겠지. 당신이 멀쩡할 리가 있니……! 이 지경까지 와서, 꼭 그렇게 이야기해야겠어……!"

"외르타, 저는…… 제가 지탱해야 합니다."

그녀는 그 미세한 더듬거림을 놓치지 않았다. 첫 번째 충격이 가라앉자, 발렌시아가 이토록 '평이'하게 일상을 영위하고 있다는 사실에 더 큰 충격을 받았다. 외르타가 발견한 구멍은, 그녀가 아니라면 누구도 눈치챌 수 없는 틈이었다. 그렇다면 그는 모든 이에게 평소처럼 냉정히 굴고 있다는 뜻이었다. 이틀 전에 아우의 실종 소식을 들은 사람인데. 심지어 그를 전쟁터로 내몬 이가 본인이라면.

자신의 파란은 아무것도 아니었다. 도저히 '멀쩡한' 그를 가만히 둘 수가 없었다.

외르타는 그의 목을 끌어안았다.

아주 높았다. 그러나 어떻게든, 발을 들어서라도, 상체를 젖혀서라도, 해냈다. 그를 위로해야 했다. 앙히에의 일을 듣고도 일상을 유지했다고. 아, 이럴 수가. 그가 스스로의 고통을 알지 못해도 상관없었다. 아니, 모른다면 더더욱 참기 힘들었다. 온기가 다다를 수 있도록 껍질을 데워 주어야 했다.

발렌시아와 멀어지기 위해 아등바등 애쓰지 않았다. 평범한 사람처럼 자연스레 그를 안았다. 이마가 그의 가슴팍에 닿았다. 짓누를 용기는 없으나 적어도 기대었다.

숨소리조차 들리지 않았다.

앙히에를 안았던 때와는 아주 달랐다. 그 차이를 표현하기가 두려웠다. 등골에, 강파른 뼈마디에 그의 손가락이 얹혔다. 하나, 둘, 셋, 다섯. 마디와 손 볼까지 옮겨 붙어 인간의 손을 완성했다. 제 허리에, 아니, 허리를 짚었다가 놀란 손이 등을 더듬어 올라왔다. 외르타는 상대의 손 모양까지 묘사할 수 있었다.

그녀는 그의 양팔에 갇혔다. 위로를 건네기 위해 껴안았건만, 난데없이 떨렸다.

그럼에도 이름을 부를 수 있었다.

"발렌시아."

이제 그에게 묻혀 웅웅 소리가 울렸다. 바로 엊그제 어깨동무 같던 포옹이 아니었다. 정말 사람을 '안았다'. 품새는 예의 바를 수 있으나, 그가 가진 감정이 예의 바르지 않음을 안다. 그것을 알고도 결심이 확고했다. 그를 안아야 했다.

발렌시아의 어깨가 천천히 떨어졌다. 소리 없이 한숨을 쉰 모양이다. 아주 느리게 가라앉아, 마치 자신을 상대의 빈 공간에 맞추는 것 같았다. 그는 그로서 남아 있지 않고, 그녀의 버겁게 껴안은 두 팔로 흘러내렸다. 흘러내렸다. 또, 흘러내렸다.

그녀는 그의 움직임에, 그리고 자신의 표현에 소스라치게 놀랐다. 엉겁결에 차분히 정리하려 했던 말들이 터졌다.

"……앙히에가 너무 걱정되지만, 그래도 당신 죄가 아니야. 잘못한 부분이 있다 한들 이 건에서까지 스스로를 탓하진 말거라."

"……."

"그런 일이 있으면 내색을 해야지. 어떻게 계속해서 업무를 봐……."

"……외르타."

여전히 한숨 같았다.

외르타는 고개만 들어 그를 바라보았다.

"제가…… 어떻게 해야 할지 모르겠습니다."

그러나 말과 달리, 단단한 손이 제 허리를 받쳤다. 외르타는 당황하여 눈을 깜박였다. 그러나 여기서 뿌리쳐 다시 원점으로 돌아갈 수가 없었다. 그에게 대답하기 위해 꾹 눌러 참았다.

"그래……. 업무를 다 마치면 바로 전쟁터로 떠나는데, 앙히에 일 때문에, 도저히…… 가능하겠니?"

그에게 집중하느라 약간 더듬었다.

"외르타."

"응."

"감사합니다."

"아무렴, 헤취!"

팔이 보다 강하게 조여들었다. 외르타는 그의 가슴팍에서 숨이 막힐 뻔했다.

"좀, 풀어 주면, 당신 감사한 마음이 잘 들릴 텐데……."

그의 힘이 천천히 흐트러졌다. 대신, 무력해진 만큼 몸을 숙였다. 외르타는 동굴에 갇혀서 오도 가도 못했다. 손목만 움직여 그의 어깨를 건드려 보았지만 꿈쩍도 하지 않았다.

위로하겠다는 마음은 여전했다. 바래지 않았다. 동요 없이 새벽부터 밤까지 업무를 해내야 하는 그가 측은했다. 그리고 그 이상으로, 그가 받았을 충격을 감히 상상하기 어려웠다. 스스로 아우를 전장으로 몰아붙였다면 죄책감을 가지지 않기는 힘들 것이다.

그녀는 그의 어깨를 두드려 달랬다.

"앙히에는—."

"제가 욕심을 부렸습니다."

"……."

"오래전 품었던 치기 어린 생각을 굽히지 못합니다. 이미 당신 덕분에 흔적이 없는 상처입니다. 그럼에도 앙히에에게 죄를 묻고자 고집을 부렸습니다. 그의 의지에 반하여 기사직으로 내몰았습니다. 너무 뒤늦게야 깨달았습니다."

"그렇게까지 이야기할 필요 없잖니……."

"당신이기에, 제가 고해합니다."

외르타는 입을 꽉 다물었다가, 벌렸다. 그리고 다시 앙다물었다. 그는 변치 않은 채 자신을 끌어안고 있었다. 마치 내리는 비에서 한 방울도 맞지 않도록 보호하는 모양이었다. 그 정도로, 단단한 방패처럼 자신을 감쌌다.

"제가 충격을 받았는지 저는 모르겠습니다. 소식을 들은 이후 항상 제 아집이 떠오릅니다. 제 아집이, 아우를 죽일 만큼 무거웠는지 갈등합니다."

"발렌시아!"

그녀는 화들짝 놀라 버둥거리며 그를 떨쳐 냈다. 완전히 물리치지 못했으나, 겨우 눈을 마주 볼 만큼은 되었다.

"그렇게, 아니, 하지 말렴. 아니, 안 돼. 하지 마."

"저는 정직합니다. 당신께 드리는 말씀 중 고백이 아닌 것은 없습니다."

"입, 입! 그래도 안 돼! 앙히에가 죽었을 리 없을뿐더러, 혹 돌이킬 수 없더라도 당신 잘못은 아니란다. 절대, 그런 이야긴 하지 말거라."

"외르타……."

"만일 누군가 앙히에를 해치려 했다면 그가 기사로 떠나든 여행객으로 떠나든 전혀 신경 쓰지 않았을 거라고! 꼭 이렇게 당신을 설득해야 해? 물론 인지상정으로 걱정이 되기는 할 테지. 하지만 부디 너무 상하진 말렴. 부탁이야."

"……"

"당신이 잘못했다는 생각이 들면 이렇게 주저앉아서 구시렁거리지 말고 꼭 만나 이야기하거라. 눈을 마주하고 고백해야 해.”

갈등하는 사람에게 너무 험했을지 걱정이 되었다. 발렌시아는 턱에 힘을 주었으나, 그럼에도 시선을 피하지 않았다. 그녀는 어떤 충동을 느꼈다. 다만 그것을 표현하기가 두려웠다. 어설프게 그의 뺨을 감쌌다. 까끌까끌했다.

“너무 힘들겠지만…… 내가 어떻게 도움이 되어 줄 수 있을지 모르겠구나.”

“이미 도움을 주셨습니다.”

“응? 평소와 다를 것도 없잖아? 바쁜데 무턱대고 찾아와선—.”

“당신이 저를 안아서, 다릅니다.”

결국 홍수가 제방을 넘었다. 그녀는 쓸려 들어오는 감정을 이기지 못하고 홱 손부터 뗐다. 허둥지둥 제 몸을 찾았다. 그리고 상대의 팔과 다리를, 시선과 얼굴을 찾았다. 전부 안전한 자리에 있다고 생각했지만, 문득 제 속의 누군가가 물었다. ‘안전하다고?’ 이미 그의 존재 자체가 위협이었다. 그럼에도, 이렇게 끌어안고도 안전하다고 속단하는 것이다.

누군가 저를 갈라서 과육과 씨앗으로 나누어 둔 듯 느껴졌다. 무엇이, 씨앗이지? 그녀는 혼란스러웠다.

조심스레 발렌시아를 밀어냈다.

“무슨 뜻인지 모르겠어.”

그리고 더 단호하게 선언했다.

“그리고 중요한 일이 있는데 이런 이야기를 해선 안 돼.”

그녀는 내뱉고 나서야 실수를 깨달았다. 이미 한참이나 고통을 겪었을 사람에게, 날 보지 말고 다시 고개를 돌리라고 요구한 셈이다. 도망쳐 나를 보지 말고, 똑바로 저 고름을 보라고. 또한 도대체 ‘이런 이야기’가 무엇이라는 말인가? 외르타는 갈피를 못 잡고 바닥을 노려보았다.

발렌시아와 자신 사이엔 여전히 공기가 부족했다.

"……."

긴 머리가 흘러내려 시야를 가렸다.

한순간 앙히에에게 죄책감이 들기도 했다. 마음속 어딘가에서 그가 최악의 순간은 피했으리라 믿고 있었다. 친구에 대한 믿음을 움켜쥐었던 것 같다. 그러나 아직 헛되지 않은가. 앙히에는 딤니팔의 시선이 닿는 어떤 곳에도 없었다. 정신 차려! 그가 죽었노라 판단해도 이상하지 않은 상황이라고!

이렇게 그의 실종을 발밑에 두고 발렌시아와 감정을 이야기할 순 없었다.

"외르타, 부디 설명할 수 있도록 허락해 주십시오."

"……필요하다면."

"제가 당신으로 인해 위로받았습니다. 적절하지 못한 시기에 제 감정을 토로하여 사죄드립니다. 제 불안과 충격은 사라지지 않았습니다. 오로지 당신 덕분에 숨죽일 따름입니다."

시선을 들었다. 머리칼 사이로 그가 보였다. 냉정하고자 노력했으나 자꾸만 미끄러졌다. 그의 목소리에서 시퍼런 핏줄이 엿보였다. 그것을 목도하고도, 우리 이제 보다 침착해지자고 이야기할 깜냥이 못 되었다.

"감히 당신에게, 당신의 포옹이 저를 다르게 만들었다고 말씀드렸습니다. 앙히에는 제 아우이기도 하지만 당신의 친우입니다. 아우가 사라진 까닭에 당신 역시 크나큰 고통을 겪으셨을 터인데, 제가 위로받았다는 사실에만 감격했습니다. 어떤 말로 사죄를 드릴 수 있을지 모르겠습니다. 제 부족한 말솜씨가 부끄럽습니다."

"……."

"외르타, 제가 할 수 있는 노력은 아무것도 없습니다. 아우 앞에서 무력합니다. 초조하게 일상을 유지하며 기다릴 뿐입니다. 적어도 그러기 위해 애썼습니다. 그런데 당신이……."

"……."

"제가, 공유해서도 안 되었습니다. 위로받기 위해 당신에게 말씀드린 것 같습니다."

발렌시아가 물러났다. 천천히 말을 흘려보내다가, 갑자기 정신적으로 체한 듯한 시선이었다. 가슴이 급하게 들렸다 가라앉았다. 어느새 그는 한 손으로 눈가를 짚고 있었다.

"죄스럽습니다……. 당신에게뿐만 아니라…… 제 나약함과…… 앙히에에게……."

외르타는 손을 뻗었다. 그러나 허공을 가르지 못한 채 주먹만 꽉 쥐었다. 그는 여전히 장님처럼 헤매고 있었다.

"제가 당신에게 말씀드려서는 안 되었습니다. 위로받고 싶다는 이기심에, 중요한 많은 것들을 방치했습니다……."

"……."

"당신이기에 고백한다는 이야기로 부담을 드렸습니다. 사실 제 안위를 위해 발설했음에도…… 마치…… 당신이 저의 감정에 감사해야 한다는 양……. 주제를 몰랐습니다."

그는 잠시 그만의 암흑 속에 서 있었다. 눈가를 짚은 큰 손이 꿈틀거렸다. 누군가 산 채로 불에 태운 것처럼 경련하다가, 오그라들었다. 주먹 쥐었다.

"외르타, 저 대신 앙히에를 걱정해 주십시오."

갑자기 말이 딱딱하게 굳었다.

"이토록 순식간에 고통을 그러모아 당신에게 건넨 저 스스로가 괴롭습니다. 저는 아우보다 위로받은 제 감정이 더 중요했던 금치산자입니다. 폐하께서 죄를 물으신다면 잉그레의 여섯 층 지하에 묻힌들 변할 말이 없을 것입니다. 당신이 걱정할 가치가 없는 인간입니다."

그의 손이 겨우 떨어져 나왔다. 그러나 그녀에게 가까이 다가오기는

커녕 뒷걸음질 쳐 문고리를 잡았다.

"저는 남은 업무를 처리하겠습니다. 편하신 대로 머무르시길 바랍니다. 무명을 불러 두겠습니다."

"문, 열기만 해 봐."

목이 칼칼했다.

"내 이야긴 듣지 않고 또 혼자서 겁먹고 내달리기만 해 봐. 용서 안 한다."

"……저는 언제나 당신 말씀을 경청하고 있습니다."

"그럼 거기서 한 발자국도 도망치지 말고 들어."

"……."

"당신이 너무 급하게 고백해서 당황한 건 맞아. 또…… 앙히에보다, 지금 내 눈앞에 있는 당신 걱정이 치민 것도 맞아……. 젠장……. 정말 그랬어……. 그러다 그 사실에 충격받았다면…… 그것도 어쩔 수 없지……. 하지만 그걸 죄라고 하는 건 완전히 다른 문제야."

"외르타……."

"나는 내 손에서 한순간 앙히에가 미끄러졌다고 해도 그걸 죄라고 생각하지는 않아. 기분이 언짢고 진심으로 미안할 수는 있겠지만, 당장 내 눈앞엔 뻣뻣이 선 당신이 있었어. 뭘 어쩌란 말이니? 난 당신을 위로해야 했어. 다시 돌아가도 당신 먼저 위로할 거야."

그녀는 성큼성큼 다가가선 또 한 번 그의 목을 끌어안았다. 선언하듯 안았다. 그의 등이, 문에 막혀 떠나지 못하는 것이 느껴졌다.

"난, 당신을 위로한 거야."

"……."

"당신을!"

외르타는 홱 떨어졌다. 짧은 포옹이었다. 그녀는 그를 밀치고 문을 나섰다.

톨레도는 고개를 들었다. 겁먹은 종자를 보려니, 제 얼굴이 얼마나 일그러져 있을지 능히 짐작할 만했다. 그러나 그를 달래기 위해 애쓸 여력이 없었다.

"아브르초 경에게……. 아니, 아니다. 서찰을 쓸 종이를 들고 오거라. 여러 장 필요하단다."

"옛!"

그는 한숨을 쉬며 땅바닥의 나뭇잎을 짓이겼다. 자신은 고작해야 사흘 전 알로지아드 진을 떠났다. 요새에 머무는 시간 동안 아무것도 찾지 못한 스스로에게 화가 났다. 알로지아드에서 제일가는 수치 아니겠는가. 먼저 사라진 두 명의 흔적을 찾지 못한 것은 물론, 살인자의 정체조차 모르고 있다니. 영내를 쥐 잡듯 뒤졌다고 변명하고 싶지도 않았다. 비겁했다.

앙히에가 사라졌다.

무엇보다, 앙히에가 사라졌다.

톨레도의 입매가 살짝 떨렸다. 그래도 한순간 앙히에가 죽지 않았다고 생각하려 했다……. 그가 생존해 있다고……? 스스로도 믿기 힘들었다.

희망을 막는 것은 오히려 앙히에에 대한 믿음이었다. 앙히에는 '생포'당할 만큼 유약하지 않다. 살인은 쉬울지 모르나 그를 생포하기 위해서는 어마어마한 소란을 감내해야 했을 것이다. 그 난동을 몇십 분에 한 번씩 지나가는 순찰대가 보지 못했다고? 톨레도는 누구보다 알로지아드의 감시를 꿰고 있는 사람이었다. 불가능했다. 그만큼 질서정연하게 야생마를 잡아갈 수 있는 집단을 자신은 알지 못했다. 무명? 어수대? 프레몽트레? 애처로운 끼워 맞추기다. 그들이 대체 왜 무작의 종기사를 노리겠는가.

좀 더 냉정해졌다. 미라이예의 공자를 죽인 이유가 무엇일까? 누군가가 불뚝 답했다. 자네, 놓치고 있네. 미라이예에는 적이 없지만, 또한 많지 않은가. 가문의 원한만으로 축소해도 범인은 끝도 없으리라.

그러나 미라이예 공작이 눈을 시퍼렇게 뜨고 있는 상황에서 그 아우를 잡아 죽일 만큼 증오에 불타는 이가 있다는 말인가? 그 부분이 이해가 되지 않았다. 이 딤니팔에서 미라이예라는 이름을 두려워하지 않는 자가 없건만.

죽었다면, 왜 앙히에의 시체가 없을까? 왜 핏자국조차 남기지 않고 모두 치워 버렸을까? 무성한 관목까지 몇 시간 동안 샅샅이 뒤진 알로지아드 봄이 없었다면 아무도 몰랐을 일이다. 왜 그렇게 조용히 넘어가고자 했을까?

미라이예를 겁냈기 때문이라고밖에 추측할 수 없었다. 미라이예의 핏줄을 죽였지만 드러낼 만큼 스스로 강력하지는 않은 것이다.

톨레도는 미지의 적을 탐지하지 못한 스스로에게, 그리고 알로지아드 봄에게 분노가 치밀었다. 아주 오랜만에 주먹 쥔 손이 가만히 있지를 못했다.

명예를 회복하긴 어려울 것이다.

폐하께, 또 미라이예에.

그는 입술을 깨물며 종자가 가져온 종이를 받았다.

"펜이 또 부러졌어."

모리가 느릿느릿 말했다.

누프리는 그제야 두 쪽으로 쪼개진 펜촉을 바라보았다.

"폐하께 고하는 서찰이라면 좀 더 침착한 상황에서 쓰는 건 어때?"

"그러면 늦는다."

"이미 늦었잖아."

"······."

그러나 그녀는 군말 없이 새 펜을 가지러 떠났다.

누프리는 멍하니 펜을 내려 두었다. 잉크가 떨어질세라 급하게 털어
냈다. 펜은 그대로 바닥으로 떨어져 온갖 흙탕물을 튀기며 굴러갔다.

······공자가 당일 채비한 물품은 대부분 본인이 원래 소지하던 것입니
다. 다만 사슬갑옷은 페자로, 부츠는 안니발레, 숫돌은 톨레도, 기름은 그
나시오의 선물을 챙겼습니다. 십이공회에서 관례적으로 선사했습니다.
이외 솔 미라이예에서 약 이순二旬간 드실 수 있도록 건량을 준비했습니
다······.

공자의 당일 행적을 설명하는 것에 무슨 의미가 있을지 몰랐다. 누
프리는 스스로를 의심했다. 누구도 하필 '그날' 앙히에가 잘못하여 변
을 당했다고 생각지 않을 것이다. 그보다는 오래된 원한들을 되짚어
보리라.

그러나 그는 정리하여 폐하께 고하지 않고는 견딜 수 없었다. 자신이
적어도 무언가, 앙히에의 흔적에 대해 폐하께 소명드려야 하는 부분이
있다고 생각했다. 그날 공자가 어떻게 행동했는지, 무엇을 먹고 어떤
물품들을 챙겨 누구를 만나 어떻게 떠났는지 소상히 알려야 했다. 아무
도 읽지 않은들 자신에게 필요했다.

누프리는 가까스로 멈춘 펜을 내려다보았다. 그랬다. 자신에게 필요
했다.

앙히에의 소식을 듣고 쉽사리 믿지 못하는 자신을 꽉 조여 매야 했
다. 정리해야 하는 가장 큰 이유였다. 글을 쓰다 보면 그날이 떠오르

고, 앙히에가 어떤 길로 떠났는지 천천히 되짚어 볼 수 있었다.

아직 잉그레, 미라이예와, 소식을 전한 톨레도만 제하면 아무도 모른다고 했다. 폐하께서 함구령을 내리셨다. 폐하의 깊은 복안은 감히 짐작할 수 없으나, 덕분에 주변은 아주 고요했다. 주인이 없는 솔 미라이예에는 정적만이 감돌았다.

정적일까? 전운은 아닌가?

합하께서는 어찌 생각하실까?

"펜."

누프리는 돌아보지도 않고 새로운 펜을 받았다. 잉크가 흐른 발자국을 밟고, 다시 흰 종이에 쓰기 시작했다. 합하를 생각하자 마음이 정돈되었다. 그분께서 품은 갈등의 크기에 비하면 자신은 손톱만큼도 못한 고민을 하고 있을 것이다.

누프리는 사건이 터지자마자 급신으로, 떠나지 말고 솔 미라이예에서 일을 관장하라는 명을 받았다.

합하의 서간을 기억했다. 평소보다 급하고 단정치 못한 글씨였다. 자음 하나하나에서 초조함이 묻어났다. 그 고통을 깊이 이해한다고, 자신은 감히 말할 수 있었다.

앙히에의 일을 마무리 짓고 와라.

그는 공자의 죽음, 혹은 삶을 확인하기 전까지는 떠날 수 없었다.

델리다는 의아한 표정으로 솔 안니발레 이곳저곳을 돌아다녔다. 마침내 누군가 그녀의 행색을 발견하고 질문하기까지, 지치지도 않고 꼼꼼하게 뒤졌다.

"자작님, 무슨 일이 있으신지요?"

그녀는 자신이 '자작'으로 불린다는 사실을 깜박깜박 잊곤 했다.

"아, 잠깐 찾는 사람이 있어서 돌아다니고 있었어."

"벌써 한밤입니다. 말씀 주시면 저희도 함께 찾아보겠습니다."

"굳이 그럴 필요는 없는데……. 바르부를 찾고 있었어. 오늘 살바세레에서 돌아온다고 했거든."

"아……. 예. 저희도 그렇게 들었습니다."

"그럼 왜 아무도 안 찾는 거야? 연통은 왔어?"

아랫사람을 탓하는 투가 아니었다. 그저 담백한 질문이었다. 아무리 늦어도 오늘 저녁까지는 필요한 물품을 구매하고 돌아올 수 있다고 말했다. 그에 경비를 쥐여 주고 안니발레의 호위까지 두 사람이나 붙여 주었다. 그러나 떠난 날 이후 연통을 받지 못했을뿐더러, 또 이렇게 늦다니.

델리다는 인상을 찌푸렸다. 자신이 할 수 있는 한 가장 큰 호의를 베풀었는데 지금까지 연락이 없다? 굳이 지위를 생각하지 않아도 무례하다는 생각이 들었다. 그녀가 돌아오면 자신이 불쾌했던 지점을 정확히 설명해야겠다. 우리가 친해지고 있다는 점을 생각한다면, 더 주의하길 바랐다고, 네가 호의에 이토록 무뚝뚝하게 답해서 나는 많이 실망했다고 말할 것이다.

"아니요. 따로 전갈을 받았더라면 자작님께 말씀드렸을 겁니다. 지금 무도회 준비 때문에 경비병이 부족하다고 여간 아우성이 아닙니다. 차출된 경비병 둘이 적어 보여도, 또 생각보다는 적지 않으니 말이에요."

"그러게. 그것도 급하겠구나. 이상하네. 대체 왜 이렇게 늦지?"

"……더 늦어지면 따로 조치할까요?"

"뭘 조치해?"

누군가 대화에 끼어들었다. 델리다는 눈만 멀뚱멀뚱 뜬 채 아버지를 돌아보았다.

"문제가 있나?"

"좌하."

"문제가 있느냐고 묻잖아."

"아버지, 큰일은 아니에요. 제 시녀가 아직 여행에서 돌아오지 않아서요."

"음? 좀 늦을 수도 있지. 한밤중에 피곤하게."

"그게…… 위험할까 하여 저희 경비병 둘을 함께 보냈거든요. 제가 아버지께도 따로 말씀드렸던 건이에요. 때문에 늦으면 어떻게 연락이라도 받았어야 하거든요. 그런데 지금…… 자정이 넘어가는데 소식이 없네요."

안니발레 백은 그제야 그녀와 똑같은 표정이 되었다.

"네 시녀라 함은…… 지난번에 새로 온 운라쿰가의 여식 말이니?"

"네, 맞아요."

"조치를 취하기까지 기다릴 필요는 없다. 직접 운라쿰가에 서신을 보내거라. 사건이 있었노라 충분히 불쾌감을 표시한 뒤, 행방을 묻고 배상을 청구해. 그 양은 네가 잘 계산해 보는 게 좋겠다."

델리다는 입을 앙다문 채 고개를 끄덕였다. 물론 바르부의 잘못을 탓하고자 했지만, 이렇게 정식으로 공문을 보내 추궁하고 싶지는 않았다. 그렇게 할 경우 십이공회의 힐난을 받은 가문에서 어떻게 반응할지, 바르부가 어떤 취급을 받을지 눈에 선했기 때문이다.

그러나 아버지의 말씀에 수긍할 수밖에 없었다. 안니발레에서 후의를 입고 제 시간에 보답하지 않는다면, 어떤 식으로든 덫이 필요할 것이다.

"그리고…… 그 공문이 네 시녀를 잡아오진 않을 테니, 따로 사람을 보내야겠구나. 사반 발체에게, 델린의 운라쿰가 출신 시녀를 찾아오라

해라. 위험에 처해 있다면 구조하고, 게을렀다면 수송하고, 도망쳤다면 포박해라.”

“아버지, 그 정도까지 하실 필요는 없지 않나요……?”

“아니. 필요한 일이란다. 이렇게 하지 않으면 책잡힌다는 점을 잊지 말렴.”

델리다는 얕게 한숨을 쉬었다. 하나하나, 아버지의 말씀에 따라야 한다는 것을 알면서, 그에서 배워 가는 것이 많은데도 슬펐다. 바르부에게 잠깐 화가 일었지만 이 정도 벌을 받아야 한다고 생각하지는 않았다.

그녀는 차라리 자신의 시녀가 위험에 처해 있기를 바랐다.

블랑쉬는 앙히에의 뺨을 갈겼다.

앙히에는 강한 충격에 얼얼한 머리를 부여잡았다. 고개를 들다가, 거동이 어렵다는 사실에 곧장 이를 드러냈다. 현실 파악이 빨랐다. 고래고래 소리를 지르려 했지만 이미 재갈이 물려 있었다. 하긴 기대하지도 않았지.

얼굴을 일그러뜨리자 상처가 아렸다. 어수대는 만 하루 뒤에야 상흔을 치료해 주었다. 흔적이 크게 남도록 시간을 섬세하게 안배한 것 같았다. 이렇게 존재를 주장하는군. 이제 매일 아침 씻을 때마다 어수대를 증오할 낯짝이 됐어. 앙히에는 짜증스레 투덜거렸다. 그들의 목적을 이해하기에, 단순히 잔학하여 저지른 짓이라고는 생각지 않았다.

다만, 그것은 자신의 상처에 대한 이야기다. 그는 오로지 제 상처에만 건조하게 굴 수 있었다.

“거래를 하지.”

그는 증오하는 눈을 들었다. 그는 어수대를 증오했다. 상처를 입은 것과 별개로, 그들을 증오했다.

"말했듯 너를 죽이지 않겠다. 대신 조용히 게외보르트 경계까지 네 발로 직접 따라와라. 우리는 셈페르 쪽으로 길을 들려 한다. 더 대화할 마음이 있으면 눈을 깜박여."

앙히에는 빠르게 눈을 깜박였다.

블랑쉬는 한 손으로 재갈을 벗겨 주었다.

"야! 아! 누구! 여기! 억, 악! 윽!"

그는 다시 벙어리가 되었다. 공격당하며 적의 손을 절단 내려 했지만 블랑쉬가 우습다는 듯 피했다. 딱 깨문 턱만 얼얼했다. 앙히에는 부글 부글 끓는 눈으로 그녀를 노려보았다. 죽여 버리고 싶었다. 제 속에선 발터하임부르겐에 대한 증오가 절반, 생 로욜 앞에서 비명을 지르던 블 랑쉬 젤로의 모습이 절반, 그리고 아주 약간, 무자비하게 열네 살짜리 아이들을 죽인 살인자에 대한 혐오가 고여 있었다.

"네 생니를 뽑아 버리겠다."

아, 어쩌라는 건지. 앙히에는 재갈에 침을 뱉었다. 결국 스스로 침을 먹는 행동에 가까웠지만, 그래도 그 몸짓으로 모욕을 줄 수 있으면 족 했다.

"곧이 듣질 않는군. 네가 제대로 가지 않으면 왕녀를 죽이겠다."

앙히에는 순식간에 굳었다. 외르타의 곁에 형님이 있다는 사실을 알 아도, 어수대의 경고에 얼어붙지 않을 도리가 없었다.

블랑쉬 젤로는 감정을 숨기지 못하는 상대에게 친절히 말했다.

"우리가 폐하의 아량으로 왕녀를 살려 두었다는 사실을 알고 있겠 지. 어디에 숨어 있든, 어떤 수를 쓰든 죽일 수 있다. 또한 생 로욜에 서 함께한 나만큼 그녀를 잘 아는 사람은 없다. 죽이기에는 안성맞춤이 지."

그는 마구잡이로 꿈틀거렸다. 그러나 자신을 얼마나 단단히 고정해 두었는지 판자 바닥에서 간신히 끼익거리는 소리나 자아낼 수 있었다.

블랑쉬는 바닥에 주저앉았다.

"입 다물고 가자. 문제는 없다. 어차피 네가 들키면 우리는 너를 죽이고 도주할 거다. 피차 목적을 위해 협업하기를 권한다."

"……."

"다시 한번, 이해했다고 생각하고 재갈을 풀어 주겠다."

"……."

앙히에는 침묵했다. 재갈을 벗기자, 흥분한 소리가 작지 않았다. 그러나 들숨과 날숨 외에 어떤 말도 할 수 없었다. 블랑쉬는 적절한 협박을 골랐음을 깨닫고 만족스럽게 고개를 끄덕였다.

"그럼에도 널 완전히 믿기는 힘들다. 네 팔은 마취하겠다."

"가지가지 하는군……. 외르타를 죽인다고 협박하고도 또 방패가 필요하다고? 이 겁쟁이 새끼들."

"네가 신뢰를 사야지."

"내가 미쳤다고 어수대의 신뢰를 사냐? 정신 나갔군."

블랑쉬는 듣는 체도 안 하고 앙히에의 팔뚝을 잡았다. 잠깐 그를 바라보더니, 호의를 베푼다는 듯 말했다.

"오른손만 하겠다."

"그 쓰레기 같은 입이라도 다물고 해라. 듣기 싫으니까."

그녀는 손에 쥐고 있던 바늘을 꺼내어 오른쪽 팔뚝의 접히는 곳을 찔렀다. 깊이 찔렀다. 앙히에는 어깨부터 오싹해지는 것을 느꼈다. 온몸이 아주 아작이 나는구나. 만난 순간부터 약을 먹어, 얼굴은 갈려, 또 항상 쓰는 팔에 어떤 효과가 있을지도 모르는 바늘을 맞고 있었다. 그는 자포자기했다. 화가 정도 이상으로 치밀자 무력해졌다.

리볼텔라와 외르타를 위해 어수대에 화를 낸다고 하지만, 그 둘이 그것을 신경이나 썼을까 생각하면 웃음만 났다. 말도 안 된다. 다 자기만족이다. 자신이 억울해서, 왕이 되지 못한 제 지주가 억울하고, 너무 고통이 컸던 친구가 억울해서 화가 나는 것이다. 감정은 모두 그였다.

그러나 되짚어 보면, 나는 오물이었지. 여러 사람을 배반하고 딤니팔의 기사가 되려 했지.

갑자기 분노가 쑥 가라앉았다. 자기혐오가 이겼다.

"좋아. 움직일 수는 있을 거다. 하지만 팔뚝 위로는 못 든다. 유념하고 잘 관리하길 바란다. 발은 풀어 주겠다."

"……."

블랑쉬는 천천히, 방어하는 자세로 앙히에의 발에 다가왔다. 문득, 눈살을 찌푸렸다.

"아, 이걸 아직도 신고 있군. 당연하지만."

"무슨 개소리야?"

"그 신발은 내가 선물했지."

"안니발레에서—."

"안니발레에서, 내가 선물했다. 오이겐 상약을 뿌린 땅을 밟으면 불씨를 만들지."

"……그 불꽃이, 어수대의 불꽃이었군."

"그래……. 반대편에서 오는 사람과 합류할 표지가 필요하기도 했고."

앙히에는 그제야 왜 자신의 말발굽과 신에서 불꽃이 튀었는지, 왜 어수대 중 한 사람이 살짝 먼저 도착했는지 깨달았다. 생선을 잡으려는 그물과 같았다. 본인들 편하도록 채비해 두었군. 그는 안니발레와 대수문의 경비에게 불평했다. 조금만 더 자택 경비를 잘했어도 내가 이렇게 완벽하게 사로잡히는 일은 없었을 텐데.

"일정은?"

"빨리 갈 수 있나?"

"네가 나한테 약을 그만 먹이면, 그리고 네가 따라올 수만 있으면."

"걱정 없는 것 같군. 그럼 끼니를 들고 밤이 되기 전에 떠나자."

귀신처럼 어수대원 하나가 푸짐한 식사를 들고 왔다. 분을 통해 빛이 들어오자, 그제야 이곳이 어떤 자리인지 짐작이 되었다. 외딴 헛간 같았다. 딤니팔 한가운데 이런 보잘것없는 장소도 아는군. 이를 드러내며 어수대원이 건네는 식사를 받았다.

"젤로, 경고할 게 있다."

그녀는 제 성姓을 부른 앙히에를 돌아보았다. 마치 그를 부른 사람은 이미 세상에 존재하지 않는다는 듯 낯설어하는 태도였다.

"말해."

"외르타 발미레의 털끝만큼이라도 건드리면 너희 다 죽는 줄 알아."

"⋯⋯식사나 들어. 너만 따라오면 왕녀는 아무짝에도 쓸모가 없으니."

앙히에는 손가락으로 욕설을 퍼붓곤 쟁반을 가져왔다.

외르타는 그날 이후 여러 번 포옹을 곱씹었다.

발렌시아가 자신을 껴안았다. 자신이 그를 껴안는 것은, 그래, 어느 정도는 익숙한 일이었다. 곧 죽어도 신뢰를 다지는 포옹이라고 믿었으니까. 그러나 그가 자신을 안는 것은 아주 다른 일이었다. 그는 자신을 거의 들어 올릴 듯 안았다. 그 정도로 대중없이 투박한 감정이었다. 예전의 자신이라면 이미 그 힘부터 견디질 못했을 것이다. 칼을 들었어야 했다. 그래야만 했다.

그런데 생각보다 괜찮았다. 그녀는 비명을 지르지도 소스라쳐 상대를 걷어차지도 않았다. 단지 잠시 당황했다가, 그에게 숨이 막힌다고 말했다. 또다시 어깨를 두드리고 뺨을 감싸고, 매끄럽지 못한 위로를 건넨 뒤 떨어져 나왔다. 심지어 마지막으로 한 번 더 껴안았다.

떳떳지 못한 장면이 계속 어른거렸다. 한순간 모든 소리가 사라졌다. 위로, 상실감, 후회, 그리고 작은 소동까지 모두 사그라졌다. 그와 포옹하던 일련의 기억. 찐득한 대화를 걷어 내자 보다 담백해졌다. 더 명확한 색을 띠었다고도 할 수 있을 것이다.

이제 그녀는 그를 위로하기 위해 모든 것을 '감내했다고' 하기 어려웠다. 그 정도로 스스로를 모욕할 수는 없었다. 보다 정확히 말해야 했다. 이를테면, '나는 그와 포옹하는 데 아무 거리낌이 없었다', '나는 그의 뺨을 쓰다듬는 것에, 그 어깨를 감싸는 것에 전혀 개의치 않았다'. 변명한들, 이미 무너진 담장을 메우기 어려웠다.

그녀는 이제 정말로 그를 껴안을 수 있었다. 벼락같은 깨달음이었다. 옛 자신이라면 고작 포옹 하나를 가지고 유난이라고 투덜댔을 것이다. 기껏해야 사람을 위로한 것인데. 입을 맞추지 않았으며 옷자락은 누구보다 단단히 여며 두었는데. 열일곱의 자신은 기가 딱 막힌 얼굴을 하리라. 언제부터 성직자가 되었느냐고 조롱하겠지.

그러나 열일곱의 자신에게 익숙했던 것과 이 포옹은 조금 달랐다. 돌이켜 보건대 그것은 진정 최초의 포옹이었다. 자신은 삶을 통틀어 상대를 애틋하게 안은 기억이 없었다. 특히 욕망을 보고도 역수로 든 검을 내린다니 아주 불가능한 일이었다. 그런데, 그러므로, 최초였다. 울퉁불퉁한 난관을 지나오자 갑자기 새로운 길이 보이는 것이다.

외르타는 자신의 기분을 정의하기 힘들었다. 그렇게 애매한 감정으로, 눈을 떴다.

예전처럼 아무 일도 아니라며 썩둑 자르고 또 다른 하루를 시작할 순 없었다. 자르는 대신 멋지게 매듭지었고, 그래서 이 꼬인 매듭 이후 남은 천을 들곤 어찌할 줄 몰랐다. 발렌시아와 이야기를 하고 싶었다. 그렇다면 이 천의 너비가 어느 정도 되는지, 다음 매듭은 어떻게 지어야 하는지 도움받을 수 있을 것만 같았다.

그러나 그와는 여전히 저녁 인사 때에만 잠깐 마주할 수밖에 없었다. 앙히에에 대한 소식도 더 이상 전해 듣지 못했다. 단지 그가 열심히 입무를 보고 있으며, 곧 온전히 시간을 낼 수 있다는 이야기만 들었다. 그 말이 갈증을 달래 주었으나 여전히 부족했다.

외르타는 눈도 제대로 뜨지 못한 채 주섬주섬 일어섰다. 성의 없이 종을 친 뒤, 비척비척 욕실로 걸어갔다. 여느 때처럼 부드러운 향이 나는 욕조 물이 자신을 맞이했다. 그녀는 안팎을 뒤집어 옷을 벗고는 그대로 물속으로 들어갔다.

그제야 침실 문이 열리며 하녀가 들어오는 듯했다. 하녀는 능숙하게 잡기를 챙긴 모습으로 욕실 쪽 통로에 접어들었다. 품위 없이 활짝 열어 둔 욕실에 천을 치는 것은 물론이다.

"좌하, 편히 주무셨습니까?"

"그래."

"아침 식사는 언제나처럼 침실로 가져오겠습니다."

"좋아, 고마워."

"그리고 한 가지, 혹시 여유가 되시면 말씀드려도 될지요?"

"쉬고 있잖니. 이야기하렴."

"합하께서 기다리고 계십니다. 지금 방 바깥에 계십니다."

그녀는 그 순간 벌떡 일어섰다. 물이 난장판으로 바닥에 떨어졌다.

"아니, 무슨, 이 아침에?"

그녀는 허둥지둥 가운을 걸쳤다. 실내화에 발을 억지로 욱여넣었다. 발렌시아는 아침에 찾아온 일이 없었다. 미라이예 성에서는 처음 있는 일이었다. 그렇게 바쁘다면서, 해가 중천에 뜬 이 시간에 웬일이람?

"먼저 여쭌 뒤 전갈하라고 명하셨습니다."

"깨자마자 씻지도 못하게……."

"급한 용건은 아니니 편히 용무를 마치시라고—."

"그래도 사람을 두고 목욕할 순 없잖느냐."

외르타는 머리칼에서 물을 뚝뚝 흘리며 천을 걷어 냈다. 단정하지 못한 가운 차림에 놀란 하녀가, 겨우 그녀 위로 숄을 덮어 주었다. 가까스로 흰한 품을 가린 셈이었다. 그녀는 살짝 끄덕인 뒤, 그대로 쾅쾅 소리를 내며 걸어갔다. 순식간에 살짝 열린 침실의 문 앞에 섰다. 문 사이에 발을 끼워 휙 열어젖혔다.

"……."

"들어오렴."

발렌시아는 난간 앞에 반듯이 서 있다가, 외르타의 명에 따랐다.

그녀는 우왕좌왕하는 하녀를 내보냈다.

그가 들어와 문을 닫았다.

"아침부터 웬일이야?"

"어제 새벽에 마지막 송사를 끝냈습니다."

"……보고하러 온 거니?"

"예. 앞으로 온전히 당신께 봉사할 수 있습니다."

"무슨, 말을 그렇게."

사실, 놀라지 않았다. 이제 와서는 어떤 민망한 말도 부끄럽지 않을 것 같았다. 발렌시아는 마침내 자신에게 돌아왔다. 서로 아주 남세스럽게 부둥켜안은 지 사흘 만이었다.

그녀가 잡아당기자, 그는 고분고분히 소파에 앉았다.

외르타는 이 모든 행동이 너무도 자연스러워 놀랐다.

그녀는 또 한 번 낯선 기분으로 그의 손을 감쌌다. 살이 닿는 순간마다 새로웠다. 소스라치듯 새로운 것은 아니었다. 따뜻했고, 그와, 정확히는 발렌시아라는 사람과 마주하여 기분이 좋았다.

"송사가 마무리되었다고 해도, 정말 중요한 일까지 마무리된 것은 아니겠지. 앙히에의 행방을 찾는 데 진전이 있길 진심으로 바라."

"당신 역시 걱정하고 계실 텐데 항상 위로받아 죄송합니다."

"아니야. 난 그가 살아 있다고 확신해. 어쩌면 사세한 정보를 듣지 못해 무턱대고 말하는 걸 수도 있겠지. 하지만 시체가 없어. 당신도 앙히에의 솜씨를 안다면…… 아니, 동기라면 그렇게 믿고 있어야 한단다."

"노력하겠습니다."

"그래. 나한테 하는 만큼만 노력해 줘."

외르타는 설득력이 떨어진다고 생각했다. 너무 가볍게 말한 것은 아닌지 걱정이 되기도 했다. 그래서 스스로 깨달은 바를 활용하기로 했다.

그렇게, 대담하게도 그와 어깨동무를 하려 들었다. 뿌듯했다. 팔을 뻗었다. 물론 상대의 덩치에 비해 팔이 짧아, 팔뚝이 아리도록 잡아 빼야 했다. 어, 잠깐, 건너편 팔을 꼬집은 것 같은데. 위로하겠답시고 건넨 손짓이 거의 격투에 가까워졌다.

그녀는 상대를 흘끔 올려다보았다. 그와 눈이 마주쳤다.

발렌시아가 요청했다.

"실례해도 되겠습니까?"

"응."

그는 곧장 자신의 어깨를 감쌌다. 꼬집기는커녕 무엇보다 단단하게, 밧줄로 포박한 양 어깨를 가뒀다. 외르타는 어색하다는 듯 조금 바르작거렸다. 자신이 정리한 만큼 그도 정리했고, 자신이 정직해진 만큼 그도 정직해진 듯했다.

그가 기어이 끌어당기자, 몸이 기우뚱거리다 기울었다. 그녀는 실수한 사람처럼 미소 지으며 그의 품으로 떨어졌다. 물론 어깨동무를 하려는 노력도 포기하지 않았기에, 아직도 조금쯤 싸우는 모양으로 보였다.

그러나 자신에게 어울린다고 생각했다. 껴안을 줄도 모르는 멍청이에게는 정석적이지 않은 포옹이 어울릴 것이다.

"외르타, 위로해 주셔서 죄송하고 또 감사합니다."

"전혀 아니라니까."

그가 말할 때마다 몸이 웅웅 울렸다. 이 평온한 감각이 너무, 너무 이상했다. 물론 싫지 않았다. 이상한 것은 또한 싱그러운 것이다.

"외르타."

"말해."

"캄비에 가시겠습니까?"

"좋아."

"캄비는 멀지 않습니다. 하루 이틀, 산책하기 좋은 날씨를 잡아 마차를 부리겠습니다."

"어련히 알아서 하겠지. 당신은 언제 떠나?"

"일주일 뒤입니다."

그녀는 대답하지 않았다. 생각한 날짜를 받았으나 순간적으로 우울한 것은 어찌할 수가 없었다.

기색을 눈치챈 듯한 그가 다시 대화를 부여잡았다.

"꼭 빠른 시일 내에 만나 뵙겠습니다."

"……."

"안전히 오스페다에서 거주하실 수 있도록, 비사 오필라의 공문을 받아 오겠습니다."

"그들이 승복해도 상황은 바뀌지 않는―."

"아니요. 당신은 계외보르트를 아시겠지만, 저는 전쟁의 규칙을 압니다."

"……."

"공문에 반하는 살인은 전 대륙에서 지탄받습니다. 만일 계외보르트가 패배 후에도 당신을 겨냥한다면, 그들은 앞으로 모든 조약에서 존중받기 어려워집니다. 계외보르트가 '수단과 방법을 가리지 않는다'는 것과, 비이성적이라는 표현 간에는 차이가 있습니다. 그들은 이성적으로 판단할 것입니다."

외르타는 고향에 대한 제 묘사를 되돌려 주는 그에게 투덜댔다. 반항해 보았다.

"당신, 솔림와르 전쟁이 어떻게 끝났는지 기억하고는 있지?"

"어떻게 시작되었는지 더 잘 알고 있습니다. 게외보르트 핏줄을 탄 딤니팔의 왕손이 살해당해 전쟁이 발발했습니다. 첫째로 이는 당신이 뜻한 바처럼, 게외보르트 왕가가 감정적으로, 왕손에 눈이 멀어 저지른 짓이 아닙니다. 칼-로흐트 2세는 집권 초기 왕권과 왕국의 내부 결속을 단단히 하고자 했습니다. 그들은 이성적입니다. 또한 솔림와르 조약은 국가 간 조약이 엄중하다는 점을 다시 한번 증명할 뿐입니다."

차라리 입을 열질 말걸.

그러나 그는 그곳에서 멈추지 않았다. 잠시 숨을 멈추더니, 대뜸 칼을 찔러 왔다.

"저는 게외보르트의 이기체로, 당신과 영원히 이별해야 한다면 출전하지 않겠습니다."

아직도 나를 놀랠 능력이 있다니.

외르타는 휙 고개를 치켜들었다.

"그런―."

"하지만 이번 전쟁으로 그들의 요구를 거절할 수 있습니다. 당신 목숨이 보전됩니다. 오로지 그 때문에 승리할 것을 맹세드립니다."

"아니, 아, 참……."

"…….."

"……지나치게 자신하면 실망도 큰 법이란다."

"…….."

"…….."

"외르타, 예전에 제가 선친께 받은 충고가 있습니다."

"응? 갑자기……."

"선친께서는, 어떤 책임을 지려면 그것은 개인적이어야 한다고 조언하셨습니다."

외르타는 고개를 살짝 기울였다. 저 조언은 자신의 복수를 떠올리게 하는 측면이 있었다. 그의 아버지가 어떤 의도로 충고를 했는지 알 듯 말 듯 했다.

"당시에는 어리석어 이해하지 못했습니다. 그러나 지금은 제 행동에 있어 가장 토대가 되는 조언임을 압니다."

발렌시아는 한 단어 한 단어를 무거운 짐처럼 내려 두었다.

"저는 반드시 죽이겠다는 일념으로 로크뢰 1세를 살해했습니다. 그때 당신에겐 맹세코 지금과 같은 감정을 지니지 않았습니다. 하지만 왕의 태도와, 그에게 모욕받은 것이 분명한 당신 모습에 분노를 느꼈습니다. 저는 그를 죽일 욕심으로 가득 차 있었습니다."

"……."

"그 욕심이 왕을 죽였다고 일컬을 수도 있습니다."

"……."

"이 전쟁도 마찬가지입니다. 저는 당신의 목숨에 지분을 가진 양 무례한 게외보르트가 싫습니다. 그 천역賤役하는 야만인들을 교정해야 합니다."

외르타는 약간 당황했다.

"나 여기 있어."

"죄송합니다."

"아니, 물론, 우리에게 야만인이라고 할 수도 있지. 하지만 너희도 야만인들이잖아."

"제가 실언했습니다. 죄송합니다."

사과를 받았지만 더 끈질기게 불평하고 싶었다.

"이제 서로 공평하게 야만인으로 부르면 되지."

"죄송합니다."

"그러면 정확히 욕해. 누가 야만인인 거야?"

"비사 오필라입니다."

"……죽어도 내 오라비라고는 안 하네."

"죄송합니다. 하지만 당신도 그에게 화를 내지 않습니다. 때문에 비사 오필라입니다."

물론 그는 하고 싶은 말을 감추는 일이 없었다. 외르타는 그토록 거듭 감정을 고백하면서, 동시에 당신의 이런 부분을 경멸한다고 직언하는 그를 빤히 바라보았다. 화가 나지는 않았다. 조금 웃겼다. 진짜 이 사람은.

외르타는 팔을 내렸다. 확신이 사라진 듯, 그 역시 천천히 물러났다.

"발렌시아, 당신이 이 전쟁에 욕심을 가진 건 잘 알겠어."

그녀는 다음 말을 고민했다.

그러다 한순간, 상대의 얼굴에서 의혹을 발견했다.

외르타는 자리에서 일어나려는 그의 손을 맹수처럼 붙잡았다.

"앉아."

"……."

"당신 설마, 내가 이 전쟁에서 게외보르트를 편들 거라고 생각하는 건 아니지?"

"……."

"아니라고 했잖아. 난 내 목숨이 중요하다고. 그래서 비사 오필, 아니, 알론조 캄비에 가려는 것이기도 하고."

외르타는 그의 불평을 곱씹다가 말실수를 저질렀다. 젠장. 길이도 비슷하잖아. 그러나 입 밖으로 내뱉는 순간 생각보다 치명적인 실수라는 사실을 깨달았다.

"알론조 캄비, 알론조 캄비!"

"알겠습니다."

"모르는 얼굴이야."

그제야 그가 몸을 틀어 자신을 바라보았다. 그녀는 이를 드러내며 말했다.

"그래. 내가 까짓거 야만인 하마."

"……."

"그러니 야만인이 좀 야만인답게 사고해도 좀 이해하란 말이야. 이성적으론 알아도 당장 '앗, 뜨거라' 비명을 지르진 못한다. 하지만 확실한 건 난 절대 발터하임부르겐을 지지할 생각이 없다는 거지. 나는 이번 전쟁에서 당신이 이겼으면 좋겠어."

그녀는 한 문장 한 문장 명쾌하게 들리도록 애썼다.

"외르타. 알겠습니다."

그제야 그의 눈을 제대로 바라볼 수 있었다. 그의 눈은 아주 깊고, 조용했다. 무언가 자신이 착각했다는 생각이 들었다.

"저는 언제나 당신의 말씀을 최우선으로 믿습니다. 설혹 당신 스스로 오해하는 내용이 있고, 그로써 저 역시 오해한들 제 잘못에서 비롯되었을 것입니다. 저는 당신을 무한히 신뢰합니다."

"……."

"당신 목숨을 보장받고자 전쟁에서 승리하려는 저의 욕심은 변하지 않았습니다. 당신 역시 저를 지지해 주신다면 어떤 맹세보다 더 큰 힘이 될 것입니다."

"당신을 지지해. 당신이 이겼으면 좋겠어. 전쟁에서 이겨."

발렌시아의 팔이 살짝 들렸다. 외르타는 고개를 끄덕였다.

그가 조심스레 자신을 안았다.

여전히 어색하지 않았다. 그가 자신을 안는 것이 이제는 자연스러운 일처럼 느껴졌다. 결코 친구의 포옹으로 느껴지지는 않았지만, 한 사람과 믿음을 나누는 형태로서의 포옹이 마음에 들었다.

그녀는 그의 어깨에 고개를 얹은 채, 마지막으로 고백했다.

"발렌시아, 그래도…… 내가 알론조 캄비에 가는 게 목숨이 두려워서만은 아닌 걸 알지?"

"저는 당신에게 다양한 선택지가 있기를 바랍니다. 여러 제약으로 인해 단 하나의 선택만이 적절한 것이 아니라, 자유롭게 장단長短을 살피고 판단하셨으면 좋겠습니다."

그는 분명 더 나아졌다. 외르타는 창문을 열고 그가 나아졌다고 고래고래 소리를 지를 수도 있었다. 그 정도로 놀라웠고 기뻤다. 언제는 알론조 캄비에 갈 바에야 영영 보지 말자고 하더니, 이제는 당신 선택에 제약이 많아 알론조 캄비를 말씀하셨으니, 적어도 그 방해물을 없애 드리겠다고 하는 것이다. 보다 평탄하게, 마음 내키는 대로 고르실 수 있도록.

마음이 간지러웠다. 서로 그렇게 칼부림을 했건만 고개를 들어 보니 출발했던 곳이 보이지 않았다. 그도 자신도 나아졌다.

"발렌시아."

"예."

"내가 항상 고마워하는 건 알고 있지?"

"감사합니다."

"내가 고맙다니까."

"저도 감사드립니다."

"내가―."

"저 역시 감사드립니다."

외르타는 주먹 쥐어 그의 등을 힘껏 쳤다. 그렇게 때린다고 생각했는데, 벽처럼 단단했다. 얼얼한 손목을 털며 불평했다.

"고집하곤. 들어나 보자. 뭐가 제일 고마운데?"

"당신이 저를 나아가게 해 주셔서, 또한 너그러이 제 욕심을 받아 주셔서 감사합니다."

"뭐, 뭐? 안 받아 줬어."

반사적으로 파르르 떨었다. 아니야. 그런 적 없어. 당신 '욕심'을 받아 주겠다고 한 적은 없어.

그러나 이미 그를 껴안은 뒤였다. 그 사실을 깨달은 외르타는 허겁지겁 몸을 일으켰다.

그가 빤히 자신을 바라보고 있었다.

"난, 받아 준 적 없어."

"외르타, 저는 당신을 위해 전쟁에 종사하겠다는 제 욕심을 말씀드렸습니다. 제가 오해를 부르도록 말씀드렸다면 죄송합니다."

"거짓말하지 마."

"……."

"그것만이 아니잖아."

발렌시아는 멈추지 않았다.

"다른 욕심이라면, 안 됩니까?"

그의 시선은 역광을 맞아 낮고 곧았다. 그들은 여전히 가까이 앉아, 허벅지가 맞닿은 자세였다. 그녀는 아직도 축축한 가운 위로 습기 머금은 숄을 두르고 있었다. 맨다리는 종아리부터 휜했다. 가까스로 실내화에 욱여넣은 발이, 더 나아가 왼발등 위의 상흔이 보였다. 자신은 그 정도로 무방비했다.

이상했다. 도통 겁이 나질 않았다. 그를 뿌리치고 싶은 것도 두렵기 때문은 아니었다. 그보다는 어린 강아지가 자꾸만 치대듯 간지럽고, 귀찮고, 짜증스러웠기 때문이다. 경험이 적어 어떻게 대처해야 할지 알 수 없었다.

"당신에게 엄청난 무엇을 요청드리는 것은 결단코 아닙니다. 단지 저를 스스럼없이 안아 주실 수만 있다면, 제게는 큰 위안이 됩니다. 당신이 저를 더 이상 무뢰한으로 여기지 않으시는 듯 느껴집니다. 그것만으로도 저는 충분합니다. 그것이 제 욕심입니다."

외르타는 한숨을 쉬었다.

"항상 그렇게 정직하지 말란 말이야. 말을 숨기는 게 도움이 될 때도 있단다."

"저는 언제나 당신에게 여쭙고 싶습니다."

"내가 결론을 내리지 못한 문제들은, 어떻게 대답하라고?"

"그렇게 말씀해 주시면 됩니다."

"대답을 재촉당하는 것 같아."

"결코 아닙니다."

그녀는 그를 올려다보았다. 그의 팔 힘이 느슨하여 자유로웠다.

"솔직히 난 당신 욕심이 어디까진지 모르겠어."

"……."

"당신이 말하는 게 어디까지 진심인지도 모르겠고, 아니, 당신부터가 본인 마음을 아는지 모르겠어."

"……."

"우리가 헤어지기 전까진 알 수 있을까?"

발렌시아는 여전히 대답하지 않았다.

외르타는 그의 팔뚝에 손을 얹었다. 살짝 밀어냈다. 그는 느릿느릿 물러났다.

"왜 이토록 시간이 부족한지 모르겠구나."

그가 갑작스레 똑바로 그녀를 바라보았다. 잠겨 있던 시선이 물을 뚝뚝 흘리며 나타난 것 같았다.

"부족하지 않습니다."

그녀는 우리에겐 단 일주일이 남지 않았느냐고, 반문할 수 없었다. 그의 말은 단단했다. 무언가 따로 결심한 바가 있는 듯 단단했다. 어쩌면 수사적인 표현에 불과할지도 모른다. 그러나 그녀는 그를 존중하기로 했다.

"알겠어."

고개를 끄덕였다.

"아침은 들었니?"

"당신과 함께 들기 위해 기다렸습니다."

"아니, 지금 정오인데……."

"당신이 깨어났을 때 하녀에게 명했으니, 준비되었으리라 생각합니다."

"앞으론 날 깨우든가, 아니면 먼저 뭐라도 챙겨 먹으렴……. 배고플 테니 바로 내려가자."

"……옷차림을 정돈하셔야 합니다."

"내가 뭘? 아아."

"……."

"조금만 기다려."

"……."

"……."

"……."

"가자!"

발렌시아는 앙히에에 대해 생각하지 않으려 노력했다.

소식을 처음 들은 순간, 큰 소리가 나는 종 옆에 서 있는 듯한 느낌을 받았다. 그 넓은 회관에서, 여러 사람을 앞에 두고도 자꾸만 주의가 흐트러졌다. 제 정신을 완벽히 묶어 몸과 같은 자리에 둘 수 없었다.

자신에게 변화가 엿보이지 않는다던 외르타의 말은 옳았다. 그도 스스로에게 무엇이 바뀌었다고 생각하지 않았다. 소식을 들은 뒤에도 평탄하게 송사를 처리했다. 또한 솔 미라이예에 앙히에를 수색하라 명령할 때에도 감정에 휩쓸리지 않았다.

단지, 유일하게 다른 점이라면, 쉽게 집중할 수 없었다. 평소와 같이 정적 속에서 효율적으로 업무를 처리할 수가 없었다. 자꾸만 산란하는 빛이 오락가락 떠돌았다.

아우가 죽었다고 생각하지 않았다. 자카리는 어떻게 판단할지 모르나, 발렌시아는 누군가 미라이예의 소공자를 죽인 뒤, 굳이 시체를 전시하지 않을 이유를 떠올리기 어려웠다. 내 보복이 두려워서라고? 보복이 두려운 자들이라면 애초에 미라이예를 건드릴 엄두조차 내지 못했으리라. 이미 앙히에를 해쳤다면 전시하여 목적을 알리는 편이 합리적이었다.

그러나 그 확고한 믿음 위로 자주 흙덩이가 떨어져 내렸다. 철석같이 믿는 건물에서 이유 없이 바스러지는 가루를 보는 듯했다. 주춧돌과 기둥은 강고했다. 그는 올려다보며 확신했다. 하지만 여전히 뿌연 먼지를 바라보고 있었다.

그렇게 귓가의 이명에, 뿌연 시야에 갈피를 못 잡던 자신을 외르타가 다잡아 주었다. 그 여윈 손으로 제 귀를 꽉 막고, 자신을 꽉 움켜쥐고, 두 눈을 똑바로 뜨고, 크게 소리 질렀다. 나는 앙히에의 무사 귀환을 믿으며, 그보다 더, 당신이 걱정된다고.

세상이 다시 고요해졌다.

"발렌시아, 여긴 뭐야?"

발렌시아는 고개를 돌렸다. 그녀는 초상화가 즐비한 방 안을 가리키고 있었다.

세상이 고요해져, 그녀의 목소리만 들렸다.

"참, 연주회를 열기에도 구조가 마땅찮아 보이는데 이렇게 넓다니. 공간 낭비야."

"미라이예 가주의 초상화를 보관한 방입니다."

"아! 당신도 여기 있구나."

"……."

"세상에, 지금보다도 나이 들어 보이네. 일부러 하하, 중후, 하, 하게, 그렸나 봐, 하하……."

외르타는 흥미롭다는 듯 그의 초상화를 살폈다. 본인의 키보다 큰 전신 초상화로, 그녀가 제대로 보기 위해서는 고개를 완전히 젖혀야 했다.

초상을 흘끗 바라보았다. 그녀가 박하게 평했음에도, 별다른 감상이 들지 않았다. 단지 그 당시의 기억이 희미하게 돌아왔을 따름이다. 재촉하는 종가문들 탓에 동부 원정 속에서 바쁜 틈을 쪼개야 했다. 그처럼 병장기 소리와 함께 야전의 시간으로 간직하고 있었다. 그뿐이었다.

"이 초상화는 꼭 다시 그려야겠다."

"저는 불만이 없습니다."

"당신 안 닮았어."

"굳이 닮을 필요가 없습니다. 전쟁 중인 가문의 가주와 직접 마주하지 않고 충성을 맹세하기 위해 쓰였습니다. 불필요한 허례허식입니다."

외르타가 혀를 찼다. 발렌시아는 자신이 말실수를 했는지 되짚어 보았다.

"글쎄, 당신 실물이 훨씬 나은 수준이잖아. 초상화라면 적어도 내 진짜 모습보단 멋지게 그려 줘야 하는 거 아니니? 난 그렇던데. 언제나, 항상."

"당신은 이미 아름답습니다."

"……."

그는 다시 한번 자신이 말실수를 했는지 고민했다. 그녀의 목소리밖에 들리지 않고, 그녀의 목소리만을 경청하는데, 그럼에도 항상 실수하고 있었다. 그런 자신을 혐오할 틈도 없이 항상 깊게 잘못을 되짚었다. 그녀가 자신에게 실망하지 않도록 고쳐 나가야 했다.

"외르타, 제가 실수한 것이 있다면 말씀해 주십시오."

"아……. 뭘…… 이야기해야 할지 모르겠구나. 아니야. 하나도 실수 안 했어."

"외르타."

"아니, 괜찮아. 정말이야. 아무튼 초상화가 웃겨."

그는 고개를 돌려 초상화를 바라보았다. 초상 속의 인물과 눈이 마주쳤다. 자신이 아닌 듯 느껴졌지만, 본시 모든 초상화가 그렇지 않던가? 그는 인상을 찌푸렸다.

"또……. 그렇게 진지해지진 말거라. 진짜 고치란 이야긴 아니고……. 아, 참, 뭐라고 해야 할지 모르겠네. 나가자. 다른 곳도 보여 주렴."

그는 외르타에게 지나치게 집중하고 있었다. 그녀의 말 한 마디 한 마디에, 피부가 칼에 베인 듯 서늘해졌다. 통각은 있었으나 고통스럽지 않았다. 그녀를 그토록 예민하게 받아들일 수 있다는 사실에 감사했다.

"성을 구경시켜 달라고 하면서, 이렇게 나만 방정맞게 돌아다니는 모습을 상상하진 않았는데."

"제가 인도하길 바라십니까?"

"안 그러면 내가 방문 하나하나 다 열고 다녀야 하잖니? 중요한 곳만 설명해 줘."

외르타가 씩 웃었다. 그는 그 미소를 보며, 먼저 성큼 내디뎠다.

"대부분 왕도 생활을 하기에 미라이예 본성에서 특별한 장소를 찾기는 어렵습니다. 방금 보신 초상화 방이나, 오래된 지하 석묘, 회관, 산실 정도입니다. 솔 미라이예처럼 꼭대기 층이 유서 깊다고 오해하실 수 있으나, 주로 왕도에서 업무를 보기 때문에 이곳은 의미가 적습니다."

"'산실'?"

"예. 여느 딤니팔 가문들이 그렇듯 미라이예도 본 영지에서 가문의 후계자를 봅니다."

"그런 장소가 따로 있나 보구나. 하긴 어딜 가나 특별히 마련된 방은 있었어."

그는 잠깐 답할 말을 떠올리지 못했다. 너무 많은 생각들이 너무 짧은 순간에 닥쳤다.

그러나 외르타는 가벼운 걸음으로 벌써 몇 걸음이나 앞서 나가 있었다.

"외르타—."

"합하!"

쩌렁쩌렁 울리는 목소리에 외르타마저 뒤를 돌아보았다. 발렌시아는 이 목소리의 주인을 알았다.

"폐하의 서간입니다."

"……."

무명은 우선 시선을 끈 뒤, 보이지도 않던 계단 위에서 급하게 뛰어 내려왔다. 발렌시아는 그가 더 말을 잇도록 허락하지 않았다. 뻗은 팔이 종이를 낚아챘다.

펼쳤다.

짐이 열심히 추적 중이니 빠른 시일 내 신변의 실마리를 잡을 수 있을 것 같네. 특히 톨레도에서 알로지아드를 쥐 잡듯 잡아, 그날 앙히에를 목격한 이들을 불러 모았네. 관문 경비병, 숙소 주인, 불행히도 알로지아드 진을 통과하지 못한 거의 모든 여행객들까지. 기억나는 건 모두 털어 내도록 오스페다 근처에 소집시켜 두었어. —비밀리에 처리하고자 함임을 너도 알겠지.— 또, 에스드로 누프리가 이야기한 내용 중에도 이상한 점이 있네.

목격자들의 증언이 모이면 급신으로 네게 전해 주겠네.

주검이 없는 것은 역시 이상한 일일세. 희망을 가지게.

발신인의 이름이나 서명은 쓰여 있지 않았다. 그러나 불필요했다.

발렌시아는 희망을 이야기하는 서간을 물끄러미 바라보았다. 무언가 현실과 멀리 선 느낌으로, 서신을 쥔 촉감이 둔했다. '희망을 가지게.' 글자를 골똘히 응시했다. '희망'. 그제야 제 들쩍지근한 감정의 원인을 깨달았다.

아마, 자신이 이미 희망을 가지고 있었기 때문이리라.

예전과 달리 자카리의 판단이 크게 중요하지 않았다. 어느새 그렇게 불량하게 박살이 났다.

그는 서간을 내렸다.

"확인했다. 회신은 없다."

무명은 고개를 숙이고 사라졌다.

발렌시아는 뒤에서 훔쳐봐야 할지 고민하는 시선을 느꼈다. 서로 불편해지지 않도록 종이를 반듯이 접어 품으로 넣었다. 그 시선은, 아쉬워해야 할지 안도해야 할지 모르는 듯 가쁘게 숨을 몰아쉬었다.

"외르타."

"이 자리에서 안 보였어. 정말이야."

"……앙히에를 추적할 수 있는 단서가 모이고 있다는 소식입니다. 잉그레와 솔 미라이예가 협력하고 있습니다. 잉그레의 서신이 가장 빠르니만큼 폐하께서 진행 상황을 간략히 공유해 주셨습니다."

"……이렇게 다 말해 줘도 되는 거니……?"

"저는 이미 당신에게 앙히에에 대해 말씀드렸습니다."

"한 번 선을 넘었다고 아예 안 보일 정도로 밟을 필요는 없잖아……."

외르타는 그를 빙 돌아와 앞에 섰다.

"앙히에는 괜찮을 거야."

"예."

"누가 그놈을 생포하겠어. 아니, 죽이겠어? 끽해야 금품을 노린 도적 떼거나, 미라이예에 원한을 가진 가문 정도겠지. 내 짧은 식견 탓이겠지만, 그래도 둘 다 크게 위협적이진 않아……. 다 똑같이 오합지졸들이고 알로지아드의 감시는 엄격하다고 들었으니까 큰일은 없을 거야. 폐하께서 범인을 짐작하신다면 바로 추적하여 섬멸하면 되겠지."

"……."

외르타는 자신의 침묵에 눈을 깜박였다. 오해를 깨달은 모양이었다.

"아……. 아직 범인에 대해선 모르는 거니? 실마리를 잡았다며?"

"편지 행간을 보건대, 앙히에의 신변에 대한 내용 외, 범인의 정체는 아직 불명입니다."

그녀는 놀란 표정을 지었다.

"아직도 모른다고?"

"예. 미라이예가 원한을 산 가문이 많습니다. 대를 올라가면 더욱 많을 것입니다."

"그래도 하나하나 검토해 볼 순 있잖아?"

"예. 현재 착수해 있습니다. 또한 저는 어수대 역시 의심합니다."

"……."

"다만 어수대일 경우, 앙히에의 사망은 확실시됩니다."

"무슨, 말을 그렇게……."

"당신이라면 살려 두시겠습니까?"

"……."

외르타가 입술을 꽉 깨무는 모습이 보였다. 자신과 시선을 마주치지 않았다. 그녀 역시 부정할 수 없는 것이다. 게외보르트 계승 내전에 함부로 참여했다가 정체가 들통났다면, 또한 하필 지금이 대게외보르트 전쟁

직전이라면. 단순 보복이라는 이유만으로도 앙히에를 죽일 수 있었다. 아니, 반드시 보복했을 것이다. 그 건방진 기만에 살수로 답했으리라.

"설마 어수대가 딤니팔 한복판에 들어왔겠어……."

그녀는 말꼬리를 흐렸다.

"외르타, 잉그레에도 어수대가 있습니다. 중앙삼국 모두 서로의 칼을 배 속에 넣고 있습니다. 불가능한 일이 아닙니다."

"……."

"하지만 어수대가 죽였다면 이렇게 불필요한 실종 사건을 꾸밀 이유는 없습니다. 차라리 화적 떼의 소행으로 위장했을 것입니다. 때문에 가능성을 낮게 보고 있습니다."

"정말…… 아니길 빌어. 앙히에는 어수대에 잡히면 진짜 죽을 거야……."

발렌시아는 외르타를 물끄러미 바라보았다. 앙히에가 게외보르트 시절 그녀와 유대를 가졌다는 사실은 알고 있었지만, 정확히 어느 정도로 내전에 개입했는지 질문한 적은 없었다. 단지 왕녀와 알고 지낼 정도로 깊었구나 생각했다. 더 이상 묻는 것이 그녀에게 무례가 되리라 믿었기 때문이다.

그런데 찰나, 궁금증이 들었다. 어수대에게 앙히에는 죽어 마땅한 죄를 지었겠지만, 더 정확히, 얼마나 죽어 마땅한 죄인가?

"외르타, 혹 실례가 될지 모르는 질문을 드려도 되겠습니까?"

"응."

"왜 '진짜 죽을' 거라고 말씀하셨습니까? 타국의 계승 내전에 관여했으니 죗값을 치르는 것은 당연합니다. 그러나 당신 말씀에 담긴 함의가 궁금합니다."

"음, 그러니까, 한동안, 아니, 몇 년 동안이나 발터가 앙히에의 정체를 몰랐을 테니까. 당신이 주구처럼 부렸던 솔정 중 하나가 게외보르트인이라고 생각해 봐. 딱히 믿음을 주진 않았어도 적어도 내 부하라고 손에 꼽을 수 있던 사람이라고. 그 사람이 외지인이었다면? 설사 그에게 그런 의도가 없었더라도 기만당한 것처럼 느껴질 수 있겠지. 발터는 그런 모욕을 견디기 힘들어할 거란다."

발렌시아는 천천히 해석했다.

"'앙히에는 발터하임부르겐 1세를 개인적으로 알고 있다.'"

"물론."

"……."

"그러니 왕이 정체를 알면 죽은 목숨이지. 참 무모한 짓을 했어. 이젠 매달릴 줄도 없는데."

그는 바닥을 내려다보았다. 앙히에가 게외보르트 내전을 고백한 이상 많은 일을 겪었으리라 짐작했지만, 게외보르트의 왕과 개인적인 친분이 있다는 것은 상상하지 못했다. 그것은 상상 너머의 이야기였다. '개인적으로'. 저 병장기 너머에서 얼굴을 엿본 것이 아니고, 고개 숙인 앞으로 왕이 지나간 것이 아니고, '개인적으로'.

그는 문득 떠올렸다. 자신의 아우는 죽은 일왕녀의 칼을 가지고 있었다. 자신이 생각하기에 그것은 발터하임부르겐이 앙히에를 죽이고자 할 또 다른 이유가 될 듯했다. 아주 여러 가지가 켜켜이 쌓여 게외보르트의 살의를 만들어 냈다. 단 한 가지 가정, 앙히에가 그들에게 정체를 들켰다면……

발렌시아는 다시 한번 확신했다.

"만일 어수대라면, 앙히에는 목숨을 보전하기 힘들 것입니다. 당신의 말씀을 들으니 반론의 여지가 없습니다."

"……."

외르타가 갑자기 다가왔다. 확 거리를 좁혀서, 돌연 자신의 양손을 쥐었다.

"아닐 거야."

"......."

"아니어야 해."

"어수대가 아니어야 한다는 말씀이십니까?"

"절대, 안 돼."

그녀는 입술을 깨물고 있었다. 그녀의 능력이 미치는 자리도 아니건만, 이상하게 결의에 가득 차 있었다. 앙히에의 안위를 위한 행동일 수 있으나, 좀 더, 사사로운 결심처럼 보였다.

이 순간 그는 그녀에게 묻고 싶은 질문이 있었다. 어떤 서늘한 충동에 가까웠다.

"외르타."

"......."

"혹시 오스페다에 머무는 어수대를 아십니까?"

자신은 넘겨짚지 않았다.

그러나 외르타는 고개를 저었다.

"아니."

"저는 당신에게 밀고를 바랍니다. 단 한 사람이라도 좋습니다."

이미 아주 오래전 그녀의 정보를 시험했고, 이제는 전쟁이 목전이었다. 요구해도 이상하지 않았다.

"아니."

발렌시아는 그녀를 살필 능력을 상실했다. 외르타가 거짓을 이야기하는지, 진실을 이야기하는지, 어떤 마음가짐인지조차 알기 어려웠다. 그는 단지 그녀를 '볼 수' 있었다. 그녀의 존재를 알아차리고 감사할 수 있었다. 그뿐이었다. 더 이상 외르타의 진위를 가리기 어려웠다. 자신은 그녀를 신뢰할 수밖에 없다. 다른 길이 보이지 않았다.

그녀에게 고백했다. 나는 당신을 최우선으로 믿으며, 그로 인해 내가 오해한들 내 잘못이 되리라고. 나는 당신을 무한히 신뢰한다고. 무엇보다 진심이었다.

발렌시아는 외르타를 신뢰했다. 한 치의 의심도 없이, 어쩔 도리를 모르고, 그저 맹목적으로 신뢰했다. '그녀의 말을 믿는다'고 말하여 '믿지 않을 가능성' 따위를 암시할 수 없었다. 신뢰는 일부분과 다른 부분으로 나뉘는 것이 아니었다.

그러므로, 그는 답했다.

"예."

정적.

외르타는 난데없이 그를 껴안았다. 발돋움을 하여 꽉 포옹했다. 그는 손을 살짝 들었다가, 천천히, 천천히 그녀의 허리에 얹었다.

"한 가지만 약속하자."

앞서가던 블랑쉬가 돌아보았다. 두건 아래로, 날카로운 코끝만 보였다.

"나는 이미 편의를 봐줬다."

"아니, 그놈의 협박 말고."

"……."

"널 죽이지 않을 테니, 이렇게 묶는 건 그만해."

앙히에는 약에 취한 오른팔을 흔들었다. 물론, 팔을 흔들었다고 생각했으나 손끝만 꿈틀거렸다. 턱에 힘을 주었다. 닿는 바람마저 선뜻하건만, 정작 움직이려 애쓰면 꿈쩍도 할 수 없었다. 대체 어떤 무기를 쓴 것인지 짐작하기 어려웠다.

그는 다시 한번 그녀를 설득하려 했다.

"어차피 외르타 때문에 아무것도 못 하잖아."

그녀는 부드럽게 말을 몰아 그의 옆에 섰다.

"안 돼."

앙히에는 욕설을 터뜨렸다.

"아, 젠장…… . 그러면 차라리 지금 불구를 만들어라. 이렇게 말라비 틀어지게 두질 말고."

"후유증은 없다."

"어떻게 알아?"

"내가 써 봤으니까."

그는 보이지 않는 두건 아래를 향해 으르렁거렸다.

"이해가 안 가네. 내가 외르타 때문에 생 로욜까지 갔다는 사실을 알 면서 이렇게까지 해? 얼마나 겁을 먹었으면 그 낯짝이야, 어수대가?"

"너를 위해서다."

"개 같은 소리를 또—."

"똑바로 들어. 네가 사지 멀쩡하다는 소문이 나면 어찌하려고?"

"무슨—."

"곧 무명이 어수대의 짓임을 알아차릴 텐데, 미라이예의 공자가 우 리와 그렇게 자유롭게 지낼 처지냐는 것이지. 너는 왕이 너를 의심하게 둘 테냐?"

"내가 어수대와 내통했다고? 미친 소리도 작작 해라."

블랑쉬는 한 손을 흔들었다. 더 이상 들어 주기 지친다는 태도였다. 앙히에는 또다시 욕설을 터뜨렸다. 동행인 둘을 죽이고, 독을 지속적 으로 먹이고 있는 적에게 대체 무슨 반응을 기대했나? 외르타로 묶어 두었다고 협조를 바랐던가?

"넌 말이 너무 많아."

앙히에는 하마터면 그녀의 목을 조를 뻔했다. 상대는 여자도 무엇도 아니고, 어수대였다. 그러나 제 오른손이 어긋났다는 사실을 깜박하여 절호의 기회를 놓쳤다. 또한, 블랑쉬가 그 정도로 얕잡힐 상대는 아니었다. 두건 아래 그녀의 입술이 약간 벌어졌다. 목소리는 물 흐르듯 멀어졌다.

"……말이 참 많아."

"입 닥쳐."

"입 닥치라는 순간조차 말이 많군. 어쩌면 이렇게 어울리지 않는 인간이 게외보르트에 굴러들어 왔나."

"그 입—."

"무지크 외르타를 위해 생 로욜까지 행차했으며, 아직까지도 숄렘-우펠산 무기를 두 개나 가지고 있지."

"……"

그는 갑작스럽게 침묵했다. 물론 그들이 알아보지 못했으리라고는, 다시 짚어 보면, 생각하지 않았다. 어수대는 숄렘-우펠의 냄새도 맡을 종자들이다. 분명히 짐작하고 있었다. 그러나 이토록 직설적으로, 제 기억을 조롱하듯 들어올 줄은 상상하지 못했다.

블랑쉬는 또다시 부드럽게 이어 말했다.

"나는 그런 인간이 어떻게 게외보르트로 왔는지 의문이 들어."

그녀에게는 친절할 때 딱딱거리고, 잔인할 때 녹녹해지는 성질이 있었다.

앙히에는 정적 속에서 흙바닥을 내려다보았다. 내가 할 말을 잃었나? 아니다. 그보다는, 어수대와 이런 대화를 하기가 소스라치게 싫었기 때문이라는 말이 더 옳을 것이다. 그에게 있어 게외보르트의 시작과 끝은 리볼텔라였다. 그녀가 제 기억과, 그 나라 자체였다.

물론 앙히에는 게외보르트가 그녀만으로 상징될 수 없다는 사실을 알았다. 하지만 환상을 품는 것이 누구에게 해를 끼치는 일은 아니지 않나? 그는 환상을 움켜쥐고 싶었다. 누군가 옆에서 사실을 속삭여 주어도 무시하곤 제 기억을 붙잡고 싶었다. 그러니 어수대의 냉정을 혐오하는 것은 당연하다. 그들은 '자신의 게외보르트'가 아니었다.

블랑쉬는 고개를 기울였다. 혹은, 또 다른 게외보르트가 고개를 기울였다고 해도 맞을 것이다.

"숄렘-우펠은 빼앗을 생각이 없다. 네가 아무리 딤니팔 그 자체라도, 선물받은 물건을 빼앗을 수야 없지."

그는 어수대에게 명실상부 딤니팔임을 증명받았다. 하마터면 웃음을 터뜨릴 뻔했다. 딤니팔의 중심인 우리 형님에게는 배신자 취급을 당하고, 외르타와 어수대에겐 불량 종자 취급을 당하고, 대체 갈 곳이 없군.

"하지만 폐하께는 네 절도를 고백하고 적절한 처분을 기다려야 한다."

앙히에는 귀를 의심했다.

그의 왼팔이 서서히 떨어졌다. 오른팔은 이미 죽어 있어, 어쩐지 갑자기 모든 힘을 잃은 듯한 분위기를 풍겼다.

그는 더디게 말했다.

"'폐하'?"

"그래."

"발터하임부르겐?"

"폐하께 고해야 할 네 죄가 늘었군. 입은 함부로 놀리는 게 아니다."

물론 앙히에는 그를 왕호로 부름으로써 거의 기적적인 예의를 보여준 셈이었다. 그는 항의를 묵살한 뒤, 더욱 천천히 질문했다.

"너희 지금…… 날 비사 오필라에 데려가는 거냐?"

"이상한 질문이다. 너는 왜 어수대가 넷이나 동원되었다고 생각하나? 널 죽이려고? 아니. 너를 죽이는 건 한 사람이면 충분하다."

그는 그녀의 오만방자한 말을 듣지 못했다. 눈살을 찌푸렸다. 말갈기를 내려다보며, 거의 직감적으로 깨달은 내용을 곱씹었다. 갑작스레 모든 잡생각이 시원하게 걷히며 정답을 내뱉었다.

"이번 전쟁의 게외보르트 측 총지휘관이 누구지?"

"오늘은 그만."

"아니, 안 되지. 여기서 도망갈 수는 없지."

블랑쉬는 듣는 둥 마는 둥 다시 대각선 앞으로 떠났다. 그 뒤로, 그녀와 똑같이 말을 부리는 어수대가 옆에 섰다. 남자에게 시선을 돌렸으나 그는 마치 눈먼 벙어리처럼 앉아 있었다. 자신을 돌아보지도, 어떤 말을 하지도 않았다.

앙히에는 대화가 끝났음을 깨달았다. 물론 그녀가 확인해 줄 필요는 없었다. 이미 알고 있었다.

이번 전쟁의 수장은 반 슈체친이다.

그에게는 그 사실을 곱씹을 시간이 아주 많았다.

발터는 탁자의 쇳밥을 바라보았다. 마치 그 단단한 것이 처마 끝 떨어지기 직전의 빗방울이라도 되는 것처럼 주의 깊게 집중했다.

그는 혼자였다. 이곳은 아주 소란해서, 그 혼자 있어도 주의를 끌지 않았다.

두건 너머로 주변을 바라보았다. 험한 일로 다져진 백부장이 귀족과 서로 멱살을 잡을 기세로 악을 쓰고 있었다. 이곳까지 사정이 닿지는 않았으나, 평민이 가리키는 서류를 보아 하니 봉급이 기억과 다른 모양이었다. 사기꾼에게는 담쟁이문 너머 비사 오필라의 철옥鐵獄이 어울리리라.

그러나 지금 그들의 왕에겐 휴식이 절실했다.

때문에 다소 넋을 놓곤, 마치 배경의 일부인 듯 두 사람의 싸움을 바라보았다. 네놈이! 나리께서! 약속한 기한을! 감히 이 숄렘 안에서! 길에 금이라도 발라 두셨습니까? 비사 오필라 아래 다 똑같습니다! 나리!
제가 어렵다고 누누이 말씀드렸잖습니까!

지금으로선 차라리 저 꼴을 보는 편이 나았다. 집무실의 마가목보다,
대련실의 칼보다 훨씬 도움이 되었다. 소란 속에서 아슬아슬하게 평정을
지키다 보면 어느 찰나 초침과 분침, 분침과 시침이 맞는 순간이 왔다.

발터는 탁자를 두드렸다. 전쟁.

전쟁.

전쟁.

굴라르모는 스트레파르를 원한다. 치욕적인 딤니팔 분단의 증거라는
점 외에도, 멋진 거점이니까. 알로지아드 레발로보다는 스트레파르가
방어에 유리했다. 지금은 하루 만에 무너질 성을 가지고 있으므로, 옛
땅을 국경선으로 만들고자 하리라.

그는 자신의 결정을 돌이켜 보았다.

생애 최고의 판단이라고는 할 수 없을 것이다. 단순히 닥쳐서 고민하
다, 끝끝내 결단 내고 돌아보지 못하는 결론이었다. 아주 오래 지난 뒤
에야 평가할 수 있겠지. 그러나 두렵지 않았다. 흔치 않은 일이었다.

누군가 제 앞에 작은 술잔을 내려 두었다. 그는 시선을 들지 않고도
자신을 따른 어수대임을 알았다.

발터는 술잔을 들어 그 아래에 있는 종이쪽을 잡아 들었다. 차분한
손길로 열었다.

검은 홀의 주인.

갈림길에서 연리連理를 확보했습니다.

영광된 짐승. 바무람 살레.

그는 익숙한 글씨를 뚫어져라 바라보았다. 시선에 새길 듯이, 바라보

았다.

천천히 종이를 찢어 잔에 담갔다.

종이는 액체에 닿는 즉시 녹아 사라졌다. 발터는 고개를 기울여 기포가 인 술잔 속을 바라보았다. 사람 팔이 녹는 것을 지켜보듯 세심히 살폈다. 작은 종이는 올올이 풀려 사라졌다.

발터는 그제야 잔을 들어 비웠다.

오로지 서간 하나를 받기 위해 이 자리까지 나왔다. 남들에게, 그러니까 어수대 중에서도 극히 일부를 제한 모든 이에게 들켜서 좋을 내용이 아니었다. 아무리 비사 오필라가 왕의 눈이라 한들, 한계는 있는 법이다. 그는 신이 될 수 없었다.

앙히에의 참전은 예상치 못한 일이었다. 그 천둥벌거숭이는 이번에도 어김없이 도망칠 테니, 얕은 개울로 튀는 멍청한 물고기를 생포하면 그만이라고 생각했다.

그러나 미라이예의 새끼가 정식 기사가 되자 상황은 꽤나 요란해졌다. 발터는 혹 앙히에가 공격을 예상하고 대비한 것은 아닐지 의심했다. 그것이 아니라면 그 망종이 자진해서 기사가 될 이유를 상상할 수 없었다.

물론 어수대는 어려운 임무에 더 감사하는 경향이 있었다. 그들은 알로지아드를 조심스레 뒤집어엎고, 마침내 공자를 생포했다. 먼지 이는 소리조차 나지 않았다. 이를 위해 죽인 사람은 여섯, 투입된 어수대원은 넷, 그리고 마지막으로 계획을 진두지휘한 운라쿰.

운라쿰은 돌아가지 못할 것이다. 예정된 일이었다. 공작가에서는 끊임없이 주변 인물이 '죽어 나가는' 종가문에 의심을 품고 있었다. 운라쿰은 어수대의 신분 보장을 맡고 있었으며, 덕분에 임무를 마친 인원을 죽음으로 포장할 수밖에 없었다. 어수대가 퇴각하면, 그들의 신분은 병사나 사고로 처리된다. 물론 그 모양을 지켜보는 미라이예가 미친 친족 살인자라고 판단해도 이상한 일은 아니다.

발터는 빈 잔을 딱 소리가 나도록 잊어 두었다. 마신 것은 날카로운 맹물이었다. 그는 인생의 어느 시점 이후, 단 한 번도 술을 마시지 않았다. 멀쩡한 정신으로 있어도 칼날같이 위태롭다면, 술을 마시는 것은 거의 자살 행위일 것이다.

그 잔을 또다시 누군가가 가져갔다.

발터는 종복에게 턱짓을 했다. 인기척이 사라졌다.

여전히 눈앞의 두 사람은 험악하게 싸우고 있었다. 곧, 시야 안으로 멀끔하게 생긴 남성이 걸어 들어왔다. 남자는 싸움 탓에 좁아진 길을 지나가려 했다. 그러다 귀족의 팔에 받혔다. 남자는 비틀거리다 긴 탁자를 잡았다. 졸지에 얻어맞은 남자가 항의했다. 그의 평범한 행색에 귀족이 침을 뱉었다. 심지어 너머에 서 있던 백부장마저, 귀찮게 굴지 말고 썩 꺼지라고 외쳤다.

남자는 기울었던 몸을 일으켜선 그대로 귀족의 명치를 갈겼다. 이어지는 동작으로 백부장을 넘어뜨리고, 턱을 걷어찼다. 순식간에 두 사람이 쓰러졌다. 남자는 둘 모두를 다시 한번 걷어찼다. 귀족은 두 번째 발길질에 기절했으며 백부장 역시 땅을 짚으며 기침을 터뜨리다, 끝내 피를 토했다. 아주 효율적으로 안배된 폭력이었다.

술집 안은 쥐 죽은 듯 조용해졌다. 남자는 흡뜬 시선을 무시하고 주인에게 다가가 술잔 여럿을 받았다. 쓰러진 귀족의 하인으로 보이는 사람이 용감하게도 남자를 잡으려 했지만, 그는 곧장 잔으로 상대의 얼굴을 갈겼다. 굴먹굴먹한 잔에서 술이 쏟아지며 박살이 났다.

투덜대던 남자는 주인에게 배상한 뒤, 사람들을 헤치고 술집을 떠났다.

어수대는 순식간에 사태를 정리했다.

사람들은 방금 전 목격한 난장판에 웅성거렸다. 마침내 몇몇이 주인을 도와 쓰러진 사람들을 바깥으로 끌고 갔다.

발터는 자리를 떠났다.

"가는 길은 얼마나 걸려?"

외르타는 롬을 흔들며 발렌시아를 바라보았다. 의자에 곧게 앉아 있
던 그가 그녀를 돌아보았다.

"만 하루가 조금 덜 걸립니다."

"그래도 가져갈래."

"예."

"할 줄 알지?"

"……."

그녀는 순간적으로, 앙히에 일로 과민한 그에게 지나친 요구를 한 것
인지 걱정이 되었다. 슬쩍 롬을 뒤로 숨겼다.

"음……."

외르타는 사실 앙히에를 걱정하지 않았다. 발렌시아에게는 미안할
정도로 평온했다. 그의 목숨이 위태롭다는 말에는 설득력이 없었다.
앙히에가 누군가에게 죽다니, 너무 불유쾌한 농담처럼 들려서일까?

그녀는 주저하며 발렌시아에게 다가갔다. 그의 옆자리, 등받이 없는
의자에 앉았다.

"내가 눈치도 없이 너무 들떴니?"

"아닙니다."

"난…… 당신이 어차피 전장으로 떠나야 한다면, 잠깐이라도 잊는
게 나을 거라고 생각했단다."

"살펴 주신 덕분에 이제 괜찮습니다."

외르타는 그의 손을 잡았다.

"당신이 내 말에 집중해서 잠깐이라도 고민을 잊었으면 좋겠어. 나를 보며 잊는 게 아니라, 내 이야기를 들으면서 잊을 수 있었으면 한다."

"……."

"지난 며칠 오랫동안 말을 나눴는데……. 당신이어서 할 수 있던 이야기가 많아. 그러니 놓치지 말렴."

"저 역시 그렇습니다."

그녀는 씩 웃었다.

"무슨 소리야? 순전히 나만 떠들었잖아?"

"……."

외르타는 그의 당황한 침묵에 놀라지 않았다. 능숙해졌다. 장난에 전혀 대처하지 못하는 발렌시아의 모습이 지금에 이르러선 너무도 당연한 일처럼 느껴졌다. 어쩌면 자신이 그 반응을 기대했는지도 몰랐다. 내가 참 속도 넓지. 그녀는 자평했다.

"아니라고 해야지. 난 당신 어릴 적 이야기도 들었고, 첫 살인 이야기도 들었고, 앙히에 이야기도 들었는데, 어떻게 아무 말도 안 했다고 할 수가 있어?"

발렌시아는 고개를 끄덕였다. 아, 정말이지. 외르타는 저 얼굴에서 도무지 자신이 처음 만났던 그 남자를 찾을 수가 없었다.

픽 웃으며 손에 이마를 묻었다. 그의 손에 포개어진, 자신의 손에.

그의 다른 쪽 손이 헤매고 있었다. 느껴졌다. 제 시선은 발렌시아를 끈기 있게 따라갔다. 그렇게 주욱 올라가다가, 마침내 그와 눈이 마주쳤다. 그녀는 조용히 웃었다. 그제야, 한숨 쉬듯 가라앉은 손이 제 어깨를 짚었다. 무게가 느껴지지 않았다. 또, 옷자락을 사이에 두어 온기조차 머무르지 않았다. 그러나 그가 자신에게 닿았음을, 알았다.

외르타는 왠지 간지러워 웃고 싶은 기분이 되었다. 크게 소리를 지른 뒤 낄낄거리며 뒹굴고 싶었다.

그러나 그렇게 가만히, 그의 손과 함께 엎드렸다.

"……캄비에는 누구누구 가나?"

"저와 무명, 스무 명 이내의 수행인이 함께할 예정입니다. 편의 시설이 적어 하루는 마차에서 주무셔야 합니다."

"스물이 좇아온다고? 정말, 말릴 수 없어? 그의 임무임을 알지만 이렇게 일거수일투족을 감시당해서야."

"제가 곁에 있으니, 무명은 시야가 안 닿는 곳에 있도록 명하겠습니다."

"그래. 당신 잠은 어디서 자게?"

발렌시아가 대답하려다, 의혹 섞인 침묵과 함께 입을 다무는 것이 느껴졌다. 외르타는 그가 똑같은 의심을 품고 있다는 사실을 깨달았다. 그녀가 마차 안에서 잔다면, 또 그 안에서 누군가 지켜야 한다고 무명이 생짜를 놓을 것만 같았다.

"이번에는 제가 무리한 고집을 막겠습니다. 불필요합니다."

"그렇게 막으면, 당신은 어디서 자게?"

"……."

"아, 마차 앞이라고 하기만 해 봐. 문 앞에서 재우는 거랑 뭐가 달라?"

"외르타, 제 편의를 헤아려 주셔서 감사합니다. 하지만 저는 야전 경험이 많아, 불편한 잠자리에 개의치 않습니다. 특히 그것이 당신의 안위를 위한 일이라면 오히려 제가 요청드리고 싶습니다."

"안 돼. 아무리 당신이 돌덩이라고 주장해도 잠자리는 편해야 해."

"외르타, 저는 양보하지 않습니다."

그녀는 순간적으로 당황했다. 항상 순조롭게 명하기만 했는데, 갑작스레 상대의 반항에 부딪히고 말았다.

"제가 노력할 수 있도록 허락해 주십시오."

"어떻게 사람을 앞에 두고—"

"당신을 위할 수만 있다면, 제게는 라퀼라보다 편한 자리입니다."

"순 당신 마음 운운이잖니. 몸이 힘든 건 어쩔 수 없어."

"외르타, 한 가지만 말씀드려도 되겠습니까?"

그녀는 고개를 돌려 그를 빤히 올려다보았다. 거리가 가깝지 않았는데도 얼마나 집중했던지 그의 속눈썹을 셀 수도 있었다. 희미하게 생각했다. 이렇게 바라보자면 한 해 전 그 사람 그대로인걸. 발치로 내팽개쳐져 올려다보았을 때와 똑같은 생김새인데. 단정하고 차분한 얼굴. 군사와 권력을 가졌다고는 상상하기 어려울 만큼 담백한 시선.

다만, 달랐다. 그때 발렌시아는 지독하리만치 고요했다. 돌을 던져도 세 뼘만 들어가면 쫓아갈 수 없을 정도로 깊은 물이었다. 그만큼 속을 알 수 없이, 정적 속에 잘못 찍은 점처럼 서 있던 사람이었다.

이제 그런 그의 조용한 핵심이 사라져 있었다. 지금의 그는 어마어마하게 떨고 있었다. 긴장했다거나 두려워서가 아니라, 과할 정도로 집중해서, 지나치게 힘이 들어가 있었기 때문이다. 부족하지도 넘치지도 않게 항상 상대에게 '적절할' 수 있도록 노력하고 있었다. 그렇게 자신의 고요를 잃은 모습이었다.

그녀는 그것이 좋았다.

발렌시아는 열여드레 동안 빚은 도자기처럼 주의 깊게 말했다.

"당신은 제가 아닙니다. 제가 감히 당신의 고통을 체감하지 못하듯, 당신도 제 고통을 헤아리기 어렵습니다. 저는 저와 시간을 견딘 제 신체가 할 수 있는 것들을 잘 알고 있습니다. 누구보다 면밀히 시험했다고 자부할 수 있습니다. 어떻게 해야 고통스러운지, 피곤한지, 선을 넘는지 살폈습니다."

외르타는 입을 열었다가, 닫았다. 자신의 손을 들어, 그 아래 갇혀 있던 그의 손등을 발견했다. 짓눌려 벌겋게 변해 있었지만 전혀 아파 보이지 않았다. 그토록 오랫동안 제 머리, 손, 힘으로 누르고 있었는데. 손이라기보다는 차라리 단단한 거죽이었다.

"저는 제 건강의 일부라도 당신에게 증여할 수 있기를 희망합니다. 당신이 우리가 얼마나 다른지 아실 수 있기를 바랍니다."

그녀는 다시 그의 손등을 덮었다. 이토록 담담하게 자신이 강하다고 주장하는 사람이라니. 물론 농담으로 넘길 수 없었다. 그는 진심이었다. 그는 진심으로 빌고 있었다.

"저는 당신이 저를 염려하실 때마다, 그 작은 행동마저 당신에게 고통이라는 생각에 마음이 좋지 않습니다. 찬 곳에서 밤을 지새우는 것을 과하게 싫어하신다면, 그것이 당신에게 얼마나 큰 아픔이었을지 떠올립니다. 맨손으로 촛불을 끄는 것을 혐오하신다면, 그 사소한 행위에 다치셨을 당신이 안타깝습니다. 당신에게 제 건강을 드려, 보통 사람은 그토록 민감하지 않다는 사실을 알려 드리고 싶습니다. 당신의 아픔이 제 고통입니다. 저는 무엇보다 당신의 아픔으로 상합니다."

외르타는 할 말을 잃었다.

조금 늦게야 그의 말을 납득했다. 마치 다른 사람을 보는 듯한 느낌으로, 스스로를 돌아보았다. 내가 그를 과하게 배려했던가? 더 정확히는, 그의 신체적인 불편을 지나치게 염려했었나? 리오넬에게 폭력을 당할 때, 그것이 너무, 너무, 아팠기 때문에? 정신을 잃을 정도로, 아니, 정신을 잃도록 고통스러웠기 때문에?

만일 그러했더라도 무의식중에 찔린 상처라, 알아차리긴 어려울 것이다. 그러나 그녀는 흔들렸다. 누군가 아래에 괴어 둔 돌을 거칠게 빼냈다. 답은 단순한 법이다. 네가 어렸을 때에도 이 정도로 상대를 배려하는 인간이었나?

그녀는 주먹을 쥐어 눈가를 눌렀다.

그렇게 한참 동안 참았다.

어깨에 얹힌 그의 손아귀에 힘이 들어갔다. 그러나 깃털만 한 무게에서, 울새로 발전한 수준이었다. 여전히 옹졸하기까지 한 악력이었다.

"……어렸을 때, 동기들과 지냈지."

"……."

"둘 모두 성질이 불같아서 자주 아랫사람들에게 폭력을 휘둘렀어. 심지어 큰 잘못에는 직접 칼을 들기도 했다. 나는 그 광경을 지켜보며 고통스럽지 않았어. 무덤덤했다. 비사 오필라의 궁내부원들은 바쁠 경우 맨손으로 촛불을 껐지. 품위 없다고 눈살을 찌푸렸지만 아파한 건 아니었어. 앙히에가 함부로 비사에 들어오지 못해 바깥 계단에서 수십 시간이나 버텨도 당연한 일이라고 생각했다. 누가 시퍼렇게 멍이 들어 와도 그러려니 여겼어. 심지어 내가 맞아도 웃음을 터뜨렸지."

"……."

"어쩌다 이렇게 됐을까."

눈앞이 캄캄했다. 비단 눈을 짓누르고 있어서만은 아니었다.

"그래……. 마차 앞에서 지켜도 돼. 당신에게는 큰일이 아닐 테니까……."

입술을 꽉 깨물었다.

"제가……."

그의 목소리가 사그라졌다. 제 손 아래에서, 그의 손이 꿈틀거리는 것이 느껴졌다.

"제가 할 수 있는 것이 너무도 적어……."

"아니야. 괜찮아. 당신은 날 깨닫게 해 준 것만으로도 충분했다. 나머진 내가 극복해야지."

"외르타, 당신에게 도움이 되고 싶습니다. 그러나 이 역시 제 욕심인 것을 알아 괴롭습니다."

"진심이란 걸 알아. 고마워."

그녀는 마침내 주먹을 풀었다. 손은 그대로 매가리 없이 쓰러졌다.

주먹 쥘 일이 아니었다. 누구한테 대거리를 할 일이 아니었다. 유일하게 죄를 물을 수 있는 인간은 땅 아래 묻혔으며, 그녀는 이제 혼자였다. 아무리 발렌시아가 도우려 애쓴들 그녀 혼자 이겨 내야 했다. 그렇지 않으면 의미가 없었다.

외르타는 그의 손등에 이마를 묻었다. 어떻게 해야 하나. 자신이 점차 나아지고 있다고 자부했지만, 이런 고통은 또 어떻게 해야 하나. 자꾸만 맴돌았다. 스스로 진창에서 벗어나기 전까지 빠져나올 방법을 전혀 몰랐던 것처럼, 이 역시 마찬가지였다. 여전히 몰랐다. 다시 한번, 모든 것이 처음이었다.

그의 손이 움직였다. 돌연 손등이 움직여, 돌아, 습기 찬 손아귀로 그녀의 얼굴을 감쌌다. 외르타는 뜨끈한 기운에 잠시 숨이 막혔다. 손이 감은 눈을 더듬고, 이마를 더듬고, 다시 콧등에 머물렀다가, 뺨을 감싸고, 턱을 덮었다. 섬세하게 배회했다.

외르타는 벌떡 몸을 일으켰다.

"왜, 그러는 거야? 숨 막혀."

"당신이…… 제가 이 자리에 있음을 기억하시길 바랐습니다."

"……."

"물론 도움이 되지 않을 것입니다. 마음 앞선 열기 외에 어떤 것도 없을 것입니다. 그러나 부디 홀로 침잠하지 않으시길 감히 바랍니다. 당신의 가장 쓸모없는 그림자로 남겠습니다."

"내 문제야."

"제가 당신을 걱정하는 것이 주제넘은 일이라면 부디 말씀해 주십시오."

"……."

그녀는 그를 뚫어져라 응시했다. 자신이 무너뜨린 까닭에 고요를 찾을 수 없었다. 단지 떨리는, 아주 떨리는 시선. 지나치게 집중하여, 몹시도 긴장한 목소리. 그의 모든 신경이 제게 쏠려 있는 것만 같았다.

"한시도 가만히 두질 않는구나."

"……죄송합니다."

외르타는 몸을 일으켜 그가 앉은 의자의 손잡이에 주저앉았다. 허리를 빳빳하게 세워 그를 내려다보았다. 마치 적장의 수급을 취할지 고민하는 시선이었다.

그러나 그녀는 자비로운 기사였다.

그의 이마에 입을 맞췄다.

자카리는 편지를 접었다. 곱게 접었다가, 갑작스레 화가 치밀어 구겼다. 잡아 던졌다.

"폐하."

자멘테 후작이 짧게 말렸다. 자카리는 자신이 접견 도중이라는 사실을 한시도 잊지 않았다. 그럼에도 무명에게 서간을 전달받고, 그대로 분노를 터뜨렸다. 점차 제 인내심이 망가지고 있는 것 같았다.

"물러날까요?"

"아니. 계속하지."

후작은 옷매무시를 가다듬곤 다시 한번 말을 이었다.

"폐하께서 제게 르나치 경의 소식을 공유 주신 이유는, 이해합니다. 하지만 폐하께서는 첫 단추를 잘못 꿰셨습니다."

"무슨 소리야?"

"제게 말씀 주신 것은 제 종기사가 사라졌기 때문이기도 하지만, 무엇보다 '총사령관인 공작이 동요하기 때문'이지요. 공작은 앞으로 적어도 몇 년간 저와 전쟁을 치를 전우입니다. 중요하지 않을 리가요?"

"……."

"바로 그렇기 때문에 공작에게 소식을 전한 폐하를 원망합니다. 이제 저는 공작의 판단력을 무결하게 신뢰할 수 없게 되었습니다. 그가 흔들리는 것은 당연합니다만, 흔들리지 않을 수도 있었습니다, 폐하."

"그대는 공작이 단순히 동생이 죽었다는 이유만으로 평정을 잃을 것 같나?"

그녀가 눈썹을 치켜세웠다.

자카리는 그녀가 경멸을 표현하는 방식을, 잘 알았다.

"폐하."

"똑바로 말해."

"평소라면 제가 폐하께 감히 고하지 않는다는 사실을 잘 아실 겁니다. 그러나 공작은 전쟁을 이끌 사람입니다. 왜 공유하셨는지 여쭙습니다. 폐하의 고견을 바랍니다."

"그에게는 친족의 안위에 대해 알아야 할 권리가 있다. 아우가 죽은 사실을 즉각 전달받지 못했더라면 후폭풍이 컸을 거다. 그대라면 공감하진 못할 감정이겠지만."

그녀는 입술 안쪽을 깨물었다.

왕은 동생을 죽인 십이공회원을 바라보며 양팔을 벌렸다.

"짐이 그 사실을 숨기고 있다가 나중에 전달하거나, 더 나쁘게는, 공작 스스로 발견한다면 그게 더 위험하리란 사실을 정녕 모르나? 짐은 명령에 복종하라며 친족의 죽음을 숨기는 말종이 되고?"

"폐하, 영원히 비밀을 유지하시라고 조언드린 것은 아니었습니다. 그리고 다행히 아직 르나치 경의 죽음이 확인된 것은 아니지 않습니까? 그러니 조금만 더⋯⋯."

그는 그녀가 말끝을 흐리는 모습을 아주 오랜만에 보았다. 이 자리는 서로 아슬아슬하게도 무례한 자리였지만, 잠깐 인내하기로 했다. 아주 잠깐만.

"⋯⋯더⋯⋯ 기다려 주시길 바랐던 겁니다. 폐하, 게외보르트를 치죄해야 합니다. 그런데 제 등 뒤에 있는 사람이 사삿일에 정신이 팔려 있다면 어떻게 서부를 두고 싸우겠습니까? 제가 정말 고될 겁니다. 어찌 도울 수가 없습니다, 폐하."

"우선 짐은 앙히에의 죽음, 혹은 실종을 공유한다고 대게외보르트 전술에 차질이 있으리라곤 생각지 않는다. 더 이상 왈가왈부하지 않을 테니 입 다물어."

"사실 지금도 돌이키기엔 늦지 않으셨습니다."

"야즈밀라 수스!"

그녀는 이제 누구도 부를 수 없는 이름으로 불렸다. 후작은 고개를 숙였다. 반듯이 틀어 맨 적갈색 머리칼 몇 가닥이 흘러내렸다.

"너는 졸렬하게도 선택적으로 공감하는군. 공작이 지금 당장 충격을 받는 건 절대 불가하고, 나중에는 문제가 안 되고? 하긴, 전쟁이 끝나면 공작은 네 이득과 관계없으니 무슨 상관이겠나. 짐은 네가 오물통에나 처박혔으면 좋겠군."

"……."

"짐이 네게 이야기한 것은, 이런 사정이 있으니 살피고 합을 맞추라는 것이었네. 네 주인을 득달같이 책망하라는 이야기가 아니라. 또, 짐은 공작이 이 소식을 듣고 아주 크게 흔들릴 거라고도 생각하지 않아. 이것만 보아도 그렇지."

자카리는 발치에 떨어진 구겨진 편지를 손가락질했다. 자멘테는 고개를 들지 않았다.

"편지에 따르면, 공작은 지난 오 년간 밀린 송사를 모두 처리했다. 그리고 오늘 아침 캄비로 떠났다고 하네."

"……캄비에는 무슨 용무입니까?"

"무슨 용무냐고? 발미레 백작이 그곳에 가 보고 싶다고 했거든."

"……."

"공작은 평정을 유지하고 있네. 방에 처박혀 울고 있지 않다는 말이지. 그러니 동업자가 그대의 전쟁을 망칠 거라고 속단하지 말게."

상대가 아직도 고개를 깊이 숙이고 있어 감정을 확인하기 어려웠다. 자카리는 왕좌의 단을 성큼성큼 걸어 내려갔다. 계단이 아니라 칼날을 밟는 것만 같았다.

"그대는 아주 인간 말종이야."

"아니요. 저는 전쟁을 생각합니다. 모든 대의는 그 아래 있습니다."

"그러니 인간 말종인 거야."

"폐하의 의지에 따랐을 뿐입니다."

"쥐 잡아먹는 소리 좀 내지 마."

"이번 전쟁에서 승리하겠습니다. 그러기 위해 공작이 필요합니다. 보다 온전한 상태로 말입니다. 하지만 여의치 않은 상황이라면, 그를 배려하여 일을 진행시켜야겠지요."

그는 무슨 말을 하기 위해 입을 벌렸다. 그러나 그녀가 살짝 더 빨랐다.

"그리고 폐하께서는 위선적이십니다. 공작이 르나치 경의 소식에 동요할 것을 우려하여, 잘 배려하라고 저를 부르셨으면서, 이 소식이 전쟁에 아무 영향을 미치지 못할 것이라니요? 앞뒤가 안 맞습니다."

"……."

"물론 폐하께서 명하신 대로 하겠습니다. 저는 폐하의 종복입니다. 그러나 지금 공작이 겪고 있는 갈등이 전쟁에 영향을 미치지 않으리라곤 말씀하지 마십시오. 믿음이 너무 부실합니다. 그 부실하게 금 간 곳을 제가 아교로 메우겠습니다. 그뿐입니다."

"방금 짐이 이야기해 준 공작의 근황은 아예 안 들은 거지?"

그는 분명히, 발렌시아가 일상생활을 잘 영위하고 있다고 말했다. 송사도 빠릿빠릿하게 끝낸 뒤 외르타와 함께 알론조 캄비로 산책을 나갔다고 전해 주었다. 당연히 앙히에의 일에 충격을 받았겠지만, 그것이 일상을 침투하게 두지는 않을 것이다. 비단 발렌시아이기 때문만은 아니라, 누구나. 이 나이를 먹은 대부분의 사람들은 자기 보호를 위해서라도 굳건히 삶을 유지할 테니.

"폐하, 사랑할 때 미치지 않는 사람은 없습니다."

"……."

자카리는 잠깐 동안 대화 주제를 잊어버렸다. 뭐? 자멘테 후작 입에서 사랑이 나오게 만든 주제가 뭐였지?

자멘테는 즉각 말을 이었다.

"공작이 발미레 백에게 연정을 품었다는 사실을 누가 모르겠습니까?"

아니, 네가 홀딱 반했다는 사실을 이 오스페다에 모르는 사람이 없군 그래, 발렌시아.

"공작이 백작 앞에서 평정을 유지한다면, 그것은 자연스러운 일입니다. 그녀가 지탱할 겁니다. 진실을 알든 모르든, 그녀가 그에게 힘이 될 것입니다. 백작의 영향력을 무시하시면 안 됩니다. 그러니, 그가 그녀 없이도 지금만큼 단단히 행동하리라고 짐작하지 마십시오."

"……."

"공작은 지금이 비정상입니다. 백작과 헤어지고, 홀로 아우의 죽음을 곱씹을 것을 생각해 보십시오. 저는 언제 불타오를지 모르는 심지를 지고 가는 셈입니다."

"공작은 그런 사람이 아니네."

"아니요. 저는 르나치 경이 열네 살 때 미라이예에 어떤 사달을 불렀는지 기억하는 사람입니다. 폐하께서도 아실 테지요."

"그 뒤로 십 년도 더 지났어. 꼭 일깨워 주어야 하나?"

"그때 공작은 이미 열아홉이었습니다. 사람은 머리가 굵으면 변하지 않습니다."

자카리는 입을 다물었다. 발렌시아가 공사를 흐트러트리지 않으리란 확신이 있었지만, 갑작스레 주먹질을 당했다. 앙히에가 도망쳤을 당시 발렌시아의 모습은 냉정하다고 하기 어려웠다. 유일하게 그의 시퍼런 분노를 발견했다면, 그때뿐이었다. 아우에게 배신당한 뒤 여러 사람을 작살내고 북부로 도망쳤지. 그 뒤에도 여러 해 동안 앙히에를 찾으라는 대공작과 갈등을 빚었다. 도무지 양보할 줄 모르는 멍청한 분노였다.

그것을 되새기자 자신감을 잃었다. 기억이란 어찌나 알량한 것인지. 그 사건을 정확히 반추한들, 당시 발렌시아의 대응을 세세히 돌이키는 데에는 오랜 시간이 걸렸다. 마치 깊은 모래 속에 묻혀 있다 채굴된 느낌이었다.

"공작의 냉정을 그리 굳건히 신뢰하지 마십시오."

"아니. 그가 평정을 잃을 수는 있어도, 공사를 흐트러트리진 않을 걸세. 그대 말마따나 발미레 백이 그를 심정적으로 지지해 주고 있다면 더더욱 그럴 것이고."

"그녀와 발전적인 관계를 맺을 수 있는 것도 아니잖습니까? 아주 근시안적인 대책입니다. 잠깐 머무르다 사라질 사이입니다."

"'발전적'?"

"혼인, 더 나아가 후계자를 보기도 힘들잖습니까."

자카리는 자신이 무례하게도 외르타의 불임을 발설했는지 고민했다. 다행히 후작은 곧장 그의 의문을 해결해 주었다.

"발터하임부르겐이 서쪽 끝에서 맨발로 달려와 목을 칠 겁니다. 전적이 없던 왕도 아닙니다. 그 정도로 위험한 일은 삼가는 것이 현명합니다."

"……."

"그리고 십이공회는 어제 공작에게 혼인 상대에 대한 회신을 받았습니다. 소식이 전달되는 시간을 생각해 보면 르나치 경이 실종되기 전입니다만, 그는 번복하지 않을 겁니다."

"뭐?"

왕은 다시 한번 대화 주제를 잃어버렸다. 잘 붙들고 있다가, 헛소리가 나올 때마다 떨어뜨려 데굴데굴 굴러가는 공을 쫓아가야 했다. 대체 누가 혼인 상대에 대해 회신했다고?

"미렘마 백의 딸입니다. 갓 열아홉이 되었습니다. 톨레도의 과묵하고 현명한 종가문이라는 평판에 맞게, 그녀 역시 인내심이 깊은 사람이라고 들었습니다. 일부러 미라이예의 수하를 고르지 않은 것처럼 보입니다. 공작은—."

"잠깐, 이야기가 너무 빠르군. 공작이 너희들이 마구잡이로 던진 초상화를 보고 혼인하겠다며 답장했다고?"

"예. 그리고 '마구잡이'라고 표현하지 말아 주시길 바랍니다. 첫째로 후보군은 저희가 면밀히 선정했으며, 둘째로 이미 지난 십이공회에서 최종 경고를 내렸을 만큼 진지합니다. 공작은 저희의 의지를 받아들이셨습니다."

"동반자를 선택했다고? 공작이?"

자카리는 멍하니 읊조렸다. 멀리 돌이켜 볼 필요도 없었다. 외르타를 미라이예 영지에 데려간 행동을 본다면, 죽을 때까지 저 고집을 못 꺾겠거니 생각했다. 심지어 먼 훗날 언젠가 발렌시아를 어떻게 혼인시킬지 고민한 적도 있었다. 그런데 지금, 뭐?

"폐하, 그런데 이보단 전쟁에—."

"아…… 하나만 묻지."

"하문하십시오."

"그가 선택했다고 치자, 그러면 실제로는 언제 진행되는 건가? 서면상 바로?"

"아니요. 어차피 저희 십이공회에 중요한 것은 후계자입니다. 동침할 수 없는 관계는 거추장스럽기만 할 따름입니다. 저희가 공작의 노력을 확인했으니, 향후 그가 오스페다로 돌아올 때 약혼과 혼사를 동시에 진행하면 됩니다."

"그동안 미렘마가 혼인하면 어쩌려고?"

"그때는 다른 사람을 찾으면 되지요. 거듭 말씀드립니다만, 상대는 중요하지 않습니다."

"공작이 새끼 치는 종마는 아닐 텐데."

"폐하, 저도 지칩니다. 저희는 모두 종마입니다. 저희에게 주어진 임무는 이 터전을 위한 노력뿐입니다. 그마저 수호하지 않겠다면, 자리를 지킬 염치가 없는 겁니다."

"그만하자. 공작도 무슨 생각이 있으니 처리했겠지."

그녀는 한숨을 쉬었다.

"폐하, 마지막 인사를 드리는 자리에서 중요한 소식을 말씀 주셔서 감사드립니다. 저는 공작의 여러 전쟁을 목격했고, 덕분에 그의 전술적 취향을 압니다. 그가 평소와 다르게 무모한 허황지설을 펼친다면 몸을 바쳐 막겠습니다. 그러나 여전히, 폐하께서 공작에게 공유하지 않으셨더라면, 훨씬 안정적으로 전쟁을 치를 수 있었으리라 생각합니다. 제가 폐하께 항의했다는 사실을 잊지 않으셨으면 좋겠습니다."

"네 말이 얼토당토않은 것은 아니다. 그러나 짐은 전쟁 한 번으로 내부 분열을 부를 생각이 없다. 기껏해야 상대 코를 납작하게 해 주고 스트레파르를 빼앗아 와야 족할 전쟁을 뒤로하고, 미라이예가 분란을 일으키는 상황을 감수할 수는 없다."

"미라이예라도, 불가능한 일입니다. 잉그레에 반항한다니요."

"아니……. 짐은 확신할 수 없다. 소란을 진압하더라도, 서로에게 상처가 남지 않는 방식으론 어려울 거다."

자멘테는 그제야 간헐적으로 피하던 시선을 붙들었다. 그녀는 그를 똑바로 바라보았다.

"폐하, 자멘테는 산천山川과 비주飛走가 저물 때까지 딤니팔의 토대가 되겠습니다. 수단과 방법을 가리지 않고 잉그레에 충성하겠습니다. 언제고 사사에 매여 있는 수치스러운 미라이예와 비교하지 않으셨으면 좋겠습니다."

"그대는 야비한 인간일세."

"이 전쟁에서 증명하겠습니다."

"……."

"폐하를 거스르는 한이 있어도, 딤니팔에 승리를 바치겠습니다."

자카리는 한숨을 쉬며 그녀 앞에 섰다.

자멘테는 천천히 무릎을 꿇었다. 한 발, 한 발. 잉그레의 황금 앞에 부복했다.

그는 손을 들어 그녀의 머리 위에 얹었다.

"네 비열함을 믿네."

자멘테는 옳았다. 앙히에의 소식을 전해 들은 발렌시아는, 이전처럼 미덥지 않았다. 미라이예가 불안하여 그녀를 불렀다고는 목에 칼이 들어와도 말하지 않을 것이다. 그러나 자멘테는 정확히 알고 있었고, 분명하게 항의했으며, 그럼에도 불구하고 맡은 바 임무를 해내겠다고 말했다. 자카리는 그녀가 칼같이 잇속을 차려 고마웠다. 그들은 이해가 맞는 한, 영원한 동지였다.

외르타는 의자 등받이를 바라보며 낮의 롬을 되새겼다.

발렌시아는 거절했지만, 저가 멋대로 롬 다섯 장을 던지자 다가올 수밖에 없었다. 제 고집을 이긴 역사가 없는 사람이라면 당연한 일이다. 그는 숫자 '7'과 '그물'을 내려 두었고, 새로 한 장을 들고 갔으며, 외르타는 세 장을 내려 두었다. '자작나무', '왕관', '칼'. 자신도 새로 한 장을 뽑았다. 둘 모두, 뽑은 롬을 내려 두었다.

외르타는 씩 웃으며 패를 걷어 가 제 쪽에 전시했다. 다시 다섯 장씩 돌렸다. 외르타는 세 장을 내려 두었다. 상대 역시 세 장, 또 각자 뽑은 새 카드를 보여 주었다. 외르타는 재차 이겼다. 작은 승리였기에 크게 기뻐하지 않았다.

그리고 그녀는 바로 다음 차례에서 박살이 났다. 외르타는 기가 막혀 입을 벌렸다. 점수 차이가 지나치게 커서, 그대로 판을 접는 편이 나을 정도였다. 그러나 자신을 빤히 바라보는 시선에 자존심이 상했다. 대범하게 패를 보였다. 지난 패배를 복구할 정도는 아니지만, 겨우 희망의 불씨를 살릴 만큼 이겨 두었다.

롬은 열 차례 만에 그녀의 승리로 끝났다. 그가 개별 점수로 앞선 상황에서, 그녀는 악착같이 마지막 나열을 완성했다. 최고의 조합으로 역전승을 거뒀다. 그녀는 점수를 깨닫자마자 소리 없이 양손을 번쩍 들었다. 남은 패들을 흔들어 흩뿌렸다.

그녀는 심혈을 기울여 승부했다. 초심자에게 진다면 수치스러운 일이 될 것이다. 한 차례 한 차례 엄청나게 장고했다. 때문에 승리의 기쁨을 느낄 겨를도 없이 마차 좌석에 누워 버렸다. 이 정도로 롬에 진지했던 기억을 떠올리기 위해선 게외보르트 시절까지 거슬러 올라가야 했다.

그를 이겨 보겠다고 세 시간 가까이 앉아 있던 셈이니, 체력적으로 완전히 바닥났다. 자신의 호승심이 우습기도 했지만, 그래도 흥미로운 롬을 되새기는 것은 언제나 재미있는 일이었다.

갑자기 제 위로 무거운 겉옷이 떨어졌다.

외르타는 획 돌아보았다. 발렌시아가 겉옷을 벗어 준 뒤, 몸을 일으키고 있었다.

"어디 가?"

"잠깐 쉬어 가겠습니다. 주무시는 동안 다시 출발하여, 깨어나셨을 땐 캄비를 보실 수 있도록 하겠습니다."

"당신은?"

일정 따위는 하나도 신경 쓰이지 않았다. 그가 이 귀뚜라미 소리 들리는 밤중에 어디로 가는지가 궁금했다.

"……지난번에 허락해 주셨습니다. 저는 잠시 바깥을 순시하겠습니다."

"나 아직 안 자. 여기 있으렴."

외르타는 고집을 피웠다. 오늘 하루 종일 발렌시아와 함께했는데도, 그가 자리를 뜨는 것이 싫었다.

"원하신다면 그리하겠습니다."

그는 고분고분히 자신의 말을 들었다. 자리에 앉는다.

그녀는 다시 등을 돌렸다. 발렌시아가 덮어 준 외투를 껴안았다. 턱 밑까지 끌어당겨도 허벅지를 덮었다. 무겁기는 또 왜 이토록 무거운지, 천이 아니라 짐승 가죽을 뒤집어쓴 것 같았다.

침묵이 흘렀다. 그러나 좋았다. 그녀는 엉겁결에, 자신이 잠들 때까지 그가 자리에 있어야 한다고 생각하곤 놀랐다. 날 지켜야 하기 때문이라고 변명하기엔, 양심이 남아 있었다. 단지…… 그는 그래야만 했다. 색 옅은 바람이라도, 빈 공간이 차지 않으면 허전할 것만 같았다.

발렌시아가 움직이는 소리는 들리지 않았다. 그러나 온기가 느껴졌다. 정말이지 바람 같네. 뜨끈한, 아지랑이인 듯한 온풍. 그의 손이 주저하다가 뺨에 닿았다. 미지근한 손아귀가 턱을 감쌌다. 그는 한 손만으로도 제 눈코입을 덮을 수 있었다. 어제와 똑같이, 이제는 잠깐 참지도 못하는 손이었다. 살짝 숨이 막혀 헐떡였다. 그러자 손이 떨어져 나갔다.

"왜 갑자기, 그래?"

"……."

사실 이제 와 설명을 바라진 않았다. 그도 좀처럼 스스로를 묘사하기가 힘들 것이다. 자신이 그와 자연스레 손을 마주 잡듯, 그도 가끔은, 아주 가끔은, 먼저 다가오려 했다. 솜씨는 좀 부족하지만.

그의 손길이, 이제 머리칼에서 느껴졌다. 천천히…….

외르타는 눈을 감았다.

눈을 떴다.

평온했다. 평온이 천금 같았다. 숨기지 않고 제 머리칼을 매만지는 손길이 마음에 들었다.

그녀는 냉정을 유지한 채, 똑같은 행위를 했던 리오넬을 떠올렸다. 관계 후 등 돌려 누워 있으면, 그는 간혹 세상 사랑하는 것처럼 제 긴 머리칼을 쓸어내렸다. 보석을 캐는 손이라도 되는 양, 한 올 한 올 머리칼을 헤치곤 맨등골을 쓰다듬었다. 그조차 폭력이었다. 끔찍이 싫어서 소름이 끼쳤다. 다시는 자신을 만지는 손길을 받아들이지 못하리라 생각했다. 그것도 명확한 욕심을 가지고, 턱에 힘이 들어간 손아귀라면.

발렌시아는 간신히 머리칼을 한 올 쥐어, 검지와 엄지 사이에서 살짝 굴렸다. 외르타는 보지 않고도 느낄 수 있었다. 된통 꼬일 정도로 집중하여 머리칼을 굴리다가, 섬세하게 쓸어내린다. 꼬였던 머리칼이 팽팽히 당긴 실처럼 풀렸다. 그는 그제야 용기를 얻었는지, 다섯 손가락을 넣어 그녀의 머리카락을 빗었다.

아, 말도 안 돼. 이조차 평온했다. 그의 손가락이 둔탁하게 뒤통수에 닿는데도 마음은 잘 다져진 땅이었다. 외르타는 순간적으로 낮은 숨을 내뱉었다. 좀 눈물이 날 것 같았다. 그 지옥을 건너와서도 이 손이 좋았다.

그녀는 의자의 푹신한 등을 눌렀다. 천을 느릿느릿 훑어 내리다, 누구도 눈치채지 못한 순간에 멈추었다. 모든 배경이 비현실적이었다. 하얀 빛줄기같이 여위었다. 제 여상스런 목소리도.

"발렌시아."

그의 손가락이 머리에 닿은 채로, 멈췄다.

"이젠 당신이 나를 만져도 아무렇지도 않아. 우리가 처음 길을 떠났을 때가 기억나니? 내가 같은 방 안에서, 당신이 가까이 오기만 해도 몸을 피하던 것?"

"……예."

"나 스스로가 너무 놀라워. 어떻게 여기까지 왔을까. 내가 이렇게 돌아올 정도로 유하고 강했네."

"당신이 조금이라도 극복하셨다면 저의 무강한 기쁨이 될 것입니다."

"놀랍게도, 정말 그런 것 같아! 난 딤니팔로 온 뒤에도 가끔 이런 생각을 했거든. 밤에, 혼자 눕기만 하면 꼭 한 번씩 밟고 지나갔어. 이 사람이 없었다면 내 인생은 어떻게 되었을까?"

갑자기 침묵이 흘렀다.

숨소리조차 들리지 않았다.

외르타는 가만히 좌석을 내려다보다, 문득 몸을 돌렸다. 그의 손이 떨어져 나갔다.

그녀는 비스듬히 상대를 올려다보았다. 무언가에 찔리기라도 한 듯 움츠러든 새파란 동공을 발견했다. 그녀는 그 동요에 발을 담그고도, 평소와 같이 미소로 안심시켜 주지 않았다.

이유는 뚜렷했다. 제 말이 진심으로 들려야 하므로. 속 빈 웃음을 짓는다면 그도 자신도 의심을 지우지 못할 것이다. 그러니 그저 고요한 무표정. 날카로우면서도 가라앉은, 그녀 본연의, 아슬아슬한, 나뭇가지 끝 울새 같은.

그녀는 반복했다.

"이 남자가 없었다면 내 인생은 어떻게 되었을까? 내가 모장터에 가지 않았다면? 이 남자가 나를 욕심내지 않았다면? 이자가 내 왕국의 공문을 무시하지 않았다면? 이 남자가 없으면 내 인생은 어떻게 될까? 애정이 식어 나를 버린다면? 내가 죽음을 각오하고라도 저 숨을 끊어 버린다면?"

그녀는 열심히 읽던 생각에 갑작스레 주먹질을 했다.

"아니. 그를 만났더라도, 내가 이 남자를 사랑했더라면?"

뜨거운 물에 찬 물을 부은 듯 공기가 쨍했다. 앞뒤 연결도 없이 난폭했다. 발렌시아의 표정은 여전히 가지런했지만, 그녀는 그 속에서 당혹을 발견할 만한 사람이었다. 아니 어쩌면, 화가 나 있군.

그러나 그녀는 주먹질을 멈추지 않았다.

"가정해 보자. 그가 나를 친절과 예의로 대했다면? 다정은 나 또한 과분하여 꺼리는 바지만, 적어도 그가, 아델이 죽고 내게 보인 제 태도의 반만이라도 할애하여 처음부터 나를 돌보았으면 어찌 되었을까? 진심으로 나를 사랑한다 약조하고 아이는 고대할 수 없다는 것에 사죄하고 나 정도는 자신이 지킬 수 있노라 맹세했다면, 그리고 이 모두를 수호했다면, 내가 정녕 그를 물리쳤을까? 내가 그에게 애정을 두지 않고 견딜 수 있었을까?"

"……."

"지금 그 모든 것을 겪고도 다시 당신 손길을 기분 좋게 받아들일 수 있잖니? 그렇다면, 그 옛날이라면 어땠을까? 그렇게 물정 모르고 사랑을 꿈꾸던 천방지축이라면 어땠을까? 그가 친애로 대했다면 그를 사랑하지 않고 배겼을까?"

잠자코 듣던 발렌시아가 처음으로, 악의를 낮게 깐 듯한 목소리로 말했다.

"사람을 가정할 수는 없습니다."

외르타는 눈을 동그랗게 떴다. 그것은 어쩐지 박살 난 천진함처럼 보였다.

"저는 당신이 그를 이야기하는 것만으로도 고통스럽습니다. 하물며 그 추물을 감싸는 말씀은…… 차라리 저를 내보내십시오."

그녀는 몸을 반쯤 일으켜, 그의 무릎에 손을 얹었다. 이것으로 충분히 그를 달랠 수 있을 줄 알았다.

"발렌시아, 내가 진심이 아니란 사실을 알잖니. 나는 난생처음으로 사람이 미웠다. 내 딸조차 그가 파 놓은 굴을 메우지 못하고 떠났지. 그만한 무게를 지닌 자였기에 그가 참여치 않은 내 인생은 차마 상상하기 저어되었다. 그래서 그의 부재를 생각하기 이전에, 그와 함께였더라도 다른 상황이었으면 어떠했을까를 돌이켜 보았던 것이지. 특히 지금도 이만큼 건강해질 수 있다면―."

"외르타, 듣고 싶지 않습니다."

"더 들어. 그러니까, 방금 당신 손이 너무 평화로워서―."

"그만하십시오."

"새삼 너무 다행이고 좋아서 그 인간이 얼마나 졸렬했는지 생각―."

발렌시아는 그녀를 뿌리치고 일어섰다. 외르타는 자신이 어느 정도로 그를 화나게 했는지 정말 몰랐다. 그가 슬며시 자신의 머리칼을 매만지는 것이 좋았다. 정말, 진심으로, 기분이 좋았다. 자신의 어릴 적이라 해도 이토록 충만하기는 힘들었으리라. 그런데 지금? 그 진창을 건너온 지금이라니? 그녀는 기뻐서 자리에서 방방 뛰고 싶었다.

물론 그것을 깨달은 첫마디가, '그자가 자신에게 이렇게 했으면 삶이 바뀌었을까'라면, 조금 화가 날 수는 있을 것이다. 하지만 너무 묻고 싶었다. 나는 이렇게도 될 수 있는 사람이었는데, 그렇게 두들겨 맞고도 이렇게 벽을 거둘 수 있는 사람이었는데, 네가 망종만 아니었다면 내가 삶을 분실하지 않았을 수도 있지 않을까. 그 질문에는 들숨 다음에 오는 날숨처럼 다시 한번 증오가 들끓었다. 정말 당연한 일 아닌가.

외르타는 그의 팔을 잡았다. 발렌시아는 뿌리치지 않았다. 단지, 단단히 손목을 떼어 내, 그녀를 억지로 자리에 앉혔다. 그녀는 한순간도 반항할 수 없었다.

그녀는 다시 한번 매달렸다.

"당신 손길이 좋아서 그랬어!"

그가 돌아보았다.

물론, 여전히 화가 나 있다.

"외르타, 저는 지금 당신을 보고 싶지 않습니다."

"내가, 내가 너무 나만 생각해서 미안해. 하지만 그걸 겪고도 당신 손길이 좋으면, 좀, 생각해 볼 수도 있지 않겠니? 어쩌면 그 인간은 어렵지 않은 일조차 이토록 망쳐 두었을까. 그리고 나는 이 말을 입 밖에 낼 수 있다는 사실 자체도 정말 나아진 거라고 생각해서—."

"제발, 그만하십시오."

그녀는 그제야 자신의 말실수를 깨달았다. 자신은 이 생각뿐이었다. '내가 얼마나 나아졌는지 봐!', '이렇게 고통받지 않고 담백하게 말할 수 있잖아!' 제 생각에만 들떠서, 이런 말도 감히 당신 앞에서 할 수 있다고 자랑한 셈이었다.

발렌시아는 마차 손잡이를 잡았다.

외르타는 급하게 손목을 잡아당겨, 그가 떼어 내려 돌아보는 순간 그를 껴안았다.

"당신 손길이 좋아서 그랬단다. 나 스스로 힘을 얻어서. 그게, 참, 좀 눈물이 나서."

그의 품에 얼굴을 묻어 말이 뭉개졌다. 이 악물고 껴안았다. 상대의 등 뒤로 두 손을 마주 붙여선 도망치지 못하게 붙잡아 두었다. 물론 그에게는 알량한 힘일 것이다. 떼어 낸다면 저항할 수 없으리라. 하지만 그만큼 마음이 급했다.

"외르타, 간절히 바랍니다. 저를 보내 주십시오."

그녀는 그의 부탁을 무시했다. 가슴팍에 숨을 묻곤 악착같이 달라붙었다. 단순히 그의 외투를 덮었을 때는 느끼지 못했던 향을 맡았다. 예전, 전장의 내음, 꼭대기 층의 내음과 비슷했다. 결단코 부드럽고 좋다고는 말할 수 없지만, 그의 향이었다. 매캐하고 서늘한, 얇은 새벽 공기 같은 체취.

"발렌시아……."

외르타는 그가 갈라지는 소리를 듣지 못했다. 언제 바닥에 금이 갔는지 몰랐다.

"나야말로, 제발, 나가지 말렴."

"제가 남은 평생 동안 당신에게서 로크뢰를 발견해야 함을 압니다. 저는 인내할 준비가 되어 있습니다. 하지만 연정을 이야기하는 당신을 견디는 것은 또 다른 문제입니다. 제게는 불가능합니다."

"절대 그를 사랑하지 않아. 사랑할 수 있다는 상상조차 한 적 없어! 말도 안 돼!"

"그만……."

"내 말 좀 들어 보렴……."

그는 흡사 귀를 막고 아무것도 듣지 않겠다는 태도였다. 외르타는 애써 그를 끌어당겼지만 그는 꿈쩍도 하지 않았다.

"발렌시아, 그러면, 당신이 무슨 말을 하든 들으마. 어떤 폭언이라도, 괜찮아. 부디 말해 주렴."

"싫습니다. 놓으십시오."

외르타는 마지막 제방이라도 되는 듯 그를 포옹하고 있었다. 절대 놓지 않을 예정이었다.

"내가 아니라고 하잖아. 미안하진 않아. 내 경험이야. 내가 돌이켜 본 거야. 당신에게 사과할 이유는 없어. 하지만 오해는 바로잡고 싶단다. 나는 죽어도 로크뢰를 사랑하지 않아. 그 말을 꺼내는 것조차 모욕적이다. 그 개자식은—."

"하지만 말씀하셨습니다. '그를 사랑했다면 어떠했을지' 입 밖에 내셨습니다."

"아니, 당신 손길이 좋아서 그랬다고 몇 번을 말하니. 나도 당신이 허락도 없이 냅다 만졌다고 화낼 수 있어! 하지만 그렇지 않았잖아. 그냥, 좋았다고 말하잖아. 그 사실이 너무 고마워서, 이렇게 쉬운 일인데, 대체 그 추잡스러운 놈은 왜 그랬을까, 한번 말해 본 거잖니?"

"쉽지 않았습니다."

"뭐?"

"당신은 저를 쉽게 받아들이지 못하셨습니다. 저 역시 제 노력이 쉬웠다고 할 수 없습니다. 그렇게 말씀하시면 안 됩니다."

그녀는 겨우 얻은 말에 안도하여 그를 올려다보았다.

"그래, 맞아. 내가 실수했단다. 내가 잘못했어. 서로 정말 많이 노력했지. 당신은 내가 쓰러졌을 때에도 간병했고."

"저는 당신에게……."

발렌시아는 갑자기 조용해졌다. 바로 직전까지 다 되었으니 보내 달라던 사람이, 끔찍하게 조용해졌다. 눈이 마주쳤다. 여전히 그는 화가 나 있는 것 같았다. 시선이 말하고 있었다.

그는 이를 악물고 내뱉었다.

"저를 보면 여전히 로크뢰가 떠오르십니까? 앞으로 모든 것을 그 망종과 비교하실 예정입니까?"

"내가 언제 비교했니……."

그러나 말끝을 흐렸다. 그녀도 이미 알고 있었다. 그러지 않기는 너무 어려운 일이다. 아무리 로크뢰와 비교하여 서러울 정도로 좋아도, 이미 로크뢰를 생각한다는 것 자체가 그에게는 모욕이 될 것이다. 그러나, 도저히 막을 수가 없었다. 그 말종은 제 등에 타고 있었다. 제 그림자였다.

외르타는 천천히 그를 안은 팔을 풀었다. 고개를 숙였다. 그와 시선을 마주할 수가 없었다. 혹은, 그와 마주 보고 싶지가 않았다.

"어쩔 수가 없어……. 어떡해, 내가……."

턱에 힘을 주었다. 불명예스럽게도 조금 눈물이 치밀었다. 예전에는 당당하던 것이, 이제는 서러웠다. 로크뢰를 유서에도 남기겠다고 말하던 당시에는 잃을 것이 없었다. 스스로에게 미안하기는커녕 억울하지도 않았다. 사방이 낭떠러지였던 시절이었다. 그 높이가 조금 더 높다고 무슨 차이가 있었겠는가.

그러나 이제는…….

외르타는 한 손으로 얼굴을 가렸다.

"이제, 알겠어. 내 잘못이네……."

"……."

"그만할게……. 나가렴."

그녀는 손바닥 안에서 눈을 꾹 깨물었다 떴다. 예전, 알로지아드 요새의 욕조 안에서 겁먹은 채 터뜨렸던 눈물과 비슷했다. 제 밑바닥에서 솟아나와 막을 수가 없었다.

그가 맞았다. 또 핵심을 칼에 꿰었다. 어제는 그녀가 폭력을 당해서 지나치게 아파한다고 말하더니, 오늘은 앞으로 제 모든 행동에 로크뢰를 비추어 볼 것이냐고 묻는다. 둘 모두 옳았다. 예전이라면 그리 충격적이지 않았을 텐데, 이제는 달랐다. 점차 발전했다고 느낀 만큼 아직도 못 박혀 있는 부분을 발견하면 분노가 우글거렸다. 너무 화가 났다. 모욕받은 망나니처럼, 죽은 사람을 다시 찢어발기고 싶어 날뛰었다.

나아가지 않을 땐 바닥에 꿰여 있던 살을 모르고 지냈다. 혹 알아도 무시했다. 그것은 지나치게 그녀와 한 몸으로 묶여 있었으므로, 적이 아니었다. 날 때부터 걸음이 어려웠다면, 맞서 싸우는 것보단 자신의 상흔을 포용하는 편이 나을 것이다. 그렇게 생각했다. 가누기 어려운 다리로 걸어갔다. 나아가자, 상처가 목을 졸랐다. 그제야 깨달았다. 제 속에 적이 있었다. 아주 컸다.

상처는 아무것도 상징하지 않는다. 그녀가 나아가도록 돕지도 않았다. 그것은 그저 상처 그 자체였다.

외르타는 주춤거리다 자리에 주저앉았다.

있는 힘껏 눈물을 참았다. 답답하고 억울했다. 내가 아픈 건 어쩔 수가 없어. 내가 나인 것을 미안해할 수는 없으니, 죽어도 미안하다곤 말할 수 없었다. 하지만 자신의 상처로 인해 타인이 심각하게 다쳤다면, 그것은 별수 없이 잘못이다. 때문에 발렌시아에게 말할 수밖에 없었다. 내 잘못이라고. 당신을 로크뢰와 비교하지 않을 도리가 없고, 그것은 내 상처로 인한 잘못이라고.

자꾸만 눈물이 새어 나왔다. 아, 이럴 필요까지는 없는데. 아직 마차 문이 열리는 소리가 들리지 않았다. 급하게 손을 쓸어 눈물을 지웠다. 또 지웠다. 다시 지웠다. 끊임없이 지웠다.

그녀는 그가 아직 떠나지 않았다는 사실을 민감하게 알아차렸다.

입 속에서 모욕적으로 굴리다가, 사레들린 듯 뱉어 냈다.

"당신이 이해하길 바라진 않는다……."

"……."

"하지만……."

"……."

"그가, 입었던, 옷이 기억이 나……. 표정도, 말도 전부 기억하고 있어."

"……."

"기억해도 덜 고통받을 뿐이지 그래도 기억이 나……."

기척이 느껴졌다. 그녀는 눈가리개를 떨치지 않았다. 우는 모습을 적나라하게 보여 주느니, 차라리 장님인 채 그를 받아들이는 것이 나았다. 지금도, 그가 떠나지 않고 위로하려는 행동이 좋았다. 그러나 로크뢰는 제게 머무를 것이다.

숨소리가 들렸다. 그는 천천히 그녀를 껴안았다. 외르타는 작게 헐떡였다. 반쯤은 울음 때문이었고, 반쯤은 그 덕분이었다.

외르타는 제 다리 아래로 들어오는 손을 느끼곤 순간적으로 기겁했다. 꿈틀거리는 찰나, 그가 자신을 안아 들었다. 그녀는 중심을 잃고 그의 목을 껴안았다. 코앞에서 그를 바라보았다. 벌건 눈을 깜빡였다. 그는 그녀에게서 시선을 떼지 않은 채 의자에 앉았다. 그녀는 엉겁결에 그의 무릎 위로 주저앉았다.

그는 침묵했다. 죄송하다고 사과하지도, 괜찮으시냐 확인하지도 않았다. 다만 가만히, 그녀를 바라보았다.

외르타는 눈을 꽉 감아 아직 맺혀 있던 눈물을 짜냈다. 그는 여전히 그녀를 안은 채 꿈쩍하지 않았다. 움직이기는커녕 눈물조차 닦아 주지 않았다. 그녀는 왠지 그를 이해할 수 있을 것 같았다.

그들은 이른 애정 위에서 실수한 것처럼 서로를 바라보았다.

외르타는 천천히 그와 이마를 마주 대었다.

다시 눈물이 났다. 연방 코를 훌쩍이며 줄줄 울었다.

전부 나아갔다고, 바싹 마른 번데기를 뒤로한 채 기지개를 켜던 기억이 난다. 그러나 너무 빨랐다. 어쩌면 평생을 앞서갔다. 그녀는 좀 더 겸손해져야 했다. 남은 나날이 많았다. 오래오래 싸워야 할 것이다. 죽이고, 또 되살아나고, 죽이고, 다시 살아나고. 신기루처럼 흩어졌다가도 악착같이 나타나는 악이 될 것이다. 일생토록 살아나는 적을 상대로 승리해야 하리라.

아주 짧은 찰나, 눈앞이 캄캄했던 것도 같다. 하지만 그녀는 아직 이를 갈고 있었다. 제 속에는 바닥나지 않는 분노가 들끓었다.

"그래도, 끅, 내게는, 흐끅, 칼이, 있어."

그의 단단한 어깨가 가라앉았다. 긴 숨을 내쉰 듯했다. 등을 받친 그의 손아귀에 힘이 들어갔다. 그는 또다시 숨을 깊게 들이마시곤 한참 동안이나 멈췄다. 그 꼭대기에서 아슬아슬하게, 질식할 때까지 가만히 있었다. 그의 얼굴이 희미하게 붉어졌다. 그리고 다시 한순간, 거칠게 내뱉었다. 그는 다시 숨을 참았다. 그녀는 그제야 그가 의도하지 않았다는 사실을 깨달았다. 단순히 숨을 쉬기가 힘든 것이다.

그녀는 그의 이마에 제 이마를 비볐다.

"난, 그래도, 칼이, 있어."

똑같은 말을 반복했다.

발렌시아는 입을 열지 않았다. 그녀는 그 사실에 더 감사했다. 그는 말을 덧붙일 필요가 없었다. 단순히 자신의 고통을, 선언을 지켜보기만 해도 충분했다.

"내겐, 흐끅, 칼이, 있어. 죽일 거야. 살아나도, 죽일 거야."

"……."

"다, 다, 죽일 거야, 다, 다, 다. 다……."

"……."

그녀는 반드시 이길 심산이었다. 그러나 어떻게 해야 할지는 아직 몰랐다.

외르타는 결국 다시 자신의 눈을 감쌌다. 도무지 눈물이 멈출 기세가 아니었다. 고통스러웠다. 벗어났다고 생각한 순간 코앞에서 마주할 때의 실망감이란. 결심을 새로이 하다가도 속이 쓰렸다. 네가 모르던 내용도 아니었잖아. 이미 여러 번, 그가 내 무덤까지 함께하리라고 이야기했잖아. 아델이 기쁨이라면, 그는 지옥으로. 나를 할퀸 웅덩이 속에서 구더기처럼 살아간다고, 알고 있었잖아.

발렌시아가 천천히 외르타의 뒤통수를 감쌌다. 그녀는 약한 힘에도 무너졌다. 그의 어깨에 얼굴을 묻었다. 헐떡였다. 옷자락에 눈을 문질렀다.

　그가 남자라는 생각을 하지 않았다. 이 순간, 그따위 생각을 하면 미칠 수도 있었다. 그러나 그가 자신에게 애정을 가졌다는 사실은 잊지 않았다. 오로지 자신을 연모하는 사람으로 기억했다. 애틋한 이에게 안긴 것이다. 혼자였더라도, 아무래도 좋았을 테지만, 그가 있어서 다행이었다. 모욕받고 화를 내다가도 끝끝내 다가와, 그의 곁불을 쬘 수 있었다. 추위 속에서 나는 다 잘할 수 있다고 악쓰지 않아도 되었다. 이제 듣는 이가 있는 곳에서 맹세할 수 있었다. 승리를, 서약할 수 있었다.

　발렌시아가 귓가에 무언가를 속삭였다. 목소리는 아주 낮고, 하얗고, 파랗고, 빨갰다.

　외르타는 대답하지 않았다. 목덜미가 떨렸지만, 그것을 대답이라고 할 수는 없다. 그러나 그는 구태여 답을 종용하지 않았다.

　그녀는 그에게 안겨 울다가, 잠들었다.

　꿈은 캄캄했다. 꿈이라는 사실을 알고 있었다. 그러나 자신의 사지가, 사방 천지가 보이지 않아 미친 사람처럼 헤맸다. 서글프게도 멀리 갈 수조차 없었다. 좁디좁은 구 안에 갇혀서 피멍이 들도록 벽에 몸을 부딪쳤다. 살은 찢어져 피가 났으며, 뼈에선 혼절하는 소리가 들렸다.

　갑자기 모든 배경이 와장창 깨졌다. 이번에는 손이 보였다. 겨우 그 정도로, 빛은 빛 무리조차 되지 못한 채 찰랑이고 있었다. 외르타는 중심을 잃고 쓰러졌으나 곧장 지지 않고 달려갔다. 또다시 벽에 이마를 박았다. 표범처럼, 고통에 둔탁한 머리와 앞발로 후려갈긴 뒤 크게 소리를 질렀다. 포효에 놀란 벽이 흔들흔들 무너졌다.

　이제는 어슴푸레하게 발이 보였다. 온몸을 조금씩 엿볼 수 있었다.

살에는 문신처럼 멍울이 들어 있었다. 아팠다. 그러나 다시 맨몸으로 덤볐다. 그녀는 무릎 꿇는 사람이 아니었다. 방법을 몰라 멍청할 수는 있어도, 원하는 바 무엇이든 움켜쥐는 악바리였다. 그녀는 있는 힘껏 다시 부딪쳤다. 한 번, 두 번, 세 번―.

외르타는 쏟아지는 빛에 잠에서 깨어났다.

자신은 마차 의자에 누워 있었다. 땀이 흥건한 것으로 보아 어떤 꿈을 꾸었던 모양인데, 벌써 유사처럼 사라졌다. 제 환상이 기묘하게 끝났다는 불확실한 느낌을 받았다.

그녀는 거치적거리는 천을 걷어찼다. 발렌시아의 외투라고 생각했으나, 의외로 건실한 담요였다.

새소리가 들렸다. 그녀는 일어나 벽을 짚었다. 덜 깬 채 한참이나 화려한 마차 문양을 바라보자 아찔했다. 그녀는 토할 것 같은 기분으로 문을 열어젖혔다. 신선한 공기가 훅 끼쳤다. 더듬거리며 바닥으로 고꾸라졌다.

"아……!"

누군가 자신의 몸을 받쳤다. 외르타는 안도하며 위를 올려다보았다. 발렌시아는 마치 잠을 사시노 않은 듯 어제와 똑같이 단정했다. 그녀는 그를 떨쳐 냈다.

"고마워."

덜 트인 목소리로 웅얼거렸다. 동시에 자신의 눈이 부어 있을까 의심하여, 손으로 차양을 만들었다. 아직 조금쯤 민망했다.

"알론조 캄비는 저쪽입니다."

나무 사이로 물결이 보일 정도로 가까웠다. 외르타는 그가 가리키는 곳으로 더듬더듬 걸어갔다. 세수라도 하고 싶었다. 칠칠치 못하게 치맛자락을 흙바닥에 끌었다. 마지막에는 심지어 무릎을 꿇고, 몇 걸음 더듬더듬 기어가기까지 했다.

그녀는 급하게 물에 얼굴을 담갔다. 얼음장처럼 차가웠다. 아, 11월이구나. 머리칼이 온통 물에 젖은 통에 걷어 올려 묶었다. 그녀는 그제야 사방을 둘러볼 수 있었다.

수평선이 보였다.

외르타는 입을 벌렸다.

호수에서 이 정도로 시원한 풍경을 상상하지는 않았다. 심지어 구석진 지류라면. 그런데 팔을 넓게 벌려도 수평선을 잡기 힘들었다. 그녀는 실제로 양팔을 뻗어 본 뒤, 소리 나지 않도록 탄성을 터뜨렸다.

"식사는 여기서 드시겠습니까?"

외르타는 물이 뚝뚝 떨어지는 얼굴로 환하게 그를 바라보았다.

"응."

그녀는 벌떡 일어섰다.

"여길 봐! 바다 같아!"

"……."

"반응이 신통치 않네. 예전에 와 본 거니?"

"예."

그는 곧장 떠났다. 외르타는 들을 사람을 잃어 난처한 감탄사를 홀로 끌어안았다. 어제 일 때문에 어색해하는 걸까? 확신이 서지 않았다. 물론 그가 뻗댄들 풍경은 여전히 놀라웠다. 펼친 품을 돌아보자니, 역시나 수평선이 잡히지 않았다. 멋진 곳이었다.

외르타는 무릎을 껴안은 채 풍광을 감상했다. 얼마 지나지 않아 누군가 간단한 끼니를 가져왔다.

순간적으로, 놀라 고개를 들었다.

"직접 가져왔어?"

그는 대답하지 않고 그녀 앞에 상을 내려 두었다. 은으로 만든, 다리가 짧은 상이었다. 상다리가 휠 정도로 많은 아침이었다. 부담스럽네.

그녀는 캄비에 손을 닦다가, 참지 못하고 부루퉁하게 말했다.

"말 좀 하렴."

"……."

"어제부터 말이 없어."

"……."

"혹시 아직도 내가 로크―."

"제가 당신께 실수할까 두려워 말을 줄였습니다."

그는 로크뢰라는 이름을 듣는 것조차 진저리가 나는 듯했다. 그의 마음은 이해하지만, 어제 이후로도 예전과 똑같다면 아쉬울 수밖에 없었다. 내가 그렇게 그를 떨칠 수 없다고 악을 썼잖니. 또다시 도망가는구나.

물론 외르타는 발렌시아에게 직접적으로 도움을 요청하지 않았다.

그러나 그를 끌어안고 울었다면…… 눈치껏 나란히 서자는 제안임을 이해해야지. 그녀는 속으로 투덜거렸다. 그가 저런 성정임을 모르지 않았지만, 그래도 섭섭했다. 자신이 바닥까지 정직해진 뒤에도 돌아오는 것이 없어 아쉬웠다.

"외르타, 저 대신 무명이 자리를 지켜도 되겠습니까?"

그 와중에 또 저따위 요청을 하는 것이다.

"싫어."

그는 예상치 못한 대답을 들은 듯 우뚝 섰다.

"날 피하는 거야?"

"……당신을 피할 시간이 없었습니다. 어젯밤 당신이 주무시는 것을 챙겨 드린 뒤 이제야 뵙습니다. 이 짧은 시간 동안 당신을 피하는 것처럼 느끼셨다니 이해가 가지 않습니다."

"지금은 어딜 가게? 무슨 용무야?"

"정오가 지나면 성으로 돌아가야 합니다. 관련하여 필요한 사항을 점검하고자 합니다."

"그건 아침 일찍 끝냈어야지."

"……."

"우리가 마지막으로 볼 자리라고 끌고 왔다면, 이렇게 데면데면할 수는 없단다."

"……."

"여기 앉아."

그는 그녀의 부탁에 따랐다.

"좀 더 가까이 오렴."

그는 가까이 왔다.

외르타는 그의 어깨에 기댔다.

한 손으론 크루아상과 얇게 저민 훈제 햄을 모아 들었다. 크게 베어 물며 햇살에 눈부시게 비치는 물을 바라보았다. 발렌시아는 그다지 편한 지지대가 아니었으나, 그래도 평화로웠다. 나무 건너에서 수행인들의 소리가 조금씩 들리고, 그보다 더 큰 소리로 새가 울고 있었다. 아침이었다.

알론조 캄비에서 홀로 평탄하게 삶을 지낼 수 있을까?

그녀는 수면 위를 가리켰다.

"물색이 계속 변하고 있어."

"……."

"에메랄드색이었는데 이제 또 새파랗구나. 그런데 처음 왔을 땐 살짝 붉었거든. 내가 비몽사몽 간에 잘못 본 걸까?"

"제대로 보셨습니다. 캄비는 한 가지 색이 아닙니다."

"아름다워!"

"……."

"……말 좀 하거라. 왜 이렇게 조용한 거야……."

"말솜씨가 부족하여 죄송합니다."

"무슨……. 말솜씨의 문제가 아니란다. 나 때문에 캄비에 오고 싶다고 했잖니."

"예. 이 자리에 당신과 함께하고 싶었습니다."

"그런 것치곤 정말 불쾌할 정도로 조용한걸."

"……."

"발렌시아."

그녀는 지치지도 않고 그를 달랬다.

마침내 굳게 닫혀 있던 문이 열렸다.

"당신과 이별할 생각을 하니 고통스럽습니다. 당신을 보면, 기쁘면서도 답답합니다."

그녀는 할 말을 잃었다. 그의 진심을 알고 있었지만, 그럼에도 고백을 받을 때마다 발가락을 움츠릴 수밖에 없었다. 누군가 살살 바닥을 간질이는 것 같았다. 발에, 다리에, 배에, 온몸에 힘이 들어가선 순간적으로 딱딱한 고치가 되는 기분이었다.

외르타는 고치 속에서 슬며시 손을 내밀었다. 그의 팔에 얹었다.

"……외르타, 저는 내일 새벽에 떠납니다."

그녀는 알고 있던 사실을 다시금 확인해 주는 그에게 한숨을 쉬었다.

"저는 여전히 당신이 오스페다에 머무시길 바랍니다. 하지만 이미 여러 번 소원하여 어렵다는 사실을 알고 있습니다. 각오가 단단하시다면, 적어도 제가 때때로 연락을 드릴 수 있도록 허락해 주십시오. 안부를 여쭐 수 있다는 사실만으로도 큰 기쁨이 될 것입니다."

"응. 먼저 편지를 보내렴."

"예. 또한 첫 휴전 협정 이후 찾아뵙겠습니다. 당신이 저를 위해 도시까지 나오실 수 있다면……."

"나올게, 무슨 일이 있어도."

"감사합니다."

어느 순간 상대의 팔을 양손으로 쥐고 있었다. 제 결심을 보여 주듯 꾹 붙잡았다. 매달렸다. 떠나겠노라 선언한 사람이 참 웃겼다.

그가 돌아보았다. 아무리 긴장하고 있어도, 그의 밤물 같은 눈은 독특했다. 떨렸지만 여전히 낮고, 깊었다. 하염없이 조용했다. 옛날 제 심지에 불을 지르던 총사령관조차 눈만큼은 자신을 미치게 만들 정도로 깊었다. 그래서 더 화를 냈던 것 같다. 아무것도 모르면서 가지런한 눈을 증오했다. 그 어두운 바다에서 익사했더란다.

이제 발렌시아는 무지하지 않았다. 그러므로 지금에 와서는 타고난 듯 깊은 시선만 남아 있었다. 바다가 말라붙은 자리의 소금처럼. 볼품없는 결정結晶처럼. 밟을 때마다 사박사박 소리가 났다.

정말 오랜 시간이 지났다. 그는 자신을 옥죄어 빠뜨리기는커녕, 늘 고백하곤 했다. 그는 같은 사람이었으나 같은 사람이 아니었다.

그녀는 문득 고개를 저었다. 조금 강하게.

무슨 생각인지 모르겠다. 그저 사시나무처럼 부르르 떨었다.

거친 손이 얼굴에 닿았다. 아침 바람을 머금어 차갑고 큰 손이었다. 그녀는 서서히 멈췄다. 그의 다른 손이 제 다른 뺨을 감쌌다. 그에게 감싸였다. 얼음장 같은 손이었지만, 볼은 금세 따듯해졌다. 외르타는 망설이며 그를 올려다보았다. 무엇에 고개를 흔들었는지, 무엇을 망설였는지 스스로도 잘 몰랐다.

그가 손을 떠는 것이 느껴졌다.

"외르타……."

"응."

"……제가 필요한 물품을 준비한 뒤 다시 당신을 모셔도 되겠습니까? 수행인들이 저를 기다리고 있습니다."

순간적으로 기가 막혔다.

"정말……! 계속 그럴 건가? 여기 같이 오고 싶었다고, 당신 입으로……."

"당신과 이 자리에 함께할 수 있다는 사실은 제 무궁한 기쁨입니다. 알론조 캄비에 계류하시며, 간혹 저를 생각해 주시면 더 바랄 나위가 없겠습니다. 저 역시 과분하게도 앞으로 당신의 시선이 머무를 곳을 눈에 담았습니다."

"……."

"당신과 함께, 기억하겠습니다."

그러나 그는 호수를 보지 않았다. 그녀를 뚫어져라, 코끝이 닿을 거리에서 바라보고 있었다.

숨이 엉켰다.

외르타는 눈을 깜박였다.

맥이 천천히, 서서히, 느리게…….

또 빠르게, 가깝게, 좁게…….

그와 이렇게 마주 볼 수 있어서 좋았다. 날씨는 차가웠지만, 그의 온기로 따뜻했다. 그녀는 스스로를 시험하듯 웃었다. 아니, 웃으려 노력했다. 입꼬리가 올라가다가도 미치지 못한 채 내려오길 반복했다. 둑을 넘으려는 개울이 된 느낌이었다. 넘어야 해. 넘어가야 해. 웃음이, 넘어야 해.

외르타는 배시시 웃었다.

곧장 흠뻑, 웃었다.

그녀는 그를 끌어안았다. 여전히 자신이 왜 이렇게 행동하는지 몰랐다. 단지 스스로 미소 지을 수 있어서 감사할 따름이었다. 어제 그 앞에서 세상 무너진 듯 울었는데도, 수치스럽지 않게 다시 웃을 수 있었다. 그 덕분에, 혹은 함께인 덕분에. 외르타는 건강하게 힘을 주어 굳건히 바닥을 디뎠다. 비록 발에 상처는 많았지만, 옛일이었다.

그의 단정한 머리칼을 쥐었다. 살짝 속삭였다.

"나도 노력해 보마."

더 풀어 설명하기가 어려웠다. 그녀는 짐승이 남긴 발자국 속에 기대어 앉아 있었다. 그 속에서, 진심을 한 문장에 담아 굴려 보냈다. 따뜻하고 빛났다.

발렌시아는 그녀를 천천히 밀어냈다. 그녀는 그를 이해했다. 떨치는 것이 아니라, 시선을 마주하고 싶다는 마음이었다. 언제부터 이토록 환하게 보였을까. 앞에 선 캄비가 낯간지러울 정도로 맑았다. 거짓이 없었다.

그의 턱에는 잔뜩 힘이 들어가 있었다.

"외르타, 지금껏 제가 저 스스로의 생각에 분주하여 무례를 저질렀습니다. 너그럽게도 저를 인내하시고, 그럼에도 노력하겠다고 말씀 주셔서 마음 깊이 감사드립니다."

눈을 깜박였다. 외르타는 여전히 무릎을 꿇은 채, 그를 반쯤 껴안고 있었다. 자신과 달리 단단한 상대의 팔이 갈피를 못 잡은 채 땅에 떨어졌다. 그 대조가 무언가를 상징하는 것만 같았다. 안 돼. 이렇게, 최후의 날에 도망치는 건 허락하지 않아. 그녀는 그가 외면할 수 없도록 더 강하게 깍지를 꼈다.

호숫가는 쥐 죽은 듯이 고요했다. 쿵 쿵. 큰 짐승이 발을 굴렀다.

발렌시아는 천천히 땅을 움켜쥐었다.

"발원합니다. 제가 당신의 삶을 지키고 싶습니다."

그녀의 입술이 살짝 벌어졌다.

갑자기 평화롭던 세상이 뒤집어졌다. 눈에 흙이 들어찼다.

발렌시아가 무엇을 의미했는지, 부지불식간에 깨달았다.

"당신을 오래도록 사모했습니다."

외르타는 한순간 그를 뿌리칠 뻔했다.

그녀를 막은 것은 그녀 스스로의 말이었다. 내뱉었던 말에 멱살을 잡혔다. 버둥거렸지만 피할 수 없었다. 그녀는 말했다. '최후의 날에 도망치는 것은 허락하지 않겠다'고. 그 말이 송두리째 뽑혀 삿대질을 하고 있었다. 제기랄. 아주 오랜만에 욕설이 터졌다.

"오래된 감정입니다. 저는 조각길에서 돌아오던 날 당신을 향한 제 연심戀心을 깨달았습니다."

"……."

"저는 당신에게 입 맞춘 뒤에야 제 마음을 깨달았습니다. 이 범죄를 당신에게 자백하지 않고는 감히 떠날 수 없었습니다. 죄송합니다. 제 악행을 부디……."

그녀는 망연히 그를 바라보았다.

발렌시아는 힘들게 숨을 쉬고 있었다. 자신은 알 수 있었다. 숨이 기도를 넘다가, 켜켜이 굳은 채 틀어막혔다. 그처럼 죽기 직전의 표정이었다.

"부디 용서하십시오……."

그녀 역시, 목에서 사람 소리가 나오지 않았다. 기껏해야 씩씩거리는 갈대 휘파람 소리만 들렸다.

"당신의 뺨에 입 맞추고 무너졌습니다. 제가 처음 겪은 감정에 섣불리 행동했습니다. 그것이 당신에게 얼마나 큰 고통이 될지 절실히 이해하여, 저를 당신에게서 격리하고자 했습니다."

"……."

"제가 함부로…… 그처럼 믿었습니다. 이야기를 나누지 않고 헤쳐 나갈 수 있으리라 생각했습니다. 그러나 외람되게도 당신에게 청혼하기 위해 이 사실을 숨김없이 직고하고자 합니다. 이미 죄를 저질렀지만, 말씀드리지 않는다면 더욱 큰 잘못을 저지르는 것이라고 느꼈습니다."

껴안았던 손을 언제 내렸는지 모르겠다. 양 주먹을 꽉 쥐었다. 그를 바라보기가 힘들었다.

그 역시 자신에게 닿지 않았다.

"외르타, 저와 혼인해 주시겠습니까?"

외르타는 침묵했다. 많은 생각이 한꺼번에 닥친 탓에 갈피를 잡을 수 없었다. 지금 이 순간 흐트러진 생각은 영원히 되찾지 못할 것이다. 선명하게 모서리가 잡힌 언어로 다가왔다가, 그대로 스러졌다. 흙탕물로 녹아내렸다.

점 같은 시간에 붙잡혀 옴짝달싹 못 했다. 앞으로도 뒤로도 고개를 돌릴 수 없었다. 물방울처럼 섰다.

"······쉽사리 대답하기 어려우시리라 생각됩니다. 당신이 저를 받아주지 않으셔도 깊이 이해하겠습니다. 제가 씻을 수 없는 죄를 저질렀으며, 이로써 당신에게 미칠 수 없게 되었다는 사실을 되새기겠습니다. 부디 언제든, 편히 말씀 주십시오."

그가 한 손으로 땅을 짚었다. 자리를 떠나려는 듯했다.

외르타는 그제야, 거의 들리지도 않는 목소리로 말했다.

"나는 아일 못 가져."

그가 멈췄다.

"발터는 날 죽일 거야."

"저는······."

"그리고 당신도 용서 못 해."

"······."

외르타는 입술을 깨물었다. 두 마디 이상 생각을 이을 수 없었다. 바깥과 닿는 모든 살갗, 주름이 화하게 아팠다. 너무 아파서 자기 속으로 파고들고만 싶었다. 그를 보기가 싫었다. 그도 '바깥'이었다.

그녀는 그보다 먼저 일어섰다.

모든 생각을 내동댕이치고 떠났다.

그들은 그렇게 단 한 순간, 함께 알론조 캄비를 보았다.

그리고 끝이었다.

외르타는 끝장났다는 사실을 깨달았다.

지금까지 쌓아 온 모든 것이 망가지지는 않을 것이다. 그러나 드높던 탑의 허리가 베여 먹혔다. 그 상실감을 주체할 수가 없었다.

발렌시아가 대체 왜 그랬을까. 내가…… 내가, 그 모든 것을 이겨 내고 깊은 친애의 정으로 대했는데, 대체 왜 이런 일이 벌어졌을까? 가까이 다가갔던 것이 오히려 나를 패배시켰을까? 그가 나를 오해하도록 만들었나?

수치스럽게도 자꾸만 얼굴에 열이 몰렸다. 몹시 당황했고 또한 화가 났다. 그가 자신에게 청혼했다는 사실을 인정할 수가 없었다. 몰래 입맞추었다는 사실은 중요하지도 않았다. 기가 막히게 사소한 일처럼 느껴졌다. 청혼이라고? 얼굴이 일그러졌다가, 곧이어 배 속이 뒤집어졌다. 자꾸만 몸 이곳저곳이 날뛰었다.

그녀는 마차 안에서 얼굴을 감쌌다.

혼자는 아니었다. 무명이 죽은 듯 의자 끄트머리에 앉아 있었다. 그러나 조금도 신경 쓰이지 않았다. 오히려 발렌시아가 아니라는 데 감사할 따름이었다.

발렌시아는 자신이 동승하길 거절하기 전부터 그녀를 멀리했다. 호수에서 헤어신 후 단 한 번도 마주 보지 않았다. 정신없는 사이 오후가 닥쳤고, 그들은 먼지를 일으키며 캄비에서 떠났다.

기억이 가물거렸다. 외르타는 자신이 알론조 캄비를 눈에 담기는 했던 것인지 의심했다. 색색이 아름다웠던 물살, 깔밋하게 차려진 아침 식사, 옆 사람의 따뜻함. 그 아침이 신기루처럼 사라졌다. 그가 주먹 쥐어 박살을 냈다. 전부 그의 잘못이었다.

물론 그만이 주먹을 쥘 수 있는 사람은 아니었다. 그녀는 손아귀가 부서져라 힘을 주었다. 무엇이든 좋으니 있는 힘껏 때리고 싶었다. 그녀의 감정은 좁은 구 속에 담긴 물결 같아서, 충격이 떠나면 곧장 분노가 치밀고, 분노가 가라앉으면 바로 충격이 다가오곤 했다.

"외르타. 저와 혼인해 주시겠습니까?"

답은 간단했다. 절대 안 돼. 무슨 미친 소리를 하는 거야? 그가 그 정도로 미쳐 있을 줄은 상상도 못 했다. 단순히 미쳤다는 수사적인 의미가 아니라, 정말 담백하게도 정신이 나간 사람이었다. 광증이 있는 게 틀림없다. 그 말 외에, 자신이 덧붙일 수 있는 단어는 없었다.

너무너무 화가 났다. 그녀는 발을 쾅쾅 굴렀다. 무명이 자신을 바라보든 말든, 계속 기를 써서 발길질을 했다. 분노를 주체할 수가 없었다.

그녀는 앙히에의 소식을 듣고도 발렌시아가 걱정되어 초조했던 사람이었다. 그에게 신경을 쏟느라 친구의 안위에 주의를 기울이지 못했다. 그 정도로, 그를 아꼈다. 그 정도로 그가 고통받는 모습을 보고 싶지 않았다. 그가 자신에게 가진 감정을 알고도 더 이상 떨지 않았고 더 나아가 울 수도, 웃을 수도 있게 되었다. 어마어마한 발전이었다. 덕분에 발렌시아 역시 다시 반듯이 정면을 응시하고 있다고 생각했다. 아니었다. 혹시 완전히 반대 방향이었을까? 자신이 자세만 보고, 방향을 보지 못한 것일까?

"아!"

소리가 입 안에서 무너졌다. 불성실하게 구운 애정처럼.

"필요한 것이 있으십니까?"

저 노래기 같은 놈은 사람 눈치를 볼 생각이 전혀 없는 모양이다.

"네가 닥치고 있는 게 필요해."

"예."

무명은 단 한 순간도 지체하지 않았다. 그녀 또한 그의 약속이 지켜질 것을 믿어 의심치 않았다.

"아! 아!"

그는 명령에 따랐다. 자신의 딸꾹질 같은 악에도 더 이상 돌아보지 않았다. 외르타는 마차 바닥을 걷어찼다. 제 힘이 어찌나 꾀죄죄하던지 그는 마차임을 유념하라고 경고할 생각조차 없는 듯했다. 그녀는 바람대로 완전히 무시당했다.

발렌시아에게 건넸던 마음에 이자를 요구하고 싶었다. 너무 아까웠다. 그에게는 그럴 가치가 없었다. 이런저런 입바른 말로 가장했지만 그것은 허위로, 결국 처음부터 끝까지 미친 사람의 미친 소리였던 모양이다.

누가 내 감정을 보상해 주지? 분통을 터뜨렸다. 그러나 한 가지, 기억해야 했다. 자신은 속았다. 사기꾼은 빚을 변제하지 않는 법이다.

순진해 빠졌지. 이것은 순진해 빠진 자신에 대한 배신이었다. 그는 자신의 신뢰를 알고 이용했다. 가까이 다가오도록 유인한 뒤 코앞에서 와르르 벽을 무너뜨렸다. 온 이마와 콧등이 깨졌다. 어깨에는 피멍이 들었다. 그를 향해 무방비하게 웃고 있었으므로 피해가 컸다. 항상 그러했듯, 양팔로 폭력을 막고 있었더라면 건강을 보전할 수 있었을 텐데.

아, 방심하지 않은 채 팔을 들고 있을걸. 뻗지 말걸. 껴안지 말걸. 고개를 묻지 말걸. 따뜻한 위로를 건네지 말걸. 애틋하게 말하지 말걸. 그를 이해하려 애쓰지 말걸. 믿지 말걸.

석순처럼 배반당했다. 자란다고 생각했건만, 아래로 떨어져 머리가 깨졌다.

외르타는 마지막으로 크게 소리 지른 뒤 의자에 엎드렸다. 얼굴부터 처박아서 콧등이 부러질 듯 아팠다. 마구 몸부림쳤다. 의자도 주먹으로 쾅쾅 쳤다.

온몸으로 현실에 반항했다. 자신을 이 지경으로 몰아넣은 것이 믿기지가 않아서, 사실이 아니라고 발버둥 쳐 보는 것이다. 반항하고 악을 써서 시곗바늘을 되돌리라고 요구하는 것이다.

그녀는 문득 멈췄다.

되돌아가더라도, 발렌시아가 다른 방법을 선택할지 의심스러웠다. 자신은 모든 것을 알고도 또 희망에 미끄러져 웃으리라. 그는 또다시 제 웃음을 믿고, 그 역시 희망을 걸고 칼을 휘두를 것이다. 속이 쓰렸다. 반대로 자신이 딱딱거린들 무엇이 바뀌었겠는가? 그가 전장으로 떠나고 두 해가 넘도록 왕래하기 힘든 이상, 이 일은 진즉에 예견된 일이었다. 그는 자신을 미라이예 영지로 끌고 나오며 적어도 어렴풋한 계획이 있었다. 이 짧은 여행이 끝나면, 무언가 말을 하리라고. 스스로도 설명할 수 없는 결심을 했을 것이다.

영지에 따라 나온 자신의 잘못이라고는 할 수 없었다. 농담으로라도 그따위 말을 하지는 않을 테다. 그러나 당시 자신이 비이성적으로 행동했다는 사실을 누구보다 잘 알고 있었다. 앞뒤 없이, 아무것도 생각하지 않고 달려 나왔다. 자신의 그 행동으로부터 그가 자라나기 시작했다. 자꾸만 외발로 뛰어 거리를 가늠하더니, 갑자기 두 발로 디디고, 보폭을 넓혀 코앞에 섰다. 그리고 그와 자신의 신 끄트머리가 마주한 순간 그 몰지각한 단어가 흘러나왔다. '청혼'.

'청혼'.

벼락을 맞은 듯 갑자기 차분해졌다.

외르타는 한 가지가 누락되었다고 생각했다. 적어도 자신은, 저따위 단어를 듣고도 발렌시아를 증오하지 않았다. 증오에 '미치지 못하'기는 커녕, 감정의 단초조차 일시적이고 희미했다. 발렌시아나 그의 말보다는 이렇게 궁지에 몰린 상황 자체에 욕설을 퍼붓는 것이다.

물론 사리에 맞지 않지. 그가 이 모든 사건들을 만들었는데, 그를 사면할 수는 없지. 그녀는 확실히, 그를 용서하지 않겠노라 말했다.

그러나 그를 증오하지 않는다면 죄는 어느 요람에서 나오나? 그를 용서하지 않겠다는 자신의 굳은 마음가짐은 무엇이었나? 불타오르는 분노와, 그의 죄를 생각할 때 어리둥절 굳어 버리는 혼란은 너무 멀리 있었다.

무질서했다. 앞뒤가 맞지 않았다. 그가 청혼을 이야기한 것은 용서할 수 없었다. 그러나 그에게 유감이 있느냐 하면, 그저 미친 사람을 보듯 아연하기만 할 따름이었다. 그 사실이 당황스러웠다. 그래도, 싫었다. 화가 났다. 믿었던 사람에게 배반당했다. 그러나 그를 증오하느냐 하면……

외르타는 다시 한번 천에 얼굴을 묻고 소리 질렀다.

공들였던 관계가 전부 망가졌다. 이 잔해를 어찌해야 할지 몰랐다.

외르타는 오밤중에 미라이예 영지로 돌아왔다.

그녀는 마차가 멈추자마자 깨어났고, 바퀴가 굳기도 전에 야무지게 튕겨져 나왔다. 절대, 누구도, 자신에게 손을 대도록 허락하지 않을 예정이었다. 이제는 발렌시아라도 마찬가지였다.

그녀는 북적북적한 수행 인원을 무시한 채 빠르게 성으로 들어갔다. 물론 귀신같은 무명에게 꼬리를 잡혔지만, 어차피 그를 피하려던 것은 아니었다. 그들은 말 한 마디 없이 방으로 향했다. 자신이 여러 걸음 디딜 동안 느릿느릿 따라오는 무명이 아니꼬웠다. 그는 정확한 순간에 방에 다다라선, 물었다.

"닫을까요?"

"씻을 테니 사람이나 불러 두렴."

그는 고개를 끄덕인 뒤 고함을 쳤다. 어찌나 성량이 좋은지, 복도가 쩌렁쩌렁했다.

외르타는 문이 닫히는 소리를 뒤로하곤 누군가 준비해 둔 욕조에 다가갔다. 여전히 가라앉지 않은 분을 삭이며 물에 몸을 담갔다.

그러나 몹시 따뜻해서, 곧 노곤고곤하게 풀렸다. 마차에서 낮잠을 취했다고는 하나, 덜컹이는 나무 상자 속에서 푹 쉬기는 어려운 법이다.

눈이 느리게 깜박였다. 어깨가 풀리며 매끈한 욕조에 닿았다. 잠겼다.

그녀가 깨어난 것은 새벽이 한참 지나서였다. 멍하니 눈을 떴다가, 평온하게 흔들리는 초에 다시 잠들 준비를 했다. 제 피부와 같은 물에 잠겨선 그 어떤 것도 잠을 방해할 수 없다고 생각했다. 그러나 누군가의 발소리가 들렸다. 그녀는 번쩍 잠에서 깼다. 그녀는 누구보다 민감하게 성별을 구분할 수 있었다. 남자였다.

외르타는 성마르게 소리를 질렀다.

"누구야!"

"……깨어나셨나요?"

천 너머에서 가늘고 어여쁜 목소리가 들렸다. 지난 일주일 동안 익숙해진, 그녀를 시중드는 하녀의 목소리였다. 외르타는 그제야 다소 가라앉아 헐떡였다. 어지러웠다. 분명히 거슬리는 발걸음이었는데. 하녀가 아니었는데. 하지만 잠결이었으니 아무리 사냥감 같은 자신이라도 헷갈렸을 수 있을 것이다.

"좌하."

그녀는 벌떡 일어섰다. 낮은 목소리였다. 내가 말했지! 스스로의 방심을 탓했다. 기겁하여 누군가 곁에 걸쳐 둔 비단 가운을 잡아챘다. 물이 뚝뚝 흐르는 몸으로 옷을 걸쳤다. 품위 있게 입는 것이 아니라, 숫제 붙이는 모양새였다. 가운이 온몸에 축축하게 달라붙었다.

바깥의 누군가는, 그녀가 급하게 움직이는 소리를 들었던 모양이었다.

"좌하, 저는 출입하지 않습니다. 문 앞에 있습니다. 걱정하지 마십시오."

그제야 목소리의 주인을 깨달았다.

"이월 스물, 당신이 여긴 왜, 들어와!"

"잠시 소식을 전하러 왔습니다."

"씻을 땐 나가!"

"합하께서 떠나십니다. 배웅하시겠습니까?"

외르타는 말을 삼켰다. 그것이 무슨 딱딱한 뼈라도 되듯, 사레가 들릴 뻔했다.

"……."

"특별히 전하라는 말씀은 없으셨습니다만, 아래층이 분주하기에 좌하께도 공유드리고자 했습니다."

"……."

"별다른 의향이 없으시다면 저는 다시 앞을 지키겠습니다. 편히 쉬십시오."

문이 닫히는 소리가 들렸다.

외르타는 축 늘어진 가운을 걸치곤 아래를 노려보았다.

단단한 문 너머로, 들릴 리가 없는데, 누군가 떠나는 소리가 들린 것만 같았다. 이 오래된 성에 똬리를 튼 바람이 속살거렸다. 네 근심의 원흉이 떠나고 있다고, 마침내 그 꼴을 눈앞에서 치워 버릴 수 있으니 다행이지 않느냐고.

외르타는 무언가 결심한 듯 성큼성큼 욕실을 나갔다. 물론, 바깥으로 향하지 않았다. 그녀는 방을 가로질렀다. 곧장 이불을 들추고, 그렇게 축축한 채 굴러들어 갔다. 웅크려 앉았다. 이불 속에 파묻혔다. 두 손으로 얼굴을 가렸다.

나는 가지 않는다.

절대로 가지 않을 것이다. 그를 용서하지 않을 것이다. 그가 전쟁터로 떠나든, 어느 지옥으로 떠나든 결코 신경 쓰지 않을 작정이었다. 화가 났다. 아마 영원히 분노에 묻혀 있으리라.

그녀는 고작해야 일주일 전을 생각했다. 발렌시아에게 배반당한 자신은 리오넬에게 그랬듯 맞서 싸우지 못할 것이며, 그냥 콱 죽을 것이라고. 복수 이후 단 한 사람을 믿었으나 실패했다고. 하지만 이것은 그당시 생각했던 배반과는 약간 달랐다. 그는 조금도 자신을 강제하지 않앉다. 다만 살짝 미쳐 있을 따름이었다.

그는 본인이 무슨 말을 하는지도 모른 채 청맹과니처럼 이리저리 칼을 휘저었다. 그녀는 한참 멀리서 그 한심한 낯짝을 보고 있었다. 그렇기에 피해를 입지 않았지만, 그가 칼을 내밀 생각을 했다는 사실 자체를 용납할 수 없었다. 또한, 외르타는 그따위 미친 사람을 위해 자괴하지는 않을 작정이었다.

그래서 그녀는 가만히 이불 속에 숨어 있었다.

안 나갈 거야.

갑자기 이유 없이 코끝이 찡했다. 있는 힘껏 턱을 악물었다.

"발원합니다. 제가 당신의 삶을 지키고 싶습니다."

제 삶은 누군가에게 지켜지는 것이 아니었다. 그녀는 삶을 쟁취했다. 그가 그렇게, 부서지기 직전의 유리 공예를 다루듯 하지 않아도 되었다. 그는 무언가를 단단히 착각하고 있었다.

만일 그가 단순히 제 곁을 지키고 싶었다고 변명한들…….

"외르타, 저와 혼인해 주시겠습니까?"

……그것을 위해 혼인할 필요는 더더욱 없었다.

발렌시아가 싫었다. 자신이 안온히 기대어 있는데, 그 마음 편한 광경조차 도무지 보고 있질 못했다. 멋진 관계를 받아들이지 못하고 기어이 깨부순 그에게 분노가 들끓었다. 미련이 남지 말라고 친절을 베푼 것일까? 왜! 악악거려도 대답할 사람이 없었다.

우리가 오래도록 이별할 것을 알았잖아? 이게 당신의 답이니? 그가 떠나면 최선의 경우라도, 앞으로 몇 해 동안이나 마주하지 못할 것이다. 지난 보름 동안 서로의 가족보다 화호和好했건만, 전부 신기루처럼 사라지리라. 감정도, 어쩌면, 사라질 것이다.

갑자기 무언가 큰 소리를 내며 무너졌다.

눈가가 시큰했다. 이번에는 입술을 깨물어 막지 못했다. 얼간이처럼 크게 뜬 눈에 눈물이 고였다.

사실 그녀는 마지막에도 그를 껴안아 배웅하고 싶었다. 어느 불길한 시간이라도 달려 나가서, 다른 사람이 흉을 보아도, 잉그레가 눈살을 찌푸리거나 전해 들은 발터가 비난해도, 딤니팔의 공작을 포용하고자 했다. 그에게는 그런 대우를 받을 만한 자격이 있었다. 그는 언제나 자신을 도왔다. 비록 실수를 했다지만 그럼에도 기사로서 고집 세게 수호했다. 쓰러진 침대도 오래도록 지켰다. 그는 대부분의 경우 그녀의 뜻에 충실했으며, 그녀는 그 사실을 치하할 수 있었다.

그러나⋯⋯.

당신이 그러지 못하게 한 거야. 당신 잘못이야. 나는 당신을 기다리고, 돌아오면 맨발로 마중 나가려 했다. 당신이 정말 '나를 위해' 승리한다면 오스페다에 머무르는 선택지도 나쁘지 않다고 내심 생각했어. 하지만, 당신이 그런 말을 함으로써, 모든 걸 망친 거야.

그녀는 오스페다로 돌아가는 즉시 짐을 챙겨 알론조 캄비로 떠날 예정이었다. 솔 미라이예에 두고 온 얼마 안 되는 짐들, 아델의 천, 룸, 앙히에가 따로 챙겨 준 책들. 젠장, 앙히에⋯⋯. 모든 것이 엉망진창이었다. 저 사람을 위해 단단히 버티고 있었는데, 전부 흩어졌다. 속이 뒤집어졌다. 이제야 안에 담아 두었던 걱정이 쏟아졌다. 온갖 감정이 뒤섞인 아수라장.

발렌시아, 난 당신을 영원히 안 볼 거야. 그 전쟁터에서 썩어.

우리가 영원히 안 본다니 말도 안 돼. 삶의 밑바닥을 공유했는데 너무 아쉽잖아.

외르타는 제 얼굴을 더 강하게 움켜쥐었다. 갈팡질팡하는 제 마음이 어떻든, 그를 다시 볼 순 없었다. 그가 선을 넘었는데 내가 왜 용서해야 한다는 말인가? 말을 돌이킬 수는 없는 법이다. 이미 문이 닫혔다. 자신이었지만 자신이 아닌 누군가가 형을 선고하여, 거역할 수 없었다. 그녀는 다시는 그를 보지 않을 작정이었다.

당신은 감히 내게 청혼을 했어.

내 칠 년을 알고도, 감히 내게 청혼을 했어.

그 지옥을 속속들이 알고도, 그것을 복수하는 자리에 있었음에도 내게 청혼을 했어. 내게 그 구렁텅이로 다시 들어가라고 함부로 지껄였어. 다양한 밑바닥을 맛보라고, 애정은커녕 최소한의 이해도 없이 요구했어. 당신 마음을 헤아려 보기엔 너무 멍청해서 그 속을 감히 들여다볼 수도 없어. 본인이 죄악이라고 반복하던 것은 그냥 자기 위안이었던 것이지. 정말 죄악이라고 생각했다면 그따위 이야기를 할 수는 없지.

아끼던 사람을 죽이려 들고 있었다. 배신감에 치를 떨면서. 다만 중요한 것은 발렌시아를 죽이겠다는 결정 따위가 아니었다. 중요한 것은 대체 왜 그랬는지 캐묻는, 제 둔탁한 질문이었다. 그 문제가 무시무시하게 중요했다. 왜…… 왜 멍청한 짓을 해서 내가 당신을 지우도록 만들었나. 나를 사모한다면서 왜 한 치도 내다볼 생각을 못 했나. 도대체 지금까지 내게 공감한다고 했던 말들은 얼마나 망령되었던 건가. 나는 또 얼마나 얄팍하여 그 생소리에 위로받았나…….

어렴풋이 질문의 답을 안다고 생각했다. 그러나 알고 싶지 않은 마음이 너무도 커, 자꾸만 안개처럼 앞을 가렸다. 답을 찾겠다고 헤매자 자꾸만 살인이 늦어졌다.

눈물이 찔끔 났다. 재판관은 엄정하건만, 집행인이 물러 터졌다.

이렇게 웅크려 있는 순간에도 그는 떠나고 있을 것이다. 자신이 그러길 바랐지만, 이 자리에서 버티는 것이 쉬운 일만은 아니었다. 자꾸만 발이 움찔거렸다. 그에게 욕이라도 할 수 있도록 마지막으로 얼굴을 보고 싶었다. 그 차분한 얼굴을 보고, 시원하게 욕설을 내뱉은 뒤 홱 뒤돌고 싶었다. 그렇게라도 배웅하고 싶었다.

"……."

"좌하, 제가 필요 없으시면 이만 나가겠습니다."

"……그러렴."

이불 속에 옴츠린 채 하녀를 내보냈다. 축축하고 두터운 이불 속에서 꼴이 가관이었다.

하녀를 내보내자 결심이 단단해졌다. 이제 방에는 아무도 없었다. 그녀와, 물과, 고독뿐이었다. 그녀는 이 자리에서 아침까지 버틸 생각이었다. 누구도 그녀의 결심을 되돌릴 수 없었다. 그녀 스스로조차.

지난 보름이 꿈만 같았다. 영영 돌아오지 않을 것이다.

발렌시아는 두툼한 안감을 댄 장갑을 꼈다. 며칠 사이에 추위가 강건해져, 고삐를 쥐기 위해서는 도움을 받아야 했다.

두 달 안에 알로지아드 레발로에 도착하기로 결정했다면 피할 수 없는 일이었다. 격일로 밤을 지새워야 레발로에 도달할 수 있는 시간. 가능하다면 더 재촉하고 싶었으나, 일과를 유지하기 위해선 비교적 긴 일정이 필요했다.

고개를 들어 위층 난간을 바라보았다. 외르타는 없었다.

그는 뒤돌아 성을 나섰다.

동이 트기 몇 시간이나 전으로, 한밤중이었다. 어두컴컴한 정원에 사람은 적었다. 정확히는, 사람 하나와 짐승 하나가 서 있었다. 둘 모두 그를 발견하고 소리를 냈다.

"……."

발폼이 다가와 고삐를 건네주었다. 발렌시아는 말을 돌아보며 하나하나 점검했다. 여러 사람이 낱낱이 검사했을 터이나, 자신의 눈으로 확인해야만 안심할 수 있었다. 그는 한 달 치 식량과 무기, 가죽 고정대와 숫돌, 야외 노숙에 필요한 물품을 확인했다. 대부분 생존을 위한 물자였다.

발렌시아는 말에 올랐다.

흰 성을 다시금 바라보았다. 시선이 머물렀다. 고였다. 어쩌면 끝내 마주하지 못할 수도 있었다.

그는 떠났다. 죄인으로.

발렌시아가 떠난 날, 외르타 역시 오스페다로 향했다.

무명을 다그쳐 한시라도 빠르게 돌아가자고 명했다. 그는 오히려 반기는 눈치였다. 차라리 안전한 새장 속에 넣어 감시하고 싶을 테니까. 아니나 다를까 바람처럼 마차를 준비해선, 영지에 있는 모든 병사를 소집하여 성 앞에 집결시켰다. 외르타는 뒤도 안 돌아본 채 마차에 올랐다.

무명은 발렌시아가 없는 상황에서 자신이 마차 안을 지킬 것인지, 아니면 마차 밖에서 단속할 것인지 깊이 고민하는 것 같았다. 그는 마침내 마부석에 앉았다. 자신에게 절대 창문을 열지 않고 좌석의 중앙에 있으라고 신신당부한 뒤 문을 닫았다. 외르타는 그나마 편하게 여행길을 지낼 수 있어 만족했다.

그들은 급히 알로지아드에 접어들었다. 외르타는 바깥을 볼 수 없었지만, 그래도 지금 달리는 속도가 예전 올 때와 판이하다는 것을 느낄 수 있었다. 발렌시아와 함께 있을 당시에는 덜컹거리는 요철조차 없었는데, 이젠 엉덩이가 들리지 않으면 다행일 정도로 쾅쾅 흔들렸다. 낮잠을 자려 기대어도 자꾸만 머리가 부딪쳤다.

심지어 무명은 식사도 안에서 들도록 제안했다. 이유는 담백했다. 최대한 빨리 왕도에 도달해야 하고, 또한 당신이 바깥에 나와 있는 것보다는 안에 있는 편이 지키기 쉽다고. 마치 본인 외에는 경비병이 하나도 없다는 듯한 태도였다. 그는 또한 밤에도 쉬지 않겠다고 선언했으며, 마주치는 모든 알로지아드 숙소에서 말을 징발했다.

그의 행동이 아니꼬웠지만, 그래도 그러마고 대답했다. 그녀도 빨리 흰 성에 가고 싶은 마음은 무명에게 지지 않았다.

그렇게 그들은 서로 다른 마음을 가진 채 미친 듯이 오스페다로 질주했다.

올 때 말을 타고 만 닷새가 걸렸던 거리를, 마차를 타고 이틀하고도 반 만에 왔다. 바퀴는 거의 두 시간에 한 번씩 교체했다. 그렇게 정교하게 만든 마차 몸체 역시 된통 상해선, 끼익끼익 어긋나는 소리가 요란했다.

외르타는 쪽잠을 자 어질어질한 머리로 바닥에 내리다가, 고꾸라졌다. 그녀는 맨손으로 땅을 짚었다. 아무도 받쳐 주지 않았다. 그제야 정신이 번쩍 들어 탁탁 털고 일어섰다. 무명은 이수문의 경비병과 이야기를 하고 있었다.

"나, 걸어갈 거야!"

무명은 흘끗 그녀를 돌아보았다. 무시했다. 외르타는 투덜거리며 이수문을 지나갔다. 제 땅이라고 이렇게 자유롭게 풀어 주기까지 하는군.

그녀는 입맛 쓰게 언덕을 걸어 올라갔다. 익숙한 풍경이었다. 발렌시아와, 앙히에와 지났던 길이었다. 하얗고 조용했다. 걸어가던 몇몇 사람이 그녀를 흘끗거렸다. 외르타는 제 차림이 너무 추레하여 주목을 끄는지 돌아보았다. 음, 그럴 수도 있어.

곧 솔 미라이예에 도달했다. 외르타는 낯익은 정문을 보고 나서야,

자신이 이곳에 출입을 허락받았었는지 고민했다. 하지만 이곳 말고는 달리 갈 장소가 없는데. 무명 역시 그녀가 어디로 가야 하는지 이야기 하지 않았다.

그녀는 주인 없는 저택에 들어가도 될지 갈등했다.

"백작님?"

외르타는 뒤에서 자신을 부르는 목소리에 펄쩍 뛰었다. 소리를 지르지 않은 것은, 높은 목소리였기 때문이다. 그녀는 급하게 뒤를 돌아보았다.

"모리!"

그녀는 상대가 대답할 시간도 주지 않은 채 포옹했다.

모리는 얼떨떨하게 그녀를 마주 끌어안아 주었다.

"뵈어서 정말 반갑습니다……. 그런데 어떻게 벌써 오셨지요?"

"응? 무슨 뜻이니? 경은 엊그제 레발로로 떠났어."

"그렇지만 좀 더 여유롭게 오실 줄 알았거든요. 여러모로 소란이 있기도 하고……."

외르타는 그녀가 무엇을 의미하는지 순간적으로 이해했다. 땅바닥을 내려보며 천천히 읊조렸다.

"그도 없는데 내가 거기에서 뭘 하겠어?"

'소란'. 앙히에의 이름을 담기 싫었다. 앙히에를 말하면 그의 실종, 혹은 죽음이 기정사실화될 것만 같았다. 자신이 발렌시아와 있을 때 그러했던 것처럼, 최대한 그에게 희망을 가진 채 무시하고자 했다. 그녀 딴에는 논리적이기도 했다. 벌써 일주일도 넘게 지났는데 소식이 전무하다면, 죽었을 리는 없지 않은가?

모리도 그녀의 단호한 의지를 눈치챈 것처럼 보였다. 앙히에를 입에 담지 않고, 주저하며 말했다.

"으음……. 얼른 들어오세요. 차림이 많이 상하셨습니다."

"……내가 그렇게 엉망인가?"

"어서 들어오세요."

"경 허락 없이 들어가도 되겠니?"

그녀가 주춤했다.

"……죄송합니다. 제가 주제넘었어요. 이쪽에 머무르실 수 있도록 이미 합하와 말씀을 나누셨다고 생각했어요."

"어렵다면 난 여기서 기다렸다가, 동행인이 오면 따라가마."

"아, 아닙니다. 에스드로에게도 한번 물어보지요. 저기 옵니다."

모리는 크게 손을 휘저었다. 외르타는 그제야 모퉁이를 돌아 나오는 익숙한 사람을 발견했다. 그녀도 따라서 팔을 흔들었다. 상대가 화들짝 놀라선, 급히 달려오는 모습이 보였다.

그가 전력으로 달려왔기에 서로 마주하기까지 오래 걸리지 않았다.

"오랜만에 뵙습니다. 건강은 괜찮으신지요?"

"아니 무얼, 기껏해야 보름 만인데."

"……에스드로, 혹시 좌하께서 이곳에 머물러도 되나?"

"왜 안 되겠나?"

"누프리, 내가 경과 따로 이야기한 바가 없단다. 그냥 와 봤어. 그래서 솔 미라이예에 출입해도 되는지 잘 모르겠어……. 함께 온 무명은 무슨 절차가 있는지 아직 이수문에 매여 있더구나."

"언제든지 환영입니다. 제가 합하께 받은 분부입니다."

외르타는 씩 웃으며 손을 번쩍 들었다.

"그럼 들어가자."

"욕조를 준비해야겠군요."

"아니, 내가 그렇게 엉망이니? 정말?"

그들은 대답하지 않고 그녀를 저택 안으로 이끌었다. 외르타는 몰이 당하는 양처럼 일 층 홀로 굴러들어 갔다. 곧장 자신의 옛 방으로 안내

되었고, 모리에게 발을 검사당하는 사이 따뜻한 물이 운반되어 왔다. 그녀는 하녀들에게 붙잡혀 풍덩 물에 빠졌다.

한참 뒤에야 정신을 차리고 방으로 나왔지만, 아무도 없었다. 자신을 검진해 준 모리조차 자리를 비웠다. 복도로 고개를 빼 사람을 부르려는 순간, 계단을 올라오는 그림자가 보였다.

아, 이런. 그녀는 눈살을 찌푸렸다. 이월 스물과 누프리가 함께 있었다.

외르타가 무슨 말을 건네려 했으나, 그들은 고개를 살짝 숙인 채 손짓했다. 안에 들어가서 이야기하자는 투였다. 그녀는 의아하다는 듯 뒤로 물러났다. 두 사람이서 함께 할 이야기란 게 있나? 그녀는 두 사람이 들어오자 더 물러나서 의자에 주저앉았다. 덜 말린 머리칼이 축 늘어졌다.

누프리가 문을 닫았다.

"이야기해 보렴."

"당장 잉그레로 떠나셔야 합니다."

무명이 딱딱거렸다. 외르타는 인상을 팍 찌푸렸다.

"그렇게 달려와선 반나절도 못 쉬도록? 무례하기 짝이 없구나."

"'그렇게 달려온' 이유가 바로 잉그레로 가셔야 하기 때문입니다. 이 수문에서 그렇게 떠나시면 곧장 잉그레로 가실 줄 알았습니다. 솔 미라이예라니 놀랐습니다."

"……솔 미라이예가 위험하니 이동하라는 거야? 정말 사람 피 말리게 조르는군."

"아니요. 폐하께서 좌하를 호명하셨습니다."

그녀는 입을 다물었다.

그제야 누프리가 입을 열었다.

"제가 사정을 모르고 좌하를 번거롭게 해 드려 송구합니다. 지금 잉그레에서는 안니발레에 대한 반핵盤劾이 이어지고 있습니다. 벌써 눌라

레의 방에서 아무도 나오지 않은 채 만 하루가 지났습니다. 그에 좌하
께서 중요 참고인으로 소환되신 것으로 이해했습니다."

외르타는 단절된 단어들이 마구잡이로 튀어나오자 당황했다. '안니
발레'? 그 어여쁜 소녀의 가문이 왜 언급되는지 영문을 몰랐다. 전혀
예상치 못했던 말이기에 더 이해하기 어려운지도 몰랐다. 자신이 오스
페다에 도착해서 할 일이란, 왕에게 캄비를 허락받기 전까지 휴식을 취
하는 것뿐이었는데, '중요 참고인'이라?

"더 설명해."

"저는 이 이상 말씀드릴 수 없습니다."

"누프리……."

"좌하, 당장 떠나셔야 합니다."

이럴 거면 차라리 아까 이수문에서 목줄을 죄지. 외르타는 욕설을 내
뱉으며 자리에서 일어섰다.

무명은 주제에 품위를 신경 쓰는지 그녀의 엉망진창인 머리를 흘끗
바라보았다. 외르타는 무시하고 문을 밀어젖혔다. 침이라도 뱉을 수
있으면 참 좋겠는데.

그녀는 빠르게 계단을 내려와 정문을 나섰다. 뒤를 돌아보지 않았지
만, 무명이 미끄러지듯 따라왔으리라는 사실을 알고 있었다. 한 순간도
날 가만히 둘 생각이 없지. 그녀는 진심으로 알론조 캄비로 탈출하고 싶
었다. 살인자를 용납하지 않는다니, 당연히 저놈도 들어올 수 없겠지?

"더 묻지 않으십니까?"

그가 먼저 말을 걸 줄은 상상도 하지 못했다. 그녀는 살짝 걸음을 멈
추었다가, 다시 재촉했다.

"……."

"……."

"대답하지 않을 거잖아."

"에스드로 누프리는 공작의 솔정입니다. 그에게는 비밀을 공개할 권한이 없습니다."

"너는?"

"저는 폐하의 무명입니다. 제게 용납된 자리가 어디까지인지 정확히 알고 있습니다. 좌하께서 현재 소환되는 이유도 말씀드릴 수 있습니다. 엄밀히 말해, 들어가셔서 자세한 설명을 듣지 못하실 것이기에 지금 제게 공유받으시는 편이 나을 겁니다."

"아주 나를 다루는 게 개를 부리는 것 같군."

"천만부당한 말씀이십니다."

외르타는 얼굴을 일그러트리며 솔 미라이예를 벗어났다. 자신이 아는 한, 잉그레는 걸어서 오 분 거리도 채 되지 않았다. 그에게 이야기를 들으려면 빨리 경청해야 했다.

"그렇게 말해 두고 중간에 대답 못 할 이야기가 있다고 멈추면 죽일 거야."

"예. 소리만 낮춰 질문해 주십시오."

"안니발레랑 내가 무슨 상관이야?"

"좌하는 안니발레와 상관이 없습니다."

"……."

"……."

"지금 장난해?"

"안니발레와 좌하가 직접적으로 관계가 있지는 않습니다. 들으셨지 않습니까? 좌하께서는 참고인입니다. 피고가 아닙니다."

"피고는 누군데?"

"델리다 누에바 바말디 얀 안니발레입니다. 물론 안니발레 백작이 후견인으로 자리해 있습니다. 이유를 물으신다면, 르나치 경의 실종과 관련이 있습니다."

외르타는 순식간에 다시 길을 잃었다. 대체 앙히에와 그녀가 무슨 상관이지?

"무슨……. 그러고 보니 눌라레의 방이라고? 참석자는? 내가 들어갈 수 있는 건가? 난 심지어 개전 십이공회 때도 출입금지였잖아?"

무명은 간단히 잉그레의 경비병을 물린 뒤 답했다.

"이미 출전한 미라이예, 자멘테를 제한 모든 십이공회원이 모여 있습니다. 정사政事를 논하는 것이 아니라 재판정에 가깝기에 예외로 참석하실 수 있습니다. 안니발레 자작도 십이공회원은 아니지 않습니까?"

"아니……. 아, 그러면 대체, 나는 왜? 앙히에는 왜? 진짜 하나도 설명이 안 되잖아."

"실종의 실마리를 쥔 분이 안니발레 자작이십니다. 그리고 자작의 말을 증명하고, 질문에 답하기 위해 좌하께서 참석하셔야 하는 겁니다."

"자작이 큰 죄를 저질렀나?"

그들은 급하게 왕궁의 계단을 뛰어 올라갔다. 무명이 급한 척 침묵했지만 외르타는 왠지 모르게 그가 말을 피했다는 느낌을 받았다.

눈살을 찌푸린 채 마지막 계단을 밟았다. 눌라레의 방은 잉그레의 핵 그 자체로, 가장 중앙에 위치한 곳 중 하나였다. 그들은 곧장 복도를 꺾어 문 앞에 섰다.

무명이 걸음을 멈췄다.

그녀도 걸음을 멈췄다. 고요했다.

그녀는 바야흐로 그가 저 고상하고 썩은 나무 문을 두드리겠거니 지레짐작했다. 자신이 도무지 격에 맞는 차림을 했다곤 할 수 없었지만, 전혀 긴장되지 않았다. 피곤해서일까? 짜증스러운 고민이 뱃속에 켜켜이 쌓여 있어서일까? 심드렁했다.

"아주 큰 죄입니다."

외르타는 순간적으로 귀를 의심했다. 무명은 그녀를 바라보지 않은 채 조용히 말했다.

"자작은 아주 큰 죄를 저질렀습니다. 본인의 자격 박탈뿐만 아니라, 안니발레 자체가 위태로울 만한 건입니다."

그는 문을 두드렸다. 안에서 누군가 들어오라고 소리쳤다. 외르타는 아직도 멍하니 무명을 바라보고 있었다. 그는 그녀의 눈앞으로 손을 뻗어 문을 밀었다. 화사한 빛이 쏟아졌다.

무명은 그녀에게 턱짓했다. 눌라레의 방이 열려 있으므로, 자신은 지금부로 벙어리가 되었다는 듯이.

외르타는 그렇게 떠밀려 들어갔다.

"그리 오래 있을 필요는 없네."

앞에는 오랜만에 보는 딤니팔의 왕이 서 있었다. 모두가 앉아 있는데 혼자 어정거리는 꼴이 벌써부터 볼만했다.

외르타는 급하게 잉그레의 예를 표했으나, 그 와중에도 여전히 무명에게 들은 말을 곱씹고 있었다. 원탁을 둘러보았다. 다들 하루 동안 잉그레를 떠나지 못했다는 말이 사실인지, 아주 피곤해 보였다.

그리고 그 쟁쟁한 인물들 사이에 소녀가 끼어 있었다. 그녀는 입을 꽉 다문 채 아래를 바라보는 모습이었다. 자신이 들어온 뒤로 어떤 대화도 오가지 않았지만 이미 수십, 수백 차례 그녀를 추궁하는 말이 오간 모양이었다. 그녀 곁에 앉은 안니발레 백작은 눈만 부리부리하게 떠서 마치 늙은 매를 보는 것 같았다. 이른 중년에 가까운 그를 이 자리가 스무 해도 더 늙게 만든 듯했다.

"더 구경할 시간이 필요한가? 그렇게 촌스럽게 굴 필요는 없네."

외르타는 하마터면 코웃음을 칠 뻔하다가 가까스로 멈췄다. 이곳에서 딤니팔의 왕에게 그따위 짓을 저지른다면 어떤 일이 벌어질지 몰랐다.

"……양해를 부탁드립니다. 잠시 놀랐습니다."

"그래. 혹시 오면서 무명에게 어느 정도로 설명을 들었을지 모르겠군. 간략히 말하마. 짐은 안니발레의 적각赤脚이 르나치 경에게 위해를 끼친 것으로 판단한다. 그런데 그 망종과 미라이예를 도무지 연결할 수가 없더군. 대체 왜? 하녀 따위가 그 정도의 증오를 미라이예에 가졌을 것 같지 않네.

르나치 경에게, 미라이예가 아니라면, 게외보르트일 테지. 그렇기에 게외보르트에 연을 가진 그대를 불러 하문하고자 했어. 내일모레쯤이면 욜란다 그네젠도 소환당할 걸세."

앙히에가 한낱 하녀에게 당해? 웃기는 소리였다. 그러나 감정을 드러낼 수는 없었다. 그녀는 다시 한번 턱에 힘을 주었다.

"그 여자의 이름은 바르부 위사 잘 반 운라쿰이네. 혹시 아는 바 있나?"

"……."

"물론…… 역시 들어 본 적 없겠지만……. 참, 짐이 대체 뭘 생각하는 건지. 스스로도 최근 정신이 나가진 않았나 의심이 들더군."

"……."

"폐하, 새로운 분이 오셨으니 다시 한번 변을 올려도 되겠습니까?"

"백작이 자작 대신 모든 말을 해 줄 필요는 없네."

"하지만 필요합니다. 또한 제 후계자의 일이 아니라, 안니발레의 일입니다. 그렇다면 권한은 제게 있습니다."

"미치겠군."

"안니발레는 폐하의 무한한 영광과, 르나치 경의 안위를 우려하는 마음으로 진실을 고했습니다. 이것이 어찌 저희를 논책하는 계기가 되는지 이해할 수 없습니다. 단순히 시녀 하나가 사라졌다는 사실을 묵살했어도 안니발레에는 피해가 없었습니다. 때문에 오로지 충정으로 고했습니다. 저희가 고변하지 않았다면 지금 이 자리가 어찌 마련되었겠습니까? 그 잡종의 인상착의를 어찌 증인들과 대조할 수 있었겠습니까? 또한 저희는 안니발레의 생때같은 경비병을 여럿 잃었습니다. 이 또한 고통스러운 피해입니다."

"……."

"차라리 미라이예에 죄를 물어야 할 것입니다. 운라쿰은 미라이예의 종가문입니다. 그자의 신분 증명은 공작가에서 도맡았습니다. 저희가, 아니 제가, 시녀의 가문을 증명해 달라 요청했을 때, 공작이 흔쾌히 증명해 주었습니다. 운라쿰은 오래도록 북부 소가문으로서 미라이예를 도와왔다고요. 몇 가지 흠결은 있으나, 가문의 여식이 안니발레를 모시기에는 문제되지 않으리라고 공작이 직접 말했습니다. 저는 제 혈육을 수행할 시녀를 골랐습니다. 설마 미친 살수를 선택했겠습니까? 대체 무엇을 믿고요? 피해를 입은 안니발레보다는 그녀의 신분을 증명한 미라이예에 집중하셔야 합니다."

"그만. 그대는 거듭 미라이예로 죄를 몰고 있네. 하지만 기억하게. 지금 생사를 알 수 없는 사람은 르나치 경이네. 공작의 유일한 아우라는 말일세."

"제가 바로 그 말씀을 드리는 겁니다. '공작의 유일한 아우'이지, '공작'은 아닙니다. 제가 공작의 심중을 미루어 짐작하기는 어렵습니다. 그러나 그에게도 일정 정도 책임이 있다는 점은 분명합니다. 폐하께서는 그조차 인정하지 않고 계십니다. 하나, 미라이예에서 종가문 단속에 소홀했던 죄를 어찌 오롯이 안니발레에 물을 수 있다는 말입니까!"

"말이 방자하다! 공작이 아우를 해치기 위해 음모라도 획책했다는 뜻인가!"

안니발레 백작의 얼굴이 일그러졌다. 숨길 생각이 없는 듯 정직한 혐오였다.

"그렇다면 폐하께선 안니발레가 왜 르나치 경을 죽이려 했던 것인지 명명백백 밝혀 주셔야 합니다. 저희에겐 범죄를 저지를 이유가 전혀 없습니다."

"모르겠네. 그건 차차 알아봐야지. 혹 그대가 지난번 퀘텐체 건으로 미라이예에 앙심을 품지는 않았나?"

"안니발레에는 퀘텐체가 수십 개도 넘게 있습니다. 그런 사소한 분쟁으로 감히 미라이예의 혈육을 넘보지는 않을 것입니다. 마치 데군다가 네젠-롬바로 미라이예를 죽이려 들지 않듯 말입니다. 그것을 원인 삼으신다면, 이 자리에는 미라이예를 죽이고 싶은 십이공회원이 열 명이나 있습니다. 부재하신 자멘테 후를 누락했으니, 전부지요."

"그대가 왜 미라이예를 해치려 했는지 짐은 몰라! 하지만 중요한 게 아닐세! 중요한 것은 증거일세! 증거! 솔 미라이예에 그대가 선물을 보냈다는 사실!"

"제가 아닙니다. 자작도 아니에요. 그 시녀가 무방비한 선물 더미에 참견한 겁니다."

"그래, 그 시녀 단독으로 선물을 보냈다고 치겠네. 중요한 것은 안니발레의 시녀가 안니발레의 이름으로 르나치 경에게 불길한 신발을 보냈다는 것이지. 또 중요한 것은 안니발레의 시녀가 그날 알로지아드에서 목격되었다는 것이지. 심지어 르나치 경이 알로지아드 입구의 경비병에게 눈치를 주었다지. 저 두건 쓴 이가 이상하니 알아서 처리하라고. 그러나 그가 떠난 뒤 정작 검사하니 웬 화사한 여자였다고. 그가 묘사한 초상을, 누가 확인했지?"

"폐하."

"에스드로 누프리. 시녀가 누락된 선물이 있다며 안니발레의 마차와 함께 미라이예에 왔다고 했네. 아주 귀한 물건이라 공수가 늦어, 안니발레의 인장 속에 넣지 못했다고, 한번 살펴 주시라고, 안니발레의 시녀복을 입고 안니발레의 증명을 지닌 이가 말했다 했네. 심지어 그 여자는 선물 수레를 나른 안니발레의 경비병들과 이야기하며 돌아갔네.

때문에 대수롭지 않게 수거했다. 아무리 기초적인 검사를 한다 하나, 십이공회에서 온 물건을 정밀하게 의심할 수는 없고, 그래서 결국 공자에게 선물을 주었다지."

"말씀하셨듯, 저희가 아닙니다. 그 시녀의 단독 행동입니다."

"그리고 또 누가 얼굴을 확인했지? 델리다 누에바 바말디 얀 안니발레. 그대지. 그대가 백작과 와서 무어라고 했나? 오전에야 십이공회에 공개된 르나치 경의 실종 소식에, 혹 티끌이라도 도움이 될까 고백한다고, 일곽에서 안니발레 소속의 누군가가 실종되었으며, 그는 대수문과 이수문의 기록에 없다고. 수상하다고."

"저는 면책권을 말씀드렸습니다."

"짐은 듣고 결정하겠다고 했지. 듣고는, 면책하지 않겠다고 말했네."

"폐하께서는 안니발레를 존중하지 않으셨습니다."

"그 입 닥쳐!"

"……."

"미라이예의 혈육이 죽었다면, 짐은 안니발레에 죄를 물을 걸세. 감히 문단속에 실패한 죄를 누구보다 무겁게 치죄할 예정이네. 그대와, 십이공회직은 안전할지 모르나 자작만큼은 짐이 보장하지 않겠네. 보장할 수 '없는' 게 아냐. 짐이, 직접, 짐의 의지로 보장하지 않겠네! 눈앞에서 살인자를 키웠어! 그것은 심지어 잉그레에도 출입했다는 말이다! 그런 종자와 몇 달 동안 함께했는데도 전혀 눈치를 못 채! 눈치를 못 챈 나머지 미라이예의 혈육이 죽어! 십이공회원의 자격이 없네. 짐은 용납할 수 없어."

"……."

"욜란다 그네젠의 증언까지 확인하고, 진전이 없으면 그날부로 델리다 누에바의 후계자직은 회수된다. 다시는 꿈꾸지 말게. 범죄를 추적하는 것과 별개로 처리하겠네. 사람이 항상 명민할 수는 없네. 가끔 명청한 건 어쩔 수 없어! 짐도 둔해 빠졌으니까! 하지만 그 멍청함으로 인해 십이공회의 핏줄이 죽는다면 그건 완전히 다른 이야기야!"

"폐하께서는 부당하게 죄를 묻고 계십니다! 저희는 저희의 정직함에 포상을 받아야 마땅합니다! 저희가 말씀드리지 않았어도 아무 피해가 없고, 누구도 눈치채지 못했을 일을 사뢰었단 말입니다!"

"자꾸 그따위 소리를 하는데, 그래서 숨겼다 들켰으면 어떤 사달이 났을 줄 진정 모르고 지껄이는 건가, 백작? 이야기를 했기에 이 정도로 넘어가려는 짐의 후의를 무시하는 건가?"

"그렇다면 안니발레 전체에 죄를 물으셔야 마땅합니다!"

"아, 자작에게만 죄를 묻는 것이 부당하다? 그대는 짐에게 감사하는 방법을 배워야 할 것이다! 자작이 아니라면 동부 삼십 성이었을 테니까! 자작이 아니라도 그대에게는 후계자가 있네. 이걸 모두 감안하여 그대에게 내리는 벌일세. 이런데도 지겹게 뻗대?"

"폐하! 선례가 없습니다!"

"짐이 바로 선례다!"

자카리는 고개를 숙여 펜을 들었다 그대로 원탁에 강하게 내던졌다. 펜이 박살이 나며 사방으로 튀었다. 벌써 여러 번 반복된 폭력인지, 십이공회원들이 넌더리를 내며 몸을 피했다.

이때, 왕과 안니발레가 아닌 누군가가 처음으로 입을 열었다.

"저……. 폐하, 백작, 죄송합니다만, 잠시 숨을 돌리시지요. 발미레 백작이 아직 앉지도 못하셨잖습니까?"

브레타냐였다. 고성이 오가는 동안 얼굴을 감싸 쥐고 있다가, 겨우 쓸어내린 뒤 처음으로, 방해했다. 그나마도 그가 왕의 친우기에 건넬 수 있는 말이었다. 그러나 누구를 위해서는 아니며, 이 하루 동안 목이 쉬도록 지겹게 반복된 이야기에 진저리가 난 모양이었다.

두 사람이 잠시 침묵하자, 빈자리 곁에 앉아 있던 톨레도 노백작이 의자를 빼 주었다.

"자멘테 후의 자리지만, 부재 시에는 누가 앉아도 무방합니다. 참고인을 서 계시게 해도 예의가 아니니 우선 앉으시지요."

그러나 그녀는 움직이지 않았다. 자리에 못 박힌 듯 서 있었다.

"백작?"

"폐하, 제가 잘 이해하지 못했습니다. 그 여자를 의심하는 이유가 무엇인지 다시 정확히 설명해 주실 수 있겠습니까?"

"의심이 아니라 확신일세. 에스드로 누프리의 증언에 따르면 그 여자는 르나치 경에게 정체 모를 신을 전달했네. 용도는 모르나, 숨겨서 전달된 선물이 훌륭할 리는 없지. 톨레도가 묘사한 알로지아드 경비병 실종의 건을 생각하면, 아마 알로지아드 도보와 관계가 있을 것으로 판단하네. 그 음모를 목격한 경비병이 죽은 것이지.

마지막으로, 심지어 르나치 경 본인이 알로지아드 출입 요새에서 경비 기사에게 경고했네. 그들은 서로 잘 아는 사이라, 르나치 경이 자주 의심스러운 인간들을 고자질했다고 하네. 줄에서 몇 번째로 서 있는 두건 쓴 인간이 의심스러우니 그를 잘 수색하라고 말했어. 경비 기사는 두건을 벗기고 철저히 검사했으나, 너무도 정직한 여성이었다고 말했네. 경비 기사와 에스드로 누프리의 증언을 토대로 초상화를 그렸고, 이 안니발레가 증명했지. 그들의 사라진 시녀라고."

자카리는 그제야 탁자 위로 잘 말려 있던 천을 던졌다. 무게 덕분에 단박에 펼쳐졌다. 초상화. 검은 머리의 아름다운 여자였다.

"말을 하면 할수록 짐이 왜 안니발레를 용서해야 하는지 모르겠군. 특히 저 멍청한 자작은 작위를 박탈해야—."

"폐하."

그는 순간적으로, 누군가 감히 자신의 말을 끊었다는 사실에 말문이 막힌 표정이었다.

외르타는 천천히 말했다.

"운라쿰 남작은 어수대입니다. 초상화의 저 여자는, 생 로욜 일 다시 일의 장ᄐ 블랑쉬 젤로입니다."

끔찍한 침묵이 흘렀다.

십이공회의 시선이 가시 바늘처럼 그녀에게 꽂혔다. 아니, 이는 아주 우호적인 표현이다. 그들은 당장 죽일 듯한 눈으로 그녀를 바라보았다. 이미 외르타가 무엇을 의미했는지 알 만한 인사들이었다.

그러나 그녀는 부연했다. 마치 스스로의 죄악을 더 자세히 설명하겠다고 결심한 사람처럼 보였다.

"비록 블랑쉬 젤로는 확인하지 못했지만, 운라쿰 남작이 저와 접선을 시도한 바 있습니다."

"……."

"……."

자카리는 천천히 몸을 일으켰다.

"발미레."

흡사 쇳소리였다.

"어수대를 알고도 고발하지 않았다?"

"……."

"네 입으로 똑바로 말해."

"예."

"언제였지?"

"……."

"접선은 언제였냐고!"

"아마 5월 중일 겁니다. 솔 미라이예에 머물 당시, 운라쿰 남작이 승계를 허락받고자 공작가에 찾아온 일이 있었습니다. 그때 전달받았습니다."

"반년 동안……."

"……."

"이 독사 같은 폐물廢物이……."

자카리는 그녀 앞으로 다가왔다. 그들은 거의 숨소리가 들릴 만큼 가까이 섰다. 외르타와 시선이 마주쳤다. 대륙을 지배하는 왕. 그의 시퍼런 눈이 혐오로 물들어 있었다.

"반년 동안, 어수대를 눈치채고도 입도 벙긋하지 않았다. 운라쿰이 미라이예의 종가문으로 기능하는 것을 앎에도 침묵했다. 그로써 어수대가 미라이예의 손을 살해했다. 너는 딤니팔 이전에 미라이예에 목숨으로 사죄해야 할 것이다."

"……."

"네 모든 작위는 지금 당장 회수된다. 너는 이제 망명자조차 못 된다."

왕은 한숨을 쉬며 몸을 기울였다. 벽 어딘가를, 느리게 밀었다.

"도무지 믿을 수가 없군. 공작이 그렇게 잘해 주었는데 눈앞에서 배반하다니. 대체 이걸 어떻게 설명해야 할지도 모르겠어."

문이 열렸다. 이월 스물이 나타났다. 그는 깊이 잉그레의 예를 표했다. 자카리는 피곤하다는 듯 손짓했다.

"이자를 당장 철에 가둬."

무명은 고개 숙인 뒤 그녀의 팔을 잡아끌었다. 혹은, 잠시 멈추었다. 그가 주저하는 찰나의 순간, 외르타가 몸을 돌려 복도로 향했다. 무명은 단지 그녀를 인도하는 자세로 방을 나섰다.

그 광경에 눈살을 찌푸렸지만 구태여 모욕적으로 구속하기를 명할 계제는 아니었다. 정신이 없었다. 자카리는 양 주먹을 움켜쥔 채 제자리에서 서성거렸다.

"예상했더라도 도대체……. 코앞에서……. 이 찌꺼기 같은 새끼들이……."

원탁 위로 침묵이 흘렀다.

"이걸……. 이 소식을…… 전해도…… 무슨 소용이…….."

이번에도 역시, 브레타냐가 조심스레 입을 열었다.

"폐하, 수배령을 거둘까요?"

"이 덜떨어진 자식아! 왜 벌써 포길 해?"

젊은 귀족은 시무룩한 얼굴이 되었다.

"폐하, 이미 안니발레 백작께서 운라쿰 남작조차 추적이 어렵다고 말씀 주셨습니다. 미라이예에서도 인정한바, 운라쿰 주변에 기이하게도 급사急死가 많았지만, 그 외에는 미라이예와 마찰을 빚기는커녕 주변 영지와 분란을 일으키지도 않는 얌전한 중소 귀족이라고 하였는데요. 이 부분이 이제야 설명이 됩니다. 갑자기 요절한 인원은 어수대일 확률이 농후해요. 남작, 급사, 바르부 위사, 르나치 경의 살해 모의 전부……. 발미레가 고한 것이 진실이라면 범인은 어수대입니다. 어수대가 르나치 경을 살려 둘 이유는 전혀 없습니다.

이제 저는 계외보르트가 총사령관을 압박하기 위해 미라이예의 혈족을 살해했다는 확신이 듭니다. 이 사실을 공작, 아니 발렌시아 경에게 당장 전해야 합니다."

"브레타냐, 그에게 아우가 죽었다는 사실을 알려서 딤니팔에 무슨 이득이 되나?"

그는 순간적으로 할 말을 잃은 표정으로 왕을 바라보았다.

자카리는 일그러진 얼굴로 응답했다.

"아니, 백작. 그대 말처럼 만일 그들의 진정한 목적이 공작을 흐트러트리는 데 있다면, 대체 왜 짐이 공작에게 알려야 하는 건가? 왜 계외보르트를 도와야 하나? 정말 순진하게 묻는 걸세. 설명해 봐."

"……폐하, 발렌시아 경이 뒤늦게 사실을 알게 되면 분란이 있을 겁니다. 불필요하게 자원을 소모하지 마십시오."

"짐이 무어라고 말하면 되나? '어수대가 범인이다. 아뿔싸, 그리고 보니 그대의 객총이 어수대를 밀고하지 않았더군. 그들이 실력 행사에 나섰다면 앙히에는 분명 사망했을 테니 염두에 두어라. 상세 내용 별첨.' 이렇게?"

"예."

"전쟁 꼬락서니가 아주 훌륭해지겠군그래."

"발렌시아 경은 흐트러지지 않을 것입니다. 그가 미라이예를 지탱해야 하니까요. 아우의 죽음은 물론 충격적이겠으나, 게외보르트에 승리하여 징벌하면 될 일입니다."

자카리는 브레타냐를 노려보았다. 브레타냐는 오랜 경험으로 그 시선이 분노와는 조금 다르다는 사실을 알았다. 그렇기에 덧붙였다.

"잉그레가 침묵할 경우를 생각해 보겠습니다. 그 경우 폐하께서는 미라이예에 거짓말을 하셔야 합니다. 이토록 분주한 시점에 계속 말을 꾸며 내셔야 해요. 죄인들을 어떻게 꾸준히 추적하고 계신지…… 조작하셔야 한다니까요. 그리고 한 가지 더, 거짓이 끼어든다면 다른 방면에서 허심탄회하게 말씀을 나누기에도 힘드실 겁니다."

"죄인은 계속 추적할 걸세."

"현실적으로 말씀드립니다. 보름이 지난 지금 그들을 잡기는 불가능에 가깝습니다."

"그렇다고 포기할 수는 없네."

"여쭙습니다. 어수대를 사냥하길 포기하지 않겠다는 말씀이십니까? 아니면 르나치 경을 온전히 돌려받길 포기하지 않겠다는 말씀이십니까?"

"둘 다. 실패할 가능성이 높다 한들 짐이 추적하겠네."

"예. 그렇게 발렌시아 경에게 전하시면 되지 않을까요? 사태가 좋지 않지만 잉그레는 굳건하다고 말입니다. 그쪽이 오히려 더 힘이 될 것 같습니다."

누군가 헛기침을 했다.

"르나치 경이 사망했다고 증명할 수 있습니까?"

그나시오였다.

"저는 오히려 어수대이기 때문에 그가 살아 있을 확률이 높다고 생각합니다. 다른 무뢰배라면 그 저의가 온전치 못하고, 때문에 눈먼 칼로 살해했을 수도 있습니다만, 어수대라면 이야기가 다릅니다."

"아니, 백작. 방금 말씀드렸지 않습니까? 전쟁의 총사령관을 흔들기 위한 목적이라고요."

"저는 발렌시아 경과 지난 전쟁을 치렀습니다. 경의 신상에 어떤 변화가 있은들 공사公事에는 영향이 없을 겁니다. 이는 아마 톨레도 백작께서도 증언하실 수 있는 부분일 테지요."

갑자기 호명당한 노백작이 눈썹을 치켜세웠다. 그는 공작과 동부 원정을 함께했다.

"……백작, 모두 동의하진 못합니다. 동부 원정 당시라면 옳은 말씀입니다만, 그 뒤로 일곱 해도 더 지났습니다. 저는 칠 년 전의 무엇이라면 제 후계자조차 확신하지 않습니다."

"그의 본연은 동일합니다. 아무리 발렌시아 경에 대해 확신하기 어려워서도, 경이 흐트러질 만한 이가 아님을 우리 모두 알지 않습니까? 경을 칭찬하려는 것이 아닙니다. 저희가 아는 것을, 어수대가 모르겠느냐는 말씀을 드리는 겁니다."

"……"

"어수대가 범인이라는 사실을 경이 알게 된다면, 오히려 더 강고하게 전쟁에 임하실 겁니다. 발미레가 고하지 않았더라도 저희가 어수대임을 영원히 몰랐겠습니까? 또한 딤니팔의 귀족 신분인 어수대는 대단히 귀할진대, 그것을 단순히 경을 흔들기 위해 소모한단 말입니까? 흔들릴지 흔들리지 않을지 확신조차 없는 상태로요? 저는 부정적입니다."

"그렇다면 르나치 경을 살려 두어 무슨 소용이 있지?"

221

"모릅니다. 하지만 당장 죽이는 것보다는 쓸모가 있으리라 확신합니다."

그는 조용히 말을 마무리했다.

자카리는 무언가 말을 덧붙이고 싶었으나, 꾹 눌러 참았다. 공유할 만한 이야기가 아니었다. 그는 그나시오와는 정반대의 생각을 품고 있었다. 이전이라면 어떤 파락호가 앙히에를 인질 삼았노라 이야기할 수 있었으나, 어수대라면 그는 이미 이 세상 사람이 아닐 것이다. 발터하임부르겐이 내전에 참가한 미라이예를 살려 둘 리 없다. 왜 이토록 시일이 지난 뒤에 살해했는지는 알 수 없지만, 어쩌면 정체를 밝히는 데 시간이 걸렸을지도 몰랐다.

좌우간, 희망이 없었다.

그는 이마를 감싸 쥐었다. 한순간이라도 생각을 끊고 싶었다. 안니발레를 추궁하던 와중 갑자기 어수대라는 단어에 얻어맞고 정신이 얼얼했다. 휴식이 필요했다.

"일단…… 좀 쉬자……. 끼니나 챙기고 와."

"폐하."

왕은 종일 서로 잡아먹을 듯 덤볐던 안니발레를 바라보았다. 이제는 피곤했다. 어수대를 몰라보았다고 죄를 묻는다면 이 잉그레도 몇 번은 경을 쳐야 할 것이다. 서로 좋지 못한 기억을 쌓았지만, 별수 없지. 백작도 이해할 것이다.

"발미레는 어찌 처리하실 예정이십니까?"

화가 치밀었다.

"……그 이야기를 지금 당장 해야 하나?"

"예. 반역죄로 잉그레의 철에 있다면 언제 이야기해도 늦습니다. 당장 논의되어야 합니다."

"그래. 그대 말대로 반역죄네. 그러니 잉그레의 철로 갔지. 이야기

끝일세."

"하지만 그녀는 이 전쟁의 명분입니다. 전쟁 명분을 반역자로 몬다면 저희 꼴이 우스워집니다. 이 또한 계외보르트가 목적한 바일지도 모릅니다."

"그러니까 지금 이야기하지 말자는 걸세. 머리가 복잡해."

"그녀를 철에 가두시면 안 됩니다."

부글부글 끓었다. 틀린 말은 아니었다. 머리끝까지 짜증이 솟은 상황에서도, 안니발레의 말이 옳다는 사실을 알고 있었다. 그러나 정말이지 지금 이 주제를 논하고 싶지 않았다. 쉬고 오자고. 쉬었다 온 뒤에 이야기하잔 말이다.

"최악의 경우라도 그녀를 유폐하는 편이 낫습니다. 아직 그녀를 명분으로 삼은 선전 포고에 잉크가 마르기도 전입니다."

"하지만 백작, 반역의 죄를 물어야 합니다."

"굳이 철에서 물을 필요는 없습니다."

"반역의 죄를 묻기 위해선 철에 투옥해야 합니다. 또한 그녀가 그간 모국을 위해 어수대의 정체를 발설하지 않았다면, 전쟁 중 어떤 짓을 저지를지 모릅니다. 위험합니다."

"그러니 우선은 유폐가 적절하다고 말씀드리는 겁니다. 또한 논리적으로 생각을 하십시오. 그녀가 내통하겠노라 마음먹었다면, 이렇게 부적절한 순간에 고백했겠습니까? 운라쿰의 정체를 밝힌들 그녀에게 무슨 득이 있단 말입니까? 득이 있기는커녕 지금처럼 투옥당할 것이 분명한데요."

그는 이 자리의 반골이 되기로 작심한 사람처럼 보였다.

"발미레에게는 어수대를 발견한 즉시 고하지 않은 죄만 물으면 됩니다. 그조차 반역이며, 추후 범죄의 가능성을 무시하기 어렵기에 그녀가 자유롭도록 방치할 수는 없습니다만, 잉그레의 철은 과합니다. 특히 저희가 그녀를 구실 삼아 전쟁을 일으켰다면 더더욱 그렇습니다."

"고려하겠네."

"폐하."

"그대 말이 옳은 부분이 있어. 그러나 설혹 그녀가 지난 반년 동안 딤니팔에 감화되어 마음을 바꾸었다 해도, 그 반역의 순간을 무시할 수는 없네."

"……."

"그리고 르나치 경이 죽었네. 그대들에게는 말하기 어려운 내용이 있지만, 짐은 확신하네. 미라이예의 혈육이 어수대에 죽었어. 실감이 나지 않는가 본데, 미라이예가, 어수대에, 죽었네. 다시 한번 말함세. 미라이예가 게외보르트의 살수에 죽었네. 이제 좀 현실감이 드나?"

"……."

"게외보르트에서 배 속의 무명을 알고도 직고하지 않았다면, 즉결이네. 딤니팔이 후한 줄 알게."

자카리는 눌라레의 방을 떠났다.

외르타는 자유로운 손목을 바라보았다. 저들의 마지막 자비처럼 보였다.

이월 스물은 가능한 한 친절하게 그녀를 인도했다. 무명이라고는 믿기 힘들 정도였다. 그녀를 굳이 붙잡지 않았으며, 이곳에 다다라서야 자유를 구속했다. 심지어 불을 더 켜 두길 원하느냐고 묻기까지 했다. 덕분에, 그녀는 이 축축한 지하에서 홀로 두 개의 불을 가진 사람이 되었다.

'운라쿰'을 듣는 순간 혀가 굳었다. 얼어붙었다. 쩌적, 세상에 금이

갔다. 눌라레의 방이 아주아주 높은 곳에 있는 것만 같았다. 귀가 먹먹하여 그토록 언성을 높이며 싸우는 목소리조차 제대로 듣지 못했다. 멀리서, 느리게, 꾸역꾸역 우그러드는 듯한 다툼이었다. 다만 얼굴이 벌건 안니발레 자작을 보고 안타깝다는 생각을 일견 했던 것 같다. 그녀는 이 사달과 아무 상관이 없는데. 갓 작위를 물려받아 마음이 부풀어 있을 소녀일 텐데.

'운라쿰'은 단순히 어수대를 의미하지 않았다. 어수대, 앙히에, 발터, 살인. 한순간에 깊이 찔렸다. 모든 것을 깨달았다. 어수대의 존재를 잊고 있었다. 운라쿰을 발견한 당시에는 구태여 모국에 피해를 끼치기 싫었고, 또한 그의 존재가 오스페다 본산에 큰 영향을 끼치지 못하리라고 믿었다. 그러나 그런 마음이 딤니팔의 왕에게 갸륵히 들리지는 않을 것이다.

또한 그녀 역시 스스로를 갸륵히 여기고 싶지 않았다.

어수대가 앙히에를 살려 둘 리 없다.

앙히에는 죽었다.

그것은 벼락같은 깨달음이었다.

납득했다. 숨이 멈췄다. 지금까지 제 눈을 가리고 있던 천이 풀리며 한 편의 지옥도를 목격한 듯했다.

코앞에 자신을 두고도 발터가 칼을 휘두른 상대는 그녀가 아니었다. 그녀는 단지 전쟁을 일으키기 위한 명분에 불과했다. 큰 감정을 불러일으키지 않는, 무해하고 어린 새끼 짐승.

앙히에는 달랐다. 발터는 할 수만 있다면 직접 그의 목을 졸랐으리라. 왜 그의 정체를 발견하는 데 이토록 오래 걸렸는지, 왜 하필 지금인지 그녀는 몰랐다. 그러나 신성한 내전에 참견한 미라이예의 손이라면, 누이 곁에서 마지막까지 함께 싸웠다면. 발터의 살의는 무엇보다 분명했다.

사실, 나도 알고 있었어. 내가 흑룡이 되었더라도 앙히에를 죽였을 거야. 그가 그토록 멀쩡히 오래 살아 있기에 무심코 방심했어. 발터가 중요한 일로 분주하여 그의 정체에 영영 무지하리라고 생각했나 봐. 그래서 코앞에서 어수대를 보고도 딤니팔의 안위는 나와 상관없는 일이라고 믿었지. 내가 말하든 말하지 않든 둘 중 하나였는데, 나는 말하지 않기를 선택했어.

그러나 살인은 생각보다 개인적이었다.

자신이 그토록 가벼이 잊은 탓에, 그가 죽었다.

아주 오랜 친구였다.

짧지 않은 어린 시절을 함께 눈에 담았으며, 삶을 우회하여 돌아온 뒤에도 우정이 깊었다. 그의 호의는 대부분 거절하였으나 그 모든 도움에 고마워하지 않은 것은 아니었다. 항상 어설프게도 선했던 친구…….

그가 목숨을 잃었다는 사실에 가슴이 미어졌다. 어떻게 애도해야 할지 갈피를 잡지 못했다. 하늘 꼭대기에서 바다 밑바닥으로 떨어져선 아직도 충격에 얼얼해 있었다. 눈물이 나지 않았다. 멍하니, 충격과 같은 고통에 휩싸였다.

문득 발렌시아가 생각났다. 아, 그에게도 씻을 수 없는 잘못을 저질렀다. 그의 마지막 질문에 자신은 어수대를 모른다고 대답했다. 그가 너그럽게도 되돌릴 기회를 주었건만 거절했다. 그 또한 그의 왕처럼, 자신을 용서하지 않을 것이다.

떨리는 손이 의자에 달린 형구를 건드렸다. 절그럭거리는 쇳소리가 들렸다. 움켜쥐었다. 제 손이 자유롭다는 사실이 오히려 억울했다. 쇠뭉치는 무거웠으나, 제 죄보다 무겁지는 않았다. 할 수만 있다면 머리를 철에 박고 싶었다. 죽고 싶지는 않았다. 다만 죽을 정도로 아프고 싶었다. 피라도 나고 싶었다. 무의미해도, 그리고 싶었다.

앙히에는 식탁을 뒤엎었다. 나무 그릇이 날아가고, 식기들이 벽에 박혔다. 얼마 없던 사람들이 웅성이며 그를 돌아보았다. 그는 이제 익숙한 왼손으로 삿대질을 했다.

"한 번만 더 처넣어 봐!"

블랑쉬는 항복하듯 양손을 들었다.

"내가 적당히 하라고 했지. 내 오른팔은 포기한대도 다른 데는 건드릴 생각 말라고."

"음식에 들어간 향신료를 의미한다면, 널 돕는 보충제다. 해를 끼치려 했다면 네가 눈치챘을 리 없지."

"아니, 내가 이렇게 밤새서 달려가 주는데 보충제가 왜 필요해? 미치겠네, 진짜."

"금일부터는 인간의 체력을 넘어 달려가야 한다. 앞으로 보름간 쉬지 않는다. 국경을 넘기 직전에 일정이 더 촉박해진다."

"너 지금까지 우리가 말 위에서 자면서 온 걸 알고는 하는 소리지?"

"하지만 이렇게 앉아서 식사도 하고……. 가끔 땅바닥에서 눈도 붙였잖나. 이제는 안 된다."

앙히에는 항의하기 위해 한 손을 마구잡이로 흔들었다. 스스로가 바보처럼 느껴졌지만, 여전히 오른팔은 운신이 어려웠다.

"그따위로 나오려면 차라리 날 기절시켜서 업고 가라. 그 지경으로 애써서 사지死地에 달려가고 싶지는 않군."

"이러면 먹을 테냐?"

블랑쉬는 품에서 유리병을 꺼냈다. 결백을 증명하듯 병을 흔들기까지 했다. 그녀는 마개를 연 뒤, 주저하지 않고 여러 모금 삼켰다.

"마무란, 너도 들어."

그녀의 곁에 서 있던 어수대 역시 거리낌 없이 병을 받아 마셨다. 남자는 기껏해야 손가락 한 마디 정도 남은 액체를 탁자 위에 엎어 두었다. 정확히는, 엎어진 탁자를 한 손으로 일으켜 그 위에 엎어 두었다.

"들어라. 마시지 않으면 왕녀를 죽이겠다."

앙히에는 주먹으로 탁자를 내리쳤다. 병이 흔들거렸다. 쓰러졌다. 굴러가, 뚝 떨어지는 병을 블랑쉬가 부드럽게 받아 냈다. 그녀는 다시 한번 병을 올려 두었다. 이번에는 마개를 열어 주었다. 흡사 그것을 엎으면 죽이기라도 할 듯한 시선으로, 그에게 경고했다.

"두 번은 참지 않아."

그는 이를 갈며 병을 들었다. 기울이자, 아까와 똑같이 싸한 맛이 치밀었다. 따갑고 날카로운 맛이었다. 진정제와 흥분제를 한 번에 털어넣다니 인생 아주 훌륭하군.

"마무란, 이놈이 저녁을 엎었군. 한 끼 더 가져와."

앙히에는 개처럼 씩씩댔다. 블랑쉬는 지난 시일 동안 침묵했던 것처럼, 그와 절대 이야기를 나누지 않겠다는 태도로 기둥에 기댔다. 감시를 목적으로 곁에 있되, 완벽히 외면하는 자세였다. 앙히에는 제 허리께에 있는 단검에 손을 대지 않도록 각고의 노력을 기울였다.

절대, 손대지 마. 참아. 어차피 저들은 둘이야. 한 번에 처리할 수도 없고, 처리한들 어떤 식으로든 바로 소식이 공유될 거야. 그 경우 외르타의 목숨은 보장받기 힘들 거라고. 그녀에게 화가 닥치느니 차라리 내가 고생하는 편이 낫다. 어차피 나는 목숨을 위협받지 않으므로.

최초의 순간엔, 이 어수대 놈들이 애써 제 건강을 살피는 모습을 보고 스스로 안전하다는 사실을 깨달았다. 쓸모가 없었더라면 그 역시 알로지아드 위에서 주살당했을 것이다.

동시에, 앙히에는 발터가 자신을 부르는 이유를 어렴풋이 짐작하고 있었다. 어수대가 왕의 명에 어긋나는 일을 할 리 없으니, 블랑쉬 젤로가 내뱉은 모든 말이 바로 발터의 암시일 것이다. '너는 비사 오필라에 산 채로 공수되어야 한다.' 왜 하필 이 순간에? '그 이유를 곰곰이 생각해 보라는 거지.'

그래서 그는 깊이 생각했다.

아주 깊이, 깊이 생각했다.

발터와 마지막으로 만났던 장소가 떠올랐다. 소모렛이었다. 그는 리볼텔라와 함께 떠나라고 제안했으며, 자신은 그녀를 거역할 수 없어 거절했다. 그러나 거절하면서도 죽고 싶기는 마찬가지였다. 암초에 옴짝달싹 못 한 채 갇혀서 멀어지는 뗏목을 멀거니 보고만 있었다. 지옥 같았다. 그래서 종내 그에게 자신을 쳐 죽여 구하라고 말했다.

"제발 저를 쳐 죽여 구하십시오."

그는 발터가 약속을 지킬 사람임을 믿어 의심치 않았다.

그러나 그는 지금 자신을 살려 데려가고 있다. 의미하는 바는 단 한 가지였다. 자신을 '아직은' 죽일 수 없는 것이다. 먼저 죽일 사람이 있다. 그 인간을 제거한 뒤 그 역시 편하게 없앨 수 있도록, 식사 뒤의 후식처럼 남겨 두는 것이다. 어쨌든 먹힐 처지였지만, 긴 식사가 끝나기 전 배를 갈릴 위험은 없었다.

그의 증오를 받는 사람 중 나보다 앞서 있는 사람이 누구일까?

이미 리볼텔라를 지지했던 귀족과 딤니팔 서부가 작살났으니 줄은 길지 않았다. 기껏해야 한 손에 담을 수 있을 것이다. 아니, 정확히는 두 손가락 안에 담을 수 있을 것이다.

앙히에는 제 앞에 선 유일한 사람을 알고 있었다.

그 사람을 죽이기 위해서라면 앙히에 역시 무슨 짓이든 할 작정이었다. 반드시, 죽일 것이다. 그의 멱을 따는 것이 곧 제 죽음을 의미한다는 사실을 알아도 살인을 저지르지 않고는 못 버틸 것이다. 무척 감사하며, 거의 절을 올리며 살인을 저지를 것이다.

제게 그런 기회가 주어진다는 사실에 눈물이 날 정도였다. 기사직을 받들고도 변함없이 시들던 삶에 갑작스레 봄이 찾아왔다. 터질 것 같았다. 뼈 마디마디에서 싹이 움텄다. 그 싹이 움터, 줄기가 되고 가지가 되어 살갗을 찢을 정도로 활기가 넘쳤다. 이 자리에서 한 그루 나무가 되어도 이상하지 않을 정도로 생명에 헐떡였다.

하마터면 웃음을 터뜨릴 뻔했다. 아, 미치겠네. 바로 이렇기 때문에 발터가 단서를 던지고, 생각할 시간을 준 것이겠지. 생각을 파고들면 들수록 누구보다도 빨리 비사로 달려가고 싶어졌다. 그 옆에 제 무덤이 파여 있으리란 사실을 알고도 기꺼이 그의 주구가 되고 싶었다.

전하, 진심으로 감사하지만, 그런데 왜 하필 저예요? 이렇게 번쩍번쩍 윤이 나는 어수대가 곁에 있는데 왜 하필 눈뜬장님 같은 저입니까? 심지어 전 고작해야 전하의 칼 네 자루에 모가지가 꿰였는데.

물론 질문은 무의미하다. 던지는 순간 답을 알았다. 그들이 바로 어수대이기 때문에 반 슈체친을 제거하는 데 사용하기 어려운 것이다. 그들의 충성심을 의심해서가 아니라, 슈체친이 비사 오필라 내부의 움직임을 눈치채지 못할 리 없기 때문에.

반 슈체친은 게외보르트의 가장 큰 가지였다. 감히 말하건대, 비사 오필라라는 기둥보다 굵은 가지였다.

돌이켜 보자면 리볼텔라 휘하 다섯 귀족의 재력과 병력은 비교적 균등했다. 적어도 평형을 이룰 만큼은 되었다. 반 볼랑디스트가 재력을 움켜쥐고 있다면 단 오베리엣이 병력을 가진 셈으로, 하나가 배반을 꾀하면 적어도 다른 둘이 치죄할 수 있었다.

그러나 발터하임부르겐에게는 반 슈체친이 유일했다.

그 인간에게는, 반 슈체친밖에 없었다고.

앙히에는 입맛 쓰게 웃었다. 죽이기는 무슨, 식사 한 끼를 들 때조차 슈체친 눈치를 봐야 했을지도 모르겠다. 이렇게 권외에 있는 놈을 찾아다가 부려 먹을 생각을 하는 것을 보아 하니 어찌나 절박할지 짐작이 갔다.

모두가 왕이라고 하지만 진짜 중요한 일은 슈체친과 논의하지 않으면 진행할 수 없겠지. 이는 딤니팔의 왕, 그리고 십이공회의 관계와는 약간 달랐다. 십이공회는 왕의 의견을 설득하는 자리였다. 귀족들이 논파되어 왕명을 따르는 자리이자, 조금쯤 설득되지 않았더라도 강압에 밀려 그러마고 한숨 쉬는 자리이자, 기어이 왕의 코를 깨뜨린 뒤 제멋대로 일을 진행하는 자리였다. 또한 리볼텔라의 다섯 귀족처럼 각기 다른 권력을 가지고 있어 서로를 견제하느라 끝끝내 왕의 압도적인 권위에 충성하는 자리였다.

그러나 역시, 발터하임부르겐에게는 열둘이 아니라 단 하나, 반 슈체친밖에 없었다.

앙히에는 꼿꼿한 어수대의 뒷모습을 바라보았다.

"야."

블랑쉬가 잠시 멈추었다가, 뒤를 돌아보았다.

"너희가 발터하임부르겐에게 쓸모없다는 건 알고 있지?"

그녀는 대답하지 않고 씩 웃었다.

그는 상대를 언짢게 하기 위해 아무 말이나 내뱉었다가, 그녀의 웃음을 보곤 크게 놀랐다. 등골에 차가운 것이 닿은 양 오소소 소름이 돋았다.

그녀는 웃음기를 지우지 않은 채 말했다.

"조바심 내지 마라."

앙히에는 입을 꾹 다물었다.

왕의 서찰은 끔찍이도 빠르게 도달한다. 그가 어느 곳에 있든, 그가 지닌 명패가 새를 불렀다. 때문에 그것을 받지 않는 행위는 실수라기보다는 반역에 가까웠다.

발렌시아는 팔을 뻗었다. 거슬리는 소리를 내며 날아다니던 새가 하강했다. 느릿느릿 맴돌다가 마침내 그의 팔뚝을 움켜쥐었다. 그는 새의 다리에 매달려 있던 작은 금속 기구를 풀었다. 거추장스러운 새를 날려 보냈다.

그는 몇 가지 글자를 조합하여 잠금쇠를 열었다. 얇은 종이가 흘러나왔다.

우리가 의심하던 바르부 위사 잘 반 운라쿰과 운라쿰 남작 모두 어수대임이 밝혀졌다. 너 역시 동의하겠지만, 짐은 어수대라면 앙히에의 생존을 장담하기 어렵다고 판단한다. 마음의 준비를 해라.

잠시 쉬었다. 맥이 치밀지 않았다. 가슴 언저리에서 뚝, 뚝, 병든 개처럼 떠돌다가 가라앉았다. 그는 깊이 숨을 들이마셨다. 내쉬었다.

주검을 회수할 수 있도록 짐이 노력하겠다. 또한, 감히 미라이예의 손을 노린 금수禽獸에게 마땅한 벌을 내릴 것이다. 어수대를 의미하지 않는다. 그들은 주구에 불과하다. 짐이 발터하임부르겐의 화주火冑를 주살할 것이다.

그는 눈에 힘을 주었다. 편지에 온 신경이 몰려 피곤했다.

계획은 공유하지 않겠다. 모르는 편이 더 나을 것이다.

자카리가 옳았다. 자신이 참견한다면 불필요하게 말이 많아질 것이다. 그가 게외보르트의 왕손을 죽이기로 결심했다면, 그렇게 될 터였다. 발렌시아는 그 결정에 반대하지 않았다. 오히려 살인 예고에 마음이 가라앉았다.

앙히에가 죽었다.

사실을 받아들이는 데 시간이 필요했다. 아우의 긴 장례식을 치르고 있노라 믿었지만, 생각만큼 진심이 아니었다. 스스로에게 거짓말을 할 수는 없었다. 아우의 죽음을 애써 생각하지 않았다. 최대한 수면 위로 떠오르지 않도록 짓눌렀다. 외르타가 도왔다. 그녀의 습한 손아귀가 떠올랐다. 그 작고 무른 손이 제 귀를 틀어막았다. 두 눈을 똑바로 바라보았다. 아마도 그녀만을, 보고 있었다.

이제 자신에게는 어수대와, 아우의 주검과, 외르타의 빈자리가 있었다.

보다 시야가 분명해졌다. 죄는 정확히 묘사되어야 한다. 오로지 순수한 죄악으로 말미암아 반성해야 했다. 온갖 불투명한 잘못을 섞어 오물로 만들 수는 없는 것이다. 그는 한 꺼풀씩 변명을 벗겨 냈다. 겉이 두꺼워도 씨앗은 하나였다.

나는 앙히에의 선택을 존중했어야 한다.

너무 늦은 후회였다.

오스페다에서 반성하고도 그에게 충성 맹세를 강요했다. 아우가 남긴 상흔이야말로 제 가장 끔찍한 약점이었으므로, 그것이 더 급했다. 그의 굴종으로 제 고통을 극복하고자 했다. 파렴치했다. 앙히에에게는 이 긴 삶에서 더 크게 보상할 수 있으리라고 믿었다.

여전히, 앙히에가 이번 한 번만 견디면 된다고 생각했다.

대체 십 년 전과 무엇이 달라졌나. 무조건 자신이 먼저였다. 아우의 희망보다 제 생채기가 먼저였다.

자신의 단점은 누구의 잘못도 아니었다. 더욱이 앙히에의 자유에 죄를 물을 수는 없었다. 그 둘을 명확히 잘라 구분해야 했다. 낮과 밤처럼 이해해야 했는데, 일식과 그림자처럼 이해했다. 그의 암막이 자신을 상하게 한다고 믿었다. 마치 그 간에 어떤 상관관계라도 있다는 듯이 말이다. 그것이 마침내 화를 불렀다.

자신은 변명을 할 것이다. 비사 오필라가 그를 죽이고자 마음먹었다면 앙히에가 내전 이후 이토록 오래 살아 있을 수는 없었다고. 무명에게서 도망칠 수 없듯, 어수대에게서도 마찬가지가 아니냐고. 따라서 아우가 게외보르트와 가진 관계와는 무관하게 그를 전쟁터에 내보낼 수 있었다고. 그것은 합리적인 판단이었노라고.

그러나 뒤늦게 깨달았다. 아우에게 딤니팔이 되기를 강요하는 것은 그의 목줄을 쥐었던 흑룡의 심기를 새로이 거스르는 일이었다. 흑룡 역시 새삼 되돌아볼 수 있었으리라. '내전에 참가한 이가 대게외보르트 전에 참전한다.' 손가락을 튕겨 죽일 마음이 들었을 것이다.

앙히에는 전부 알고 있었다. 게외보르트의 검을 쥐고 망설이던 아우가 떠올랐다. 그토록 깊이 서부 내전에 간여했다면 딤니팔의 기사로 참전하는 일은 자살 행위처럼 느껴졌으리라.

자신은 아무것도 몰랐다. 감정에 취해 마구잡이로 칼을 휘둘렀다. 평계를 듣고 싶지 않으니 당장 전쟁터로 떠나라 고집을 부렸다.

발렌시아는 뻣뻣한 주먹을 꽉 쥐었다. 무력했다. 슬픔인지 알 수 없었다. 다만 고통스러웠다. 자신의 죄에, 어리석음에 고통받았다.

자꾸만 숨이 가빴다. 앙히에가 홀로 길에서 죽었더라면 차라리 대처하기가 쉬웠을 것이다. 떠돌이는 급사해도 이상하지 않다고 오랫동안 생각해 왔다. 삶이 멀어졌고, 위험이 갈라졌다. 소원한 형제의 임종 소식은 크게 놀라울 일이 아니지 않은가.

재회한 뒤로도 그는 오스페다에 머물지 않았으므로 떠돌이의 죽음에 대해 놀라지 않을 자신이 있었다. 그는 그토록 천방지축으로, 언제든 눈먼 칼에 맞아 죽을 수 있었다. 마치 자신이 전쟁터에서 죽는 것이 이상하지 않듯 그 역시 화적 떼의 공격으로 죽는다면 그리 놀라운 종말이 아니었다.

그러나 이제는 제 손바닥 위에 묘비가 있었다. 끝이 단단하고도 뾰족한 돌덩이로 손을 관통당했다.

앙히에의 죽음과 자신을 분리하여 생각할 수 없었다.

더 나은 길이 있었으리라. 내가 모르던.

아마 영원히 모를 것이다. 그 무지가 그를 괴롭게 했다. 또한 무지를 극복하지 못하고 부른 아우의 죽음 역시 그를 괴롭게 했다. 날이 여러 개 달린 칼에 난자당했다. 너무 여러 가지를, 너무 깊이 잘못했다.

앙히에 역시 자신을 용서하지 않을 것이다. 어떤 증오를 굳게 가졌다기보단, 마음속 응어리와 화해하지 못한 채 생을 등졌으리라.

끝끝내 벌어져 있던, 큰 강의 너비만 한 거리. 그들은 그토록 멀었다. 소리를 질러도 들리지 않았다. 이제 반대편에 사람이 없었다. 그는 떠났다. 아무도 없는 자리에서, 그 홀로 영원히 지고 가야만 하는 죄었다.

진정이 되지 않았다. 누군가한테 흠씬 두드려 맞은 듯 거죽이 아릿아릿했다.

앙히에.

발렌시아는 턱이 부서져라 힘을 주었다.

아직까지도 현실감이 들지 않았다. 온몸이 저가 아닌 듯 느껴질 정도로 비정상적이었다. 그가 살아 있으리라는 생각을 하지 못했지만 역시 죽었다는 생각도 할 수 없었다. 그사이 휴전 지대에서 길을 잃었으므로, 아마 앞뒤 분간도 못 한 채 활에 맞아 죽을 것이다.

숨을 꾹 참았다. 되새길 시간이 필요했다.

그는 미간에 힘을 준 채 편지를 접으려 했다. 그러나 제정신이 아니었는지 아직 확인하지 않은 부분이 남아 있었다. 어설프게 접혀 있다. 그는 어떠한 생각도 없이 서찰의 가장 아랫부분을 펼쳤다.

지금 이 순간 네게 무언가를 숨기고 싶지는 않군. 외르타 발미레가 어수대의 정체를 발설했다. 지난 봄, 솔 미라이예에 있을 당시 운라쿰 남작과 접촉했다고 한다. 짚이는 바가 있겠지. 그녀는 그동안 어수대의 정체에 대해 침묵했으며, 짐은 그 역도의 죄를 무시할 수 없다. 그녀는 작위를 박탈당하고 잉그레의 철에 투옥되었다.

네가 동의할 수 없는 부분이 있겠지만, 짐에게도 양보할 수 없는 지점이 있다. 짐은 딤니팔을 위해 선택했다.

편지는 끝났다.

얼굴이 일그러졌다.

발렌시아는 편지를 구겨 금속 통에 넣었다. 뚜껑을 닫은 뒤 잠시 가만히 있었다. 다시 열어선, 김이 나는 액체를 바닥에 흘려 보냈다.

그는 자리에 못 박힌 듯 서 있었다.

앙히에의 죽음에 충격을 받았다. 실제로 누군가 자신을 때리는 듯한 감각이었다. 아픔은 존재했다. 고문당한 듯, 그 자리에는 분명 찢어지는 고통이 있었다.

그러나 외르타, 외르타…….

외르타가 철에 투옥되었다.

외르타가, 철에…….

그 해사한 뺨과, 엄숙하게 죄를 사하던 시선, 그 모짊, 작은, 그러나 단호한 사람.

어수대임을 알고도 숨겼다고…….

"저는 당신에게 밀고를 바랍니다. 단 한 사람이라도 좋습니다."

외르타는 자신의 마지막 부탁조차 거절했다. 많은 이야기를 나눈 뒤 손을 맞잡았다고 말하던 순간마저 돌이킬 생각이 없었다. 그때조차 게외보르트의 어수대를 숨기고 있었다. 자신의 승리를 기원하면서도, 옷깃 아래 어수대의 이름을 감추었다.

그녀가 미리 고했더라면 자신은 안니발레에 어수대를 보증하지 않았을 것이다. 그러나 이는 아주 사소한 사건에 불과하다. 어수대는 안니발레에 출입하지 못했더라도 어떻게든 방법을 마련했을 테니, 그 실수가 아쉽지는 않았다.

단지 외르타가 끈질기게 게외보르트라는 사실이, 사람을 광증으로 몰았다.

지독히 화가 났다가도 감히 분노를 표현할 수 없는 애정에 갈려 나갔다. 그는 그녀에게 어떤 형태로든 화를 낼 수 없었다. 그녀는 제 양陽의 전부였다. 그녀를 표현하기 위해서는 자신이 가진 모든 긍정적인 문장을 적출해야 했다.

분노가 끊임없이 죽어 나갔다. 솟아났다가, 톱에 갈렸다. 뱉어 냈지만, 목이 졸렸다.

단 하나의 결론만이 살아남았다.

철이라니, 용납할 수 없다.

외르타는 무슨 죄를 지었든 그 끔찍한 곳에 머물 사람이 아니었다. 그녀가 딤니팔을 배신했어도 믿음은 달라지지 않았다. 그녀는 어떤 사람보다 귀하게 대접받아야 했다. 범죄를 저질러도 왕족과 같아야 했다. 그녀와 그녀의 잘못은 별개였다.

"네가 동의할 수 없는 부분이 있겠지만, 짐에게도 양보할 수 없는 지점이 있다. 짐은 딤니팔을 위해 선택했다."

자카리는 무언가를 착각하고 있었다. 자신은 동의하지 않는 것이 아니라 양보하지 않았다.

그는 품에서 검은 돌을 꺼냈다. 말에 매인 가죽 바랑에서 잘 말린 종이를 찾는 동시에, 그대로 안장에 얹었다.

배계拜啓.

폐하, 외르타 발미레를 잉그레의 철에서 석방해 주시기를 탄원합니다. 그녀를 철이 아닌 잉그레에 구금하여 하문하십시오.

발미레가 잉그레의 철에 머문다면 제가 온전히 전쟁에 참척하기 어렵습니다. 부디 폐하의 하해와 같은 왕은王恩을 앙망합니다.

신 딤니팔군 총사령관 발렌시아 마조레 기지 얀 미라이예 하감下鑑.

말은 단순하고 명확했다. 그는 이 이상을 표현할 수 없었다. 실제로도 제 속에 이 이상의 말이 맴돌지 않았다. 그녀가 철에 머문다면 자신은 당장에 전쟁을 망칠 것이다. 그녀가 철에 머물고, 혹 신상에 위해가 간다면 자신은 전쟁을 이끌지 않을 작정이었다. 딤니팔을 수호할 이는 여럿이되, 그녀에게는 아무도 없었다. 사방천지가 적이었다.

외르타의 안위는 딤니팔과 비교할 수 없었다. 그녀가 자신을 믿지 않고, 그로써 배반했더라도 이 마음은 변치 않았다.

자카리는 서간에 쓰인 문장과 쓰이지 않은 경고를 모두 이해할 것이다.

멀리 떠나지 않은 새를 불렀다. 다시 한번 금속제 통 안에 편지를 밀봉한 뒤 새에게 매달아 주었다. 새는 소리 없이 날아올랐다.

발렌시아는 칼자루를 꽉 쥐었다.

외르타는 사흘을 굶었다. 배고픔을 느끼지 못했다. 빛도 들지 않았다. 주변은 끔찍했다. 통속적인 표현처럼, 살이 썩어 들어가는 냄새가 풍겼다. 전쟁터가 아닌 곳에서 이런 악취를 맡다니 신선하다고 생각했다. 가끔 무명으로 보이는 사람들이 오갔으며 지치지 않고 한숨과 비명 소리가 들렸다. 그녀는 드문드문 확신했다. 이 자리에 내 고향의 동지들이 몇 있겠구나. 비슷한 처지가 된 스스로가 너무 당연해 보이기도 했다.

멍하니 졸다가, 벽을 보다가, 다시 졸았다.

철이 비틀리는 소리가 나며 문에 구멍이 났다. 누군가 바닥에 붙은 작은 창을 연 모양이었다. 복도에는 빛이랄 것이 없었기에 역광도 없었다. 제 옆 희미한 초에 상대의 더듬거리는 손이 비쳤다. 손모가지만 잘려 움직이는 듯 섬뜩했다. 손은 순식간에 그릇을 잡은 뒤 무게를 가늠했다. 곧장 내팽개친다. 절거덕절거덕 쇳덩이가 부딪치는 소리가 나더니, 수많은 열쇠가 돌아갔다.

그녀는 귀를 기울여 감방이 아름답게 맞물리는 음성을 들었다.

문이 열렸다.

"식사를 들어야 합니다."

이월 스물이었다. 더 이상 완전한 존대는 아니었다. 외르타는 차라리 그쪽이 편했다.

"계속 들지 않으면 저는 폐하께 발미레가 시위 중이라고 고할 수밖에 없습니다. 지금 이상으로 상황이 나빠질 겁니다."

그 용건만으로 출입한 것은 아닌 모양이었다. 그는 천천히 돌아다니며 빛을 교체했다.

"……."

"발미레, 대답이 없으시면 폐하께 고하겠습니다. 이제 당신 책임입니다."

"……."

"……."

스물은 새로 가져온 식사를 그녀의 코앞에 내려 두었다. 그뿐이었다. 더 이상 말을 잇지 않고, 차게 식은 그릇, 심지가 다 탄 등불을 들고 철을 나섰다. 그의 등 뒤로 문이 닫혔다.

외르타는 탐탁지 않은 시선으로 무명이 가져온 식사를 바라보았다. 아무리 나쁘게 표현하더라도 인간이 먹는 음식이었다. 종류별로 식기가 있었고 음식은 따뜻했다. 자신은 아직 인간으로 대접받고 있었다.

그러나 이제 대답을 하지 않았으므로, 더 이상 인간으로 대접받지 못할 확률이 높았다. 외르타는 무명의 경고가 협박에 그치지 않으리라 생각했다. 그는 스스로 선언한 대로 왕에게 고할 것이다. 그렇다면 왕이 그녀의 단식을 참아 넘길 것인가? 아무래도 부정적이다.

물론 굶어 죽을 생각은 없었다. 이는 어느 정도 습관적인 단식이었다. 로크뢰와 싸운 뒤 미칠 것 같을 때, 그저 돌아 버리기 직전에 곡기를 끊었다. 머리에 가득 찬 분노를 게우고 다시 인간으로 돌아오기 위해. 저놈과 똑같이 짐승처럼 달려들다 자신을 잃지 않도록. 물론 그때는 그 와중에 죽으면 금상첨화라고 생각했지만—.

게다가 끔찍이도 입맛이 돌지 않았다. 철에 있는 상황도 상황일뿐더러, 그보다 더, 그녀는 종종 앙히에의 죽음으로 굴러떨어졌다. 겨우 기어 나오면 다시 끌려 들어가고, 몸을 일으키면 다시 엎어졌다. 그의 죽음은 제 잘못이었다. 자신이 어수대를 고해하지 않았기 때문에 그들이 새 목 비틀 듯 그를 죽일 수 있었던 것이다.

어떻게, 얼마나 멍청하면 어수대를 발설하지 않는 것이 나의 자존심이라고 생각했을까? 나고 자란 게외보르트를 배신하고 싶지 않았나? 홀로 죽고 싶었건만 겨우 살려 데려온 비열한 딤니팔에 대한 보복인가? 이건 전부 감정적인 문제였다. 이득을 생각하지 않았다. 어수대가 나중에 자신에게 도움이 되리란 허황된 생각은 해 본 적조차 없었다.

단지 자신은 게외보르트였고, 졸렬한 딤니팔이 싫었다. 그들에게 고자질하지 않는 것은 스스로를 지키는 행위임과 동시에 속 시원한 보복이기도 했다.

그러나 이 짧은 감정이 친구의 목숨보다 귀한 것은 아니었다.

나는 아무것도 몰랐어.

그 변명이 날 사면시켜 줄까?

외르타는 바닥을 노려보았다.

'사면'이라는 단어는 앙히에와 함께 발렌시아를 불렀다. 그를 떠올릴 때면, 앙히에를 생각할 때처럼 먹먹한 느낌이 아니었다. 단지 기분이 너무 좋지 않았다. 그에게 미안했다. 죄책감이 컸다. 그가 아무리 자신에게 청혼을 하는 정신 나간 짓을 저질렀다 한들 인간적으로 미안한 부분은 돌이킬 수 없었다. 자신에게 얼마나 실망했을지……. 어쩌면 그의 애정조차 바스러졌을지 모른다. 아우의 죽음에 일조한 이에게 아량을 베풀 리 없다.

그녀는 천천히 그릇을 밀었다. 먹고 싶은 기분이 들지 않았다. 그것이 어떤 화를 부르든 상관할 바가 아니었다. 관심도 없었다. 최악의 경우라도 아주 나쁠 것 같지는 않았으므로. 이미 철에 가두었다면, 딤니팔의 왕이 전쟁 명분에게 무슨 짓을 저지를 수 있겠는가.

허탈한 웃음이 났다. 전쟁 명분이 되기 싫어 발버둥 쳤던 역사가 있었건만 이제는 그것이 자신의 안위를 보전해 주고 있었다.

자카리는 서류를 분할하던 중 고개를 들었다. 누군가 부서져라 문을 두드리고 있었다. 그는 제 집무실에서 그따위로 양식 없이 굴 수 있는 종을 단 하나 알았다.

"왜?"

문이 열렸다. 그는 다시 한번 물었다.

"무슨 일인데?"

"발미레가 식사를 들지 않습니다. 만 사흘째이므로, 폐하께 보고드려야 한다고 판단했습니다."

"원하는 대로 하게 둬."

"예."

"……."

자카리는 고개 숙인 무명이 나가기 전, 급하게 불렀다. 무언가 놓친 부분이 있었다.

"잠깐만, 너, 짐이 말릴 거라고 생각하고 이야기했나?"

"수감자의 신상에 관련된 부분은 세세히 보고드려야 합니다. 또한, 아니요. 감히 고하자면 저는 오히려 폐하께서 엄벌을 내리실 줄 알았습니다."

"아니, 뭐……. 완전히 틀린 건 아니고."

이월 스물은 눈만 깜박였다. 자신은 생각하는 대로 전부 고했다는 시선이었다.

자카리는 손짓했다. 나가 봐.

문이 닫혔다.

그는 물론 외르타를 가두었다. 당연히 해야 할 일이기 때문이다. 같은 이치로, 발렌시아의 같잖은 서찰 역시 무시되었다. 당연히 해야 할 일이기 때문이다.

"……."

조금만 더 정직해지자. 네가 발렌시아를 '무시'했나?

폐하, 외르타 발미레를 잉그레의 철에서 석방해 주시기를 탄원합니다.

자카리는 하마터면 값비싼 양탄자에 침을 뱉을 뻔했다.
그는 아직 발렌시아의 서간을 완전히 무시하지 못했다. 아직 아무런 행동에 나서지 않았다.
자카리는 외르타를 철에서 풀어 줄 생각이 없었다. 역도에게 마땅한 처우가 아닌가. 그러나 그녀가 계속 지하에 있는다면 우리의 공작이 정신을 차리지 못할 것이다. 초조해하다 전쟁 위로 뜨거운 물을 엎지를 테지. 그 꼴을 도저히 눈 뜨고 볼 수가 없었다.
발렌시아에게 거짓말을 하는 편이 가장 유력한 선택지일 것이다. 아주 쉽고 편리했다. 더군다나 앙히에 건과는 달리 죄책감조차 없었다.
그는 문득 자신이 이 순간 결정했다는 것을 깨달았다.
자카리는 거칠게 종이를 잡아당겨 편지를 쓰기 시작했다.

네 뜻대로 잉그레에 유폐하겠다.

돌돌 말아서, 이전과 동일한 금속 통에 넣어 날려 보냈다.
그는 속 시원하게 손을 털고 섰다.
내친 김에 아랫동네 일도 함께 처리하면 아주 좋겠다는 생각이 들었다. 그는 열에 들뜬 채 뒤돌았다. 외투를 거꾸로 입으며 방 밖으로 뛰쳐나갔다. 그는 계단에 들어서서야 안감이 드러났다는 사실을 알아차렸다. 투덜거리며 짜증스럽게 내팽개쳤다.
정신이 하나도 없군.
그는 앙히에의 죽음을 썩은 궐연처럼 짓씹고 있었다. 아직도 입 안에서 고통스러운 냄새가 났다. 하지만 적어도, 그 소식을 깨달은 직후의 폭풍은 지나갔다. 자카리는 점차 가라앉았다. 아직 완벽한 자신은 아니었으나, 내려야 할 결정들이 그를 달랬다.

주변에서 의도적으로 시선을 피하는 것이 느껴졌다. 왕이 진군하는 태세로 철을 향하고 있다면 함부로 방해하긴 어려울 것이다. 철의 경비 기사 중 하나는 급하게 예를 표하느라 무기를 떨어뜨릴 뻔했다. 자카리는 엉겁결에 칼집을 받쳐 주려다, 양손을 들었다.

"수고하게."

"예, 옛!"

그는 터덜터덜 계단을 내려갔다. 발미레의 방은 가장 가까운 곳이었으므로, 특별히 무명의 안내가 필요하진 않았다. 다만 열쇠가 필요한데, 주변의 아무나 부려서…….

자카리는 첫 번째 문이 활짝 열려 있는 모습을 보곤 깜짝 놀랐다. 당연히 경비에 이상이 있지는 않겠지만, 순간적으로 계단을 세 개나 내려가 바닥에 섰다.

"이게 무슨 일―."

"폐하?"

"아니, 스물. 여기서 뭘 하나?"

"식사를 치우러 왔습니다."

무명에게는 손도 대지 않은 듯한 쟁반이 있었다. 가장자리가 말라붙을 정도로 모든 음식이 식은 모양이었다. 자카리는 눈살을 찌푸렸다.

"……알겠어. 들고 가 봐."

그는 어떠한 의문도 품지 않은 채 예를 표했다. 그대로 물러났다.

자카리는 방 안으로 한 발자국 들어와 문을 밀어 닫았다. 철문에 기대려다가, 휙 뒤돌아 문짝을 확인했다. 녹슬어 있어 썩 좋지 않았다. 결국 그는 탁자를 문가로 끌어다 앉았다. 그제야 자신을 뚫어지게 바라보고 있는 외르타와 시선을 마주할 수 있었다. 그녀는 예를 표하지 않았다.

"발미레, 추가로 고할 어수대가 있다면 해라. 물론 네 처우는 변하지 않을 것이다."

"……없습니다."

"그래. 그러면 너 스스로 받을 벌을 제안해라."

"……."

"네가 제안하지 않으면 짐이 할 수밖에 없는데."

그는 무표정했다.

침묵이 이어졌다. 자카리는 외르타가 선택했음을 깨달았다. 그는 그 사실을 주의 깊게 밀어 둔 뒤, 천천히 말을 돌렸다.

"공작은 너를 철에서 내놓으라 성화더군. 정신을 못 차렸지. 역도는 즉살인데."

"……."

"물론 짐은 지금 널 못 죽인다. 상황이 여의치 않으니까."

"……."

"하지만 죽을 때까지 해를 보지 못하게 만들 순 있지. 혹은 이곳에 있는 네 고향 친구들처럼 대우해 줄 수도 있고. 아니면 전쟁이 끝나고 시일이 지나, 네가 더 이상 아무 명분이 되지 못하는 시점에 죽일 수도 있다."

외르타는 살짝 고개를 기울였다.

"그러니 묻지. 왜 고백했나? 이렇게 될 줄 알았잖아?"

"앙히에의 행방을 찾는 데 도움이 되고자 했습니다."

그녀의 목소리는 단단히 잠겨 있었다. 자카리는 그녀에게서 한순간도 눈을 떼지 않은 채, 변함없는 속도로 말했다.

"앙히에의 무덤을 찾는 데나 도움이 되겠지. 네가 고했다고 상황이 나아지지는 않는다. 우리가 멍청하게도 어수대를 놓쳤다면, 이 긴 시일 뒤 스스로를 도울 수 있는 방법은 없다. 너는 앙히에가 죽었다는 사실을 알려 줬을 뿐이야. 아무것도 달라지는 게 없다."

"……."

"왜 그런 멍청한 짓을 했나?"

"폐하께 도움이 되었다면 족합니다."

"그게 네 목을 잘랐다고."

"폐하께 도움이 되었다면 괜찮습니다."

"가증스럽게 애초에 숨기길 왜 숨겨? 멍청하게 말하긴 왜 또 말해?"

"생각이 짧았습니다."

"너는 네 안위를 박살 냈을 뿐만 아니라 공작도 무너지게 만들었어. 전쟁에 나가는 사람에게 이게 무슨 미친 짓이냐? 그의 코앞에서 배신을 꾀하고 있었나? 그가 널 연모하고 있다는 사실을 몰라? 아니, 너도 더 이상 모른 체할 수는 없지."

"……."

"그가 네게 청혼했다고 들었다."

"……."

외르타는 획 고개를 들었다. 놀란 눈과 마주치자, 자카리는 눈썹을 치켜세웠다. 설마 무명이 재미 삼아 미라이예 영지에 따라갔다고 생각하지는 않겠지.

"그것도 거절하고, 이젠 오래도록 그의 목전에서 배신해 왔다고 외치는 꼴이야."

"저는 그의 신뢰를 배신했습니다만, 이는 청혼과 무관합니다. 청혼은 천만부당한 이야기였습니다. 그가 스스로를 추스르지 못하고 저지른 행동에 불과합니다. 폐하께서도 실수로 여겨 주시면 좋겠습니다."

"바꿔 말하면, 너는 버거워서 청혼까지 할 지경이었던 사람을 배신한 거지."

"……."

자카리는 탁자를 꽉 쥐었다.

"이제 짐은 이성적으로 생각하기 위해 노력하고 있다. 따라서 너 때문에 앙히에가 죽었다고 생각하지 않는다. 앙히에가 무방비하게 서부로 출전하는 상황을 조작할 수는 없으며, 더욱이 어수대의 공격을 막을 방법도 없었다. 운라쿰이 간자든 아니든 똑같다. 짐이 화가 난 건 네가 우리 신뢰의 토대를 부수었기 때문이지. 또한 더 나아가 중요한 순간의 공작을 괴롭혔기 때문이다."

"……."

"짐도 바보는 아니야. 네게 발렌시아의 감정을 책임지라고 하진 않는다. 그 얼간이가 알아서 굴러떨어진 걸 네가 책임질 필요는 없다……. 하지만 적어도 신뢰는 지켰어야 했지. 네 유일한 의무였다."

"……."

"그 와중에도 널 철에서 꺼내라는 공작이 웃기지 않나?"

"……."

"미안하진 않고?"

"……."

외르타 역시, 주먹을 꽉 쥐었다.

"네가 짐에게 처분을 맡겼으니 편히 대답하겠다."

"……."

"더 이상 지금처럼 몸이 자유롭지는 못할 것이다. 급여는 무명이 담당한다. 이것이 잉그레의 명이다."

"……."

자카리는 자리에서 일어섰다.

델리다는 손 안에서 유리구슬을 여러 개 굴렸다. 달그락거리는 소리에 마음이 안정되었다. 그렇게 몇 분이나 숨을 골랐다. 자신이 등을 떠민 결정을 생각하면 자꾸만 초조해졌다.

"아버지, 제가 잘못했나요? 제 결정이 잘못되었나요?"

십이공회가 발미레의 자수自首로 끝난 직후였다. 자신은 솔 안니발레의 흙을 밟자마자 아버지를 돌아보았다. 그는 몹시도 지친 얼굴이었다. 아버지와 달리, 그녀는 만 하루를 지새운 뒤에도 전혀 피곤하지 않았다. 오히려 잔뜩 곤두서 있었다. 그렇게 민감하게 서선 그가 고개 젓는 모습을 지켜보았다.

"아니다."
"제가…… 폐하께 고하기를 요청드렸어요. 어떻게 제 잘못이 아닐 수 있나요?"
"들어가서 이야기하자꾸나."
"걸어가면서도 이야기할 수 있어요. 듣는 귀가 무서운 말은 아니에요."
"어차피 어느 쪽으로든 드러날 사건이었단다. 폐하께서 말씀 주신 바와 같이, 숨겼더라면 더 큰 화를 불렀겠지. 선택지가 없었어."
"저는…… 폐하께 충성을 바치기 위해 고백하자고…… 요청드린 게 아니에요……. 아시잖아요?"

그는 검지를 들었다. 델리다는 입을 꾹 다물었다. 정원을 지나, 큰 홀을 건너고 계단을 올라섰다. 평소보다 훨씬 느린 백작을 따라잡으며 혀끝까지 치민 말을 열심히 삼켰다. 질문과 각오가 넘실거려서, 입술에 피가 나도록 깨문 뒤에야 침묵을 지킬 수 있었다.

그들은 꼭대기 층에 들어섰다. 집무실 문이 닫히자마자 델리다는 둑이 터진 듯 말을 쏟아냈다.

"제가 말씀드렸던 건, 르나치 경의 안위를 걱정했기 때문이에요! 제가 바르부의 특징을 알리면 수색에 도움이 될 것이라고 생각했어요. 그뿐이었어요! 이것이 불충하다는 증거가 되거나, 저희가 무능하다는 이야기를 부를 줄은 몰랐어요!"

"내가 잉그레로 떠나기 전 이야기해 주었지 않니."

"그렇지만 그 정도일 줄은 몰랐어요……. 곤란하게 해 드려 죄송해요."

"다시 말하지만, 선택지가 없었다. 좋지 않은 상황에서 정말 선택지가 없었어. 너는 방금 눌라레의 방에서 후계자 직을 잃을 수도 있었다. 급하지만 않았더라면 더 좋은 방법을 생각했을 텐데 여러모로 후회가 되는구나."

"아버지, 아무리 어쩔 수 없었어도…… 결정을 부탁드린 건 저였잖아요……. 제 잘못이 아닐까요?"

백작은 그제야 처음으로 조금 역정이 난 것처럼 보였다.

"그게 무슨 상관이니? 우리가 어수대의 정체를 어찌 알고? 수십 년 동안 미라이예 발밑에서 웅크려 있던 종가문을, 심지어 공작의 신분 보증까지 받은 녀석을 어떻게 잡아냈겠어? 그리고 우리가 그자의 정체를 알리지 않았던들 이틀 안에 무명에게 발각되었을 게다. 우리는 선택할 수조차 없었단다. 너도 충분히 알 텐데, 네 잘못이라고 자꾸 고집 피우는 이유가 궁금하구나."

델리다는 신발 속에서 발가락을 꿈지럭거렸다. 어려운 말을 해야 할 때면 나오는 자신의 오랜 버릇이었다. 전날 잉그레에 가기 전에는 제법 당당했건만 다시 한번 집무실에 선 뒤로는 확신이 서지 않았다. 제 잘못으로 아버지가 고초를 겪었는데 염치없이 또 한 번 부탁드리고 싶지 않았다.

그러나 말해야 했다.

"아버지, 발미레 백작. 아, 아니, 발미레를 잉그레의 철에 가둔 왕명은 옳지 않았어요."

백작은 경악해선 살짝 열린 창문을 닫았다. 이미 말이 엎질러졌다는 사실을 알고도 달려가 단속할 만큼 놀란 모양이었다. 델리다는 물정 모르는 것이 제 재산이 아니겠느냐는 태도로 아버지를 바라보았다.

"델린, 그런 말은 조심해야 해. 진심으로 충고한다."
"하, 하지만…… 아버지께서도 자주 하시잖아요?"
"단순한 불평불만과, 왕명이 옳지 않다 말하는 직접적인 평가는 다르단다. 네 말은 잉그레를 의심하는 말이야. 다시는 쓰지 말거라."
"아, 네……. 죄송해요……."
"그래."
"폐하의 결정은 부당했어요."
"……."

델리다는 이번에도 자신이 실수했는지 몰라 눈을 깜박였다.

백작은 한숨을 내쉬더니 자리에 앉았다.

"그래……. 왜 부당했는지 말해 주렴."
"네, 네! 발미레는 굳이 고백하지 않았어도 되었어요. 정말 갑작스러
웠잖아요. 그녀가 왜 그랬는지 모르겠어요……. 아무튼 그녀가 아니었
더라면 십이공회는 여전히 헤매고 있었을 거예요. 그리고 저희는 더,
개인적으로 도움을 받았고요."
"그래서?"
"그녀를 돕는 게 좋을 것 같아요."

백작이 인상을 찌푸렸다. 당장에라도 일장 연설을 시작할 기세였다.
그는 단 한 번도 그녀에게 언성을 높이지 않았으므로 그것이 상상할 수
있는 최악의 경우였다. 그러나 델리다는 그마저 가로막고 섰다.

"말씀하시기 전에, 저희가 큰 도움을 받은 건 맞죠?"
"그래."
"아버지께서도 그래서 한번 반항해 보신 거죠? 발미레를 철에서 꺼
내 달라고 하셨잖아요."
"그래. 하지만 이미 폐하께서 거부하셨다. 두 번은 어렵다."
"그러면 돕고 싶어요. 도와요. 도와야 해요."
"델린."

그녀는 살짝 숨을 골랐다.

"발미레가 잊지 않을 거예요."

큰 줄기 옆의 작은 잎사귀를 먼저 꺼내기로 했다. 오로지 발미레 때문만은 아니었지만, 그녀를 빼놓고는 생각할 수 없었다.

그러나 백작은 틈을 놓치지 않고 매섭게 쏘아붙였다.

"철에 갇힌 발미레가 잊지 않은들 무슨 소용이 있겠느냐?"

"음…… 전쟁에 지면…… 그분은 어쩔 수 없이…… 어쩔 수 없겠죠. 하지만 전쟁에서 이기면 누구도 발미레를 해칠 수 없잖아요. 그러면 저희에게도 좋을 거라고 생각해요."

"너도 말했지. 대계외보르트전에서 패배할 경우, 불필요하게 그녀를 도와 폐하의 심기를 거스른 우리에게는 아무것도 남지 않는다. 또한 전쟁에서 승리한다손 쳐도, 그녀가 권력을 가질 리 없다. 아니, 권력은커녕 어떤 힘도 남아 있지 않을 것이다. 내게는 손익이 분명해 보이는구나."

그녀는 터벅터벅 다가가 그의 앞자리에 앉았다. 아버지는 처음부터 끝까지 뚫어져라 자신을 쳐다보고 있었다. 마치 취조당하는 듯했다.

"아니요. 아버지. 저도 아버지와 같아요. 그분에게 자유를 달라는…… 과한 주장을 하는 것이 아니라…… 그저 철은 아니라고 생각하는 거예요. 그녀가 철에 있는 것보단 나은 선택지가 많다고 생각해요. 제가 품은 호의를 넘어서, 폐하께도요."

"델린, 오늘 말이 너무 과하다. 물론 나 역시 폐하께서 안니발레에 마땅히 사과하셔야 한다고 생각하지만, 네 말은 너무 과해."

"제가 지금 폐하께 말씀드리는 건 아니잖아요……. 저는 아버지께 말씀드리고 있어요."

"……."

"전쟁 이후를 생각한다면 폐하께서도 발미레를 철에 계속 두시긴 어려워요. 감정적으로 결정하셨어요. 이러다가 정말 전쟁에서 이겨 버리면 어떡하나요? 그땐 발미레를 널리 보여 주고 그녀의 목숨을 구했다고 이야기해야 할 텐데요. 그렇게 보여 주기 위한 사람을 계속 철에 수감할 순 없어요. 가장 나쁜 경우라도 좋은 곳에 가둘 뿐일 거예요."

"……."

"물론 당장 폐하께서 그녀를 반역자로 여겨 철에 투옥하신 것은 충분히 이해가 되어요. 그러니까…… '반역자'라면……. 하지만 발미레가 정확히 '반역자'냐고 물으면 조금 애매하지 않아요, 아버지? 살인자도 고해하면 죄가 가벼워지는걸요. 저는 철보다는, 그녀를 잉그레에 감금하거나…… 그마저 의심스럽다면 차라리 캄비로 보내는 편이 좋을 거라고 믿어요……. 아버지도 이미 말씀하셨잖아요. 또 폐하께서도 옳은 부분이 있다고 수긍하셨고요!"

"거꾸로 묻겠다. 그녀가 잉그레의 철에 있는 것이 우리에게 해가 되나?"

델리다는 처음으로 주저했다. 입을 열었다가, 닫았다. 그러나 끈질기게 기다리는 아버지를 보곤 결심했다. 더 깊은 이야기를 꺼내야 할 때였다.

"사실…… 저는 부끄러워요."

"……."

"저희가 추궁당하는 모습을, 특히 제가 궁지에 몰렸던 모습을 모든 십이공회원과 폐하께서 지켜보셨어요. 저는 하마터면 정직한 죄로 후계자 자리를 잃을 뻔했다고요. 그걸 한순간에 발미레가 건져 주었는데 아무것도 하지 않을 수는 없어요. 아버지께서는 어떻게 생각할지 몰라도, 저는 여기서 아무 행동도 하지 않는 것이 수치스러워요. 비겁해요."

"……."

"물론 아직은 십이공회 중 누구도 그런 마음을 품지 않았을 거라고 믿어요. 발미레가 비밀을 숨기고 있었다는 사실에 놀라서 다른 생각을 못 할 것 같아요. 하지만 시간이 지나고 혼자 곰곰이 생각하며 안니 발레를 떠올릴 순 있을 거예요. 만 하루 동안 엄청나게 폐하와 싸워 댔지. 그런데 발미레의 고백으로 이상하게 마무리되었어. 그 뒤로 안니 발레는 폐하의 심기를 거스르기가 무서운 것처럼 잔뜩 숙이고 있더라고……."

"……."

"아버지, 저는 그 평판이 싫어요. 아버지께서도 그 자리에서 언성을 높이면서 싸우셨잖아요. 폐하의 부당함을 설파하셨잖아요……."

"그 어수대 후레자식 때문에 네가 후계자 직을 잃는 것은 부당했지. 하지만 발미레가 본인의 선택으로 투옥된 것은 부당하지 않다."

"만일 아버지께서 오늘 노력하신 만큼 저를 구하길 원하셨다면…… 또, 발미레에게 한순간이라도 고맙다고 느끼셨다면, 아버지, 저를 도운 발미레를 도우셔야 해요."

"그녀가 널 도우려고 의도했겠니?"

"물론 아닐 거예요. 하지만……. 아, 설명하기 어려워요. 하지만 저는 정말 크게 의지가 되었다고 느껴요. 보답하고 싶어요."

"우릴 더 우습게 보이게 할 뿐이란다."

"아버지, 아시잖아요. 우리가 보답한다는 건 폐하께 직언을 올리겠다는 이야기예요. 그건 어떤 경우에도 우습지 않아요."

그러나 백작은 단단했다.

"네가 겨우 수렁을 빠져나왔는데 다시 들어갈 용의는 없다. 한동안 잠자코 있어야 해."

"그렇다니까요!"

"……."

"십이공회가 저희를 그렇게 생각할 거라고요! 그게 더 우스워 보이 잖아요……! 하지만 이 상황에서 폐하께 대적한다면 다들 혼란스러워 저희를 인정할 수밖에 없지 않겠어요? 눌라레의 방에서 안니발레 백작 의 불같던 말은 단순 허풍이 아니었다고요. 백작은 후계자를 지키기 위 해서라면 어떤 것도 할 거라고요. 그 의지를 이해할 거라고 믿어요."

"……."

"아버지께서 저 때문에 얼마나 초조해하셨고 두려우셨는지 알아 요……. 그래서 이런 부탁을 다시 드리기도 죄송스러워요……. 그치만 저는 발미레에게 저희가 무언가 보답을 해야, 개인적으로도 공적으로 도 의미가 있다고 생각해요. 부디 귀 기울여 들어 주세요……."

"……."

백작은 마른세수를 했다. 그렇게 얼굴을 짚은 채 잠시 생각을 정리하 는 듯했다.

"델린, 정리해서 말해 보렴. 그러면 내가 진지하게 고려하마. 네 말을 이해하지 못해서가 아니다. 단지 너 스스로 정리가 되었길 바라서―."

"네! 발미레를 철에서 꺼내야 해요!"

"……."

"아, 그러니까…… 첫째로 저와 안니발레가 도움을 받아서 돕고 싶 어요. 후계자에 대한 안니발레의 의지를 다시 한번 보여 줄 계기가 될 거라고 믿어요. 둘째로, 폐하를 돕는다고도 생각해요. 어차피 전쟁에 서 승리할 경우를 생각하면 발미레에게 해를 가하실 순 없어요. 계속 철에 둘 수는 없다고요. 폐하께서도 섣불리 명하신 뒤 조금 후회하고 계실 거라고 생각해요. 울고 싶은 사람은 누군가 뺨을 때려 주어야 하잖아요."

"델린, 좀—."

"죄, 죄, 죄송해요……. 저, 저도 놀랐어요. 단순히 비유였어요……."

그는 한숨을 푹푹 쉬었다. 마치 딸이 살인을 저지르기라도 한 듯한 태도였다. 그녀는 조마조마해하며 아버지를 응시했다. 어쩌면 올려다보았으며, 어쩌면 단순히 바라보았다.

"델린, 나는 내가 실수해서 다시 네 후계자 자리를 위태롭게 할까 봐 무섭다. 나도 시야가 좁은 것은 알지만 이길 수가 없단다."

"……."

"내가 뭐든 할 수 있으리라 신뢰하진 말려무나. 네 부탁은 곱씹어 보마."

"……네."

그녀는 아버지의 손을 잡아 보려 했다. 그러나 곧 적절하지 않다는 사실을 깨달았다. 그를 불편하게 만들기 때문이 아니라, 제 각오가 작아 보일 것 같았기 때문이다. 손짓으로, 부드러운 사담으로 아버지를 설득할 수 없었다. 그러고 싶지 않았다.

델리다는 조용히 방을 나왔다.

그 뒤 며칠 동안 그녀는 백작을 만나지 못해, 하마터면 아버지께서 저를 피하는 줄로 착각할 뻔했다. 자신은 자주 꼭대기 층의 방문을 두드렸고 또 거절당했다. 설마 제 의견이 완전히 무시되었을까 걱정이 되기도 했다. 영원히 무른 딸에게 실망하셨을까?

그러나 후회하지는 않았다. 그녀에게는 몹시 당연한 일이었다. 도움을 받았으면 돌려주는 모습을 보이는 편이 좋았다. 그 와중에 이득을 생각하지 않을 순 없지만, 그것만으로 움직이기는 부끄러웠다. 균형을 이루는 무게 추 같아야 한다고 생각했다.

그렇게 사흘이 지났다. 그리고 오늘 아침, 자신이 늦잠을 자는 와중 아버지께서 잉그레로 출타하셨다는 소식을 들었다. 아무 말도 듣지 못했지만 델리다는 아버지께 감사했다. 물론 또한 초조했고, 걱정이 되었다.

그녀는 벌떡 일어나다 유리구슬을 와르르 떨어뜨렸다. 그러나 신경 쓰지 않은 채, 그대로 방을 달려 나갔다.

자카리는 검댕이 묻은 옷을 벅벅 문질렀다. 잠깐 철에 머물렀다고 여기저기 자락이 엉망이었다.

그렇게 고양이 새끼처럼 올라오는데, 웬 사람이 제 앞을 막아섰다.

"어— 안니발레 백?"

"만강萬康하셨습니까? 예고 없이 찾아뵈어 죄송스럽습니다."

"따로 약속은 없네. 급하니 찾아왔겠지."

백작은 그렇게 싸우고도 친절한 왕에게 익숙한 모양이었다. 깊이 예를 표하더니, 나직한 목소리로 인도해 주십사 요청했다.

자카리는 그가 무슨 부탁을 할지 의아해하며 방향을 틀었다. 자신이 안니발레 자작에게 망나니 같은 칼을 휘둘렀기에, 백작이 한동안은 코빼기도 비치지 않을 줄로만 알았다. '겁먹었다'는 용렬한 단어를 쓰지는 않더라도, 단지 그 편이 안전하기 때문이었다. 안니발레 백작은 몹시 무사無事를 추구하는 사람이었다. 적어도, 자작을 후계자로 내세우겠다고 주장하기 전까지는. 그 이후로는 무언가 바뀌었다는 말인가?

그는 백작의 잠잠한 얼굴을 흘끗 바라보았다. 무슨 말을 준비하고 있는지 알 수 없었다. 전쟁 물자 관련해서 불평할 거리가 있나? 자작의 자리를 확인받으러 왔나? 이도 저도 아니면 설마 동부에 일이 터졌나?

그러나 그는 알현실에 들어가기 전까지 한마디도 하지 않았다. 자카리는 잔뜩 궁금한 채로 잽싸게 왕좌에 앉았다.

"백작, 말해 보게."

"폐하께서 알맹이 없는 법식을 혐오하신다는 사실을 압니다. 그에 바로 용건을 말씀드리겠습니다."

"아주 좋아."

"발미레를 철에서 석방해 주시길 간원想願드립니다."

자카리는 자신이 무엇을 잘못 들은 줄로만 알았다.

"⋯⋯."

"발미레가 아니었다면 잉그레의 철에 갇혀 있는 사람은 안니발레 자작이었을 겁니다. 아니요. 발미레처럼 작위를 회수당했을 테니, 단지 제 딸이었겠지요."

"지금 뭘 잘못 들은 것 같은데⋯⋯. 지금 백작은 짐이 이미 거절한 이야기를 다시 들고 온 건가? 어수대를 고하지 않은 역도를 잉그레의 철에서 석방하라고?"

"발미레는 어수대를 고발했습니다. 그 사실을 잊으시면 안 됩니다."

"어수대를 알아차리는 순간 알렸어야 한다고 믿는 짐이 순진한 건가?"

"물론 지당한 믿음이십니다. 하지만 사람은 실수를 합니다. 발미레는 스스로 실수를 돌이키고자 했습니다. 그에 폐하께서 마땅한 보답을 하셔야 한다는 의미는 결코 아닙니다. 하지만 철에 들어가지 않도록 아량을 베풀어 주실 수는 있습니다."

"대체 이해가 안 가는데⋯⋯. 그대는 짐이 손톱만큼이라도 그대 부탁을 들어줄 의향이 있을 거라고 생각했던 건가? 짐이 발미레의 작위를 박탈하고 투옥할 때 그 정도로 인자했던가? 그대의 첫 번째 제안을 거절할 때 주저했던가? 당최 뭘 믿고 짐 앞에서 이따위 헛소리를 지껄이는지 알 수가 없군⋯⋯. 아직도 귀가 의심될 정도야."

자카리는 침착했다. 백작의 말이 좀처럼 믿기지 않아, 오히려 경청해야겠다는 마음이 들었다. 왜 저런 미친 간언을 하러 왔는지 알고 싶었다. 무엇보다 왕이 이미 거절했지 않나. 이 자리에서 자신이 펄펄 뛰며 그의 재산을 박탈해도 공평 정당할 죄였다.

"폐하, 폐하께서도 발미레를 석방할 계기가 필요하실 겁니다. 안니발레가 기꺼이 그 명분이 되겠습니다. 저희의 반항을 기록에 남기셔도 됩니다. 노여워하시며, 발미레를 석방하시면 됩니다."

"아니……. 그대가……."

"공작은 전쟁에서 이길 겁니다."

그는 순간적으로 입을 다물었다.

"그때 발미레가 온전하지 않으면 여러모로 상황이 좋지 못하리라 생각합니다. 그녀를 구속하는 것은 딤니팔의 안위를 생각할 때 당연한 일입니다. 그러나 그녀의 건강을 상하게 해서는 안 됩니다. 불필요하게 수고가 많아집니다. 우선 협정 이후 멋지게 꾸며 공개할 망명자가 없을 것이고, 또한 공작이 날뛸 것입니다. 폐하께서도 익히 아시지 않습니까?"

"무슨 소리야?"

자카리는 반사적으로 대답했다. 그러나 백작은 의도한 양 여유롭게 다른 길로 새어 나갔다.

"다른 사람의 입으로 어수대가 들통났다면 그녀를 엄벌한들 누구도 의아해하지 않을 겁니다. 하지만 발미레는 스스로 죄를 자백했습니다. 누구도 어수대의 단초를 쫓지 못한 상황에서요. 그 상황을 참작해 주시면 좋겠습니다. 그래야만 불필요한 궁금증이 줄어듭니다."

"아니, 그거 말고. 왜 딴소리를 하나?"

"공작이요? 그분이 발미레에게 마음을 가졌단 사실을 모르는 이가 있습니까?"

"미치겠군! 무슨 소리야?"

그는 거의 노성을 터뜨렸다. 꺼림칙한 구석이 있는 인간이 지레 소리를 지르는 모습이었다.

"저는 잘 모릅니다만, 그녀가 쓰러진 동안 간병하고 심지어 미라이예 영지에까지 동행했다면 달리 생각하긴 어렵습니다. 심지어 '그' 공작이요."

자카리는 그제야 무언가를 깨달았다. 쇠망치에 얻어맞은 듯한 깨달음이었다.

발렌시아는 그간 일부러 그녀에 대한 제 비정상적인 감정을 과시했다. 눈과 귀가 달린 사람이라면 모를 수 없도록 감정을 내걸었다. 그가 자리를 뜬 동안, 누구도 외르타를 건드리지 못하도록. 칼을 쥔 공작을 꺼림칙하게 여겨서라도 감히 손을 올리지 못하도록 막아 둔 것이다.

아, 물론 내가 손을 올렸지. 그러자 그 꼴을 본 백작이 기겁을 하고 있는 것이다. '왕이 공작과 대립하나?' 물론 그 이유만으로 분란이 일어나지는 않겠으나, 눈초리가 불안한 것은 어쩔 수 없는 모양이었다.

물론 자카리는 발렌시아의 의도에 말려들어 갈 생각이 없었다.

"누구도 알 수 없는 일이지."

"예. 저도 큰 무게를 두진 않고 있습니다. 그렇지만 전쟁에 승리한다면 잉그레의 철에 갇힌 전쟁 명분은 저희를 난처하게 만들 겁니다."

"그때 생각하면 될 일이다. 우리가 언제나 진실을 말하던 것은 아니지 않나."

"사람이 죽습니다, 폐하."

"……"

"발미레가 건강하다고는 도무지 말할 수 없습니다. 특히 얼마 전까지 반송장이었던 사람입니다. 그런 이를 철에 가둔다면, 달포를 버티지 못할 겁니다. 그곳은 공기부터 썩어 있습니다."

"무명이 잘 관리할 것이다."

"폐하, 발미레는 제 딸보다 여위었습니다. 무명이 그런 여성을 잘 다룰 거라는 생각은 들지 않아요. 그들은 강인한 첩자를 굴복시키는 데 전문입니다. 잘못하면 죽습니다. 죽으면 돌이킬 수 없습니다."

자카리는 입술 안쪽을 잘근잘근 짓씹었다. 방금 전 무명에게 강제 배식을 명하고 왔지만 그 역시 그것만으로는 충분하지 않다는 사실을 알았다. 사람이 쇠약해지는 데 곡기만 중요한 것은 아니었다.

"문제가 생기면 치료하면 된다."

"죽습니다. 종잇장 같은 사람입니다, 발미레는."

"백작."

그러나 백작은 여기서 끝낼 마음이 없는 듯했다.

"폐하께서 제 간언을 고려해 주신다면 무량한 기쁨이 될 것입니다. 하지만 받아 주지 않으셔도, 이 내용을 잉그레에 공문으로 드릴 예정입니다. 안니발레는 발미레의 구명을 요청했습니다."

왕은 턱에 힘을 주었다.

"첫째, 저희는 발미레에게 도움을 받았습니다. 그것이 의도치 않은 도움이라 하나 안니발레의 명예로 보답할 의무가 있습니다. 둘째, 발미레의 건강을 생각할 때 그녀가 철에 머문다면 전쟁이 끝날 때까지 생존을 장담키 어렵습니다. 이는 전쟁 이후 그녀를 공개해야 하는 딤니팔에 난처한 일입니다. 셋째, 발미레는 범죄를 자백했습니다. 자백한 이에게는 소금과 같은 아량이 따라야 합니다. 이상 세 가지 이유로 폐하께 발미레의 석방을 요청했다는 사실을 안니발레의 인장과 함께 발송하겠습니다."

"사람 미치게 하는군."

"쉬시는 중 심려를 끼쳐 드려 사죄드립니다. 이만 물러남을 윤허해 주십시오."

"그대 혼자 지껄이고 가겠다고?"

"……."

그는 자리에서 일어났다. 어쩌면 함께 이를 갈아붙인 것 같기도 했다.

"발미레는 역도이며, 역도에게는 잉그레의 철이 마땅하다. 그 결정에 이의를 제기한다면 그대 역시 반역자다."

서슬 퍼런 말이었다. 안니발레가 한 치라도 길을 잘못 들면 무엇이든 동강을 내겠다는 태도였다. 최후통첩 같은, 얼굴을 일그러뜨린 선언.

그러나 안니발레는 내리쳐도 불꽃조차 튀지 않을 바위로 서 있었다.

"폐하, 그녀는 급격히 쇠약해질 겁니다. 그때가 되어 구출하는 것과 지금 잉그레에 감금하는 것이 무엇 다르겠습니까? 다르다면 발미레가 겪는 고통뿐입니다. 그녀에게 불필요한 고통을 주지 마십시오. 폐하의 자비를 탄원합니다."

"백작!"

"제가 반역자여도 좋습니다. 폐하의 뜻이라면 저는 반역도당임이 분명합니다. 하지만 그 위에 도리가 있습니다. 안니발레는 저희의 실수를 구원한 이를 잊지 않습니다."

"계속 헛소리를 지껄인다면 자작의 후계자 직을 박탈하겠다."

"납득할 수 없는 시녀 건으로 직위를 박탈당하는 것보다, 도움 준 이에게 신의를 지키고 직위를 박탈당하는 편이 나을 겁니다. 그녀도 받아들이리라 생각합니다."

자카리는 주먹을 꽉 쥐었다. 안니발레의 공문을 남기면 자신은 어쩔 수 없이 발미레를 석방해야 했다. 백작이 든 세 가지 이유 모두 만인에게 타당해 보이므로. 자신에게 남는 것은 아집뿐이다. 왕은 아집만으로는 명령을 지킬 수 없다. 그도 그러고 싶지 않았다. 정확히는, 아집임이 드러난 상황에서 그러고 싶지 않았다.

백작도 그 사실을 알아 반항하고 있었다. 정의는 자신에게 있으니, 당신이 무어라 말하든 공문으로 남기겠다고. 누군가는 나서야 했으며 어쨌든 우리는 안니발레라고.

"……자작의 뜻이군."

"무슨 말씀이신지 모르겠습니다."

"짐에게 이따위로 보복하는군."

"이해하지 못했습니다."

"나가."

"예. 침우沈憂를 드려 죄송합니다."

자카리는 말없이 문을 가리켰다. 입 다물고 나가.

안니발레 백작은 예를 표한 뒤 알현실을 나갔다.

그가 잉그레를 떠나자, 안니발레의 탄원서가 도착했다.

배계拜啓.

신 조반니 브레시아 페라 얀 안니발레는 외르타 발미레를 잉그레의 높은
층에 감금하길 탄원합니다.

하나, 안니발레가 외르타 발미레의 자백으로 모살의 혐의를 벗을 수 있
었습니다. 이에 신의를 지키는 안니발레의 이름으로 철에서의 석방을 간
원합니다.

하나, 외르타 발미레의 건강을 고려할 때 철은 적절하지 못한 환경으로
사료됩니다. 그녀의 상황이 악화되기 전보다 양호한 장소에 감금하는 것
이 타당하다고 생각합니다. 이는 전쟁의 명분을 잃지 않아야 한다는 측면
에서도 의미가 있습니다.

하나, 외르타 발미레는 범죄를 자백했습니다. 모든 범죄에서 자백은 참
작되어야 합니다. 때문에 역모죄를 기록하되, 철에서 엄격히 문초하기보
다는 자비로운 접근이 필요하다고 믿습니다.

신 조반니 브레시아 페라 얀 안니발레 주전主前.

안니발레는 자신의 결정에 대해 곰곰이 생각하며 걸음을 뗐다. 자신에게는 델리다의 작위를 걸 용기가 없었다. 눌라레의 방에서 본 델리다를 생각하면, 그녀에게도 없으리라 생각했다. 그러나 그는 딸을 몰랐다. 이것은 자신의 결정이 아니라 그녀의 결정이었다.

그는 보금자리의 홀에 들어섰다. 여전히 11월의 차가운 공기가 남아 있었다.

고개를 들자 델리다가 뛰어 내려오고 있었다. 그는 양손을 들었다. 그녀는 그대로 그를 껴안았다.

외르타는 멍하니 앉아 있었다. 팔을 구속당해 바야흐로 무명에게 식사를 배급받기 직전, 풀려났다. 무명은 식사를 들고 오는 대신 열쇠를 들고 왔다. 그녀는 고작해야 몇 시간 전 직접 제 팔을 묶은 사람이 정반대로 다가오자 의아해했다. 그는 그녀에게 자유를 건넨 뒤 권유했다.

"올라가시지요."

"뭐……? 어디로……?"

"당신은 지금부로 잉그레의 지상층에 유폐됩니다."

그녀는 지금이 밤인지 낮인지도 알 수 없었다. 다만 왕이 떠난 지 얼마 안 되었다. 그것만큼은 확실했다. 그가 그토록 엄중하게 경고하고 또 비난한 뒤 떠나갔건만, 숨을 돌리지도 못한 사이 철에서 풀어 주겠다고? 외르타는 도무지 이해가 되지 않아 처음으로 질문했다.

"어떻게 된 거야……?"

"왕명입니다."

"날 구속한 것도 왕명이었다. 그조차 얼마 되지 않았어."

"일어서십시오. 부축하겠습니다."

"이해가……."

"일어서지 않으면 강제로 인도하겠습니다."

외르타는 벌떡 일어섰다. 그가 자신을 움켜쥘 틈조차 주지 않은 채 급하게 걸음을 뗐다.

이월 스물은 한 치 뒤에서 방향을 짚어 주었다. 그녀는 바짝 곤두서선, 후들거리는 다리로 그의 안내를 따랐다. 무명은 인내심이 깊었다. 높은 계단을 올라가는 제 속도에도 자신에게 손을 대지 않았다. 그녀는 그것이 그가 보일 수 있는 최대한의 예의라는 사실을 잘 알았다.

그들은 앞서거니 뒤서거니 하며 잉그레 두 번째 층의 구석진 방으로 들어왔다. 그녀는 문 앞에 무장하고 선 열두엇의 경비 기사들을 의심스러운 눈길로 지나쳤다. 방문이 닫혔다.

무명은 방문에 등을 기댄 채 멀찍이 떨어진 외르타를 바라보았다. 그는 그답지 않게 말을 건네며 손짓했다. 검지를 들어 눈앞에 가져다 댔다.

"첫째, 식사를 들지 않을 시, 여전히 강요할 수밖에 없습니다. 그 경우 다시 한번 손은 구속됩니다. 감안하시고 건강을 유지하시길 바랍니다."

"……."

"둘째, 당신에 대한 처분은 변하지 않았습니다. 단지 잉그레의 철에서 잉그레의 지상층으로 장소가 바뀌었을 뿐입니다. 유념하십시오."

"한 문장 한 문장 강조하지 않아도 귀 기울여 듣고 있어."

"그렇다면 다행입니다."

그는 인사도 없이 뒤돌아 나갔다. 문이 닫히고, 여러 단계의 자물쇠가 철커덕거리며 다물리는 소리가 들렸다.

외르타는 곧장 창문을 찾았지만, 아니나 다를까 쇠로 굳게 마감되어 있었다. 철판에 숭숭 뚫린 구멍으로 주먹만 한 빛이 새어 들어오고 있었다. 물론 그녀 스스로도 창문을 대체 왜 확인했는지, 도망치기라도 했을 심산인지 몰라 혼란스러웠다.

그녀는 머리를 부여잡은 채 소파에 주저앉았다.

아무리 앙히에와 발렌시아에게 깊이 사죄하고자 했어도, 자해하려 든 것은 아니었다. 때문에 잉그레의 철보다는 이 자리에 훨씬 만족했 다. 그러나 누구 덕분일까? 직전에 만난 자카리는 자신을 풀어 주기는 커녕 벽에 달린 쇠사슬에 묶을 기세였다. 심지어 발렌시아가 탄원했음 에도 발아래로 짓밟은 듯했다. 무엇이 바뀐―.

발렌시아.

그녀는 주먹을 꾹 쥐었다.

이제 발렌시아는 앙히에의 죽음을 알았다. 또한 그녀의 배반을 알았 다. 그럼에도 발미레를 철에서 풀어 달라고, 알로지아드 너머 제 왕에 게 호소했다.

그가 화를 꾹 참을 것은 짐작하고 있었다. 그러나 왕에게 반항하리라 곤 감히 떠올리기 어려웠다. 나는 당신을 받아 준 것도 아니었는데. 오 히려 누구보다 엄하게 거절하고 등 돌렸는데. 얼마나 둔해 빠졌으면 그 럴까. 그의 감정을 상상하기 힘들었다.

외르타는 도망쳐야 할지 맞부딪쳐야 할지 모르는 채로 잠시 멍하니 있었다.

그에게 자신은 앙히에의 죽음보다 먼저였다. 그 사실이 그녀를 두렵 게 했다. 그에게 끔찍이 미안하면서도, 동시에 선을 넘었다는 생각이 들었다. 그조차도 그래서는 안 된다고 믿었다. 아니, 그이기 때문에, 앙히에의 형제이기 때문에 그래서는 안 된다고 믿었다. 앙히에에게도 미안하고, 발렌시아에게도 미안하고, 모든 것이 엉망진창이었다.

그녀는 소파에 미끄러지듯 쓰러졌다.

단단히 잠긴 문을 바라보며 눈을 깜박였다.

이 자리에 영영 돌아오고 싶지 않았다. 끊임없이 맹세했던 것처럼, 멀리 떠나고 싶었다. 이곳에 있으면 제 죄와 앙히에의 그림자가 자신을 괴롭힐 것 같았다. 발렌시아에게도 죄책감을 느껴 고통스러웠다. 항상 노심초사하며 자신을 감시하는 딤니팔도 싫었다. 아무 사람도 아니 되어 초야에 묻히고 싶었다.

입술을 꾹 깨물었다.

떠나고 싶다.

발렌시아는 자카리의 서신을 미심쩍은 눈으로 바라보았다. 그에게 탄원했지만 이 정도로 흔쾌히 받아들여질 줄은 몰랐다. 그러나 잉그레 내부의 일이라면 그의 솔정도, 심지어 십이공회의 조력자들도 쉽사리 상황을 알기 어려웠다. 이 먼 길 위에서 도저히 눈가리개를 떼어 낼 수가 없었다. 왕의 답변을 믿으려 노력하면서도 믿을 수 없는 심정이었다.

그는 고삐를 꽉 쥐었다.

외르타.

그녀에게는 자신이 필요하지 않았다. 영지로 떠나는 길과, 또한 영지에서 그 사실을 깊이 깨달았다. 좀처럼 기온이 올라가지 않는 이른 봄처럼 그녀의 곁에 머무를 수는 있을 것이다. 그러나 외르타에게는 봄이 필요했다. 완전하고도, 철저한 봄이 필요했다.

감히 그녀와 영원히 이별하겠다는 결심은 하지 못했다. 다만 그것과, 그녀와의 공식적인 관계가 마무리되었다는 사실은 별개의 건이다. 그는 고통스럽고 느리게 받아들였다. 자신은 외르타의 먼 벗이 될 수 있었으나, 그 외에는 어떤 것도 불가능했다. 욕망이 좌절되어 길을 잃었다.

손수건을 사이에 두고 손을 맞잡은 순간부터 느꼈다. 그녀가 제게 가까이 다가올수록 스스로와 다른 점만 보였다.

외르타가 자신을 조롱하기 위해 살갑게 굴었다고는 말하지 않을 것이다. 그녀는 그만큼, 혹은 그보다 진심이었다. 하지만 그처럼 한순간 같은 점에 서 있어도, 그들은 서로 등지고 있었다. 전진하기 위해 걸음을 뗀다면 영영 멀어질 것이 분명했다.

오스페다를 떠났을 때에는 그녀를 향해 어떤 마음과 기대를 품고 있었던 것 같다. 그러나 알로지아드의 길에서 여러 번 깨달았다. 그리고 앙히에의 소식을 듣자마자 결심했다. 그는 영지에 도착하자마자 십이 공회에 보내는 약혼 서신을 봉했으며, 앙히에를 확인한 뒤 발송했다. 어차피 길이 없다는 사실을 알았기에, 외르타와의 무엇을 생각할 수조차 없어서 등 뒤에 절벽을 두었다.

자신은 거듭해서 선을 넘었다. 그녀에게 팔을 뻗었다. 앙히에가 마지막 가지를 분지른 것은 맞았지만, 사실 그의 소식을 듣기도 전에 한 줌 갈대처럼 목이 꺾이고 있었다. 그는 스스로가 불안했다. 어떤 짓을 저지를지 몰라 매번 장님처럼 앞을 더듬었다. 그랬기에 그녀가 단호하게 길을 막아서자 차라리 안도의 한숨을 쉬었다. 그들은 아무것도 될 수 없는 것이다. 그녀가 선언했다. 한마디 말로 선언하지는 않았으나, 수백 마디와 몸짓과 표정으로 선언했다.

그들은 지금 어떤 것이었으나, 훗날에는 아무것도 될 수 없었다.

그녀의 속삭임을 받아들였다. 그는 꿈꾸지 않는 사람이었다. 스스로 출렁이며 뱃전을 넘는 파도란 사실을 알아도 이미 선을 그어 두었기에 불안하지 않았다. 자신은 그 배를 침몰시켜선 안 되었다. 아니, 침몰시킬 수 없었다.

그렇게 출렁이다가 기어이 그녀에게 청혼했다. 끔찍이도 진심이었지만 역시 한 톨도 소망하지 않았다. 그녀가 수락하리라곤, 여러 번 미치더라도 생각지 못했을 것이다. 이미 마음속에서 넘어갈 수 없는 벼랑이 있었다. 청혼하면서도 잔뜩 안심한 채였다. 자신이 어떤 말과 행동으로 표현한들 미래가 바뀌지는 않을 것이다. 그는 무슨 짓을 해도 놀림

받기에 자유로운 광대와 같았다. 말을 조심해야겠다는 생각조차 들지 않았다. 어차피 의미가 없었다.

다만 단 하나, 스스로 아쉽지 않기 위해 외르타에게 모든 것을 쏟아냈다는 사실이 미안했다. 고작 제 옹졸한 고통을 덜기 위해, 조금이라도 자유로워지기 위해 그녀를 놀라게 했다는 사실이 죄스러웠다.

외르타에게 겨울 볕만큼도 바라지 않았다. 자신을 위해 바뀌길 바라지 않았다. 그럼에도 상대의 마음을 신산하게 만들어 미안했다. 그녀는 분노를 간직한 채 앙히에의 죽음을 들었다. 그 유폐된 자리에서 혼란스러워 할 외르타에게 미안했다.

그녀가 게외보르트를 숨겼다는 사실에 스스로도 몸이 성한 것은 아니었다. 하지만 분노는 일시적이고 자신은 견딜 수 있었다. 외르타는 외르타였다. 그녀를 누군가가 바꾸는 것은 불가능하다. 그는 그녀를 사랑했으므로 그 사실을 누구보다도 깊게 포용하고 있었다. 그녀가 어수대를 고발하지 않은 것은 당연하다. 그것이 자신을 구차하게 만들어도 그녀는 그녀였다.

발렌시아는 그렇게 외르타를 사랑했다. 여러 번 실망하고 기대하고 무너진들 변하지 않고 사랑했다. 그래도 괜찮았다. 어차피 그들에게는 미래가 없었다.

외르타는 설마 미래를 상상하고 있었을까?

그럴 리 없다.

그러나 외르타는 거듭 자신을 껴안았다. 괴로웠다. 단호히 거절한 뒤 홀로 서던 그녀가 아닌가.

닫힌 문이 아니라, 까마득해도 기어 올라갈 수 있는 절벽이었나? 내가 노력했다면, 변화를 만들 수 있었겠는가? 그 가냘픈 희망이……

현실적으로 두 해 이상을 약혼의 기약 없이, 또한 제 희망도 없이 버틸 수가 없었다. 앙히에의 소식이 자신을 마지막으로 결심하게 만들었다. 결심을 두드리자 명랑한 무생물의 소리가 났다. 그만큼 딱딱하게 굳었다.

앙히에가 없다면 자신에게 남은 길은 하나였다. 그는 정상적으로 혼인하여 후계자를 보아야 했다. 그간 아우를 차선책으로 생각했기에 우물쭈물했던 것은 아니었다. 그보다는 이제야, 아우의 죽음 뒤에야, 그의 비명과 부탁을 기억했을 따름이었다.

"형님은 자신이 바른 길을 가고 있다고 했어. 가문을 책임지는 아주 정석적인 길. 그 길로 나를 내리쳤고, 나는 견딜 수가 없어서 나왔어. 형님, 나는 그 칼이 너무 무서워. 형님이 들었던 칼이 정말 무시무시하게 느껴졌다고. 단단히 뿌리박혀서, 형님 손에선 영영 떨어지지 않을 접붙이구나 봤단 말이지. 형님이 그랬단 사실을 잊지 마. 나는 그래서 도망친 거야."

그래야 했다. 자신이 아우에게 저지른 잘못에 보답해야 할 때였다.

발렌시아는 지나치게 열중한 나머지 이상한 목소리를 한마디 더 들었다.

"나는 형님이 바뀐 것이 기쁘다."

순간적으로 무엇을 회상했는지 기억하기 어려웠다. 그러자 어리석은 머리를 두드리듯 재차 괘종이 울렸다.

"나는 형님이 바뀐 것이 기쁘다."

나는──.

"발렌시아 경."

그는 고개를 돌렸다.

"몇 가지 사소한 문제가 있어 늦었습니다. 죄송합니다."

"아니다."

"……."

"톨레도 경."

"……."

잠시 침묵이 흘렀다. 발렌시아는 상대가 앙히에를 언급해도 될지 걱정하고 있다는 사실을 눈치챘다. 그는 요새의 그늘 밖으로 말을 몇 걸음 몰았다. 조용히, 지체할 시간이 없다고 주장했다.

"……새로운 물품을 챙겨 왔는데, 이쪽으로 보관해도 되겠습니까?"

"그래."

톨레도는 유연한 손짓으로 발렌시아의 말에 짐을 얹었다. 단단히 매어졌는지 한 번 더 확인한 뒤, 훌쩍 제 말로 넘어가 올라탔다.

다행히 상대는 거추장스러운 위로를 숨겼다.

"알로지아드를 벗어나시기 전 만나 뵐 수 있어 다행입니다."

"네가 늦장을 피웠지."

"경께서 본 영지의 업무를 처리하신 것처럼, 제게도 발목을 붙드는 일이 많았습니다."

이제야 평상시처럼 다소 부드럽게 툴툴거리는 말이 새어 나왔다. 말을 몰았다.

"자멘테 경은? 소식을 들었나?"

"벌써 며칠 전에 지나가셨습니다. 어마어마하게 빠르시더군요."

"먼저 도착하겠군."

"예. 분명 그러실 겁니다. 알로지아드 론실리에서 지름길을 사용하신다고 들었습니다."

그들은 누가 먼저랄 것도 없이 편안하게 말을 재촉했다. 앙히에와 알로지아드에는 어떤 관계도 없다는 듯, 얇게 저민 걱정이 길바닥에 묻혔다. 발렌시아는 길동무가 침묵하여 안심했다.

지하에서 올라와 가장 좋은 부분은 낮밤을 구분할 수 있다는 점이었다. 비록 숭숭 뚫린 구멍으로 새어 들어오는 빛이지만 창조차 없는 것보다는 나았다.

외르타는 고요하게 만 이틀을 보냈다. 끼니를 챙겼다. 무명의 충고 때문은 아니었다. 식사가 더 나아진 것도 아니다. 단지 충격이 가라앉은 잔해 속에서 제 바람을 명확히 할 수 있었기 때문이다.

그녀는 자카리를 만난다면 단 한 마디를 할 작정이었다. 알론조 캄비로 보내 달라고.

자신이 이 번잡한 곳에 있었기에 어수대를 만났고, 또 침묵한다는 결정을 내렸고, 그 탓에 앙히에를 죽이고 발렌시아를 실망시켰으며, 자카리를 사사건건 곤두서게 만들었다.

자신은 딤니팔이라는 부드러운 살에 박힌 가시였다. 어서 딤니팔의 중심을 떠나야 했다. 자카리에게 죽일 수도 살릴 수도 없는 이 골칫덩이를 처리하는 방법이 딱히 있을 것 같지 않았다. 특히 이미 누군가의 불평에 못 이기고 자신을 지상에 내놓은 교양인이라면, 유연하게 그녀를 제거하고 싶을 듯했다.

그녀는 이번이 부디 마지막으로 자신이 머리를 굴리는 계기가 되길 바랐다. 몹시 피곤했다. 다 잊은 뒤 영영 쉬고 싶었다. 과거도 앙히에도 발렌시아도 딤니팔도 잊고 갓 태어난 것처럼 쉬고 싶었다.

그렇게 하루가 지났다.

또 하루가 더 지났다.

자신은 꼭 닫힌 방문을 보며 서성였다. 식사를 운반하는 무명에게는 항상 폐하를 모셔 달라 부탁했다. 드릴 말씀이 있노라고. 그는 언제나 성실하게 전한다고 답변했다. 때문에 그의 잘못은 아닌 듯 보였다. 무명이 아니라 왕이 자신을 무시하고 있었다.

다시 하루가 지났다.

철판 사이로 난 구멍에 눈을 대고 바깥을 구경하려 들었다. 그러나 아무리 애써도 텅 빈 하늘이나 가까스로 삐죽삐죽 올라온 나뭇가지만 보였다.

외르타는 벽에 날짜를 새기기 시작했다. 펜은 없었다. 때문에 편지 인장을 뜯어내는 칼을 쥐고 벽지를 벅벅 긁어 기록했다. 아주 휘황한 장식이 있었지만, 이 지경으로 자신을 고립시켰다면 반항할 것을 예상했어야 했다. 그녀는 침착하게 줄 일곱 개를 그었다. 잉그레의 철에 처음 갇혔을 때부터, 지금까지. 총 일주일이었다.

입술을 깨물며 뒤로 물러났다. 넓적한 칼을 움켜쥐었다. 누구를 죽일 수 있는 날붙이는 아니었다.

갑자기 자물쇠를 두드리는 소리가 났다. 그녀는 놀라서 뒤를 돌아보았다. 아까 전 빈 그릇을 걷어 갔는데? 잠금쇠가 지나치게 많아서 몇 초 동안이나 멍하니 문을 바라보고 있어야 했다.

문이 열렸다.

외르타는 피곤한 기색의 왕을 만났다. 그녀는 급하게 잉그레의 예를 표하다가, 손칼을 떨어뜨렸다.

"뭘……."

그는 그녀의 등 뒤로 흉측하게 찢어진 벽지를 보곤 말을 줄였다. 잠시 미친 사람을 보는 듯한 시선이었지만, 그녀가 제대로 잉그레의 예를 표했다는 사실을 겨우 기억한 모양이었다. 아무리 비관적으로 보아도 철에서 마주했을 때보단 정상으로 여기겠지.

273

"이야기 좀 하자."

"예."

자카리는 문을 닫았다. 외르타는 발로 칼을 치웠다.

"우선 짐이 숨길 이유는 없으니 말해 주지. 안니발레가 네 구명을 요청했다. 한때 쓰러졌던 네 건강이 걱정되고, 또 자백했다는 점을 참작하여 철에서 꺼내라고 주장했지. 자기들이 위기에 처했을 때 네 덕분에 도움을 받았다고 말이야."

입이 살짝 벌어졌다. 예상하지 못했던 이름을 들었다. 잔뜩 굳어 있던 안니발레 자작의 얼굴이 얼핏 지나갔다.

"짐은 정확히 전달한다. 네가 발렌시아의 탄원 때문이 아니라, 안니발레의 협박 때문에 이 자리에 있다는 사실을 명심하라. 발렌시아의 애정으로 네가 얻을 수 있는 이득은 없다."

'발렌시아의 애정으로 인해 짐이 선처하지는 않을 것이다.' 발렌시아와 자신은 무관하니 당연한 일이다……. 다만 무관하다는 말을 읊조리면서도 꺼림칙한 부분이 있었다. 때문에 자카리가 힘주어 선언하는 모습이 놀랍지 않았다.

그녀는 유일하게 궁금한 내용을 반문했다.

"'협박'이라니요?"

"백작은 사리에 맞게 호소했다. 너는 당시 어리석었을 뿐, 이제 와선 딤니팔의 은덕과 죄를 깨닫고 고해한 사람처럼 보이지. 그렇지 않고서야 눌라레의 방에서 미친 말을 할 이유가 전혀 없었으니까. 미친 말을 해서 얻는 이득이란 전무하고 외려 본인만 해친다면 대체 무슨 논리적인 이유로 토설했는지 짐작하기 어렵지. 때문에 네 죄는 어느 정도 실수처럼 보인다. 심지어 그 실수를 자백하기까지 했고……. 더 나아가 네 종잇장 같은 건강 상태로 철을 견디는 것은 어불성설이며, 전쟁 중에나 전후에 건강한 상태로 자랑해야 한다는 점도 빠뜨리지 않았지."

"……."

"그걸 저놈의 백작이 공문에 남겼다. 그토록 합리적인 이야기를 받아들이지 않는다면 잉그레는 신뢰를 잃지. 협박한 거야. 짐은 당했고."

"폐하, 백작의 의견이 합리적이라고 생각하신다면 왜 저를 철에 투옥하셨습니까? 한순간이라도 역적도당을 엄벌하시는 모습을 보이기 위함이었습니까?"

"아니. 네가 싫어서."

외르타는 순간적으로 할 말을 잃었다.

"딤니팔에 협조할 생각이 없었던 너를 두고 앙히에는 죽었고, 심지어 발렌시아는 그런 너를 사랑한다고 별별 난장판을 치고 다니고."

"……."

"짐이 짚어 주었지. 네가 말하지 않았기 때문에 앙히에가 죽은 것은 아니라고. 지난번과 달리 이제는 보다 진지하게 믿고 있다. 짐이 노력해서, 이제 두 가지를 완전히 분리해서 볼 수 있다."

"……."

"하지만 짐은 네가 여전히 게외보르트라는 사실에 소름이 끼쳐. 앙히에는 게외보르트를 신뢰하다가 땅에 묻혔다. 그럼에도 그 형님 되는 작자는 게외보르트에 푹 빠져 정신을 못 차리고 있다. 짐은 딤니팔이야. 미라이예도 딤니팔이지. 너는 용납되지 않는다."

그녀는 자카리를 이해했다. 자신에게 적의를 가진 그를 이해하는 것은 위험한 일이었으나, 합당한 논리에 이길 수 없었다. 딤니팔의 왕은 아무리 노력해도 게외보르트의 그루터기 같은 자신을 믿기 힘들 것이다. 심지어 한 사람은 자신에 대한 신뢰를 지우지 못한 채 게외보르트에 죽었고, 한 사람은 자신에게 애정을 가진 채 게외보르트와의 전쟁에 나가고 있다면.

"이미 내뱉었지만…… 너를 싫어한다고 공개적으로 투덜댄다면 짐은 염치없는 인간이 될 것이다. 널 포티미외에서 살려 돌아오라고 명했던 사람이 짐인데. 발버둥 치는 너를 전쟁 명분으로 삼으면서도 부수적 피해가 없길 바랐다면…… 사실 이 욕심 많은 왕을 탓해야지……. 어떤 부수적 피해일지는 몰랐으나, 지금 이 따위 소동이 아니었더라면 또 더 한 사달이 있었을 수도 있겠지.”

그 말은 그녀보다 정직한 고백처럼 들렸다. 자카리는 오밤중 피곤한 듯한 눈을 비비며 한 걸음 더 다가왔다. 그녀는 왕의 휘황한 옷차림을 뚫어져라 바라보았다. 그의 몸짓에는 전혀 적의가 없었다. 개인적으론 자신을 미워하면서도, 그에 이성을 잃지 않도록 치밀하게 조율하는 모습이었다.

“……하지만 짐도 인간이다. 짐은 네가 거슬린다. 네 얼굴을 보면서 앙히에의 죽음을 절대적으로 떠올리지 않기는 무척 어렵다. 더군다나 너는 이 딤니팔의 중심에 너무 많은 영향을 끼쳤다. 그러나 죽일 수는 없다. 투옥했다간 죽기 딱 좋다. 짐보고 어쩌란 말이야?”

“폐하, 저를 알론조 캄비로 보내 주십시오.”

자카리는 의자를 잡아 앉았다. 그의 얼굴에선 감정을 읽기 어려웠다. 귀족들에겐 사소한 일로도 버럭버럭 소리를 질러 대던 왕이, 지금 가장 미워하는 사람 앞에서 이렇게 차분할 수 있다니 놀라웠다.

“알론조 캄비에 가면?”

“예……?”

“가서, 뭘 할 건데?”

“폐하의 명에 따르겠습니다.”

“짐은 네 계획을 묻고 있다.”

“어떤 곳인지는 단지 들어 알 뿐이지만, 조용히 칩거하고 싶습니다. 제가 그간 바라던 것은 이뿐입니다.”

“공작이 네게 청혼했는데도?”

외르타는 인상을 찌푸렸다. 도무지 그의 심중을 이해할 수가 없었다. 표정을 지운 채 방금 전 하나를 이야기했다가 또 그 정반대를 이야기하는 모습이 혼란스러웠다. 나를 미워한다. 그런데 떠난다니 발렌시아가 청혼하지 않았느냐고 항의해?

"저는 거절했습니다. 폐하께서도 아시지 않습니까."

"안다. 그러나 네게 청혼하기까지 한 공작의 갸륵한 마음에 일말의 영향도 받지 않았느냐는 것이지."

"저를 더 혐오하시기 위해 질문하시는 겁니까?"

"잘 아는군."

"네. 영향을 받지 않았습니다."

"훌륭해."

"폐하."

"떠나면 돌아올 계획이 있나?"

"폐하께서 부르시면 돌아오겠습니다."

"공작이 나오라고 하면?"

"폐하!"

그녀는 마침내 언성을 높였다. 그가 긴 부지깽이로 자꾸만 자신을 찌르는 느낌이었다. 고의였다. 괴롭히기 위해서였다.

'괴롭히기 위해서'?

외르타는 망설였다. 지금 왕에게 공격당하고 있는 건가? 그가 유효한 무기로 나를 찌르고 있나? 앙히에의 죽음 탓에 발렌시아에게 미안하여 마음이 불편한 걸까? 그 죄책감만으로, 자카리가 지분거리자마자 부르르 떨면서 튕겨져 나온 것일까? 죄책감은 자신이 평생 짊어지고 갈 짐이지만, 그 외의 무엇은⋯⋯?

그가 자신을 청혼으로써 배신했음에도 남아 있는 이 들쩍지근한 감정이 무엇인지 알 수 없었다.

"짐은 질문했다."

"……그가 불러도, 나올 생각이 없습니다. 칩거하겠다고 결심한 사람이 공작의 부름에 응답하는 것은 이율배반적입니다."

"그와 연락할 건가?"

"대체 왜 이렇게 관심을 가지시는지 모르겠습니다."

"앙히에가 죽었다면 남은 미라이예마저 죽지 않도록 짐이 지켜야지."

"……."

외르타는 입술을 잘근잘근 씹었다.

"다시 묻겠다. 공작과 연락할 건가?"

"……."

"마지막으로 묻는다."

"그가 먼저 연락한다면, 답변하지 않을 도리가 없습니다. 저는 그에게 큰 잘못을 저질렀습니다. 그에 사죄해야 합니다. 그뿐입니다."

"먼저 소식을 전하진 않을 텐가?"

"예. 맹세합니다."

"그렇다면, 허락한다."

그녀는 귀를 의심했다.

"예?"

"네가 알론조 캄비로 떠나는 것을 허가한다. 영영 호수에서 대사제의 가르침을 받는 것이 좋겠다. 다시는 오스페다에 발을 딛지 말라. 아니, 그 호수에서 벗어나지 말라."

주먹을 쥐었다. 자신이 요청했고 받아들여지길 바란 바람이었다. 또한 오래전부터 품고 있던 계획이기도 했다. 그러나 선택지가 있는 상황에서 알론조 캄비에 묻히는 것과, 이렇게 영원히 돌아올 수 없는 것은 완전히 다른 것이었다.

손끝이 시큰하게 아팠다. 그녀는 팔을 내려다보았다. 다시는 이 자리에 돌아올 수 없을 것이다. 솔 미라이예를 볼 수 없을 것이다. 아마, 발렌시아도 볼 수 없을 것이다. 자신은 알론조 캄비에 잠겨 있을 것이다.

그녀는 살짝 고개를 기울였다. 끄덕였다고 생각했다. 그러나 더 명확한 말이 필요했다.

"……."

"똑바로 대답해라."

"예, 알론조 캄비에 폐거閉居하겠습니다."

"내일 아침까지 채비해 두겠다. 지금 당장 공작가의 솔정을 부를 테니, 혹 솔 미라이예에 두고 온 소지품이 있다면 이야기하도록."

"……감사합니다."

외르타는 그제야 자카리가 알론조 캄비를 예상하고 들어왔다는 사실을 알았다. 이렇게 뒤늦게야 깨달았다. 제 입에서 알론조 캄비가 나오길 기다려선, 조금이라도 책잡힐 일을 줄이려 했다는 사실을 알아차렸다. '그녀가 죄를 알고 스스로 호수에 은거하길 바랐다'고.

그녀는 말없이 잉그레의 예를 표했다.

외르타는 겨우 누프리를 만날 수 있었다. 그는 오밤중에 불려 나왔음에도, 단 한 순간도 잠에 들지 않았던 듯한 얼굴이었다. 그는 아무것도 묻지 않았다. 그녀 역시 대답하지 않았다. 대신, 요청했다. 내게 남은 짐은 없다. 그러나 내 방 서랍 안쪽의 브로치와, 지하 석묘 안 가장 어린 관 위에 얹힌 천을 묶어 발렌시아 경에게 전달해 다오. 기억해. 검은 브로치와 붉은 천이야. 가능한 한 빠르게 경에게 보내 주었으면 좋겠어.

누프리는 근심스러운 얼굴이었다. 브로치는 이해하더라도, 죽은 자의 소지품을 뒤지는 것이 못내 걱정되는 모양이었다. 그러나 그녀는 그의 모든 암시를 물리쳤다.

"지하 석묘에 누프리도 들어갈 수 있지?"

그는 내키지 않는 얼굴로 끄덕였다.

"당신도 함께 그 관을 옮겼어. 그렇다면 그것이 미라이예의 물건이 아님을 알 테지."

그는 이번에도 굳은 시선과 함께 수긍했다.

"단지 내 물건을 회수해 올 뿐이란다. 부탁해."
"……동봉하실 말씀이라도 부탁드립니다."
"없어."

누프리는 침묵했다. 그녀는 그 이상 사정을 설명하지 않았다. 자신이 이 자리를 마지막으로 영원히 알론조 캄비로 떠난다고도 이야기하지 않았다. 사실, 자신에게 허락된 자유인지도 의심스러웠다. 그는 깊게 인사한 뒤 떠났다.

붉은 천. 자신의 전부였다.

롬으로 만든 검은 브로치. 역시 아델의 소지품이었고, 자신의 전부였다. 그러나 동시에 앙히에는 롬이 신뢰를 상징하는 돌이라고 말했다. 연인보다는 벗이나 피를 섞은 동지 간에. 외르타는 그처럼 발렌시아에게 자신의 신의를 전하고 싶었다. 백 마디 말보다 소중한 물건이 나을 것이다. 부디 그가 이해할 수 있기를 바랐다.

그가 아무리 못나더라도 아델의 천과, 신의를 맹세하는 돌을 알아볼 수 있기를 바랐다. 당신에게 무심코 저지른 실수에 내가 가진 모든 것으로 사과한다고. 그것이 당신의 배반감과 아우의 죽음을 보상하진 못하겠지만, 적어도 내가 가진 전부를 주겠다고. 욕심이라면 그가 더 나아가 물품을 간직해 주길 바랐다. 자신의 신의가 그에게 적어도 그 정도 의미가 되길, 지난 일들의 속 쓰린 발자국 위에서.

아침이 밝자 이월 스물이 그녀를 안내했다. 왕실 문양이 박힌 마차는 아주 오래전부터 준비한 양 번듯하고 빠짐없이 잉그레 앞에 서 있었다. 무명은 문을 단단히 닫아 건 뒤, 앞으로 돌아가 마부를 자처했다. 그가 길에서의 안전을 다시 한번 도맡은 듯 보였다.

그녀는 그렇게 오스페다를 떠났다. 일곽에서 한 무리의 기사가 달라붙었다. 성곽 밖에선 어마어마한 수의 병사가 따라붙었다. 감시인지 호위인지 모를 인파였다. 무슨 소용일까. 그녀는 그들이 알론조 캄비 입구에 자신을 버리고 갈 것이라고 확신했다. 자카리는 정확히 그곳까지만 책임질 것이다. 그녀가 알론조 캄비에서 죗값을 치르길 원했기에 왕이 철저한 호위와 함께 보내 주었다. 딱 그 한 문장을 위할 것이다.

왕을 원망하지 않았다. 그에게는 너무 당연한 일이었다. 진저리가 날 것이다. 그녀도 진저리가 났다. 이제 그만 쉬고 싶었다.

유일하게, 발렌시아에게 직접 사과하지 못해 마음이 쓰였다. 그의 모든 무례에도 불구하고 미안했다. 제 가장 소중한 물건들을 건네고도 미안했다.

그녀는 마차 속에서 눈을 감았다.

앙히에는 드디어 오른손 못지않은 힘으로 상대의 뺨을 갈길 수 있었다. 왼손으로 만 한 달간 고초를 겪은 결과였다. 얻어맞은 남자는 입술에 피가 나도록 깨물었지만, 어떤 행동도 하지 않았다. 그는 그 이유를 알았다. 블랑쉬가 저지했기 때문이리라.

앙히에는 그렇게 자신의 제祭를 방해하는 불한당을 응징했다. 다시 몸을 숙여 땅바닥에 엎드렸다.

"……저 새끼를 저대로 내버려 두는 이유를 모르겠군."

"끝나면 짓밟아 주마. 소모렛에서는 예의를 차리자."

"이미 오래전 일이다."

"폐하께서 귀한 곳으로 명명하셨다. 폐하의 의지를 공경하여 이곳에서는 피를 보면 안 된다."

"지금 이미 내 피를 본 것 같은데."

"저놈은 딤니팔 잡종이지만, 우리는 어수대잖나."

그는 위에서 흘러내리는 대화를 완전히 무시했다. 그저 머리를 처박고 흙을 삼킬 듯 대지와 가까이 호흡했다. 그래야만 했다. 이 익숙한 풍광을 보자마자 무릎이 꺾였다. 울뚝불뚝 솟은 언덕을 등진 광활하고 메마른 평야. 십만이 넘는 군사가 싸워도 좁지 않을 단단한 강토疆土.

자신은 사 년 전 이 자리에 있었다. 리볼텔라를 위해 싸웠다. 칼을 휘두르고 사람을 죽이고 절망감에 날뛰다가 발터를 만나 멱살 잡혔다. 자포자기한 채 거절하고 다시 실성했다가 이번에는 리볼텔라에게 멱살을 잡혔다. 이따위로 할 거면 쉬라는 이야기를, 너덜너덜한 뱃가죽을 부여잡고 돌아왔을 때 들었다. 큰 상처가 아니다. 아직도 당신을 위해 싸울 수 있다. 내 마지막 심지까지 태워, 뿌리를 뻗은 이 땅까지 불지를 것이다.

그러나 그녀는 자신을 주저앉혔다.

그것이 제 싸움의 끝이었다. 무력하게 웅크렸다. 싸움은 승리했다. 그러나 전투에 이기고 전쟁에 패배했다. 그는 고통스레 머리를 감싸 쥔 채, 피할 수 없는 곳에 자리한 딤니팔의 상징들을 노려보았다. 스쳐 지나가는 붓꽃, 검은 호선. 자신을 키운 땅이 제 은인을 죽이고 있었다. 그토록 절망적인 감각으로, 금관악기의 표면처럼 부들부들 떨리는 대지를 느꼈다. 대지, 혹은 공기. 여러 사람들이 그녀를 위해 뛰고 죽이고 소리 지르는 것을 느꼈다.

리볼텔라.

부드럽게 끝을 보는 그녀의 표정을 기억했다.

때문에 이 자리는 그녀의 제祭를 지내기에 적절한 자리였다. 그녀가 결단을 내린 자리. 그녀가 침착하게 제 죽음을 마주하던 자리. 그럼에도 눈에 보이는 승리를 게걸스레 움켜쥔 자리. 어둡고 큰 방에 패배를 간직하고 단단히 잠그던 자리.

앙히에는 천천히 자리에서 일어났다.

"이제 치려면 쳐."

남자는 블랑쉬에게 눈짓했다.

"피는 안 보마."

그녀가 무어라 대답하기 전, 앙히에는 강하게 배를 얻어맞았다. 그는 충격을 줄이기 위해 맞기 전 이미 내빼서, 주먹이 닥치는 순간에는 완전히 데굴데굴 굴렀다. 물론 그따위 수법을 눈치채지 못한다면 어수대가 아닐 것이다. 다시 한 번, 두 번, 세 번. 더 이상 꾸밀 수도 없었다. 그는 연달아 복부를 걷어차이곤 죽는다고 소리를 질렀다.

발길질은 세상이 끝날 때까지 계속될 듯하다가 갑작스레 우뚝 멈췄다. 앙히에는 기침을 토하며 땅을 등지고 누웠다. 한숨인지 사레인지 모를 소리가 새어 나왔다.

"지겨워…… 죽겠네……."

"게외보르트 땅 위에 있으니 지겨울 날도 얼마 남지 않았다. 비사에 며칠이면 도달한다고 생각하나?"

"입 닥쳐."

"이만 떠나자."

남자는 조용히 권유했다. 그는 아직도 자신이 몇 분 전 굴러 떨어졌던 말의 고삐를 쥐고 있었다. 능선을 넘자마자 수인囚人이 땅에 처박힐 줄은, 그도 짐승도 생각지 못했을 것이다. 놀라 날뛰는 말을 겨우 진정시켰더니 그 아래에는 밟히든 말든 개의치 않는 멍청이 하나가 몸을 웅크리고 있었겠지.

"오늘은 좀 쉬지."

남자뿐만 아니라 앙히에 역시 고개를 홱 돌렸다. 블랑쉬는 말 잔등을 두드리며 하늘을 가리켰다.

"비가 올 거다."

"마치 지금까진 궂은 날을 가려 달렸다는 것처럼 말하는군."

앙히에는 여전히 바닥에 누운 채 투덜댔다.

"마침 숙소도 근처에 있고. 우리 모국에 돌아왔다면 적절히 기념해야겠지. 그리고 오늘부터 네게 약을 투여하지 않을 생각이다. 아무쪼록 몸의 전환기에 잘 대비해라. 폐하를 알현했을 때 볼썽사나운 꼴을 보이면 안 되니."

그는 발터하임부르겐 앞에서 구토를 할 예정이라고 내뱉으려다, 문득 예상치 못한 말을 발견하곤 깜짝 놀랐다.

"투약을 안 한다고?"

"그래. 네 오른팔이든, 각성제든."

"참 나. 보충제라고 하더니 이제 와 정직해지는군."

"젊고 건강하니 문제는 없을 거다."

"내 칼도? 칼도 그대로 두나?"

"그럼."

남자가 인상을 찌푸렸다.

"어떤 짓을 저지를지 모른다, 젤로."

"아니. 요란한 수레에 든 게 없는 법이다. 저놈이 진심으로 칼을 갈았다면 욕설을 갈기고 발버둥 치지는 않았겠지."

"아무리 그래도—."

"너, 날 죽일 건가?"

앙히에는 여전히 누워 있었다. 블랑쉬는 바로 위에서 그를 내려다보았다.

그는 제 시선이 갈피를 잡지 못하고 있으리라 짐작했다. 그는 사실 그녀를 본다기보다는 발터를 보고 있었다. 왕의 의도를 조심스레 가늠했다. 그녀를 죽이는 것은 그 의도를 죽이는 것이었다.

"……."

"일어나. 가자."

그는 블랑쉬가 저토록 자신만만한 이유를 알고 있었다. 상대가 발터 하임부르겐에게 불려 온 이유를 깨닫자마자 고분고분해졌다고 믿기 때문일 테지.

왜, 내가 순순히 나가서 반 슈체친을 죽여 줄 줄 알고? 마치 내가 산튼을 죽인 것처럼? 그렇게 그간 아무 일도 없었다는 듯, 지하 세계의 암수가 되어 늙은이를 주살해 줄 줄 알고?

물론 그는 그럴 수밖에 없었다.

앙히에는 옷을 툭툭 털며 일어섰다.

"……젤로, 나는 불안하다. 폐하의 엄중한 명을 생각한다면 더더욱 안전에 주의를 기울여야 한다."

남자가 그를 곁눈질하며 반대했다.

"내가 보증한다."

"네가 딤니팔을 어찌 보증한다는 말이냐?"

"마무란, 놀라운 이야기를 하나 해 주지. 나는 비사 오필라에 들어가기 직전 이놈을 풀어 줄 작정이다."

"……."

"그의 몸을 정상적으로 만드는 것은 이에 비하면 아무것도 아니야."

"뭐……?"

"우리는 비사 오필라에 입성하기 직전 이놈을 풀어 준다."

앙히에는 할 말을 잃은 남자를 대신해 항의했다.

"풀어 주려면 알로지아드에서나 풀어 주지, 비사 코앞까지 데려가 뭘 하겠다는 거냐? 미치겠네. 도망가는 길이 더 멀어지기만 하잖아."

"도망갈 테냐?"

그는 입을 다물었다.

그제야 처음으로, 남자도 그를 돌아보았다.

블랑쉬는 무표정하게 손짓했다. 어서 타라. 앙히에는 패배한 사람처럼 터덜터덜 걸어갔다. 남자의 시선이 집요하게 따라붙는 것이 느껴졌다. 그는 말에 올랐다. 아직 오른팔이 덜렁이는 꼭두각시처럼 붙어 있어 불안정했다. 기우뚱거리며 편자에 발을 넣었다.

그 모습을 지켜보던 블랑쉬가 거 보란 듯 선언했다.

"말했잖나."

"……."

"오늘부터 저놈을 투약에서 자유롭게 해 준다. 방은 내가 지키지. 물론 날 죽이겠다고 마음먹을 수도 있지만, 크게 상관없다. 저놈은 내 멱을 따도 제 발로 비사에 걸어 들어갈 놈이다. 어수대로서 폐하의 명을 지킬 수 있다면 특별히 더 바랄 건 없지."

"……."

앙히에의 양 뺨이 얻어맞은 듯 상기되었다. 모멸적이라고 생각해 화가 났는지, 아니면 죽을 것처럼 수치스러웠는지 스스로도 구분할 수 없었다. 다만 그토록 열이 오른 얼굴로 침묵했다. 고개를 숙였다.

남자는 처음으로 혼란스러운 시선이 되어 블랑쉬를 따랐다. 주섬주섬 말에 올랐다.

그들은 소모렛의 숙소로 떠났다.

외르타는 미라이예 영지를 향할 때보다 편한 여행길이라고 생각했다. 속도는 정속이었다. 음식에는 항상 온기가 돌았고 수행원도 두엇 딸려 있었다. 무장한 경비병들이 시종 주변을 향해 눈을 부라려, 누구도 울타리 안쪽의 죄인을 훔쳐보지 못했다.

기껏해야 일주일이지만 끼니를 거르고 해를 보지 못했던 것이 얼마나 자신을 피곤하게 만들었는지 바깥에 나오고 나서야 깨달았다. 바람, 공기, 햇살. 그녀는 점차 회복되었다. 적어도 육체적으로는.

여행길의 하루하루는 똑같았다. 단순히 편의를 살펴 주기 위한 질문이 아니라면 아무도 그녀에게 말을 건네지 않았다. 이월 스물마저 철저히 침묵했다. 심지어 그들 간에도 잡담을 단속하는지 고요하기가 마치 신전 같았다. 물론 그녀도 그 정적을 좋아했다. 조용히 제 건강을 돌보고 홀로 침잠했다.

외르타는 변해 가는 풍광을 감상했다. 평화로운 나날이었다. 발렌시아는 물론이거니와, 앙히에에 대한 감정도 점차 가라앉았다. 이제 자신에겐 남은 평생이 있었다. 영원을 대비할 때였다. 가늘고 긴 애도라면 언제든 자리를 마련할 수 있을 것이다.

그들은 꽤 오랜 시간이 지나 알론조 캄비에 도달했다.

자물쇠가 풀리며 마차 문 너머로 무명의 얼굴을 발견했다. 그는 자신이 지금까지 존재했는지도 몰랐던 가죽 가방을 들고 있었다.

"알론조 캄비의 입구입니다."

그녀는 짐작했기에 천천히 걸어 나왔다. 무명이 자신에게 가방을 쥐여 주었다. 그녀는 얼결에 받아 든 뒤 질문하려 했지만, 그의 굳건한 침묵에 의욕을 잃었다.

그녀는 양손으로 가방을 안아 들곤 고개를 들었다. 휘휘 돌렸다. 아무것도 없었다. 눈에 띄는 것이라곤 제 허리 높이나 될까 싶은 지석뿐이었다. 물론 글자 한 조각 새겨져 있지 않았다.

"저는 들어갈 수 없습니다. 수행원도 따라갈 수 없습니다. 캄비에 소식을 전해 두었으니 안내를 활용하십시오."

"……."

"그러면 저희는 이만 퇴각하겠습니다."

그것으로 끝이었다. 그들은 그대로 방향을 돌려 떠났다. 덩치 큰 맹수처럼 조용하고 재빨랐다.

외르타는 순식간에 혼자 남겨졌다. 이 정도로 내팽개쳐질 줄 몰랐던 것은 아니지만, 그래도 어떤 건물이 있는 곳에, 사람 흔적이 있는 곳에 자신을 버리리라고 생각했다.

몸을 빙글빙글 돌려 둘러보았다. 울창한 숲. 길은 둘이었다. 방금 전 마차와 병사가 지나간, 바닥에 편평한 돌이 깔린 채 곧은 길. 그리고 그 돌 앞으로 놓인 오솔길이었다. 외르타는 반신반의하며 오솔길에 들어섰다. 가죽 가방이 생각보다 무거워서 바닥에 질질 끌렸다.

그녀는 낑낑거리며 십 분쯤 외길을 따라 걸어왔다. 아침이라 다행이었지만, 한순간 이러다 영영 길을 잃어버리면 어쩌나 걱정이 되었다. 굶어 죽는 게 아닐까? 아니면 사나운 짐승이 있을까?

그러나 마지막 등성이를 오르자, 시야가 트였다.

외르타는 가방을 땅에 내려 두었다. 그녀가 선 곳은 반달처럼 베어 먹힌 언덕의 꼭대기였다. 잠깐 동안은 잉그레가 앞에 있는 줄로 착각했다. 그러나 눈을 한 번 깜박이자, 그보다는 훨씬 고저가 낮고 단출하며, 무엇보다 지붕 모양이 꾸밈새 없이 납작하다는 사실을 깨달았다. 모든 것이 낮았다. 단조로웠다. 지상층만으로 이루어진, 접시 같은 흰 건물들이었다.

출입하는 이들을 위해 돌계단이 촘촘하게 놓여 있었다. 간단했지만 깔밋했다. 그녀는 멈칫했다가 곧 한 손으로 가방을 끌었다. 가방 모양새가 딱딱하게 잡혀 있어 한 단을 내려올 때마다 턱턱 허벅지에 부딪쳤다.

그녀는 바닥을 딛고 천천히 걸어갔다. 짐은 여전히 물 먹은 솜처럼 무거워서 질질 늘어졌다. 잠시 멈춰 손차양을 하고 보니, 입구의 긴 의자에 누군가가 누워 있었다. 그, 혹은 그녀가 두건을 눌러써서 확신할 수는 없지만 외르타는 왠지 눈이 마주쳤다고 생각했다. 그녀는 사람을 보고 힘을 얻어 다시 걸어갔다.

상대는 멀뚱히 누워선 도와줄 생각조차 없는 듯하다가, 그녀가 소리 질러 들릴 거리에 도착하자 벌떡 일어섰다. 그리고 마치 이를 위해 면밀히 측정했다는 듯 '왁' 하고 외쳤다.

"이름이 어떻게 됩니까!"

여자였다. 외르타는 우뚝 멈춰서 말했다.

"외르타 발미레."

백작위를 빼앗겼으니 단출한 이름이 나을 것 같았다.

상대는 고개를 끄덕이더니 두건을 벗었다. 살짝 탄 피부와 아무렇게나 묶은 갈색 머리, 새까만 눈, 또한 움직이기 편하도록 품이 넓은 상의와 바지를 입고 있었다. 무엇보다 그녀의 콧잔등 위로 황금색 점이 세 개 찍혀 있어 눈에 띄었다.

외르타는 이상한 기분이 들었다. 지금껏 많은 나라를 다녔지만 이 정도로 세상과 동떨어진 차림을 하고 있는 사람은 처음 보았다.

"마중 나왔는데 시간이 딱 맞았군요."

"나…… 를?"

그녀는 서슴없는 말투에 하마터면 공대를 쓸 뻔했다. 비단 제게 평이하게 말을 건네서가 아니라, 그녀의 옷차림, 태도에서 자꾸만 거리를 느꼈다. 이상한 종족을 만난 것 같았다.

여자는 통성명도 하지 않은 채 그녀의 가방을 빼앗았다. 윗사람의 수행을 든다기보단, 버거워하는 이의 짐을 덜어 준다는 투였다. 아니나 다를까 그녀는 아무렇지도 않게 한 손으로 가방의 무게를 지탱했다. 외르타는 짐을 끄느라 벌겋게 부은 손을 잠시 내려다보았다.

"따라오세요."

그녀를 따라갔다. 여자는 외르타와 키가 비슷했음에도 왠지 휘적휘적 걷는다는 느낌을 풍겼다.

"어……. 혹시…… 누구지? 이름이?"

"캄비의 사제입니다. 타고난 이름을 먼저 말하자면, 상그로 벨레트리입니다."

그녀의 이름은 딤니팔 그 자체였다. 외르타는 왠지 모르게 조금 안도했다.

"신명은 바냐 미쇠입니다. 이쪽으로 불러 주세요. 바냐도 좋고, 미쇠도 좋습니다."

그녀는 그만 안도하기로 했다. 듣도 보도 못한 이름이었다. 제대로 발음할 수 있을지조차 모르겠다. 딤니팔의 왕이 제멋대로 지껄이는 언어와 비슷한 울림이었는데, 역시 아무것도 모르다 보니 확신하기 어려웠다.

"왕의 명인지라 자리를 한 칸 마련해 두었습니다. 요새처럼 방을 구하기 어려운 때에 행운이지요."

"왕……?"

그녀는 '폐하'라고 지칭하지 않는 사람을 처음 보았다. 깜짝 놀라 상대를 바라보았지만, 그녀는 지체할 시간이 없다는 듯 빠르게 걸어가고 있었다.

"어서 오세요. 짐을 풀고 대사제님을 뵈어야 합니다."

"……내가 꼭 상견相見해야 해?"

"대사제님께선 사람 만나는 걸 좋아하시거든요."

왕에게도 자신에게도 예의를 차리지 않는 사람이 '대사제'에게는 공대를 건네고 있었다. 그러나 외르타는 그보다, 강권하지 않는 상대에게 놀랐다. 다소 즐거운 기분으로. 도착하면 대사제를 만나야 한다는 무의미한 강요보다 그이가 사람 만나길 좋아한다고 말한 점이 마음에 들었다.

알론조 캄비의 거북이 등딱지 같은 촌락은 그리 넓지 않았다. 그들은 곧 목적지에 도착했다. 그녀는 '바냐'가 말한 '방'이 작은 집이라는 사실을 깨닫곤 들떴다. 깨끗하고 폭이 좁은 집 앞에 화분이 나란히 놓여 있었다.

바냐는 세상으로 나가면 열쇠로 보이지도 않을 듯 허술한 금속 막대를 꺼내 문을 열었다. 안쪽도 넓지 않았다. 간소했다. 흰 돌로 이루어진 벽과 바닥, 그 외에는 모든 것이 낡았다. 두터운 이불이 덮인 침대, 정체를 알 수 없는 책들이 가득 꽂힌 책장, 난로, 옷장, 책상, 좁은 식탁과 의자 하나. 침대 옆으로 크게 열린 창문은 커튼이 가리고 있었다. 외르타는 잔뜩 상기되어선 유일하게 칸이 나뉜 욕실을 열어 보았다. 씩웃었다. 몹시 좁지만 그래도 구실을 할 수 있을 듯한 공간이었다. 그리고 놀랍게도 욕조에 물이 끊임없이 흐르고 빠졌다. 호수가 바로 곁에 있어서일까?

"멋지네."

"그렇죠?"

그녀는 바냐가 자신의 배경을 아는지 궁금했다. 알고도 담백하게 이곳을 소개했다면 더 만족스러울 것 같았다.

"특별한 일이 없는 이상 계속 이곳에 머무르실 겁니다. 짐을 푸시고 저쪽 기둥이 있는 곳으로 오세요."

외르타는 허둥지둥 욕실을 나와 돌아보았다. 그러나 그녀는 만났을 때처럼 인사 없이 순식간에 사라진 뒤였다. 문은 굳게 닫히고, 열쇠가 얹힌 짐이 휑하니 입구에 놓여 있었다.

그녀는 그제야 가방의 잠금쇠를 열었다. 열자마자 미라이예 문양이 새겨진 안감을 확인하곤 입술을 깨물었다. 겨우 평화 속에 잠겨 있었건만 갑자기 현실이 닥쳤다. 그녀는 감정을 억누른 채 덜걱덜걱 반항하는 짐을 완전히 펼쳤다.

옷 몇 벌, 작은 시계, 깃펜, 잉크, 식기, 식사를 받치는 고급 명주明紬, 532년산 포도주, 그리고 잘 포장된 붕대. 문명의 냄새가 났다. 외르타는 마지막 물건을 보고서야 모리가 자신을 챙겨 주었다는 사실을 깨달았다. 주먹을 꽉 쥐었다. 모리도 누프리도 자신이 어딘가로 떠난다는 것을 알고 있었다. 어쩌면, 캄비로 향하는 것까지 알고 있었을지 모른다. 이 오래된 곳에 자신보다 어리고 화려한 물건이 단 하나도 없으리라는 것을 짐작하고 귀족의 소지품을 보내 준 것이다.

잠시 동안 가방에 이마를 묻은 채 가만히 있었다. 고마운 마음과 함께였다.

그녀는 일어서 제 주먹만 한 시계, 깃펜과 잉크를 책상 위에 올려 두었다. 옷은 장 안에 걸어 두고, 식기와 명주 천은 식탁에 올렸다. 포도주는 한참을 돌아다니다 마땅한 가구를 찾지 못하곤 구석진 그늘에 내려 두었다. 그리고 침대에 주저앉아 왼발의 붕대를 갈았다. 여행길, 아니 유폐될 때부터 신고 있던 붕대는 욕조 안에 넣어 두었다.

외르타는 숨을 들이켜며 일어섰다.

야심차게 문을 나섰으나 잠그는 데까지 또 한바탕 난리를 피웠다. 겨우 열쇠를 돌렸더니 이제는 빠져나오질 않았다. 그녀는 도움을 요청하

기 위해 바냐가 말한 기둥을 찾았다. 다행히 초행인 사람에게도 눈에
띄도록 높이 선 기둥이 여럿 있었다. —물론 기껏해야 이 층 높이로,
마치 이 납작한 광경을 해치지 않겠다고 주장하는 듯했다.— 외르타는
그중 가장 가까운 곳을 향해 빠르게 걸어갔다.

바냐는 어느 곳에도 기대지 않고 반듯하게 서 있었다. 먼저 몸을 돌
려 떠나려 하기에, 외르타는 급하게 달려갔다.

"열쇠를 두고 왔다. 빠지지가 않아."

"괜찮습니다. 이따 돌아가서 꺼내 드리겠습니다."

"짐을 풀고 왔는데—."

"캄비에는 도둑이 없습니다. 혹여 방문객 중 나쁜 마음을 먹은 이가
있어도 잡힐 겁니다."

"도둑이 없으면 열쇠는 왜 있는 거야?"

"방문객분들이 불안해하셔서 구색용으로 맞춰 두었습니다."

외르타는 할 말을 잃었다.

바냐는 그녀가 어떤 반응을 보이든 척척 앞으로 걸어 나갔다. 계획적
으로 짜여진 듯한 길에 사람은 적었다. 모두가 바냐와 같은 옷을 입나
싶었지만, 딤니팔이나, 더 나아가 외국의 복식을 차린 이들도 보였다.
그들은 바냐를 보고 살짝 고개 숙여 인사한 뒤 갈 길을 갔다.

"당신이 입은 건 사제의 복장이니?"

"아니요. 제가 지은 옷입니다. 필요하시면 드리겠습니다."

"아니……. 그래. 나도 주렴."

"남는 옷이 있을 테니 내일쯤 마련해 보겠습니다."

캄비의 사제는 과묵한 사람처럼 보였다. 그녀는 다시금 입을 다문 뒤
걸음을 재촉했다. 외르타는 그녀의 튼튼한 체력을 따라가기가 조금 벅
찼다. 이러다가 대사제 앞에 도착했을 때 땀을 흘리고 있지는 않을지
걱정이 되었다. 12월에 헐떡이다니.

모퉁이를 돌자 처음으로 거대한 구조물이 보였다. 완벽한 구珠가 돌바닥 위에 얹혀 있었다. 그 뒤로 다른 모두와 똑같이 납작한 건물이 보였으며, 더 뒤로, 바다 같은 호수가 보였다. 외르타는 반가운 기분이 되었다가, 곧이어 호수와 함께했던 청혼을 떠올리곤 얼굴을 굳혔다.

바냐가 팔을 들어 낮은 건물을 가리켰다.

"저 문으로 들어가시면 됩니다. 길은 하나입니다. 캄비에선 모든 길이 하나입니다."

외르타는 영문 모를 소리를 경청하며, 마치 알아듣는 척 고개를 끄덕였다.

사제는 이번에도 인사 없이 떠났으며, 그 바람에 외르타는 혼자 집으로 다가가야 했다. 그녀는 문 옆에 박힌 지석을 보곤 무언가를 깨달았다. 지석은 아침에 오솔길 옆에서 목격한 돌과 똑같이 생겼다. 희미하게 검은 빛이 도는 모습으로, 누군가 갈고 닦은 듯 반질반질했다. 혹시 이 돌 자체가 알론조 캄비, 그리고 대사제를 뜻하는 것일까?

그녀는 문을 두드렸다. 대답은 없었다. 살짝 밀자 나무 문이 종잇장처럼 가볍게 열렸다. 대사제의 저택이 이토록 허술하다니 믿기지 않았다. 심지어 문 안쪽으로 못생긴 돌 난쟁이가 엎어진 광경을 보자니, 원래는 문을 활짝 열어 고정하는 모양이었다. 외르타는 난쟁이를 세워 두었다. 집주인의 의도대로 바람을 들여보냈다.

외르타는 대사제의 방이 자신의 방과 똑같다는 사실에 깜짝 놀랐다. 가구 개수는 물론이거니와 나무 종류까지 전부 동일했다. 자신은 그처럼 아담한 살림에 만족하고 있었지만, 대사제마저 그러리라고는 상상도 못 했다.

숄렘 노트란트, 알드 바제사의 본산은 깎아지른 듯 높은 신전에 수만 가지 보석을 수만 쪽으로 쪼개 박았다. 사제들의 수장은 가장 귀한 자색 옷을 입었으며 그가 쥔 홀은 왕의 물건 못지않게 오래되고 고상한 물건이었다. 그런데 딤니팔이 숭배하는 대사제의 거처는 이토록 흔한 적삼목으로 이루어져 있다니. 아무리 둘러보아도 평민들이 수두룩 쓰는 삼나무 가구 외 어떤 것도 보이지 않았다. 심지어 이불마저 솜을 누비지 않아 평범한 담요였다.

인기척은 느껴지지 않았다. 돌아다니며 뒤질 만큼 큰 곳도 아니었기에, 낮은 목소리로 누가 있는지 물어보았다. 역시 대답은 없었다. 그녀는 난처한 기색으로 고개를 기울이다가 다행히 구석진 곳에 마련된 돌계단을 발견했다. 지하로 내려가는 방향인 듯했다. 통행인이 떨어지지 않도록 마련해 둔 나무 난간이 몹시 낡아 있었다.

외르타는 난간을 잡고 다시 한번 아래로 외쳤다.

"누구 있어요?"

침묵.

그녀는 주인이 없는 방에서 함부로 헤매도 될지 고민했지만, 곧 바냐의 말을 떠올렸다. 길이 하나라고 했지. 자신에게는 저 아래로 향하는 길밖에 보이지 않았다. 그녀는 결심하곤 계단을 밟았다.

시야에서 좁은 방이 사라지자마자 숨을 들이켰다.

주저앉을 뻔했다. 더 이상 방이 아니었다. 이제는 난간도 없이 돌벽에 붙은 계단이 이어졌다. 다행히 빛이 둥둥 떠 있어 시야가 어둡지 않았는데, 그녀는 더 이상 놀랄 여력조차 남아 있지 않았다.

벽을 움켜쥐었다. 한 계단씩 더듬더듬 내려갔다. 붙잡은 돌에 홈이 느껴져 돌아보니 퍼뜩 자연적으로 만들어진 벽이 아닌란 생각이 들었다. 홈이 아니라 글자였으며, 문양이었다. 너무 가까워서 어떤 뜻인지는 독해하기 힘들었다.

마지막 계단을 내려오자 다시 반대편으로 꺾인 계단이 보였다. 외르타는 오기가 붙었다. 돌아 내려갔다. 냉정해지자 계단 폭이 생각보다 넓다는 사실을 깨닫게 되었다. 여전히 벽을 붙잡기는 했지만, 더 이상 매달리지는 않은 채로 보다 빠르게 걸어 내려갔다.

그렇게 여섯 번을 내려왔다. 그녀는 마지막 세 계단을 한 번에 뛰어 내려왔다. 단단한 지하의 밑바닥을 디뎠다. 그녀를 따라 내려오던 빛이 그제야 쏜살같이 앞을 향해 튕겨져 나갔다. 외르타는 어둠 속에 갇힐까 걱정되어 종종걸음을 쳤다.

그러다 한순간, 빛이 치밀었다. 땅바닥에서부터 따뜻한 색의 물결이 퍼져 나갔다. 벽에 새겨진 홈을 타고 차올랐다. 그것은 꼭대기까지 차올랐다가, 마치 물결이 떠나듯 그녀의 키 높이까지 가라앉았다. 그 정도 빛만으로도 이 방의 크기와 높이가 잘 보였다.

그녀는 고개를 꺾어 기하학적인 문양이 양각된 천장을 바라보았다. 일렁이는 빛 덕분에 실제로 꿈틀거리는 듯했다. 눈치채지도 못한 사이 입이 벌어졌다.

"이런 것들이 웃음을 줘."

외르타는 화들짝 놀라 시선을 내렸다. 소리가 들린 쪽으로 몸을 돌렸다. 아무것도 없는 돌바닥에 살짝 높은 단 하나가 자리 잡고 있었다. 텅 빈 제단이었다. 그 앞으로 나무로 만든 긴 의자가, 그리고 그 위에 한 여자가 앉아 있었다.

"다만 여전히 가슴이 아프지."

"네?"

그녀는 자기도 모르게 공대했다. 눈만 깜박깜박 떴다.

상대는 바냐와 똑같은 옷을 입고 바냐의 첫 모습과 비슷하게 의자에 기대어 있었다. 세 살배기 아이처럼 짧고 검은 더벅머리. 나이는 눈대중으로 사십 대 초반 즈음. 모든 찬사를 모아도 아름답다고 하긴 어려운 사람이었다. 비슷한 연령의 자멘테 후가 떠올랐지만 후작만큼의 권위나 품위는 없었다. 사제의 상징이리라 생각했던 황금색 점조차 없이, 삶을 지나온 듯 평범한 주름을 가지고 있었다. 그녀가 고개를 돌리자 부드럽게 살집이 잡혔다.

대사제는 주섬주섬 자리를 털고 일어났다. 외르타는 상대가 자신보다도 키가 작다는 사실을 깨달았다.

대사제는 팔을 벌렸다.

"비달 프리드리히 무지크 외르타 틸 게외보르트 트리첸바."

외르타는 한마디도 할 수 없었다. 제 모든 이름을 전해 들었겠지. 그렇게 생각하고도, 잠시 숨을 멈췄다.

"……외르타 발미레입니다."

더 이상 부정하기 어려웠다. 그녀는 공대하기로 결심했다. 외르타는 도저히 대사제를 편히 대할 수가 없었다.

"그럼 바냐 미쇠는 이제부터 미라이예다."

"네?"

"방금 전 멋대로 지은 이름이란 뜻이야."

"저는 딤니팔의 왕에게……."

그녀는 바냐에게 힘입어 존칭을 쓰지 않았다. 대사제라면 이해할 것 같았다.

"이 이름을 받았습니다. 제 이름이에요."

"아니야."

"…….."

"라그랑주 파르무티에 외르타-라르공드 비에이라 라르디슈 올 발루아. 이것이 네 이름이 아니듯 외르타 발미레 또한 네 이름이 아니다. 외르타 아델라이데 기위 얀 발미레도 네 이름이 아니지. 어떤 것도 네 이름이 아니다. 너는, 네가 타고난 이름이야."

"…….."

"오느라 고생이 많았다."

대사제는 일어났을 뿐 다가오지 않았다. 방랑객을 맞이하듯 벌렸던

팔도 벌써 내려가 있었다. 외르타 역시 움직이기 어려웠다. 스스로 어떻게 예를 표해야 하는지, 어떤 말을 해야 할지 몰랐다. 대사제에 대해 조금이라도 설명을 들어 둘걸.

"알론조 캄비에는 누구나 이름을 알지만 부를 수 없는 대사제가 있어요."

문득 모리의 말이 생각났다. 외르타는 이방인으로서, 떠밀린 듯이 물었다.

"존함尊衛이 어떻게 되시나요?"

그녀가 싱겁게 웃었다.

"누군가에게 그런 질문을 듣는 것도 오랜만이구나. '에쎄씨나'란다."

"……성함을 부를 수 없다고 들었는데 정말인가요?"

"불러 보렴."

"엣쎄…… 씨…… 나."

"틀렸어."

"에쎄시나."

"또 틀렸네."

"…….."

"너희들이 부르지 못하는 것이지, 에쎄씨나가 막았겠느냐."

"설마 발음 때문이라고…….."

그녀는 미소 짓기만 했다. 외르타는 왠지 대사제에게 속고 있다는 느낌을 받았다. 바냐는 대사제를 꼬박꼬박 '대사제님'이라고 불렀다. 마치 그녀의 이름을 한 번도 들어 보지 못했다는 듯. 하지만 바냐가 에쎄씨나라는 이름을 몰라 그러했을 것 같지 않았다.

"이름은 선대 대사제께 물려받으셨나요?"

"왜 그렇게 생각하지?"

"제가 아는 딤니팔 사람들에게, 알론조 캄비에는 누구나 이름을 알지만 부를 수 없는 대사제가 계신다는 말씀을 들었습니다. 누구나 이름을 알기 위해선 오래도록 변함없는 이름이어야 한다고 생각했어요."

"에쎄씨나는 에쎄씨나야."

"……."

외르타는 어쩔 줄 모른 채 침묵했다.

대사제는 자신의 짧은 머리를 가리켰다. 짧은 머리칼의 여성이란 평생 본 적이 없는 광경이었다. 그 의외성이 그녀를 특별한 신성처럼 보이게 할 법도 한데, 여전히 평범한 사람 같았다. 안정적이었다. 이끼처럼 단단하고 무사하게 가라앉아 있었다.

"멋진 머리칼을 가졌구나."

"……."

"어렸을 적부터 길렀느냐?"

아무도 자신을 두드리지 않았건만 갑작스레 기억이 엄습했다. 휘어 잡히던 머리칼. 높은 성이거나, 붉은 왕궁이거나, 평원 위 전장이었다. 섬세한 손가락이 스며들던 머리칼. 휘황한 요람 안의 아이거나, 마차 속 거대한 기사였다. 어렸을 적에는 자신이 원하는 대로 정리했기에 대수롭지 않게 여겼다. 그러나 이제는 머리칼을 떠올리면 언제나 사람이 따라왔다. 그들 때문에 잘라야 했고, 그들 때문에 자를 수 없었다.

"괜찮으냐? 괜한 소리를 한 모양이야."

"……아닙니다."

"네 이야기를 좀 해 주려무나. 에쎄씨나가 더 이상 실수하지 않도록."

"……."

"물론 침묵을 지키고 싶다면 존중하마."

"어떤 이야기 말씀이십니까? 제가 왕명으로 알론조 캄비에 머무른다는 사실을 잘 아시지 않습니까?"

"그래서 너는 이곳에 오기 싫었느냐?"

"……."

"눌라레의 손이 너를 보냈노라 들었지. 평생 그 자리에 유폐하라 고개 숙여 부탁했다. 이자는 자주 염치도 모르고 의지해. 내가 겪어 본 중 최고로 보채는 왕이야."

"에쎄…… 아니, 대사제께서 그런 말씀을 하시면 안 되지 않나요? 제가 이곳에 영영 머무르도록, 딤니팔의 왕이 부탁했을 텐데요."

대사제는 고개를 살짝 기울였다.

"너는 지금 캄비를 떠나도 된다. 에쎄씨나가 마차와 말 정도는 만들어 줄 수 있겠지. 길을 떠나고 싶은 순례자들을 모으면 스무 명이 한마차에 타겠다고 안달일 게다."

외르타는 조금 정직해졌다.

"저는 갈 곳이 없습니다. 떠날 생각도 없고요."

"그래? 그러면 네 뜻대로 해라."

대사제는 가벼웠다. 덕분에 말을 덧붙일 수 있었다.

"대사제, 다시 질문이 있어요."

"말하려무나."

그녀는 점점 더 정직해졌다.

"살인자는 정말 캄비에 못 들어오나요?"

"에쎄씨나의 취향이지. 그 지겨운 얼굴들을 계속 봐야겠느냐? 비슷비슷한 표정을 보면 먹지도 않은 음식이 얹힌다."

"……."

"왜, 들이고 싶은 살인자가 있느냐?"

"……단지 어떻게 만들어진 전통인지 궁금했어요."

"들이고 싶으면 들이려무나. 에쎄씨나의 눈에 안 띌 수는 없겠지. 하지만 한 번쯤 눈감아 주마. 사실 누가 에쎄씨나에게 이런 부탁을 한 적이 없어서, 허락하는 순간이 올 줄은 상상하지 못했구나. 다들 몰래 숨어 들어온다는 미련한 생각이나 하곤 했지."

"아닙니다. 번거롭게 해 드릴 생각은 없어요."

"에쎄씨나의 번거로움과, 네 기쁨이라면 선택이 쉽지 않아? 에쎄씨나도 단순한 소화불량 때문에 한 사람을 불행하게 만들고 싶지는 않구나."

"그 사람을 보지 않는다고 불행한 건 아닙니다."

"그렇다면 왜 질문했느냐? 왜 그토록 용기 내어 전통을 거슬렀느냐?"

"아니에요. 제가 실언했습니다. 마음에 두지 않으셔도 됩니다."

방어적으로 한 걸음 물러났다. 대사제는 마치 그녀를 흉내 내듯 한 걸음 물러났다. 외르타에게 그것은 이만 떠나도 된다는 신호처럼 보였다.

"더 하실 말씀은 없나요?"

"네가 할 말이 없다면 에쎄씨나에게도 없구나."

"⋯⋯."

그녀는 꾸벅 인사를 했다. 곧장 계단으로 달음박질쳤다. 수치스러운 마음을 들키기라도 한 듯. 탁탁 지하를 걷어차는 소리가 울렸다.

그녀의 뒤로 대사제가 말했다.

"혹 편지를 보내고 싶다면 언제든 바냐에게 말하거라. 알론조 캄비에서 전하지 못할 서한은 없다. 받은 이가 함부로 입을 놀리지 않는 이상 누군가에게 탄로 날 일도 없지."

외르타는 홱 뒤를 돌아보았다. 대사제는 아무것도 모르는 사람처럼 서 있었다. 여전히 대지에 붙박인 것처럼, 종유석처럼 단단하고 평화롭게 서 있었다. 그녀는 순간적으로 저이가 나이를 수천 살이라도 먹은 줄로만 알았다. 물론 착각이겠지만⋯⋯.

물론 외르타는 적어도, 대사제가 모든 것을 안다는 사실을 깨달았다. 그럼에도 굳이 암시하지 않았다는 사실을 함께 깨달았다. 자카리에게 전해 들었든, 아니면 그녀의 능력으로 짐작했든, 대사제는 모든 것을 알고도 예의 바르게 자신의 이야기를 물어 왔다. 처음 만나는 이에게 인사하여 물꼬를 튼 뒤 조심스레 질문했다. 무례하게 신성을 휘두르지 않았다.

외르타는 잔뜩 가라앉은 심장을 움켜쥐곤 급히 계단을 뛰어 올라갔다.

앙히에는 헐떡였다. 어찌할 바를 몰랐다. 편자 위에 얹힌 다리가 덜덜 떨렸다.

"놓아주면 자살할 낯짝처럼 보이는군."

블랑쉬는 오랜만에 언짢은 기색이었다. 남자 역시 소모렛 이후 십수 일을 지낸 뒤로는 그녀의 말에 항의할 생각이 없는 듯했다.

"네가 매번 돌아오던 자리가 아니냐? 숄렘 앞에서 기사들에게 쫓기던 기억은 까맣게 잊어버렸나?"

물론 자신은 매번 돌아와서, 매번 이러했다. 번개에 얻어맞은 사람처럼 부들부들 떨다가 말 위에서 굴러떨어졌다. 이 주변의 감시병들은 그를 오한에 들뜬 병자로 기억할 것이다.

불쑥 나타난 숄렘 노트란트를 바라보았다. 눈으로 보면서도 믿을 수 없었다. 성벽의 색상은 물에 물감을 탄 듯 탁했다. 그들의 진정한 빛을 햇살 아래서 볼 수 없다면 황금과 대리석은 불필요한 장식이리라. 다만 이 낮에도 뾰족뾰족한 탑과 그에 지지 않도록 메마른 산이 비사 오필라를 증명했다. 성벽에 옹기종기 붙은 민가 군락, 성문 앞 길게 늘어선 줄, 잘못 눌린 잉크처럼 어울리지 않는 관목들.

앙히에는 몸을 앞으로 기울였다. 무게 중심이 쏠리는 것을 느낀 말이 반사적으로 콧김을 내뿜었다. 그가 바야흐로 볼기를 때리기 전, 블랑쉬가 앞을 막아섰다. 그녀는 앙히에의 고삐를 잡아 쥐었다.

"말해 준 것은 기억하지?"

"……."

"똑바로 대답해."

"그래."

블랑쉬는 천천히 고삐를 놓았다. 몸을 비키며, 턱짓했다.

앙히에의 말이 튕겨져 나갔다.

성이 이토록 가깝다면, 전속력으로 달려 보았자 지나가는 사람을 치지 않으면 다행일 것이다. 그러나 그에게는 그마저 배려할 여유가 없었다. 당장이라도 성에 들어가야겠다는 생각뿐이었다. 숄렘 노트란트에는 리볼텔라와 이별하기 훨씬 전부터 출입하지 못했다. 내전을 치르는 선왕의 자식들에게 금제가 내려졌기 때문이다. 때문에 그에게 숄렘은 이상하게도 평화롭던 나날의 상징처럼 느껴졌다. 리볼텔라가 곤두선 모습을 존경했고, 여유롭게 웃는 모습에 경도되었다. 전장이 날카로운 그녀라면 숄렘은 그녀인 듯 느껴지는 고향이었다.

그리고 지금 숄렘은 발터의 종복이었다.

튕겨져 나온 속도만큼 빠르게 멈췄다. 사람들이 욕설을 터뜨리며 말다리를 걷어차려 했다. 앙히에는 반사적으로 뛰어내려 난리법석인 이들을 말렸다. 물론 보통 말로 다독일 수 있는 치들이 아닌지라, 칼을 잡아 뽑을 수밖에 없었다.

"좀, 실수한 걸 가지고!"

완벽한 게외보르트식 공용어였다. 그의 외모를 보고 딤니팔인으로 생각했던 사람들이 눈살을 찌푸렸다. 괴롭힐 구실이 없어졌다는 태도였다. 칼과, 얼굴의 험악한 상처가 한몫하여 다들 투덜대며 등을 돌렸다.

앙히에는 어수선하게 칼을 집어넣었다. 곧이어 고삐를 질질 끌며 사람들을 추월했다. 특별 증표를 가진 이가 하루에도 수백 명씩 지나가니 특이한 광경은 아니었다.

그는 한 걸음 한 걸음 뗄 때마다 수만 가지 생각을 했다. 자신이 숄렘에 발을 디디면 어떤 일이 일어날까? 갑자기 땅이 무너지지는 않을까? 지금까지의 모든 것이 꿈이었다는 듯 눈을 뜨면 알로지아드 레발로에 서 있지 않을까? 그 뒤 일은 생각지도 못했다. 얼핏 저 성벽을 넘어가면 필연적으로 발터를 만날 수밖에 없다는 생각을 했지만, 곧 완전히 잊었다. 당장 자신이 보는 광경이 꿈일까, 혹은 현실일까 너무 두려웠다. 오래도록 상상하기만 했던 과거를 마주 보기가 무서웠다.

기억은 대리석 조각 사이를 지나는 공기 같아서, 있는 듯하지만 없었다. 조각이란 멀리서 바라보면 어떤 이야기를 하는지 알 수 있지만 정작 손을 뻗을 정도로 가까운 거리에선 보이지 않는 법이다. 고래고래 소리를 질러도 스쳐 지나갔으며, 주먹질을 해도 걸리지 않았다. 너무 허망했다. 그런 기억이 있었는지 의심되어 스스로도 혼란스러웠다.

앙히에는 멍하니 차례를 기다렸다. 인생의 어느 시절에는 성문 아래 흙이 파이도록 오가던 자리였다. 네 사람이 앞에 서 있었다. 성벽이 코앞이었다. 그 사실이 너무도 이상해서, 자꾸만 저가 아닌 다른 사람의 발을 내려다보고 있다고 생각했다. 혹은 자신이 이 자리가 아닌 다른 곳의 땅을 딛고 있는 것이다.

세 사람이 앞에 서 있었다. 말이 킁킁거리며 앞사람의 옷자락을 뜯어 먹었다. 공격당한 이가 기겁하여 짐승의 콧잔등을 때렸다. 말은 기분 나쁜 듯 뒷걸음질을 치다가 다음 사람의 얼굴을 쳤다. 앙히에는 잠시 동안 사방의 불평을 견뎌야 했다.

두 사람이 앞에 서 있었다. 그는 흥분한 말을 진정시키느라 몇 번이나 주둥이를 끌어안았다. 쉬쉬 소리를 내며 주변 눈총을 견뎠다.

한 사람이 앞에 서 있었다. 말은 그제야 점잖아졌다. 혹은, 성벽의 두 번째 그늘에 들어서자 마음이 가라앉았는지도 모르겠다.

앙히에는 제 순서가 오자 얌전히 증표를 내밀었다. 경비병은 요모조

모 관찰하더니, 여러 방향으로 빛에 비추어 보았다. 섬세하게 새긴 양각이 매 순간 다르게 드러났다. 병사는 증표를 돌려준 뒤 질이 좋지 않은 출입부를 내밀었다. 앙히에는 우둘투둘한 종이 위로 머뭇대며 가짜 이름을 썼다.

슈테판 뷜러회에

병사는 들어가라며 손짓했다.

앙히에는 느리게 말을 끌었다. 머리 위로 성벽이 지나갔다. 몹시 두꺼워서 그 그림자 속에서 수십 발자국은 족히 걸었다고 생각했다. 계속 맴돌았다. 영원히 끝나지 않았다. 이 문의 이름이 삽지揷枝문이었다는 사실이 어렴풋이 떠올랐다. 살아 있는 나무에서 가지를 꺾어 심고, 그 가지가 자라 다시 새로운 나무가 되고, 새로운 나무에서 다시 가지를 꺾고······.

갑자기 주변이 밝아졌다. 폭포수처럼 빛이 쏟아졌다.

말을 본 장사치들이 그의 곁에 달라붙었다. 하루 맡기는 데 얼마, 일주일은 얼마라고 고래고래 소리를 질러 댔다. 앙히에는 멍하니 듣다가 누군가에게 돈을 털렸다. 말이 사라지고, 손은 가벼워졌다. 보다 빨라졌다. 그는 계속해서 앞으로 나아갔다.

말처럼 눈가리개를 하기로 마음먹자, 어느새 이곳 또한 오스페다와 다를 바 없다고 느껴졌다. 단지 앞만 보고 가면 되었다. 제 책임은 그뿐이었다. 잠깐 한눈을 팔았다간 과거의 수렁에 빠질 것이다. 집중해야 했다. 길 끝에 기다리는 이가 누구인지는 일부러 잊었다. 무엇보다 자신이 밟은 외나무다리를 노려보며, 떨어지지 않고 도착할 수 있기만을 애타게 바랐다.

그는 다시 한번 문을 만났다. 산취傘取문. 이번에는 나뭇가지를 움켜쥐어 땅에 묻고, 그 나뭇가지에서 뿌리가 나고, 두 가지가 다른 생인 듯 분리하고, 다시 한번 새로운 나무의 가지를 묻고, 또 새로운 뿌리가 나고…….

산취문에는 출입하는 사람이 거의 없었다. 덕분에 경비병은 삽지보다 더 철저하게 증표를 확인했다. 물론 자신이 말로 증명해야 하는 내용은 전무했다. 오로지 블랑쉬 젤로가 건네준 증표를 믿을 뿐이었다. 그들은 한참 뒤에야 그를 보내 주었다.

두 번째 문을 통과하는 순간 시야가 흔들렸다. 발을 잘못 디뎌 넘어졌다. 겨우 무릎을 짚고 일어서려니, 병사가 한심하다는 듯 그를 바라보고 있었다. 그는 머리를 흔들다가 하마터면 주변을 '발견'할 뻔했다.

앙히에는 다시 한번 고개를 푹 숙였다.

자신은 흑룡 위에 탄 기사였다. 디딘 곳이 이리저리 흔들리고, 머리 위에서는 뜨거운 열기가 느껴졌지만 보지 않으면 괴물도 존재하지 않는 것이라고 믿었다. 평정을 유지하기 위해 집중했다. 자신은 이 벽돌 같은 비늘 하나하나에만 전념하면 되었다. 비늘은 용암이 쏟아지는 방향에 따라 오색으로 빛났다. 건넜다. 걸었다. 전진했다.

그는 담쟁이 문으로 바로 향하지 않았다. 골목길로 빠져나가 자신과 블랑쉬가 아는 곁문을 찾아갔다. 하마터면 주변 건물과 부속물로 제 위치를 짐작할 뻔했지만, 가까스로 참았다. 스스로 기억하는 지리가 아니라 어수대가 남겨 둔 지표를 보아야 했다. 시야가 다시 종잇장만큼이나 좁아졌다. 띄엄띄엄 놓인 녹슨 청동 막대들을 좇았다. 그것이 어디를 가리키더라? 기억나지 않았다.

앙히에는 살짝 열린 곁문을 발견했다. 언제나처럼 ─왜 '언제나처럼'이지? 내가 이곳에 와 봤던가?─ 어수대가 철저히 지키고 있었다. 평범하게 차려입었지만 살인자의 눈매를 감추지 못하는 내정 어수대원. 그는 눈짓으로 자신을 들여보내 주었다. 하긴, 이곳은 곁문이라기보단 어수대 외에 누구도 용납되지 않는 문이지. —내가 어떻게 이 사실을 알지?—

그는 멍하니 바닥을 보며 걸었다. 두터운 성벽을 넘을 때부터 단 한 순간도 지붕을 맛보지 않았다. 숄렘 노트란트는 위로 뻗은 찬란한 탑으로 이루어져 있다. 그것을 볼 수는 없었다. 그 광경을 목격하여 제 과거와 아귀를 맞춰 보고, 그 순간 와장창 부서질 수가 없었다.

바닥은 흙빛이었다가, 잿빛이었다가, 황금빛이 얼추 섞였다가, 다시 육중한 문에 틀어 막혔다. 바닥이 멈췄다. 그는 콧등을 가린 그늘에 용기를 얻은 채 시선을 들었다. 주변이 잘 보이지 않도록 막힌, 구석진 회랑이었다. 기억이 늪처럼 목전으로 치고 올라왔다. 아니, 아니야. 가까스로 살아남았다. 나는 이 자리를 몰라. 한 번도 와 본 적 없어. 그렇게 설득하며 애써 문고리를 잡아 밀었다.

문은 부드럽게 열렸다. 건물 안은 잔잔한 빛에 휘감겨 있었다.

앙히에는 복도를 보지 않기 위해 다시 한번 고개를 처박았다. 그러나 향이 풍겼다. 죽은 용이 안개처럼 누워 있었다. 그 시체를 태우지 않은 채 향유와 꽃으로만 꾸민 냄새였다. 오래된 것과 새것이 섞였다. 가장 역겹게 섞여 코를 괴롭게 했다.

코를 막았다. 더 맡았다간 무언가가 치밀어 오를 것 같았다. 그것이 구토일지 기억일지 그 스스로도 답할 수 없었다. 그렇게 눈도 코도 틀어막은 상태에서 가까스로 걸음을 뗐다.

이제부터 어디로 가야 할지 정말 몰랐다. 처음부터 그래 왔듯 바닥만 따라갔다. 숨이 가빴다. 아니, 이 멍청한 놈. 코를 막았으니 숨이 제대로 쉬어지질 않지. 그러나 자신을 자유롭게 놓아주었다간 절벽 아래로 미끄러질지 몰랐다. 앙히에는 어리석은 낯짝을 하고 씨근거렸다. 누군가 지금 나를 보면 당장 죽고 싶을 것만 같네. 그런데 내가 왜 여기에 있지? 어디로 가는 거지?

그는 누군가에게 팔뚝을 잡혔다. 이제 와선 다가오는 기척을 느끼지 못했다는 사실을 칭찬해 주어야 할 지경이었다. 그만큼 스스로를 격려하고 안전히 보호했다는 뜻이므로. 그는 고개 돌려 상대를 바라보려 했다. 그러나 그 누군가는, 그를 어마어마한 힘으로 끌어 옆으로 내던졌다.

앙히에는 그대로 어떤 바닥에 나뒹굴었다. 코를 틀어막았던 손을 놓쳤다. 다행히 넘어진 자리에선 한참 동안이나 환기되지 않아 퀴퀴한, 세상 어느 곳에서도 익숙할 냄새가 풍겼다. 엎어진 등 뒤로 유일하게 새어 들어오던 빛이 닫혔다. 어두컴컴해졌다. 그제야 앙히에는 솔렘 노트란트에 들어와 처음으로 제정신을 차렸다. 누군가 오감을 봉쇄해 준 뒤에야 스스로를 찾은 것이다.

자리에서 일어섰다.

등불이 켜졌다.

"미라이예."

앙히에는 잠시 상대를 바라보았다.

"……."

빛이 벽에 걸렸다. 그림자가 더 크게 졌다. 여러 겹의 빛과 그림자 사이로 바프렘 레가세가 떨어졌다. 주인을 닮은 옷은 잘 벼린 칼날처럼 빳빳하게 서 있을 뿐 흔들리지 않았다.

앙히에는 땅을 짚었다. 사람이 아니라, 거뭇한 지하를 응시하며 말했다.

"전하."

어떤 과거를 향해 외치는 듯한 느낌이었다. 아주 오래전 허겁지겁 쓸어 넣은 파편들이 기억났다.

"일어서."

그는 천천히 몸을 일으켰다. 상대를 바라보았다.

"제 발로 기어 왔다면 동의한 것으로 이해하겠다."

"뭐…… 예?"

"증명을 줄 테니 블랑쉬 젤로와 함께 네 왕에게로 돌아가라."

앙히에는 점차 현실로 돌아왔다. 아직까지 귀가 멍멍했지만, 적어도 사람의 말소리를 이해할 수 있었다. 딱 그 정도로 괜찮아졌다.

"무슨 말씀이십니까?"

그는 말하면서도 한순간 기가 막혀 웃음을 터뜨렸다. 자신이 게외보르트의 왕에게 이따위로 지껄이고 있다는 사실이 믿기지가 않았다. 물론 상대는 자신의 말투를, 아니, 그 이상으로, '전하'라는 호칭을 탓할 마음이 없는 것처럼 보였다. 제 백성이 아닌 자에게 신경 쓸 가치가 있느냐는 투였다.

"말했는데. 네 왕에게 돌아가서 전하라고."

"뭘 전해요?"

"덜떨어진 얼굴로 염병을 떠는군."

"설명을 하십시오. 그러자고 이 먼 곳까지 사람 여럿 죽여 가며 데려온 것 아닙니까?"

발터는 무슨 말을 하려다 멈추는 듯했다. 그의 주먹이 꿈틀거렸다. 앙히에는 이 어두컴컴한 곳에서 저 인간을 보고 있다는 사실이 아직도 환상처럼 느껴졌다. 주변 배경이 보이지 않으니 더욱 그러했다. 차라리 입이라도 열어. 진짜처럼 느껴지도록.

"네가 뜻을 이해했기에 따라온 줄 알았다."

"반 슈체친에 대한 이야기임은 잘 압니다. 하지만 왜 그를 죽이라고 불러 두곤 다시 딤니팔로 돌아가라 하십니까?"

"아니……. 슈체친을 죽이라고 널 부른 것은 아니다. 무슨 소리냐."

지난 사 년의 시간이 느껴지질 않았다. 저 인간은 여전히 매섭게 날이 서 있었고, 생각보다 훨씬 상대를 업신여겼다. 앙히에는 그의 말투를 아주 오랫동안 싫어했다.

"그럼 제가 왜 여기까지 불려 왔으며, 왜 저희 폐하께 돌아가야 하는지 고견을 들려주십시오. 저는 멍청해서 하나도 모르겠습니다. 사실 절 슈체친의 살수로 써 주지 않으신다면 당장에라도 떠나고 싶다는 말씀을 드립니다만, 여기까지 온 마당에 전하께서 절 안전히 보내 주실지 확신이 서지 않네요."

"어리석은 건 몇 년이 지나도 똑같군. 너는 굴라르모에게 가서, 짐이 딤니팔의 전쟁을 지원한다고 전해라. 자세한 정보는 지금 이야기할 수 있는 것이 아니며, 또한 한 사람이 숙지할 수 있는 내용도 아니기에 블랑쉬 젤로가 너와 동행한다. 젤로가 연락책으로서 새로운 소식을 전해 줄 것이다."

앙히에는 속으로 숫자를 셌다. 상대의 말을 이해하기 위해 필요한 시간이었다. 숫자 하나하나가 표지가 되어 그에게 인내심을 알려 주었다. 하나, 둘―.

"질문이 있으면 해."

"……많습니다. 첫째, 왜 저입니까? 이런 건 잉그레에 있는 어수대를 통해 전달하셔도 되는데요? 잉그레에 내통자가 없다는 말씀은 하지 마세요. 꼽기 어려울 정도로 많이 있다는 사실을 잘 압니다."

발터의 표정이 이상해졌다. 앙히에는 물론 저 표정을 잘 알았다. 욕설조차 본인의 격을 떨어뜨린다고 믿을 때 일그러지는 얼굴이었다. 모욕당한 그는 주먹질을 하고 싶었다. 주변에 아무도 없으니 순식간에 상대의 머리를 땅에 떨구어 깨뜨릴 수 있을 것만 같았다. 셋 셀 동안 대답하지 않으면 정말 그럴 거야. 하나, 둘―.

"너는 짐이 도움을 주겠노라 말하면 굴라르모가 흔쾌히 받아들일 것 같은가?"

"아니, 저를 쓰시면 그나마 낫고요?"

"네 유일한 쓸모는 그뿐이다. 굴라르모가 네 말은 신뢰하리라 믿는다. 입, 다물어. 끝까지 들어. 네가 여기서 무슨 말을 지껄인들 너는 짐의 목적을 안다. 때문에 그로써 일차적으로 굴라르모를 설득할 수 있다. 그리고 무엇보다 이 긴 시간과 어수대를 소비한 노력을 보면 네 왕도 다시금 비사의 의지를 생각하게 될 것이다."

"저희 폐하는 안 믿으실 겁니다. 애초에 제가 비사까지 끌려갔다 멀쩡히 살아 돌아왔다는 사실을 의심하실걸요? 제가 포섭되었다고 생각하실 게 뻔합니다."

"그럴 수 있지. 하지만 너희는 전적이 있지 않나?"

"……."

"딤니팔은 포티미외에서 외르타의 도움을 반겼다."

앙히에는 턱에 힘을 주었다. 그녀가 그러했다는 사실을 지금껏 잘 알았지만, 저놈의 입에서 듣자 새로운 시선으로 화가 솟았다. 외르타가 복수한 이유는 물론 로크뢰에게서 기인했으나, 동시에 딸에서 비롯되기도 했다. 그런데 그 딸이 왜 죽었지? 네놈이 염치가 없지 않고서야 그 복수를 입에 담을 수 있나?

그러나 잇새로 분을 삼켰다. 화를 내서는 그의 의도를 놓칠 수 있다고 생각했다. 참자. 한 번은 참아야 한다.

"그건 그녀…… 개인이었고…… 그럴 만한 이유도 있었습니다."

어마어마한 노력 끝에 내뱉은 말이었다. 그 노력에도 불구하고 발터는 더 이상 답하지 않을 모양이었다. 앙히에는 차라리 다행이라고 생각했다. 그가 무슨 말로 선을 넘으면 험한 소리가 나올 것 같았다.

왕은 팔짱을 낀 채 벽에 기댔다.

"어차피 멀지도 않은데 레발로에 방문해 보지. 전투에서 블랑쉬 젤로가 건넨 정보를 사용해라."

"잉그레의 허가를 받지 않고는 내통한 정보를 사용할 수 없습니다. 당연한 말씀을 하십니다. 그리고 저희 폐하께서는 절대 비사 오필라를 신뢰하지 않을 거고요. 폐하께서 허가하지 않으시면 사령부가 어디 눈 하나라도 깜짝할 줄 아십니까? 벌써 잊으셨는지 궁금한데요, 전하께서는 딤니팔의 서부를 주살하셨습니다."

"어쩔 수 없었지."

앙히에는 그 순간 잘 잡고 있던 끈을 놓쳤다.

"어쩔 수 없기는 진짜 무슨 개소리를……."

"입 조심해라."

"전하나 입 조심하십시오. 서부의 무고한 사람들을 살해하신 것에는 변명의 여지가 없습니다. 물론 전하께서 왕은 뭐든지 할 수 있다고 주장하신다면 이 미천한 놈이 뭐라고 지껄여야 할지 모르겠습니다만."

"너도 짐이 왜 그들을 죽였는지 알 텐데 입을 방자하게 놀리는군."

"아니, 무슨 소리세요! 지금 부끄럽지도 않으십니까? 전하께서 그 사람들을 죽인 데에는 논리적인 이유가 없었다고요. 그냥 죽이겠다고 마음먹으신 거잖습니까?"

리볼텔라를 언급하지 않았다. 발터 이전에 스스로가 두려웠다. 그녀의 이름을 단 명패를 내비쳐, 그것이 얼마나 선명하게 살아 있는지, 자신이 얼마나 갈고 닦았는지 들킬까 무서웠다.

"이해가 가지 않는군."

"아니……."

리볼텔라와 내통한 죄를 징벌한 거잖아요. 그 이야기가 혓바닥 위로 굴러갔다. 스스로 뱀이라도 된 양, 갈라진 혀끝에서 떨어질락 말락 아슬아슬하게 균형을 유지했다. 전하, 전부 리비 때문이었잖아요. 리비가 딤니팔을 끌어들여 돌이킬 수 없도록 만들었기 때문에 복수한 거잖아요. 왜 내 앞에서 개 볼기짝 같은 거짓말을 해요.

"외세는 엄벌에 처한다. 분단 이후 딤니팔 또한 게외보르트 인사를 주륙했다는 점을 기억해야 할 것이다."

"삼백 년 전 이야기를 하는 것도 재주입니다, 전하."

"말이 너무 많군. 요약한다. 짐은 정보를 제공하여 이번 전쟁에서 딤니팔의 승리를 지원할 예정이다. 이 계획을 인그레에 전달하는 것으로 네 역할은 끝이다. 네가 먼저 굴라르모를 판단하지 마라."

"전하, 저를 선택한 이유가 있다고 하셨습니다. 저희 폐하께서 제 말을, 그러니까 게외보르트 내전에서 수년을 구르다 온…… 막되어 먹은 탕아가 하는 말을 귀 기울여 들으실 거라고요. 아니, 정말입니까? 말도 안 되지……. 아 물론, '미라이예'의 탕아죠. 하지만 가문이란 아무 무게도 못 됩니다. 지금 제가 게외보르트의 왕과 마주 보고 있다는 사실만으로도 충분히 증명이 되었을 텐데요."

앙히에는 이를 악물었다.

"그리고 입이 비뚤어져도 말씀은 똑바로 하십시오……. 리비 때문에 서부를 죽였잖아요."

정적이 흘렀다.

발터의 입매가 살짝 꿈틀거렸다. 앙히에는 그를 읽기 위해 노력하지 않았다. 그럴 필요가 없었다. 잘 익은 과일이 터지듯 그 스스로 고백할 것이다. 이토록 오랜 시간이 지난 뒤에도 이것만이 스스로 유일하게 가진 믿음이었다.

발터는 기대었던 몸을 곧게 세웠다.

앙히에는 상대의 입 주변에서 하얗게 새어 나오는 입김을 바라보고 있었다.

"내가."

그는 호칭에 당황했다. 왕이 스스로를 '나'라고 부른 것인지 의심했다.

발터는 지하의 어둠만큼 간격을 둔 뒤, 천천히 이어 말했다.

"뭘 위해 서부를 죽였다고?"

앙히에는 주먹을 쥐었다.

"리볼텔라. 지클레 리볼텔라."

"내가 누님을 위해 서부를 죽였다고?"

그의 어조는 흡사 사람을 죽일 듯했다. 앙히에는 그 공세에 놀라지 않았다. 오히려, 단지 말로 공격당했다는 사실에서, 무언가 바뀌었다는 불길한 예감을 느꼈다. 무슨 일이지? 그는 각오하고 리볼텔라의 이름을 입 밖에 냈다. 차라리 죽고 싶어서.

그러나 발터는 허리에 맨 칼에 손을 대지 않았다. 자신에게 주먹질을 하지도 않았다. 오래전 반사적으로 폭력을 휘두르던 사람과는 조금 달랐다. 마치 그것이 권력인 양 휘두르던 인간이 어디로 갔지?

"제 말이 틀립니까?"

"그들은 계외보르트의 정보를 가지고 있었다. 내부 군 편제 및 암호 체계, 그 외 공유되어선 안 되는 규칙을 알았지. 누님께서 미리 경고하셨다. 물론 내부적으로 정비했지만 숙청 역시 필수적인 부분이었다."

"헛소리 마세요. 리비 때문에 죽였잖아요. 리비가 딤니팔을 끌어들여 살릴 수 없게 만드니까 전부 죽여서 복수했잖아요."

"대체 어디까지 한심해질 테냐?"

앙히에는 이를 갈아붙였다.

"다른 사람들 앞에서 그렇게 말씀하시면 잘 들어 줄 겁니다……. 전 아니고요. 전하께선 리비 때문에 이성을 잃고 딤니팔 서부 영주들을 죽였어요. 그 얄팍한 저의를 제가 이해해야 합니까? 제가 전하를 믿지 않는데 저희 폐하는 어떻게 설득하고요?"

"네겐 최소한의 맥락도 없군. 만일 짐이 누님을 위해 딤니팔의 서부를 주살했다면……."

다시 '짐'이었다. 앙히에는 그 호칭에서 권위를 느꼈다. 단어가 강하게 부풀어 올라 그와 자신 사이를 벌렸다. 달려들기에는 너무 멀도록 밀려났다. 비록 '짐'과 '누님'이라는 단어가 으깨어져 갈피를 잡을 수 없었지만, 그래도 이편이 나았다. '나'와 '누님'이 나왔다면 그는 당장에 왕의 멱살을 잡았을 것이다.

"그 논리하에선 이 제안 역시 신뢰되어야 한다. 짐이 그토록 개인적인 복수에 매달려 있다고 했지. 현재 게외보르트의 총지휘관은 반 슈체친이다. 짐은 게외보르트의 패배를 지원한다. 게외보르트가 패배한 뒤 짐이 그를 어찌 처리할지 생각해 보았나?"

"……."

"네가 개인적인 복수라고 생각해도 상관없다. 신경 쓰지 않는다. 어떤 방향으로 해석하든 짐이 반 슈체친을 노릴 이유는 충분하다."

그는 입을 꾹 다물었다. 발터가 옳았다. 그가 리볼텔라 때문에 고집 센 노인네를 증오하든, 훼방 놓는 이들 때문에 귀족의 대표를 증오하든, 게외보르트의 왕이 반 슈체친을 싫어할 이유는 몹시 많았다.

문제라면, 그것이 나라를 팔아넘길 만큼의 증오인지 모르겠다는 것.

사실 이것은 그가 판단할 부분이 아니었다. 이야기를 전해 들은 딤니 팔의 왕이 숙고해야 하는 내용이었다. 앙히에가 발터를 비난하며 그를 믿지 말라 고해도, 어쨌든 결정은 잉그레의 몫이었다.

그러나 앙히에는 바로 이 자리에서 발터의 진의를 의심하지 않고는 죽을 것만 같았다. 도저히 그를 신뢰할 수가 없었다. 솔직히 이야기해서, 어쩌면, 아주아주 깊은 마음속에선, 그가 리볼텔라 때문에 서부를 주살하고 반 슈체친을 숙청한다고 고백했으면 오히려 믿었을지도 모른다는 생각이 들었다. 너 방금 뭐라고? 아, 제기랄. 미친놈. 정신 나갔군.

그는 인상을 찌푸렸다. 더 이상 계산할 여력이 없었다. 그와 더 이야기하고 싶지 않았다. 제 임무도 아니었다.

"아까 어디까지 한심해질 거냐고 질문하셨죠."

발터의 표정이 미세하게 변했다.

"전하께서 말씀 주신 내용을 전달할 뿐, 잉그레의 결정은 제 소관이 아니니 요청을 따르겠습니다. 하지만 제게도 명령을 수행하는 대가는 있어야겠습니다."

"말해."

앙히에는 눈을 여러 번 깜박였다. 바람이 일 정도였다. 비정상적으로 떨었다. 자신이 정말 이 말을 내뱉을 것인지 마지막 순간까지 의아해했다. 때문에 그의 요구는 거의 의문문처럼 들렸다.

이 작은 요구.

"리비의 관을 볼 수 있게 해 주십시오."

발터가 최초로 이를 드러냈다.

"입 닥쳐."

앙히에는 주먹을 쥐었다.

"제 유일한 조건입니다."

"용납할 수 없다."

"그러면 저는 딤니팔로 돌아가지 않을 테니 죽이시든가."

어렴풋한 빛 사이에서 그의 눈을 보는 순간 알아차렸다. 한 대 맞겠군. 리볼텔라의 이름을 들어도 멀쩡하던 사람을 마침내 이 진흙탕으로 끌고 내려왔다는 사실이 이상하게도 슬펐다.

예상했듯 뺨에 어마어마한 충격이 닥쳤다. 기침이 터졌다. 벽을 짚고 무언가를 쏟아내자, 그 끄트머리로 피가 묻어났다. 이놈의 계외보르트 잡종들이 내 얼굴을 아작 내는군. 예전과 다르지 않았다. 그렇게 생각하기도 한 순간, 그는 아직 끝나지 않았단 사실을 깨달았다.

"큭!"

배를 얻어맞곤 어렵게 어렵게 호흡하려 노력했다. 관자놀이가 아렸다. 머리가 띵하고 순간적으로 앞이 흐릿했다. 저 마른 몸에서 나온다곤 믿기 어려울 만큼 끔찍한 힘. 몇 년 전과 정말로 달라진 것이 없었다. 그는 마치 시간을 징검다리처럼 건너온 것 같다고 생각했다. 제게 리볼텔라는 바로 어제 만났던 사람처럼 느껴지니, 불필요하게도 발터 역시 가까운 기억이었다.

앙히에는 한 대, 아니 이어진 여러 대를 더 맞고 바닥에 뒹굴었다. 스스로를 구해 볼 요량은 아니었다. 정말 상대의 힘에 못 이겨선 나동 그라졌다. 바닥을 짚자 그대로 또 발길질을 당했다. 그는 주먹 쥐어 바닥을 내리찍었다가 다시 공격당했다. 굴렀다. 배를 밟혔다. 그에게서 목이 다 상한 듯한 기침 소리가 났다.

"컥, 커흑, 큭…….."

왕은 밑창이 단단한 신을 신고 있었다. 딱딱하고 잔인한 바위가 자신을 누르는 느낌이었다. 숨을 제대로 쉬지 못해 머리가 어질어질했다. 기침을 하던 도중 결국에는 피가 터졌다. 앙히에는 피를 뱉어 내다가 입가로 질질 흘리곤 웃음을 터뜨렸다. 추했다. 딱 자신이 원하는 대로 역겨운 꼴이 되었다.

"제가…… 저를…… 쳐 죽여 구하시라고…….."

발터가 더 강하게, 무게를 실어 그를 밟았다. 앙히에는 반사적으로 몸을 뒤틀었다. 벗어나지 못해 이를 악문 채 머리를 쾅 박았다. 그에게 반항할 생각은 없었다. 고통에 뒤통수를 내리찍으면서도 또박또박 말하려 노력했다.

"죽여서…… 구하시라고…….."

"…….."

"저는, 커흑, 컥, 흐취! 컥!"

"…….."

"차, 차라리, 컥……!"

그의 얼굴이 새하얘졌다. 발터는 그제야 발을 뗐다. 걷어찼다.

앙히에는 엎드린 채 굼지럭댔다. 주먹을 땅바닥에 디뎠다가, 바로 미끄러졌다. 제대로 된 기침이 목을 할퀴었다. 걸쭉한 피가 흐느적거리며 떨어져 바닥에 닿았다. 질기고 구접스럽게.

아주 멀리서 발터의 목소리가 들렸다.

"죽고 싶으냐."

앙히에는 저 발음의, 저 억양을 가진 게외보르트 왕실 언어를 잘 알았다. 살인자 왕의 말버릇이었다.

"······죽······ 이십시오······."

자신은 최초의 순간부터 차라리 죽이라고 말했건만 상대에게 잘 전달되지 않은 모양이었다. 어쩌면 자신은 리볼텔라의 주검을 보고 싶지도 않았던 것 같다. 그저 아무 생각 없이, 반사적으로 말을 토해 냈는지도 몰랐다. 아니, 정말 그럴듯한 이야기였다.

어렴풋이 그녀를 보고 싶다는 무책임하고 모호한 바람이 남아 있을 수는 있겠다. 그러나 정말 그녀의 관을 보겠다고? 이미 지하 석실에 봉인되어 있을 텐데. 그 매캐한 재를 내가 직시하겠다고? 가능할지 몰라도, 구태여 그럴 필요를 느끼지 못했다. 그는 단지 '그녀'가 보고 싶었을 뿐, 그녀의 시체를 보게 해 달라고 빈 것은 아니었다.

"네 모가지를 부러뜨리겠다."

"······."

앙히에는 온몸의 힘을 풀고 누웠다. 눈도 감았다. 왕이 제대로 발을 들어 내리찍으면 일이 쉬워질 것이다. 정말 오랫동안 피곤했다. 그만 좀 하자.

그러나 그 이상 어떤 조짐이 없었다. 시간이 빨리 지나가는 것인지, 아니면 발터가 주저하는 것인지 모르겠다고 생각했다.

가까운 자리에 발을 디디는 소리가 났다.

"네 유일한 요구라고 했지."

"······."

옷자락이 자신을 지나쳐 갔다. 앙히에는 무언가 이상한 낌새를 느끼고 눈을 떴다. 갑작스레 희미한 빛이 스며들었다. 새로운 색이었다.

"요오스."

걸음이 엉켰다. 왕과 교차하여 들어오는 누군가가 있었다. 그는 억지로 몸을 일으키려 했다.

"저자를 석묘에 봉해라."

문이 닫혔다.

앙히에는 자신에게 드리우는 그림자를 눈치채지 못했다.

누군가 빛도 없이 자신의 배를 갈기더니 그대로 뒷덜미를 잡았다. 발터에 버금가는, 아니, 그 이상의 힘이었다. 앙히에는 몇 번 반항했지만 그 스스로도 하찮아 보이는 힘이었다. 종내엔 몸을 움직인다면 스스로도 고될 뿐이라는 사실을 깨닫고 잠자코 끌려갔다. 어차피 죽는다면, 몸이라도 좀 편하게 죽는 편이 나을 것이다.

'석묘에 봉해라.'

설마 리볼텔라의 관이 보관된 자리는 아닐 것이다. 발터는 자신을 그곳에 내던지느니 차라리 본인 혀를 깨물고 죽을 사람이니까. 그보단 어떤 지하 구덩이에 자신을 가두고 굶어 죽게 하겠지. 하하, 당신이 모르는 점은 내가 블랑쉬 젤로에게서 독약을 훔쳤다는 사실이야. 나를 곱게 죽일 수밖에 없을걸.

그는 투덜대며 질질 끌려갔다. 자신은 아래로 아래로 내려갔다. 깊어질 때마다 엉덩방아를 쾅쾅 찧었다. 엉치뼈가 아파서 소리 소리를 질렀지만 상대는 조용히 하라고도 하지 않았다. 아무렴. 이 비밀 통로를 얼마나 많은 사람이 알겠는가. 이렇게 숨은 채 빛 한 점 없는 곳에서 자신을 정확히 인도하는 사람의 정체가 궁금해질 지경이었다.

그들은 한참 뒤에야 멈췄다. 자신의 뒷덜미를 쥔 남자가 무어라 낮게 중얼거리는 것을 들었다. 주문이라기보단, 제문祭文에 가까워 보였다.

천천히 문이 열렸다. 남자는 움직이지 않았다. 대신 앙히에를 끌어다

던졌다. 앙히에는 얼떨떨한 채 머리를 감싸 쥐었다. 모든 것이 어두워
서 어디서부터 어디까지가 안쪽이고 바깥쪽인지 알 수 없었다. 단지 무
언가 묵직한 문이 닫히는 소리가 들렸다. 암흑과 암흑이 분리되었다.

하! 내가 맞았지! 굶겨 죽이려고! 앙히에는 잽싸게 품에 손을 넣다
가, 순간적으로 의혹을 느꼈다. 자신은 무장해제당하지 않았다. 얼마
든지 단검을 꺼내 자결할 수 있었다. 그는 천천히 손을 늘어뜨렸다.

어둠은 익숙해지지 않았다.

그는 바닥을 매만지다가, 어떤 대리석 단을 발견하곤 더듬어 올라
갔다.

레아는 한숨을 쉬며 자세를 바꿨다. 한밤중이었다. 정정하자. 새벽 세
시였다. 그러나 제 곁은 여전히 텅 비어 있었다. 그녀는 이른 저녁에 누
웠지만 몸이 불편하여 제대로 잠들지 못했다. 아이를 가진 지 만으로 일
곱 달이 지났다면 온 생활 주기가 무너져도 이상한 일은 아니었다.

어딘가에서 나는 소음에 귀를 기울였다. 잉그레의 시종들은 소리를
내지 않으니, 눈치 없는 바람이거나 혹은……

문이 조용히 밀렸다. 레아는 일어나지 않기로 했다.

누군가 조심스레 걷는 소리, 벽과 스치는 소리, 대중없이 옷을 던지
다 바닥에 떨어뜨리곤 다시 주워 드는 소리가 들렸다. 상대는 그대로
욕실에 들어가 스스로를 가뒀다. 여러 번 숨죽이지 못한 소란이 들리더
니 곧 조용해졌다.

레아는 희미한 달빛에 힘입어 이불보 위의 선을 손가락으로 따라갔
다. 집중했다. 직선으로 쫓아오다 다시 쭉 빠지고, 부드럽게 휘었다.
이제 졸음기는 싹 가셨다.

최근 자카리는 새벽같이 나가 소식도 없다가, 가끔 식사나 짧은 휴식만을 함께할 수 있었다. 그것은 아침, 점심, 혹은 저녁일 수도 있었다. 그는 자주 예고도 없이 식당에 쳐들어왔다. 식사 시간이 아니라면 억지로 휴식을 짜내어 이야기를 나눴는데, 레아는 어느 순간부턴 일이 바쁘면 아예 오지 말라고 선언했다. 그는 무언가에 쫓기는 듯했다. 그런 상황에서 자신이 꼭 그의 의무라도 된 듯 취급당하고 싶지는 않았다.

요새 왜 그리 분주하냐고 묻지 않았다. 십이공회원이 하나하나 전쟁터로 빠져나가며 그의 업무가 가중되었기 때문이리라. 미라이예가 오순五旬 전에 가장 먼저 떠났고, 그 뒤로 자멘테, 본잘, 브레타냐가 시간차를 두고 서부로 향했다. 또한 그나시오 백 역시 후계자의 결혼식이라는 중대사를 마친 뒤 다시 포티미외를 관리하러 자리를 떴다.

남은 이는 겨우 절반이었다. 십이공회가 직접적으로 내치內治를 돕는 것은 아니지만 일손이 줄었을 때의 충격은 적지 않다. 더군다나 귀족들이 위태로운 전쟁 중 제 앞가림에 집중한다면, 평소처럼 내정을 챙기고 전쟁까지 함께 감시하는 이는 왕뿐이었다.

그뿐일까? 떠난 시기를 고려하면 미라이예와 자멘테는 앞서거니 뒤서거니 곧 전장에 도착할 것이다. 이미 소규모 전투가 치러지고 있었으나 ―자카리는 그에 대한 보고를 받고 있었다― 그들이 도착하면 상황이 급변하리라. 적도 보다 예우를 갖춰 사령부를 영접할 것이 분명했다. 그 경우 하루에도 십수 번씩 닥치는 전서구에 자카리는 더욱 분주해질 것이다.

레아는 한숨을 쉬었다. 하루가 멀다 하고 오스페다가 듬성듬성 비어가는 것이 느껴졌다. 모두의 시선이 서부에 집중되었다. 아예 서부로 떠났거나, 아니면 온 신경이 곤두서서 핏방울 하나가 떨어져도 펄쩍 뛸 사람들만 모여 있었다. 아버지께서도 떠나고 싶어 안달이셨으나 내사를 챙길 사람이 없다고 다들 만류하여 남았다. 이 전쟁광들. 정확히는 그 전쟁이 가져다줄 이득에 눈이 먼 이들이라고도 할 수 있겠지.

그녀는 순간적으로 단 한 사람, 전쟁과 무관하게 오스페다를 떠난 사람을 떠올렸다.

벌써 달포가 가까워져 간다. 마지막 인사도 못 했지. 혹은, 안 했던가? 레아는 자카리가 결정을 내리기 전 이야기를 공유받았다.

"레아, 나는 발미레를 알론조 캄비로 보낼 거야."

그녀는 긍정도 부정도 하지 않았다. 딱히 어떤 반응을 보이지 않았다. 그녀는 다음 날 아침에 외르타가 떠났다는 이야기를 들었다.

연관된 모두를 이해하여 마음이 쓰렸다.

안니발레는 후계자를 건드리는 이는 그것이 잉그레라도 대적할 것임을 천명했다. 다들 뜨악한 눈으로 오색 비단벌레를 바라보았지만 감히 입을 열지 못했다. 자작의 뜻이라는 소문도 있었다.

백작이 아니라 자작이 복수했다면 '후계자'가 아니라 '나'를 건드리는 경우 끝이 좋지 않으리라고 선언한 것으로, 어느 쪽으로든 칼을 든 망나니를 보는 마음일 것이다. 아무리 폭풍이 지나간 뒤 호의적인 태도라도 언제 칼이 닥칠지 몰라 다들 곁눈질을 했다. 그들은 목적한 바 이상을 이뤘다.

외르타는 게외보르트 사람이었다. 아무리 라르디슈의 딸을 가졌고, 딤니팔에 망명해 왔어도 그녀의 본질이 게외보르트임은 부정하기 어려웠다. 자신이 어떤 사정에 의해 게외보르트에 머물게 된들 무명을 고발할까? 태생적인 거부감이 들었다. 비단 자신이 왕실의 일원이라서가 아니라…… 불가능했다.

자카리는 외르타가 뜻밖에 실권을 쥘까 불안해했고, 또한 그에 휘둘리는 미라이예 공작에게 분통을 터뜨렸다. 그 와중에 어수대를 숨겼다면 마지막 남은 신뢰조차 박살 난 셈이었다.

어쨌든 자카리는 딤니팔의 왕이다.

레아는 이 이상으로 스스로에게 설명하고 싶지 않았다.

자카리에겐 지켜야 할 것들이 아주 많았다. 그가 실수하지 않는다는 이야기는 아니었다. 사람은 누구나 실수를 한다. 그러나 그의 목적은 언제나 이 땅의 수호로 명확했다. 온 딤니팔이 그에게 신세를 지고 있었다. 그녀에겐 그 정도면 충분했다.

하지만 제 마지막 양심이 남아, 외르타가 알론조 캄비에서 편히 지낼지 걱정하기 시작했다. 자신도 그곳에 방문해 보았으므로 그 엄숙하고 조용한 곳에서는 모든 것이 안전하리라 믿었다. 그러나 딤니팔이 이토록 단호하게 등을 돌렸다는 사실을 그녀가 어떻게 감당하고 있을지 몰라 미안했다. 아니, 이상한 말 하지 마. 외르타가 그런 사람일까? 그녀가 그런 것에 섭섭하다고 느낄 사람이냐고. 하지만 이렇게 말하는 너조차 스스로를 위로하는 것 아니야?

욕실 문이 열렸다. 터덜터덜 침대로 걸어오는 소리가 들렸다. 침대가 눌렸다. 그는 천천히 그녀의 머리칼을 걷어 낸 뒤 귓불에, 뺨에 입을 맞췄다.

"안 자."

"알고 있어."

"피곤할 텐데 어서 자."

"무슨 생각 중이었나?"

"방금은, 발미레."

"……."

"당황하지 마. 당신을 비난한 적 없잖아."

"……."

"그녀가 잘 지내길 바라. 생각난 김에 개인적으로 뭘 보낼까 고민이 되네. 이쯤이면 그녀도 안정을 찾았겠지."

"됐고……. 좀 쉬어."

"하루 종일 쉬고 있어. 당신이나 좀 쉬어야 해."

자카리는 말없이 그녀를 껴안았다. 그만 자라고 작게 속삭였다. 곧 새해야. 할 일은 더 많아질 테지. 새해? 당신 손가락으론 못 셀 정도로 남았는데, 혹시 나 몰래 의수를 붙이셨나? 농담도. 석 달만 안전히 지내자. 잉그레에서 위험할 일이 어디 있겠어? 당신 헛짓거리만 아니면…….

자카리는 그녀의 손에 깍지를 끼었다. 그녀는 돌아보지 않은 채로도 그가 미소 짓는 것을 느꼈다. 어떤 주름으로 느낀 것이 아니라, 단지 바람으로 공유받았다. 그녀 역시 얕게 웃었다. 이제 잠들 수 있을 것 같았다.

외르타는 편지를 구겨 던졌다. 종이는 그대로 바닥에 굴러떨어졌다.

그녀의 책상 앞에는 이미 여러 장, 그래도 쓸 만하다고 느낀 구절들이 줄지어 집게에 매달려 있었다. 그녀는 순서대로 노려보았다.

발렌시아에게.

미안하다. 앙히에의 소식을 들은 순간부터 지금껏 한 번도 잊지 못했어. 내가 별일이 아니라고 함구한 것이 너무 큰 죄가 되었다. 당신도 상처받았을 테지. 마지막까지 진실대로 이야기하지 않은 나를 탓할 거야. 미안하다. 전부 내 경솔한 실수였다. 다분히 감정적으로 판단하여 어수대를 발설하지 않았다. 그것이 앙히에에게 이렇게…… 미안해. 당신이 나를 신뢰할 수 있을진 모르겠지만, 내겐 더 이상 비밀이 없다. 폐하께 맹세하지는 않았어. 그러나 당신에게 맹세하고 싶다.

나는 다시는 당신에게 거짓을 말하지 않을 거야. 내가 정직해서 당신을 상처 입히는 경우라도 절대 꾸며 내지 않을 것을 약속한다. 당신은 언제나 내게 올발랐기에 이것이 너무 늦은 선택은 아닐지 걱정이 되기도 한다. 나에 대한 신뢰 여부는 당신에게 맡기마.

그렇게 정직하기 위해 하나 꼭 말하고 싶은 것이 있어. 난 당신이 청혼에 대해 사과할 준비가 되었는지 궁금하다.

아직 레발로로 향하느라 분주하겠지. 도착한 뒤론 바로 이어질 전투 때문에 여유가 나지 않을 테고. 아니, 어쩌면 당신 성격에 평생 내게 연락하지 않겠노라 마음먹었을 수도 있겠구나. 나를 철에서 구하라고 왕에게 반항하고도 정작 내겐 한마디도 하지 않을 거야. 그것이 정말 미치게 한심하면서도 당신이라니 애써, 이 악물고 받아들이려 한다.

잘 알겠지만 나는 당신이 아닌, 안니발레의 도움으로 알론조 캄비에 올 수 있었다. 나는 이곳에서 안전하고 행복하다. 또, 당신이 나를 돕겠다고 설칠수록 왕의 기분만 더 언짢아질 거란 사실을 꼭 기억해 두거라. 당신이 나를 위해 할 수 있는 유일한 일은 우리 사이에 있었던 일을 사과하는 거야. 당신 권력을 과시하지 마. 불필요하다. 그것이 내게 어떤 도움이 될 거란 생각은 너무 오만하다. 내게 제대로 말 한마디 하지 못하면서 노력했다고 설치는 꼴을 더 보기도 싫어.

나는 당신 청혼을 받아들이지 않을 거야. 다시는 우리 사이에서 청혼이 논의되지 않았으면 한다. 이 전제에 합의해야 다시 대화를 나눌 수 있어. 동의한다고 말하렴. 당신도 시간이 촉박해 저지른 한순간의 실수였을 뿐, 더 이야기하지 않겠다고 말하렴. 그러면 나도 다 잊고 이전처럼 당신을 대하마. 당신이 방문하면 흔쾌히 캄비 바깥으로 나갈게. 어떤 일을 겪었는지 이야기해 줄게. 그때쯤이면 서로 몸을 숙이고 기분 좋게 대화할 수 있을 거란다.

외르타는 미간을 짚은 채 종이를 보다가, 한꺼번에 뜯어 자리에 엎어

놓았다. 계속 읽으면 또 찢어 버릴 것만 같았다. 어차피 자카리의 명에 따라, 발렌시아가 먼저 연락하지 않으면 발송되지도 못할 편지인데 곱씹을 필요가 없었다.

캄비의 대사제는 말했다. 왕명이 무엇 대수냐고. 캄비에서 전하지 못할 서간은 없다고. 그녀는 그 말을 의심하지 않았다. 의심하기에 에쎄 씨나는 지나치게 인간 같지가 않았다.

때문에 이것은 첫째로 신의의 문제였다. 그녀는 자카리와 약속했다. 자신은 딤니팔 수장인 그의 불안감을 존중했다. 게외보르트인 자신이 이미 앙히에를 죽인 마당에 발렌시아까지 혼란스럽게 만들어서는 안되었다.

둘째로 자존심의 문제였다. 그녀는 청혼으로부터 만으로 사순四旬이 지난 지금까지 제게 단 한 번도 연락을 취하지 않은 상대에게 화가 나 있었다. 앙히에 때문에 자신을 미워할 수는 있어도, 아무리 그래도 그 고통이 두 사람 모두의 것임을 그도 알리라. 그럼에도 이토록 단호하게 연락을 끊어서 마음이 쓰렸다. 가끔 그의 배반감이 이토록 큰 것인지, 시일이 지나도, 어쩌면 영원히 잊지 않을 것인지 걱정이 되기도 했다. 절대 인정하지 않을 테지만 조금 겁이 났다.

외르타는 펜을 꽉 쥐었다. 겁이 난다니. 무슨 뜻이야? 이 지경으로 이야기할 거면 차라리 미라이예 영지에서 배웅을 나가지 그랬어? 가서, 입 맞추고, 당신 청혼을 받아들이며 솔 미라이예에서 얌전히 기다리겠다고 지껄이지 그랬어? 어이가 없었다.

그녀는 자리에서 벌떡 일어섰다. 좁은 방에서 서성였다.

누군가 문을 두드렸다.

"바냐 미쇠입니다."

물론, 다른 사람일 리 없지.

"들어와."

문이 열리고, 옷과 식사를 든 바냐가 성큼성큼 들어왔다.

"지난번에 한 벌 더 드리겠다고 했지요. 준비되어 가져왔습니다."

그녀는 지금 외르타가 입은 벙벙한 상하의를 한 묶음 더 내려 두었다. 색이 살짝 달랐다. 외르타는 고맙다고 인사한 뒤 꾸러미를 옷장 안에 밀어 넣었다. 바냐가 눈을 끔벅였다.

"여기서 그런 광경을 처음 본 것은 아니지만, 당신 역시 한 번도 스스로 옷을 정리해 본 적이 없으시군요."

외르타는 고개를 끄덕였다. 특별히 부끄럽다는 태도는 아니었다. 왕족과 귀족이었던 사람이 제 손으로 옷을 관리해 보았다면 더 놀라울 일이니까. 다만 성정이 담백하여 다행이었다. 그녀는 엉망으로 구겨진 옷을 입고도 수치심 없이 캄비를 돌아다녔다.

바냐는 가까이 다가와 다시 옷장을 열었다. 외르타가 들고 온 정복들은 누군가 세탁해 준 그대로 걸려 있었고, 그 아래 자잘한 옷들이 대충 체면만 차린 채 구겨져 있었다.

"이리 오십시오. 구겨진 옷이라도 큰 불편은 없으실 테지만 기왕 캄비의 옷을 입으실 거라면 오래오래 입으셔야 합니다. 이렇게 털어서, 이런 모양으로 개켜서, 이와 같이 걸어 두십시오."

"한 번만 더."

바냐는 한 번 더 시범을 보였다. 외르타는 어깨를 으쓱이며 알겠다고 했다. 이곳에 머무르려면 기본적인 생활 수칙과 규범을 배워야 할 것만 같았다. 바냐는 음식을 가져다주고 더러워진 의복을 처리해 주었지만 그뿐이었다. 외르타는 겨우 스스로 방, 특히 욕실을 치우는 법을 터득했다. 옷도 최대한 정리해서 넣었는데 사제의 눈에는 차지 않았나 보네.

"식사는 이쪽에 두고 가겠습니다. 그리고 편지는 어서 주세요."

외르타는 반사적으로 고개를 주억거리다 깜짝 놀라 바냐를 돌아보았다. 누군가 들어왔을 때에는 서간을 숨겼는데.

"그렇게 놀라실 일인가요?"

"대사제…… 에게 무슨 이야길 들은 거니?"

"예? 무슨 말씀을 하셨습니까?"

"아니…….."

"올 때마다 빈 종이, 벅벅 그이다 못해 찢어진 종이가 굴러다니면 어떻게 모르겠어요. 저작을 하신다는 이야기를 듣지 못했으니 전하실 소식이 있나 싶었지요. 이곳에 처음 오신 분들이 흔히 그러듯이요."

"아니야."

"그러면 제가 잘못 짐작했네요."

바냐는 방금 전 자신의 반응을 보고도 곧이곧대로 믿는 척했다. 그녀를 배려한다기보다는 그만큼 관심이 없는 것처럼 보였다. 외르타는 예의 바른 무관심에 감사한 다음 물러섰다.

"아 참, 대사제님께서 오늘 아침에 전달하라 말씀하셨어요."

"내게?"

"너무 상심하지 말라세요. 자주 외출하셔서 알론조 감비도 보시고요."

"내가 뭘? 상심한 적 없는데."

"저도 몰라요. 오늘 조회朝會 시간에 들었어요."

"조회도 있니……?"

"별일 없는 사제들이 모여서 대사제님 한 말씀을 듣고 헤어지는 십분 남짓의 시간이라면, 네 있어요. 그리고 당신이 주로 방 안에 머무시는 것은 사실이잖습니까. 건강을 위해서도 외출하셔야 합니다. 오늘 가져다드린 옷에는 누빔도 되어 있다고요."

"……."

"사람을 만나시란 이야기는 아니에요. 여긴 칩거와 수련을 위한 곳이지 사교를 위한 곳은 아니니까요. 다만 바깥 공기를 쐬시면 좋지 않겠느냐는 것이지요. 바로 앞에 대륙 최고의 절경도 있고요."

"……."

"편지를 쓰시더라도 호수 앞에서 쓰시면 단문도 잘 떠오르실 것이고."

"편지 안 쓴다니까."

"네."

외르타는 짜증을 내며 바냐를 내보냈다. '무관심'은 무슨.

그녀는 한 손에 빵을 쥐고 방바닥에 엎어진 종이들을 주워 올렸다.

내게 앙히에를 살릴 수 있는 방법이 있다면 어떤 위험을 무릅쓰고라도 시도했을 거야. 그에게 미안하고 고마운 일이 너무 많다.

다시 구겨 엄청나게 큰 바지 주머니에 넣었다.

천과 롬은 잘 받았니? 누프리를 믿지만 그래도 전쟁 통에 짐이 섞여 들어갔을까 걱정이 되는구나. 내게 여전히 소중한 물건들이지만 당신을 위해

이번에도 구겨서 주머니에 넣었다.

발터를 죽이고 싶어.

이건 편지가 아니었네. 역시 접어서 주머니에 넣었다. 그녀는 그 뒤로도 십수 장을 더 확인한 뒤 전부 구겨서 보관했다. 그녀의 바지 주머니가 몹시 빵빵해졌다. 외르타는 몇 번 모양을 가다듬은 뒤 손에 든 바게트를 처리했다. 아직 식사가 조금 남았지만, 식기 전에 잠시 산책을 다녀올 수 있을 것이다.

외르타는 성큼성큼 바깥으로 나섰다. 문을 잠그지 않았다. 그녀도 슬슬 이 마을의 생태에 익숙해지고 있었다. 이곳에서 지킬 재산은 그녀

스스로뿐, 아무것도 의미가 없었다. 그녀는 서로를 모른 체하는 이들을 지나 쭉 걸어갔다. 길에 사람이 많지도 않아서 듬성듬성 풀이 난 민둥산을 지나가는 것만 같았다. 그 정도로 서로에게 무관심, 아니, 스산했다.

외르타는 곧 어두운 물이 떠다니는 곳에 도착했다. 대륙 최대의 호수가 이처럼 가까운 곳에 있다니 여전히 믿기지 않았다. 또한 다행히도, 발렌시아와 함께 보았던 아침의 캄비가 아니었으므로 불유쾌한 추억이 떠오르지도 않았다.

그녀는 모래에 가까운 흙바닥 위에 앉았다. 주머니를 탈탈 털어선 종이 공 두 개를 꺼냈다. 이미 구긴 종이였지만 더 잘게 찢었다. 그녀는 그렇게 찢은 작은 조각들을 물 위로 흘려 보냈다. 희멀건한 종이쪽들은 잠깐 가라앉았다가, 다시 둥둥 떠올랐다가, 느긋한 물결에 떠밀려 금세 사라졌다.

반 시간 동안, 외르타는 누구의 방해도 받지 않고 보내지 못한 마음들을 찢어 가라앉혔다. 이토록 엄숙한 호수가 지켜보는 자리에선 무언가를 만드는 것보다 죽이는 것이 더 쉬웠다. 덜 부끄러웠다.

그녀는 마지막 종이까지 치운 뒤 손을 털고 일어섰다. 주변을 휘휘 돌아보았지만 여전히 아무도 없었다. 그녀는 마지막으로 고개를 들었다가, 흠칫 놀랐다. 살짝 높이 놓인 노대에 누군가가 턱을 받치고 서 있었다. 사방이 어두워 그 사람의 얼굴을 볼 수는 없었다.

그러나 왠지 그 작은 인간의 머리칼이 대단히 짧다는 인상을 받았다.

외르타는 허둥지둥 자리를 떠났다.

발렌시아는 톨레도를 돌아보았다. 그는 조금 멋쩍게 웃었다.

"글쎄, 또 안 줄 수도 없잖습니까……."

레발로를 얼마 남기지 않고 큰 마을에 다다랐다. 대부분의 기사들은 인가에 머물기를 꺼렸지만, 그들은 보급이 어려워 멈출 수밖에 없었다. 신분을 밝힌 뒤 여관 안쪽 방으로 들어왔다. 신분을 밝힌 것은 오로지 불필요하게 접근하는 이를 막기 위함이었다.

그러나 심부름 온 소녀에게 수고비를 쥐여 준 톨레도 덕에 이 밤중 아이들이 줄지어 기다리고 있었다.

톨레도는 발렌시아가 불쾌해하는 듯하자 작은 아이들이 보이지 않도록 문을 가로막고 섰다.

"줄 서렴."

시끄러운 소리가 났다.

"동을 한 장씩 줄 테니, 오늘 이곳에 아무도 못 들어오도록 감시해 주었으면 좋겠구나."

"……!"

아이들이 급하게 무언가를 떠들었다. 방언이 섞여 있어 정확하지 않았다.

"제대로만 하면 내일 한 장을 더 주겠어. 알겠니?"

적어도 열두엇은 되어 보이는 아이들이 한목소리로 그러겠다고 외쳤다. 발렌시아는 불필요하게 감시할 사람만 늘린다고 생각했다. 차라리 아무도 없다면 가까이 오는 모든 인기척에 주의를 기울일 수 있을 텐데, 아이들이 밤새 방 앞에 앉아 있다면 일이 번거로워진다.

톨레도는 아이들을 물린 뒤 문을 닫았다.

"그렇게 불편한 표정을 하고 계시면 제가 죄송스럽지 않습니까."

"소란 피우지 마라. 내일 새벽에 떠날 테니 돈은 더 주기 힘들다."

"문 앞에 선 아이에게 맡기면 되지요."

"불필요한 약속을 했다."

"아무튼 방해가 되지 않도록 노력하겠습니다."

"네가 여행길에서 낭비한 돈이 금 백 장은 될 것이다."

"저희는 영지가 없어서 자선을 베풀 곳이 마땅치 않습니다. 이렇게 외유를 나왔을 때에나 도와 보는 것이지요."

그는 더 말을 잇지 않았다. 이미 짐을 내려 두었고 불을 죽였기에, 곧장 몸을 누였다. 톨레도는 뒤늦게야 외투를 내려 두느라 소란스러웠다. 그는 상대가 바로 잠에 들리라 생각지 않는지 조곤조곤 사담을 꺼냈다.

"열흘 안에 레발로에 도착할 겁니다."

"더 빨리 다다를 수도 있다. 그러나 도착한 직후 전투가 뒤따를 것을 감안해야 한다."

"아니……. 언제 도착하시든 첫 전투에 출전하시면 안 됩니다."

"잠시 나가서 점검할 수는 있겠지."

"아니요. 절대 안 됩니다. 저희는 사순을 쉬지도 않고 달렸습니다. 최소한 해가 넘어갈 때까지는 쉬셔야 합니다."

"사령부의 의견을 듣고 판단하겠다."

"예. 자멘테 경께서 결사반대하실 테니 걱정되지는 않습니다."

발렌시아는 침묵했다. 피곤하지 않으나, 대화를 이을 의지가 없었다. 공적이지 못한 무언가가 제 속에서 새어 나갈 것 같았다. 차라리 달리거나 노숙을 할 경우엔 말을 줄일 수 있었지만, 이처럼 지붕 아래에서 지내게 될 때면 상황이 어색해졌다.

"참, 그리고 안니발레에는 헌사의 말씀을 보내실 겁니까?"

그는 순간적으로 곤두섰다.

"안니발레에?"

"예. 그 정도 지원이라면 따로 보답하실 만하다고 생각했습니다. 요구받은 것 이상이었지 않습니까?"

"무슨 뜻인가?"

"경이야말로……. 금화만 백만 장입니다. 이건 폐하께서 요구하신 바의 두 배입니다. 이외에 용병과 병장기도 금으로 환산하면 엄청난 수준입니다."

"……그 건에 대해서는 따로 보답할 예정이다. 적지 않은 금액이므로, 폐하뿐 아니라 백작에게도 운용 계획을 공유해야 할 것이다."

톨레도는 자신의 짐을 모두 정리한 뒤 침대에 걸터앉았다. 그는 곧장 발렌시아의 말에 답하지 않았다. 단지 잠시 침묵한 뒤, 질문을 깊숙이 찔러왔다.

"안니발레가 외르타를 철에서 꺼냈기 때문에 보답해야 한다고 받아들이셨습니까?"

그가 소식을 안다는 사실에 놀라지 않았다. 그와 자신 모두 하루가 멀다 하고 오스페다에서, 본 영지에서, 또 레발로에서, 혹은 다른 여러 곳에서 전서구를 받았으므로 톨레도에게도 그만의 정보가 있었으리라. 그러나 그것을 자신에게 표현했다는 사실이 의외였다.

"경과 나눌 주제가 아니다."

"물론 아니지요. 하지만 경께서 안니발레에 빚을 졌다고 생각하시는지 여쭙고 싶습니다. 전쟁의 돈줄을 쥔 곳에 마음의 빚까지 지셨으면 무시하긴 어려우실 테니까요. 경을 비난하는 것은 아닙니다. 다만 상황을 알고 싶을 따름입니다."

"네게 말할 이유가 없다."

톨레도는 굳이 더 질문하지 않았다. 하지만 발렌시아는 의혹을 품었다. 저 담백한 톨레도마저 그런 질문을 가졌다면 생각보다 많은 이가 궁금해할 것이다. '공작이, 전쟁의 총사령관이 안니발레를 특별 대우할 것인가?' 물론 안니발레의 후계자는 여성이고, 이 전쟁에 그들의 친족이 참전하지 않았기에 사령관이 편파적으로 행동하긴 어려웠다. 그러나 자신이 공정하지 못하리라는 의심이 못내 그를 언짢게 했다.

그는 반사적으로 말을 덧붙였다.

"내가 불공정할 것 같나?"

"아닙니다. 절대 그런 걱정은 아니었습니다."

"그러면?"

"경을 신산하게 하는 일들이 참 많다고 생각했습니다. 다행히 외르타는 안니발레 백이 도와주었습니다. 그러나 그녀가 캄비에 있다는 사실이 기쁜 소식은 아니지요."

톨레도는 억지로 앙히에에 대한 이야기를 참는 것처럼 보였다. 대화를 부드럽게 이끌기 위해서는 외르타를 언급하는 편이 더 도움되리라 판단한 모양이었다.

그는 틀렸다.

차라리 앙히에를 주제로 꺼내는 편이 안전했을 것이다.

그는 완고하게 외르타에 대해 생각지 않고 있었다. 그녀가 정말 알론조 캄비로 떠났고 자신을 영원히 보지 않으리라는 사실은 잊을수록 좋았다. 타의로 캄비에 칩거했다 한들 그녀 최초의 의지가 바래지는 않았을 것이다. 무슨 일이 벌어져도 신전 옆에서 안온히 한평생을 살겠다고. 당신과 어떤 관계로 묶이느니 그쪽이 안전하고 행복하다고.

그녀는 정말 그렇게 떠났다.

"경."

"……."

"아마 자멘테 경께서 가장 먼저 건네실 질문도 이와 다르지 않을 것입니다. 괜찮으십니까? 너무 많은 일들이 한꺼번에 일어났습니다."

"내가 괜찮지 않다면, 대체할 이가 있나?"

톨레도는 침묵했다.

발렌시아는 놀라지도 않았다.

"그만 쉬어라."

"……그래도 전쟁이 끝나면 발미레를 구명하실 수 있을 겁니다. 저희는 침묵하겠습니다."

톨레도는 물정 모르는 소리를 하고 있었다. 외르타는 물론 자카리의 명으로 떠났으나, 그녀의 의지가 먼저였다. 자카리 역시 '그녀가 요청했기에 보냈다'고 공포했다. 그것이 거짓처럼 들려도 진실임을 잘 알았다. 그녀는 영원히 알론조 캄비에 머물 것이다. 자신이 코앞까지 다가가 얼굴을 보여 달라 빌어도 나오지 않을 것이다.

달라지지 않을 미래였다. 자신이 노력하여 자카리의 명을 돌이킨들 외르타는 신전 옆에 남을 것이다. 억지로 끌어낸다면 로크뢰와 자신이 다르지 않을 터, 그는 희망하기도 죄스러웠다. 아직 그녀도, 스스로도 용서하지 못한 채 말을 정리해 편지를 보내기도 어려웠다.

그는 속으로 미소 지었다. 그녀를 용서한다는 말을 감히 입에 담았다. 그녀가 게외보르트를 간직한다는 사실에 들끓었던 화는 아직 가시지 않았다. 자신이 배반당해서가 아니었다. 단지, 꾸준히 위협당하면서도 고향을 버리지 못하는 외르타의 모습이 답답했기 때문이었다. 오로지 그 이유로 그녀를 용서하지 못했다.

그리고 그녀는…….

발렌시아는 자신이 문을 밀어 닫고 왜 아쉬워하는지 모르겠다고 생각했다. 희망을 가지지 않았고, 그래서, 자신의 결정으로 청혼했는데 왜 아직도 속 쓰리도록 안타까운지 몰랐다. 청혼한 뒤 그녀가 도망칠 줄 정말 상상하지 못했나? 그래도 어느 마음 구석엔 그녀가 자신에게 무른 구석이 있어, 대화를 해 보자고 오스페다에 남아 있으리라 믿었던 건가? 언젠가 다시 만나서 제 선택을 설명하리라 기대했나?

한심했다. 뒤돌아보지 않을 기세로 벼랑 끝 다리를 잘라 버렸다. 십이공회에 혼처를 회신한 뒤에야 외르타에게 청혼했다. 희망이라곤 한 점도 없는 사람이나 저지를 법한 짓이다. 그는 등 뒤로 도주할 길을 두지 않았다. 한 발자국 걸을 때마다 그림자 위로 철문이 쾅쾅 닫혔다.

그러고도 외르타를 영원히 볼 수 없다는 사실엔 냉정하기 힘들었다. 그는 어쩌면 대사제를 거스르고 알론조 캄비에 발을 디딜지도 몰랐다. 외르타의 안전과 의지를 침범하는 일인 줄 알면서도 악행을 저지를 것만 같았다. 얼굴이라도 한 번 보고, 말이라도 한 점 나눌 수 있도록 도시에서 애원하다가, 그녀가 끝내 나오지 않을 것이기에 자신이 들어갈 것 같았다.

그는 그 정도로 스스로를 끔찍하게 상상하고 있었다. 제 성정이 끔찍한 것인지, 아니면 그녀에게 품은 마음이 끔찍한 것인지 알 수 없었다. 그녀 앞에서 수 번이고 수십 번이고 자신은 캄비에 들어갈 수 없다고 말했다. 그런데 이제는 희망이 없으니 무작정 들어가겠다고? 이래서야 그녀가 캄비로 떠나지 않도록 스스로를 인질 삼아 협박한 셈이다. 그녀 역시 자신을 영영 안 보겠다고 결심하려면 각오를 단단히 다져야 했다. 그 사실을 알기에, 그것을 무기 삼아 휘둘렀던 것 아닌가?

뒤늦은 깨달음이었다. 그것이 진정한 무기가 되기 위해선 외르타에게 자신을 아끼는 마음이 남아 있어야 했다. 그 마음은 자신이 베었다. 그녀에게는 을씨년스러운 동정심조차 남아 있지 않을 것이다.

그는 노력해서 잃었다.

"경……. 괜찮으십니까?"

"……왜?"

발렌시아는 되묻는 순간, 자신이 충분히 이상한 몰골이었으리란 점을 깨달았다. 목소리가 수상했다. 그는 양손으로 침상을 짚고 상체를 일으켰다. 순간적으로 몸을 움직였다.

"긴 시간 동안 한 곳을 노려보셨습니다……. 너무 피곤하시면 이곳에서 이틀 정도 쉬어 가지요. 그렇게 급하진 않습니다. 저희가 며칠 늦어도 어차피 자멘테 경이 먼저 도착해 있을 겁니다."

"아니, 괜찮다. 잠시 다른 생각을 했다."

"경."

"차라리 전쟁터가 낫다. 이젠 조용한 곳이 신물 나는군."

"……."

톨레도는 날것의 말을 듣곤 침묵했다.

발렌시아는 눈가를 짚은 채 다시 천천히 누웠다. 진심이었다. 조용한 곳에선 생각이 많아졌다. 차라리 저 밖에 있는 어린아이들을 방 안으로 끌고 들어와 떠들게 하는 편이 나을 것 같았다. 아니, 그것으로도 부족했다. 자신은 이제 수만 명이 웅성이는 곳에서만 휴식을 취할 수 있었다.

외르타 곁에선, 그녀가 같은 공간에, 벽과 천장을 사이에 둔 채 쉬고 있다는 사실만으로도 고요에 감사했다. 그녀가 편히 잠들 수 있기를 바랐고 그 사실만으로도 자신은 안심할 수 있었다.

그러나 이제는 아무도 없었다.

"쉬십시오. 제가 실언했습니다. 제 권역이 아닌 일을 말씀드려 고단하게 해 드렸습니다."

"……."

"경의 의지와 능력을 의심하지는 않습니다. 경만이 이 전쟁을 승리로 이끌 수 있습니다. 경께서 이에 책임감을 느끼신다면, 죄송스럽지만 감사한 일입니다. 저희에게는 경이 최선의 선택지입니다. 때문에 어떤 면에선 저나 자멘테 경이 겁을 먹었던 것 같습니다. 경께서 흔들리지 않아야 저희도 바로 서기 쉬울 테니까요."

"……자멘테 경이 나를 떠보라 했군."

"대답하지 않겠습니다. 그러나 저는 강요받는 사람이 아닙니다."

"경도 동의했고."

"더 이상 이에 대해 언급하지 않겠습니다. 경께서 추스르는 방법이 있으시리라 믿습니다. 아니라면, 저희가 있는 힘껏 보조해야겠지요. 저는 포티미외에서 보여 주신 모습에 무한한 신뢰를 보냅니다. 경께선 여전히 포티미외의 총사령관이십니다."

"……."

발렌시아는 대답하지 않았다.

자신이 바로 그 사람인지 의심하고 있었기 때문이다.

발터는 짜증스레 눈가를 비볐다. 시간이 너무 늦었다. 반 슈체친이 공들여 전장 주변의 안정을 다지고 있는 만큼 자신도 확인해야 할 사항이 많았다. 제 오래된 계획을 떠올린다면 전부 무슨 소용인지 의심스러웠지만, 생각하지 않기로 했다. 단순해졌다. 자신이 진심이어야 상대도 혐의를 두지 않을 것이다.

누군가 문을 두드렸다.

"들어와."

요오스가 조심스레 들어왔다.

"폐하, 이제 지하에서 사람을 꺼내야 할 것 같습니다."

"무슨 소린가? 아직 일주일도 안 지났다."

"사흘째입니다. 지하 석묘에는 물이 없습니다. 시간 감각도 없을 것이고……. 위험합니다."

"그 정도로 약한 인간은 아니다."

"예. 하지만 폐하께서 구타하셨잖습니까."

발터는 순간적으로 할 말을 잃었다.

"상처가 있으면 수분이 급격히 빠져나갑니다. 그를 살려 이용할 필요가 있다면 당장에라도 내려가야 합니다. 윤허해 주십시오."

"……."

그는 잠시 바닥을 내려다보았다. 어수대의 수장인 요오스는 헛소리를 하는 사람이 아니었다.

잠시 뒤 발터는 성큼성큼 앞으로 나섰다. 요오스를 밀친 뒤 문을 열어젖혔다.

"등불 가져와."

"준비되어 있습니다."

발터는 자신이 허락하기도 전에 채비한 요오스에게 눈살을 찌푸렸다. 그러나 무어라 탓할 시간이 없었다. 굳이 복도에서 소란을 일으키기도 싫었다.

그는 숨을 가다듬으며 가장 가까운 비밀 통로의 입구를 찾았다. 뒤에서 요오스가 사방을 경계하는 모습이 느껴졌다. 아무리 어수대만이 허락되는 집무실 층이라도, 혹시 모를 눈을 경계하는 것이다. 발터는 제 귀한 바프렘 레가세라도 벗어 눈에 띄지 않도록 조심해야 할지 고민했다.

그들은 가까스로 복도를 두 번 돌아 구석진 방에 들어갔다. 요오스가 단단히 문을 잠그는 동안, 발터는 모서리에 놓인 옷장을 잡아당겼다. 왕답지 않게 거칠었다. 이 천치들, 이토록 손이 많이 가는 통로라니 급할 때는 어떻게 사용하라는 것인지 모르겠군. 그는 선조에게 욕설을 퍼부으며 가까스로 옷장 뒤 지렛대를 당겼다. 그러자 완전히 다른 방향에 있던 거울이 열렸다.

요오스가 먼저 달려가 등불에 불을 붙였다.

"제가 인도하겠습니다."

그는 왕의 허가를 받곤 날래게 통로 속으로 뛰어들었다. 곧 육십에 접어드는 사람이라곤 믿기 어려울 정도였다. 그는 듬성듬성 무너진 계단을 뛰어 내려갔다. 그가 앞서 바른 곳을 찾아 짚었기에, 발터 역시 빠르게 내려가는 데 무리가 없었다.

그가 앙히에를 가둔 곳은 왕가의 정식 장묘가 아니었다. 그보다는 패배자의 무덤이었다. 패배자들은 숄렘 노트란트의 성벽에 매달린 뒤, 장례도 없이 이름만 새긴 무채색 관에 담겼다. 시체를 불에 태우거나 겹겹이 쌓아 두는 것보다는 예의 발랐으나, 왕족에 대한 예우는 아니었다. 당연하다. 그들은 계승 내전에 정당하게 참가하여 패배했기 때문에 '존중'받은 것이다. 왕족이라는 사실은 아무짝에도 쓸모가 없었다. 패배를 기억하는 이는 승리자만으로도 충분했다.

승리자가 그들을 무시했기에, 묘지는 숨어 있었다.

발터는 딱 한 번 그 석묘를 본 일이 있었다. 처음이자 마지막으로, 패배한 주검을 거둬 무덤에 영원히 가둘 때. 아주 넓은 곳에, 연대순은 커녕 오와 열도 맞추지 않은 채 제각기 다른 모양으로 무성의하게 던져진 관들. 가까스로 각자의 이름은 새길 수 있었으나 그것이 양각일지, 음각일지, 아니면 그저 흑색 묵을 불에 지져 놓은 것인지, 관 위에 있을지, 관 바닥이나 측면에 있을지 알 수 없었다. 생이 저문 것과 같이 스러진 이름이었다.

발터는 앙히에가 어둠 속에서 길을 찾지 못했으리라 믿었다. 리볼텔라의 관을 찾지 못했으리라 확신했다. 이는 신체적인 능력과는 무관한 것으로, 그 난잡한 곳에서 관의 주인을 찾기는 결단코 불가능했다.

리볼텔라는 ―마지막으로 봤을 때― 가장 많은 관이 놓여 있던 중앙에 있었다. 이름은 아마 측면 단에, 잘 보이지 않도록 얕은 먹각으로 새겨졌다. 손으로 읽을 수 없었다. 그가 명한 바는 아니었다. 자신은 아무것도 신경 쓰고 싶지 않았으며, 알고 싶지도 않았다. 애초에 이 자리에 단 한 번 방문한 것조차, 묘지가 봉인되는 현장을 폐하께서 참관하셔야 한다고 슈트람 요오스가 고집을 피웠기 때문이었다.

그들은 이름이 붙지 않은 지하 석묘 앞에 도착했다.

"열어라."

요오스는 몸을 숙인 채 제문을 읊조렸다. 석묘는 어떤 말이 아니라 열쇠로 열렸다. 발터는 그가 구태여 왕실 제문을 읊는 이유를 캐묻지 않았다.

묵직한 문이 열렸다.

요오스는 성큼성큼 들어가더니 이곳저곳에 불을 붙였다. 한 움큼씩 빛이 들어올 때마다 구역이 환해졌다. 어마어마하게 넓은 곳이라, 그가 여섯 번째 홰에 불을 지를 때에야 중앙이 희미하게 밝아졌다.

대부분의 관들은 뚜껑이 반쯤 열린 채였다.

반사적으로 욕설이 튀어나왔다.

"이…… 미친 새끼가……."

걸음이 그제야 빨라졌다. 저도 모르게 터뜨린 목소리가 높았다.

"관을 제대로 봉하지 않았나?"

"대부분 호두나무 관이라…… 작업자들이 최초에 봉했으리라 믿습니다만 시일이 지나 잠금쇠가 약해졌을 겁니다."

발터는 앙히에가 어떤 관에 팔을 밀어 넣은 채 쓰러져 있다는 사실을 알아차렸다. 그는 그 순간 감히 가까이 가지 못하곤 우뚝 멈췄다. 넘겨 볼 수조차 없었다.

그는 햇빛도 없는 지하에서 차양을 만들었다. 눈앞을 가렸다. 가까스로, 아주 가까스로 입을 열었다.

"덮어…….."

요오스는 급하게 달려갔다. 제 왕이 무엇을 꺼리는지 누구보다 잘 아는 사람이었다. 그는 급하게 앙히에를 밀쳐 냈다. 단단히 관 뚜껑을 덮곤, 누군가 강하게 뜯어낸 듯 덜렁거리는 잠금쇠를 억지로 고정했다.

손이 미끄러져 얼굴을 덮었다. 발터는 자신이 사람을 향해 말하는 것인지, 거미줄처럼 조여든 손아귀를 향해 말하는 것인지 구분하지 못했다.

"곧장 다시 내려와 이곳을…… 관을 전부 봉해라."

"예."

"전부……."

"명 받들겠습니다."

그는 얼빠진 사람처럼 같은 말을 반복했다. 조금 뒤에야 스스로 더듬고 있다는 사실을 깨달았다. 아주 천치 같고, 순간적으로 수치심이 몰려들었다. 그는 아직도 눈앞을 가리고 있는 손바닥을 노려보았다. 빛이 적어 살색이라기보다는 단지 붉었다. 눈을 꽉 감았다 떴다.

발터는 화가 치밀어 앙히에에게 다가갔다. 양손으로 상대의 멱살을 쥐었다. 그제야 상대가 메마른 기침을 토해 냈다. 눈도 제대로 뜨지 못했다. 그는 이 악문 채 죄인을 잡아 들었다. 앙히에는 마치 질긴 줄 하나에 목이 졸린 시체 같았다.

요오스는 관 뚜껑을 제대로 맞추는 듯하더니 소스라치게 놀라 왕에게 다가왔다.

"폐하, 이자에게 탈수 증세가 보입니다. 부디 하해와 같은 성은을 베풀어 주십시오. 제가 올라가 이자의 목을 축인 뒤 충분히 벌하실 수 있으리라 생각합니다."

발터는 이를 드러냈다. 상대가 이 정도로 미쳐 있을 줄 몰랐다. 그날로부터 수 년이 지난 뒤에도 관 뚜껑을 열어젖히겠다는 결심을 한 인간이었다. 이미 죽은 사람을, 관을 찾은들 기억 속 한마디보다 의미가 없을 것이다. 넋 빠진 놈.

그는 앙히에를 내팽개쳤다. 상대는 아직도 정신을 차리지 못한 채 신음하고 있었다. 요오스는 기회를 놓치지 않고 그를 둘러멨다.

"제가 인도하겠습니다."

어수대의 수장은 왕이 마음을 돌릴까 무서운지 급하게 입구로 향했다. 제 명령이었는데, 이제는 본인이 더 절실하게 수호하는 낯짝이었다.

발터는 손이 떨리고 있음을 눈치챘다. 주먹을 꽉 쥐었다. 그에게 이

자리는 아무것도 아니었다. 아니어야 했다. 자신은 그녀를 삶으로 기억했다. 그녀는 제게 살아 있는 사람이자, 비사의 찬란한 밤으로 남아 있었다. 그녀는 어느 퀴퀴한 주검의 깊이 뚫린 눈구멍이 아니었다. 그 기억을 깰 수 없었다.

'관을 뜯어 손으로 시체를 확인했다.'

그는 이 사태를 전혀 상상하지 못했다. 단지 한 치 앞도 볼 수 없는 곳에 앙히에를 가두곤 약속을 지켰노라 선언할 예정이었다. 앙히에가 누이의 평온을 해쳐 화가 난 것은 아니었다. 리볼텔라는 실용적인 사람이었고, 발터 역시 제 나약한 마음만 남아 그녀의 주검을 보지 못하게 만든다고 믿는 이였다.

숨이 빠져나간 시체는 아무것도 아니다.

아니어야 했다.

그러나 자신은 몇 년 전, 멀리서, 분명하고 밝게 드러난 관을 보고 눈을 가렸다.

방금도, 희미한 해 아래 어두침침하게 일렁이는 주검 그림자에 눈을 가렸다.

앙히에게 그것을 직시할 용기가 있었다는 데 화가 났다. 그녀의 삶부터 죽음과 시체까지 악착같이 붙드는 장님 같은 짓거리에 이를 악물었다.

"……폐하?"

발터는 떠밀린 듯 묘를 나섰다. 마지막으로 열린 문을 되돌아보았을 때, 사방 천지에는 뜯겨져 나간 관 뚜껑뿐이었다. 석회로 봉인된 관에는 종종 검은 피가 엉겨 있었다. 그는 거의 짐승의 살을 찢어발기듯 가까스로 고개를 돌렸다. 공기에 근육과 핏줄이 새겨져 있어 자신을 붙드는 듯했다.

"폐하……."

그는 억지로 걸음을 뗐다. 급히 뛰어올라 갔다.

그들은 얼마 지나지 않아 출발했던 방으로 돌아왔다. 요오스는 마치 아무도 둘러메지 않은 양 어마어마한 힘을 자랑하며 오르막길과 계단을 올랐다. 그는 양탄자가 깔린 방에 다다르자마자 앙히에를 내팽개쳤다. 급하게 방 안에 놓인 화병을 뒤집어 여분의 천을 잔뜩 적셨다. 그리고 죽을 병자도 살릴 듯한 구도의 자세로 상대의 입에 물을 짜 넣었다.

발터는 천천히 탁자에 기대어 요오스의 재주를 바라보았다.

그는 기이한 순서로 앙히에의 뺨을 갈기고 또 돌보았다. 돌보다가도 신음이 터지면 뺨을 몇 차례 때렸다. 그리 강하지는 않았지만, 충격이 가 닿을 정도는 될 것이다. 그는 제 얼굴보다 큰 화병의 물을 전부 흘려 넣고는, 곧장 다른 화병을 잡아 들었다. 이번에도 인내심 깊게 천에 적셔 수급했다.

그렇게 몇 분이나 지났을까, 갑작스레 앙히에가 기침을 터뜨렸다. 지금까지 간헐적으로 새어 나오던 한숨이 한꺼번에 뭉친 것 같았다.

"허…… 크……. 흐하……. 흐……. 흐큭……!"

요오스는 그제야 자리에서 일어섰다.

"깨어났습니다. 정신이 들었을 테니, 혹여 폐하의 말씀을 묵살한다면 조금 충격을 주어도 괜찮을 겁니다."

"그래."

"다만…… 외람된 바람이오나 이자가 조금이라도 회복된 뒤 벌하시면 좋겠습니다."

"물이라도 한 모금 먹인 뒤엔 더 이상 불평하지 않겠노라 했지."

"……숨골만 건드리지 않으시면 좋겠습니다. 죽을 수도 있습니다."

"짐이 알아서 한다. 내려가서 정리해."

요오스는 깊이 고개를 숙였다. 그는 옷을 갈무리하곤 다시 통로로 사라졌다.

발터는 바닥에 누운 앙히에를 바라보았다. 바라보았을지 노려보았을지 잘 모르겠다. 그는 종잡을 수 없는 감정으로 상대를 응시했다. 자신은 그를 죽이지 않을 것이다. 이제야 깨달았다. 그에겐 죽음이 구원이다. 발터는 그를 구원할 생각이 전혀 없었다.

그는 발끝으로 앙히에를 건드렸다.

"눈떠."

앙히에는 천천히 눈을 떴다. 온몸이 욱신거렸다. 피곤했다.

화려한 천장. 여기가 어디였더라. 띄엄띄엄 사고가 돌아왔다. 제 마지막 기억은 리비를 쥐었던 손이다. 어둠이 도마뱀처럼 내려앉은 묘지. 아, 그렇지. 앙히에는 미쳐 가면서도 아주 냉정했다. 그는 리볼텔라를 찾아냈다.

스스로 묘지에 있다는 사실을 깨닫자마자 관을 전부 열어젖혔다. 대부분 이중 잠금쇠조차 없이 허술하게 마감되었기에 시체의 얼굴을 확인하기는 쉬웠다. 구더기 혹은 뼛조각만 손에 잡히면 어쩌나 순간적으로 걱정이 되었지만, 역시 자신은 바보 천치였다. 모든 주검은 바싹 마른 미라에 가까웠다. 하긴, 아무리 버려둔 묘지라 하나 왕가가 체신을 지키지 않았을 리 없다.

어떻게 자기를 찾지?

물론 앙히에는 리볼텔라의 생김새를 눈을 감은 채로도 그릴 수 있었다. 그러나, 그럼에도, 어떤 증거로써 확인받고 싶었다. 여성의 주검을 만날 때마다 머리부터 발끝까지 더듬었다. 얼굴에서 추측하고, 옷차림과 왼손을 느낀 뒤 그녀가 아님을 확신했다. 쉽게 이야기하지만 아주 어려운 일이었다. 모든 주검의 눈구멍은 뻥 뚫려 있었다. 옷가지도 비슷했다. 몸치장은 다양했으나 리비는 거추장스러운 것을 싫어했다. 때문에 큰 장신구가 보이면 차라리 감사하며 물러섰다.

그렇게 몇십 개의 문짝을 뜯어냈는지 모른다. 며칠이나 지났는지, 몇 번이나 깜빡 잠에 들었다 깼는지 기억하지 못했다. 그는 비몽사몽간에 가까스로 리비를 발견했노라 생각했다. 그녀의 바짝 마른 얼굴을 매만지는 순간 직감했다. 어둠 속에서, 온 신경이 곤두서서, 이 완고한 굴곡이 그녀임을 확신했다. 다급하게 팔을 타고 내려가자 왼손도 그녀인 듯 새끼가 살짝 꺾여 있었다. 여러 번 매만졌으나, 역시 그녀였다. 아무래도 그녀였다.

그러나 어떤 것도 보이지 않았기에 자신은 장님이었다. 암흑 속에서 증명받을 수가 없었다.

그리고……. 절박하게 시체의 왼 손목을 걷어 올리던 도중, 어떤 것을 발견했다.

양각이 새겨진 펜던트는 없었다.

그녀가 일부러 떼어 냈을지도 몰랐다.

그러나 앙히에는 고리의 싸늘한 모양과 감촉을 잘 알았다.

지금 자신에게도, 하나 있었다.

그는 그 순간 무언가를 떠올렸다. 아니, 어쩌면 무감각 상태였을지도 모르겠다. 그는 허겁지겁 새로이 받은 잉그레의 표장을 뜯어냈다. 마치 이때를 위해 준비한 듯 날랜 솜씨였다. 억지로 끊어서, 그녀의 말라비틀어진 손목에 엇걸었다.

시체는 흙으로 무너지기 전 막대에 가까웠지만 사람의 무게는 쇠하지 않았다. 그녀에게는 이제 두 개의 잉그레 표장이 있었다. 그녀는 자침磁針과 같이 딤니팔의 기사를 삼켰다.

앙히에는 헐떡이며 관에 기댔다.

그는 드디어 살아남았다.

오래전 자신은 미래를 그녀에게 남긴다고 말했다. 딤니팔도 미라이예도 신경 쓰지 않은 채 건너갈 다리를 불태우리라 선언했다. 아, 완전히 틀렸다. 그는 다시 한번 주검에 잉그레의 표장을 바친 뒤 희희낙락했다. 조금 미쳐 가는 것 같기도 했다. 하지만 너무 기뻤다. 세상이 제대로 돌아가고 있었다.

자신은 또다시 기사의 실패작이 되었다. 형님이 무어라 말하든 나는 모르겠어. 이 지저地底에서 시체의 손을 잡자 귀신 같은 용기가 솟아오르던걸. 형님, 나는 기사 따윌 하고 싶었던 역사가 없다. 형님을 위해 노력하는 체했지만, 이제 지겨워. 힘들어.

자신은 리비에게 표장을 바쳐 '보장된 미래'를 '희생'하지 않았다. 웃기는 소리다. 자신에게 '보장된 미래'가 중요했던 적이 없는데 어찌 '희생'한다는 말인가? 그보단 사사한 가르침에 감사하며 선물을 건넨 셈이다. 그녀가 밝혀 준 길을 보곤 미련 없이 선택지를 지웠다. 기사직은 자신에게 불필요했다. 기사직은, 내게 불필요해. 덕분에 무엇이 내게 쓸모없는지 배웠다고.

리비에게는 미래가 아닌 과거를 건넸다.

앙히에는 시체와 손을 맞잡은 뒤에야 그 사실을 깨달았다. 주검 위로 옛 잉그레 표장이 보이자, 그제야 모든 것이 과거임을 알아차렸다.

그는 그 컴컴한 곳에서 마침내 딤니팔과 이별했다. 더이상 현재가 아니 되도록 천천히 밀어냈다.

"정신 차려."

앙히에는 천천히 고개를 돌렸다. 잠깐 동안 저것 역시 시체인지 고민했다. 눈 아래 내려앉은 그림자나, 배끗거리는 얼굴 윤곽 때문은 아니었다. 단지 그의 목소리, 그의 음성이 무너져 있었다. 명령을 내리면서도 불안해하는 기색이 엿보였다.

"이제 네가 대가를 치를 차례다."

"……괜찮으십니까?"

"입 다물어."

물론 왕은 자신이 그를 진짜 걱정한 것이 아니라, 제정신인지 확인하려 했다는 사실을 알 것이다. 앙히에는 발터가 리볼텔라의 주검을 봤는지 궁금했다. 자신은 결국 빛 아래에서 그 얼굴을 보지 못했다. 그러나 그는?

앙히에는 텁텁한 목으로 겨우 읊조렸다.

"폐하."

발터는 정적을 지켰다. 자신은 그를 왕으로 칭하지 않겠다는 각오를 어딘가에 흘린 것처럼, 고분고분 '폐하'를 말했다. 이제 아무래도 상관없었다. 그는 딤니팔이 아니었다. 게외보르트라고 생각하기도 어려웠다. 어딘가에 적을 두던 마음가짐이 거세된 듯 느껴졌다.

"……."

"……가겠습니다."

발터는 아무 말도 하지 않았다. 자신을 깨우면서 무슨 증오라도 뇌까릴 것처럼 흥분해 있더니, 이제 입을 틀어막힌 모양이었다. 앙히에는 요청을 따르겠다는 제 목소리가 잘 들리지 않았던 것인가 혼란스러웠다.

"폐하……. 요청……."

"들었다."

"제가…… 할 수 있는…… 최선을……."

게외보르트의 왕은 온통 뒤죽박죽인 사람처럼 보였다. 앙히에는 제 몸이 정상이었더라도 제대로 설명할 수 있었을지 모르겠다고 생각했다. 물론, 그러고 싶은 생각도 없었다.

반 슈체친을 숙청하겠다는 의지는 사라지지 않았다. 그러나 이제는 복수보단 단지 대가를 치르겠다는 건조한 마음가짐이 더 강했다. 받은 것이 있으니 돌려주어야 했다. 딤니팔을 위해서도, 게외보르트를 위해서도, 심지어 리볼텔라를 위해서도 아니었다.

앙히에는 기침을 몇 번 한 뒤 주먹으로 바닥을 내리찍었다. 힘이 강하지는 않았다. 디뎌 일어나려 했다. 그러나 비틀거리다 다시 뻗었다. 아직 어려웠다.

"폐하……."

적어도 목소리는 나오는군.

"레발로를…… 거쳐…… 잉그레로 돌아가겠습니다……."

"블랑쉬 젤로를 데려가."

"어디로……?"

"며칠 쉬면 그녀가 어련히 찾아올 것이다."

"예……. 물…… 좀……."

발터는 발로 어떤 병을 밀었다. 앙히에는 고개를 돌려 보라색 꽃이 꽂혀 있는 화병을 확인했다. 찬물 더운물을 가릴 계제가 아니었다. 그는 가까스로 목만 들어 화병에 든 물을 삼켰다. 라일락이 코를 어지럽혔다. 아직도 오락가락하는 도중 진한 꽃 향을 맡으니 머리가 터져 버릴 것만 같았다. 그는 겨우 병을 비운 뒤 양탄자 위로 굴렸다.

"컥, 헤취! 크으……."

"어수대를 보내 너를 감시하도록 두겠다. 제대로 움직일 수 있을 때까지 일주일 기한을 준다."

"내일이라도…… 갈 수 있…… 습니다."

"헛소리하지 마. 젤로가 너를 떠메고 갈 수는 없다."

그는 계속 기침을 터뜨렸다. 속에 든 것이 없어 매스꺼웠다. 물을 마시면 분명 이 귀한 곳에 토악질을 할 것이라 생각했으나, 어지럽기만 할 뿐 참을 만했다. 누가 제게 단단히 예방 조치를 취해 둔 듯했다. 그는 여러 번 바닥에서 꿈틀거리다, 마침내 주먹으로 몸을 지탱했다. 손바닥을 폈다. 몸을 돌렸다. 상체가 들렸다. 다시 엎어졌다. 그러나 다시 일어났다. 힘이 들어가지 않던 무릎이 점차 굽었다.

앙히에는 가까스로 바닥에 주저앉았다. 발터를 바라보는 순간, 그가 죽어도 지하 묘지에 대해 언급하지 않으리라는 사실을 깨달았다. 저 덜 떨어진 반편이 같으니.

때문에 자신이 이야기할 수밖에 없었다.

"폐하, 리비를 보여 주셔서 감사합니다."

발터는 한 대 얻어맞은 것처럼 잠잠했다.

"관에 이름이 없어서 제가 포기할 거라고 생각하셨습니까?"

"……."

"얼굴만으로 알 수 있었습니다. 리비의 눈구멍이, 광대뼈와 턱이 어떻게 생긴지 압니다. 하지만 그보다는 자기 왼손이 증명했어요. 여기에…… 왼손잡이라…… 흔적이 있어요."

"……."

"폐하, 저는 삶이 신체에 켜켜이 쌓인다는 말을 믿습니다. 아무리 주검이라도 제가 리비를 모르리라 생각하셨다니……. 제가 머저리처럼 넋 놓고 있으리라 생각한 폐하께서 잘못하신 거예요. 리비가 자주 쓰지 않는 팔은 곧고 강인합니다. 그러나 자주 쓰는 어깨, 팔과 손은 이렇게…… 좀 또렷하고 팔팔하게 생겼어요. 오히려 주로 사용하기 때문에 말라비틀어진 뒤에도 살짝 휘었고 유연하지요."

"그만."

"언제 마지막으로 리비를 보셨습니까?"

왕은 광대를 걷어차지 않았다. 오히려 고민하듯 서 있었다.

"언제 보셨냐고요. 주검을 소산燒散하지 않는 풍습의 장점이 뭐라고 생각하세요?"

발터는 놀리는 듯한 말을 듣고도 고요했다. 어느 방향으로 보아도 흥분하지 않은 얼굴이었다.

"……불타지 않은 시체로 짐의 승리를 기억할 수 있지."

앙히에는 갑작스레 침묵했다.

"짐이 너보다 고상하다는 이유만으로 누님의 화장火葬을 반대한 것은 아니다. 누님을 금록에서 지우지 않겠다는 생각이 첫째였으나, 여전히 짐에게는 시체가 필요했다. 왕의 디딤대로 마땅하기에."

"……."

"재로써 승리를 추억할 수는 없다. 짐에게는 패배자들의 증거가 필요해."

"감히…… 리비를 패배자라고 부를 수 있는 사람은 없어요."

"짐은 그럴 수 있다."

앙히에는 주먹을 쥐지 못했다. 주먹을 쥐기 전, 맹수의 앞발처럼 손을 움켜쥔 채 굳었다. 힘을 너무 강하게 주어 덜덜 떨렸다. 그는 천천히 손을 눈가에 댔다. 손톱으로 이마 살갗을 찢을 듯 내리찍었다. 고개를 숙이는 것이 아니라 눈을 파내겠다는 태도였다.

화가 나서 정신을 차릴 수가 없었다.

"제가 폐하와 이야기를 나눌 수 있겠다고 생각했던 시절이 있어요. 폐하께서 리비 앞에 당당하지 않았기 때문에 같은 인간처럼 느껴졌어요. 폐하께서는 단지 조카의 배신으로 왕위를 얻은 거예요. 그 사실을 알고 계실 거라고 생각했습니다. 그런데 그런 인간은 절대…… 절대…… 리비를 패배자라고 부를 수 없어요……. 저는 폐하께서 수치를 모른다는 사실이…… 너무…… 불가사의해요……."

"……."

"전 폐하를 경멸합니다."

"……."

"약속은 지킵니다만, 애쓰진 않겠습니다."

그들은 잠시 정적 속에 있었다.

앙히에는 자리를 떠나고 싶었지만 몸이 말을 듣지 않았다. 배를 곯아 다시 기절할 것만 같았다. 차라리 저놈이 떠나면 좀 건강이 나아질 것 같은데. 속이 아픈 것인지 분노에 쓰린 것인지 잘 구분이 안 되었다.

"미라이예."

"……."

발터는 잠시 무슨 말을 하려는 것 같았다. 그를 보지 않았으나 예민한 귀로 깨달았다. 편치 않은 듯 살짝 움직이는 옷자락과 침 삼키는 소리가 났다.

그는 기다렸다.

그러자 누군가 말을 엎질렀다.

"……너는 내가 어떤 도덕을 모방하기로 했는지 모르지."

맺음새는 단호하나 모서리가 흐렸다. 직전까지 승리와 패배를 말하던 사람처럼 들리지 않았다. 앙히에는 그 말을 이해한 것이 아니라, 어수선하고 불안정한 목소리로 깨달았다. 그는 고개를 들었다.

바프렘 레가세와 함께 방문이 닫혔다.

앙히에는 침대 천장을 바라보았다.

발터가 떠난 뒤 자신은 멍하니 바닥에 앉아 있었다. 그의 말을 몇 시간이고 곱씹었다.

해가 중천에 뜬 뒤 강건한 노인이 돌아와 비밀 통로 입구를 봉했다. 그는 홀로 남아 있는 게외보르트 사생아를 보고는 상황을 파악한 듯 보였다. 노인은 이 자리에 있으라 그를 다짐시키곤 방을 떠났다. 얼마 지나지 않아 식사와 함께 본인이 올라왔기에 앙히에는 하마터면 노구가 우려되니 쉬시라 말을 건넬 뻔했다. 물론 그가 한 손으로 제 멱을 잡아 올리자 걱정은 재빨리 사그라졌다.

식사는 거의 미음으로만 이루어져 있었다. 앙히에는 그제야 최초에 제 속을 물로 달랜 자가 누구인지 알 것 같았다. 노인은 두 눈을 똑바로 뜬 채 그가 멀건 죽을 전부 해치울 때까지 지켜보았다. 앙히에는 불편한 기색도 없이 급하게 먹은 뒤 빈 그릇을 내던졌다.

"자리를 옮겨야 한다."

"물."

"화병 물을 더 마실 테냐?"

앙히에는 투덜대며 바닥에서 일어섰다. 조금 절뚝이기는 했지만 고통은 참을 만했다. 고작해야 음식 몇 모금을 들었다고 걸음을 뗄 수 있게 된 것이 우스웠다.

그들은 복도를 이동했다. 앙히에는 산더미 같은 식사가 준비된 방에 갇혔다. 음식이 썩겠다고 투덜거렸지만 입 닥치고 회복하라는 협박을 받아들였다. 노인은 몹시 난폭한 축에 속했다. 그가 자물쇠를 여덟 개는 더 걸고 나가는 소리를 들었다. 그제야 문득 창을 바라보았지만, 쇠로 막혀 있기는커녕 새어 들어오는 빛에 커튼까지 고왔다. 앙히에는 상대가, 제 탈출보다는 누군가 그를 실수로 발견할까 걱정했다는 사실을 깨달았다.

아무튼 그는 느리고 꾸준하게 식사를 해치웠다. 노인에게만 쇠약한 사람을 구하는 재주가 있는 것은 아니었다. 앙히에는 차분하게 상황을 복구했다. 저 지하에서 정신이 어떻게 되지는 않았다. 단지 속을 비운 기간이 너무 길어 육체적으로 힘들었을 뿐이다.

앙히에는 하루 밤낮이 흐르기도 전 제대로 힘을 쓸 수 있었다. 때문에 노인이 들어와 식사를 치우자 급하게 항변했다.

"이제 괜찮아. 블랑쉬 젤로를 보내."

"네가 결정할 사안이 아니다."

"내 몸 상태를 내가 결정하지 누가 결정해?"

노인이 가까이 다가왔다. 게외보르트 순혈인 듯 선 굵은 광대와 턱, 거무튀튀한 머리칼과 금안을 지니고 있었다. 그는 억세게 제 팔을 움켜쥐었다. 앙히에는 비명을 지르며 몸을 숙였다.

"입 다물고 쉬어."

"제기랄! 그렇게 비틀면 건강하더라도— 악!"

"강하게 쥐지 않았다. 내가 왜 거짓말을 하겠느냐? 네놈을 여기서 빨리 내쫓으면 내쫓을수록 나는 기쁠 것이다."

"뭘, 날 언제 봤다고⋯⋯."

노인은 웃는 듯 마는 듯 했다. 앙히에는 그 순간 소름이 돋았다. 저자는 필시 어수대일 텐데, 저 나이라면 아마 보다 어렸던 자신을 알 것이다. 리비와 함께.

왕명에 복종하는 어수대가, 왜 미라이예와 뻥 뚫린 창문을 한데 놓고도 신경 쓰지 않는지 이해했다.

그는 끼니를 교체해 주곤 떠났다.

앙히에는 방 안을 맴돌며 건강을 회복하려 노력했다. 겨우 몇 가지 도구를 얽어 붙여 손아귀 힘을 쟀고, 다리를 시험했다. 또한 종종 시험 삼아 집기를 부쉈는데 소리 내지 않는 것이 최대 과제였다. 적나라하게 듣지는 못했지만, 발터가 자신을 몰래 데려온 데에는 반 슈체친의 눈이 두렵기 때문이라는 이유가 가장 클 것이다. 이미 대가를 받은 마당에 굳이 그의 목적을 방해하고 싶지 않았다.

갑자기 어떤 목소리가 튀어나왔다.

"너는 내가 어떤 도덕을 모방하기로 했는지 모르지."

아, 갑자기, 왜, 또⋯⋯.

앙히에는 침대에 누운 채 귀를 꿰뚫리곤 투덜거렸다.

그가 왜 그따위 말을 했는지 잘 모르겠다. 그 내용에 지나치게 집중하여, 한순간 발터가 스스로를 '나'로 칭했다는 사실조차 무시할 뻔했다. 그러나 그 문장은 '나'가 들어가서 완벽해졌다. 흑룡이 그 홀로 서지 못하고 무언가를 베꼈다고 말할 때, 주어는 왕일 수 없었다. 그 개인이어야 했다.

앙히에는 생각에 파묻히기 싫었다. 침대 위로 튕겨 올라 곧장 칼을 빼 들었다. 리비의 칼이었다. 이제는 어수대뿐 아니라 이 나라의 왕도 그것을 무시했다. 거리낄 것이 없었다.

그는 물컹한 침대 위에서 여러 번 검을 휘두르다 그대로 바닥으로 뛰어내렸다. 온 힘을 실어 부드러운 소파에 내리꽂았다. 칼날은 반쯤 들어가다 멈췄다. 앙히에는 칼자루를 내팽개치고 칼 옆에, 그러니까 난장판인 소파에 앉았다.

"젠장."

오히려 지하에 나자빠져 있을 때보다 지금이 더 좋지 않았다. 정신이 나갈 것만 같았다.

관 옆을 지킬 적에는 리비만 생각하면 되었다. 그녀를 부여잡은 채 고민을 마무리 지을 수 있어 감사했다. 리볼텔라의 빳빳한 손이 제 등허리를 터뜨렸다. 발버둥 치며 고치에서 빠져나왔다. 그토록 애써 죄책감에서 벗어났다. 제 출신과, 그에 엉겨 붙어 있던 미련을 단호히 잘라 버렸다.

그런데 어쩐 일인지 이 비사 오필라의 지상에서 길을 잃었다. 가장 큰 이유는 아무래도 '리비에 대한 감정이 혼란스러워졌기에'. 그녀를 애정, 존경, 숭배, 원통, 울분 등의 익숙한 방식으로 추억하다가 갑자기 밑동부터 흔들렸다.

발터 때문이었다. 인정하기 싫어도, 그 때문이었다. 앙히에는 그가 정상적인 왕처럼 보여 놀랐다. 자신에게만 그리 비치는 것은 아니리라. 그는 실로 온전한 군주였다. 리비와 비교해서 누가 더 잘난 왕이었으리라 평가하는 것은 불가능하다. 그러나 적어도…… 발터하임부르겐은 본인이 무슨 일을 하는지, 본인의 책임이 무엇인지 알고 있었다. 그것이 누이에 대한 애정으로 흐트러지지 않았다.

리볼텔라를 억지로 배제하는 듯 느껴졌다면 조롱했을 것이다. 그러나 발터는 정반대였다. 그와 최초로 조우했을 때, 리비를 이야기하자마자 발작하듯 '나'가 튀어나오던 왕을 기억했다. 자신이 관 뚜껑을 열고 시체를 쥐었을 때 차마 말을 잇지도 못하던 사람이었다. 앙히에는 확신했다. 그는 여전히 그녀의 죽음을, 정확히는 그 슬픔과 충격을 떨쳐 내지 못했다.

그러나 그 사실이 왕에게 방해가 되는 것 같지 않았다. 심지어 조금쯤 도움이 되는 듯했다.

이상한 예감이었다. 오로지 똑같은 모양으로 청승 떠는 자신만이 알수 있었다. 발터는 리볼텔라를 여전히 애도한다. 발터는 겁이 많은 인간이다.

그러나 발터는 게외보르트의 왕이다.

"너는 내가 어떤 도덕을 모방하기로 했는지 모르지."

슬픔을 그대로 둔 채 그녀에게 배우고 있는 것일까? 가끔 애달플 때가 있어도 그것이 본인을 벼리는 힘이 될까? 겁쟁이처럼 무너지고 싶어도 그녀의 그림자가 그의 목줄을 잡을까? 그로써, 그가 괜찮은 왕이 되었던가?

그로써 내가 위로받나?

리비가 왕이 아니란 사실이 몹시 비통했으나, 사실 그녀가 아니라도 게외보르트는 괜찮아 보였다. 자신이 상상했듯 하늘이 무너지고, 그녀가 목숨 바쳤던 나라가 조각나는 것은 아니었다.

지금껏 그를 가장 깊이 상처 입힌 것은 리볼텔라의 꿈이 이뤄지지 못했다는 사실이었다. 리볼텔라는 게외보르트를 꿈꿨다. 서부가 그녀의 지휘하에 번영하지 못해 고통스러웠다. 자연스러운 이치로, 그녀가 없기에 이 땅에는 더 이상 희망이 없다고 생각했다.

그러나 의외로 그녀가 죽은 뒤에도 게외보르트는 괜찮았다. 그렇다면 리볼텔라의 죽음은 자신에게 보다 '개인적인' 일이 된다. 야망과 목표의 차원에서, 고인에 대한 자연스러운 추모로 가라앉았다. 그 느낌이 너무 이상했다. 항상 극적으로 좌절했건만, 이제 감정은 다소 단순해졌다. 입을 다문 채 묵묵히 장례를 치르는 유족이 된 것만 같았다.

그에게는 그녀의 목표가 이 정도로 중요했다.

앙히에는 충격을 받았다. 자신은 진심으로 게외보르트의 왕이 된 리볼텔라와, 그녀 덕분에 번성하는 국가를 보고 싶었던 것이다.

"이제 끝까지 가자."

이런 끝이었다.

그녀를 개인적인 삶의 지도자로 존경했다고 생각했건만, 자신은 진짜로 그녀가 제 왕이 되길 빌고 있었다. 자카리는 아무것도 아니었다. 리볼텔라만이 제 유일하고도 진정한 왕이었다. 그래서 그녀가 왕이 되지 못했을 때 무너져 내렸다. 화가 났고 억울했다. 그 자리를 빼앗은 발터가 왕의 구실을 못하리라 철석같이 믿었다. 그가 그녀를 그리워하기 때문에 한심하리라고 자조적으로 비웃었다. 어수대가 잘못된 주인을 따른다고 생각했다. 잘못된 인도하에 멸망하리라. 확신했다.

최초에는 리볼텔라에 대해 생각했으나 이제는 스스로에 대해 생각하고 있었다. 큰 강이 흘러 흘러 마지막으로 만나는 삼각주 같았다.

"감히…… 리비를 패배자라고 부를 수 있는 사람은 없어요."
"짐은 그럴 수 있다."

게외보르트의 왕은 그럴 수 있었다.

앙히에는 혼란스러웠다.

그녀를 왕으로 모시고 우상화한 건 자신뿐이었다. 발터는 존경하는 누이의 죽음을 애도했다. 이 간극은 무척 컸다. 발터는 누이와 자신을 분리할 수 있기에, 비애를 느끼면서도 자리를 지킬 수 있었다. 자신은 리비를 제게서 분리할 수 없었다. 그녀의 패배가 자신의 패배였다. 그래서 발터가 패배자 운운하는 소리에 분통을 터뜨린 것이다. 리볼텔라는 자신의 왕이고 그녀의 목표는 제 목표였으므로, 그 자리에서 모욕당한 것은 그녀가 아니라 자신이었다.

아, 이제야 떠오르는 것이 있다. 자신은 롤란드가 배신하기 전에도 그에게 동정심을 가지지 않았다. 리볼텔라와 똑같이 눈이 멀어 있었다. 그녀가 왕이 되어야 하는데, 어처구니없는 전통이 금제를 그어 두었다. 그것을 너무 손쉽게 얻은 롤란드가 미웠다. 제 왕이 왕관을 쓸 수 없도록 만든 관습을 증오했다. 그녀에게서 아주 희미하게 보이는 분노에도 자신은 날뛰었다.

아…….

그래서 너는 끝까지 그녀를 몰랐다, 발터.

"내가 도움을 줄 수 있다."

"사바 칼리브를 통해 나가라."

물론 자신 역시 리볼텔라에게 탈출하자고 제안했다. 그녀를 너무도 경애한 까닭에. 그러나 그는 나길 딤니팔 사람이었기에 처음부터 동기 살해 풍습이 너무도 잔인하다고 생각했다. 그렇게 생각하고도 그녀의 단호한 의지에 곧장 뜻을 접기까지 했다.

반면 발터는 뼛속까지 게외보르트인이었다. 그는 이 나라의 왕이자,

왕이 될 사람이었다. 그럼에도 그녀를 살리겠다고 끝까지 난폭하게 날뛰었다. 상대를 동등한 경쟁자로 보지 않은 셈이다.

그는 동기를 조금도 몰랐다. 어떻게 그토록 모르는 삶에 슬픔을 느낄 수 있다는 말인가?

그러니 발터는 슬픈 것이 아니었다. 슬픔에 취해 있었다.

그토록 리볼텔라에게 무지하여 오히려 괜찮은 왕이 되었다. 그 슬픔은 거짓되었기에 그를 무너뜨릴 수 없다.

앙히에는 그와 공유했노라 생각했던 애도가 얼마나 어긋나 있었는지 그제야 깨달았다. 외르타가 맞았다. 이 바보 천치들은 지옥같이 이기적이었다. 남을 결코 제대로 돌아보지 못했다. 그렇기에 그만큼 삶을 나눌 수 없었고 몹시 매정한 듯 보였다. 아무와도 공감하지 못한 채 등을 돌리고 있었다.

게외보르트의 남매는 서로를 몰랐다.

나는?

천천히…… 아주 천천히…….

앙히에는 자신의 왕을 불렀다.

"폐하."

제 곁에 숨 쉬는 이는 없었다. 그 누구도 아닌 리볼텔라에게 바치는 말이었다. 그 말라비틀어진 손에, 시체에, 과거에, 그 저문 영광에 바치는 말이었다.

"제가 폐하를 맞이했더라면 기쁨을 이기지 못했을 겁니다."

비사의 창밖에서 새가 재잘거렸다. 앙히에는 단단히 일어서 있었다. 흔들리지 않았다. 그는 타고난 듯 게외보르트 왕실 언어를 사용했다.

"그러나 폐하께선 조락殂落하셨습니다."

사람이 죽으면 이처럼 남은 이가 아주 오랫동안 헤맬 수 있다.

"저는 그 사실이 비통하여 긴 장례를 치렀습니다. 마치 폐하께서 제 개인적인 경험이라도 되는 듯이요. 하지만 이젠 제가, 폐하와 삶의 목표를 함께 잃었다는 사실을 압니다. 마치 목이 잘린 듯했습니다. 그 정도로 절망적이고 슬펐습니다."

돌아보았더니 모두가 먼지로 쇠해 있을 만큼 오랫동안.

"폐하의 모든 심복은 폐하와 함께 흙으로 돌아갔습니다. 전 마지막으로 남은 폐하의 예속隸屬입니다. 어떻게 해야 할까요? 제가 무엇을 해야 폐하를 흡족게 해 드릴 수 있을까요? 죽고 싶어도, 폐하께서 저를 막으셨습니다. 저는 감히 폐하를 거역하지 못합니다."

앙히에는 리볼텔라의 칼을 한참이나 노려보았다. 감정이 실려 있다기보다는 골똘히 생각하는 태도였다.

한순간, 그가 칼을 잡아 뽑았다.

그는 비사의 검을 역수로 들어 어깨에 얹었다. 검의 손잡이를 쥔 것은 자신이었으나 주인은 자신이 아니었다. 그는 굴종을 위해 깊이 고개를 숙였다.

앙히에는 칼에 기댄 채 임무를 기억해 냈다.

외르타는 캄비 생활이 좋았다. 식생활이 썩 만족스럽지 못하다는 점만 제하면, 모든 것이 제 이상향 그 자체였다. 누구도 남에게 필요 이상으로 신경 쓰지 않았다. 다들 각자의 고통에 잠겨 구덩이가 깊은 모양이었다.

물론 제 구덩이도 둘째가라면 서러울 정도로 깊을 것이다.

외르타는 무덤덤하게 생각하고도 놀라지 않았다. 최근 깨달은 바였다. 자신은 고통에 다소 무감해졌다. 고요 속에서 생각할 시간이 무척 많았다. 곱씹으면 곱씹을수록 맛이 덜했다. 그 기억들은 그대로 남아 있었으나 마치 자신이 한 발자국 물러난 느낌이었다. 사태를 절감하기 위해서는 '손을 뻗어야' 했다.

그녀는 스스로 발전했다고 생각했다. 예전, 애정을 담은 손길에도 놀라지 않는다고, 발렌시아와 마차 속에서 이야기했던 때보다 더―.

외르타는 갑작스레 화가 나선 길가의 돌을 걷어찼다.

지난밤에 그의 꿈을 꿨다.

예전의 '그'라면 두 번 자문할 필요도 없이 로크뢰였을 것이다. 그러나 최근 그녀에게 '그'는 십중팔구 발렌시아였다.

꿈에서 그는 자신을 껴안았다. 더도 덜도 아니고 단순하게, 미라이예 본성에서 그러했듯 제 등을 받쳐 안았다. 언제나처럼 아주 큰 사람이었다. 키가 상대의 어깨에도 미치지 못해, 그 품에 이마를 문지를 수밖에 없었다. 그가 무어라 말한 것 같았는데 둥둥 울리던 살갗만 기억났다. 무슨 내용인지는 그가 말하던 순간조차 알 수 없었다. 내용이 그리 중요하지 않았던 모양이다.

발렌시아에게선 언제나 막 바깥에서 들어온 듯한 내음이 났다. 벽난로 곁에서 안정을 취하지 못했던 삶인 양, 황토가 섞인 바람 냄새가 났다. 도통 따뜻한 실내와 접붙지를 못했다. 그 정도로 근사한 지위에 속한 인간에게는 이상한 일이었다. 전쟁터가 익숙하기 때문일까? 그가 어렸을 적에도 이런 향을 지니고 있었을까?

외르타는 문득 깨달았다. 그녀는 그의 말보다, 그와의 포옹을 더 세밀하게 떠올리고 있었다.

그제야 스멀스멀 화가 피어올랐다. 분노가 안개처럼 떠올라선 마침내 울컥 쏟아졌다. 화를 주체할 수 없었다. 꿈에서 화가 난 것이 아니라, 그런 꿈을 꾼 자신에게 화가 난 것이다. 차라리 죽은 앙히에가 돌아와야 했다. 저를 배신하고 떠난 인간이 어른거리는 꼴을 용서하기 어려웠다.

그녀는 씩씩거렸다. 그가 꿈에 나왔다는 사실도 인정하기 어려운데, 그 포옹을 뚜렷하게 기억하고 있다는 점이 더욱 불쾌했다. 꿈에서 선명했다면, 그 지경으로 깊이 새겼다는 뜻이다.

미라이예 영지에서 자신은 단지 그를 위로하기 위해 껴안았을 뿐이다. 그들 사이에서 큰 의미가 있지는 않았다. 포옹은 아무것도 아니었다.

그러다 알토란처럼, 마차 속 눈물까지 끌려 올라왔다. 그에게 안겨서 울었던 기억이……. 아니! 아니야! 착각하지 마. 이건 제 감정을 위로받기 위한 것이었다. 전부 목적이 뚜렷했다. 그를 위로하거나, 그에게 위로받기 위해 불가피하게 손을 잡았다. 그뿐이었다.

갑작스레 자신이 부치지 못한 편지가 떠올랐다.

"……."

결국 외르타는 패배했다. 더 이상 같잖은 소리로 스스로를 부정할 수 없었다.

이제 그만 너도 정직해져야지.

그녀는 뺨을 한 대 맞은 것처럼 입술을 깨물었다. 제 꿈은 사실 당연한 결과였다. 그만큼 편지에 열중해 있으면서 발렌시아가 불쑥 나타나지 않길 바라는 게 욕심이었다. 여러 장을 썼다 지우고, 다시 썼다 지우고. 그가 먼저 편지를 보내길 목 빼 기다리고. 그 내용이 분노가 되었든 사과가 되었든 더 이상 신경 쓰이지도 않고……. 그와 대화하고 싶었다. 그와의 접점을 찾기 위해 지독히도 땅을 헤집었다.

미련이 남아 짜증스러웠다. 단순히 앙히에의 죽음에 죄책감을 가져 대화를 이어 보려던 것은 아니었다. 그보다…… 무언가…….

"발미레?"

외르타는 번뜩 놀라 자리에 섰다. 이곳에서 제 이름을 아는 사람은 극도로 적었다.

"아, 바냐."

"어디로 가시는지 궁금하군요. 이따 식사를 드리러 가야 하는데, 돌아오십니까?"

"캄비의 도서관. 아마 밤까지 안 돌아올 것 같다."

"끼니는요?"

"굶어도 돼."

바냐는 인상을 찌푸렸다. 급히 지나가는 와중에도 굳이 외르타를 챙긴 사람으로서, 무언가 마음에 차지 않는 듯 보였다.

"호밀빵을 몇 덩이 가져다 두겠습니다. 야참이라도 하시지요."

"그래 주면 고맙고. 문은 열려 있어."

"압니다."

외르타는 희미하게 웃었다. 상대의 대답이 퉁명스레 들리지 않았다. 그녀의 말인즉슨, 자신이 알론조 캄비에 적응했다는 사실을 안다는 의미였다.

사제는 그렇게 단초도 머무르지 않은 채 떠났다.

그녀는 거의 보름 만에 캄비의 도서관에 출입할 수 있도록 허가받았다. 그동안 할 일 없이 집 안에 머물렀는데, 드디어 무언가에 관심이 생겨 바깥으로 나섰다. 흥미로운 내용이 있다면, 지금까지 속 쓰리게 미라이예에 향해 있던 시선을 돌릴 수 있을 것이다. 형제 중 어느 쪽이든 고통스럽긴 마찬가지였다.

외르타는 전해 들은 지리를 되짚고도 조금 헤맸다. 아, 정확한 위치를 모르는데. 바냐는 어떤 집이라고 말이라도 얹어 주고 떠나지. 이곳 건물들은 죄다 생긴 것들이 비슷해서 바깥에서는 지어진 목적을 알기 힘들었다. 심지어 대사제의 집조차 그러한데, 다른 건물들은 어떻겠는가.

마침내 표지석 하나를 발견했다. 웃음이 터졌다. 제집과 똑같이 생긴 건물 앞에, 공용어로 '도서관'이라고 쓰여 있었다. 이 아담한 곳에 오기 위해 사유서를 제출하고 사제들의 검토를 받아야 했다니.

그녀는 활짝 열린 문을 지나 방에 들어섰다. 혹시 대사제의 방처럼 지하로 향하는 멋진 홀이 있지 않을까 의심했으나, 정말 계단도 없이 단순하고 좁은 방이었다. 다만 제 방과는 다르게, 입구 반대편에 다른 쪽으로 향하는 문이 있었다. 뻥 뚫려 자유로운 통로였다.

입구 옆 책상에 앉은 나이 든 남자가 고개를 들었다. 세상 구석에서 주워 온 듯한 복장을 하고 있어서 아무래도 사제일 것이라 추측했다. 이곳의 사제들은 전부 스스로 옷을 지어 입었다. 어떤 규격화된 양식이 있다기보단 제멋대로, 본인이 편한 대로 어설프게 만들었다. 그는 외르타의 얼굴을 보더니 아무 말 없이 다시 책으로 고개를 숙였다. 한마디도 없는 거야? 그녀는 시험 삼아 안으로 쑥 들어왔다. 뒤를 돌아보았으나 그는 전혀 신경 쓰는 것처럼 보이지 않았다.

외르타는 씩 웃으며 통로를 지나 다른 집으로 들어왔다. 이곳은, 책상이라도 하나 놓여 있던 입구 방과 다르게 오로지 여러 열의 책장만이 자리했다. 좁은 방에 열 개 정도의 책장이 행렬을 맞춰 서 있었다. 또한, 정면에서는 보이지 않는 방향으로 다른 문이 보였다. 그녀는 책장을 먼저 살펴보려다, 결국 호기심에 패배했다. 다른 통로로 접어들었다.

마찬가지였다. 그녀는 이번에는 정면을 보는 위치, 그리고 다른 위치에 난 두 개의 문을 보았다.

그녀는 두 번을 더 움직인 뒤에야 도서관의 규모를 파악할 수 있었다. 캄비의 도서관은 한 방에 기껏해야 열 개 남짓의 책장을 갖췄고, 그 층도 각기 여섯 칸에 불과했지만, 납작하게 땅에 엎드려선 영원히 끝나지 않았다. 책의 영토였다. 외르타는 길을 잃지 않도록 주의해야겠다는 생각을 했다.

책들은 어떤 기준에 의해 정돈되지 않았다. 의도적으로 길을 잃도록 만든 도서관처럼, 책 역시 길을 잃다 만나도록 배치해 둔 듯 보였다.

외르타는 백 년도 더 전에 출간된 역사와 신학 서적을 양팔에 끼곤 여러 방을 넘어 들었다. 의자가 하나도 없어, 딱 한 권만 더 찾은 뒤 바닥에 주저앉으리라 생각했다.

그녀는 가뿐히 책장을 지나가다가, 우뚝 섰다.

다시 뒤로 두 걸음 물러났다. 눈높이에 꽂힌 익숙한 책등을 뚫어져라 노려보았다.

"……."

「전술」, 무타스 디무어, 540년 역주본.

외르타는 홀린 듯이 책을 잡아 들었다. 다른 두 권은 바닥에 내려놓고, 다리를 뻗은 채 앉았다.

과거의 책처럼, 역주자의 이름은 여전히 보이지 않았다. 그러나 자신은 그가 누구인지 알고 있었다. 십일 년 전 나온 책은 귀퉁이가 조금 해졌으나, 그럼에도 단정했다. 이 책에서 길을 잃은 사람이 적었던 모양이다. 그럴 만도 하지. 「전술」은 지나치게 유명하여 그 책을 구비하지 않은 교양인이 드물 정도였으므로.

외르타는 무타스 디무어의 최초 기록을 보지 않았다. 자신은 더 이상 그녀에게 관심이 없었다. 그보다는 그 말을 해석한 사람을 찾고 있었다. 자글자글한 글씨로 디무어보다 몇 배는 더 많이 말하는 이가 있었다. 그 어리석고 친절한 인간을 찾았다.

열아홉의 발렌시아.

아홉은 가장 속 좁은 숫자다. 새로운 나이를 받아들이기 전 준비가 필요하지만, 그 가장자리에선 언제나 초조하고 혼란스럽기만 하다. 사람이 여유롭지 못하고 옹졸해진다. 방황한다. 외르타는 후계자직에 매여 있던 열아홉의 어린 소공작이 무슨 생각을 하고 있었을지 궁금했다.

자신은 같은 나이에 대부분 미쳐 있었다. 아렐을 낳았다. 이제 와 감히 상상할 수는 없지만, 스스로 원하던 대로 평민을 만나 둥지를 꾸렸더라도, 아마 그때 즈음 아이를 가졌을 것이다. 그녀는 아이를 좋아했으므로 그렇게 욕심 없이 물속 알갱이처럼 사라졌을 것이다. 살아남고자 하는 욕구 외에 희망을 가진 역사가 없었다. 그녀는 단지 조용히 생존하고 싶었다.

발렌시아 역시 적극적인 사람이라곤 생각지 않았다. 그는 주어진 것만 완수하겠노라는 태도로 살았다. 제게는 그렇게 보였다.

그녀는 그에게 또 다른 욕심이 있었을지 궁금했다. 우리 모두 묵묵히 버티는 종류였지 않나. 적어도 나는 그랬는데, 당신도 그랬을까? 그 생을 향한 무관심이 반가워 내가 뛰어든 것일까?

그녀는 첫 장을 곱씹어 읽었다. 어린 시절과, 솔 미라이예에서 정독했던 책. 그러나 또다시 그때와는 완전히 다른 감상이 들었다. 디무어가 수십 번을 읽어도 새로울 천재라서는 아니었다. 그보단, 그녀를 해석한 사람을 자신이 더, 몹시 더 알게 되었기 때문이다. 귓가에 발렌시아의 목소리가 들리는 것 같았다.

집중이 되지 않았다. 무언가 쓰고 싶었다.

외르타는 자리에서 일어섰다. 세네 번쯤 헤매다가 겨우 도서관 입구로 뛰쳐나올 수 있었다. 사제에게 책을 가리켜 보았지만, 그는 신경 쓰는 눈치가 아니었다.

외르타는 「전술」을 품에 안은 채 초저녁 마을로 걸어 나왔다. 도서관은 캄비의 중앙에 있었기에, 지나다니는 사람이 열두엇은 되었다.

그녀는 문득, 도서관에서 몹시 가까운 대사제의 집을 바라보았다. 대사제는 집 앞 단에 앉아 있었다. 만남 이후 보름이 지난 지금, 저 광경이 놀랍지 않을 정도로 참 신비감 없이 돌아다니는 사람이었다. 그녀는 무채색 옷을 입은 사제와 대화를 나누고 있었다. 사제는 소년처럼 어려 보였다. 그들은 공기를 두는 어린아이들처럼 앉아선 평온하게 대화했다.

외르타는 이상한 기분이 되어 휙 몸을 돌렸다. 집으로 향했다.

앙히에는 천천히 열리는 문을 바라보았다. 노려보지 않고, 단지 바라보았다. 자신은 이미 마음을 정리했다. 두려울 것도 혼란스러울 것도 없었다.

발터는 발소리도 내지 않고 방 안에 들어섰다. 이미 한새벽이고, 자신의 땅인 비사에 있으면서도 저렇게 조용하게 다니는 왕이라니 기이했다. 그 정도로 누군가 심어 둔 눈에 미라이예를 들키고 싶지 않은 것인지 궁금했다.

"그렇게 반 슈체친이 두려우세요?"

왕은 대답하지 않고 자리를 찾아 앉았다. 물론 앙히에는 지치지 않았다.

"그렇게—."

"생산적인 이야기를 하지."

"폐하, 이게 생산적인 이야기입니다. 제게 가감 없이 설명하셔야 저도 잉그레에서 낯을 붉히지 않을 수 있어요."

"반 슈체친은 짐에게 복종한다. 지금까지 단 한 번도 왕명에 부복하지 않은 역사가 없다. 오히려 그의 이득을 위했다면 짐이지. 짐이 먼저 배려했다. 그러지 않으려 노력해도, 어떤 해결책을 제시할 때 대귀족을 우선적으로 생각할 수밖에 없었다. 짐은 그 심적인 의무가 달갑지 않다."

"……."

"만족하나? 모자라다면 더 이야기해 주지. 짐이 그의 이득에 반하는 명령을 내릴 시 그가 반항하리라는 확신은 없다. 오히려 굴종할 것으로 판단한다. 하지만 아닐 수도 있지. 짐은 그 가능성을 언제나 우려하고 있다. 그 가능성을 소거하기 위해 숙청해야 한다."

"그만하십시오. 알겠습니다."

"이 이야기를 길게 하지 않은 건 시간 낭비라고 생각했기 때문이다. 구태여 너 따위에게 설명하지 않아도, 네가 짐의 의지를 입 밖에 내기만 해도 굴라르모는 상황을 파악할 것이다. 다만 신뢰는 말에서 비롯되지 않지. 짐은 행동으로 증명한다."

앙히에는 유리잔을 만지작거렸다.

"뭘, 어떻게요?"

"널 처음 만났을 때 이야기했다. 블랑쉬 젤로와 함께 알로지아드 레발로에 가라. 이미 소규모 국지전이 벌어지고 있지만, 곧 반 슈체친과…… 미라이예 공작이 도착하겠지. 첫 회전에서 젤로가 가져온 정보를 사용해라."

그는 형님에 대한 이야기가 나오자 배 속이 뒤집어지는 것 같다고 생각했다. 삶이 보장되고, 자신이 왜 비사에 불려 왔는지를 체득하자 드디어 딤니팔이 떠올랐다. 자신이 죽었다고 확신할 사람들. 그들에게 어떻게 돌아가야 할지, 말을 어찌 전달해야 할지 눈앞이 깜깜했다.

……가장 아득한 부분은 당연히 제 형님을 다시 만나는 일이었다.

형님은 내 죽음을 어떻게 받아들였을까?

"……저희 형님은 죽었다 깨도 그런 짓을 하지 않을 겁니다."

"네가 판단할 영역이 아니라고 했지."

앙히에는 잠시 뜸을 들였다.

"알아요."

자신은 형님을 만나기가 조금 두려웠다. 앙히에는 주저하는 목소리를 숨기려 노력했다.

"폐하의 의지라면, 레발로에 들렀다 가는 것은 어렵지 않습니다. 제가 비사 앞에서 도망칠 때 일주일 만에 레발로에 도착했다는 사실을 아십니까?"

"멍청한 소리를 하지 않고 말을 마무리 짓기가 그리 어렵나."

"아무튼, 오늘내일 가면 해가 넘어가기 전 딤니팔 군영에 들어갈 수 있을 겁니다. 물론 전쟁이 일어나는 곳으론 못 가니 우회하는 시간까지 포함해서요."

"이미 블랑쉬가 첫 정보를 가지고 있다. 그 뒤는 서간으로 전달할 수 있으나, 그보단 네가 잉그레에 방문하는 게 먼저일 것이다. 네 말마따나 굴라르모가 허가하기 전까지는 본격적으로 움직일 수 없지."

앙히에는 자리에서 일어섰다. 발터의 시선이 따라 올라오는 것이 느껴졌다. 그는 스스로도 왜 일어났는지 몰랐으나, 곧이어 칼자루를 짚곤 안정을 찾았다.

"정리해 보지요. 언제 떠날 수 있습니까?"

"오늘 당장."

"알겠습니다. 그러면 오늘 당장 떠나 알로지아드 레발로 딤니팔 군영에 도착하겠습니다. 기한은 아무리 늦어도 열흘로 약조드립니다. 곧장 사령부를 찾아 형님과 독대할 예정이며, 그때까지 제가 겪었던 일, 게외보르트의 의지, 그리고 그동안 숙지한 블랑쉬 젤로의 정보를 공유하겠습니다. 그것을 활용할지 여부는 딤니팔 총사령관에게 달려 있습니다. 노력하겠지만, 전 제가 형님을 설득할 수 없을 거라고 확신합니다."

"알겠다."

"저희 형님이 정보를 활용하는 것과 무관하게 저는 바로 오스페다로 향하겠습니다. 물론 떠나기 전에 전서구로 대략적인 소식은 전달해 두어야겠지요. 그리고 저희 폐하를 뵙고, 비사가 어떤 의도를 가지고 있는지 공유하겠습니다. 그 이후 모든 것은 잉그레의 명에 따릅니다."

"동의한다."

"더 하실 말씀은 없습니까?"

발터는 소파에 깊이 기대어 앙히에를 올려다보면서도 왠지 깔보는 듯한 인상을 풍겼다.

"몇 가지 있다. 첫째로, 굴라르모에게 전해라. 협조를 받아들이지 않을 시 외르타는 즉각 제거된다. 우리 소행임을 모를 수 없는 방식으로 죽을 것이다. 또한 그라우뷘덴 심연의 군사가 차출된다."

앙히에는 순간적으로 증오를 드러내야 할지 경악을 드러내야 할지 분간할 수 없었다. 외르타를 이야기하는 살인자 왕에게 불타올랐다가도, 그라우뷘덴에서 군사를 돌리겠다는 왕의 판단에 소스라쳤다. 그래. 외르타를 죽이겠다는 것은, 게외보르트의 전쟁 명분이니 이성적으로는 이해할 수 있었다. 그러나 그라우뷘덴?

그라우뷘덴은 대륙 서쪽 바닷속 찢어진 굴로, 게외보르트 부의 원천이다. 덕분에 그라우뷘덴 약탈은 평생토록 정신 나간 해적들과, 코앞에 자리한 링코미에스의 평생 숙원이었고, 그들을 무찌르기 위해 오로지 정예로만 상비군이 구성되었다. 기사가 아니라 자질로 판단된 평민 병사들이기에 소문은 더 대단했다. 또한 라르디슈와 달리 그라우뷘덴의 방어군은 육지용이었다. 회전에 써먹기 위해 어딘가에 적응시킬 필요가 없다는 뜻이다.

그것을 일부라도 차출하겠다는 의미는, 국가의 수입을 흐트러뜨리더라도 딤니팔을 확실하게 굴복시키겠노라는 의지의 표명이었다.

"……폐하께서는 불길한 선례를 만드시는 겁니다. 일반 전쟁에 그라우뷘덴의 도살자들을 사용하겠다고요? 그리고 그 정도의 희생을 치르신다면…… 깜짝 놀래지 않고, 왜 지금처럼 사전에 협박하십니까……. 말이 안 돼요."

"너희가 제안을 받아들인다면 아예 없던 일이 될 것이다. 이득만으로 남을 설득하긴 힘들지. 항상 칼을 쥐고 있어야 한다."

"폐하, 미친 소리입니다. 거기서 군사를 빼면 해적 떼거리와 링코미에스가 식전 운동도 안 하고 달려들 겁니다. 폐하의 내전 동안 나라를 지탱한 자산을 기억하십시오……."

"마치 짐보다 게외보르트를 잘 아는 것처럼 말하는군."

"……."

"좌우간 그때 전쟁은 오래 걸리지 않을 거다. 요를림까지 함락되는데 얼마나 걸리리라 생각하나?"

앙히에는 입을 다물었다. 그는 논리적으로 협박하고 있었다. 도살자들을 일부 차출하여 딤니팔 군을 밀어 버린 뒤, 요를림을 위시한 북부를 삼키겠다는 것이다. 딤니팔의 철 생산을 책임지는 북부는 하나같이 천혜의 요새였다. 한 번 빼앗기면 수복하기 어렵다. 그 관문을 열지 않기 위해 수천, 수만 명이 죽어 가며 레발로를 사수했다. 스트레파르를 빼앗긴 뒤에도, 정말 목숨을 바쳐서.

"선후 판단은 짐이 한다. 너는 가서 전달해라. 제안을 거절하면 우리는 전쟁을 빠르게 끝낼 것이다. 딤니팔은 지금, 상황이 최악으로 어렵거나 최상으로 호전되어도, 스트레파르와 인수티 사이에서 전선이 움직이리라 판단하고 있겠지. 짐이 오래도록 전쟁에 손을 내밀지 않았으니 의지가 의심스러울 만도 하다. 하지만 굴라르모가 그토록 안이하게 생각하지 않길 바란다. 이제 아이도 있는데."

앙히에는 얼굴을 일그러뜨린 채 발터를 바라보았다.

"폐하, 왕손 이야기를 하다니 저열하십니다. 어수대는 딤니팔의 핏줄을 못 죽입니다."

"그건 하나의 약속이지. 언제고 가능하거나 불가능하다는 문제는 아니었다."

"그 경우 폐하의 자식도 목숨을 보장받을 수 없습니다."

"상관없다."

"……왜…… 왜 여기에 그렇게 목숨을 거시는지 모르겠습니다."

"짐에게는 이 거래가 몹시 중요하다."

앙히에는 의심하는 시선을 버리지 못했다. 하지만 어차피 자신은 파발마였다. 그가 저 정도로 미쳐 있다는 사실을 알려야 했다. 앙히에는 숨을 깊게 내쉬었다가, 가까스로 입을 열었다.

"전달하지요."

"그래. 둘째로, 거래가 틀어져도 블랑쉬 젤로는 살려 보내라. 짐이 너를 보내 주었듯 예의 바르게 행동하리라 믿는다."

"어수대에게 그런 호의를 베푸실 린 없겠지만…… 아무튼 말씀은 드리겠습니다."

발터는 더 이상 말을 잇지 않았다.

앙히에가 눈짓하자, 그는 양손을 살짝 펼쳤다.

"끝이야."

그의 말은 기묘하게 들렸다. 갑자기 왕에서 평범한 소귀족 청년으로 전락한 것처럼 느껴졌다.

다시 만난 이후 발터는 계속 그러했다. 분명 왕이었는데, 간혹 이해할 수 없이 소탈하고 정직한 구석이 엿보였다. 그가 생각보다 쉽게 '나'라는 말을 쓰는 것도 그 일환인 듯 보였다. 스스로 왕임을 확신할 수 있어서 조금쯤 여유로운 걸까? 약한 부분을 보여 주는 왕이라니, 앙히에는 조금 혼란스러웠다. 딤니팔의 왕조차 그러지는 않았다. 잉그레의 수장은 언제나 유연하고 잘 늘어나는 천 같았다. 누구에게도 그 이상, 이하로 변형된 모습을 보여 주지 않았다. 그 말인즉슨, 그는 어느 곳에서든, 어떤 때든 왕의 얼굴을 노출한다는 것.

발터는 정반대였다. 어느 곳에서든, 어떤 때든 인간적일 수 있었다.

"용건은 끝났군."

"제 용건이 있어요."

앙히에는 대뜸 말한 뒤 후회했다.

"석묘에 다시 가고 싶다는 이야기라면 네 머리통을 깨 주겠다."

"아닙니다. 폐하께 여쭤보고 싶은 내용이 있었습니다."

"말해."

"왜 저를 선택하여 전달하도록 만드셨습니까?"

"말했지 않나. '너'의 말은 인그레에 효과적이다. 물론 그들이 특별히 호의적으로 들으리라는 기대는 없지만, 적어도 내치지 않고 한 번쯤 경청하겠지. 굴라르모는 내전에서의 네 역할을 알며, 미라이예를 존중한다. 파발꾼으로 쓰기에 너 이상으로 적절한 사람은 없었다."

"아, 뭐⋯⋯. 네."

"그리고 짐은 네 어리석음을 믿는다. 너는 반 슈체친과 관련된 건에선 배신할 수가 없는 종자다."

"⋯⋯."

앙히에는 눈을 굴렸다. 그는 반 슈체친을 이야기했지만 사실 리볼텔라를 이야기한 것과 마찬가지였다. '너는 누님과 관련된 건에선 배신할 수가 없는 종자다.' 칼자루에서 리볼텔라를 느꼈기에, 반항할 말이 떠오르지 않았다. 아니, 반항할 필요가 없지. 그 말은 사실이었다.

발터가 자리에서 일어섰다.

"준비되면 슈트람 요오스를 불러라. 그가 젤로가 있는 곳까지 인도할 것이다."

그는 고개를 끄덕였다.

발터는 지체하지 않고 방을 나갔다.

앙히에는 이 만남이 이번 비사에서의 마지막 알현이 되리란 사실을 직감했다.

그러나 이것이 제 마지막 비사라는 생각은 들지 않았다. 어쩐지, 이상하게도 그러했다.

자신의 인생은 비극에서 어떤 안정적인 궤도로 들어왔다. 중심과 멀고, 썩어 가는 냄새도 지독했지만 적어도 확고하게 자리를 잡았다. 때문에 모든 것을 마지막, 죽음, 삶, 복수와 같이 비장한 단어로 설명하고 싶지 않았다. 보다 평탄 무사한 묘사가 있을 것이다. 예컨대 버팀, 유지, 항상성과 같은 것. 비사에 돌아올 수도 있지만, 돌아오지 못할수도 있다. 이러한 가능성으로 남겨 두었다. 마지막이라고 엄숙하게 선언할 필요가 없었다. 그렇게 보다 질기게 변했다.

앙히에는 천천히 몸을 돌려 숄렘 노트란트의 불야성을 바라보았다.

아주 오랫동안.

한 무리의 기사가 반듯이 예를 표했다.

자멘테는 얼굴을 가린 모자를 벗었다. 승마 도중 한겨울 바람을 막기 위해 덮어 두었던 짐승의 털이 떨어져 나갔다. 그녀는 다른 이들이 말에서 짐을 풀도록 기다렸다. 탈부착이 용이하도록 만들어진 임시 바랑이었기에 모든 작업이 신속히 진행되었다. 그녀는 짐이 가벼워졌음을 깨닫곤 천천히 말을 몰았다. 전쟁의 땅이었다.

그녀는 명령했다.

"사령부."

몇몇 기사들은 급하게 짐을 날라 사라졌다. 남아 있던 기사 중 가장 직급이 높아 보이는 자가 예를 표했다. 그녀가 끄덕이자, 곧장 막사로 안내했다.

자멘테는 적색 승마복 위로 두텁고 흰 망토를 둘렀다. 물론 달려오는 도중 여러 군데가 상해 때가 타고 찢어진 옷이었다. 흑마는 귀한 종자처럼 보였으나 장식이 없었다. 가죽을 그대로 떼어 만든 듯 꾸밈없이 간소한 안장만이 얹혀 있었다. 그녀는 누구에게도 특별히 고상한 지휘관처럼 보이지 않았다.

그러나 자멘테는 군영의 중앙에서 말을 몰 수 있는 사람이었다.

다들 급하게 뒤로 물러섰으며, 기사의 경우 예를 표했다. 완전 무장을 갖춘 이들이 많아 주변이 절그렁절그렁 소란했다. 그들은 피곤한 기색을 한 중년의 여성을 잘 알고 있었다. 모르더라도, 흑마와 함께 이 길을 걸어갈 수 있다는 사실은 상징하는 바가 있었다. 아주 크고 무거운 상징이었다.

자멘테는 깊은 한숨을 쉬며 사령부에 다다랐다. 말에서 내리자 누군가 망토를 받았다.

"버려."

"예."

겨울 망토가 벗겨지자 그녀의 간편한 승마복 위 새겨진 자멘테의 문장이 보였다. 그녀는 인사 없이 사령부에 들어섰다.

세 사람이 있었다. 하나는 사투르니나 경. 그는 십이공회의 손이자, 브레타냐 경 부재 시 중앙기사단을 맡는 이였다. 브레타냐가 아직 도착하지 않았기에 전군에서 그의 지위가 가장 높았다. 그는 짧고 엄격하게 인사했다.

나머지 둘은 적기사단과 카스틸리오네의 수장으로서 십이공회에 속해 있지 않았다. 그들은 상시로 기사들과 함께했던 기사단장이기에 중앙 권력에 익숙지 않은 것처럼 보였다. 그 어색함을 숨기려는 듯 더욱 단호하게 자신을 소개했다. 적기사단의 수장은 타타나, 카스틸리오네는 포데스티가 맡고 있노라 했다. 자멘테는 존중하는 태도로 인사했다. 오히려 사투르니나를 대했던 때보다 더 겸허한 투였다. 그들은 각기 만과 이만을 성공적으로 관리하는 이였다. 존경할 만했다.

그녀는 제 자리를 찾아 앉으며 말했다.

"보고."

"예. 현재 집계 인원 총 십이만입니다. 중앙기사단 삼만, 적기사단 일만, 카스틸리오네 이만은 전부 도착했습니다. 또한 대부분의 중소 기사단과 병사들도 모두 소집되었습니다. 다만 궁륭 기사단 일만이 현재 남부 방어군 조직을 위해 사니갈라에 머물러 있으며, 또한 안니발레 가문 기사단의 도착이 늦고 있습니다. 이에 초집招集되어야 했던 십사만 중 이만이 낙오되어 총계 십이만입니다. 물론 궁륭과 안니발레 기사단 모두 앞으로 보름 이전에 도착할 예정입니다.”

“사령관께서 일주야 내 군영에 당도하신다. 지금까지 미적거렸다는 말이냐?”

“죄송합니다.”

“이틀 전 내가 받은 보고에는 열흘 내 무리 없이 십사만을 소집할 수 있노라 했다. 네가 책임질 수 있나?”

“드릴 말씀이 없습니다. 전일 변경된 사안입니다. 안니발레는 확실히 일주일 안에 도착합니다. 현재 알로지아드 벨로치에 있으니, 충분히 시간 내 도달할 수 있습니다. 그러나 궁륭이 어렵습니다.”

자멘테는 자리에서 미동도 없었다. 눈썹조차 꿈틀거리지 않았다.

“그것이 무슨 천재지변인가? 사유.”

“본잘 경께서 직접 이끌고 올라온다 하셨습니다. 아시듯 이것이 며칠 지체되고 있습니다.”

“본잘 경은 군말이 많군.”

침묵이 흘렀다. 침착하게 말을 잇던 사투르니나조차 잠시 입을 다물었다. 십이공회를 저런 말로 짓누를 수 있는 사람은 다른 십이공회원밖에 없었다. 사투르니나는 본잘 백작, 아니, 본잘 경의 목이 졸릴까 걱정이 되었다.

“종이 들고 와.”

그는 눈짓했다. 타타나 경이 급하게 바깥으로 나갔다.

“확인해. 현재까지 전투는 총 여섯 번. 사상자는 가장 많았던 경우도 이백을 넘지 않은 것으로 안다. 보호하고 있는 포로는 약 백사십 명. 총사령관의 결재를 받아 교환 예정이며, 다만 우리 측이 보유한 포로가 더 많아 일대일로 반환하기엔 처치 곤란하다."

"예. 맞습니다."

"전투 특이점."

"사병 위주로 국지전을 벌여 참고할 가치는 적습니다만, 게외보르트 측 경험치가 저희 이상인 것으로 판단됩니다. 최근 전쟁이 없었는데 어디서 실전 훈련을 마쳤는지 모르겠습니다. 링코미에스 역시—."

"카비니바 링코미에스 에프렘고르."

"죄송합니다. 카비니바 링코미에스 에프렘고르 역시 그간 고요했습니다. 그러나 저희가 칼을 마주한 병사들은 몹시 단련되어 있었으며 마치 최근에 전투를 치른 것처럼 보였습니다. 농한기에 모집되어 상시병이 아닐 텐데 의아합니다."

"이외는?"

"더네스트와 탈돌프를 봤습니다."

"예츠트의 창?"

"예. 창을 이끄는 두 기사입니다. 사병을 몰고 잠깐 둘러보러 나왔더군요. 바로 엊그제 일입니다."

"싸웠나?"

"예. 제가 더네스트와 칼을 맞댔습니다."

"무모한 짓을 했군. 괜찮은가?"

"저와 더네스트 모두 크게 진지하지는 않았습니다. 좌우간 둘 모두 왔으니 예츠트의 창도 전원 도착했을 것으로 봅니다. 트리흐트는 아직 확인하기 어렵습니다. 총사께서 오시면 무명의 귀를 빌릴 수 있을 것 같습니다만."

"하감과 정복의 추이도 중요하다. 함께 받도록 하지."

"예."

타타나가 종이와 펜을 들고 돌아왔다. 자멘테는 책상에 종이를 얹고 급하게 휘갈겼다.

산세폴크로 누오비 돌로 얀 본잘.
사니갈라는 방문하지 않는 것으로 정리한다. 궁륭은 내가 소집하겠다. 당장 와.
딤니팔 군 부사령관 야즈밀라 수스 폰소 얀 자멘테.

"사본."

이번에는 사투르니나가 공손하게 종이를 바쳤다. 군에서 반출되는 서간은 모두 사본을 마련하여 보관해야 한다는 것이 정론이었으나, 전부 대필을 맡기지 직접 다시 쓰는 이는 몇 없었다.

단, 자멘테는 유일하게 모든 편지를 스스로 다시 쓰는 십이공회원이었다.

그녀는 편지를 완성한 뒤 타타나에게 턱짓했다.

"본잘의 증표를 향해 보내."

그는 급히 예를 표하곤 두 장을 모두 들고 나갔다.

자멘테는 바로 이어서 궁륭을 수신으로 하는 서신을 작성했다.

궁륭 임시 기사단장 급계急啓.
본잘 경과 협의했으므로, 준비되는 대로 올라와. 기한은 552년 1월 7일을 넘기지 말아야 한다. 지체할 시 백중일百中一 형을 집행한다.
딤니팔 군 부사령관 야즈밀라 수스 폰소 얀 자멘테.

사투르니나는 이를 꽉 물었다. '백중일 형'이란 백 명 중 한 명을 죽이겠다는 이야기다. 그는 그녀가 실제로 그것을 행했다는 사실을 기억했다. 근 반세기 내 유일했던 내부 살해 형벌.

그녀는 이번에도 조용히 사본을 만들었다.

둘 모두를 포데스티에게 넘기곤 다시 의자에 주먹을 얹었다. 사령부 막사 안은 고요했다. 진짜 주인이 오기 전 사용하기가 어려워, 일부러 비워 둔 감도 있었다. 탁자와 의자는 간이용일지언정 전부 새것이었다. 자멘테가 방금 전 최초로 만든 잉크 얼룩이 눈에 띄었다.

"사투르니나 경."

사투르니나는 주변 풍경으로 애써 에돌던 시선을 돌렸다.

"예."

"경은 책임자가 도착하기 전 이 전쟁을 관리해야 했다. 뛰어난 성과를 내지는 못하더라도 예정된 일정에 차질이 없어야 했다. 경은 십이공회의 손이다. 그것이 경의 가장 중요한 임무였다."

"그 책임을 무겁게 받아들였습니다."

"경의 행동거지가 마음에 안 드는군."

"사죄드립니다. 회전을 그리 빨리 염두에 두고 계신 줄 몰랐습니다. 제가 게을렀습니다."

"요는 이른 회전이 예정되어 있었는지 여부가 아니다. 경은 내가 금일 도착하고, 닷새 안에 발렌시아 경께서 도착한다는 사실을 알았다. 그동안 폐하께서 분부하신 십사만이 온당한 이유 없이 모이지 않았다는 사실이 경의 능력에 크나큰 의심을 품게 만든다."

"죄송합니다. 앞으로는 실망시키지 않도록 노력하겠습니다."

자멘테는 얕은 한숨을 쉬었다.

"그리고 십이공회의 나머지는? 발렌시아 경, 본잘 경, 브레타냐 경을 제외한 이들의 현황은 어떤가?"

"데군다 경과 루틸로 경은 현재 주변 지리를 살피기 위해 분대와 이동했습니다. 저녁까지 돌아올 겁니다. 페자로 경, 체세나 경, 톨레도 경은 알로지아드 위에 있습니다. 페자로 경이 명일 도착하고, 체세나 경과 톨레도 경이 비슷한 시기에 도착할 것으로 보입니다. 안니발레는 여느 때처럼 부재하며, 그나시오는 포티미외 승전 처리와 신혼을 사유로 참여하지 않습니다."

"데군다 경과 루틸로 경도 단속해야 직성이 풀리겠군."

"드릴 말씀이 없습니다."

"이 내용은 내가 총사령관께 보고드린다."

"예."

자멘테는 잠시 생각하는 듯하다가 결국 또다시 펜을 쥐었다. 그녀는 이전 편지 대비, 굉장히 작은 글씨로 시작했다. 앞에 조금 떨어져 있는 사투르니나가 알아보기 어려울 정도였다. 그는 그녀가 자신이 훔쳐볼 것을 대비해 글씨를 줄였을지 의심했으나, 바야흐로 큰 종이가 빽빽이 채워지는 것을 보곤 생각을 지웠다.

그렇게 같은 내용으로 두 장을 채웠다. 그는 거의 한 시간 가까이를 벌 받듯 서 있어야 했다. 그녀는 심지어 편지를 손에 건네줄 때까지 한 마디도 건네지 않았다. 고요했다.

사투르니나는 짧게 예를 표한 뒤 미라이예의 증표에 서찰을 보내러 떠났다.

톨레도는 당황하여 발렌시아에게 달려든 새를 바라보았다. 발렌시아는 눈을 뜯어 버릴 기세로 온 이 새가 군용 전서구라는 사실을 깨달았다. 그러나 기존에 받던 평시 보고와 포장이 달랐다.

톨레도가 지적했다.

"자멘테 경께서 도착하셨나 봅니다. 부관의 표식입니다."

그는 편지를 풀었다.

그 자리에서 말을 멈추고 한참이나 읽었다. 톨레도는 궁금증을 숨기지 못한 태도로 말 등을 타닥타닥 두드렸다. 자멘테 경이 먼저 도착할 것은 알았지만, 벌써부터 하실 말씀이 이토록 많을지는 몰랐군.

발렌시아가 편지를 접었다. 그는 품에 넣으려다가, 톨레도의 시선을 보곤 멈칫했다. 그답지 않게 입을 열었다.

"자멘테 경이 화를 내고 있다."

"꼴이 엉망이라고 합니까?"

"문제가 있다. 안니발레가 늦어지는 것은 각오했으나 궁륭이 늦는다는 이야기가 있군. 본잘 경과 함께 올라오려 했다는 듯하다."

"그럴듯하군요. 어차피 기존 책임자가 본잘 경이셨으니 따로 함께할 시간이 필요했을 겁니다."

"나도 그렇게 생각하는 편이다. 그러나 자멘테가 대노하여 본잘의 계획을 무르고, 궁륭에는 제시간에 오지 않을 시 백중일 형을 치르겠다고 말했다."

톨레도는 아연한 시선으로 허공을 바라보았다.

"타당하지만, 나라면 그리하지는 않았을 것이다."

발렌시아는 잠시 뜸을 들이다, 결국 나머지를 말하지 못한 채 삼켰다. 그는 편지를 품에 넣었다.

"가서 이야기를 해야겠군."

그들은 누가 권유하지도 않았건만 한 방향으로 고개를 돌렸다. 야트막한 구릉 아래, 어마어마한 규모의 군영이 둥지를 틀고 있었다. 아직 대낮이었음에도 수천수만 개의 홰에서 지글지글 불이 타올랐다. 그 안에 든 인간의 열기는 그 이상이었다.

발렌시아는 톨레도를 등진 채 완만한 경사를 내려갔다.

톨레도는 다소 걱정되는 눈길로, 그러나 기대하는 시선으로 군영을 바라보았다.

곧 시작될 것이다.

그는 발렌시아를 따라 군영으로 입성했다.

앙히에는 멋진 털 안감을 댄 외투를 조여 맸다. 외투, 옷, 신발, 모
자, 숫돌, 기름. 비사 오필라에서 준비한 잡화를 빠짐없이 수확했다.
가치를 전부 합하면 상텔 두어 장은 될 만큼 최상품이었다. 그 고생을
한 뒤 무엇이든 챙기겠다고 마음먹었으나, 이토록 귀하게 차려입은 낯
짝을 보자 스스로도 좀 우스꽝스럽게 여겨졌다.

그를 지켜보던 사람도 같은 의견인 듯했다.

"어디 돈 많은 귀족의 막내아들 같군."

앙히에는 정확한 지적이라고 생각했다. 그러나 입을 꾹 다문 채, 돌
아보지 않고 나머지 물품을 점검했다. 아직 블랑쉬에게 농담을 할 정도
로 배알이 없지는 않았다. 그는 그녀가 절대 소년들을 죽인 것에 사과
할 사람이 아니란 사실을 알았다. 어쩌면 벌써 잊었을 수도 있다. 물론
그 역시 그들에게 특별히 회한을 가진 것은 아니나, 단지 꺼림칙했다.
감정적인 문제였다.

"앞으로 일주일 동안 쉴 수 없다."

블랑쉬는 그녀를 굳세게 외면하는 앙히에의 눈앞으로 돌아왔다. 그
녀의 손에는 작은 유리병이 들려 있었다.

"마시는 게 좋을 거다. 지친 뒤에는 효과가 급감한다."

"그딴 거 없이도 달릴 수 있어. 일주일 안에 레발로까지 주파했었지."

"빠르면 빠를수록 좋다."

"내가 너희 왕에게 충성하지는 않는단 사실을 알 텐데. 적당히 해라."

"네가 잡은 최저선이 어느 정도인지 궁금하군. 며칠 안에 레발로에

도달할 예정이냐?"

"우회로를 생각해서 열흘. 그보다 더 걸릴 것 같으면 기꺼이 약을 들지."

"좋아."

그녀는 혼자 약을 마셨다. 앙히에는 그녀가 외르타를 들먹일 거라고, 거의 확신하고 있었다. 그러나 침묵이 흘렀다. 그녀는 더 이상 협박하지 않았다. 그는 거의 신비로운 기분까지 느꼈다.

앙히에는 그제야 블랑쉬를 객관적으로 뜯어볼 수 있었다. 이전까지는 목표를 바라보는 도사견처럼 그녀를 노려보았다. 언제든 달려들어 죽여 버리겠다는 태도였다. 가장 예민한 부분으로 협박하는 인간에게 대체 그 이상 어떤 대접이 필요하다는 말인가?

그러나 이제는 그녀가 조금 인간처럼 보였다. 그녀의 머리칼은 허리까지 닿는다고는 상상하기 힘들 만큼 완벽하고 작게 묶여 있었다. 병사처럼 짧게 자르지 않은 것은 언제든 다른 곳에 '파견'되기 위한 위장으로 보였다. 머리칼을 덮은 모자와 단단한 입마개, 검고 큰 눈. 그 눈은 짐승 같았다. 모호한 비유가 아니라, 정말 그러했다. 흰자위와 검은 자위 간의 경계가 선으로 뚜렷하지 않고, 불꽃처럼 일그러져 있었다. 그 눈이 그녀의 인상을 결정했다. 스쳐 지나갈 때에는 도드라지지 않지만, 서로 죽이겠다는 각오로 응대할 때엔 오로지 그뿐인 눈.

그 눈이 살짝 다물렸다. 열렸다.

"안 가나?"

앙히에는 대답 없이 고삐를 잡았다. 안장에 발을 얹고, 숨도 몰아쉬지 않은 채 말에 올랐다.

블랑쉬 역시 말을 끌어오는 것과 동시에 올라탔다.

그들은 숄렘 노트란트를 떠났다.

앙히에는 예전, 스스로 숄렘에서 레발로로 탈출할 때 썼던 길을 사용하지 않았다. 그것은 말 그대로 두 도시 사이를 직선으로 그은 경로였다. 이제는 숨어 가는 처지에 그 정도로 대범할 수 없었다. 그들은 쉴츠, 잘츠호펜, 오트라우, 비싱엔을 지났다. 또 에키텐, 힐스브론, 테팅스를 지났다. 이어 베르겜, 디트푸르트, 람, 크루트를 지났다. 숄렘을 떠나 둥글게 딤니팔로 향하는 길이었다.

그가 길을 인도했으며, 블랑쉬는 구태여 제안하지 않았다. 앙히에는 그 침묵이 그녀의 담백한 태도에서 비롯되었다는 사실을 알았다. 본인은 교배 출신에 라르디슈에서 자랐으므로 게외보르트 지리에 익숙하지 않을 것이다. 중간중간 자리한 어수대의 요충지는 꿰뚫고 있겠지만, 어느 길이 유용한지 어떤 도시에서 어떤 물자를 수급할 수 있는지에 대해선 그보다 못했다. 그는 몇 년 동안이나 이 게외보르트 안에서 단독으로, 혹은 군사를 이끌고 굴렀던 잡배였으므로. 그 사실을 알아 아는 체하지 않고 겸손한 것이다. 그는 천천히 어수대의 태도를 익혔다.

그들은 하루에 일곱 번씩 말을 갈아탔다. 숄렘으로 끌려오던 때보다 더 급하게 달렸다. 그때에는 도무지 한 손을 쓸 수가 없어, 약을 먹어도 다섯 번이 한계였다. 그러나 이제는…….

그는 어쨌든 맹세를 했다.

누군가의 칼 아래에서 서약했다.

앙히에는 제 결심이 무엇인지 이제 뚜렷하게 설명할 수 있었다. 어딘가에 살이 못 박혀, 아프다고 보채기만 하던 옛날과는 몹시 달랐다. 이제는 왜 고통스러운지 인간의 말로 묘사할 수 있었다. 그렇기에 무엇을 해야 하는지 알았다.

그는 발터가 게외보르트의 왕이 되도록 도울 것이다. 적극적으로, 모든 방향으로 돕겠다는 것은 물론 아니다. 심지어 이번 일이 끝나고 돌아가 고개를 숙일 생각도 전혀 없었다. 하지만 게외보르트의 안정적인 축성을 위해 가장 먼저 치워야 하는 장애물이 있다면 죽여야 했다. 그것이 제 유일한, 존경하는 왕인 리볼텔라의 의지였다.

제 왕은 패배를 인정했다. 그녀는 패배를 깨닫자마자 발터를 후계자로 인정했다. 그 모습을, 몇 달에 걸쳐 고통으로 지켜본 자신보다 더 잘 이해하는 사람은 없을 것이다. 때문에 그녀의 유지로 그를 돕고자 했다.

발터가 리볼텔라에게 매여 자신과 똑같이 정신을 차리지 못했더라면 영원히 심해에 잠겼을 테지. 그러나 아니었다. 발터는 그녀의 죽음에 흔들리지 않았다. 본인은 비통에 인생을 담금질했다고 생각하겠지만 완전히 농담처럼 들렸다. 그렇게 믿는 것은 그의 자유겠다. 다만 슬픈 자신이 그 착각을 비웃는 것도 자유였다. 다만 그것에도 장점은 있었으니, 발터는 그인 그대로 임무를 완수하고 있었다. 잘하든 못하든, 좌우간 본인의 생각대로 해내고 있었다.

때문에 앙히에는 그의 통치력을 믿을 수 있었다. 리볼텔라의 왕위를 빼앗아 간 인간에 대한 증오와, 그에 대한 존중은 함께할 수 있었다. 리볼텔라가 겁 많은 동생을 조롱하며 동시에 신뢰했던 것과 같다.

어두컴컴한 길에서 블랑쉬가 빛으로 신호를 보냈다.

앙히에는 고통에 거의 젖혀지지 않는 어깨를 끌어내리며 말을 달랬다. 말은 게거품을 물다가, 서서히 서서히 멈췄다.

그녀가 먼저 뛰어내렸다. 약의 힘인지, 적어도 비틀거리지는 않았다. 앙히에는 물론 반쯤 고꾸라져선 땅에 내려섰다. 하마터면 주저앉을 뻔했다.

"……한 번 남았다."

오늘 이렇게나 달렸는데 아직도 삼십 킬로미터를 더 가야 한다니. 앙히에는 투덜댔다.

블랑쉬는 거의 눈에 띄지도 않는 헛간에 들어가 졸고 있던 말들을 깨웠다. 고급 안장과 고삐가 매여 있고, 든든히 끼니를 챙긴 듯 눈이 밝은 적마 두 마리였다. 누군가 이 허허벌판에 고작해야 몇 시간 전 마련해 둔 것이 틀림없었다. 게외보르트 땅인지라, 딤니팔에서 이동할 때보다 모든 것이 훨씬 효율적이고 완벽했다.

블랑쉬는 그에게 새 말고삐를 넘기고, 지친 말들을 달래 다시 헛간 안으로 들어갔다. 앙히에는 양손에 들고 있던 짐을 다시 차근차근 매달았다.

"물이 있군."

그는 그녀에게 물통을 받아 전부 해치웠다. 너무 피곤해서 반쯤은 흙바닥에 흘린 것만 같았다. 그는 빈 가죽 물통을 헛간 안으로 내던졌다. 누군가 주워 가겠지. 이 여행길에선 보급품을 걱정할 필요가 없었다.

그들은 다시 말에 올랐다.

딤니팔에서 게외보르트 국경으로 넘어오는 것은 그리 어렵지 않았다. 결국 받아 주는 쪽의 의지가 중요했고, 제 곁에는 어수대가 있었기 때문이다. 그러나 그 반대로, 게외보르트에서 딤니팔로 넘어가기 위해서는 보다 면밀한 준비가 필요했다.

앙히에는 산을 넘어야 한다는 말에 짜증을 냈지만, 사실 그도 다른 방도가 없다는 사실을 알았다. 그들은 산 아래 마지막 말 두 마리를 놓아주곤 각자의 짐을 떠멨다. 그는 짐이 속도를 늦출까 걱정되어 블랑쉬를 바라보았는데, 그녀는 여전히 다소 피곤한 채였지만 꿋꿋한 모습이었다. 저 끔찍한 약 같으니라고.

산은 그리 높지 않았고, 휴식을 취한 뒤 오후 일찍 넘었기에 지옥처럼 고통스럽지는 않았다. 가시방석처럼 고통스럽기는 했다. 살이 꿰뚫렸지만 참을 만했다. 들짐승 둘인 양, 길이 아닌 곳을 헤치며 올라갔다. 평소라면 금세 정상에 설 만한 높이었는데, 아무래도 길이 없다 보니 반나절 가까이 걸렸다. 그들은 올라온 시간의 여섯 배는 되는 속도로 빠르게 하산했다. 딤니팔의 감시를 피하기 위해 급히 숨었다.

그들은 그대로 밤까지 기다렸다. 국경을 넘은 뒤론 보는 눈이 적은 밤에나 이동할 수 있으리라 판단했다. 전날 휴식을 길게 취했고, 덕분에 오늘 밤을 새워서 첫 번째 접선지까지 걸어 가야 했다.

앙히에는 덤불 속에서 블랑쉬가 곯아떨어진 모습을 보곤 어이가 없었다. 속 편하기도 하지. 자신은 눈을 감았다가도 번뜩 번뜩 날이 섰다. 블랑쉬가 위험하다고 생각하지는 않았지만, 어수대와 함께 딤니팔 땅에 숨어든 사람이라면 모름지기 걱정이 되기 마련이었다.

앙히에는 투덜댔다.

"믿기지가 않네."

그녀는 여전히 미동도 없이 잠들어 있었다. 사실 조금 부럽기도 했다. 그는 똑같이 눈을 붙이다가, 십 분에 한 번씩 깨어나 분통을 터뜨렸다.

블랑쉬는 그와 달리 몹시 효율적이었다. 그녀는 석양이 사라지는 순간 번쩍 눈을 떴다. 앙히에가 얼얼한 머리와 함께 짐을 부둥켜안고 있는 모습에는 관심도 없는 듯했다. 그녀는 배낭을 단단히 메곤 점검했다. 앙히에는 재촉당한 기분이 되어 벌떡 일어났다.

사람은 없었다. 그들은 안전하게 딤니팔에 입성했다.

그들은 한참 전에 말을 떠나보냈다. 딤니팔 군사 구역 근방에서 말을 몬다는 건 그 자체로 자살 행위였다. 둘 모두 간편한 복장이었으며, 그는 물론이고 블랑쉬 역시 체격이 작은 사람은 아니었다. 때문에 그들은 언뜻 보기엔 남자 여행자 둘처럼 보였다.

"어딜 가시오? 저 숲은 넘어가면 안 돼요."

앙히에는 어깨를 으쓱였다. 블랑쉬가 흩날리는 얼굴 가리개를 다시 한번 가다듬는 것이 느껴졌다. 앙히에는 그 반대로, 신뢰를 얻기 위해 자신의 가림막을 걷었다.

"이유를 여쭤봐도 되겠습니까, 어르신?"

"어? 그걸 모르오? 전쟁 중이잖소."

"제가 북쪽을 향하는데 이 방향이 지름길이라서요. 몰래 지나가면 어떻게든 되지 않을까요?"

"당신이 죽소. 지름길에 목숨을 걸지 마시오. 저 숲 안쪽으로 기사와 병사가 아닌 자는 없어요. 들어갔다간 사람 그림자를 보고 척후병 수십이 달려올 텐데, 이유를 말하지도 못하는 사이에 죽을 거요."

"그러니까 저 경계선을 지키는 사람은 없는 건가요? 그냥 들어가면 보고 달려온다는 거지요?"

"맞소."

"알려 주셔서 고맙습니다."

앙히에는 작게 인사하곤 몸을 돌렸다. 노인이 모욕받은 것처럼 혀를 끌끌 차는 소리가 들렸다. 죽으려면 무슨 짓을 못 하냐고 투덜대더니, 역시 제 일이 아니니 이내 멀어져 갔다.

블랑쉬는 조금 늦게야 발을 뗐다. 숲이 멀지 않았다. 앙히에는 무슨 말을 꺼낼까 하다가 그만두었다. 그녀도 제게 계획이 없다는 사실을 알 것이다. 기름칠도 못 한 혀로 굳이 설명할 필요는 없을 테지.

그들은 개미 새끼 한 마리 없는 땅을 지나 레발로로 향했다.

발렌시아는 다소 곤두서 있었다.

그는 오후의 전투에서 반 슈체친을 발견했다. 반대편 능선 위, 총지휘관의 검은 갑주를 입고 말 위에 앉아 있었다. 발렌시아는 언제고 전쟁 속 적의 그림자를 보며 이상한 기분이 들곤 했다. 맞수를 보는 호승심은 아니었다. 그보다는 최초로, 어떤 존재를 확인하는 느낌이었다.

자신이 홀로 싸우는 것이 아니라 실재하는 상대가 있다는 사실을, 그의 그림자라도 확인해야 알 수 있었다.

반 슈체친은 투구를 벗고 있었다. 덕분에 햇살이 둔탁하게 스민 흰 머리칼이 보였다. 그는 마치 언덕 아래 사람이 아니라 벌레가 움직인다는 듯 거만한 태도로 말에 기대어 있었다.

대부분 평야를 내려다보았다. 하지만 가끔 서로 의도적으로 바라보고 있다는 사실을 알았다. 시선이 똑바로 마주하지는 않았으나, 적어도 에두르는 호선으로 엉거주춤 맞았다. 둘 모두 굳이 상대의 '존재' 이상으로 그의 눈을 바라보고 싶지는 않았을 것이다. 그러나 이 넓은 배경에선 어쩔 수 없이 지나갈 길이 필요하여, 결국 시야를 두드렸다. 약하고 가늘게. 지평선 너머 아지랑이처럼 밟혔다.

언제나 슈체친이 먼저 시선을 돌렸다. 그러나 싸움에 눌려 피한 것이 아니라, 무시하는 투였다. 새까맣게 먼 곳에서도 오만한 귀족의 태도가 엿보였다.

누군가 노인네가 전장에 나온다고 비웃었다. 발렌시아는 그를 굳이 저지하지 않았으나 그것은 오로지 자신이 나설 필요가 없었기 때문이었다. 헛소리를 지껄인 사령부 기사는 자멘테에게 고통스러울 정도로 비난당했다. 그는 자신이 무의미하게 입을 열지 않아도 된다는 사실에 감사했다.

군영에 도착한 뒤 여독을 풀기에 충분한 시간이 있었다. 다만 아직 회전을 치르기에는 일렀다. 딤니팔도, 게외보르트도. 이번 역시 회전이라기보다는 고작해야 수천 단위의 전투였다. 군사의 아주 작은 부분만 오려 건네주었다. 어찌나 사소했던지, 그는 언덕 위를 지키며 단 한 번도 말에서 내리거나 칼을 빼 들지 않았다. 그 정도로 의미 있는 전투가 아니었다. 전령이 오가며 사령부 기사들이 나가고, 피를 뒤집어쓴 채 돌아왔다. 신경 쓰지 않았다.

발렌시아는 언덕 아래 움직임에 집중했다. 스무 시간을 잠들지 못한 기분으로 먼지구름과, 헤쳐 모이는 병사들을 바라보았다. 그는 이번 전투에, 모든 분류의 딤니팔 군을 조금씩 차출해 섞었다. 어떤 거푸집의 구슬이 가장 무른지, 먼저 지치는지, 헤매는지, 포기하는지를 찬찬히 둘러보았다.

그는 가끔 자멘테에게 받아쓸 것을 요구했다. 그녀는 군말 없이 단편적인 말들을 기록했다. 그녀는 그 앞에선 마치 침묵이 미덕인 사람처럼 고요했다. 전략 회의에서도 나서 주장하기보다는 허점을 지적하는 데에 그쳤다. 그녀는 마치 위에서 전쟁을 조망하며 완성시키려는 사람처럼 보였다. 발렌시아는 그녀를 신뢰했으나 그런 태도에선 어쩐지 관찰당하고 있다는 기분을 지우기 어려웠다.

그만. 의심하지 마라. 그런 생각이 들지 않을 정도로 신뢰해야 한다. 자멘테는 승리를 위해 노력하고 있었다. 발렌시아는 그녀가 최선의 선택이었다고 스스로를 설득했다. 자신이 불편하다는 이유만으로 훌륭한 부사령관을 밀어낼 수는 없었다.

그러나 여전히 불편했다. 그는 기분을 이기지 못하는 자신에게 진저리가 났다.

발렌시아는 그녀의 잔인성이 거슬렸다. 궁륭을 향한 백중일 형은 군영에 도착하자마자 물렀다. 그러나 오늘 오후만 해도, 자멘테는 전투 중 도주한 병사들을 추적하여 공개적으로 처형할 것을 주장했다. 발렌시아는 몇 명을 차출하여 배반자들을 즉살할 수는 있으나 공개 처형은 불허한다고 반박했다. 전쟁 속에서 갈등을 빚을 미래가 자명했다.

그는 물론 그녀를 존중했다. 더불어, 그 역시 전쟁에선 정도 이상으로 가혹해야 한다고 믿는 편이었다. 그러나 그녀의 모진 형벌을 막을 제방이 필요했다. 가치관에 벗어나지 않는 선에서 수위를 조절하고자 노력했다.

"발렌시아 경."

발렌시아는 지도 위 깃발에서 시선을 뗐다. 첫 회전을 생각하다 길을 잃었다.

"들어와."

톨레도가 조심스레 천막을 걷어 냈다. 그 표정을 보자, 그가 어떤 용건을 가져왔는지 알 것 같았다.

"첩자가 적발되었습니다."

"……."

"두 명입니다. 둘 모두 귀족 사병인데, 다행인지 불행인지 모르겠습니다."

"가문은?"

"사투르니나와…… 미라이예입니다."

발렌시아는 자리에서 일어섰다.

"심문은 끝났겠지."

"예. 저희 군영의 구조가 일부 유출되었지만, 병사들이 아는 정보가 적기에 피해는 적습니다. 대가는 각기 금 백 장이었던 것으로 보입니다."

"각 귀족 가문의 기사를 불러라. 모든 인원이 빠짐없이 모여야 하며, 사투르니나 경이 가장 먼저 자리해야 한다."

"……예."

그는 굳이 무기를 가져오라는 이야기를 하지 않았다. 이 군영 안에서 기사는 언제나 무기와 함께해야 한다. 그것이 지금처럼 한밤중이라도 당연한 이야기였다.

발렌시아는 니소르에 손을 얹었다. 문양이라곤 하나도 없이 단호하도록 흰 검. 그는 엄지부터 소지까지, 그 각각의 손가락뼈가 보이는 사람처럼 정교하게 칼자루를 쥐었다.

레발로에 도착한 뒤 단 한 번도 사람을 위해 발도하지 않았다. 사람

391

을 위해, 혹은 살인을 위해. 그러나 지금 그는 칼을 쥐고 있었다. 아무도 없는 자리에서 잠시 숨을 멈췄다. 니소르를 쥐자 진공에 갇힌 듯했다. 거의 한 해 가까이 피를 보지 않아 익숙해질 시간이 필요했다.

그는 미리 날을 뽑을지 고민했다. 그러나 자멘테와 반대를 이루는 어떤 마음이 그를 말렸다.

발렌시아는 허깨비인 듯 차가운 칼자루를 놓았다. 그대로 느릿느릿 바깥으로 나섰다.

사령부 앞에는 전통적으로 공터가 마련되어 있었다. 주요 기사들의 사열을 위한 공간이기도 하고, 파발을 위한 공간이기도 하며, 안전을 위한 공간이기도 했으나, 무엇보다 그곳은 간이 처형을 위한 자리였다.

발렌시아는 두 명의 병사를 내려다보았다. 반쯤 기절하여 마치 누더기처럼 바닥에 쓰러져 있었다. 누구의 책임이었는지는 알 수 없지만, 적절히 처리한 모양이었다. 초주검 옆에 서 있던 무표정한 기사가 예를 표했다.

톨레도는 사라졌다. 자멘테가 옆 막사에서 나오는 모습이 보였다. 사투르니나는 어찌나 급하게 달려왔는지, 사슬 갑옷조차 없는 평상복에 양손으로 칼을 움켜쥐고 있었다. 발렌시아는 그가 오늘 전투의 전면에 나섰음을 기억하곤 흐트러진 모습을 이해했다. 다른 십이공회의 손도 삼삼오오 도착했다. 십이공회뿐 아니라, 한미한 가문의 기사들도 구름처럼 몰려들었다.

그러나 그 많은 이들 중 누구도 입을 열지 않았다.

저 너머에서 인파를 헤치고 들어오는 톨레도가 보였다. 발렌시아는 그제야 명령했다.

"깨워."

기사는 단단한 밑창으로 죄인들을 걷어찼다. 피투성이 얼굴이 기침을 토했다. 눈이 가까스로 열렸다가, 다시 닫혔다. 기사는 한 손으로 상대의 멱살을 잡아 무릎 꿇렸다. 한 번에 앉지 못하고 쓰러진 병사는 수갑으로 뺨을 갈긴 뒤 다시 일으켜 세웠다. 신속하고 효율적이었다.

발렌시아는 천천히 말했다.

"첫 간자間者들이다. 통상적인 일은 아니나, 고지할 내용이 있어 소집했다. 이번 전쟁에서 내통한 자는 포로로 남기지 않는다. 또한 그 처형은 소속 수장이 대리한다."

정적이 흘렀다.

"사투르니나 경."

사투르니나가 성큼 앞으로 나섰다. 칼을 쥔 손등에 힘줄이 서 있었다. 발렌시아는 구태여 말로 명령하지 않았다. 단지 물끄러미 상대를 바라보았다.

사투르니나는 각오한 표정으로 칼을 잡아 뽑았다. 그다운 검으로, 느리고 정확하게 밤공기를 갈랐다. 북부 가문의 문양을 입은 병사는 사시나무처럼 떨고 있었다. 사투르니나는 눈을 돌리지 않고 정확하게 그의 등을 꿰뚫었다. 병사는 고꾸라져 절명했다. 칼을 거두자, 사투르니나의 미색 평상복에 점점이 피가 튀었다.

그는 발렌시아에게 예를 표했다.

발렌시아는 그를 무시한 채 니소르를 발도했다. 그 세기는 강하지 않았다. 칼을 살짝 끌었다. 짧게 고민하다가, 주변을 향해 손짓했다. 비켜. 사투르니나는 크게 뒷걸음질 쳤다. 죄인을 감시하고 있던 기사 역시 세 걸음이나 물러났다.

그는 니소르를 양손으로 잡아 들었다. 팔에 힘이 들어갔다. 비스듬히 올라간 칼이 끔찍한 속도로 낙하했다.

검붉은 소리가 났다.

무릎 꿇은 병사의 목이 떨어져 나갔다.

발렌시아는 천천히 검을 갈무리했다.

사투르니나가 굴러간 시체 조각을 주워 온 뒤에야 주변을 둘러보았다. 다들 한 번에 목을 베어 넘긴 그의 행동에 질린 얼굴이었다. 그러나 발렌시아는 병사를 평범하게 죽일 수 없었다. 전쟁 초반부터 총사령관의 가문에서 간자가 나왔으므로, 무탈하게 죽이기는 어려웠다. 경고가 필요했다.

"해산."

그는 자신의 목소리가 피곤한 듯 들리지 않길 바랐다.

고개를 돌리다 문득 자멘테와 시선이 마주쳤다. 그녀가 어렴풋이 웃었다. 그녀 방식과 타협한 면이 없지 않아 있었기에, 적당한 반응을 찾지 못했다. 그는 잠시 시선을 두었다가 곧 사령부 안으로 들어왔다.

그가 들어오자 바깥이 와자해지는 것이 느껴졌다. 칼을 풀어 중앙 탁자 위에 올려 두었다. 니소르가 붉은 깃대를 쳐서 탁자 아래로 굴러 떨어뜨렸다. 그는 주울 생각도 하지 않았다. 오늘은 지쳤다. 궁륭이 갓 도착했으니 내일 직접 점검하고 새로이 전투에 내보내야겠다. 본잘이 권역 위반에 불쾌해하겠지만, 여태껏 그가 신뢰를 사지 못했으니 당연한 일이다.

발렌시아는 꼿꼿이 선 채 보고를 검토했다. 도착한 이후 처음으로 치른 전투에 대한 보고였다. 자정이 가까워졌다. 빠르게 마무리 짓고 잉그레에 전달한 뒤 쉴 예정이었다. 벌써 여러 번 곱씹어 오류는커녕, 오기조차 찾기 어려웠다. 다만 그는 그 완벽해 보이는 글이 더 언짢았다. 무언가 잘못된 곳을 찾아내야 스스로 확신을 가질 수 있을 듯했다.

그는 두 번을 더 읽고 짜증스레 서류를 내려 두었다. 여전히 고칠 곳을 찾지 못했다. 포기하곤 전령을 불렀다.

바깥에서 두런거리는 소리가 들리더니, 천막이 걷혔다.

"발렌시아 경."

다시 톨레도였다.

그는 의구심을 품은 얼굴로 상대를 바라보았다. 그는 이 한밤중에도 전투 이후 한 번도 쉬지 않은 것처럼 무장해 있었다.

"드릴 말씀이 있습니다."

"나는 전령을 불렀다."

"압니다."

"중요한 안건이 아니라면 전령을 먼저 불러라. 금일 전투에 대한 보고 건이다."

"중요합니다."

발렌시아는 이기지 못했다. 톨레도는 합리적인 사람이다.

"간단히 끝내."

"예. 방금 전 통제 구역에서 여행자를 생포했습니다. 제가 직접 가기 전에 경께 말씀드리려 했습니다."

"원칙대로 처리해라. 경이 갈 필요는 없다."

"경, 이미 '원칙대로' 처리한 주검이 산처럼 쌓여 있습니다. 지금까지 경계를 지키는 기사들은 분부받은바 엄중히 위반자를 처형하고 있었습니다. 그러나 이번에 붙잡은 두 사람의 신분이 모호합니다. 즉처하기 전, 경께 보고드려야 한다고 판단했습니다."

"정체와 무관하게 처형된다. 그들이 십이공회의 손이라도 된다는 말인가? 용건만 간단히 말해라."

"떠돌이는 본인이 경의 아우라고 주장했습니다."

앙히에는 단호한 태도로 자리에 주저앉았다.

전령을 보내고 돌아온 기사가 이를 갈며 말했다.

"증명이 필요하다."

"도적 떼를 만나 완전히 거덜 났다. 아무것도 남은 게 없어."

물론 언뜻 보기에도 귀한 차림을 하고 있는 사람이 꺼내기엔 난처한 말이다. 기사는 조롱당했다고 생각했는지 낯빛이 변했다.

앙히에는 그를 무시했다. 신경 쓰고 싶지 않았다. 자신은 물론 망나니다. 그러나 적어도 군영의 철칙을 알고 있는 망나니였다. 딤니팔 기사는 귀족 신분을 밝힌 이를 즉결 처분할 수 없었다. 사령부 일원이 참관한 자리에서 결정이 내려지기 전까지는 반드시 목숨을 보장해야 했다.

"……."

약 반 시간 전 한 무리의 기사들이 다가왔다. 먼지 구덩이 속 기마를 보며 모르긴 몰라도 블랑쉬 역시 차라리 다행이라는 생각을 했을 것이다. 우리가 두 시간쯤 걸었던가. 허허벌판을 노려보자면 그 노인네가 거짓말을 했다는 의심이 들 지경이었다.

앙히에는 마침내 매섭게 달려오는 기사 무리를 발견하곤 진심으로 기뻐했다. 물론, 당연히도, 그들은 몹시 언짢아 보였고 녹록지 않았다. 정체불명의 괴한을 추격하여 주살하겠다는 태도로 둘을 포위했으며, 단창으로 겨누는 행동은 거의 동시에 일어났다. 앙히에는 블랑쉬와 함께 두 손을 들었다. 그러나 급기야 누군가 성마르게 창을 들어 올렸다.

앙히에는 조금 급해졌다. 그는 제 이름이 '앙히에 르나치 기지 얀 미라이예'임을 소리쳐 지적해 주었다. 책임자로 보이는 사람이 투구를 열었다.

"누구?"

"앙히에 르나치 기지 얀 미라이예."

"……."

"미라이예."

"……거짓을 고했다가는 책형磔刑에 처하리라. 군영 입구에 매달아 시체까지 종기사들의 창꽂이로 만들 것이다."

"마음대로."

그 뒤는 난장이었다. 대장은 미라이예라는 이름에 경황이 없다가, 마침내 한 사람을 내보내 본영에서 누군가를 불러오도록 명했다.

그동안 기사들은 날붙이로 두 사람을 툭툭 건드렸다. 그 행동이 무슨 잘 익은 돼지고기를 찌르듯 무례하기에 결국 앙히에가 창끝을 틀어쥐어야 했다. 강하게 잡아당겼고, 방심한 기사가 순간적으로 균형을 잃자 역으로 창대를 휘둘러 허리를 가격했다. 기사는 훈련 덕에 가까스로 말 위에 남았다. 그러나 그뿐, 어쨌든 앙히에는 상대를 무장 해제시킬 수 있었다. 그는 빼앗은 창을 바닥에 던졌다.

난폭한 행동에 서너 명이 한꺼번에 칼을 뽑았다. '차라랑' 칼이 서는 소리에 그제야 우두머리가 몸을 돌렸다. 그는 아수라장을 보고도 동요하지 않았다. 고개를 흔들곤, 손으로 재차 경고하기까지 했다.

앙히에는 그가 이성적이라는 사실을 기억하며 자리에 주저앉았다. 그런데 의외로, 전령을 보낸 뒤 돌아와 화를 내었다. 그는 상대가 보다 친절하리라 기대했기에 짐짓 안타깝다는 듯한 표정을 지었다.

"안 믿나? 정말 도적 떼한테 털렸다니까."

"군영에 방문한 목적은?"

"형님을 뵈러."

"……."

"아우가 친애의 인사도 못 하나?"

"그만 떠들고 네 소지품을 전부 내려 두어라."

"가진 증명이 없다니까."

"증명과 무관하게 필요하다."

"나는 이름을 밝혔다. 그러므로 당신에게는 나를 무장 해제시킬 권한이 없다. 적어도 사령부의 판결이 나기 전까지는 그렇지."

"……그럼 이름을 밝히지 않은 이자에게 요구한다. 신상을 밝혀라."

"안 돼. 내 권한으로 군령에서 보호하겠다."

기사는 진력이 난 표정이었다. 앙히에는 두건을 눌러쓴 채 꼿꼿이 서 있는 블랑쉬를 확인했다. 구태여 이야기를 나누진 않았지만 그녀가 여러 사람에게 노출되어 좋을 것이 없다고 생각했다. 여자라는 사실보단 어수대라는 점이 좀 난처했다.

"당신 소속과 이름은?"

"입 닥쳐."

"그래. 그럼 경, 우리가 계속 여기에 있을 필요는 없잖나? 군영 방면으로 좀 더 가지? 그래야 누가 나오든 보다 가까운 거리에서 맞이할 수 있고."

"헛소리하지 마라. 네 정체가 밝혀지기 전까진 이 자리에서 한 발짝도 뗄 수 없다. 어디서 기사령을 귀동냥했는지는 모르나, 거짓일 시 살아남지 못할 것이다."

앙히에는 그저 웃고 말았다.

기사들은 앙히에가 시간이 지날수록 더 뻔뻔해지는 모습을 보며 확신을 잃었다. 적어도 그렇게 보였다. 그들은 상당히 말단으로 보였는데, 덕분에 미라이예 공자가 이번 전쟁에 종기사로 참전한다는 사실조차 몰랐던 듯했다. 미라이예란 가문명만 알거나, 아니면 그 차남의 이름을 어디선가 들은 사람이 몇 있는 정도가 전부였다. 때문에 그들이 앙히에에게 질문할 수 있는 내용은 극히 적었다. 아니, 아예 없었다고 표현하는 쪽이 맞을 것이다.

앙히에는 사태를 예상하고도 정적을 견디지 못했다. 점차 소심해지는 시선에 진저리가 났다. 어색했다. 그들은 미라이예에 대해 전설 이상으로 아는 것이 없었으며…… 이미 두려워하고 있었다. 그는 태생적으로 제 지위를 싫어하는 사람으로서, 이 자리가 너무 불편했다.

그는 머쓱한 나머지 말발굽 소리가 들리자마자 벌떡 일어섰다.

"아, 드디어 왔―."

"당장 떠나라!"

앙히에는 어리둥절한 채 입을 다물었다. 목소리의 주인을 알아차렸으나 의도를 해석할 수 없었다. 어딜 떠나?

"순찰대, 철수. 또한, 이 일에 대해서는, 함구해야 한다."

급하게 달려오느라 드문드문 숨 삼키는 소리가 섞였다.

앙히에는 톨레도에게 알은체를 하려다 그의 험악한 기세에 놀라 입을 다물었다.

무언가 자신이 깜박한 부분이 있는 것 같았다. 아니, '딤니팔의 총사령관을 만나서 정보를 공유한 뒤 오스페다로 떠나는 계획' 외에 또 무엇이 있던가?

그는 짧은 순간 혼란에 빠졌다. 왜 톨레도가 추상같은 얼굴로 기사 한 명 한 명에게 함구령을 내리는 것인지 이해하기 어려웠다.

마지막 기사가 떠났다.

앙히에는 얼떨떨한 표정으로 톨레도를 올려다보았다. 바보같이 요청했다.

"저희는 두 명입니다. 같이 타고 간대도 말이 한 마리 더 필요해요."

톨레도는 대답하지 않은 채 말에서 내렸다. 그는 경갑을 차리고 있었으나 그조차 가벼워 보이지 않았다. 무게와 함께 기세가 어마어마해서 앙히에는 곧장 한 대 맞을 줄로만 착각했다. 그럴 사람이 아님을 알고도 몸이 뒤로 기울었다.

톨레도는 그 앞에 섰다. 그의 얼굴이 살짝 일그러졌다.

"앙히에……."

그는 '르나치 경'이라고 부르지 않았다.

앙히에는 그 순간 자신이 무엇을 잊고 있었는지 깨달았다.

이런. 나는 죽었지. 죽음이 누락되었다. 제 죽음은 딤니팔에서 기정
사실화되어 있었다. 분명히 기억했는데, 머릿속, 아니 마음속 깊은 곳
의 압박감이 너무도 커 잠시 놓쳤다.

앙히에는 고개를 숙였다가 곧 바르게 섰다.

"톨레도 경."

"어떻게 매번…… 내가 자네를 수습해야 하나."

"……."

"또다시 알로지아드 레발로로군."

"……."

"얼굴은 대체 웬일인가……. 괜찮은가?"

"예. 가벼운 상처입니다."

"어쩌다가……?"

"……."

"……모든 사람이 자네가 죽었다고 생각했네. 폐하께서 십이공회를
산 채로 매장하려 하셨어."

"사정이 있었습니다."

톨레도는 대답을 기다리는 듯했다. 그러나 앙히에는 그의 기대에 응
할 수 없었다. 무엇보다 입이 무거워야 했다. 그래야 하는 시점이었다.

톨레도는 그가 답하지 않을 작정이라는 사실을 깨닫곤 곧장 방향을
틀었다.

"저자는 누구지?"

"설명드리기 어렵습니다. 저는 딤니팔의 총사령관에게 고할 내용이
있습니다. 또한 그 뒤 곧장 오스페다로 떠나야 합니다."

"얼굴도 보이지 않고 군영 안으로 데려가겠다는 이야기인가? 불가하네."

"그러면 형님께서 나오셔야겠네요."

"발렌시아 경은 이 전쟁의 총사령관이시네. 단독으로 움직이실 수

없어."

"그렇다면 부사령관께서도 함께 오시면 좋겠는데요. 더 좋습니다. 제 이야기는 몹시 중요하고, 군사적이라기보단 정치적인 건이니까요."

톨레도는 의혹 섞인 눈으로 그를 바라보았다. 앙히에는 좀 더 간곡한 어조로 말했다.

"제가 형님께 위해를 가하리라 생각하진 않으시겠지요."

"……."

"……경, 어떻게 방법이 없겠습니까?"

원숙한 기사의 시선은 낮았다. 속을 알 수 없었다. 앙히에는 직감적으로 자신이 지난번 레발로만큼 쉬이 넘어갈 수 없으리라는 사실을 깨달았다.

톨레도는 느리게 말했다.

"르나치 경, 나는 자네를 믿을 수 없네."

"……."

"자네가 어떻게 알로지아드 한복판에서 실종되었는지는 아무도 모르네. 함께 떠난 이들이 있었는데 어떻게 자네 혼자만 멀쩡히 돌아왔는지 상세히 소명해야 할 걸세. 또한 지금 동행인의 정체도 믿음직스럽지 않아. 내가 경을 무턱대고 군영 안으로 데려가리라 생각했다면 오해가 크네."

"죄송합니다. 제가 지금 드릴 수 있는 말씀은 없습니다. 먼저 형님께 허가를 받아야 합니다. 그러니 한 번만 뵙게 해 주세요."

그는 한숨을 쉬었다.

"나는 이미 소식을 전해 드렸네."

"……형님께서 저를 이 자리에 두라고 하세요? 군영에 들이지 말고?"

"먼저 정체를 확인하라고만 명하셨네."

"경께서 저를 확인하셨지 않습니까?"

"한 사람만, 확인했네."

톨레도가 강조했다. 앙히에는 여전히 두건을 눌러쓴 블랑쉬를 돌아보았다. 그녀는 오늘 한순간도 입을 열지 않았다. 여전히 고요했다. 그는 그녀의 행동이 자신에게 결정을 맡긴다는 의사 표현일지 고민했다.

"……."

"나는 자네 정체를 확인했다고 가서 전할 거야. 하지만 자네를 데리고 돌아가진 않겠네. 경비 기사들은 자네를 무시하겠지만 그렇다고 군영 안에 들이지도 않을 걸세. 그 점 유념하여 처신하게."

앙히에는 다소 급하게 말을 붙잡았다.

"경, 제게 그런 의혹을 품으셨더라도, 조금만 너그러이 봐주십시오. 이야기가 끝나면 제가 왜 이렇게 소극적인지 이해하실 수 있을 거예요. 저는 결백합니다."

"르나치 경, 같이 떠났던 두 종기사는 어찌 되었나?"

"……."

"자네에게 어떤 일이 일어났는지 묻지 않겠네. 그러나 그들의 행방은 밝혀 주게. 알로지아드 위에서 일어난 일이 아닌가."

"톨레도 경."

"죽었나?"

앙히에는 그를 빤히 바라보았다. 긴 시간을 함께 보내진 못했지만 적어도 그가 어떤 사람인지쯤은 안다고 생각했다. 그러나 질문에서 엿보이는 딤니팔 기사 특유의 매정함. 아무리 친절한 사람이라도 철저히 그은 선. 못마땅했다. 죽음을 이야기하는 데 있어 반드시 진중해야 한다는 것은 아니다. 그러나 그 권위적인 목소리를 듣자면 그들에게는 살인이 단지 지위를 다지기 위한 땔감인 듯 느껴졌다. 그것이 싫었다.

그는 말을 골랐다. 바닥이 아닌 상대의 눈을 보며 생각했다.

"……저는 더 이상 이에 대해 말씀드리고 싶지 않습니다. 또한 짚어

드리자면, 경께는 제게 질문할 권한이 없습니다. 제 신상은 미라이예 가주께 처음으로 고해야 하며 이를 거스를 수 있는 것은 왕명뿐입니다."

"알겠네. 기분이 상했다면 미안하네. 하지만 내가 사령부의 일원으로서 경을 믿을 수 없다는 점은 이해해 주게."

살아 돌아온 시체를 흔쾌히 받아들일 수 있는 사람은 얼마 없다. 차라리 영원히 죽었다면 안심이 될 텐데, 살아 있어 의심을 사는 것이다. 앙히에는 그를 이해하기로 했다.

"나는 돌아가서 경께 자네를 확인했다고 말씀드리겠네. 그 뒤는 총사령관의 처분에 맡김세."

"알겠습니다. 사과도 받아들이겠습니다."

"그래. 그래도 살아 있는 모습을 보니 좋군⋯⋯."

말끝이 이상했다. 앙히에는 어떤 조짐을 느끼곤 그의 시선에 따랐다. 뒤돌았다.

저 멀리 말을 탄 누군가가 다가오고 있었다. 어둠 속에서도 큰 사람이었다. 속도는 정적이다시피 균질했다. 느리지도 빠르지도, 한순간 느려지지도 빨라지지도 않았다. 그저 다가왔다.

앙히에는 주먹을 꽉 쥐었다.

톨레도는 눈을 가늘게 뜬 채 지평선을 바라보다가, 결국 한숨을 내쉬었다.

"먼저 들어가 보겠네."

"⋯⋯."

앙히에는 대답하지 않았다.

톨레도는 말에 올라타선 누군가가 다가오는 방향으로 터덜터덜 떠났다. 두 그림자가 만났다. 톨레도가 잠시 멈추는가 싶더니, 방향을 틀었다. 그는 곧장 속력을 높여 사라졌다.

말이 다가왔다. 어두컴컴한 밤 아래에서 기사가 땅에 내렸다.

앙히에는 무슨 말을 꺼내야 할지 몰라 턱에 힘을 주었다.

상대는 내린 자리에서 한 걸음도 떼지 않았다. 침묵이 깊이 파묻혔다.

앙히에는 마침내 목 졸린 듯한 소리를 냈다.

"형님."

상대는 여전히 움직이지 않았다.

앙히에는 더듬더듬 몇 발자국을 걸어갔다.

"멈춰."

우뚝 섰다.

"너, 두건 벗어."

"……."

블랑쉬는 소리 없이 명에 따랐다. 두건을 벗고, 품까지 펼쳐 무기를 보여 주었다. 하나하나 뽑아 바닥에 내던졌다. 심지어 무기뿐 아닌 약 병까지 굴려 보냈는데 그 모든 동작이 몹시 큰 고양잇과 동물 같았다. 소란스럽지 않았다.

"신원身元."

"블랑쉬 젤로, 어수대입니다. 저는 전달자와 참관인의 역으로 이 자리에 섰습니다. 누구에게도 위해를 끼칠 의사가 없습니다."

"그건 내가 판단한다. 물러나."

그녀는 살짝 인사한 뒤 빈손으로 뒤돌았다. 걸어간다. 넓은 평원에는 경계가 없었기에 여윈 그림자는 마치 영영 사라질 듯 보였다. 그러나 그녀는 가까스로 윤곽이 보일 정도의 거리에서 멈췄다. 돌아보는 모양이 보였다. 대화가 끝나길 기다리겠다는 태도였다.

앙히에는 멍하니 서 있던 도중 기척을 느끼곤 물러났다. 바람 소리가 날 정도로 빠르고 반사적인 반응이었다. 그러나…….

"설명해."

발렌시아는 경갑을 걸치고 있었다. 이 어둠 속에서 사슬은 더욱 무거워 보였다. 앙히에는 본능적으로 형님의 검을 확인하곤 한숨을 내쉬었다. 그것을 '본능'이라고 표현할 수밖에 없는 자신이 싫었다.

"형님."

"알로지아드에서 발생한 사건, 다른 두 종기사의 행방, 어수대가 이 자리에 선 연유, 네 얼굴의 상처 모두 설명해라."

"그 전에 물어봐야 할 게 있어."

"허락하지 않는다."

"총사령관으로서 이 자리까지 나오다니 형님답지 않군. 내가 죽었다고 생각했어?"

"……."

앙히에는 무슨 말을 건네려 했다. 그러나 어떤 말을 해야 할지 몰랐다. 칼자루만 만지작거렸다.

둑을 열어젖힌 사람치고는 소심한 반응에, 먼저 나선 이는 아무래도 연장자였다.

"앙히에."

상대의 시선은 자신을 보는 것 같지 않았다. 그보다는 제 얼굴 위 아로새겨진 상흔에 닿았다고 확신했다. 한 번도 상처를 신경 쓰지 않았건만, 심지어 무엇이 제대로 보일 리도 없는 이 어두컴컴한 밤 속에서, 갑자기 수치스러워졌다. 얼굴에 남은 흉이 마치 자신의 결함인 듯 느껴졌다. 단호하고도 냉정한 시선이 자신을 토막 냈다.

"……."

"너와 해후를 나눌 수 있다. 다만 정황을 들은 뒤 판단하겠다."

"……그게 그렇게 급하다면야 해야지."

앙히에는 모래알만큼 포기했다. 혹은 온 백사장만큼 포기했다.

"알로지아드 위에서 나를 잡으러 온 어수대와 만났다. 어수대는 내가 안니발레에서 선물받은 신발에 칠해진 도료로 나를 추적할 수 있었다. 짐작했듯 그들이 종기사 둘을 죽였어. 어수대는 총 네 명이었고 그중 마무란이라는 자와 저 블랑쉬 젤로가 나를 구속하여 비사 오필라로 끌고 갔다."

"어수대가 연관되어 있다는 사실은 안다. 블랑쉬 젤로의 정체가 탄로 났다."

"그렇군……. 아무튼 비사로 끌려가서 발터하임부르겐 1세와 독대했다."

발렌시아의 손이 칼자루 근처에서 크게 움찔했다. 앙히에는 자신도 형님도 반가운 마음보다는 상대를 경계하는 마음이 더 크다는 사실을 쓸쓸하게 인정했다.

"……그는 딤니팔이 이번 전쟁에서 승리하길 바라. 딤니팔의 승리를 위해 왕 본인이 내통하여 정보를 건네겠다고 한다. 그래야만 전쟁의 책임자인 반 슈체친을 축출할 수 있으니까. 애초에 난데없던 선전 포고 자체가 계획된 것 같아."

"반 슈체친이 왕권 구축에 방해가 되는군. 그래서 어수대와 함께 왔나? 저자가 발터하임부르겐에게서 정보를 받아 공유할 예정인가?"

"어."

"잉그레에 보고해야 한다. 중요한 말은 서간을 타지 않도록 해라. 시간이 촉박하므로, 공유하고자 하는 내용이 있다면 미리 기록하여 봉인한 뒤 떠나라. 폐하께서 허가하신다면 즉각 진위를 평가한 뒤 활용할 수 있도록."

"……"

"더 할 말 있나?"

"……끝이야? 이렇게 쉽게 믿는다고?"

"신뢰의 문제가 아니다. 네 말을 정리했을 따름이다. 네가 진실을 말했다는 가정하에 다음 순서를 제시했다. 물론 계획적인 인간이라면 내가 말하기 전에 이미 같은 생각을 했겠지."

발렌시아의 손이 천천히 가라앉아 칼자루를 쥐었다. 앙히에는 차라리 그 행동에 안심이 되었다. 금방이라도 칼을 뽑을 듯 방황하는 손보다는, 차라리 자루에 얹혀 멈춘 손이 나았다.

그의 혈육은 '사실 적시'에 마음을 가라앉힌 듯 보였다. 앙히에는 인과에 따라 건조하게 서술함으로써 형님을 달랬다. 그가 감정에 대해 생각하는, 불편하고도 고통스러운 일을 하지 않도록 배려했다. 그가 헤아린 덕에 상대는 해야 할 것과 하지 않을 것으로 주제를 구분해 두고 몹시 안심한 모양이었다.

앙히에는 그 지경으로 변치 않는 인간이 너무 싫었다.

그러나 도망칠 수도 없었다. 그는 박살 내기 위해 망치를 들었다.

"발터하임부르겐은 일이 틀어질 경우 그라우뷘덴의 군사를 차출해서 딤니팔 북부를 밀어 버리겠다고 했어. 뒤를 돌아보지 않겠다네. 그리고 감히 폐하의 첫 아이를 죽일 거라는 암시도 했어."

발렌시아는 눈 하나 깜짝하지 않았다. 게외보르트라면 상상 가능한 범주의 협박이라고 생각하는 모양이었다. 앙히에는 웃음을 터뜨릴 뻔하다가 겨우 가라앉았다. 제게는 아직 가장 무거운 추가 남아 있었다.

"그리고 외르타를 죽이겠다고 했어. 어디에 어떻게 숨기든 요행히 딤니팔이 이기든 수단과 방법을 가리지 않고 빠른 시일 안에 죽인댔어."

그는 여전히 묵묵부답이었다. 그러나 그의 표정보다, 어떤 말보다 정직한 니소르가 떨렸다. 자루를 쥔 손 위로 두터운 핏줄이 불거져 나왔다.

"……그 내용에 대해선 사령부에 들어와 정리하는 편이 낫겠다."

"외르타는 지금 어디 있어?"

앙히에는 자신이 초라하게도 형님의 인간적인 부분에 매달리고 있다는 사실을 알았다. 외르타라는 가장 연약한 부위를 찔러 상대가 튀어나오길 바랐다. 제발. 어떻게 해서든 사담을 이끌어 내고 싶었다. 장님처럼 철퇴를 휘둘렀으며, 형님이 그것에 맞아 죽어도 좋았다.

"난—."

"앙히에, 이 이야기는 그만하겠다. 나는 네가 살아 돌아와 기쁘다."

앙히에는 갑자기 벙어리가 되었다.

"너는 굳이 외르타로 나를 몰아붙일 필요가 없었다. 그러지 않아도 반겼을 것이다. 나는…… 죽었다고 생각한 네가 돌아와 믿기지 않았고, 스스로 군의 총사령관이기에 사실 확인이 먼저 필요했다. 그뿐이었다."

"……."

"네가 사라지고 고통스러웠다. 그간 내 과욕을 사과하지 못해 미안했다. 네게 기사직을 강요해서는 안 되었다."

"……."

"앙히에, 이번 전쟁에…… 아니, 이후에도 전쟁에 나갈 필요는 없다."

"……내가 뭘 잘못 들었나? 내가 듣고 싶은 말을 듣는 건가……?"

발렌시아는 성큼 다가왔다. 그제야 어렴풋한 밤하늘 아래 그의 표정이 더욱 명확히 보였다. 음영과 불안이, 빛과 안도가 함께 있었다.

'아니야.'

그는 어두컴컴한 달 아래 간신히 보이는 형님의 진중한 얼굴을 도무지 믿을 수가 없었다. 말도 안 돼. 그의 목소리가 괴물처럼 들렸다. 나는 속고 있는 거야…….

"네가 살아 돌아와 기쁘다."

"……."

앙히에는 살짝 입을 벌렸다. 무슨 말을 하기 위한 것은 아니고, 그럴 수도 없었다. 충격이 너무 커서 목소리가 나오지 않았다.

그는 그제야 형님이 자신의 '정체'나 '의도'를 확인하기 위해 달려 나온 것이 아니란 사실을 깨달았다. 그보다는 훨씬 더 개인적인 이유였다. 보통 사람 같은 이야기였다. 그의 표현이 너무도 서툴러 이제야 알아차렸다.

아우를 참칭하는 무뢰한이라도 그 얼굴을 보지 않고는 배길 수 없던 것이다. 말 그대로 뛰쳐나온 셈이다. 총사령관이, 혼자서.

제 형님은 주저하는 것처럼 보였다. 저 사람에게서 흔히 볼 수 없는 태도라 기이하기까지 했다. 발렌시아는 칼자루에서 손을 떼곤 가까스로 가슴께까지 들어 올렸다. 살짝 뻗는다. 모든 동작이 독립된 개체에 가까웠다. 몹시 부자연스러웠다. 아무래도 생전 처음 하는 행동을 하려니 그렇지 않을까? 그는 멍하니 생각했다.

발렌시아는 앙히에의 어깨에 손을 얹었다.

앙히에는 하늘이 무너진 것은 아닌지 확인하고 싶었다. 그러나 고개를 들기엔 이미 늦었다. 온몸이 굳어 버렸다.

"목격자들이 외양을 정확히 설명하지 못하도록 얼굴을 해쳤나."

"……잘 아네."

"군영에 들어가기 전 상처를 가려야 한다. 기사들이 오히려 호기심을 품을 것이다."

정신 사납게 고개를 주억거렸다.

앙히에는 상대가 자신을 반기는 순간 덜컥 충격을 받았다. 제 마음 안쪽을 들여다보던 와중 갑자기 등 뒤의 누군가에게 덜미를 잡힌 느낌이었다. 그만 내려다보고, 돌아 봐. 네가 상상할 수 없는 것들이 여전히 삶 밖에 있다는 사실을 기억해.

앙히에는 형님이 자신을 환영하길 깊이 바랐으면서도 사실, 전혀 기대하지 않고 있었다. 그가 실제로 반겨 주면 놀라 쓰러질 만큼 기대하지 않았다. 이 정도로 비관적인 낯짝이라면 차라리 형님이 여전히 자신을 냉대하기를, 멀어진 형제가 영영 등 돌리기를 기원한 셈이다.

고백했다. 자신은 죽을 뻔한 시간 동안 거의 형님을 생각하지 않았다. 때문에 자신이 그랬던 만큼 형님도 변하지 않았으리라고, 기억 속의 무감한 동기로 남아 있으리라 믿었다. 그편이 오히려 안심되었다. 보수적으로 대비할 수 있었다. 아우가 죽었다 살아 왔는데 그 정도로 무정하시냐고 조롱할 만반의 태세까지 갖추고 있었다.

'네가 살아 돌아와 기쁘다.'

앙히에는 기억 속 혈육과 다른 현실을 보며 깨달았다.

내가 생각한 건 오로지 나, 끔찍하게도 큰 나뿐이었어.

제게는 스물여섯 해만큼 과거가 쌓여 있었다. 그러나 그 과거의 민둥산보단 자의식이 수천 배는 더 컸다. 마치 자아를 들여다보는 돋보기와 사랑에 빠진 것 같았다. 생각했다. 파고들었다. 그처럼 깊은 구덩이가 스스로라고 믿곤 주변을 돌아보지 않았다. 자신에 대한 확신과 연민이 족쇄처럼 목을 졸랐다.

제 세상에는 자기애, 과거, 리볼텔라, 실패, 그리고 리볼텔라, 다시 자기 연민이 있었다. 그 구덩이만을 어마어마하게 많은 각도에서 노려보고 해석했다. 들여다보고 생각할수록 자기표현은 선언이 되었다. 스스로 내뱉은 말들에 촘촘히 포위당했다.

나는 내가 미라이예란 사실에 넌더리가 났다. 그것이 내 전망과 한계를 모두 나타내는 단어처럼 들렸기에 벗어나고 싶었다. 나는 백토白土처럼 변하지 않는 형님을 사랑했으나 경멸했다. 나는 리볼텔라를 존경했다. 리볼텔라는 내 삶 그 자체였다. 고통스럽게 긴 늪을 지나선, 가까스로 과거를 마주 본 채 선언했다. 리볼텔라는 나의 왕이다. 나는 그녀의 꿈에 어긋나지 않겠노라 맹세했다.

이처럼 한 마디 한 마디를 제 속 왕국에 공포했다. 입 밖에 냄으로써 사실로 만들었다. 차진 진흙처럼 엉겨 있던 것들이 말이 되고, 사람이 되었다.

아.

앙히에는 멍하니 입을 열었다.

"내가…… 누구에게……."

어깨에 얹힌 손이 조여들었다. 시선을 돌려 형님을 바라보았다. 말을 마무리했다.

"내가 누구에게 맹세한 거지?"

발렌시아는 알아듣지 못한 표정이었다. 앙히에는 형님이 이해하길 바라지 않았다.

아니, 그가 이해할 수 없는 것이 당연하다! 공감을 못하는 천성 탓이 아니라, 제 머리 바깥의 인간이기 때문이다. 형님은 자신이 아니었다. 스스로 상상하는 대로 될 수도 없었다. 앞에 선 사람은 예전과 너무 달랐다. 갇힌 인간이 아니기에 편견에서 벗어날 수도 있는 것이다. 제 머릿속 지도는 옹졸했다. 그 종잇장 너머 공백의 세계가 있었다.

앙히에는 다시 한번 물었다.

내가 '누구'의 꿈을 지키겠노라 맹세한 거지?

"앙히에?"

앙히에는 멍한 표정으로 팔을 들었다. 상대가 반사적으로 물러나려다 우뚝 멈추는 것이 느껴졌다. 그마저 신비로웠다. 마치 현실로 드러난 어떤 비행의 증거 같았다.

그는 주저하지 않고 형님을 포옹했다.

그는 엉거주춤 서 있다가 곧 아우를 마주 안았다. 아귀힘은 강하지 않았다. 앙히에는 그가 제 등에 가까스로 손을 얹은 수준이라는 사실을 알았다.

생각보다 너무 많은 것이 변했다.

앙히에는 그 가능성을 받아들였다.

그들은 짧게 안고 물러섰다. 앙히에는 자신이 먼저 물러섰다는 데 놀랐지만, 또 크게 놀란 것은 아니었다. 그는 한결 편안한 표정으로 양팔을 펼쳤다.

"들어가자. 할 일은 해야지."

"……그래. 톨레도 경에게 말 두 필을 명했다."

"고마워. 그런데 한 가지, 젤로의 정보를 보지 않고 보관만 하겠다는 거지? 확인하려고."

"그 말 옳다. 왕명을 떠나 정보의 진위를 가려야 한다."

"……."

발렌시아는 그답지 않게 뜸을 들이더니, 이어 말했다.

"나는 포티미외에서 비슷한 고민을 했다."

"아……."

"그때와 동일하게 처리하리라. 당시 내가 유일하게 얻은 교훈이라면 한시가 촉박한 전쟁에서 무작정 왕명을 기다릴 수는 없다는 점이다. 너와 동행한 어수대원이 증빙을 위해 오스페다에 다녀와야 한다면 일정이 더욱 중요해진다. 그러니 그녀가 가진 정보를 사전에 기록 및 봉인할 수 있도록 허가한다."

어떤 것은 변하지 않기도 한다. 앙히에는 책에 새겨진 활자처럼 정갈한 형님의 목소리에 혼이 빠질 것만 같았다.

"군영을 떠나는 총사령관을 본 이가 적지 않다. 노력했으나, 중앙에서 시선을 피하기란 어려운 일이다. 그러므로 너는 나와 따로 돌아가야한다. 총사령관의 증표로 얼굴을 보이라는 요청을 물리쳐라."

"예……."

"들어가기 전에 덧붙일 말이 있나?"

앙히에는 헛기침을 한 번 했다. '리볼텔라'가 아닌, 스스로 멋대로 만든 리비에게 맹세했다는 사실을 깨달은 뒤에도 모든 것이 모래성처럼 무너진 것은 아니었다. 리볼텔라는 죽었기에 제 상상 속에 있었으나 자신은 살아 있었고 또한 변해 왔다.

그는 이제 알고 있었다. 자신은 딤니팔이 아니었다. 억지로 복속되고 싶지도 않았다.

"형님, 나는 기사직에 복무하지 않을 거야. 잉그레의 표장을 난리 중에 다시 잃어버렸어. 폐하께 다시 수여받을 생각은 없어. 형님이 내게 더 이상 기사직을 강요하지 않겠다고 선언해서 기회주의자처럼 말하는 것도 아니고, 폐하와 십이공회에 수치스러워서도 아니야. 그냥 이제 그게 내 길이 아니란 사실을 알기 때문이야."

앙히에는 상대가 시선을 피하지 않았다는 사실을 주의 깊게 알아차렸다.

"나는 그만할래. 형님을 돕고 싶지만, 그 방법이 딤니팔의 기사직뿐일 리가 없어."

"……"

"내가 딤니팔인이란 느낌이 안 들어. 그렇다고 게외보르트에 적을 둔 것도 아니고……. 나는…… 내가 아닌 어떤 굳은 신념에 매일 수가 없어. 신뢰엔 신뢰로, 호의엔 호의로, 내 애정엔 보답 없이……. 좀 단순해지고 싶다. 이런 인간밖에 못 되어 미안."

"그래."

대답은 명확하고 빨랐다. 앙히에는 형님의 눈을 뚫어져라 바라보았다. 그의 얼굴에선 도무지 비장미를 찾아볼 수 없었다. 감히 그런 말로 표현할 수 있다면, 편안해 보였다. 제 선언을 있는 그대로 받아들였다.

"그렇게 해라. 나는 반대하지 않는다."

"……"

"기사직을 강요한 것은 내 이기심의 발로였다. 이제 내게 너를 재단할 권한이 없다는 사실을 안다. 오히려 지금까지 선택을 강요한 점에 대해 사과하고 싶다."

자신의 혈육은 결단코 돌려 말하지 않는 성격이었다. 그 사실에 죽을 뻔한 적이 수없이 많았지만, 최초로, 그 직설이 축복인 듯 느껴졌다.

형님은 스스로 깨달은 바에 중언부언 말을 더하지 않았으며 당연히 도망가지도 않았다. 방향을 선회하자 곧장 쇠뇌처럼 내리꽂았다.

"고마워."

"들어가자."

"하나만 더."

"……"

앙히에는 그의 짜증스러워하는 표정을 발견했다. 와, 이런 대화를 하고도 여전히 형님으로 남아 있네.

"……발터하임부르겐의 제안에 왜 안 놀란 거야? 너무 멀쩡하잖아."

"네가 살아왔다면 협상을 제시하리라 판단했다. 그렇다면 그 내용은 예상하기 쉽다. 이토록 허술한 움직임이라면 오히려 발터하임부르겐이 본인 안위를 걱정해야 한다. 반 슈체친이 눈치채지 못할 리 없잖은가."

"내 정체를 끔찍이 숨기긴 하더군."

"방금 전 톨레도 경에게도, 네 정체가 거짓으로 드러나 죽였노라 전하라고 했다. 그것으로 충분하기를 바라야지. 이제 그만하고 들어가."

그는 단호했다. 더 이상 너절한 수다를 들어 주기 힘들다는 태도였다.

고작해야 두 번 부연했는데 무슨 천 년 동안 지체한 듯 느껴졌다. 그렇지만 예전처럼 답답하지는 않았다. 오히려 웃음이 났다. 이렇게 많은 것이 변하고도 점점이 남아 있는 형님의 본래 성격이 반갑고 불가사의했다. 눌라레가 벼락을 쳐서 형님을 바꿔치기한 것이 아니라, 그가 그인 그대로 바뀌었다는 증거 같아 감사한 마음이 들기도 했다.

"톨레도 경이 오는군. 어수대를 불러라."

앙히에는 어깨를 으쓱이곤 뒤돌아 손을 들었다.

딤니팔의 기사와 망나니들은 헤어졌다.

앙히에는 블랑쉬와 말을 한 필씩 나누어 가졌다. 물론 그녀에게는 짐승보다 귀한 것이 몸을 지킬 무기인 듯 보였다. 그녀는 땅바닥에 늘어진 무기들을 귀신처럼 주워 올렸다. 밤이 어두워 빠르지는 않았지만 꼼꼼하게 집중했다. 그녀는 마치 죽은 사람처럼 한마디도 하지 않았다.

앙히에는 처음부터 끝까지 말 위에 올라탄 채 어수대의 움직임을 노려보고 있었다. 블랑쉬는 품을 가다듬고 일어섰다. 여전히 침묵했다. 사람 대신 말과 눈을 마주치곤, 놀라지 않도록 앞으로 돌아가선 부드럽게 승마했다. 발소리 없이, 포복 낮게 움직이는 맹수 같군. 저 인간들은 바뀌지도 않아.

그는 턱짓으로 방향을 가리켰다. 톨레도가 먼저 길을 알려 주었기에 기억해 둔 별이 있었다.

반 시간이나 움직였을까, 마침내 또 다른 기사 무리와 마주쳤다. 다만 이번에는 그와 그녀 모두 두건을 걷을 필요가 없었다. 기사들은 두 사람에게 신상을 밝히길 요구하긴커녕, 총사령관의 증표를 보자마자 뒤돌아 떠나는 모범적인 태도를 취했다.

감시병을 떠난 지 얼마 지나지 않아 군영의 구석진 입구에 다다랐다. 앙히에는 과장하듯 군마에서 내렸다. 미심쩍어하는 듯한 병사들이 다가왔지만 이번에도 증표는 마법 같았다. 그들은 증표를 엄격히 점검한 뒤 고개를 끄덕였다. 이번에도 둘 모두 얼굴을 보일 필요가 없었다. 군영이 이토록 허술한 것인지, 아니면 금속에 담긴 권력이 강한 것인지 모를 일이다.

인상을 찌푸린 채 주변 막사를 휘휘 둘러보았다. 그는 그렇게 헤매는 듯하면서 단 한 번도 방향을 틀지 않았다. 저가 아무리 무식해도 딤니팔 기사의 기본적인 군령 몇 가지를 알듯, 군영 구조도 익숙했다. 비밀일 리가 없잖은가. 중요한 것은 어느 군이 어느 자리에, 어떤 규모로 있느냐지 전반적인 모양은 아니었다. 이 도시와 같은 위용을 생각한다면 사령부의 위치를 모를 수가 없었다.

415

그들은 군영을 대각선으로 가로질러 막사 옆에 섰다. 주변의 다른 장소와 크게 다르지 않았다. 그러나 그 앞으로 꽤 넓은 공터와, 잘 닦인 임시 도로가 있었다. 급하게 마련하고도 단정한 막사였다.

앙히에는 사령부를 지키는 기사에게 다시 한번 증명을 보였다.

그러나 이번만큼은 말없이 지나갈 수 없었다. 기사는 막사 안으로 조용히, 이자들을 허가해야 하는지 질문했다.

"들여보내."

앙히에는 돌아보지 않은 채 입구의 가죽을 걷었다. 안쪽의 목소리는 익숙했다. 블랑쉬가 굳게 뒤를 닫는 소리가 들렸다. 가죽은 무겁고 빠르게, 짐승의 입처럼 닫혔다.

형님은 혼자가 아니었다.

앙히에는 두건을 덮어쓴 채 다소 혼란스러워했다. 얼굴을 공개해도 되나?

"예의를 갖춰라."

그는 주춤거리다 결국 천을 내렸다.

"형님……. 자멘테 경."

자멘테가 낮게 말했다.

"원래대로라면 네게 '기사님'이라고 불렸을 텐데, 그 꼴을 못 보게 되어 아쉽군."

앙히에는 어쩔 줄 모른 채 헛웃음을 짓다가, 다시 더듬거렸다. 웃지 않은 척 기침을 터뜨렸다. 분위기 파악을 잘해야 할 텐데.

그런 생각을 한 것이 천만다행이었다. 중앙에 앉은 형님이 뺨을 때리는 듯한 태도로 말을 받았다.

"자멘테 경은 이 전쟁의 부사령관이다. 마땅히 정보를 공유받아야 한다."

"죄송하지만 어차피 내통 내용은 왕명이 떨어지기 전까진—."

"네 입으로 그간의 사정을 고해라."

앙히에는 탁자에 앉은 두 사람을 바라보았다. 시선을 돌려 블랑쉬의 맨얼굴을 내려다보았다. 그녀는 지금껏 본 모든 표정보다 단호해 보였다. 그 사실에 속이 얹히는 느낌을 받았다. 튕겨 나오듯 말했다.

"저는 어수대에 납치되었습니다. 비사 오필라에 불려 가 발터하임부르겐을 독대했으며, 그 결과 제 의지와 무관하게 내통꾼…… 이자 중계인의 역할을 맡게 되었습니다. 발터하임부르겐은 이번 전쟁에서 일부러 패배함으로써 반 슈체친을 숙청할 계획입니다."

자멘테의 주름은 굳건했다. 도끼로 백 번을 쳐도 무너지지 않을 고목 같았다. 아직 원숙하다는 표현이 이른 시점에 그런 힘을 가지게 만든 것이 무엇일지 궁금했다.

침묵.

앙히에는 이 정적이 싫었다. 그제야 깨달았다. 내심 서부의 분노를 두려워했나 보다. 서부 중 가장 강하기에 가장 심한 피해를 입은 자멘테라면 화를 낼 권리가 있었다. 범죄를 치죄하는 전쟁에서 다시 한번 이용당한다면 노엽지 않기가 더 어려울 것이다. 그는 그녀가 언성 높여 반대할까 순간적으로 숨을 들이켰다.

그녀의 강건한 입이 열렸다.

"그럴듯하군."

"……."

"그 외에는?"

"이 전쟁에서의 승리가 저희를 꼬드기는 당근입니다. 채찍으로는 그라우뷘덴 상비군을 부르겠다는 협박, 왕손을 죽이겠다는 협박, 그리고 어쨌든 전쟁의 목적에 걸맞게 누이를 살해하겠다는 협박이 동원되었습니다."

"요를림을 위태롭게 하겠다. 그건 크군."

417

"예, 아마……."

"스트레파르를 허락한다 하나?"

"발터하임부르겐이 얼마만 한 미끼를 예비해 두었는지 모르겠습니다. 하지만 저 개인적으로는 그렇게 느꼈습니다. 반 슈체친을 죽이기 위해 스트레파르까지는 희생할 의향이 있다고요."

"괜찮은 제안이야."

앙히에는 입을 다물었다. 그는 상대를 이해하기가 어려웠다. 순간적인 감정이었으나 분명했다. 자멘테는 지난 몇 년간 게외보르트에 이를 갈고 있었다. 저 역시 간헐적으로 그녀의 분노를 목격했다. 리볼텔라에게 배신당한 뒤 경멸과 증오로 범벅이 되어 있던 얼굴, 발터가 할퀸 자국은 그리 쉽사리 사라질 것 같지 않았다.

그러나 그녀는—이렇게 표현해도 된다면— '맑은' 시선으로 그들을 바라보고 있었다. 갈등 없이 곧게, 이 제안을 받아들이고 싶다는 태도였다. 제 옆에 있는 이가 어수대임을 형님께 전해 들었을 텐데 어쩌면 저토록 차분할까. 아니, 애초에, 옛 증오와 분노가 진짜였는지도 의심스러웠다. 아니, 이게 가짜인가? 어떤 게 진짜지?

그는 번뜩 깨달았다. 상대를 평가할 처지가 아니었다. 자멘테는 이곳에서 유일하게 결정할 수 있는 사람이었다.

앙히에는 그제야 형님이 일부러 이 자리를 안배했다는 사실을 깨달았다. 그녀가 부사령관이라는 사실은 좋은 명목이었지만, 그보다는 서부의 허락을 받고 싶었던 것이다. 그들의 용서 없이는 왕도 제안을 받아들일 수 없다. 그렇기에 형님이 지금 고요히, 자신은 주변인이라는 태도로 앉아 있는 것일 테지.

그는 깨달았다. 방금 전 자멘테의 대답이 발터하임부르겐의 제안을 살렸다는 것을. 물론 그녀가 감히 왕보다 먼저 거절하거나, 연락꾼에게 위해를 가할 수는 없었다. 그러나 서부가 반대한다는 한마디면 모든 밀약이 끝장났을 것이다.

자멘테는 부드럽게 말했다.

"기록할 정보가 많겠군, 어수대."

제 친족을 죽이고 모욕한 상대에게 하는 말이라고는 믿어지지가……

"예, 감사합니다."

블랑쉬는 삼각으로 벌린 손을 관자놀이에 얹더니, 자멘테를 향해 천천히 주저앉았다. 그녀는 부드러운 흙에 머리를 찧었다. 앙히에는 불에 덴 듯 놀라 뒤로 물러났다.

"동쪽의 이웃에게 사죄를 올립니다. 항상 난폭하게 스스로를 지킬 수밖에 없는 저희를 용서하십시오."

그는 평원 너머까지 도망가고 싶은 기분이 되었다. 제발 나만 이 자리에 없으면 딱 좋겠는데.

그러나 자멘테는 평온하게 답했다.

"왕은 할 수 없는 말이군."

"그렇기에 저희가 말씀드립니다. 저는 개인이 아닙니다."

"부적절하고 불필요하다. 나는 이미 허가했다. 상황을 살펴라."

"감사합니다."

앙히에는 자기가 어느새 천막 지지대까지 물러났다는 사실을 깨달았다. 눈만 굴려 블랑쉬가 마지막 예를 표하는 모습을 보았다. 그녀는 자멘테가 턱짓하는 대로 자리에 앉았다. 탁자와 주변은 누군가 치운 듯 깨끗했다.

사령부의 두 사람은 누가 먼저랄 것도 없이 일어섰다. 앙히에는 여전히 천막에 바짝 붙어 있었다.

발렌시아는 자멘테를 먼저 내보내곤 명령했다.

"너는 여기 남아라. 허튼짓 못 하게 감시해."

"그러니까 왜 하필 사령부에서 우릴—."

"이곳밖에 없으니 입 다물어. 정보를 봉인할 때까지 감독해야 한다."

그는 떠났다.

앙히에는 주변을 둘러보았다. 일부러 민감한 자료는 전부 치운 것 같군. 그래도 제 역할이 가벼운 것은 아니었다. 그는 신음에 가까운 한숨을 쉬곤 탁자로 다가갔다. 걸터앉았다. 경고했다.

"고개 들지 마."

블랑쉬는 대답조차 하지 않은 채 무언가를 써 내려갔다.

"고개 돌리기만 해 봐."

"입 닥쳐."

"……."

외르타는 늦은 오후까지 이불 속에서 뒹굴었다. 느긋하게 누워 복잡한 생각이라곤 하나도 하지 않았다. 어젯밤에 욕실과 방을 깨끗이 청소했으며 서투나마 옷도 잘 개켜 두었다. 이 나이에 이르러서도 새로 배울 게 있다는 점이 재미있었다.

누군가 문을 두드렸다.

바냐도 다녀갔는데 누구지? 외르타는 미심쩍은 눈으로 몸을 일으켰다. 내려오다 던져둔 「전술」에 발바닥을 찍히곤 작은 비명을 질렀다. 아직 경계심을 벗어던지기엔 너무 일렀다. 그녀는 성큼성큼 다가가 커튼을 들추었다.

문 앞에 서 있던 사람이 짧게 인사했다.

바냐가 아니었으나 그녀는 저이가 누구인지 알았다. 며칠 전 도서관에서 나올 때, 에쩨씨나와 함께 있던 소년이었다. 정말 '소년'이었다. 열댓은 되었을까, 멀리서 볼 때보다 훨씬 선이 곱고 아름다웠다.

"쉬시는데 실례합니다. 대사제님의 부탁이 있어 찾아왔습니다."

외르타는 문을 열었다.

소년은 다시 한번 공손하게 고개를 숙였다. 외르타는 소년이 장갑을 끼고 있는 것을 발견했으나, 한겨울이라 추위를 타겠거니 대수롭지 않게 생각했다.

"안녕, 누구지?"

알론조 캄비에 와서 생긴 버릇이었다. 새로 만나는 이들과는 어쨌든 꽤 오랜 시간 같은 도시에 살 테니, 언제나 인사한 뒤 이름을 물으려 했다.

"타고난 이름은 살비오 이말라입니다. 신명은 판 도사린이고요. 판으로 불러 주시면 돼요."

"음, 그래. 나는 외르타 발미레야. 뭐라고 부르든 괜찮단다."

"예. 대사제님께 말씀을 들었습니다."

"너, 아니, 미안해. 당신도 사제니?"

"예. 많이 모자라지만요."

판은 쑥스러운 듯 웃었다. 어찌나 아름다운지, 귀족 저택에 미의 표본으로 보관하는 조상彫像처럼 느껴졌다. 참나무같이 곧은 자세와 나이에 걸맞지 않은 침착함, 해사한 얼굴에 찍힌 금색 점, 손에 낀 흰 장갑까지. 외르타는 잠깐 할 말을 잃었다가 겨우 돌아왔다.

"그래서…… 용건이?"

"네. 최근에 들어온 게외보르트 왕실 언어 책이 있는데, 대사제님께서 번역을 부탁드려도 될지 여쭤보셨어요."

"아, 좋아. 책은 어디 있니?"

그는 배낭에 넣어 두었던 책을 꺼냈다. 그리 두껍지 않았다. 외르타는 흔쾌히 책을 받다가, 책 사이에 끼운 종이를 떨어뜨렸다. 그녀는 제 실수를 주우려다 판과 머리를 부딪쳤다. 소년은 기어이 종이를 건네주었다. 친절한 사람이 흔히 그렇듯 몸이 먼저 반응한 모양이었다.

"죄송합니다. 괜찮으세요?"

그녀는 고개를 끄덕거리며 물러섰다. 종이에 쓰인 글을 보자니 생각보다 양이 많았다. 판이 잽싸게 설명했다.

"그건 우선 번역해 주시길 바라는 경구입니다. 해 주시면, 혹시 오늘 제가 가져갈 수 있을까요?"

"지금?"

"예."

"알겠어. 앉아 있으렴."

외르타는 문을 활짝 열곤 지지대를 끼워 두었다. 소년에게 들어오라고 손짓하며 책상으로 향했다. 소년은 사붓이 걸어오더니 소리 한 점 내지 않고 식탁 의자를 끌어당겨 앉았다. 외르타는 그가 얌전히 앉아 있는지 한 번 더 확인하다가, 어린 사제에게도 경계심을 숨기지 못하는 자신에게 질렸다. 어쩔 수 없다는 사실을 알면서도 실망했다.

책을 내려두고 종이를 펼쳤으나 글자가 눈에 잘 들어오지 않았다. 여전히 등 뒤의 기척에 곤두서 있었다. 여전히 낯선 이와 단둘이 있는 것에 익숙지 않았다. 아니, 정직하게 말해야지. 낯선 '남자'와. 젠장, 너는 저 어린아이가 남자라고 생각하니?

물론 그조차 자신을 제압할 수 있을 것이다.

외르타는 지나치게 힘을 준 나머지 하얗게 변한 손을 바라보았다. 펜이 떨리고 있었다. 그녀는 누가 눈치챘을까 두려워 급히 고개를 숙였다. 종이에 집중하는 척했다. 문장은 별달리 주목할 구석이 없는 옛날 줄글이었다. 대체 왜 자신에게 부탁했는지 모를 만큼 일반화된 격언도 있었다.

외르타는 의심을 숨기지 못했다. 과연 에쎄씨나가 이런 쉬운 문장을 번역하지 못하여 내게 부탁한 걸까? 게외보르트 왕실 언어라면 다루는 사람이 적지 않았다. 또한 우리의 시조가 알론조 캄비에서 기원했다면 사제들과도 교집합이 있을 것이다. 대체 목적이 뭐지?

그녀는 의혹을 꾹꾹 눌러 가며 한 장을 써 내려갔다. 물론 정신은 반쯤 등 뒤에 쏠려 있었다. 소년이 그녀를 위해 침묵했기에 더욱 신경이 쓰였다. 속에서 헛웃음이 터졌다. 서로 가는 길을 피해 주다가 영원히 부딪치는 행인이 된 느낌이었다. 선의로 한 행동도 이길 수 없는 것이 있더구나.

외르타는 초조하게 마지막 문장을 휘갈기곤 벌떡 일어섰다.

"여기 있단다."

우당탕탕 의자 끌리는 소리가 났다. 그도 이 자리가 썩 편하진 않았던 모양이다.

"감사해요. 엄청 빠르게 해 주셨네요."

"별것 아니란다. 그런데 궁금한 점이 있어. 사제들은 게외보르트 왕실 언어를 잘 모르니?"

소년이 입을 다물었다. 그녀는 순간적으로 자신이 상대를 탓했다는 사실을 깨달았다. '왜 게외보르트 왕실 언어도 못해서 나를 귀찮게 해? 그러고도 사제야?' 말 자체를 떠나서, 짜증스러운 억양에 묻어났다. 그녀는 급하게 말끝을 붙잡았다.

"아니―."

"죄송합니다. 제가 모자라서…… 제가 사제가 된 지 얼마 지나지 않아 그렇습니다. 이번 달에 대사제님을 모시는데, 많이 부족하여 번역을 돕지 못하고 있습니다."

외르타는 꿀 먹은 벙어리가 되었다. 미안했다.

"아니야……. 어려운 건 아니란다. 그냥 물어본 거야. 모를 수도 있지."

그녀는 상황을 더 나쁘게 만들었다는 직감이 들었다.

"죄송합니다. 혹시 따로 바쁜 계획이 있으시면 말씀 주세요. 대사제님께 다시 여쭈어보겠습니다."

"아니, 아니."

외르타는 자신이 영원히 '아니'라고 말할까 두려웠다.

"아니, 괜찮아. 책은 두고 가렴. 다 번역하면 내가 찾아갈게."

"예······. 감사합니다. 그러면 나중에 다시······."

판은 상대를 제대로 바라보지도 않은 채 헐레벌떡 도망갔다. 심지어 문을 열어젖힌 채 떠났기에, 남은 것은 혀를 뺀 의자와 싸늘한 저녁 바람뿐이었다.

외르타는 한숨을 쉬었다.

외르타는 결국 저녁 식사와 함께 온 바냐를 붙잡았다. 그녀는 여느 때처럼 재빨리 떠나려다, 바짓가랑이를 잡히자 살짝 놀라는 듯했다. 그녀의 콧잔등 위 점점이 찍힌 황금이 작아졌다. 짜증은 그렇게 극적이었다.

바냐는 툴툴대듯 답했다.

"네?"

"판이라고, 아니?"

"아, 예."

"사제라면서?"

"예."

바냐는 뚱하니 그녀를 바라보았다. 결코 무례한 태도는 아니었으나, 외르타는 자신에게 친절할 필요가 없는 사람들을 대하는 데 애를 먹고 있었다. 그녀는 열심히 부연했다.

"그렇게 어린 아이가 어떻게 사제인지 설명해 줄 수 있어?"

"그 친구는 어리지 않습니다. 캄비에 어린 사제는 없어요."

"비유적인 의미로는 그렇겠지. 하지만 그 산뜻한 얼굴을 보렴."

"뭐, 열다섯이긴 하지요."

바냐는 어깨를 으쓱이며 식탁에 걸터앉았다.

"영주의 딸이 환란 중 강간당해 낳은 자식이라 어릴 때 캄비로 왔어요."

"……."

"딤니팔에선 소가문 간 쟁투가 드물지 않습니다. 다만 대가문들이 너무 크기에 그들의 심기를 절대 거스를 수 없을 뿐이지요. 때문에 보통 애매하게 중재'당하고' 앙금만 남은 채 몇백 년을 버팁니다. 복수는 언젠가 작게 벌어질 거고요. 그들로서는 지금 캄비에 판을 버리고 잊는 것이 가장 나은 선택지였을 겁니다."

바냐는 상대의 기색을 살피곤 고개를 끄덕였다. 외르타는 다소 거북한 표정을 짓고 있었는데, 왠지 자신이 그녀의 기대대로 행동한 것 같아서 기분이 나빠졌다.

"아, 혹시 제가 남의 일에 함부로 입을 놀린다고 생각하신다면, 저희 사제들이 언제나 옛 이름을 거리낌 없이 밝힌다는 점을 기억하십시오. 저희의 과거는 아무 의미가 없기에 부끄러울 수도 없습니다."

"……."

"발미레, 저는 폭정에 못 이겨 성을 점거했다가 목이 매달리기 전 도망쳤습니다. 수많은 친구들이 죽었으나, 마침내 중앙에서 감찰관이 파견되어 주범자 외 모두 무고 방면할 것을 엄중 명했지요. 하지만 저는 돌아가지 않고 캄비에 머물렀습니다. 이곳이 좋았으니까요."

"바냐."

"과거는 의미 없습니다. 판도 물론 그렇게 생각하고요."

외르타는 무슨 말을 꺼내려다 입을 다물었다. 건드리면 안 되는 벌집을 들쑤셔 버렸다.

"아무튼 사제들이 돌아가며 그를 키웠고 그가 열다섯 살이 되던 해에, 그러니까 올해, 대사제님께서 받아 주셨습니다. 그가 선택하려면 나이가 차야 한다고 하셨어요.”

“……그러면 실상 여기서 자란 동안 사제 교육을 받은 것 아니니?”

“아닙니다. 어렸을 적부터 사제 교육을 시키면 판이 ‘선택’할 수 없잖습니까? 그냥 평범하게 키웠습니다. 사제 중 부모였던 이들이 얼마나 많은지 알면 깜짝 놀라실 것 같네요.”

“당신도 함께 키웠니?”

“자주 농땡이를 피우긴 했지만, 예.”

그녀는 ‘그런데 당신 말이 참 매정하다’고 말하려다가 다시 한번 삼켰다.

“그런데 왜 물어보시나요?”

“대사제가 판을 통해 게외보르트 왕실 언어로 쓰인 책을 번역해 달라고 보냈거든.”

“판에게 게외보르트어를 교육시키고 싶으신 듯하네요.”

“대사제가 그 언어를 못해?”

“세상에서 제일 잘하실 거예요. 하지만 판에게는 혼자 공부하는 자세도, 교재도 필요하니까요.”

“……알겠어.”

“마음에 안 드는 부분이 있으십니까?”

“아니, 그냥. 번역하기 귀찮아서. 사제들도 게외보르트 언어는 다 할 줄 알 텐데.”

“그들도 귀찮으니까요.”

바냐가 씩 웃었다.

“물론 저도 귀찮습니다.”

외르타는 얼떨떨하니 있다가 결국 어설프게 따라 웃었다. 웃음소리는 나지 않았다.

그녀는 알겠다고, 내가 수고하겠다며 바냐를 내보냈다. 바냐에게선 미세하게 안도한 기색이 엿보였다. 그러나 그것을 궁금해할 겨를이 없었다. 외르타는 곧장 문을 밀어 닫았다.

그녀는 몇 분 동안이나 문에 이마를 댄 채 머물렀다.

분노는 뒤늦게 찾아왔다.

바냐가 떠난 고요 속에서 화가 나 어쩔 줄을 몰라 했다. 지금 당장이라도 대사제를 쫓아가 당신 대체 무슨 생각으로 판을 내게 보냈느냐고 멱살을 쥐고 싶은 기분이었다. 자신은 저 지하에서, 대사제가 제 과거를 알면서도 침묵을 지켰다는 사실에 감사했다. 진심이었다.

그런데 판을 보내? 차라리 그때 무례하지. 그러면 기대조차 하지 않았을 텐데. 외르타는 에쎄씨나가 가장 나쁜 방식으로 자신의 과거를 논할 줄은 꿈에도 상상하지 못했다. 당신은 다 알고 있었잖아. 내가 폭행당해서 아이를 낳았고, 아꼈지만 결국 죽었고, 복수하여 겨우 이 자리에서 쉬고 있단 사실을 알잖아.

스스로 겪은 일을 적나라하게 표현하자 온몸에서 핏기가 빠져나갔다. 아주 오랜만이었다. 대사제가 알고 저질렀으리라는 사실에 화가 났다.

어떻게 감히, 어떻게 감히…….

외르타는 분을 못 이긴 채 벌컥 문을 열어젖혔다.

어떻게 감히…….

같은 생각에서 맴돌았다. 대사제의 장난감이라도 된 듯한 느낌이었다. 그녀의 통찰력이 얼마나 대단하든 상관없었다. 외르타는 그녀를 존경하지도 두려워하지도 않았다. 단지 대사제가 자신을 존중하지 않았다는 사실에 화가 났다.

사람의 과거를 아는 것이 무엇 대단하다고 이토록 무례한가. 제 과거는 아주아주 많은 사람들이 알았다. 그로써 자신을 모욕한 사람은 많았으나, 적어도 꼭두각시처럼 대우받은 적은 없었다. 모욕받을 때에도 인간이었다. 차라리 그편이 나았다.

외르타는 어두컴컴한 길을 급하게 지나갔다. 이 저녁에 대사제를 만
나서 항의할 방법에 대해 딱히 궁리해 보진 않았다. 단지 말을 하겠다
고 결심했다. 책 번역은 안 할 것이고, 당신은 아주 못되어 먹었다고.
나는 이곳이 사생활을 존중해 주리라 생각했는데 알고 보니 그 수장부
터 예의라곤 한 점도 모르는 불한당이었다고.

그녀는 기둥을 돌아 성큼성큼 내디뎠다. 단출한 대사제의 집에 불이
켜진 것을 보곤 급하게 계단을 올랐다. 창문은 커튼으로 가려져 있어
훔쳐볼 수 없었다. 거칠게 문을 두드렸다.

짧은 시간 뒤, 문이 열렸다. 외르타는 거의 걷어차는 태도로 밀쳤다.
누군가 문에 맞은 듯 신음을 흘렸다. 외르타는 나이 든 목소리를 들으
리라 생각했으나, 의외로 갓 변성기가 지난 소년이었다.

그녀는 당황했다. 소년이 코를 쥔 채 다시 문을 열어 줄 때까지 혼란
스러운 얼굴을 지우지 못했다. 외르타는 순간적으로 소년이 실내에서
도 장갑을 끼고 있다는 사실을 깨달았다.

그녀가 어름대는 사이 판이 물었다.

"아⋯⋯. 대사제님을 찾으십니까? 지금은 잠깐 아래 홀에 계세요."

"당신은 왜 여기 있어?"

외르타는 순간적으로 물러났다. 너무 공격적이었다.

"아니, 아니야. 미안하다. 흘려 넘기렴."

"⋯⋯대사제님은 아래에 계세요. 저는 어차피 떠나려던 참이었어요."

"그래."

그녀는 고맙다고 하지 않았으며, 스스로도 그 사실을 깨닫곤 놀랐다.
판은 머뭇거리는 외르타를 뒤로하고 떠났다.

외르타는 잠깐 동안 강한 자기혐오에 빠졌다. 죄가 있다면 그를 일부

러 제게 보낸 에쎄씨나에게 있지, 저 아이는 아니었다. 아무 잘못 없는 소년이 아닌가. 오히려 자신이 비겁하게도 몰래 이야기를 캐묻고 피한 셈이었다.

"에쎄씨나를 찾았느냐?"

외르타는 휙 고개를 돌렸다. 대사제가 천천히 방으로 올라오고 있었다. 분노가 찬 용암처럼 눌어붙었다. 드디어 화가 갈 길을 찾았다.

"당신, 판 도사린을 내게 보냈어."

더 이상 공대는 없었다.

에쎄씨나는 마지막 계단을 올라와 벽에 기대었다. 힘든 기색이라곤 전혀 보이지 않았다.

"그래."

외르타는 입을 다물었다. 대사제는 담백하게도 일부러 소년을 보냈다고 시인했다. 당황하기는커녕, 상대가 찾아올 것을 짐작한 듯 평온한 목소리였다. 외르타는 제 분노를 어떻게 표현해야 할지 몰라 헤맸다.

"에쎄씨나가 너의 약함을 노렸느냐?"

그녀는 기가 막혔다.

"당신……."

"사실 분노는 네 입으로 묘사해야 옳겠지."

"당신은, 내가 어떤 일을 겪었는지 알면서도 판을 내게 보냈어."

"똑바로 말하려무나."

"나는, 그 소년 사제가 어떤 태생이든 전혀 신경 쓰지 않는다. 하지만 당신이, 당신이 의도해서, 무슨 신이라도 되듯, 내가 무언가를 깨닫길 바라면서 그를 보냈다는 사실에 화가 나. 당신이 내 과거를 안다고 해서 그럴 권리가 생기는 건 아니야."

"에쎄씨나가 그러했다면, 어떤 의도라고 생각했느냐?"

"그딴 식으로 말하는 것 좀 그만둬. 당신이 신도 아니고!"

에쎄씨나가 머리를 긁자, 외르타는 속이 얹히는 듯한 기분이 들었다.

"여기까지 찾아왔으니 네 생각이 궁금할 따름이야. 대화를 하고 싶단다."

"당신이 무례하게 군 순간 대화는 끝장난 거야."

"너는 스스로의 고통을 표현할 수조차 없구나. 편지를 쓸 이가 있기에 사정이 나으리라 생각했다. 그러나 이제는 너를 어찌 내보내야 할지 모르겠어."

"당신⋯⋯!"

에쎄씨나는 손깍지를 끼었다.

"외르타."

그녀의 호명은 겨울밤을 가르는 불티 소리였다. '딱' 하고 한 번 튀는, 세상이 꺾이는 듯한 음성이었다. 유서 깊고 오래되었으나, 동시에 갓 태어난.

외르타는 목구멍이 틀어막힌 듯 침묵했다.

"에쎄씨나는 너를 생각했지만, 또한 판을 생각했단다. 두 사람이 이야기를 나누면 좋으리라 생각했어. 사제들은 언제나 죽고 싶어 하지 않느냐. 에쎄씨나가 보조할 수 없는 부분에서 서로를 도울 수 있으리라 믿었다."

외르타는 의혹 섞인 눈초리를 보냈다. 누가 죽고 싶어 한다고?

"하지만 너는 더 상황이 나쁘구나. 너는 고통을 표현하지조차 못해. 단 한 번도 강간당했다고 말하지 않았다. 적어도 판은 어미가 전투 중 폭행당해 나온 자식이라 자신이 어릴 적부터 학대받았다는 이야기를 할 줄 안다."

외르타는 헐떡이지 않기 위해 노력했다. 에쎄씨나의 신성을 모욕했으나 사실 스스로도 믿지 못했다. 그녀는 여전히 신이었다. 때문에 대사제의 입에서 적나라한 인간의 언어가 나오자 비현실적이란 생각이 들었다. 얼마나 충격을 받았으면, 그 문장이 제 일을 담고 있다는 사실을 뒤늦게야 깨달았다.

"누가 당신에게…… 남의 개인사를 함부로 다루지 말라고 안 가르쳐 줬니? 무식하기 짝이 없는……."

"홀로 품으면 고통은 너를 터뜨려 버릴 거야."

외르타는 칼에 찔렸다. 그러나 폐부 속 단단한 자존심이 상처를 막았다. 이를 갈아붙였다.

"설교하지 마."

에쎄씨나는 바닥을 내려다보았다. 외르타는 신이 눈을 피한다는 사실에 좀처럼 적응할 수 없었다.

"이곳에선 아주 많은 사람들이 터져 죽었다."

"……."

"알론조 캄비는 무덤이란다. 죽고 싶은 사람들은 신성神性을 찾아 이곳에 온다. 신성이 아니라면 살 이유가 없는 게지. 에쎄씨나가 그들이 살 이유를 만들어 주어야 해. 그렇기에 사제직이 있다."

에쎄씨나는 검은 더벅머리 위로 손을 얹었다. 시선이 여전히 아래를 향해 있었기에, 일반적으로는 품위가 없고 어린 동작이었다. 그러나 도저히 그렇게 보이지 않았다. 그녀의 몸짓은 어떤 모양이든 인간이 아닌 자연을 모사하는 듯했다.

"판 도사린은 태어나자마자 어미가 손을 뭉개 버렸지. 혹 칼을 쥐어 기사로서 공을 세울까, 이름이 알려져 제 오욕이 공개될까 두려웠을 게야. 그나마도 채 열 살이 되기 전 알론조 캄비에 보냈다. 바냐 미쇠는 반란으로 가족이 몰살당하고 본인도 붙잡혔으나 천우신조로 탈출했다. 추적을 떨칠 수 없어 알론조 캄비로 도망쳐 왔지. 사실 호수는 그들을 구원해 주지 않아. 에쎄씨나도 그들을 구원하지는 못한다."

"……."

"에쎄씨나는 신성이 있는 척 꾸미지 않았단다. 에쎄씨나는 있는 그 대로를 사제들에게 이야기했다. 에쎄씨나는 고통이 무엇인 줄 알지만, 그뿐이라고. 에쎄씨나에게는 너희의 고통을 경감시켜 주는 비기祕技가 없다. 에쎄씨나는 너희 스스로 고통을 지나가야 한다고 믿는다. 그렇기에 치료하지 않을 것이다. 너희의 고통을 도둑질하지 않을 것이다."

"……."

"그러나 사람들은 에쎄씨나를 믿어. 에쎄씨나를 신으로 여기지. 에쎄씨나는 착각을 했어. 그들의 고통이 개인적이고, 다양한 방법으로 풀이되어야 하기 때문에 오래 묵어 통찰력이 있는 에쎄씨나에게 도움을 요청했다고 생각했단다. 그러나 사람들은 더 똑똑했어. 에쎄씨나라는 신을 빌렸지. 가짜 신에 삶을 의탁하여 고통을 지우더구나."

"……."

"에쎄씨나의 뜻이 아니었어. 그러나 에쎄씨나가 무언가를 하지 않으면 사람들은 의지할 곳이 없어 죽을 거야. 세계는 삶의 다발이므로, 에쎄씨나는 그들을 잃고 싶지 않단다. 때문에 오래도록 이 무덤에서 사람을 살려 보내려 노력하고 있다."

외르타는 가까스로 내뱉을 수 있었다.

"난 절대 안 죽는다."

에쎄씨나가 빙그레 웃었다.

"움직이지 않으면 죽은 것과 구분할 수 없지."

외르타는 뒷걸음질 치다가 문에 부딪쳤다. 설교를 듣고 싶지 않았다. 이제는 분노나 자존심 때문이 아니었다.

"에쎄씨나는 자기 고통을 표현하지도 못하는 사람을 어찌 대해야 할지 모르겠구나. 너와 판의 경험이 아슬아슬하게 교차하니 대화를 나눌 수 있으리라고 오해했다."

"난 나처럼 아팠던 사람을 몰라. 경험이 교차한다니……. 당신은 내 삶을 너무 가볍게 보고 있어. 당신이 너무 무례하고 무지해서 화가 나. 모양이 비슷하게 생겼다고 다른 나무를 접붙이려 드는 것 같아."

"편지를 호수에 흘려 보내던 네 모습을 보았단다."

"……."

"또한 너는 누군가의 책을 찾았지. 그 사람을 아끼는 듯했지. 그를 떠올리고 마음을 공유할 생각을 가졌지. 네가 버리지 못한다고 표현하는 것이 사실 단지 가진 것이란 사실을 아느냐? 너는 그런 관계를 쥐고 있단다. 덕분에 에쎄씨나는 네게 고통을 나눌 용기가 있다고 생각했어."

"……."

외르타는 옴짝달싹 못 했다. 덫에 걸린 기분이었다.

대사제는 마침내 벽에서 몸을 뗐다. 방 중앙을 가로질러 화로를 열었다. 몸을 숙여 부지깽이로 들쑤셨다. 손을 휘둘러 빛을 만들던 사람이 평범하게 불을 다루는 모습을 보자니 기분이 이상했다.

그녀는 따닥거리는 불 소리 사이사이로 평온히 말했다.

"사제들은 적어도 제 고통을 표현할 줄 아는 이들이란다. 에쎄씨나가 많이 말하도록 가르쳤지. 고통을 극복한 체해도 상관없으니 무엇보다 많이 표현하고 씨앗을 포착하라고 부탁했단다. 그래야 그다음이 있어."

외르타는 문득 모리 라치올을 떠올렸다. 미라이예의 주치의는 아픔을 감추지 말고 정확히 표현하라고 조언했다. 고통을 모른 체하면 나락까지 떨어진다고 경고했다. 에쎄씨나의 말과 달랐지만, 어쩐지 비슷한 구석이 있었다.

그녀는 그제야 에쎄씨나의 태도가 신이 아닌 의사와 비슷하다는 사실을 깨달았다. 그녀는 전능한 구원에 대해 단 한 번도 이야기하지 않았다. 자신은 마법을 부릴 수 없으니 단지 많이 이야기하고, 공유하라고 요청할 뿐이었다.

이곳에 들어오는 순간에도 에쎄씨나가 악의로 판을 보낸 것은 아니라는 사실을 알고 있었다. 다만 머리가 알아도 마음이 역겨워 도저히 버티질 못했다. 대사제가 제 속을 꿰뚫어 보고 무례하게 넘겨짚었다고, 제게 개인적으로 잘못을 저질렀다고 생각했다.

그러나 사실 고통은 자신만의 것이 아니었다.

"에쎄씨나는 진심으로 사제들이 신성을 버리길 바라. 고통을 묘사하고 스스로 움직이길 바라. 이곳이 멈춘 무덤임을 깨닫고 떠나기를 바라. 에쎄씨나가 금을 실은 마차를 언제나 준비해 두는 이유지."

"당신이 아무리 그래도 난 사제가 아니야…… 당신 휘하에 있지 않아."

"사제의 조건은 얼마 되지 않는단다. 알론조 캄비로 도망쳤으며, 고통에 무너졌을 것, 그러나 동시에 캄비와 에쎄씨나가 안식처를 제공한다는 사실을 신뢰하고 삶을 지탱할 것. 네가 세 조건에 해당되지 않는다고 말할 수 있느냐?"

"……."

"네가 이 조용한 호수에서 평온을 찾은 뒤, 알론조 캄비를 찬양하거나 신성시하지 않겠느냐? 스스로 노력하기보다 이 자리에 심신을 의탁하지 않을 자신이 있느냐? 네가 캄비와 에쎄씨나를 모시며 고통을 잊는 사제들과 얼마나 다르다고 생각하느냐?"

"……."

"파묻혀 쉬겠노라 생각했다면 이곳은 무덤이다. 네가 이미 그렇게 믿고 있다."

외르타는 압박감에 숨이 조금 막혔다. 저도 모르게 소리가 새어 나왔다.

"당신은 지친 감정을, 그냥 쉬고 싶다는 마음을 몰라……. 너무 많은 걸 겪어서 쉬고 싶은 사람도 있다. 그냥, 캄비에서…… 복잡한 걸 생각하지 않고 영원히……."

에쎄씨나는 몸을 일으켰다. 그녀는 외르타를 돌아보았다.

"에쎄씨나는 더 나아지기보다는 움직이길 바라."

외르타는 무언가에 데인 듯 몸을 돌렸다.

문을 밀어 그대로 도망쳤다.

외르타는 귀신에 홀린 듯 급하게 짐을 챙겼다.

"아……!"

누프리가 챙겨 준 포도주를 깨뜨렸다. 뚝뚝 흐르는 술에 코끝이 어지
러웠다. 그녀는 금이 간 유리 조각을 들어 올리다 손을 베였다. 반사적
으로 던졌다. 수습하지 못하고 의자에 주저앉았다.

외르타는 이마를 짚었다.

내팽개쳐진 짐을 바라보았다. 에쎄씨나에게서 도망친 뒤 무엇을 생
각할 겨를도 없이 서둘렀던 흔적이었다. 정말 캄비를 떠나고자 했는
지, 떠난다면 어디로 향하려 했는지는 잘 모르겠다. 다만 대사제의 말
이 선을 넘었다고 생각했다.

더 이상 누군가가 제 삶을 헤집도록 용납할 수 없었다. 에쎄씨나의
가르침을 받고 싶지 않았다. 그런 입바른 충고를 자신이 몰랐겠는가.
대사제는 자신의 삶을 몰랐다. 대사제에게는 자격이 없었다.

그러나 각오를 강하게 다질수록 혼란스러웠다. 껍데기가 딱딱해져
숨이 막혔다. 본디 갇힌 어둠에는 익숙했으나, 공기 구멍마저 막히자
드디어 무언가 이상하다는 느낌을 받았다. 고집이 시야를 좁히고 있는
지 의심했다. 내가 고통받았다는 사실이 나를 정당화하나? 다른 사람
들의 타당한 친절이나 요청마저 받아들일 수 없게 되었나?

그러나 그 홀로 서겠다는 고집이 내가 싸울 수 있도록 돕지 않았던가?

외르타는 분통을 터뜨렸다. 왜 나를 평온하게 홀로 두지 않는지 모르겠
다. 나는 지금까지 잘해 왔어. 왜 사방에서 손을 내밀고 말을 걸고…….

그녀는 에쎄씨나를 생각하지 않기로 했다. 더 이상 그녀를 찾거나,
그녀의 부름에 응하지 않을 것이다. 손님을 시체 취급하는 대사제를 무

시한다면, 어쨌든 스스로인 그대로 이곳에서 쉴 수 있었다. 자존심이 상하고 가끔 화가 나겠지만 그래도 방해받지 않을 것이다.

그러다 판의 장갑이 생각났다.

그의 사정을 궁금해하지 말 것을 후회했다. 이야기를 묻자 진물이 흘러나왔다. 남의 고통을 마주 볼 자신이 없었다. 봐 봐. 불편하잖아. 판 뿐 아니라 바냐도, 이제 어떻게 마주 볼지 앞이 까마득했다. 자신은 그들과 달랐다. 제 고통을 담백하게 묘사하기란 불가능했다. 미쳐서 악으로 호소할지언정 차분히 설명할 수 없었다.

그녀는 판이 바냐처럼 스스로를 설명할 수 있을지 궁금했다.

궁금하지 않았다.

궁금했다.

그녀는 자신이 그럴 수 있을지 궁금했다.

외르타는 술에 젖은 발을 내려다보았다.

발렌시아는 펜을 내려놓았다.

솔정이 찾아왔다는 소식은 그를 놀라게 했다. 그는 솔 미라이예, 본 영지의 일을 전부 마무리해 두었다. 남은 자리에 흔적이 없도록 깨끗이 정리했다. 때문에 이토록 이른 시기에 가문의 일을 살펴야 한다는 것을 상상하지 못했다.

"들어와."

두꺼운 천이 열리며 사람이 들어왔다. 아레초였다. 그는 깊이 인사한 뒤 저벅저벅 다가왔다.

"용건은?"

"합하, 저는 따로 명하신바, 디슬라오와 함께 현지에서 운라쿰을 조사할 예정이었습니다. 그러나 누프리가 고집을 피워 잠시 이탈했습니다. 합하께 물품을 전달드린 뒤 다시 맡은 바 임무를 다하겠습니다."

"물품?"

아레초는 한 손에 들고 있던 무언가를 나무 탁자 위에 내려 두었다. 공손한 태도였다. 바람 소리조차 나지 않았는데, 몹시 가벼운 모양이었다. 물건은 미라이예의 귀한 천으로 감싸였으며 여러 뼘을 넘지 않도록 작았다.

발렌시아는 반쯤 일어서 천을 잡아 올렸다. 풀어 헤치기 전 아레초를 바라보았다.

"누프리가 무어라 전하라던가?"

"특별히 없습니다. 다만 외르타 발미레가 부탁한 물건임을 전달받았습니다."

그는 매듭을 풀지 않았다. 두툼한 천을 한 손에 움켜쥔 채 그대로 자리에 앉았다.

"나가."

아레초는 깊이 예를 표했다.

"예. 따로 분부하셨으므로 저는 곧장 떠나겠습니다."

발렌시아는 머리를 숙였다. 천막이 펄럭이는 소리가 들리고, 인기척이 사라졌다.

그제야 천천히 손을 뗐다.

물건을 옆으로 밀었다. 탁자 가장자리에, 아슬아슬하게 걸쳐질 정도로 멀리 밀었다.

다시 펜을 잡았다.

그는 보급품을 점검하기 시작했다. 모든 대귀족은 전쟁을 위해 황금을 예비해 두었다. 그렇기에 어마어마한 양이었고, 균형을 잡아 재분배하기 어려웠다. 철저함이, 무엇보다 시간이 필요한 일이었다. 방금 전 계산한 안니발레의 지원을 새로운 종이에 베껴 썼다. 분류하여 알맞은 자리에 배치했다. 기사단을 필두로 한 보급품 소모 내역을 밑장에서 꺼내 왔다. 내역마다 점을 찍으며 생각했다.

발렌시아는 갑작스레 일어서 천을 움켜쥐었다.

손이 떨렸다. 그는 판단하지 못했다. 정지했다. 그는 한참이나 뻣뻣이 굳어 있었다. 부드러운 천과 작은 보석이 느껴졌다. 알 듯하면서도 생각하기 어려웠다. 그는 자신이 사고하는 능력을 영영 잃어버린 것은 아닌지 의심했다.

발렌시아는 마침내 포기했다.

그는 다른 손을 들어 매듭을 풀었다. 무채색 미라이예의 포장이 걷히자, 화려하고 낡은 천이 나타났다. 그 위로 검은 브로치가 자리를 지켰다.

그는 경련하듯 천을 들추었다. 그러나 그곳에는 아델의 붉은 천과 보석뿐, 편지는 없었다.

발렌시아는 몸을 일으켰다. 양손을 들고 잠시 서 있었다. 더 이상 천을 만지지 못했다.

그는 전장에서 외르타에 대한 생각을 닫아 왔다. 가까스로 등졌다. 마음의 둑이 보잘것없다는 사실을 알았으나, 그럼에도 이처럼 아주 약한 충격에 쓰러지자 실망스러웠다. 자신은 허물어졌다기보다는 깨졌다. 깨졌다기보다는 부스러졌다. 그 정도로 가면이 유약했다.

외르타의 '유산'을 받아들이기 힘들었다. 아델은 그녀가 가진 모든 것이었다. 그 모든 것을 자신에게 남겼다. 아무리 이해하고, 그 위로 다시 아교를 바르고, 문을 닫고, 마침내 자물쇠로 잠가도 소용없었다. 외르타는 진정으로 알론조 캄비에 머무를 준비를 마쳤다. 떠나서 사람을 영원히 보지 않기로 작정했다. 그 사실을 깨달을 때마다 폐부를 찌르는 듯한 고통이 닥쳤다.

그는 진정하려 노력했다. 아니다. 그렇지 않다. 아델의 천과 신의의 롬. 외르타는 어수대 건을 사죄한 뒤 유대를 지키고자 했을 것이다. 알론조 캄비로 떠나지만 우리 관계는 잊지 말자고 굳게 말한 셈이다. 그녀의 단호한 목소리를 알았다. 들렸다. 유산이지만 적어도 자신에게 남긴 유산이었다. 그 사실을 이해하고 그녀를 받아들이려 애썼다.

그럼에도 외르타가 아무 말도 하지 않았다는 사실이…… 자신을 미치게 했다.

무덤으로 들어가기 전, 이제 서로를 알지 않느냐고 한 번 눈을 마주치는 것으론 부족했다. 그녀의 말과 목소리가 필요했다. 숨과 품이 필요했다. 그녀의 존재를 확인받고 싶었다. 더 많이, 더 넓게, 더 깊이, 완전하고 확실하게.

발렌시아는 스스로를 혐오했다.

자신은 잘못을 저지를 것이다. 죄를 알고도 명백히 부패하리라. 그녀의 유산을 본 순간 모든 것을 포기했다. 마음이 전부 닳았다. 외르타의 의지를 존중하여 그녀가 연락하기 전까지, 자신에게 먼저 올 때까지 잊은 것처럼 살겠다는 결심을 포기했다.

그는 도덕적으로 자살했다.

빈 종이를 들었다.

외르타.

이름만으로도 충분했다. 힘을 너무 강하게 주어 종이가 찢어졌다. 그는 새로운 종이를 끌어왔다.

근계謹啓.

외르타, 알론조 캄비에 안전히 도착하셨다고 들었습니다. 날씨가 춥습니다. 신전도 녹록지는 않을 것입니다. 제가 도와드릴 수 있는 부분이 없어, 생활이 불편하실까 깊이 우려됩니다. 혹 필요하신 물건이 있다면 언제든 편하게 말씀 주십시오.

문장 중간중간 더러운 펜 자국이 남았다. 안부 인사에 불과한 문장도 한참 동안 고민해서 써야 했다.

다만 당신은 제 편지에 노여워하시리라 생각합니다. 칩거하기로 결정하신 분을 제가 존중하지 않는 것으로 비쳐질까 두렵습니다. 특히 저는 그날 염치없이 당신에게 청혼한 자입니다. 주제넘은 인간을 역겨워하시는 것은 당연합니다.

그는 스스로를 모욕하는 데 수십 줄을 쓸 수도 있었다. 그러나 제 말이 길어질 때마다 바로잡아 주던 외르타를 기억하곤 꾹 참았다.

저는 바로 그것을 사죄하기 위해 편지를 드립니다. 부디 제 늦은 깨달음을 긍휼히 여겨 주시길 간청드립니다. 전쟁터로 떠나야 한다는 초조감을 견디지 못하고 당신에게 불미스러운 짓을 저질렀습니다. 잠깐의 실수이며, 다시는 비슷한 바람을 품지 않겠습니다. 혼란스러운 상황에서 스스로를 정리하지 못하고 엽색獵色한 인간으로 전락하여 부끄럽습니다. 저는 이제 당신에 대한 마음과 전쟁의 압박감을 갈무리했습니다.

양심의 가책을 느꼈다. 그녀가 편지를 찢을까 두려워 거짓으로 오금을 박았다.

제 실언으로 불편을 겪으셨을 당신에게 진심으로 사죄드립니다. 용서받기를 바라지 않습니다. 다만 다시는 같은 실수를 저지르지 않겠다고 맹세합니다. 저는 당신에게 맹세합니다. 당신이 따님의 천과 롬으로 제게 신의를 보여 주셨듯, 저도 죽음이 닥칠 때까지 배전倍前의 노력을 기울이겠습니다. 더 이상 당신이 명백히 거절하신 방향으로 욕심을 부리지 않겠습니다.

그는 자신이 노력하리라는 사실을 의심하지 않았다. 성패는 알 수 없으나, 노력할 것이다.

그러니 이제 무례한 청혼에 대해 마음을 놓으시기를 소원합니다. 혹여 진의를 의심하신다면, 제가 혼처를 정했음을 말씀드립니다. 톨레도의 종가문, 미렘마 백의 장녀입니다. 아직 정식으로 의사를 타진하지는 않았으나 십이공회가 인지했습니다. 전쟁이 끝나면 돌아가 혼인을 추진할 예정입니다.

오히려 그는 혼처를 말하며 고통받지 않았다. 그녀에 대한 그리움과 청혼은 별개였다. 그때 자신은 자포자기한 채 칼을 휘둘렀다. 감히 어떤 생각을 품지 못했다. 단지 장님, 그뿐이었다. 그녀 역시 분명히 거절했기에 가지 않은 길을 후회할 필요도 없었다.

제 유일한 바람이라면 전쟁이 끝나고 당신을 뵙는 것뿐입니다. 단 한 번만 뵙기를 바란다고, 제 희망에 대해 거짓말을 하지는 않겠습니다. 가끔 여유가 되실 때 제가 방문하여 회포를 풀 수 있으면 좋겠습니다. 자주 뵙지는 못하더라도 다음 만남에 대한 기약이 항상 있기를 바랍니다. 아무쪼록 이것이 제 욕심만은 아니기를 희망합니다.

그는 편지를 마무리하며 안도했다. 글을 두 번 읽지 않을 작정이었다. 무책임하게 서간을 보낼 것이다. 자신은 그녀의 평온을 무시하고 있었다. 대화하겠다는 욕심으로 가만한 풀숲을 헤집고 있었다. 지겹게도 죄를 저지르고 있었다. 거듭 서간을 되짚다간, 외르타를 거역하지 못할 것이다. 결국 부치지 못한 편지를 태우게 될까 두려웠다.

따님의 유품과 신의의 상징을 제게 남겨 주셔서 감사합니다. 제 목숨보다 소중히 보관하겠습니다. 그러나 제 욕심으로는, 전쟁이 끝난 뒤 당신에게 직접 돌려줄 수 있기를 바랍니다. 마지막이 아니라면 그 소중한 물품을 저 같은 맹인에게 부탁하실 필요가 없습니다. 신의는 당신의 목소리로 듣고 싶습니다. 만일 제가 간직하길 원하시더라도 그때 다시 부탁해 주십시오. 당신에게 직접 듣고 복종하겠습니다.

그는 마지막 문장을 고민했다.
그러나 앙히에의 소식을 전할 수 없었다.

앙히에 일에 괘념치 마십시오. 당신은 제게 용서를 구할 이유가 없습니다. 저는 괜찮습니다. 심신 건강히 지내시길 바랍니다.
서간에 형식을 갖추지 못했으므로 부디 질정叱正을 부탁드립니다.
발렌시아 마조레 기지 얀 미라이예 배수拜手.

발렌시아는 편지를 접었다. 붉은 천을 노려보았다. 천천히 일어서 외르타의 흔적을 들어 올렸다. 누군가 보았다면, 들어 올렸다기보다는 포옹한 것에 가깝다고 표현할 것이다. 그도 그 사실을 알았다.
그는 알론조 캄비에 봉인된 편지를 부치도록 명한 뒤 떠났다.
빈자리엔 엉망진창으로 덮인 서류만이 남아 있었다.

앙히에는 형님을 발견했다. 사령부를 급히 떠나는 모습이었다. 급한 일이 있나? 그러나 아우는 꽤 긴 이별이 될 인사를 하러 온 참이었다. 오늘 저녁에 떠난다고 미리 전해 두었는데, 그 중요한 사실조차 기억하지 못하는 모습이 기이했다.

그는 얼떨떨한 얼굴로 뒤를 밟았다. 몰래 따라붙으려는 생각은 아니었다. 어차피 형님이 제정신이라면 눈치채지 못할 리 없으며…… 그러나 형님은 제가 등 뒤에 서 있다는 사실을 모르는 모양이었다. 앙히에는 다소 멍하니, 개인 천막에 들어가는 형님의 뒷모습을 바라보았다. 땅을 파헤치는 듯한 몸짓이었다.

앙히에는 오랜 경험으로 깨달았다. 지금 동기를 만나는 것은 미친 짓이다. 만나긴 무슨, 가림막을 쳐 두고 반나절 동안은 짐승조차 가까이 가지 못하도록 막아야 했다.

그러나 이번만큼은 제게 결정이 달려 있지 않았다. 블랑쉬가 이미 군영 입구에서 기다리고 있었으며, 구태여 그녀를 생각하지 않더라도 사전에 협의한 일정을 맞추기 위해선 바삐 떠나야 했다.

그는 포기했다. 혹은 결심했다. 천막 바깥에서 형님을 불렀다.

"들어가도 돼?"

정적.

"들어갈 테니 죽이지 마."

정적.

앙히에는 칼자루를 꽉 쥔 채 천을 걷었다.

발렌시아는 침상 앞에 서 있었다. 입구를 등지고 있어 얼굴이 보이지 않았다. 잽싸게 니소르를 확인했으나 적어도 뽑힐 기미는 없었다.

그는 조심스레 말했다.

"……지금 떠나. 직전에 보고하라고 했잖아."

"그래."

그의 목소리는 '아', '어'처럼 의미 없는 음절 같았다. 앙히에는 칼자루 쥔 손아귀 힘을 살짝 풀었다.

"형님 목소리가……. 괜찮아?"

"신경 쓰지 마라."

"날 등진 채 인사하려고?"

발렌시아는 멈칫했다. 앙히에는 마침내 경계를 풀고 여러 발자국 앞으로 다가왔다.

"그래도 포옹이 연례행사가 되지는 않았을 거고."

어느새 뻔뻔해졌다.

그는 지난 며칠간 블랑쉬와 틀어박혀 문건을 작성했다. 때문에 형님과 대화할 기회가 없어, 그 적막한 밤 평원의 기억을 고스란히 간직하고 있었다. 형님이 다시 그때처럼 행동하기를, 이 공적인 자리에서도 변화가 있기를 바랐다.

발렌시아는 몸을 돌렸다. 팔을 들어 앙히에의 어깨를 잡았다. 꽉 쥐었다가, 놓았다. 다소 어색했지만 그래도 무엇을 흉내 내려 했는지 짐작은 되었다.

"……."

"다녀와라."

"……그래. 지금 가려고."

앙히에는 쑥스럽게 뒷걸음질 쳤다. 시야에서 형님이 조금 작아지고, 배경이 커졌다.

찰나, 그는 이상한 것을 발견했다.

읊조렸다.

"롬……?"

반사적으로 몸을 숙이던 와중 문득 멈췄다. 눈치를 살폈다. 기어이 한 번 더 말했다.

"롬?"

"……."

"형님?"

그는 더 이상 검열하지 않았다. 두 번이면 많이 참은 셈이다.

"롬과 천 모두 외르타 물건인데, 왜 여기 있어? 혹시 외르타에게 무슨 일이 생긴 거야? 걔가 살아 있으면 절대 용납하지―."

"잠시 알론조 캄비에서 쉬고 계신다."

"캄비……? 아무리 그래도 캄비보다는 솔 미라이예가 낫지 않나? 편하고."

"그녀가 바랐다."

앙히에는 눈살을 찌푸렸다. 의심스러웠다. 딤니팔 사람도 아닌 외르타가 무얼 얼마나 안다고 캄비로 가길 바랐을까? 그곳은 석묘보다 더 단단한 지하로, 스스로를 가두기 위한 장소였다. 들어가기는 자유로워도 나가기는 썩 자유롭지 않았다. 그 와중 딸의 천과 롬을 이 바깥세상에 버려?

그는 의심했다.

"외르타가 바라서 캄비로 떠났다고? 거짓말하지 마. 그 롬은 내가 외르타에게 준 거야. 둘 다 딸의 유품이라고. 그걸 형님에게 넘기고 무슨 캄비는 얼어 죽을 캄비."

"……."

"말 나온 김에 진지하게 물어보자. 첫날에도 질문했잖아. 외르타는 어떻게 지내? 그간 어떻게 된 거야?"

"……."

"형님, 난 곧 떠나. 도착할 때까지 아무 소식도 들을 수 없으니 좀 불쌍히 여겨 줘."

"그녀는 운라쿰 남작이 어수대라는 사실을 알고 있었다. 네가 블랑쉬 젤로에게 납치당한 뒤 자백했다."

앙히에는 멍하니 상대를 바라보았다.

"이에 폐하께서 크게 노하시어, 외르타를 잉그레의 철에―."

"철? 지금 무슨 미친개 같은 소리를―."

"그녀는 잉그레의 철에 나흘간 유폐되어 있었다. 이후 다시 나흘간 잉그레의 지상층에―."

"그만―."

"이후 폐하께서 외르타의 바람을 수용하시어 캄비행이 결정되었다."

그는 내려칠 책상을 찾았으나 아무것도 없었다. 무언가 큰 소리를 내서 이 답답함을 해소하고 싶었다. 대체 이게 무슨 소리야. 잉그레의 철에 갇혀? 그 몸을 하고? 내가 왜 어수대에게 목줄 잡혀 끌려갔는지 알아? 내게 가장 유효한 협박이 뭐였는지 저 인간들이 과연 알기나 할까?

그는 갈 곳 잃은 주먹을 꽉 쥐었다.

"형님은 그동안 뭘 했어?"

"……."

"뭘 하기는 했어?"

"폐하께 외르타를 철에서 석방해 주실 것을 탄원했다."

"폐하께서 들어주셨어?"

"……."

앙히에는 형님에게서, 배반자인 외르타를 구하기 꺼려졌다는 답까지 기대했다가 가슴을 쓸어내렸다. 그래. 형님이 그 정도로 이기적이지는 않지. 하지만 그녀를 구할 마음이 있었음에도 적극적으로 나서지 않은 것이 얼마나 다른지는 모르겠다.

앙히에는 냉정하게 말했다.

"형님이 가진 힘을 생각하면 아무것도 안 한 거네."

"……."

"그냥 폐하께 분통을 터뜨린 편지 한 장 써 두고 무시한 것 같은데. 물론 형님 처지는 이해하지만 좀 더 기민하게 움직일 수도 있었을 거야. 대체 언제 이렇게 둔해진 거지, 그것도 외르타 일에."

"……."

"형님."

"네 죽음과 전쟁 때문에 혼란스러웠다."

앙히에는 입을 다물었다.

말의 깊이를 짐작하기 어려우니, 감히 변명하지 말라고 윽박지를 수도 없었다. 그는 지난 몇 달 동안 한 번도 위기를 느끼지 못해 현실 감각이 떨어지는 편이었다. 때문에 다른 이들이 자신의 죽음을 어찌 받아들였을지 상상하기 힘들었다. 그러나, 아니, 바로 그렇기 때문에 무턱대고 존중하려 노력했다. 그들의 감정을 감히 넘겨짚지 않으려 했다.

발렌시아가 말을 이었다.

"그녀가 단 나흘 만에 철에서 나오지 않았다면……."

"……."

"……네가 돌아온 뒤 겨우 마음을 정리했다. 네 죽음과 그녀의 비밀이 무관하다고 믿었으나, 외르타에게 억울함을 호소하지 않을 자신이 없었다. 왜 내게 정직하지 못하셨느냐고 질문할 것이 분명했다. 나는 그러고 싶지 않아, 캄비에 묻히고 싶다는 그녀의 의사를 존중했다."

이상했다. 앙히에는 형님이 그답지 않게, 징검다리처럼 엉성하게 서술하고 있다는 사실을 깨달았다. 일견 정직한 듯하지만 구멍이 숭숭 나 있었다. 외르타가 왜 떠나고 싶어 했는지, 왜 이렇게 뻔뻔하게 눈앞의 롬과 천을 무시하려 드는지 알 수 없었다. 누락되었다. 숨기고 있었다.

"형님, 어수대는 나를 외르타로 협박했어."

"……."

"알로지아드에서 어린애들을 살해한 뒤, 내가 미친 사람처럼 쳐 받아 죽는 걸 막으려고 외르타를 들먹였어. 네가 여기서 순순히 따르지 않는다면 외르타는 죽는다고. 어차피 전쟁 명분이니 일거양득이라고 하더라. 그래서 끌려갔고, 발터하임부르겐에게서 이번 건을 위해 다시 한번 협박당했어. 왕은 내 의지를 의심했지. 그럴 수밖에 없지. 그래서 제대로 전달하지 않으면, 그리고 전달해서 이 밀약을 성공적으로 끝내지 않으면 개인적으로 외르타를 살해하겠다고 했어. 그들이 그렇게 협박하지 않았으면 내가 여기에 사지 멀쩡히 있지는 않았을 거야. 아니면 아예 없었을 수도 있고."

"……."

"그러니 정직하게 말해 줘. 부탁이야. 난 지금 당장 알론조 캄비로 찾아갈 수도, 전갈을 보낼 수도 없다고. 걔는 앞으로도 한참 동안이나 내가 죽었다고 생각할 텐데."

"……."

"형님."

발렌시아의 시선이 비스듬히 내려갔다.

앙히에는 물이라도 한 잔 있으면 좋겠다고 생각했다. 입 안이 바짝 말랐다.

"나는 그녀에게 청혼했다."

앙히에는 눈을 몇 번 깜박였다.

주먹을 쥐었다 폈다.

제 속에서 수많은 사람들이 왁자하게 질문을 던지고 있었다. 궁금증이 파도처럼 밀려왔다. 호기심. 질문. 이것이 제 첫 반응이었다. 세상에, 분노가 아니었다! 볼록한 유리를 통과한 듯 기이하게 뒤틀리고 비

대한 질문뿐이었다. 그는 제 감정이 혼란스러웠다. 외르타를 생각한다
면서, 선을 넘은 형님의 청혼에도 평온하다니.

"청…… 혼……?"

더듬었다는 사실은 전혀 중요하지 않았다. 제가 잘못 들었을까 확인
하고 싶은 몸부림이 멍청했다.

"헤어지던 날 외르타에게 청혼했다. 그녀는 의심할 바 없이 명확하
게 거절하셨다."

"무슨…… 생각으로……? 대체……?"

"외르타는 꾸준히 알론조 캄비에 칩거할 것을 예고하셨다. 그녀의
의지로 미루어 보아 오래도록 마주 보기 힘들 것으로 생각했고, 또한
십이공회의 혼인 압박이 거셌다."

"아니……?"

"지금은 마무리된 일이니 신경 쓰지 마라. 나는 그녀의 거절을 성숙
하게 받아들이려 노력했다. 전쟁이 끝난 뒤 톨레도 휘하의 미렘마 가문
과 혼인할 예정이다."

"아…… ."

"외르타가 청혼에 부담을 느끼셨음이 분명하다. 알론조 캄비로 급박
히 떠나신 데에는, 물론 네 영향이 제일 컸으나 나 역시 도움을 드리지
못했다고 생각한다. 다만 그녀는 어수대를 숨겼다는 사실에 책임을 느
끼고 내게 따님의 천과 신의를 의미하는 롬을 보내셨다. 더 이상 말하
지 않은 내용은 없다."

"…… ."

물속에 있는 것 같았다. 멍하니 내뱉었다.

"혼수婚需……?"

발렌시아가 인상을 찌푸렸다.

앙히에는 여전히 한 대 맞은 듯한 표정으로, 사람 언어가 아닌 것을

흘려보냈다.

"그럼 딸 유품이 아니네……. 약혼자한테 준 거야……."

"무슨 뜻이냐."

"아니, 딸인가……? 아니, 혼수인데……. 딸……?"

"너는 여전히 천치처럼 이야기를 하는군."

"왜지……?"

"앙히에, 똑바로 말해라."

앙히에는 하염없이 폭우에 쓸려 내려가다, 갑자기 나무 밑동을 부여잡았다. 세계 밖으로 떨어지기 전 가까스로 정신을 차린 느낌이었다. 그는 눈을 껌벅이며 말했다.

"그 브로치는, 롬은, 내가 옛날에 외르타에게 준 거야. 게외보르트에서."

"이미 말했다. 그렇기에 따님의 유품이라는 사실도 이해할 만하다. 지금껏 공유받은 바 없지만 네 말이 맞겠지. 다만 리마네레의 롬은 신뢰와 유대의 상징이므로 그 함의를 무시하고 싶지 않다. 그녀도 내가 이리 이해할 것을 어림하고 보내셨을 것이다. 그녀가 어수대를 숨겼다는 사실을 기억한다면 이상한 일이 아니다. 나는 그녀의 신의를 받아들인다."

"내가, 결혼할 사람에게 주라고, 선물했어. 그녀는 그러겠다고 다짐하고 떠났어."

"……따님의 유품이라고 하지 않았나."

"딸의 유품이기도 하지. 로크뢰에게 줄 수는 없으니."

"이해가 가지 않는다. 결국 그녀가 자유 의지로 따님에게 선물하셨다면 유품이 아닌가? 최초에 어떤 의도였든 상관없다."

"……."

"또한 이 시점에 내게 건네셨다면, 서로 간 신뢰에 대한 바람도 무시하기는 어려울 것이다. 그만해라."

마지막 명령은 부드러워서, 마치 부탁처럼 들렸다.

앙히에는 입을 꾹 다물었다. 아마 '명령'이었다면 좀 더 떠들었을 것이다. 그러나 형님의 '부탁'은 거절하고 싶지 않았다. 어차피 스스로도 무슨 말을 하는지 모른 채 횡설수설하고 있었다.

그는 형님이 기어이 외르타에게 청혼했다는 사실에 경악했다. 그런데 외르타가 그 망할 청혼을 받고도 소중한 물건들을 보내 주었다는 사실은 불가사의하다고 표현하기에도 모자랐다. 대체 무슨 생각으로 애정을 토로하고, 거절하고, 그럼에도 다시 손을 건네는지 몰랐다. 여전히 두 사람의 관계는 당황스럽고 불가능한 깃대처럼 느껴졌다.

이상했다.

그는 갈피를 잡지 못한 채 침상 위의 천, 그 위 얌전히 놓인 롬을 응시했다.

"불필요하게 대화를 끊지 마라. 네겐 생각을 정리할 시간이 대단히 많다. 잉그레에 다녀오는 동안 고민해 볼 수 있을 것—."

"형님, 진짜 미렘마와 혼인할 거야?"

잠깐 정적이 있었다.

그러나 그뿐이었다.

"계획에 있다. 전쟁이 끝나면 실행에 옮길 것이다."

"이미 약혼했어?"

"미렘마는 모두가 알기 전까지는 모를 것이다. 자멘테 경을 위시한 십이공회만이 내용을 공유받아, 더 이상 내 혼사에 대한 이야기를 꺼내지 않겠노라 약조했다."

"폐하는?"

"아마 모르시리라 믿는다."

"……."

앙히에는 할 말이 넘쳐 터질 것만 같았다. 그러나 불필요하게 대화를 끌지 말라는 부탁에 수긍했다. 자신이 부재한 동안 얼마나 거친 폭풍이 지나갔을지 짐작이 갔다. 더 들쑤실 마음이 들지 않았다. '청혼'이라는 단어가 무성한 가지 사이에 숨겨져 있다는 사실을 미리 알았더라면 애초에 피했을 텐데.

"앙히에."

형님이 불쑥 입을 열었다. 앙히에는 이것이 대화가 아니라는 사실을 직감적으로 깨달았다.

"앞으로 다시는 이 화제를 꺼내지 않기를 바란다."

"아."

"네가 내 혼사에 대해 여러 가지 생각을 품고 있다는 사실을 안다. 또한 외르타를 깊이 생각한다는 점도 알고 있다. 이에 네 번다스러운 말을 경청했으나, 나는 나 혼자 판단할 생각이다. 충고를 받지 않겠다. 이것은 네 삶의 양태를 인정한 것과는 별개의 건이다."

"미안해. 참견할 생각은 없었어. 난 단지 형님이 먼저 외르타에게 청혼했다기에……. 걔가 화를 냈으면 나도 덩달아 화를 냈을 텐데 선물을 보고 당황해서……. 뭐가 어떻게 돌아가는 건지……."

"신경 쓰지 마라."

그는 고개를 주억거렸다.

제 속에서 외르타가 먼저라고 생각했건만, 갑자기 닥친 현실에 실타래가 꼬여 버렸다. 그 와중에 외르타 역시 싫어하는 기색은 아니라니.

확실히 자신은 무슨 말을 해야 할지 몰랐다. 침묵의 미덕을 지켜야 할 때였다.

"앙히에, 네 임무를 잊으면 안 된다."

"……."

"똑바로 해."

"노력할게."

"……."

"……."

"몸조심해라."

그는 아우의 생환에 얼마나 안도했는지 두 번, 세 번 설명하지 않았다. 이미 충분히 스스로를 드러냈고, 지금도 마찬가지로 그러한 관계 위에 굳건히 서 있다는 투였다.

앙히에는 제 처음 기대를 확인받곤 약하게 웃었다. 형님은 이미 변했다. 일부가 바뀌었으나, 그 일부 때문에 모든 부분이 조금씩 이동했다. 같은 사람이었으나 다른 사람이었다. 덕분에 청혼 이야기가 굴러떨어져도 참을 만했다. 잠깐 놀란 뒤, 냉정으로 돌아올 수 있었다.

그는 외르타를 애써 생각하지 않았다. 그녀를 생각하면 이젠 망할 왕의 협박과 동시에 형님의 청혼까지 떠올랐다. 어찌해야 할지 몰라 한 치 앞이 깜깜했다. 형님은 이 악물고 이별했을지 몰라도 자신의 경우란 그다지 극적이지 않았다. 이번 일이 끝나면 약속했던 대로, 친구의 유대로 다시 만나게 될 텐데 그때까지 생각을 정리해야 했다. 지금으로선 그녀 걱정을 하기보다는, 어떻게든 이 밀약을 성사시키는 편이 더 도움될 것이다. 굳게 믿었다.

앙히에는 고개를 까닥인 뒤 천막을 나섰다.

그는 곧장 블랑쉬가 대기하는 장소로 향했다. 빠르게 걸었다. 무거운 마음인지라 발걸음이라도 가벼이 하려 했다. 사령부를 지나, 방사형으로 뻗은 길에 접어들었다.

"전령."

목소리의 주인이 남자였다면 소스라치게 놀라 칼을 쥐었을 것이다. 그러나 아니었다.

앙히에는 차림을 반듯이 한 후 정자세로 섰다. 어두컴컴한 두건 너머 자멘테를 바라보았다.

"질문이 있다."

"하문하십시오."

지나가는 이는 적었지만 한시도 경계를 늦출 수 없었다.

"달포 안쪽의 회전에 쓸 수 있는 새매는 몇 마리인가?"

"……."

앙히에는 전혀 이해하지 못했다. 그는 이것이 자신이 모르는 군사 용어인지 의심했다. 어리둥절한 시선이 보이지는 않았겠지만, 상대 역시 어색한 침묵으로 깨달은 듯했다.

"동행인이 있다면 조언을 구하는 것도 좋을 것이다."

"……."

"대답."

"예. 그리하겠습니다."

자멘테는 인사도 없이 뒤돌았다.

앙히에는 이 말을 어수대에게 전해도 될지 고민했다. 둘 중 자신만이 사령부와의 연락책을 가지고 있었다. 그러나 블랑쉬가 전언(傳言)에 단독으로 답장하고자 한다면 그녀를 막을 수 있는 것은 없었다. 순식간에 자신을 마비시키고 전서구를 날릴 만한 사람이니까.

상황이 마음에 들지 않았다. 자멘테 후가 아무리 부사령관이라 하나, 이 전쟁의 책임자는 형님이었다. 그에게 이 질문이 공유되었을지 몰랐다.

이것이 블랑쉬에게 전하는 계외보르트의 암호라면? 하지만, 자멘테가 왜 딤니팔을 배반하겠어? 지금 돌아가서 형님께 어떻게 해야 하냐고 물어볼까?

그러나 여전히 제 앞에 그림자를 드리우고 있는 자멘테가 용납할 것 같지 않았다. 이미 형님의 천막에서 낭비한 시간이 길어, 일정이 촉박하기도 했다.

앙히에는 차선책을 선택했다. 그는 몇 걸음 떠난 자멘테의 등에 대고 외쳤다.

"총사령관께 고하겠습니다!"

자멘테는 고개를 살짝 돌렸다가, 천천히 다른 길로 사라졌다.

앙히에는 알쏭달쏭한 기분으로 걸음을 뗐다.

그는 한참 걸어가선 마침내 약속한 장소를 확인했다. 검문하려던 병사를 총사령관의 증표로 밀쳐 냈다. 고개를 뺀었다. 군영의 가장자리에 선 블랑쉬의 길고 어두운 그림자, 그녀가 일부러 든 밝은색 바랑, 그리고 탄탄한 군마 두 마리가 눈에 띄었다.

모퉁이를 홱 돌았다.

놀랍게도 블랑쉬는 혼자가 아니었다. 돌연, 그녀와 함께 있던 사람이 몸을 틀었다.

"⋯⋯."

앙히에는 순간적으로 스스로 정체를 감춰야 한다는 사실을 잊었다. 반갑게, 크게, 상대를 불렀다.

"이—."

그는 무방비하게 명치를 얻어맞았다. 젠장, 젤로. 뼈가 시릴 정도로 아팠다. 그는 볼품없이 켈룩거리며 말 잔등을 짚었다. 그러다 더듬대던 한 손을 빼앗겼다. 그는 전적으로 말에 기대어 있다가 고꾸라질 뻔했다.

그러나 곧장 손바닥 위에 적히는 글씨를 알아들었다.

'나중에.'

아니나 다를까 블랑쉬였다. 그녀는 그의 손에 웬 종이를 구겨 넣은 뒤 풀어 주었다. 이미 검열을 거친 후인지 종이쪽이 헤벌레 펼쳐져 있었다.

앙히에는 검은 두건 속에서 눈을 깜박였다.

욜란다는 빙그레 웃었다. 그녀는 두 손으로 장난스러운 손짓을 해 보였다. '그렇게 하세요.' '그렇게 해.' 소리치기가 귀찮은 거리에서 자주 쓰던 수신호였다. 이 차가운 한겨울 속에서 잠깐, 아주 청량한 손자국처럼 지나갔다.

그는 한 대 얻어맞은 것처럼 서 있었다.

놀금의 소상小商은 더 지체하지 않고 군영으로 줄레줄레 사라졌다.

그녀가 이곳에 허용되는 이유는 공히 짐작할 만했다. 자신이 형님과 화해한 이후, 그리 떳떳하지 않은 가문의 지출에 자금줄을 사용할 수 있도록 놀금을 건넸기 때문이다. 짐작하기로 군수품 매매에 놀금의 차명 상단을 일부 이용한 것 같았다.

이상한 점이라면 '어떻게 자신이 이곳에 있을 줄 알았느냐'는 것이겠지. 그는 반가움과 불안함 사이에서 갈팡질팡했다. 그녀가 알 정도라면 대체 이 위장에 무슨 소용이 있나?

누군가 그의 팔을 잡아당겼다. 그는 날카롭게 고개를 돌렸다. 서로 어둠을 사이에 두고도 죽일 듯이 노려보았다.

앙히에는 짓씹듯 내뱉었다.

"알겠으니까 그만해."

그녀는 여성임을 드러낼 수 없어 침묵해야 했다. 그는 혼자 지껄이는 특권을 마음껏 누리며 한마디 더했다.

"주절주절 뭐가 이렇게 시끄러워?"

그는 블랑쉬를 무시하곤 대뜸 말에 올랐다. 종이는 주머니 속에 구겨 넣었다. 이곳에선 도무지 답답해서 무슨 일을 할 수가 없었다. 무의미한 말을 한마디 할 때조차 목숨을 걸어야 했다.

그녀 역시 말에 올랐다.

그들은 도망치듯 군영을 떠났다.

급하게 휘갈겨 쓴 편지였다.

상고, 살아 계신 모습을 볼 수 있어서 기뻐요. 나는 또, 약속을 지키기 전에 상고가 불귀의 객이 되었을까 걱정했잖아요. 제가 얼마나 걱정했는지 구구절절 적기에는 시간이 너무 촉박하군요. 하지만 충분히 짐작하실 거라고 믿어요.

저는 상고가 저와 약속한 곳에 반드시 나타나시리라고 생각하였어요. 그렇기에 소식을 듣자마자 레발로로 향했죠. 군영과 가장 가까운 마을에 자리를 틀곤, 종지기 노인에게 저 방향으로 떠나는 모든 인간들을 감시하라고 명하였어요. 일주일 전쯤 그 노인네가 제가 보여 준 초상화 속 인물을 찾았다고 하더군요. 그때부터 병사 군영에 죽치고 있었죠, 뭐.

그런데 웬일이람? '르나치 경'이 오셨단 이야기가 전혀 없는 거예요. 다만 요행히, 총사령관의 증표를 가진 사람은 검사하는 게 아니라고, 감히 두건을 거두려 했느냐고 누가 또 누굴 쥐 잡듯 잡고 있기에 강하게 의심했어요. 군영에 신분 미상의 인간이 어디 있어? 덕분에 매일매일 군마와 얼굴을 가린 인간들만 찾다가 결국 오늘 쫓아 나온 거죠.

아직 상고를 뵌 건 아니지만, 상고라면 정말 반가워요. 다시 한번 무사 귀환을 축하드리고요. 다만 도망쳤다 돌아오신 거라면 굉장히 실망했다는 말을 더하고 싶군요.

형님이 욜란다에 대해 침묵했다는 사실은 전혀 놀랍지 않았다. 그런 부분에 있어선 단 한 순간도 기대한 적이 없었기 때문이다. 그가 변했다 한들, 변하지 않는 부분 역시 있는 법이니. 뭐, '중요하지 않다'고 생각했거나, '임무에 혼란을 줄까 걱정했다'거나…….

그 아래부터는 글씨가 더욱 엉망진창이었다.

이하는 서서 쓰고 있으니, 알아보기 힘들어도 이해해 주세요.
이 인간이 누구인지는 모르겠지만, 혹시 르나치 경을 모시느냐고 물었을 뿐인데 제 손목을 틀어쥐더군요. 아, 이거 손목만 잡혔는데도 잘못했다간 죽겠다 싶더라고요. 그래서 우선 제가 상고께 전달하고 싶은 편지를 보여 주고, 나는 흔치 않게 여성인지라 군과 거래하는 상단에 속해 있다는 사실을 대부분의 출입 관리병들이 알고 있다고, 당장 저 앞에 있는 감시병도 이곳을 똑똑히 보고 있지 않느냐고 좀 빌었죠. 물론 이 사람도 그걸 알고 있었기에 바로 죽이지 못한 것 같지만.
이 수상한 인간이 수화로 맹세를 강요하기에 씁니다.
저는 상고를 만났다는 사실을 어느 누구에게도 말하지 않을 거예요. 상고가 살아 있다는 사실도 저는 이제 모르는 사실이에요. 제게는 남에게 말할 이유도 없고 이득도 없어요. 단지 상고가 살아 있다는 제 굳은 믿음을 확인받아서 기쁠 따름이며, 상황이 파악될 때까지 이 기쁨만 간직할 예정이에요.
이 사람은 이것을 서면으로 남기라 강요했습니다. 또한 제 맹세를 상고가 보증하지 않을 경우 저를 죽이고 '또 다른' 사람을 죽이겠다고 쓰게 만드네요. 저는 위 내용을 맹세합니다. 참고하세요.

편지는 끝났다.
앙히에는 '참고하세요.'라는 마지막 말에 웃음을 터뜨릴 뻔했다. 목숨을 위협받는 상황에서도 기어이 조롱 한 수저를 떠 넣은 그녀에게 경의를 표했다.
"그 편지에는 중요한 사실이 빠져 있지."
앙히에는 웃는 표정 그대로 일그러졌다. 진저리 나는 목소리엔 고개도 돌리기가 싫어 편지에 얼굴을 처박았다.

"그녀가 먼저 나를 붙잡았다. 당신이 르나치 경을 '모시는' 걸 안다며 추궁했지. 내가 무시하자 협박하더군. 미라이예의 차남이 총사령관 표지를 남용하여 남몰래 군영에 드나든다는 사실을 소문내겠다고, 본인은 생사만 알면 된다며 눈앞에 편지를 들이댔다. 선택의 여지가 없었다. 네 이름을 크게 떠들도록 좌시하기 어려웠다."

앙히에는 다시 킬킬거렸다. 욜란다는 절대 맹세를 어길 사람이 아니기에 걱정이 되지 않았다.

그러나 블랑쉬가 이를 갈았다.

"당장 공작에게 입단속시키라고 편지를 보내라."

"이다는 내가 게외보르트 내전을 치렀단 사실에도 침묵하고 있어. 하지만 뭐, 네가 안심하기 위해 필요하긴 하겠지."

"당장 써."

앙히에는 혀를 차며 배낭을 뒤졌다.

그는 문득 무언가를 떠올렸다.

"아, 자멘테 후가 물어보라더군. 달포 안쪽 회전에 쓸 수 있는 새매는 몇 마리냐고."

"……."

그는 그녀를 돌아보았다. 한순간, 초저녁의 음영이 비쳐 표정을 해석하기 어려웠다.

블랑쉬는 느릿느릿 말했다.

"스물두 마리라고 답해라. 이걸 왜 묻는지 모르겠군."

"무슨 뜻이지?"

"말 그대로다. 첫 전투에서 게외보르트가 전령으로 쓰는 새매는 스물두 마리일 거다."

그는 의심하는 눈길로 노려보았다. 그토록 단순한 내용일 리가 없다.

말도 안 된다.

"이 서신은 어차피 부사령관이 아니라 총사령관에게 갈 거고, 나는 둘이 어떤 밀담을 나눴는지 적확하게 보고할 거야."

"말 그대로라고 했다."

블랑쉬는 다소 피곤한 것처럼 보였다. 앙히에는 여전히 그녀를 한 톨도 믿을 수 없었으나, 그래도 이성적이었다. 지금 그녀에게 캐묻는다고 바른 답이 나올 것 같지는 않았다. 자신은 생각하면 할수록 엉망이 된다. 그렇다면 판단하지 말고, 형님께 넘기자.

그는 한숨을 쉬며 짧은 글을 써 내려갔다.

형님, 용건이 두 가지 있어.

첫째, 욜란다 그네젠을 군영 바로 바깥에서 만났어. 내가 레발로로 올 거라 믿고 감시하고 있었나 봐. 내 일행이 눈에 띄지는 않았고……. 대화 하나 없이 쪽지만 받고 헤어졌어. 블랑쉬 젤로가, 내가 살았단 사실을 발설하면 당신도 죽고 외르타도 죽이겠다고 진부한 협박을 해 두었더군. 이 점 유념하시고, 그네젠을 불러서 한 번 더 경고해 줘. 내가 믿지만, 좀 더 공적으로 침묵을 지키게 하는 편이 여러 사람을 안심시킬 것 같아서. 그네젠에게 받았던 쪽지는 동봉할게.

둘째, 자멘테 경이 떠나던 나를 붙잡고 '한 달 안쪽 회전에 쓸 수 있는 새매는 몇 마리냐'고 어수대에게 물어보라더군. 이 질문을 블랑쉬 젤로가 듣더니 '스물두 마리'라며, 말 그대로 게외보르트가 사용하는 새매 숫자라고 하더라. 하지만 난 전혀 믿지 않고, 이는 형님도 마찬가지리라 생각해. 아예 전달하지 말까 생각했지만 자멘테 경이 어떤 생각을 하고 있는진 형님도 파악하고 계셔야 하잖아.

나가자마자 편지를 부쳐 좀 민망하군. 답장은 필요 없어.

앙히에는 이다의 쪽지와, 새로 쓴 편지를 함께 구겨 금속 통에 넣었다. 입구를 몇 번 돌리자 덜커덕거리며 안쪽 잠금쇠들이 맞물리는 소리가 들렸다.

그는 털레털레 말에 매인 새장을 찾아갔다.

외르타는 일주일에 걸쳐 얇은 책을 번역했다.

스스로도 무슨 이유로 어린 사제를 도우려는지 잘 몰랐다. 하지만 할 일이 있을 때 생각이 적어지는 것은 누구에게나 마찬가지일 테지. 그녀는 머리가 복잡하게 두고 싶지 않았다. 일에 집중하고자 했다.

판에게 무언가를 물어볼 생각도, 대사제를 다시 만날 생각도, 스스로를 돌아볼 생각도, 아무것도 하지 않았다. 단순히 번역에 집중했으며, 그리고 하나 더.

외르타는 책 아래 깔려 있던 편지를 꺼냈다.

발렌시아.

그 아래는 텅 빈 공백이었다. 무슨 말을 써야 할지 몰라 혼란스러웠다.

사실 그간 이 종이를 자주 들여다보았다.

에쎄씨나는 제대로 공유하는 법을 배우지 못한 사람에게는 더 이상 기대하지 않겠노라 질책했다. 기가 막히면서도 내심 억울했다. 그녀에게 그런 평가를 받다니 수치스러웠다. 그녀의 말마따나, 자신은 할 수 있었지 않나. 외르타는 발렌시아에게 많은 말을 해 왔고, 또한 앞으로도 할 수 있었다. 때문에 대사제가 그를 들먹였을 때 부정할 수 없었다.

하지만 그는 '발렌시아'다. 발렌시아는 자신이 유일하게 선택한 관계였다. 당연히 남과 다를 수밖에 없다.

발렌시아.

그녀는 펜을 든 채 어느 쪽으로 가야 할지 몰라 갈등했다. 번역서에
손을 올려야 할지…….
외르타는 오랜만에 살짝 마음을 열어 보았다.

발렌시아. 사실 나는 당신이 먼저 편지를 쓸 줄 알았는데.

정직해지자 옹졸한 말뿐이었다. 그녀는 그가 아직도 제 물건을 받지
못한 것인지 궁금했다. 롬은 물론이거니와, 아델의 천을 보고도 편지
가 없다면……. 그녀는 숨을 살짝 들이켰다. 감정이 상했다. 스스로 거
절해 두고도 마음이 좋지 않아 억울했다. 속좁은 인간이 되지는 않으려
했건만, 너무 어려웠다.
　냉정히 생각해 보렴. 내가 그의 입장이라면 이해되지 않아? 청혼은
단박에 거절당하고, 신뢰도 배반당한 데다 자신은 갈 수도 없는 알론조
캄비에 숨었지.
　그는 아델의 천을 받고도 침묵할 수 있었다. 아마도, 어쩌면 충분히,
그럴 수 있었다.
　하지만 그래도 내가 먼저 편지를 쓰게 만들지는 말았어야지. 그건 내
전부였단 말이야.
　외르타는 결코 내뱉을 수 없는 말을 생각하며 시무룩하게 펜을 잉크
에 담갔다.

내가 있는 알론조 캄비는 평온하며, 앙히에에 대한 죄책감만이 나를 괴

롭힐 뿐이야. 물론 당신의 고통에 비하면 아무것도 아니겠지. 미안하다. 말보다 물건이 중할 리 없건만, 제대로 된 사과를 하기도 전 천과 롬을 보내 당신을 겁박하려 든 것은 아닌지 걱정이 되는구나. 다시 한번 진심으로 사과하고 싶다. 용서를 바라지는 않지만, 그래도 용서해 주면 좋겠어.

그녀는 마지막 문장을 쓰며 잠깐 초조해졌다. 이유를 모른 채 초조해졌다. 어떤 바람이 있었는데 너무 강해서 제대로 직시할 수 없었다. 눈이 시릴까 두려웠다.

어떻게 지내니? 전쟁에 관련된 이야기는 물론 할 수 없겠지만, 그래도 개인적인 여유는 챙길 만하니?

사실 좀 더 많은 것을 묻고 싶었다. 당신은 내가 거절한 청혼에 대해 어떻게 생각하니? 후회하고 있니? 아니면 나를 원망하니? 그러나 도저히 이런 상황에서…….
문득 에쎄씨나의 말이 떠올랐다.

"너는 누군가를 아끼는 듯했지. 누군가를 떠올리고 마음을 공유할 생각을 가졌지. 네가 버리지 못한다고 표현하는 것이 사실 단지 가진 것이란 사실을 아느냐? 너는 그런 관계를 쥐고 있단다."

외르타는 한순간 손가락이 하얗게 변할 정도로 펜을 꽉 쥐었다. 대사제의 말이 맞다. 이제 이 세상에서 제 밑바닥을 털어놓을 수 있는 유일한 사람은 발렌시아뿐이었다. 그런 사람에게 말을 감추고 싶지 않았다. 그러했다가 이미 어떤 불행이 벌어졌던가. 그와 자신 사이에는 아무것도 없었다. 최소한의 수치심마저 없었다.

그녀는 결심하곤 써 내려갔다.

편지를 쓴 건, 정말 여러 가지를 말하고 싶어서란다. 두 달은 짧다면 짧고 길다면 긴 시간이겠지. 나는 당신이 이제 청혼에 대한 생각을 정리했을지 궁금하다. 그간 당신의 절박했던 마음을 이해해 보려 노력했다. 하지만 여전히 용납할 수 없었단다. 당신은 내 고통을 본 뒤 청혼이라는 단어를, 아니, 나를 부인으로 맞이하고 싶다는 생각을 내뱉으면 안 되었어.

우리 서로를 이해했잖니. 내게 당신만 한 무게를 지닌 사람은 없단다. 부디 그렇게 오래도록 관계를 유지했으면 좋겠다.

속이 시원했다.

여기 와서 대사제를 만났다. 신기한 이였고, 다만 자꾸 사람 속을 들여다보기에 언짢기도 했지. 나보고 말을 많이 하라더구나. 특히 민감하고 내밀한 이야기들을 많이 하면, 좀 더 유연해질 수 있다고 생각하나 봐. 나는 사실 해 본 적이 없어서 잘 모르겠어. 하지만 대사제가 주는 압박감을 무시하긴 어렵네. 물론 다른 사람들도 있고.

그래서 깨달은 건데, 내가 유일하게 마음을 터놓고 대화할 수 있는 사람은 당신뿐이더구나. 당신과 이야기를 나눌 수 있으면 좋겠어. 얼굴을 마주보는 것은 여의치 않겠지만, 이렇게 편지로라도 교류하면 참 기쁠 거야.

외르타는 이제 날아가듯 쓰고 있었다.

캄비에서 「전술」을 발견했어. 내가 몇 가지 필기를 했는데, 얇은 책이니 새에게 들려 같이 보낼 수 있겠지? 한번 보면 재밌을 거야. 이 조용한 곳에서 재독하며 당신이 생각보다 고집 센 사람이라는 사실을 알게 되었어. 아니, 합리적으로 주장한다는 것이 아니라, 그냥 무턱대고 고수하는 성질이 없잖아 있는 것 같아. 난 두 번째 장에서 제일 강하게 느꼈는데, 당신은 어때? 우리가 닮은 구석이 이렇게 많았을 줄이야.

책을 통해 사람을 알 수 있다는 건 낭만적인 헛소리면서도, 어떤 면에서는 사실이기도 해. 생판 남이라면 된통 실수하는 것이지만, 그를 안다면 더 깊이 이해할 수 있는 계기가 되거든. 그래서 라르디슈에 있을 적엔 책을 읽으면 꼭 작가를 만나 보고 싶었어. 책을 더 깊이 읽을 수 있다는 사실 이상으로, 나는 사람을 만나고 싶었거든. 직접적으로, 아주 깊이 사람을 만나고 싶었어. 그 지옥 같은 곳에서 내가 교류할 수 있는 이가 얼마나 되었겠니. 그치는 내가 다른 인간을 만나는 것을 끔찍하게도 싫어했는데. 따라서 책은 사람을 깊이 만나기 위한 가장 효율적인 수단에 불과했단다.

그것이 병든 습관이라고 생각했던 순간이 있었지. 하지만 당신을 만나 이제 다행이라는 생각이 들어.

살짝 웃었다.

얼굴을 마주 보지 않는 것에 장단점이 있구나. 난 한 번도 남에게 이런 이야기를 해 본 적이 없어서, 아무리 당신이라도 눈을 똑바로 보고 말할 수 있을진 모르겠거든. 앞으로도 많은 이야기를 길게 하고 싶다. 당신만 괜찮다면.

제 속에 끝없는 말을 묻고 있었다는 사실을 정말 몰랐다. 입을 열기 시작하자 아주 편안했다. 좀 더 글을 이을까 했지만, 첫 편지부터 그의 진력을 빼 놓을까 걱정하여 마무리 지었다.

발렌시아, 우리에겐 아직 나누지 못한 대화가 많아. 애정과 슬픔과 악과…… 감정이 아니야. 그건 이미 충분하다. 우리에겐 생각을 이야기할 시간이 남아 있어. 당신이 내 말을 이해했으면 좋겠구나.

번잡다난한 곳에서 항상 몸 건강하길 바라마. 나는 딤니팔의 승리를 기원한단다.

외르타.

산뜻했다. 외르타는 몹시 기분이 좋았다.

'앙히에'와 '청혼'은 언제나 제 마음을 어둡게 하는 주제였다. 추한 감정들과 너무 깊이 연관되어 있었기에 항상 죄책감, 혹은 분노를 토설하는 것으로 끝날 수밖에 없었다. 사실 그전에도 마찬가지였던 듯했다. 로크뢰, 아델, 제 과거, 검고 눅진한 것들을 이야기할 때 말은 항상 낭떠러지에 있었다. 울분을 섞지 않고 대화를 마무리 짓기가 힘들었다.

그러다 아주 오랜만에 '생각'을 찾은 것 같았다. 옛날을 다시 현실로 끌고 왔다. 아픔에 대해 이야기하지 않는 기분은 이러했지. 드문드문 고통이 섞여 들어도 여전히 차분하고 명료하게 이야기할 수 있었다.

언젠가 이렇게 '고통'을 묘사할 수 있다면 그것이야말로…….

외르타는 한결 멋진 사람이 된 기분으로 편지를 접었다.

마음을 정리했다. 이젠 명확한 의도를 가지고 책에 손을 뻗었다. 나머지를 빨리 번역해서 판에게 건네줄 심산이었다. 외르타는 자신이 무슨 말을 할지 두렵지 않았다. 단지 궁금했다. 이 두 감정이 이토록 다르다는 것을 몹시 오랜만에 깨달았다.

발렌시아는 앙히에의 편지를 불에 태웠다.

제 앞에서 보고서에 열중한 자멘테를 돌아보았다. 그녀는 시선을 눈치채고도 여전히 일에 집중하고 있었다.

그는 천천히 물었다.

"경, 어수대와는 왜 접촉하려 했나?"

자멘테는 그제야 천천히 고개를 들었다. 그녀는 되묻지 않았다.

"궁금한 점을 물어보았을 뿐입니다."

"내가 있는 자리에서는 질문하기 어려웠나?"

"뒤늦게 떠올랐습니다."

"경고한다. 두 번은 없도록 처신하라."

"예. 다만 한 가지 여쭙고자 합니다. 답이 왔습니까?"

"네게 알릴 이유가 없다."

발렌시아는 손짓만으로 명령했다. 나가.

자멘테는 모든 소지품을 공손히 내려 두곤 천막을 떠났다.

그는 그녀가 검토하던 서류를 내려다보았다. 어떤 생각이 지나갔는데, 너무 빠르게 사라진 탓에 금세 잊었다. 그는 몸을 숙여 정리했다.

자멘테를 대하기는 오히려 간단했다. '아무것도 알려 줄 수 없다'는 응답 외에 무슨 말을 채비하겠는가.

더 나아가 그는 자멘테가 어떤 연유로 어수대와 대화하고 싶었을지 고민하지 않았다. 수년간 금과 권력을 걸고 대계외보르트전에 욕심을 내던 서부가 전쟁을 해칠 것인가? 불가능하다. 지금 자신에게 제일 중요한 것은 전쟁이었으며 이를 해치지 않는다면 무시할 예정이었다. 산더미 같은 토론이 쌓여 있는 상황에서 불필요한 일에 체력을 낭비할 수는 없었다.

발렌시아는 자멘테의 사욕에 무관심했다. 그녀는 어쩌면 어수대가 서부를 주살한 방법이나, 발터하임부르겐의 과한 폭력에 대해 질문하고자 했으리라. 개인적인 호기심이리라. 이 정도에서 생각을 멈춰야 했다. 더 숙고했다가는, 그녀가 감히 사령부에서 하극상을 벌이려 했다는 의심에서 도망칠 수 없게 된다. 전쟁터에서 권력 싸움에 정신이 팔리는 것만큼 천치 같은 짓은 없으며 자멘테도 그 사실을 안다. 그는 적어도 그 점에 있어선 자멘테를 믿었다.

이 전쟁에서 딤니팔이 승리하는 이상 그녀는 아군이었다.

그는 종이를 옆으로 밀친 뒤 앙히에의 또 다른 용건을 어찌 처리해야 할지 고민했다.

사람을 불렀다.

"병사 군영에 가서 제4보급소를 책임지고 있는 욜란다 그네젠을 개인 막사로 불러와라."

기사는 예를 표한 뒤 사라졌다.

회전이 임박한 사령부에서는 도저히 기밀을 가릴 수 없었다. 자글자글한 글씨로 쓰인 서류뿐 아니라 펼쳐진 지도, 가용한 전력으로 배치된 나무 모형. 그네젠은 오스페다와 계약하여 보급품을 공급하는 일개 소상에 불과했다. 이 정보들은 그녀에게 티끌만큼도 공개되어서는 안 되었다.

발렌시아는 개인 막사로 향했다.

집기가 적었기에 막사는 본디보다 더 커 보였다. 기껏해야 침상, 탁자와 의자 하나, 잠긴 보관함, 바닥에 길게 깔린 천뿐이었다. 개인 물품은 대부분 천에 가지런히 놓였다. 그것만으로도 충분했다.

다만 붉은 천은 탁자에 개켜져 있었다. 그 위로 작은 롬. 그는 지나가며 잠시 손을 올렸다가, 감히 닿지 못한 채 내렸다. 마치 처음부터 그러리라 작정했다는 듯 몸을 숙여 숫검과 기름통을 쥐었다.

발렌시아는 침상에 걸터앉아 칼날을 꺼냈다. 구석구석 더러운 천을 꺼내 기름에 적셨다.

그는 한참 동안 정적 속에서 칼을 정돈했다. 칼은 채신머리없이 광채가 났다. 아무 생각도 하지 않는 시간이 필요했다.

누군가 바깥에서 기척을 냈다. 그는 상대가 목을 가다듬는 순간 대답
했다.

"들여보내."

기사는 공손하게 사람을 밀어 넣었다.

욜란다 그네젠은 언제나 그랬듯 이 모든 광경을 의외로 여기는 사람
처럼 보였다. 실제로는 누구보다 익숙하면서도 상대를 무안하게 만드
는 기술일 것이다. 다만 그녀는 그런 태도를 타고났으므로, 제 수법을
부끄러이 여기지 않았다.

그녀는 예를 표했다.

"합하."

"'경'."

"발렌시아 경."

"너를 부른 이유를 짐작할 것이다."

그네젠은 눈을 몇 번 깜박였다.

"합하…… 발렌시아 경, 저는 이해하지 못하였어요."

그는 그녀를 빤히 바라보았다.

"저는 군영에 머문 지 얼마 되지 않았어요."

"……."

"몇 달 동안 계속해서 적당한 밀과 옥수수 산지를 찾아다녔지요. 임
시방편인 지금보다 낫도록, 지금보다 효율적이도록요. 아무리 경의 명
으로 이 역할을 맡았던들 저는 상단을 책임지고 있고, 그 책임은 결코
가볍지 않아요. 마침내 리몰도 근방에서 네 명의 영주와 계약을 맺고
돌아온 것이 겨우 보름 전이었어요. 혹시 이 짧은 시간 동안 제가 무언
가 잘못했을까요? 잘못을 준엄히 다스려 주시면 감사하겠어요."

발렌시아는 여전히 침묵했다. 앙히에가 거짓말을 했을 리 없으니 그
네젠이 꾸며 내는 것이 분명했다. 그러나 그녀의 목적이 분명하여 탓하

기 어려웠다.

그네젠은 더 이상 입을 열지 않았다. 무마하기 위해 떠들다가 실수하는 것은 취향이 아니라는 태도였다. 그녀는 견고하게 고개를 숙였다.

그 역시 그녀가 그럴 만한 사람임을 알고 있었다. 그렇기에 먼저 운을 뗐다.

"앙히에를 만났겠지."

"……."

"앙히에와 그 동료에게 함구령을 받았으리라. 그러나 경고가 부족하다 판단하여 내가 직접 불렀다."

"……."

"이 소식을 발설하면 목숨이 위태로울 것이다. 네 입으로 선언해라."

그네젠은 여전히 침묵하고 있었다.

"대답해."

"저는 모르는 일이에요."

"우회적으로 말할 수 없다. 답을 똑똑히 듣겠다."

"저는 모르는 일이에요."

"욜란다 그네젠."

"예."

"너는 맹세해야 한다. 개인적인 충성심으로는 부족하다. 군과 잉그레 앞에, 알론조 캄비에 맹세해라."

그녀는 그제야 천천히 입을 열었다.

"여전히 무슨 말씀이신지 잘 모르겠어요. 다만 한 가지를 말씀드리고 싶어요. 저는 상고에게 충성하는 것이 아니에요. 저는 그분을 좋아하기 때문에 신뢰를 지키는 것이에요. 그리고 만일 제가 약속을 한다면, 상징보다는 인간에게 하는 편이 더 의미가 깊어요."

"그 말을 의심하지 않는다. 다만 네 의기를 모르는 이에게 효과적인 언어를 쓸 뿐이다. 이는 앙히에의 뜻이기도 하다. 내가 어떻게 이 사실을 알았으리라 생각하나?"

"……."

"마지막이다. 경고한다."

"맹세하겠어요."

발렌시아는 어떤 반응도 보이지 않았다. 의무처럼 해낸 일에 감회가 적은 것일지도 몰랐다.

"확인했다. 이만 나가라."

"예, 경."

"……."

"……."

"용건이 있나?"

"저……. 한 가지만 여쭤봐도 될까요?"

그는 질문이 닥칠 줄 몰랐기에 잠시 정적을 지켰다.

"아니면 적어도 제 말씀을 들어 주시기만이라도……. 괜찮으실까요?"

"말해."

"혹시, 외르타 발미레의 물건인가요?"

그네젠은 탁자 위를 바라보고 있었다.

발렌시아는 반사적으로 대답했다.

"네 말이 그르지 않다."

"발미레와…… 연락하고 계신가요? 아니면 혹시 여기에……."

그네젠의 목소리에서 희망과 초조함, 놀라움을 동시에 발견했다. 그녀가 왜 저런 반응인지 이해하기 힘들었다. 외르타가 앙히에를 알았다면 그네젠과도 익숙할 확률이 높지만, 그리 인상 깊은 관계는 아니었으리라.

발렌시아는 불편한 이야기를 정리하기로 했다.

"외르타 발미레는 알론조 캄비로 떠났다. 이것은 그녀의 소지품으로, 보관 장소가 마땅치 않아 부탁받은 것이다."

"아…… 네. 이해했어요. 작은 기대로 큰 질문을 드려 죄송해요."

그는 인상을 찌푸리며 나갈 것을 명했다.

그네젠은 무언가 남길 말이 있는 듯 주저하다가, 마지막으로 덧붙였다.

"맹세드려요. 절대 함구하겠어요."

그녀는 예를 표한 뒤 떠났다.

욜란다는 모닥불 앞에 앉아 곰곰이 생각했다. 아주 깊이 생각했다.

병사들이 무례하게 수군거리는 소리를 들었지만, 그들 모두 금패金牌를 본 즉시 기겁하여 물러났다. 병사 군영 꼴 하고는. 하지만 흔히 겪는 일이기에 분노하지 않았다. 그녀는 가진 것 없는 자신에게 부여된 권리가 어디에서 비롯되었는지 항상 잘 파악하고 있었다. 바깥에서는 황금, 이 자리에서는 군권. 또한 그것이 보호하지 않는 한계 역시 아주 오랫동안 연구했으므로, 언제나 그 선 바로 위에서 행동해 왔다. 그것이 제 가장 뛰어난 기술이었다.

그녀는 더 다가오려는 몇 사람을 위해 허리에 금패를 달았다. 패에는 사령부의 상징과 함께 자신이 맡은 보급소의 이름이 새겨져 있었다. 군과 거래하는 상단을 건드린 죄는 가장 가벼운 처벌이 사형이었다.

"자리 있나?"

금패를 보고도 말을 걸 수 있는 이는 기사일 것이다. 기사 중에서도…….

욜란다는 자리에서 일어서 인사했다.

"톨레도 경, 비로소 안후安候를 올릴 수 있게 되었어요."

"나도 반갑네. 앉게."

그녀는 일전에 그를 만나 보았기에 주저하지 않고 앉았다. 그는 체면치레로 앉으라는 말을 하는 사람이 아니었다.

톨레도는 옆자리에 따라 앉았다.

"어쩐 일로 여기까지 나오셨는지요?"

"무슨, 산 너머인 것처럼 말하나. 보급을 관리한다면 당연한 일이지……. 다만 네게 용건이 있는 것은 맞네."

"영광스럽게 분부 받들겠어요."

"네가 보고한 내용은 잘 받아 보았네. 한 가지 크게 지적할 사항이 있네. 아무리 포티미외가 소강되었다고는 하나 모든 산지産地가 남부에 집중되어 있는 것은 바람직하지 않아. 제4보급소는 적기사단과 카스틸리오네를 먹여 살리네. 손꼽힐 정도로 중요하지. 네 선택은 경솔했네."

욜란다는 살짝 마음이 켕기는 것을 느꼈다. 상단 책임자가 열과 성을 다하지 않고 눈에 닿는 곳 위주로 수색했노라 누군가 탓한다면 부정할 수 없었다. 장상고의 부고를 듣고 어떻게든 현실에 집중하기 위해 노력했으니까, 아무래도 평소보다는 행동이 빨랐을 것이다. 그리고 그것을 성급했다거나, 경솔했다고 표현할 수도 있을 것이다.

"남부만을 탐색한 것은 아니나, 결론적으로 리몰도 위주로 계약하게 되어 송구해요. 시정하겠어요."

"그래. 비단 너뿐 아니라 계약한 열 개 상단 중 꽤나 많은 수가 남부를 노렸네. 아무리 대가문에서 기본 보급을 맡는다 하나, 나머지가 이렇게 편중되어서야 불길해. 가능하면 중부나 동부에서 몇 개 독립 가문을 더 끌어오게."

"예."

"리몰도 넷 중 둘은 대체해야 하네. 그 전까지는 유지하고 있겠네."

"말씀 이해하였어요."

"기한은 올봄 초까지로 하겠네. 봄이 되고 한 해 작황을 넘겨짚을 만하면 새로운 거래 상대가 나타날 게야. 차분하게 탐색하되, 소식을 전달하는 것은 무엇보다 빨라야 하네."

"예. 내일 떠나도 좋아요. 중간중간 마땅히 통후通候하겠어요."

"그게 좋겠다."

톨레도는 고개를 끄덕이며 자리에서 일어섰다.

"그럼 나는 탓해야 할 상단이 많아서…… 이만 가 보겠네. 다들 엉망이야."

그가 빠르게 떠났기에 마지막 말은 흐릿하게 들렸다. 욜란다는 제 잘못을 인정하면서도, 본디 귀금속을 다루던 이를 차용해서 곡물을 운반하게 시킨 누구나 탓하지 그러냐고 속으로 투덜댔다.

그녀는 자리에서 일어났다. 말이 나온 김에 떠나야지. 현재 쓸 만한 재산은 군영 바깥에 있었다. 마을 입구에 투덜대는 종지기 노인이 기다리고 있을 것이다. 소란 속에서 뒤돌았다.

모닥불을 등지는 순간 갑자기 제 그림자와, 군영의 그림자와, 그 주인과…… 롬이 떠올랐다.

아니, 갑자기라니. 자신은 그에 대해서 한참 동안이나 생각하고 있었다. 새빨간 천 위에 점처럼 얹혀 있던 롬. 자신이 잊을 리 없는 막내 왕녀의 물건. 어지러웠다.

어떤 밤의 대화가 기억났다.

"형님이 널 좋아하셔?"

"응."

아니, 상고. 그러니까.

"리베, 리베께선 합하를 어떻게 생각하세요?"

"좋은 사람."

좀, 뭐랄까, 있잖아요.

욜란다는 의구심과 확신 사이에서 혼란스러워하며 군영을 떠났다.

외르타는 문 앞에서 멈칫했다. 일과가 종료된 늦은 오후. 어린 사제의 집은 노을이 잘 드는 장소에 있었다. 대사제관과는 거리가 멀어 다행이라고 생각했다. 떨어져 있다고 에쎄씨나가 모르지는 않겠으나 그래도 제 마음이 편했다.

다만 지난번 판을 냉대한 뒤 연락도 없이 찾아온 것이 괜찮을지 걱정되었다. 그녀는 하늘을 바라보곤, 곧 죽지뼈에 힘주어 어깨를 폈다. 품안에 있는 책과 종이 묶음을 다시 한번 확인했다.

그녀는 마침내 문을 두드렸다.

"네, 나갑니다."

상대는 창을 내다보지도 않은 채 급하게 걸어 나왔다. 지나치게 빠르게 나와서, 외르타는 준비한 말을 잊고 잠시 멀뚱멀뚱 상대를 바라보았다. 얼굴에 이어 장갑을 확인하곤 지레 놀라서 바짝 섰다. 무의식중에 저지른 짓이 부끄러웠다.

"아, 혹시 지금 괜찮니?"

"……예."

"부탁했던 번역서란다."

"감사합니다."

소년은 다소 난처한 눈치였다.

"음, 혹시 문제가 있을까?"

"아니요."

너무 딱 잘라 대답해서 더 의심스러웠다. 외르타는 그가 어떤 것을 말하고 싶어 한다는 사실을 깨달았다. 동시에, 자신이 사과를 피하고 있다는 사실도 깨달았다. 먼저 무엇을 해야 할지는 분명했다.

"지난번에 화를 내서 미안하구나. 잘 알지도 못하는 사이였는데 내가 내 감정에 바빠 과했어."

"아니에요, 전혀 아니에요. 괜찮습니다."

"그럼 다른 게……?"

소년은 살짝 웃었다.

"예. 아무래도 발미레께서 번역을 도와주지 않으실 것 같아서 저 혼자 해 보고 있었습니다. 먼저 작업해 주신 쪽글에서 단서를 얻은 뒤에……."

"아……. 많이 했니?"

"절반 정도요."

외르타는 무슨 정신인지 대뜸 물었다.

"도와줄까?"

판은 어리둥절한 표정으로 방 안쪽을 돌아보았다. 반사적인 반응인 듯 보였다. 그녀는 그를 따라 안쪽을 보았다가, 책상 위에 어지러이 늘어져 있는 종이들을 발견했다. 원본 책은 해체되어 벽에 붙어 있었으며, 그 위로 잉크가 튀어 벅벅 문지른 자국이 보였다.

"제가 미처 치우질 못해서요."

"괜찮아. 그러니까, 당신 시간만 있으면 나는 괜찮다."

말할수록 왠지 확고해지는 기분이었다. 그녀는 판을 도와도 될 것 같았다. 한번 도와 보고 싶었다.

"불편하면 말해 주렴."

"아니에요. 저야 감사하지요. 정말로 집 안이 더러워서 말씀드린 것이었습니다. 괜찮으시면 들어오세요."

고개 돌려 다시 판을 바라보았다. 그는 여전히 부드럽게 아름다웠다. 그 얼굴이 난처한 듯 미소 지으며 몸을 틀었다. 그녀는 아주 짧은 찰나, 들어갈지 고민했다.

그러나 생각보다 먼저 발을 뗐다. 무작정 행동에 나섰다.

판은 사정을 모르고도 작은 화분 정원에서 벽돌을 들고 와 문을 고정했다. 이성을 맞이할 때의 예의라고 생각하는 모양이었다. 그는 얇은 옷을 입고 있었는데, 곧 이를 딱딱 부딪치며 담요를 뒤집어썼다. 외르타는 경험이 적고 융통성도 없는 어린 소년이라는 생각에 작게 웃었다.

"한겨울에 그럴 필요는 없단다."

그는 얼떨떨하게 그녀를 바라보았다. 그녀는 말로 그치지 않고 걸어가 문을 닫았다. 우뚝 서 있는 소년을 무시한 채, 먼저 자신의 외투를 벗어선 의자에 걸쳐 두었다. 꽤나 노력했으나 노력한 티를 내지 않았다. 적어도 내가 그 정도 어른은 되었겠지.

"앉아도 되니?"

"아, 네."

그는 허둥지둥 책상으로 다가가 자신의 작업물을 그러모았다. 그녀는 그가 한참이나 종이 순서를 맞추고 몇 가지 단어를 새카맣게 지우는 모습을 지켜보았다. 그 와중에 잉크를 또 엎질렀다. 그는 놀라선 검은색으로 물든 담요를 내던졌다. 그 순서가 아닌 것 같은데. 외르타는 헛웃음을 터뜨렸다.

"도와줄까?"

"아니요. 괜찮습니다. 됐습니다. 다 됐습니다."

그는 정신 사납게 움직였지만, 어쨌든 울고 구겨진 종이를 한 묶음 식탁 위에 내려 둘 수 있었다.

외르타는 제일 위에 얹힌 글을 읽으며…… 한숨을 쉬지 않으려 애썼다. 지난번에 탓했을 때 굉장히 무안해하던 걸로 기억했다. 실수를 두 번 반복할 수야 없지.

"……게외보르트어는 언제부터 배웠니?"

"석 달 정도 되었어요."

"혼자서?"

"네. 도서관에 독본讀本이 있었거든요."

천천히 지적했다.

"'로이틀 발차흐'는 이 경우 소유격으로 쓰여. 그렇기 때문에 '집 안에서 요란스럽게'가 아니라 '집 안의 요란스러움'에 대한 서술이 되지. 그러면 의미도 많이 달라지고."

그는 바람이 일 정도로 빠르게 고개를 끄덕였다. 그뿐 아니라 본격적으로 앉아 열심히 기록하려는 모양이었다. 외르타는 미소 짓곤, 다시 종이를 더듬었다.

다만 글을 읽어 내려가며 가슴이 답답해지는 것을 느꼈다. 세상엔 의지만으론 해결되지 않는 것들이 있다.

"이거⋯⋯. 먼저 하나 물어보자. 책을 번역해 달라고 한 건 당신이 게외보르트어를 배워야 하기 때문이지? 부탁한 글이 그리 어렵지 않은 산문이라 어림짐작했단다."

"네, 맞아요."

"오늘 전부 설명해 주기는 힘들 것 같다. 차라리 몇 번 더 만나면 편하게 이야기할 수 있지 않겠니? 부끄러워하진 말렴. 배운 지 석 달밖에 안 되었으면 이 정도도 몹시 잘한 거야."

"저는 정말 감사할 따름입니다⋯⋯. 바쁘실 텐데 방해가 되어 죄송하고요."

"혹시 이름을 불러도 된다면⋯⋯."

"이미 판 도사린이라는 이름을 알려 드렸어요. 원하시는 대로 부르시면 됩니다."

"그럼, 판, 죄송해할 필요 없어. 고맙다고 말하면 되지."

"아니에요. 이미 지난번에 다른 일로 분주하시다고 말씀하셨는걸요. 도움을 베풀어 주셔서 감사하지만, 또 죄송하기도 합니다. 낯선 분의 귀한 시간을 빼앗아 죄송하다는 말씀을 꼭 드리고 싶습니다."

그녀는 상대의 단호한 태도에 기시감을 느꼈다. 이유 없는 친절에 저지르는 사과.

기억 속의 어떤 사람에게 자주 저질렀던 짓이다. 익숙하지 않니.

자신은 오래도록 발렌시아에게 미안해했다. 스스로 받아야 할 호의라고 생각지 않았기 때문이다. 그가 자신에게 도움을 줄 이유가 없다고 믿었다. 보답할 금화가 없어 겁을 먹었다. 그에게 아무것도 해 줄 수 없어 차라리 사과를 건넸다. 미안하다고.

사실 미안하다는 말은 높은 벽이었다. 나는 보답할 처지가 안 되고, 보답하지도 않겠다는 선언이었다. 그렇게 선언함으로써 더 이상 그에게 신경을 쓸 필요가 없었다. 이미 선을 그었는데 왜 들볶여야 하지? 마음을 조금도 쪼개기 싫어서, 빚을 지기 싫어서 무조건 사과했다는 말이 더 맞았다.

외르타는 판의 방어적인 태도를 이해했다. 그도 자신에게 신세를 지기 싫은 것이다. 아무것도 보답하고 싶지 않은 것이다. 더 가까워질 마음이 한 톨도 없는 것이다. 자신이 발렌시아에게 그랬듯.

"알겠어. 여러 번 만나기로 약속한다면 우선 오늘은 돌아가는 편이 낫겠구나. 내 번역본은 여기 있으니 참고하고, 가능한 데까지 비교해 본 뒤 궁금한 점을 물어보렴."

"예. 혹시 시간은 언제가 괜찮으실지요?"

"일주일 뒤?"

"저도 좋습니다. 베풀어 주신 호의만큼 열심히 공부하겠습니다."

그녀는 자리에서 일어서 외투를 둘렀다.

"고생하렴. 그럼 나는 이만 가 볼게."

돌아오는 길에는 작은 눈송이가 떨어졌다. 외르타는 반가이 한 손에 눈을 받았다. 사르르 녹는 눈을 보며 천천히 웃었다. 밤의 캄비에 어른 어른 눈이 떨어지는 모습은 아주 멋졌다.

그녀는 한결 가벼운 발걸음으로 걸어갔다. 길지도 짧지도 않은 시간 뒤 집 앞에 섰다. 보금자리는 떠났을 때와 변함없이 조용한 모습으로 앉아 있었다. 눈이 살짝 쌓여 있었지만, 식탁 위에 덮인 얇은 보자기 정도였다. 툭 치면 흩날릴…….

외르타는 창문에 꽂힌 편지를 발견했다.

저벅저벅 걸어가 뽑아 들었다. 편지의 겉봉에는 제 이름뿐이었다.

외르타 발미레

그녀는 철렁 내려앉았다. 그녀는 그 글씨를 알았다.

내가 보낸 편지가 벌써 도착했나? 아니지. 한참 고민하다가 바로 엊그제 부쳤는데 그럴 리 없지. 아무리 신의 소식조消息鳥라도 신은 아니었다. 그렇다면 그가 먼저 보냈나? 편지가 엇갈린 건가? 그제야 조금 가슴이 뛰었다. 아닌 척했지만 기대가 되었다. 겉봉이 저토록 단순하다면 개인 용건을 담은 서간일 텐데, 내 신의에 대한 응답일까?

외르타는 편지가 구겨질 정도로 강하게 쥔 채 집에 들어섰다. 따뜻한 곳에서 안전하게 읽고 싶었다. 문을 단단히 잠근 뒤, 작게 숨 쉬고 있던 난로에 장작을 넣었다.

그녀는 외투 단추를 풀며 의자에 앉았다. 밀봉된 겉 종이를 조심스레 손으로 뜯어냈다. 행동이 평소보다 부산스러웠다. 스스로도 느끼고 있었다.

편지를 펼쳤다.

고작해야 두 번밖에 접히지 않는, 한 장의 짧은 서간이었다. 그러나 외르타는 아주 오랫동안 글을 읽었다.

탁자에 내려 두었다.

"아."

외르타는 영문 모를 소리를 내곤 깜짝 놀랐다.

다시 고개를 숙여 편지의 한 부분을 읽었다.

잠깐의 실수이며, 다시는 비슷한 바람을 품지 않겠습니다. 혼란스러운 상황에서 스스로를 정리하지 못하고 엽색獵色한 인간으로 전락하여 부끄럽습니다. 저는 이제 당신에 대한 마음과 전쟁의 압박감을 갈무리했습니다.

도무지 어떻게 반응해야 할지 몰랐다.

자신은 그의 애정을 평하지 않았다. 침묵했으나, 거절을 암시했으나, 그러나 결코 등 돌리지 않았다. 똑바로 마주 보았다. 그 평온에 조바심을 낸 것은 발렌시아였다. 더 이상 시간이 없다고 혼인을 요구했다. 그것을 거절했더니 첫 편지가 이젠 애정도 '갈무리했다'고. 정신 나간 황소 같았다.

그녀는 다음 부분을 손으로 훑어 내려갔다.

당신이 따님의 천과 롬으로 제게 신의를 보여 주셨듯, 저도 죽음이 닥칠 때까지 배전倍前의 노력을 기울이겠습니다. 더 이상 당신이 명백히 거절하신 방향으로 욕심을 부리지 않겠습니다.

제게 이것은 그가 아델의 천과 롬을 받고도 이 정도 생각밖에 못 한다는 증거처럼 느껴졌다.

제가 혼처를 정했음을 말씀드립니다. 톨레도의 종가문, 미렘마 백의 장녀입니다. 아직 정식으로 의사를 타진하지는 않았으나 십이공회가 인지했습니다. 전쟁이 끝나면 돌아가 혼인을 추진할 예정입니다.

그녀는 급기야 웃음이 났다.

제 유일한 바람이라면 전쟁이 끝나고 당신을 뵙는 것뿐입니다. 단 한 번만 뵙기를 바란다고, 제 희망에 대해 거짓말을 하지는 않겠습니다. 가끔 여유가 되실 때 제가 방문하여 회포를 풀 수 있으면 좋겠습니다.

아직도 웃음이 멈추질 않았다. 배가 아팠다.

따님의 유품과 신의의 상징을 제게 남겨 주셔서 감사합니다. 제 목숨보다 소중히 보관하겠습니다. 그러나 제 욕심으로는, 전쟁이 끝난 뒤 당신에게 직접 돌려줄 수 있기를 바랍니다.

대체 생각이—.

앙히에 일에 괘념치 마십시오. 당신은 제게 용서를 구할 이유가 없습니다. 저는 괜찮습니다. 심신 건강히 지내시길 바랍니다.

그녀는 갑자기 확 가라앉았다. 웃음이 굳었다. 발렌시아는 여전히 아우의 죽음 탓에 혼란스러운 상황이었다. 그것을 이겨 내고 편지를 보냈다. 자신은 불안정한 이에게 너무 모욕적으로 행동했다. 부끄러웠다. 수치심에 주먹을 꽉 쥐었다.

외르타는 엉망진창이 된 기분으로 편지를 덮었다.

탓하고 싶었으나 그도 온전하지는 않을 것이다. 자신이 어떻게 형제를 잃은 이의 멱살을 쥐겠는가. 결코…….

그녀는 탁자를 세게 부여잡았다.

아니야. 화를 내는 것이 예의였다. 이런 편지에 화를 내지 않는다면 오히려 스스로 그에게 가진 감정을 배신하는 짓이리라. 그녀는 제 편지에 쓰여 있던 말을 똑똑히 기억했다. 자신이 '유일하게 마음을 터놓고 대화할 수 있는 사람'은 그뿐이며, '우리에겐 생각을 이야기할 시간이 남아 있다'고 했지. 아직도 그 마음가짐이 변하지 않아 화가 났다. 이런 바보 같은 편지를 받고도 발렌시아를 포기할 수 없어서 갑갑했다.

그가 왜 이토록 관계의 '결론'을 보고 싶어 하는지 정말 모르겠다.

차라리 그가 마음을 일찍 접었더라면 좋았으리라. 그러니까, 어떤 돌이킬 수 없는 행동에 나서기 전에. 그러나 그는 청혼까지 할 정도로 궁지에 몰려 있다가 갑작스레 모든 감정을 접었노라 말했다. 기만적이다. 차라리 편지에 노력하고 있다고 쓰지, 본인의 결론 짓는 습관을 못 이기고 더 이상 당신에게 애정이 없노라 말하자 나머지 모든 내용이 장난 같았다. 자신이 그 장난에 속을 정도로 바보라고 생각했다니 더 언짢았다.

감정이 어디 맺고 끊어지는 것이던가. 그도 그 사실을 안다. 저렇게 말로만 단호하면 내가 안심하리라 생각했을까? 차라리 솔직하지. 솔직하기 싫으면, 애정사를 구구절절 고하기가 계면쩍다고 에둘러 말을 하지. 전부 아닌 척, 본인 마음속에 품고 있다가 최악의 시점에 터뜨리는 것보다는 그편이 낫잖니.

외르타는 편지에 얹힌 단정한 글씨를 노려보았다. 그가 코앞에 있는 듯했다.

그녀는 천천히 그의 이름을 한번 불러 보았다.

"발렌시아."

정적.

당신을 싫어하지 않는데, 그 조급함이 나를 힘들게 하는구나. 내가 당신에게 마음을 열었다고 해서 당장 금석증을 받아야겠니? 오늘 포옹했다고 내일 침대에 들어야겠느냐는 말이야. 보통 사람에게도 힘든 이야기를 왜 내게 하는 거야…….

외르타는 숨을 크게 들이켰다. 아니, 말도 안 되지. 눈물일 수는 없었다. 아델도 아니고 오로지 발렌시아의 이 멍청하고 답답한 언사 때문에 코끝이 찡할 수는 없었다.

아델. 그래. 아델의 천을 받고 그 이야기가 나오니? 아무리 롬을, 그 안에 담긴 이야기를 모른들, 아델의 천을 받고도 그 이야기가 나와? 상대가 신의를 보여 주었으니 감정을 죽여 보답하자……. 그것만이 믿음을 붙잡을 방도라고 생각했나? 외르타는 그가 하나도 이해하지 못했다는 사실에 숨이 뻐근했다.

미라이예 영지에서 캄비로 향하던 길, 마차 속에서 그의 손길이 좋다고 말했다. 그를 껴안았다. 로크뢰를 이야기하며 안겨 울었다. 그때, 그가 제 귓가에 말했다.

"제가 노력하겠습니다."

그는 그다음 날 청혼했다.

자신은 그 뒤에도 그를 용서했다. 제 속에서 '결론 짓지' 않으려 했다.

외르타는 자신을 '결론 지으려' 애쓰는 편지를 바라보았다.

그녀는 편지를 펼쳐 둔 채 침대로 향했다. 거칠게 누워 이불을 덮었다.

발렌시아는 개인 용도의 서간 통을 뒤집었다. 누프리의 기간 보고가 도착했을 시점이었다. 미라이예의 인장이 찍힌 편지가 툭 떨어지고, 이어 투박한 색의 종이가 따라왔다. 그는 의아한 기색으로 종이를 뒤집었다.

딤니팔 군 총사령관 발렌시아 마조레 기지 얀 미라이예 앞
외르타 발미레

갑자기 배 속이 뒤집어졌다.

누군가 함께 끼워 놓은 쪽지가 떨어졌다. '수신인 증명이 안 되어 위험합니다만, 알론조 캄비의 전령새가 두 마리나 왔기에 거부할 수 없었습니다. 모쪼록 주의하여 확인하시길 부탁드립니다. 동봉된 물품은 혹 해를 끼칠지 몰라 먼저 검사하겠습니다.'

증명은 불필요했다. 저 글씨가 바로 그녀였다.

그는 불안정한 손으로 미색의 편지를 움켜쥐었다.

겉을 뜯다가 안에 있는 편지까지 반절 찢어 버리곤 이를 악물었다. 좀처럼 차분하기가 힘들었다. 자신이 보낸 편지에 답장이 올 만한 시점이 아니었다. 혹시 그녀가 먼저 편지를 쓴 것일지 알고 싶었다.

발렌시아. 사실 나는 당신이 먼저 편지를 쓸 줄 알았는데.

그는 천천히 침상에 앉았다.

뜨거운 물인 듯 편지에 손을 담갔다. 편지에서는 그녀의 향이 났다. 제 조잡한 이해력으로 외르타를 붙들기 위해 노력했다.

읽었다.

발렌시아는 서간을 내려놓았다.

한 손으로 얼굴을 감쌌다.

그는 외르타의 차분한 편지를 보며 스스로 어떤 물을 엎질렀는지 깨달았다. 그녀는 자신에게 청혼당했고, 앙히에의 죽음을 들었으며, 또

한 철에서 쫓겨난 사람이었다. 그런 이가 저보다 명징하게 설명하고 있다는 사실이 부끄러웠다. 자신의 편지는 머리끝까지 흙탕물에 잠겨 난장이었다. 한순간도 감정을 절제하지 못해, 설명이라기보다는 일방적인 외침에 가까웠다.

그러나 이미 부친 편지를 취소할 수는 없었다. 새가 어긋나 그녀에게 도달했을 것이 분명했다.

그는 자신이 보낸 편지에 대해 생각했다. 모든 문장이 늙은 나무껍질처럼 느껴졌다. 다듬어지지도 싱싱하지도 않은 부스러기. 고민 끝에 토해 낸 고통이었다. 제 고통이었다. 그녀는 없었다. 죄스러웠다.

그럼에도 한 가지 분명한 사실이 있었다.

그녀는 자신을 사랑하지 않는다.

그렇다면 자신은 변함없이 절망적인 제 편지와 같았다. 크고 흉한 추물이 나오지 않도록 온 힘으로 문을 밀어 닫고 있었다. 여전히 틈은 벌어져 있고 불쾌한 입김이 풍겼지만, 적어도 그것은 그 안에 갇혔다. 죽여도 죽지 않았으므로, 최선이었다.

다만…… 자신이 더 잘 설명할 수 있었을 것이다. 제가 저를, 또한 당신을 두려워하므로 물러날 수밖에 없었노라고. 당신을 향한 마음을 '갈무리'한 것은 사실 목을 '쳐 낸' 것이라고. 그렇게 잘린 목에서 다시 여섯 개의 목이 돋아나 등 뒤에서 이를 갈고 있노라고. 그러나 이처럼 명확하게 설명하면 할수록, 당신은 저를 변종으로 여기시리라고. 그것이 무서웠다고.

공포를 이기지 못하고 글을 내리찍었다. 외르타가 차라리 자신을 불쌍히 여기길 바랐다……. 그러나 아무것도 설명하지 않고서 연민을 바랄 수는 없다. 오히려 그녀는 모욕받았다고 여길 것이다. 청혼이 한 줌도 안 되는 불씨였노라 경멸할 수도 있다. 상대를 받아 줄 필요가 없어 다행이라고 생각하면서도, 여전히 가벼웠던 불씨에 쓴웃음을 지으리라.

그러나 그것이 불씨라면, 불을 등진 불씨일 것이다. 사람을 다 태워 배부른 불씨일 것이다.

발렌시아는 어느새 바닥에 떨어진 편지를 주웠다.

숨을 멈춘 채 다시 읽었다.

천천히 편지에 얼굴을 묻었다.

헐떡였다. 그녀의 글씨가 기도를 찔러, 가까스로 호흡이 터진 환자 같았다. 들이쉬고 내쉬는 숨에 따라 종이가 울었다. 오밤중 주변은 몹시 조용했다. 편지만, 바스락댔다.

한참 뒤, 그는 고개를 들어 그녀의 요청을 바라보았다.

발렌시아, 우리에겐 아직 나누지 못한 대화가 많아. 애정과 슬픔과 악과…… 감정이 아니야. 그건 이미 충분하다. 우리에겐 생각을 이야기할 시간이 남아 있어. 당신이 내 말을 이해했으면 좋겠구나.

자신은 결코 그녀의 바람을 거절할 수 없었다. 그는 더 이상 감정을 이야기하지 않을 작정이었다. 저의 애정에 대해, 애정을 끊음에 대해 말하지 않을 것이다. 이미 지난 편지가 거칠었으므로 제게는 그럴 권리조차 없었다. 단지 등 뒤의 괴물이 펜에 스며들지 않도록 노력할 것이다.

그는 일어서 탁자에 다가갔다. 붉은 천을 살짝 민 뒤, 빈 종이를 뽑았다.

근계謹啓.

외르타, 보내 주신 편지는 잘 받았습니다. 당신의 바람을 이해했습니다. 제가 먼젓번에 드린 편지가 당신 마음에 차지 않으셨으리라 믿습니다. 불필요한 감정으로 당신을 불편하게 해 드린 점에 대해 고두하여 사죄드립니다. 앞으로 같은 잘못을 하지 않도록 극기로 노력하겠습니다.

제가 일전에 생각이 짧아 천과 롬에 대해 자세히 말씀드리지 못했습니다. 신의에 감사하는 마음으로 안전히 보관하고 있습니다. 지난번과 달리, 저 자신은 바라는 바가 없다는 말씀을 드립니다. 오로지 당신의 뜻에 따라 제가 간직하거나, 다시 돌려드리겠습니다. 따님의 유품을 남겨 주셔서 감사드립니다.

전쟁은 무탈하게 준비되고 있습니다. 저 역시 첫 회전을 준비하며 심신 양면으로 주의를 기울여 관리하는 중입니다. 제게 전쟁터는 익숙하므로 걱정하지 않으셔도 됩니다. 저는 오히려 낯선 곳에 홀로 적응하실 당신이 마음에 걸립니다. 혼자 생활을 유지하실 수 있을지, 식사는 어떻게 하시는지 여쭙습니다. 그 안에서 새로운 관계를 쌓으셨다면, 부끄럽게도 이 역시 여쭙고 싶다는 말씀을 드립니다. 당신의 생활이 듣고 싶습니다.

「전술」에 덧붙여 주신 내용은 더 공부하여 회신드리겠습니다. 지나치게 답이 늦을 시 당신이 제게 실망하실까 두렵습니다.

다만 당신이 두 번째 장의 어떤 부분에서 제 아집을 느끼셨을지는 짐작이 됩니다. 현명하신 해석이 옳으시리라 생각합니다. 저는 전체가 아닌 것을 수용하기 힘듭니다. 완성되지 않은 한 아무것도 아니라고 믿습니다. 저는 늘 전체를 얻기 위해 노력합니다. 이에 여의치 않은 상황에선 면밀히 판단한 뒤 전부 포기하는 합리적인 자세를 배웠습니다. 다만 그것이 송구하게도 양보와 타협을 막습니다.

저 자신은 애독가가 아닙니다. 그러나 책에 대한 당신의 소회에 공감합니다. 단 한 번의 경험이 확장되어 이해를 도왔기 때문입니다. 저는 디무어를 알았습니다. 「전술」이 아니었다면 그녀는 여전히 적장敵將에 불과하여, 저 개인적으로는 손해가 컸으리라 생각합니다. 수만 가지를 배울 수 있는 사람에게서 단 한 가지도 사사하지 못했을 것이 분명합니다. 그러므로 인간을 이해하는 과정에서 책이 중요한 역할을 한다는 의견에 저보다 더 공감할 이는 없을 것입니다.

지금까지 당신과 이런 대화를 나누지 못한 것은 오로지 제 지식이 부족했기 때문입니다. 당신의 두터운 자산에 미치지 못할 것을 우려하였습니다. 제 무지를 너그러이 살펴 주신다면 저는 기쁜 마음으로 당신의 논지에 대답하고자 합니다.

당신의 생각에 대해 말씀해 주십시오. 당신이 진지하게 고민하시는 생각과 경험에 대해 듣고자 합니다. 생활에 대해 말씀해 주십시오. 건강에는 이상이 없으신지, 캄비의 대사제와 사제들은 어떤 이들인지 여쭙고 싶습니다.

딤니팔의 승리를 기원해 주셔서 감사합니다. 당신을 위해 노력하겠습니다.

발렌시아 마조레 기지 얀 미라이예 배수拜手.

그는 펜을 내려 두었다.

갑작스레 이마에 통증이 닥쳤다. 편지를 쓰는 동안 웅크리고 있던 무뢰배가 난장을 피우고 있었다.

내용에는 바짝 마른 모래 외에 어떤 것도 없지 않나. 부족하다. 당장 그녀에게 온전한 사랑을 고백하고, 당신의 편지가 나를 달랬노라 속삭여라. 나는 잉그레보다 당신에게 더 복종하니 차라리 내 감정을 정의定義해 주시기를 요청해라. 당신이 가진 것은 애정이 아니라 충격일 따름이라고, 혹 애정인들 결국 열병에 불과하여 전쟁 끝자락에는 증발하리라고, 아니라면 가진 것이 불쾌한 욕망뿐이라 당장 스스로 넓적다리를 베어 참회하라고. 무엇을 말씀하시든 그녀에게 판결받아라. 그녀의 말은 사실이다. 그녀의 입에서, 손끝에서 나오는 순간 사실이 된다.

발렌시아는 다시 펜을 쥐었다.

무언가를 더 쓰기 위해―.

"발렌시아 경."

그는 우뚝 멈췄다.

"서신에 동봉되어 있던 서적을 검사했습니다. 이상 없습니다. 밤이 깊었으니, 입구에 두고 가겠습니다."

대답하지 않았다.

놀란 듯, 그러나 소리 나지 않도록 펜을 내려 두었다.

그는 잠시 뒤 일어서 「전술」을 가져왔다.

오랜만에 날씨가 무척 추웠다. 바냐가 만든 겨울 바지는 보통 따뜻했
으나 이런 강추위에는 조금 모자랐다. 외르타는 고민하다가 결국 외투
부터 장갑까지, 자신이 가진 모든 방법으로 채비했다. 그녀는 부풀어
오른 공 같은 차림새가 되어 집 바깥으로 나섰다.

곧 매몰찬 냉기가 스며들었지만 소지품을 감싼 털 담요까지 끌어안으
며 어떻게든 버텼다. 오늘은 무시무시한 기색의 바냐가 아침부터 닥쳐
하루 치 식사를 몽땅 건네고 간 것을 제하면 사람을 볼 수가 없었다. 그
탓에 약속을 취소하자는 전갈조차 보내기 힘들어 툴툴대며 나온 것이다.

그녀는 가까스로 판의 흰 대문을 발견하곤 후다닥 달려갔다. 인사도
없이 쾅쾅 두드렸다. 어차피 무슨 말을 한들 털에 먹혀 한마디도 들리
지 않을걸.

잠깐의 소란 뒤 문이 열렸다. 판은 바깥바람을 각오했는지 완전 무장
을 한 상태였다.

그녀는 무턱대고 안으로 들어와선 문을 밀어 닫았다. 헐떡이며 모자
를 벗어 던졌다.

"하, 하아…… 날씨가, 무슨……."

"오늘 못 오실 줄 알았어요. 사실 제가 가려고 했는데…… 싫어하실
지도 모르겠다는 생각이 문득 들었습니다."

"아니야. 내가 약속했으니 오는 거지. 그렇게 춥지도 않고."

판은 당황한 시선으로 그녀의 북부 칠면조 같은 차림새를 바라보았다.

"뭘 보니?"

"아니요……. 따듯하게 챙겨 입으신 듯 보여서요."

"신기해할 것 없다. 계외보르트 출신이라고 추위를 아예 못 느끼는 건 아니야. 남쪽 기후는 라르디슈랑 비슷하단다."

"아, 남쪽 출신이신가요?"

"아니."

"……."

"아무튼 날씨가 엉망이라도 나올 만했어. 괜찮다. 준비는 했니?"

"네."

판은 꼿꼿하게 대답해 두고도 잠시 망설이며 손을 들었다. 외르타는 신호를 이해하곤 웃음 지었다. 먼저 모자를 건네곤, 둘러맨 목도리를 건네고, 겉 외투와 속 외투를 함께 건넸다. 마지막으로 가디건을 훌렁 넘기곤 가벼운 실내복이 되어 탁자 위에 겨우 들고 온 펜과 잉크를 내려 두었다.

그가 받아 든 옷을 걸쳐 두는 동안 외르타는 말없이 작업물을 확인하기 시작했다. 판이 초조하게 의자를 끌어 앉아선, 제 행동을 훔쳐보지 않으려 하는 것이 보였다. 그는 어리고 주의할 줄 몰랐기에 탁자 반대편에 앉아서도 살짝 긴장한 숨소리가 들렸다. 그녀는 그에 전혀 신경 쓰지 않은 채 오기를 점검하다가, 잠깐 놀랐다.

자신이 신경 쓰지 않았다는 사실에 놀랐다.

"……그렇게 긴장하지 말렴. 내가 틀리면 벼락을 칠 것도 아니고."

"네, 죄송합니다."

"죄송할 건 또 뭐니."

"……."

"이번엔 기록해서 줄 테니 한번 보거라."

그녀는 판의 반듯한 글씨 사이로 잘게 설명을 채워 넣었다. 그가 잘

수정해 둔 부분도 곧이곧대로 넘어가지 않고, 이런저런 이유 때문에 실수한 듯하다고 부연했다. 생각보다 재미있었고 속도도 붙었다. 그녀는 빠르게 한 장 한 장을 판에게 밀어 주었다.

외르타는 그제야 저가 누군가를 가르쳐 본 일이 없다는 사실을 깨달았다. 아델과 함께할 적에는 그럴 여유가 없었고, 그 아이를 제한 누구도 자신의 말에 귀 기울이지 않았으므로.

가르친다는 것은, 누군가 자신을 듣고, 배움을 바라고 있다는 사실은 생경한 경험이었다. 이것은 존중받는 기분과는 별개로 신뢰를 받고 그에 응답해야 한다는 책임감에 가까웠다. 그녀는 갑자기 판의 방향키를 쥔 것 같은 기분에 긴장이 되었다. 비록 별것 아닌 언어지만, 한 사람이 제 조언에 곤두서 있다는 사실이 아주 심각하게 느껴졌다. 자신이 적어도 지금은 중요한 사람이라는 생각이 들었다.

그녀는 자신의 비뚠 글씨를 어떻게든 바르게 써 보려 노력했다. 판이 잘 이해했으면 했다.

고개를 돌리자 판이 거의 엎드리다시피 한 자세로 종이에 바짝 다가가 있는 모습이 보였다. 그는 어느새 색 짙은 금발을 반쯤 묶어 두었다. 소년이고, 또 배우는 사람 같았다.

외르타는 저도 모르게 질문했다.

"게외보르트 왕실 언어가 왜 그렇게 중요하니?"

판이 시선을 들었다.

그녀는 그의 투명한 눈을 응시했다. 판단하지 않았다. 다만 바라보았다. 선명하고 아름다운 녹빛은 감히 어떤 것에 비유하기조차 어려웠다.

"질문하시는 의도를 모르겠습니다."

여전히 방어적이었다. 그녀는 그의 태도를 이해했다. 자신이 무슨 말을 하든 몰아붙이는 것으로 느껴지리라.

"아니야. 참 열심히기에 물어봤을 뿐이란다. 당신이 대답할 이유는 없지."

"……사제는 적어도 세 개 언어를 할 줄 알아야 합니다. 성문화成文化된 건 아니지만 다른 사제분들이 항상 그렇게 말씀하십니다. 그 정도가 아니라면 대사제님의 부탁에 응답하기 어렵고, 방문하시는 손님들께도 적절하게 대처하기 어려우니까요."

"당신은 몇 개를 하는데?"

"……하나요."

"갓 사제가 되어 그런 것 아니니? 배우면 되지."

"저는 배운 게 없어 더 노력해야 합니다."

"자라면서 뭐든 배웠을 거란다. 단지 잊었을—."

"저는 없어요."

"……."

외르타는 입을 다물었다.

판은 놀란 듯 말을 붙잡았다.

"죄송합니다. 불편하게 해 드렸네요. 생각보다 말씀을 너무 험하게 드린 것 같아…… 일부러 그런 건 아니었습니다."

그녀는 그가 그만 사과했으면 좋겠다고 생각했으나 입 밖으로 내지 않았다. 그가 사과하는 이유를 누구보다 잘 알았기 때문이다.

"아니야. 이야기는 그만하고, 오늘 할 수 있는 데까지 했으면 좋겠구나. 그게 중요하니까."

"예. 이해해 주셔서 감사합니다. 열심히 하겠습니다."

외르타는 그가 사제 자격을 갖추는 데 지나친 노력을 쏟고 있다는 사실을 알아차렸다. 아니, 그만. 판단하지 말기로 했잖아. 너보다 많이 어리다고, 그의 이야기를 안다고 무례하게 내다보려 하지 않기로 했잖아. 그게 에쎄씨나를 보고 네가 펄펄 뛰며 결심한 거잖아.

그녀는 입을 꾹 다문 채 일에 집중했다. 가끔 몸을 일으켜 판에게 몇 가지를 구두로 설명해 주기도 했다. 그는 고개를 주억거리며 성실하게 경청했다. 배운 것이 없다며 날카롭던 모습은 온데간데없었다.

물론 아무래도 그녀는 아무 생각을 하지 않기 힘들었다. 정도 이상으로 노력하는 사람은 몹시 부자연스럽고, 아주 도드라진다. 외르타는 그 모습이 조금 안타까웠다.

몇 시간 뒤, 판은 사동사에서 완전히 길을 잃었다. 그녀가 여섯 번이나 다른 예시로 설명한 뒤에도 또 틀렸다.

판은 얼굴을 감싼 뒤 탁자로 몸을 기울였다. 외르타는 몇 시간 동안 조바심을 내는 소년에게 익숙해졌으나, 이처럼 직접적으로 감정을 드러내는 모습을 보곤 여전히 당황할 수밖에 없었다.

"잠깐 헤맨다고 속 태울 필요는 없단다. 공용어에서도 복잡한 부분이잖니."

"느려서 죄송합니다. 지금 도저히 이해가 안 되네요…….."

"대체 왜—."

그녀는 말을 끊었다. 하마터면 왜 죄송하냐고 물을 뻔했다.

"……다른 것 먼저 해도 될까요?"

"아니. 어차피 이걸 이해 못 하면 또 막힐 거야. 지난번에 독본으로 배웠댔지? 가져와 보렴."

판은 털레털레 일어서 책상으로 다가갔다. 몇 개 더미를 쓰러뜨리곤 겨우 책 한 권을 꺼내는 모양이었다. 자리로 돌아오며, 저가 길을 잃은 부분을 펼쳐 그녀 앞에 내려 두었다.

외르타는 더 설명하지 않고 그가 헷갈릴 만한 문장을 골라 스무 개 썼다. 그리고 책 사이에 끼워 주었다.

"혼자 생각하는 시간도 필요하겠지. 다음번 만날 때까지 어떻게 저 문장들이 작동하는지, 그래서 어떻게 다른 단어들을 받치고 어떤 뜻으로 변하는지 써 오렴."

"아…… 네! 그러면 오늘은 끝인가요?"

그녀는 시계를 흘끗 바라보았다.

"벌써 네 시간째란다. 슬슬 집중력도 떨어질 테지."

"저는 괜찮습니다. 아, 물론 발미레께서 괜찮으시다면요."

"나는 괜찮아. 하지만 당신이 안 괜찮아 보여."

"……."

"좀 쉬면 좋겠구나."

"네. 유념하겠습니다. 답답하게 해 드려 죄송합니다."

외르타는 마침내 참지 못했다.

"죄송하다는 말은 안 해도 된다고 했잖니."

"죄송─. 아니요. 아닙니다. 습관적이에요. 안 그러도록 노력할게요."

"이런, 이미 늦었지만…… 하지 말라고 강요할 생각은 없다. 당신이 사과하고 싶다면 사과하는 거겠지. 하지만 남을 넘겨짚지는 말렴. 난 당신 말투에 전혀 신경 쓰지 않았고 고작해야 한 부분 이해가 느리다고 답답해하지도 않아."

"예……. 감사합니다."

"그리고 사제들이 세 개 언어를 배워야 하든 어떻든 간에 당신은 열다섯이야. 앞으로 몇십 년이나 남아 있는데 그렇게 조급해할 필요 없단다. 바냐 미쇠만 해도 서른 중반을 향해 갈 텐데, 그러면 당신이 살아온 만큼 더 살아도 모자란 거 알지?"

"……."

"대사제가 고작해야 언어에 천착하라고 부탁했을 리는 없단다. 나 역시 달리다가 고꾸라질 것처럼 배우려는 태도에 익숙지 않아. 불필요하고, 오히려 숨 가빠서 느려질 거야. 당신도 이 부분에 대해서 좀 생각해 봤으면 좋겠어."

"혹 제가 불편을 끼쳐 드렸다면 진심으로 죄송…… 아니, 더 이상 가르쳐 주지 않으셔도 됩니다. 하지만 저를 한 번만 인내해 주신다면 이렇게 지적해 주신 만큼 노력하겠습니다."

아, 이것은 발렌시아를 대할 때와는 다른 방향의 답답함이었다. 그와 달리 소년은 진심으로 더 나아지겠다고 말했다. 자신이 느리고 멍청하다는 생각에 빠져 눈물까지 글썽일 정도로, 조바심을 내는 진심이었다. 그렇기 때문에 과했다. 너무 바람이 과해서, 가르친다는 책임감이 무거운 짐이 되었다. 발렌시아를 보며 그 뻔뻔한 벽창호에 화가 났다면 너무도 연약한 판에게는 무슨 말을 해도 죄책감이 느껴질 지경이었다…….

외르타는 혼란스러운 얼굴로 자리에서 일어났다.

"아무튼……. 너무 자책하지 말고, 부탁한 내용만 해석해 주렴. 다음 주 같은 날에 보자."

판은 허겁지겁 일어서 그녀의 옷가지를 챙겨 주었다. 그 와중 들릴 듯 말 듯 한 목소리로, 그러나 분명하게 감사하다고 말했다.

외르타는 고개를 끄덕이곤 판의 집을 나섰다.

곧장 무시무시한 겨울바람이 닥쳤지만, 지금은 그것 외에도 생각할 거리가 많았다.

사실 그녀는 전혀 지치지도 않았고, 그가 죄송하다고 하는 것에 진저리가 나지도 않았다. 그보다는 자꾸만 판을 사람이 아니라 글인 것처럼 해석하려 드는 자신이 싫었다. 제 태도를 도저히 고치지 못하자 일어서 뛰쳐나온 것이다.

그녀는 그에게 게외보르트어를 가르치는 것이 목적인지, 아니면 그와 더 대화를 나눠 보고 싶은 것인지 답을 내야 했다. 단순히 언어를 가르치고 싶다는 마음으로 치부하기에 자신은 너무 많은 것들을 궁금해했다. 그의 삶을 엿보고 태도를 시험해 보고 행동 하나하나를 위에서 내려다보려 했다. 자신은 무례하고 솔직하지 못했다.

자신은 결코 호의로 그에게 가르침을 주려던 것이 아니었다. 이 사실

을 인정하자 속이 한결 편해졌다. 위선적으로 굴지 말자. 더 정직하게
고백하자. 다음에는 꼭―.

외르타는 창문에 꽂힌 편지를 발견했다. 이 날씨에도 누군가 다녀간
모양이었다. 그녀는 몸을 숙이기 전에, 이미 발신인을 알고 있었다.

외르타 발미레

여전히 겉봉에 당신 이름을 쓰지 않는구나.
그녀는 편지와 함께 집 안으로 들어갔다.

외르타는 펜을 쥘 것인지 한참을 고민했다. 지난번 그의 편지는 불에
던지기 전 가까스로 참았으며, 아직도 그 감정이 생생했다.
보는 듯 마는 듯 가는 시선으로 문장을 노려보았다.

제가 먼젓번에 드린 편지가 당신 마음에 차지 않으셨으리라 믿습니다.

그것을 제 편지를 받고서야 깨달았다니 화가 울컥 치솟았다.

앞으로 같은 잘못을 하지 않도록 극기로 노력하겠습니다.

정말…….
크게 소리를 치고 싶은 기분이었다. 발렌시아가 눈앞에 있다면 멱살을
쥔 뒤 내게 왜 이러냐고, 진짜 이것이 당신의 최선이냐고 묻고 싶었다.
속이 꽉 막혔다. 스스로 생각을 나눠 보자고 제안한 것은 그가 첫 번
째 편지로 불장난을 치기 전이었다. 나는 당신에 대한 감정을 끊었고,
새로운 약혼을 결정했고, 천과 롬은 돌려드리고 싶고, 그래도 자주 뵐

수 있으면 좋겠고……. 이처럼 도저히 이해가 안 되는 글을 보내기 전이었다. 발렌시아는 마치 스스로 보낸 편지가 아예 없었던 것처럼, 자신이 읽지 않았으리라는 것처럼 행동했다. 그렇게 편평한 세상과 감정이었으면 얼마나 좋았겠니.

입술을 잘근잘근 씹으며 편지를 눌렀다. 아니야. 생각해 보자. 좀 더 침착해지자. 그녀는 편지 깊숙이 파묻힌 희망을 찾으려 애쓰는 곡괭이처럼 굴었다. 그도 그 나름의 이유가 있을 것이다.

기실 이 편지는 발렌시아다웠다. 한 발자국 떨어져 생각해 보면 아주 익숙한 말투였다. 그러나 지금 그의 표정이나 어조, 행동과 숨소리를 느낄 수 없기에 유난히 해석하지 못하는 것일 수도 있었다. 그러니까, 자신이 그를 보지 못해서…… 그가 보고 싶은 것일지도 모르겠다는 생각이 문득 들었다. 대체 당신 무슨 소리를 하냐고 얼굴을 보며 호통치고 싶었다. 그러면 그는…….

외르타는 깜짝 놀랐다. 누가 보고 싶어? 난장 맞을 생각을 하고 있었다. 말도 안 되는, 정말 말린 버섯 같은 소리를…….

한숨을 쉬었다. 무턱대고 그의 편지를 무시하기엔 묻고 싶은 것들이 너무 많았다. 청혼을 거절당한 뒤 곧장 다른 사람을 찾는 행동이 유별난 것은 아니다. 그런데 그 결심을 왜 자신에게 자랑하는지 이해할 수가 없었다. 심지어 아델의 천과 롬을 돌려주겠다고 고집을 피웠던 사람이라면, 계속 만나고 싶다는 이야기조차 변명처럼 들렸다. 아무리 다음 편지에서 돌이켰다 한들 그의 처음 결심이 미웠다.

외르타는 결국 패배했다. 호기심에, 화에, 또한 인정하지는 않겠지만 그가 아쉬운 까닭에 펜을 들었다.

빈 종이를 노려보았다.

하마터면 가장 먼저 새로운 혼인에 대해 따질 뻔했다. 그러나 겨우 마음을 다잡은 그를 신산하게 만들고 싶지 않았다. 자신이 대체 왜 그런 주제를 꺼냈느냐고 서두를 떼자마자 마치 그것이 새로운 승낙인 양 급하게 청혼할 사람 아닌가. 그렇기에 가장 궁금한 내용에는 절대 입을 열지 않기로 결심했다. 그가 어떤 불행한 이를 붙잡아 혼인을 하든 말든, 저 알 바 아니었다.

그녀는 그에게 지지 않겠다고 마음먹었다. 자신도 그의 첫 번째 편지가…… 날것 같은 감정과 바람이 없었다고 생각할 것이다. 한참이나 지난 뒤 비교적 메말랐던 태도만 본받을 것이다.

발렌시아, 아델의 천과 롬은 당신이 보관하렴. 간직하며 내 다짐을 잊지 않았으면 하는 바람이란다. 덧붙여 내가 언제 캄비를 나갈지 모르니 당신에게 맡기는 편이 나아 보인다.

그녀는 다시 만나 뵙고자 한다는 그의 제안을 완전히 못 들은 체했다.

당신이 내 생활을 궁금해하니 대답해 보마. 이곳에선 오히려 아침에 빨리 일어나는 편이다. 일어나지 않으면 바냐가 문 앞에 식사를 두고 갈 텐데, 그런 식으로 심부름을 시키고 싶지 않을뿐더러 바깥에 음식을 두기도 싫거든. 아, 바냐는 내 전담 사제의 이름이란다. 바냐 미쇠.

바냐는 삼십 대 후반의 여자야. 필요한 데까지만 친절하고 대부분 냉정한 사람이더구나. 빚을 지지 않으려는 듯 아무것도 묻지 않으면서 대답만큼은 항상 또렷하지. 그래서 더 편하고 좋단다.

그리고 다른 사제도 만났는데, 이 사람은 무려 열다섯 소년이란다. 몹시 아름다워서, 어딜 가도 신의 문하門下로 추앙받을 수 있을 듯한 아이지. 요새 이런저런 사정이 있어 게외보르트어를 가르쳐 주는데 재미있어. 그가 열심히 하기도 하고. 당신은 누굴 가르쳐 본 일이 있을지 궁금하구나.

그녀는 곰곰이 생각하다 더했다.

대사제는 이상한 사람이란다. 아, 사람인지도 잘 모르겠어. 당신에게만 이야기하는 건데…… 그녀가 내 과거를 아는 것 같다는 느낌이 들어.

외르타는 자신이 이 문장을 이을 수 있을지 모르겠다고 생각했다. 산 꼭대기 너머가 보이지 않는 것처럼, 쓰기 전까진 어떤 말을 내뱉을지 몰랐다.

그녀는 내가 남편에게 폭행당했다는 사실을 알아.

조금 무서웠다. 글자 하나하나에 기억이 스며드는 듯했다. 고작해야 한 문장을 완성했건만 펜이 무거웠다. 그녀는 이를 악물곤 다시 손목을 세웠다.

물론 그렇다고 대사제가 날 동정하는 것은 아니란다. 그녀가 지나온 삶이 길어서일까? 캄비가 지켜본 수천 년 동안 내가 제일 고통받았다고 말하기엔 나도 아직 염치가 남아 있으니. 대사제는 내가 겪은 것에 대해 더 많이 말해 보라고 권유했어. 그러는 편이 스스로를 보전하는 데 도움이 되리라 주장했지.
그래서 시도해 보려 해. 하지만 내가 당신에게 무엇을 말할 수 있을까? 기억나는 모든 걸 건넸는데. 어떻게 써야 할지…….

검은 잉크가 번졌다. 줄을 건너뛰었다.

나는 수치스러워.

그녀는 멍하니 앉아 있었다. 자신이 편지를 쓰고 있다는 사실을 잊을 만큼 한참이나, 깊이 바라보았다.

갑자기 번뜩 정신이 들었다. 몸을 부르르 떨었다.

그리고 화가 난다.

다시 오랫동안 종이를 바라보았다.
그녀는 의식적으로 생각하지 않으려 노력했다.

둘 중 무엇이 더 강하다기보다는, 밀물과 썰물처럼 오갈 뿐이란다. 화가 걷히면 창피해지지. 그러나 다시 분노하고 말아. 그 두 가지 외에 가진 것이 없어 가끔은 걱정이 되기도 한다. 내가 화를 내지 않거나 부끄러워하지 않는 미래를 상상하기 힘들어. 물결이 잠잠한 날엔 파고가 낮아지듯 마음이 보다 가지런해질 뿐이지, 그렇다고 새로운 사람이 될 것 같지는 않다. 물론 내가 당신에게, 난 맞서 싸울 수 있노라 가슴을 탕탕 치며 말하긴 했지. 그래도 가는 길에 돌이 많다고 불평하는 것 정도는 허락해 주렴.

발렌시아, 나는 나를 아는 체한 대사제에게 소리 소리를 다 질렀어. 그런데 오히려 그로써 내 감정과 생각을 모조리 들킨 것 같아서 기분이 좋지 않단다. 얼간이가 된 느낌이다.

편지는 급기야 오락가락했다.

그 남자는 자주 욕심을 냈고, 아, 나는 이것을 시詩처럼 얼버무리고 싶지 않아. 하지만 적나라하게 쓰는 것이 도움이 될까? 내 품위가 손상되어도 괜찮으니, 적어도, 편해질까?

내 이불은 언제나 붉었다. 매일 더러워진다면 흰 이불은 아무래도 힘들지 않겠니. 딤니팔로 온 뒤 가끔씩 철렁 내려앉을 때에도 당신 미감처럼 재미없는 이불만 보면 안심이 되었단다. 며칠을 덮어도 더러워지지 않던, 한결같은 이불이 좋았다. 아무도 침범하지 않는 침대가 정말 행복했다. 잠이 들 적과 마찬가지로 아침 해가 들 때 평온한 침상이 새삼 놀라웠단다.

한밤중 번쩍 눈을 뜨면 나를 짓누르던 무게가 기억난다. 아니, 숨소리만 나도, 침대가 눌리기만 해도 순식간에 세상으로 돌아왔다. 그리고 일이 끝나면 다시 기절하듯 잤지. 아니, 기절했는지도 모르겠어. 나는 내가 자라면서 잠귀가 밝아진 줄 알았지 뭐니. 물론 당신도 기억하듯 솔 미라이예에서 난 점심나절까지 깨질 못하는 사람이었지.

모르겠다. 이렇게 쓰면 쓸수록 조야해진다. 편지가 아니야. 나 자신이 조야해지는 기분이다. 당신에겐 완벽해지고 싶다는 고집이 있다고 했지? 난 그 고집이 당신이기에 가질 수 있는 특권은 아닐까 의심해. 약점 없는 사람만이 더 높은 곳을, 완성을 추구하려 하지. 구멍이 숭숭 뚫린 나는 내 약점을 숨기는 데 급급하단다. 그것을 숨겼을 때 가까스로 완성되었다는 기분이 든다. 사실 모든 것을 겪기 전에도 내가 완벽한 인간이라고는 한 번도 생각한 적이 없는데 말이야. 내가 칠 년을 겪고 손상되었다 생각하니, 그것만 없으면 완벽해졌다고 착각하는 것이겠지.

더 이상 화가 나지 않거나, 수치스럽지 않을 때에는 무엇이 남아 있을까? 그제야 내 다른 부분들을 돌아볼 수 있을까?

외르타는 한숨을 쉬었다.

겨우 한 가지 기억을 이야기했는데 한참이나 헛돌고 있구나. 걱정 말렴. 나는 당신에게 어떤 대답을 바라지는 않아. 오히려 궁금하다면 당신의 완벽해지고 싶다는 강박이 더 궁금하단다. 결코 고통으로 겨룰 생각은 없으니 편한 마음으로 설명해 주렴. 경청하마. 당신이 「전술」에 대해 다시 건넬 이야기도 기대가 된다.

그녀는 횡설수설한 편지를 마무리 지으려 했다. 고작해야 지난 한 시간 동안 쓴 글인데도 정확히 무슨 말을 했는지 기억이 나지 않았다. 제 진심이 너무 진해서 마비되었다. 모두 잊었다.

다만 하나 확실한 사실은, 자신이 그의 첫 번째 편지에 대해 침묵했다는 것. 그가 편지를 받고 내심 초조해하기를 바랐다. 첫 서간이 완전히 무시당했다고 생각하면 좋겠다. 당신만 저지를 수 있는 짓은 아니지. 나도 답답하게 굴 수 있어. 나한텐 그것보다 훨씬 중요한 일이 많다. 당신은 두 가지 암시를 모두 듣고 잘 대처해야―.

그러다 문득 앙히에를 떠올렸다. 그에 대해 말하지 않을 수는 없었다. 그녀는 턱에 힘을 주었다가, 결국 마지막 문단을 이었다.

당신이 아무리 괜찮다 한들, 앙히에의 죽음에 대해서는 평생 죄스러운 마음으로 살겠다. 전쟁에 중간 지대가 없다는 점을 너무 늦게 배웠구나.

오늘도 당신이 승리하길 바라며, 외르타.

그녀는 곧장 편지를 접었다.

새로운 종이를 꺼내 겉봉을 만들곤, 그의 이름을 정자로 썼다.

잠시 고민하다가 오늘 날짜를 덧붙였다. 552년 1월 12일. 그와 헤어진 지 정확히 두 달이 되는 날이었다.

발렌시아는 습관처럼 서간 통을 뒤집었다. 그녀에게 편지를 보낸 날 이후, 막사로 돌아오는 늦은 저녁마다 빈 소식을 확인했다. 그는 이번에도 실망할 것을 기대하고 있었다. 시일이 지날수록 그녀가 답장을 보내리라는 희망을 잃었다. 자신이 엎지른 첫 편지를 생각한다면 마땅한 벌이었다…….

가벼운 종이가 툭 떨어졌다.

그는 조심스레 발신인을 확인했다.

찢지 않도록, 촛농이 발린 입구를 주의 깊게 뜯었다. 이번에는 편지를 놓쳤다. 그는 몸을 숙여 엉성하게 벌어진 종이를 잡아 올렸다.

발렌시아는 자리에 서서 편지를 읽었다.

사흘 굶은 이처럼 순식간에 글을 먹어 치웠다. 한 번으로 부족했다. 두 번, 세 번, 열 번, 단어부터 문장까지, 문장부터 문단까지, 인사부터 맺음말까지 빠짐없이 정독했다.

그는 품에 손을 넣었다. 항상 지녔던 외르타의 첫 편지를 꺼냈다.

구겨진 편지를 새로운 글과 함께 내려 두었다. 책상 위 그녀는 변함이 없었다. 강하게 눌려선 살짝 뒤로 기운 글씨로, 글을 자세히 보지 않는다면 두 장을 이어 썼다고 해도 믿을 정도였다.

발렌시아는 외르타가 자신의 첫 편지를 무시하기로 했다는 사실을 깨달았다. 그녀는 청혼에 대해, 새로운 혼인에 대해, 다시 뵙고자 하는 희망에 대해 말하지 않았다. 마치 그녀가 최초에 편지를 보냈고 그 답장이 물 흐르듯 이어진 것처럼 보였다.

외르타가 월등히 중요한 그녀의 삶에 대해 이야기하려 한다면 자신은 거역할 수 없었다. 그녀가 명령했기에 따르는 것은 아니었다. 그보다는 제 마음이 굴종했다. 겨울에 땅이 얼고 녹으며 단단해지듯 자연스러웠다.

그는 손을 뻗어 편지를 짚었다.

나는 수치스러워.

그리고 화가 난다.

외르타를 편지로 만나 다행이라고 생각했다. 마주 보았다면, 자신은 칼에 찔린 듯 충격받은 얼굴로 그녀에게 고백했을 것이다. 당신의 고통이 곧 제 고통이라고.

그 남자는 자주 욕심을 냈고, 아, 나는 이것을 시詩처럼 얼버무리고 싶지 않아.

당신이 그 먼 곳에서 긴 창을 뻗어 내 폐부를 꿰뚫었다고.

내 이불은 언제나 붉었다.

또한 여윈 손으로 목을 졸랐다고.

한밤중 번쩍 눈을 뜨면 나를 짓누르던 무게가 기억난다.

살짝 힘만 주어도 벗어날 수 있으나 자신은 그대로 죽을 때까지 뻣뻣이 서 있었다고.

당신에겐 완벽해지고 싶다는 고집이 있다고 했지? 난 그 고집이 당신이기에 가질 수 있는 특권은 아닐까 의심해. 약점 없는 사람만이 더 높은 곳을, 완성을 추구하려 하지.

그는 시체에서 깨어났다. 그 뒤 이어진 그녀의 준엄한 질책과 성찰을 경청했다. 그녀가 더 이상 실망하지 않도록, 자신이 어떻게 도움이 될 수 있을지 고민했다.

발렌시아는 벼랑 위 외나무다리에 선 것처럼 진지했다. 외르타는 편지에서 이미 여러 번, 그만이 그녀의 진심을 들을 수 있는 상대라고 선언했다. 그에 보답하기 위해서는 단 한 발자국도 잘못 디딜 수 없었다. 특히 이미 큰 실수를 저지른 뒤라면, 여러 번 곱씹어 그녀에게 보탬이 될 방법을 찾아야 했다.

발렌시아는 자리에 앉아 깃펜을 들었다.

외르타, 체후體候가 청고淸高하신지 여쭙습니다. 소개해 주신 대사제와 사제들이 당신에게 언제나 적절한 도움을 제공하기를 바랍니다.

저는 회전을 하루 앞두고 있습니다. 그간 염려에 힘입어 심신 양면으로 훈련을 게을리하지 않았으므로, 구구區區한 업적이나마 당신의 자부심이 될 수 있기를 소원합니다.

뜻에 따라 선물은 간직하겠습니다. 잘 보관하여, 언제가 되었든 말씀 주시면 달려가 당신에게 바치겠습니다.

당신이 마차 안에서 다가오셨던 날을 기억합니다. 허락하신 품도, 말씀도 모두 잊지 않고 온 힘으로 되새기고 있습니다. 그날 당신은 단언하셨습니다. 비록 고통이 잊히지는 않으나, 당신께서는 칼을 가지고 계신다고, 그로써 영원히 괴물을 처단하리라고 말씀하셨습니다. 혹 부담감을 느끼실까 두렵습니다. 그러나 저는 당신을 누구보다 존경합니다. 당신의 적을 주살하겠다고 섣불리 나서지 않을 만큼 당신을 존경합니다.

외르타, 저는 여전히 당신이 그 잡종을 남편으로 부르지 않기를 바랍니다. 저는 여전히 그를 죽인 순간을 후회합니다. 그를 산 채로 고문하기는커녕 거꾸로 매달아 현륙顯戮하지 못했던 제 잘못을 뉘우치고 있습니다. 그러나 이런 진심이 당신을 돕지는 못할 것입니다. 오로지 당신의 고통에 귀 기울이는 것만이 제 최선이며, 이로써 보탬이 된다면 뼈에 살이 돋아나듯 기뺄 것입니다.

그는 여러 번 억누른 편지를 바라보았다. 다시 읽었다. 그녀가 간신히 용납할 만큼 욱여넣었다. 속 쓰릴 정도로 부족했지만, 어쩔 수 없었다.

외르타, 분노와 수치심이 떠난 이후 무엇이 남아 있을지 걱정하지 않으셨으면 좋겠습니다. 저 역시 제가 영원히 공감하지 못하리라 굳게 믿었습니다. 그러나 이제 제게는 당신이 있습니다. 당신으로 말미암아 다른 이에게 마음을 쓰고자 노력합니다. 저와 같이 당신도 자리를 털고 새로이 전진하실 수 있다고 생각합니다. 무지하게 들릴 것을 각오하고 고합니다. 당신이 다짐하셨던바 칼을 드시길 바랍니다. 그것만이 이 먼 곳에서, 가까이 있더라도 영원히 멀 곳에서 제가 애타게 올릴 수 있는 말씀입니다.

가지런한 글씨가 잠시 멈추었다. 그는 조금 떨어진 아래에 글을 이었다.

완벽을 추구하는 것은 저의 특권에서 비롯되었습니다. 그 사실을 인정하지 않을 수 없습니다. 당신은 연약한 부분을 가졌기에 그것을 숨겨야만이 당당할 수 있다고 말씀하셨습니다. 저는 세간의 눈으로 부족한 부분이 없기에, 항상 끝없는 목표를 위해 경주하고 있습니다. 부족한 부분을 채울 수 없다는 점이 제게는 막막한 수평선으로 다가옵니다. 항상성을 유지하기 위해 저 스스로는 더 완전하고자, 제 임무는 더 흠 없이 완수하고자 노력합니다. 그에 불만을 가지지는 않습니다. 그러나 때때로 피로하다는 생각이 듭니다.

물론 전쟁의 총사령관, 미라이예의 가주와 같은 명패가 부담스러운 것은 아닙니다. 이는 짐이 아니라, 맡은 바 영광스럽게 수행해야 하는 책임입니다. 또한 제 무략武略이 낮지 않고, 가주의 업무도 돌아가신 아버님의 유지를 받들어 잘해 낼 수 있다는 자신감이 있습니다. 그러나 이 자신감을 유지하기 위해 쏟아야 하는 노력이 간혹 무량하다는 느낌을 받습니다. 아주 순간적인 감각입니다. 번듯한 도로를 걷다가 갑자기 변변치 못한 부분에 발이 빠진 듯합니다. 정신을 차리면 다시 평소와 같이 걷고 있습니다.

포티미외 당시 최초로, 승리하지 못하는 스스로에게 회의감을 가졌습니다. 간헐적이나, 분명 회의감이었습니다. 그 상태가 좀 더 오래 지속되었다면 어떤 확고한 감각으로 남았으리라 믿습니다. 그러나 당신 덕에 본디와 같이 단단한 고치로 돌아갔습니다. 당신 덕에 다시 승리를 쟁취하여 마치 그것이 제 힘인 양 안도했습니다. 이성적으로는 분명 당신의 도움인 것을 알았지만, 위기에 처하지 못했던 감정이 무지했습니다.

저는 무너졌을 때 이겨 낼 방법을 몰랐기 때문에 완벽에 집착해 왔습니다. 물론 이제는 길을 찾을 수 있으리라 굳게 믿습니다. 당신에게 건넨 청혼이 거절당한 뒤, 무너지고도 극복했기 때문입니다. 적어도 극복하는 과정에 있습니다. 이 길 위에서 많은 것을 배울 수 있으리라 생각합니다.

그는 참았던 숨을 내쉬었다. 편지를 다시 한번 읽었다. 단어와 문장이 지나치게 조밀하여 답답하기까지 했다. 그러나 자신은 온점조차 허투루 쓸 수 없었다. 그녀에게 가치 없는 말을 보내느니 차라리 제 배를 가를 것이다.

앙히에에 대한 당신의 죄책감을 존중합니다. 새 소식을 들으면 당신에게 곧장 전달하겠습니다.

편지를 길게 쓰고 싶은 마음은 하염없으나, 다음 날 회전으로 인해 이만 줄이고자 합니다. 당신이 바라셨으므로, 강고하게 승리하겠습니다.

발렌시아 마조레 기지 얀 미라이옐 배수拜手.

편지를 접었다. 회전이 끝난 후 더할 이야기가 있으리라 생각했으나, 굳이 같은 글에 잇지 않기로 했다. 이제 답장이 없어도 새 소식을 보낼 수 있었다. 매일같이 부쳐도 부족했다.

그는 외르타의 편지 두 장을 모두 품에 넣었다.

그것이 칼을 막아 주리라 생각하지 않았다. 다만 그녀와 죽음까지 함께할 수 있어 다행이었다.

—나무를 담벼락에 끌고 들어가지 말라 3부 하권에서 이어집니다.

나무를 담벼락에 끌고 들어가지 말라 3부 중

초판 인쇄 2019년 8월 1일
초판 인쇄 2019년 8월 9일

지은이 윤진아
펴낸이 신현호
편집부장 예숙영
책임편집 박상희
편집디자인 한방울
영업·관리 김민원 조인희
물류 이순우 최준혁 박찬수

펴낸곳 ㈜디앤씨미디어
출판등록 2002년 5월 1일 제117-90-51792호
주소 서울시 구로구 디지털로 26길 111 JnK디지털타워 503호
대표전화 (02)333-2513 팩스 (02)333-2514
전자우편 dncbooks@dncmedia.co.kr
디앤씨북스 블로그 http://blog.naver.com/dncbooks

ISBN 978-89-267-0678-7 (04810)
ISBN 978-89-267-2611-2 (세트)

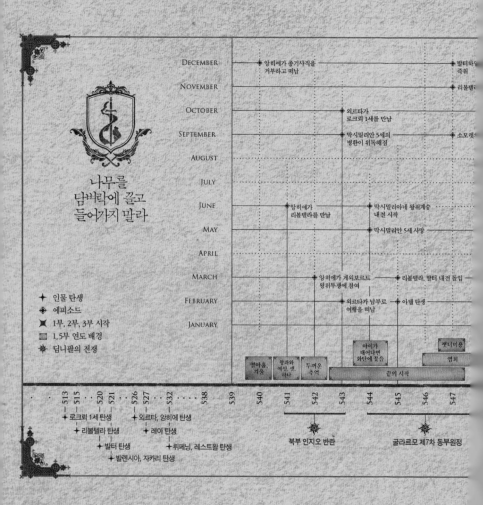

나무를
딤버락에 끌고
들어가지 말라

✦ 인물 탄생
✦ 에피소드
✗ 1부, 2부, 3부 시작
▦ 1.5부 연도 배경
✿ 딤니팔의 전쟁

DECEMBER	앙히에가 종기사직을 거부하고 떠남 / 발터하우 즉위
NOVEMBER	리볼텐
OCTOBER	외르타가 로크뢰 1세를 만남
SEPTEMBER	막시밀리안 5세의 병환이 위독해짐 / 소모렛
AUGUST	
JULY	
JUNE	앙히에가 리볼텐라를 만남 / 막시밀리안네 왕위계승 내전 시작
MAY	막시밀리안 5세 사망
APRIL	
MARCH	앙히에가 게외보르트 왕위투쟁에 참여 / 리볼텐라, 발터 내전 돌입
FEBRUARY	외르타가 남부로 여행을 떠남 / 아델 탄생
JANUARY	

영아홈 겨울 | 왕과와 여신 생 하나 | 두꺼운 추억 | 아이가 태어나면 하산에 묻음 | 끝의 시작 | 잿니미옹 | 영희

513 · 515 · 520 · 521 · 526 · 527 · 532 · · · 538 · 539 · 540 · 541 · 542 · 543 · 544 · 545 · 546 · 547

✦ 로크뢰 1세 탄생
✦ 리볼텔라 탄생
✦ 발터 탄생
✦ 발렌시아, 자카리 탄생
✦ 외르타, 앙히에 탄생
✦ 레아 탄생
✦ 뤼페닝, 레스트왈 탄생

✿ 북부 인지오 반란
✿ 굴라르모 제7차 동부원정

- 2부 시작
  외르타, 발렌시아, 포티미외를 떠남

레비스 회전
레바 회전

- 외르타, 알론조 캄비 도착
- 앙히에, 솔렌 노트콩트 도착
- 발렌시아, 알로지아드 레발로 도착

◆ 볼-나더스디 종전 협정

┌ 발렌시아 외르타에게 청혼
- 발렌시아, 볼-나더스디 전쟁 출전
- 외르타, 어수대 은씨의 죄를 물어 잉그레의 섬에 투옥

─ 계외보르트, 딤니팔에 선전포고
볼-나더스디 전쟁 시작

시작

르타, 딤니팔에 투항

3부 시작
외르타, 위페닝의 독에서 깨어남

◆ 외르타, 발렌시아와 재회 〈완결〉

┌◆ 안베르사 덴비나
발미레 얀 미라이에
후계자 임명

◆ 스트레파르 공성전

외르타, 위페닝의 독에 중독

◆ 외르타, 율란다와 함께 알론조 캄비를 떠남

◆ 안베르사 덴비나
발미레 얀 미라이에 탄생

- 외르타, 위페닝과 조우
- 발렌시아, 외르타의 복수를 수호할 것을 맹세

- 외르타, 발렌시아, 오스케다 도착
- 외르타, 미라이에의 객이 됨

◆ 앙히에, 잉그레 도착
- 딤니팔-계외보르트 밀약 체결

◆ 외르타, 발렌시아에게 첫 편지를 씀
- 앙히에, 발렌시아와 재회

551   552   557   559

볼-나더스디 전쟁